FICHES détachables
Tout-en-un

Objectif BAC Tle

W0271374

Mes épreuves finales du Bac

Physique-chimie
Cédric DÉTRÉ
Daniel RAMIREZ
Sébastien ZARDET

SVT
Maxime CAUCHOIS
Manon CORBIN

Philosophie
Mikaël GARANDEAU
Éric MARQUER

Grand Oral
Sylvie BEAUTHIER
Isabelle de LISLE

hachette
ÉDUCATION

Sommaire général

PHYSIQUE-CHIMIE

SVT

PHILOSOPHIE

GRAND ORAL

www.parascolaire.hachette-education.com

ISBN : 978-2-01-726932-8
© Hachette Livre 2025, 58 rue Jean Bleuzen, CS 70007, 92178 Vanves Cedex
Tous droits de traduction, de reproduction et d'adaptation réservés pour tous pays.

Physique Chimie

Notes

Sommaire

Mouvement et interactions

L'énergie : conversions et transferts

Ondes et signaux

Mesures et incertitudes

Physique-Chimie

Notes

Notes

Descriptif de l'épreuve et conseils

1 Descriptif de l'épreuve de spécialité physique-chimie

L'épreuve se compose d'une épreuve écrite et d'une épreuve d'évaluation des capacités expérimentales.

Épreuve écrite

- **L'épreuve écrite dure 3,5 h** et a lieu **en juin**. Elle porte sur l'intégralité des notions de classe de Première et de Terminale à maîtriser.

- Cette **partie écrite** comporte **trois exercices indépendants** et s'appuie de manière équilibrée sur différents thèmes des programmes. Le sujet accorde une place significative à la modélisation et à la résolution de questions avec prise d'initiative. Les sujets traités lors de cette épreuve portent sur des situations contextualisées, peuvent contenir des documents et inclure des questions relatives aux aspects expérimentaux de la discipline et aux capacités numériques identifiées dans les programmes.

Épreuve d'évaluation des capacités expérimentales (ECE)

- **L'ECE dure 1 h** et a lieu **en juin**. Elle vise à évaluer les compétences expérimentales des candidats. Elle s'appuie sur les compétences de la démarche scientifique, les capacités expérimentales et les activités expérimentales support de la formation identifiées dans les programmes de la spécialité physique-chimie des classes de Première et de Terminale.

- Dans un contexte de laboratoire de physique et chimie, le candidat est ainsi conduit à s'approprier une problématique de nature expérimentale, à mettre en œuvre ou à élaborer un protocole, à réaliser une ou plusieurs expériences, à valider sa démarche et à communiquer ses résultats. L'épreuve valorise l'autonomie et l'initiative du candidat.

Note finale

- **Les deux épreuves sont notées sur 20** et la note finale est :

0,8 × (note de l'épreuve écrite) + 0,2 × (note de l'ECE)
arrondie au point supérieur

Exemple : si l'on obtient 12 à l'épreuve écrite et 16 à l'ECE, la note finale est : $0{,}8 \times 12 + 0{,}2 \times 16 = 12{,}8$ arrondie à 13.

- Le **coefficient** de l'épreuve de spécialité physique-chimie est de **16.**

Usage de la calculatrice

Les candidats qui disposent d'une calculatrice avec mode examen devront l'activer le jour des épreuves devant l'examinateur et les calculatrices dépourvues de mémoire seront autorisées.

2 Conseils pour le travail pendant l'année

Il est important de se mettre à un travail sérieux dès la rentrée.

• **Travaillez régulièrement** chacun des thèmes et chacune des compétences développées dans les différentes parties du programme.

• **Faites des fiches synthétiques** permettant de cibler les points importants du programme : les fiches que nous vous proposons sont excellentes, mais celles que vous ferez vous-mêmes seront meilleures !

• **Refaites les différentes évaluations de l'année**, en appliquant les conseils donnés sur la copie. N'hésitez pas à demander des explications supplémentaires à vos enseignants si besoin.

• **Entraînez-vous à partir de sujets d'annales** mais n'oubliez pas que la simple lecture du sujet et de son corrigé n'apporte pas grand-chose…

• La maîtrise des gestes expérimentaux (ECE) se prépare toute l'année : ne laissez pas votre binôme de TP tout faire.

3 Conseils pour l'épreuve écrite

La veille de l'épreuve

• Relisez attentivement vos fiches.

• **Préparez soigneusement vos affaires** : trousse, convocation, calculatrice et **pièce d'identité**. On peut aussi prévoir une seconde calculatrice, au cas où.

• Prenez de quoi vous hydrater et grignoter.

• Couchez-vous tôt, afin de profiter d'une véritable nuit de sommeil.

Le jour de l'épreuve

• **Partez suffisamment tôt pour ne pas arriver en retard à l'épreuve** (vous devez y être au moins un quart d'heure avant le début), afin d'éviter toute source de stress supplémentaire.

• Préparez les 3 copies vierges distribuées en remplissant l'en-tête avant le début de l'épreuve, afin de ne consacrer le temps de l'épreuve qu'à la résolution des exercices.

• Chaque exercice doit commencer sur une nouvelle page : ne débutez surtout pas un exercice sur la même page que l'exercice précédent pour économiser du papier.

Notes

Notes

• Usez du brouillon sans en abuser : il n'est pas là pour vous permettre de rédiger complètement l'exercice.

Pendant l'épreuve

• **Survolez le sujet en entier** (1 à 2 min).

• Notez la durée estimée pour chaque exercice (1 point = 10 min).

• Commencez par l'exercice qui vous semble le plus classique.

• **Si une question vous pose problème, passez à la suivante, vous y reviendrez plus tard.**

• Pour chaque exercice, faites une première lecture rapide (2 min), puis encadrez les données (qui ne sont pas toujours visibles ou se trouvent en fin de sujet). Si une donnée vous évoque une relation du cours, écrivez-la à côté *(exemple :* R implique l'équation d'état des gaz parfaits : $p \times V = n \times \mathrm{R} \times T$).

• **Ne paniquez pas devant des documents ou des notions inconnues :** même les professeurs découvrent des notions dans certains exercices !

• **Pensez à utiliser tous les documents** mis à disposition pour répondre, en particulier quand vous bloquez sur une question.

• **Tout calcul doit être précédé d'une expression littérale** qui permet de vérifier que vous avez compris la démarche (et vaut des points, même si votre calcul est faux). Attention ! un résultat numérique correct sans expression littérale sera pénalisé, en particulier si le sujet vous donne la réponse à trouver.

• **Critiquez vos résultats :** un correcteur sera plus enclin à valoriser une démarche avec un résultat absurde ou incohérent si vous l'indiquez clairement sur votre copie.

• **Vérifiez que vous avez bien répondu à la question posée et que votre réponse est complète.**

• En absence d'un résultat qui vous empêche de continuer l'exercice, proposez une valeur qui vous semble cohérente et continuez avec cette valeur. Cette prise d'initiative sera appréciée par le correcteur.

• Laissez de l'espace si vous n'arrivez pas à répondre à une question, car vous pourrez toujours y revenir un peu plus tard.

• **Gardez 10 minutes à la fin de l'épreuve pour relire attentivement votre copie.** Vérifiez que vous n'avez oublié aucune unité lors des applications numériques, que les expressions littérales sont encadrées et les résultats numériques soulignés, que les schémas réalisés sont légendés, que les grandeurs sur les axes des graphiques réalisés sont indiquées, que vous n'avez pas oublié les annexes, etc.

pH d'une solution

LE COURS

Définitions

• Le **pH d'une solution aqueuse est toujours compris entre 0 et pK_e** (voir *fiche 19* – Constante d'acidité K_A et produit ionique de l'eau).
Une solution est dite :

– acide si son pH est compris entre 0 et $\frac{1}{2} \times pK_e$;

– neutre si son pH est égal à $\frac{1}{2} \times pK_e$;

– basique si son pH est compris entre $\frac{1}{2} \times pK_e$ et pK_e.

Rappel : à 25 °C, pK_e = 14.

• Le caractère acide ou basique d'une solution dépend de la quantité d'ions oxonium H_3O^+ présents dans ladite solution. **Plus une solution contient d'ions oxonium, plus elle est acide.**

• Par définition,

$$pH = -\log\left(\frac{[H_3O^+]}{c^\circ}\right)$$

- $[H_3O^+]$: Concentration molaire effective en ions oxonium en mol·L^{-1}
- pH : pH de la solution
- log : Fonction logarithme décimal
- c° : Concentration molaire standard $c^\circ = 1$ mol·L^{-1}

• En utilisation la fonction « dix puissance », fonction réciproque de la fonction logarithme, on obtient : $[H_3O^+] = c^\circ \times 10^{-pH}$

Quelques solutions aqueuses d'acides et de bases courantes à connaître

Solutions aqueuses	Formules des espèces dissoutes en solution
Acide chlorhydrique	H_3O^+ (aq) + $C\ell^-$ (aq)
Acide nitrique	H_3O^+ (aq) + NO_3^-(aq)
Acide éthanoïque	CH_3COOH (aq)
Soude ou hydroxyde de sodium	Na^+ (aq) + HO^- (aq)
Ammoniac	NH_3 (aq)

Notes

Notes

EXERCICE TYPE CORRIGÉ

L'**eau régale** est un mélange d'acide chlorhydrique et d'acide nitrique concentrés dans une proportion de 2 à 4 volumes d'acide chlorhydrique pour 1 volume d'acide nitrique. Elle est appelée ainsi parce qu'elle est capable de dissoudre certains métaux nobles tels que le platine, l'or ou le tantale insolubles dans ces acides seuls ou dans tout autre acide simple concentré.
L'objectif de cet exercice est de déterminer le pH d'une telle solution.

1. La solution d'acide nitrique
La concentration molaire en ions oxonium de la solution d'acide nitrique est de $[H_3O^+ (aq)]_{nitrique} = 2{,}3 \times 10^{-2}$ mol·L^{-1}. Quel est le pH de la solution d'acide nitrique ?

2. La solution d'acide chlorhydrique
Le pH de cette solution est de 1,3. Quelle est alors la concentration molaire en ions oxonium de la solution d'acide chlorhydrique ?

3. L'eau régale
On mélange un volume $V_{nitrique}$ = 10,0 mL de la solution d'acide nitrique à un volume $V_{chlorhydrique}$ = 30,0 mL de la solution d'acide chlorhydrique.
a. Déterminer la quantité de matière présente en ions oxonium.
b. En déduire la concentration molaire en ions oxonium.
c. Calculer alors le pH de la solution d'eau régale.

Corrigé

1. Par définition, $\mathbf{pH = -\log\left(\dfrac{[H_3O^+]_{nitrique}}{c°}\right)}$.

L'application numérique donne $\mathbf{pH} = -\log\left(\dfrac{2{,}3 \times 10^{-2}}{1}\right) = \mathbf{1{,}6}$. Le pH de la solution d'acide nitrique est de 1,6.

2. Par définition, $\mathbf{[H_3O^+]_{chlorhydrique} = c° \times 10^{-pH}}$. L'application numérique donne $[H_3O^+]_{chlorhydrique} = 1 \times 10^{-1{,}3} = 5{,}0 \times 10^{-2}$ mol·L^{-1}. La concentration molaire en ions oxonium de la solution d'acide chlorhydrique est donc de $5{,}0 \times 10^{-2}$ mol·L^{-1}.

3. a. Les ions oxonium proviennent de la solution d'acide nitrique et de la solution d'acide chlorhydrique, soit :

$\boldsymbol{n}_{\mathbf{oxonium}} = n_{nitrique} + n_{chlorhydrique}$
$= [H_3O^+ (aq)]_{nitrique} \times V_{nitrique} + [H_3O^+ (aq)]_{chlorhydrique} \times V_{chlorhydrique}$
$(2{,}3 \times 10^{-2}) \times (10{,}0 \times 10^{-3}) + (5{,}0 \times 10^{-2}) \times (30{,}0 \times 10^{-3}) = \mathbf{1{,}7 \times 10^{-3}\ mol}$.

b. Le volume de la solution étant égal à 10,0 + 30,0 = 40,0 mL, la concentration en ion oxonium est donc :

$$\mathbf{[H_3O^+]_{régale}} = \frac{n_{oxonium}}{V} = \frac{1{,}7 \times 10^{-3}}{40{,}0 \times 10^{-3}} = \mathbf{4{,}3 \times 10^{-2}\ mol{\cdot}L^{-1}}.$$

c. Le pH de la solution d'eau régale est alors de $\mathbf{pH = -\log\left(\dfrac{[H_3O^+]_{régale}}{c°}\right)}$

$$= -\log\left(\frac{4{,}3 \times 10^{-2}}{1}\right) = \mathbf{1{,}4}.$$

Transformations acide-base

Fiche 2

Physique-Chimie

LE COURS

Définitions

• Un **acide**, selon la définition de Brønsted, est une espèce susceptible de libérer en solution un ou plusieurs ion hydrogène (H^+). On l'écrit généralement **AH**. L'équation de libération d'un ion hydrogène en solution s'écrit $\mathbf{AH \rightarrow A^- + H^+}$.

• Une **base**, selon la définition de Brønsted, est une espèce susceptible de capter en solution un ou plusieurs ion hydrogène (H^+). On l'écrit généralement **B**. L'équation correspondant à la capture d'un ion hydrogène en solution s'écrit $\mathbf{B + H^+ \rightarrow BH^+}$.

Couple acide-base

• À chaque acide correspond une base qui lui est associée et réciproquement, formant ainsi un couple acide-base que l'on note **Acide / Base**. L'équation associée à la transformation de l'un en l'autre est une **demi-équation acide-base**, que l'on écrit Acide = Base + H^+.

• **Quelques couples acide-base à connaître :**

Ion oxonium / Eau	H_3O^+ (aq) / H_2O (ℓ)
Eau / Ion hydroxyde	H_2O (ℓ) / HO^- (aq)
Acide carboxylique / Ion carboxylate	R–COOH (aq) / R–COO^- (aq)
Acide carbonique / Ion hydrogénocarbonate	CO_2,H_2O / HCO_3^- (aq)
Ion ammonium / Amine	R–NH_3^+ (aq) / R–NH_2 (aq)

R est une chaîne carbonée quelconque ne comportant que des atomes de carbone et d'hydrogène.

• Une **réaction acido-basique** a lieu si un acide d'un couple Acide 1 / Base 1 cède à une base d'un autre couple Acide 2 / Base 2 un **seul ion hydrogène.** L'équation chimique est alors :

Acide 1 + Base 2 → Acide 2 + Base 1

• Une espèce chimique qui peut réagir comme un acide si elle est en présence d'une base, ou comme une base si elle est en présence d'un acide est une **espèce amphotère**. On dit que c'est un **ampholyte**. L'eau est un exemple d'espèce amphotère.

Notes

Notes

Structure de Lewis

Molécules ou ions	Acide carboxylique	Ion carboxylate	Amine	Ion ammonium
Formules de Lewis	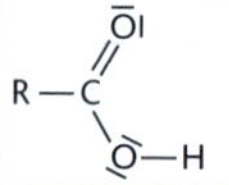	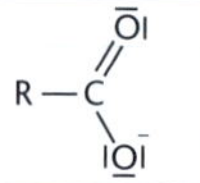	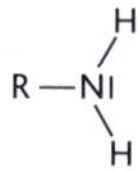	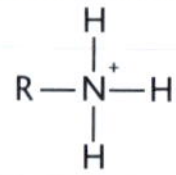

EXERCICE TYPE CORRIGÉ

L'acide citrique est un triacide présent en abondance dans le citron. La synthèse mondiale approche deux millions de tonnes par an. Il est utilisé dans les boissons, les cosmétiques, en pharmacie, etc.

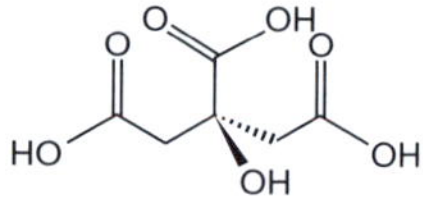

Représentations des différentes espèces acido-basiques des couples de l'acide citrique

a.

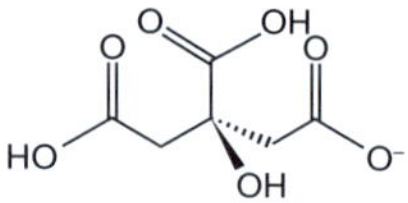

b.

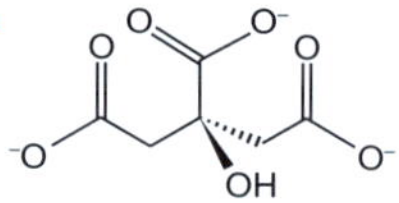

c.

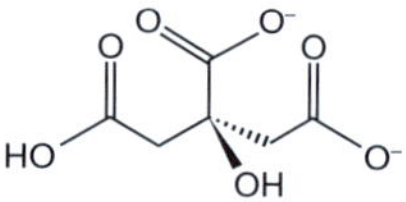

d.

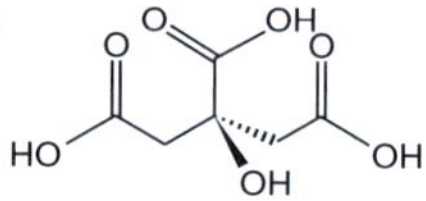

Étude des propriétés acido-basiques de l'acide citrique

1. Rappeler ce qu'est un acide selon Brønsted.

2. Parmi les quatre espèces acido-basiques (a, b, c, d), indiquer les couples acide-base que l'on peut former.

3. Représenter les espèces b et d en représentation de Lewis.

4. Que peut-on dire des espèces a et c ?

Corrigé

1. Selon Brønsted, un acide est une espèce chimique capable de céder un ou plusieurs ions hydrogène H^+.

2. Les espèces **a**, **b**, **c** et **d** diffèrent par le nombre d'atomes d'hydrogène. Les couples que l'on peut former sont **d / a**, **a / c** et **c / b**.

3.

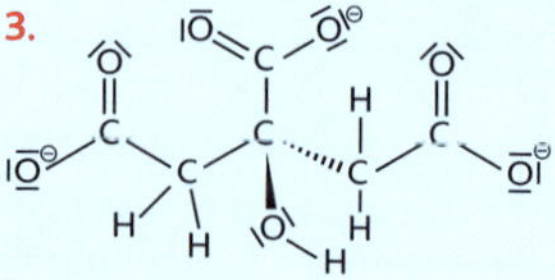

b.

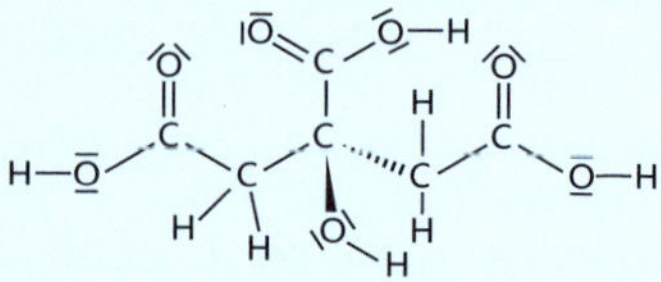

d.

4. Les espèces **a** et **c** appartiennent toutes deux à deux couples acide-base différents : ce sont donc des ampholytes.

Analyse par spectroscopie UV-Visible

Fiche 3

Physique-Chimie

Notes

LE COURS

La spectroscopie UV-visible est une méthode physique d'analyse. Elle consiste à mesurer l'absorbance *A* (sans unité) d'une solution, cette grandeur caractérisant la capacité de la solution à absorber la lumière à une longueur d'onde donnée (dans l'UV ou **le visible**).

Spectre d'absorption

Le graphe qui représente l'absorbance *A* d'une solution en fonction de la longueur d'onde λ est appelé spectre d'absorption.

La détermination de la longueur d'onde λ_{max} correspondant au maximum d'absorption peut permettre d'identifier une espèce chimique.

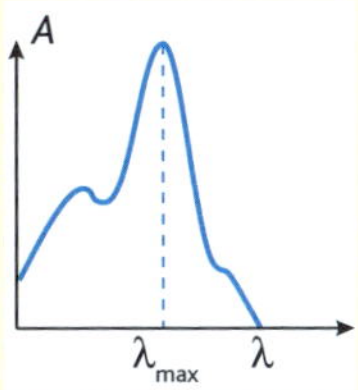

Loi de Beer-Lambert

Pour une longueur d'onde λ fixée, l'absorbance *A* d'une solution est proportionnelle à la concentration de l'espèce qui absorbe : $A = k \times C$ où *k* est le coefficient directeur de la droite.

Cette loi n'est valable que pour des solutions suffisamment diluées.

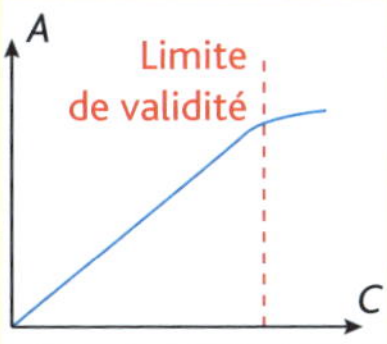

Dosage spectroscopique par étalonnage

• De manière générale, on règle le spectrophotomètre sur une longueur d'onde où l'espèce dosée absorbe beaucoup (généralement λ_{max}) et pour laquelle aucune autre espèce en solution ne doit absorber.

• La mesure de l'absorbance des solutions étalons (de concentrations connues) contenant l'espèce dosée permet de tracer le graphe ***A* = *f*(*C*) (courbe d'étalonnage)** qui doit être une **droite passant par l'origine (si la loi de Beer-Lambert est valide)**.

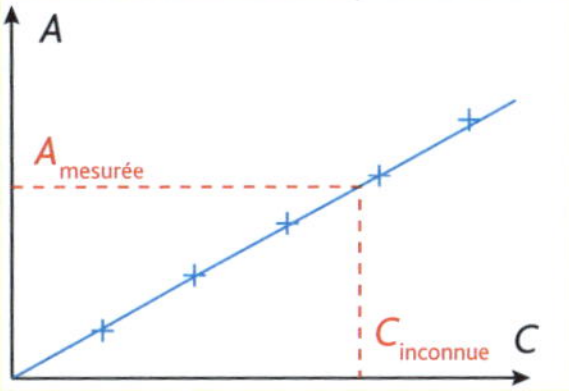

À partir de la mesure de l'absorbance de la solution dosée, on peut déterminer sa concentration $C_{inconnue}$ en espèce colorante par lecture graphique ou à partir du coefficient directeur $k\left(C_{inconnue} = \frac{A_{mesurée}}{k}\right)$.

Notes

EXERCICE TYPE CORRIGÉ

Lors d'une activité expérimentale, des élèves travaillent sur une solution réalisée en dissolvant la partie bleue d'un bonbon « Schtroumpf » en gélatine dans un volume total d'eau de 50,0 mL.

Avec cette solution, ils réalisent d'abord un spectre d'absorption. Puis, une fois identifié le colorant présent, ils réalisent une gamme étalon à partir d'une solution mère du colorant et tracent la courbe d'étalonnage.

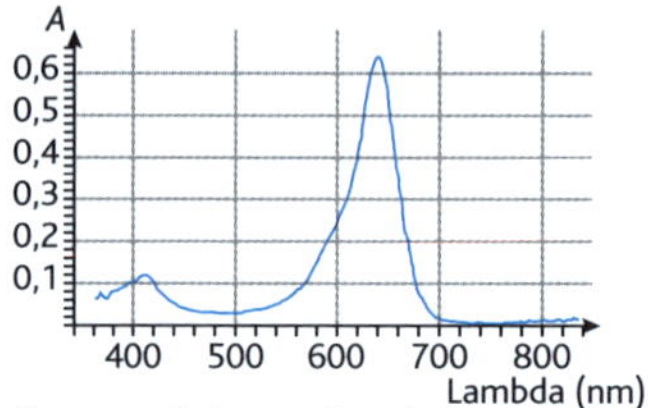

Spectre d'absorption de la solution

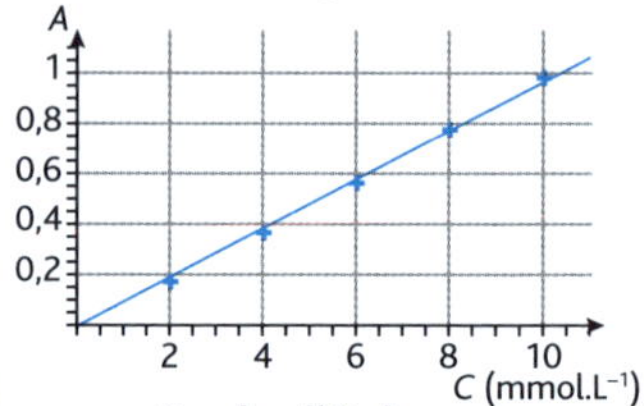

Courbe d'étalonnage

Code du colorant	(E131)	(E132)	(E133)
DJA* (mg/kg/jour)	2,5	5,0	10,0
Longueur d'onde au maximum d'absorption (nm)	640	610	625
Masse molaire ($g{\cdot}mol^{-1}$)	582	420	747

*La DJA représente la masse d'une substance qu'un individu peut théoriquement ingérer **par kg de masse corporelle et par jour**, sans risque pour la santé.

1. Identifier le colorant présent dans cette solution.
2. Proposer une longueur d'onde de travail pour faire ce dosage. Quelle hypothèse faut-il faire pour que le dosage ne soit pas faussé ?
3. La loi de Beer-Lambert est-elle vérifiée ici ?
4. Déterminer la masse du colorant dosé dans un bonbon.
5. En déduire le nombre de bonbons qu'un enfant de 30 kg peut manger avant d'atteindre sa DJA.

Corrigé

1. Il s'agit du **E131** car $\lambda_{max} = 640$ nm.
2. On travaillera à **640 nm** en faisant l'hypothèse qu'aucune autre espèce présente dans la partie bleue du bonbon n'absorbe à cette longueur d'onde.
3. La loi de Beer-Lambert est vérifiée car la courbe d'étalonnage est une droite passant par l'origine : l'absorbance est proportionnelle à la concentration de l'espèce absorbante : $A = k \times C$.
4. Graphiquement, l'absorbance de la solution dosée vaut 0,64 à la longueur d'onde de travail choisie (640 nm). En reportant cette valeur dans la courbe d'étalonnage, on en déduit que : $C_{E131} = 6{,}6\ \mu mol{\cdot}L^{-1}$.

$n_{E131} = C_{E131} \times V_{solution}$ donc $m_{E131} = n_{E131} \times M_{E131} = C_{E131} \times V_{solution} \times M_{E131}$

$\boldsymbol{m_{E131}} = 6{,}6 \times 10^{-6} \times 50{,}0 \times 10^{-3} \times 582 = \mathbf{1{,}9 \times 10^{-4}\ g}$.

5. La DJA étant de 2,5 mg/kg/jour, un enfant de 30 kg ne doit pas dépasser 75 mg par jour. Cela correspond à $\dfrac{75 \times 10^{-3}}{1{,}9 \times 10^{-4}} = 3{,}9 \times 10^{2}$ bonbons.

Analyse par mesure de conductivité

Fiche 4

Physique-Chimie

LE COURS

Dosage par étalonnage

Ce type de dosage repose sur la préparation de solutions de concentrations connues, appelées **solutions étalons**. La variation de concentration entraîne la variation d'une grandeur telle que la conductance de la solution. On compare la valeur de la grandeur mesurée de l'échantillon aux valeurs de cette même grandeur des solutions étalons.

Dosage par conductimétrie

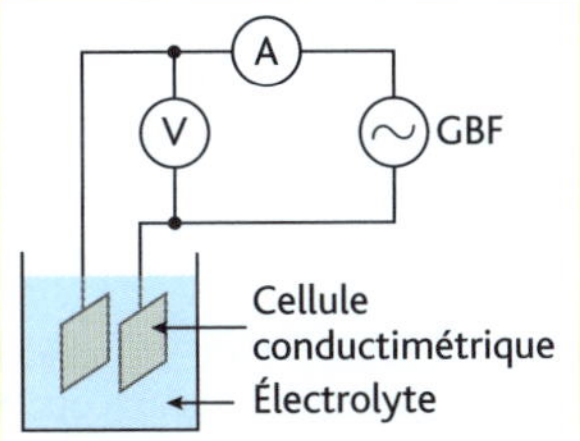

- **Le conductimètre**

Un conductimètre est constitué :
– d'un générateur basse fréquence en courant alternatif ;
– d'un ampèremètre ;
– d'un voltmètre ;
– de deux électrodes, c'est-à-dire deux plaques de platine rectangulaires, plongées dans un électrolyte, composant la cellule conductimétrique.

- **La conductimétrie**

– Une solution électrolytique est composée d'**ions qui conduisent le courant**.
– Un conductimètre permet de mesurer la **conductance *G* de la solution**, c'est-à-dire l'inverse de la résistance.
Cette conductance est aussi liée aux caractéristiques de la cellule et à la conductivité ionique de la solution.

- **La conductivité ionique de la solution**

La grandeur σ est caractéristique de la solution, c'est la **conductivité ionique de la solution** : elle rend compte de sa capacité à conduire le courant électrique et elle est liée à la nature et la concentration des ions présents dans la solution.
La conductivité σ d'une solution diluée d'une espèce ionique dissoute est ainsi proportionnelle à sa concentration molaire en soluté apporté : c'est la **loi de Kohlrausch**.

$$\sigma = k \times C$$

k : coefficient de proportionnalité ($S \cdot L \cdot m^{-1} \cdot mol^{-1}$)
σ : conductivité de la solution ($S \cdot m^{-1}$)
C : concentration ($mol \cdot L^{-1}$)

Remarque : la conductivité σ étant une grandeur additive, la solution électrolytique ne doit contenir qu'un seul soluté ionique.

Notes

Notes

EXERCICE TYPE CORRIGÉ

On mesure la conductivité σ de plusieurs solutions de chlorure de calcium de concentration C connue. On trouve :

Conductivité en $mS{\cdot}cm^{-1}$	0	4,0	8,0	12,0	16,0	20,0	24,0	28,0	32,0	36,0
Concentration en $mol{\cdot}L^{-1}$ ($\times 10^{-3}$)	0	1,0	2,0	3,0	4,0	5,0	6,0	7,0	8,0	9,0

1. La loi de Kohlrausch $\sigma = k \times C$ est-elle vérifiée ? Si oui, calculer la constante k.

On veut utiliser cette courbe d'étalonnage pour déterminer la concentration C_0 en chlorure de calcium d'une ampoule médicale contenant un volume $V_0 = 5{,}0$ mL de ce sel en solution aqueuse. On prépare d'abord une solution fille en diluant une de ces ampoules dans une fiole jaugée de volume 500 mL. La solution fille a une conductivité $\sigma_{fille} = 18{,}8\ mS{\cdot}cm^{-1}$.

2. Calculer la concentration C_0 en chlorure de calcium de l'ampoule médicale servant à traiter une hypocalcémie sanguine.

Corrigé

1. On trace la droite d'étalonnage. On obtient alors une droite passant par l'origine : il y a donc proportionnalité entre σ et la concentration des solutions étalons C : **la loi de Kohlrausch est respectée.**

Calcul de k : $k = \dfrac{\sigma}{C} = \dfrac{36}{9{,}0 \times 10^{-3}} = 4{,}0 \times 10^3\ mS{\cdot}L{\cdot}cm^{-1}\ mol^{-1}$

soit $\mathbf{k = 4{,}0 \times 10^2\ S{\cdot}L{\cdot}m^{-1}{\cdot}mol^{-1}}$.

2. Une lecture graphique nous donne : $C_{fille} = 4{,}7 \times 10^{-3}\ mol{\cdot}L^{-1}$.

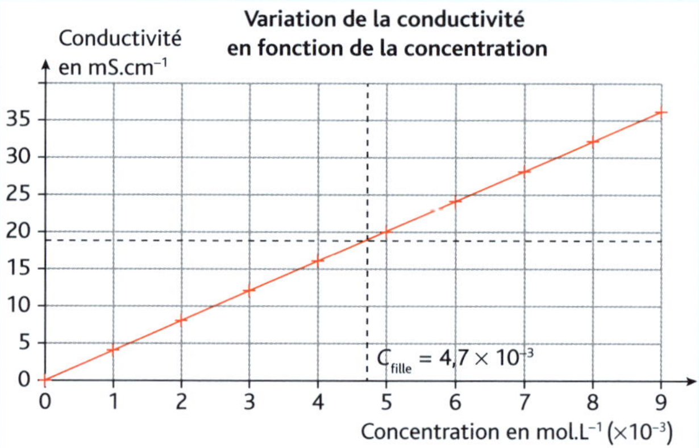

La solution mère ayant été diluée 100 fois, la concentration initiale C vaut donc :

$C_0 = 100 \times C_{fille} = 100 \times 4{,}7 \times 10^{-3} = \mathbf{0{,}47\ mol{\cdot}L^{-1}}$.

Réalisation d'une solution diluée

Fiche 5

Physique-Chimie

LE COURS

Réalisation d'une solution par dilution d'une solution concentrée

Préparons 0,200 L de solution d'hydroxyde de sodium de concentration 0,5 mol·L^{-1} à partir d'une solution concentrée. Sur l'étiquette, on lit :

Volume : 1,0 L   Densité : 1,20   Masse de soude : 20 %

Donnée : $M(NaOH) = 40$ g·mol^{-1}.

- **Détermination du volume de solution mère à prélever**

- Déterminons tout d'abord la masse d'un litre de solution à partir de la densité et de la masse volumique.

La densité d'un corps est le rapport entre la masse volumique de la solution donnée et la masse volumique de l'eau : $d = \frac{\rho}{\rho_{eau}}$ (avec $\rho_{eau} = 1\,000$ g·L^{-1}). Ici, $\rho = d \times \rho_{eau}$.

D'où $\rho = 1{,}20 \times 1\,000 = 1\,200$ g·L^{-1}.

Pour un litre de solution, on a donc : $m = \rho \times V = 1\,200 \times 1{,}0 = 1\,200$ g.

– Déterminons ensuite la masse d'hydroxyde de sodium présente dans de la solution mère ; la solution est à 20 % en masse de soude :

$$m(NaOH) = 1\,200 \times 0{,}20 = 240 \text{ g.}$$

– On va maintenant déterminer la quantité de soude présente dans un litre de solution :

$$n(NaOH) = \frac{m(NaOH)}{M(NaOH)} = \frac{240}{40} = 6{,}0 \text{ mol.}$$

Le volume de solution étant de 1 litre, la concentration en soude de la solution mère sera de 6,0 mol·L^{-1}. Appliquons la formule de dilution :

$$C_m \times V_m = C_f \times V_f$$

où C_m et V_m sont respectivement la concentration et le volume prélevé de la solution mère, et C_f et V_f représentent la concentration et le volume de la solution fille.

Le volume à prélever sera donc :

$$V_m = \frac{C_f \times V_f}{C_m} = \frac{0{,}5 \times 0{,}200}{6{,}0} = 1{,}7 \times 10^{-2} \text{ L} = 17 \text{ mL.}$$

- **Protocole de dilution :**

– Verser un volume suffisant de solution mère dans un bécher.

– Prélever à l'aide d'une pipette graduée munie d'une propipette ou d'un pipeteur le volume V_m de solution nécessaire.

– Verser le volume prélevé dans une fiole jaugée de 200 mL dans laquelle on aura placé au préalable un peu d'eau distillée.

Notes

Notes

– Verser ensuite l'eau distillée jusqu'au trait de jauge. Homogénéiser.

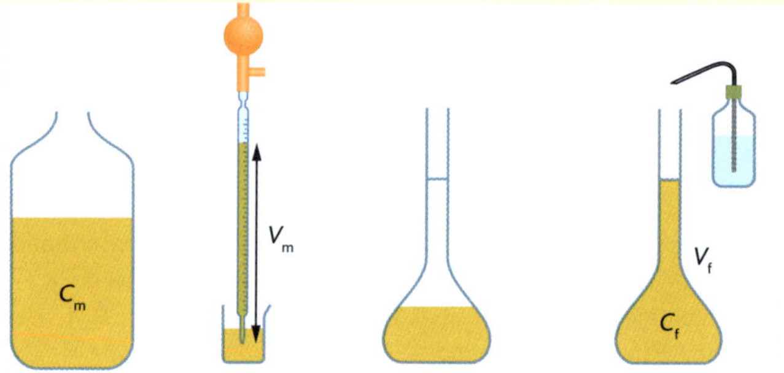

Solution mère | Prélèvement du volume V_m | On place le volume prélevé dans la fiole jaugée | On complète jusqu'au trait de jauge avec de l'eau distillée

EXERCICE TYPE CORRIGÉ

Au laboratoire, on doit préparer 0,200 L d'acide chlorhydrique molaire à partir d'une solution d'acide chlorhydrique commerciale.
Sur la bouteille, on peut voir les informations suivantes : densité d = 1,17 et 37 % en masse.

Données : $M(HC\ell) = 36{,}5\ g{\cdot}mol^{-1}$; $\rho_{eau} = 1\,000\ g{\cdot}L^{-1}$.

1. Déterminer la masse d'acide chlorhydrique contenue dans un litre de solution.
2. En déduire la quantité de matière d'acide chlorhydrique.
3. Montrer que la concentration en acide chlorhydrique de la solution vaut 11,9 mol·L⁻¹.
4. Comment obtenir, à partir de cette solution concentrée, la solution demandée ?

Corrigé

1. La masse d'acide chlorhydrique représente 37 % de la masse de la solution :
$m(HC\ell) = m(\text{solution}) \times 0{,}37$
$m(HC\ell) = \rho(HC\ell) \times V \times 0{,}37 = d \times \rho(\text{eau}) \times V \times 0{,}37$
$\mathbf{m(HC\ell)} = 1{,}17 \times 1\,000 \times 1{,}0 \times 0{,}37 = \mathbf{433\ g.}$

2. $n(HC\ell) = \dfrac{m(HC\ell)}{M(HC\ell)} = \dfrac{433}{36{,}5} = \mathbf{11{,}9\ mol.}$

3. Le volume de solution étant de 1 litre, la concentration en acide de la solution mère sera de 11,9 mol·L⁻¹.

4. Appliquons la formule de dilution : $C_m \times V_m = C_f \times V_f$. Le volume à prélever sera donc :

$$V_m = \frac{C_f \times V_f}{C_m} = \frac{1{,}0 \times 0{,}200}{11{,}9} = 17 \times 10^{-3}\ L = \mathbf{17\ mL.}$$

Protocole de dilution : voir Cours.

Les gaz parfaits

LE COURS

Des grandeurs macroscopiques aux comportements microscopiques

• Au niveau macroscopique, un gaz est décrit par trois grandeurs : **sa pression *P***, sa **température thermodynamique *T*** et le **volume *V*** qu'il occupe.

• Au niveau microscopique, **on modélise un gaz par des particules**, éloignées les unes des autres et animées d'un mouvement désordonné :

– le **choc des particules** sur les parois du récipient contenant le gaz **correspond alors à la pression** du gaz : plus il y a de chocs et plus la pression est importante ;

– l'**agitation des particules est liée à la température**. On parle alors d'agitation thermique : plus la vitesse moyenne des particules est importante, plus la température est élevée.

L'équation d'état du gaz parfait

• Un gaz est dit parfait si les particules qui le constituent :

– peuvent être considérées comme ponctuelles ;

– interagissent entre elles en faisant uniquement des chocs élastiques.

• Lorsqu'un gaz est à l'équilibre, les grandeurs pression, volume et température sont liées et dans le cas d'un gaz parfait, cette relation est :

$$PV = nRT$$

- P : Pression du gaz en pascal (Pa)
- V : Volume du gaz en mètre cube (m^3)
- n : Quantité de matière du gaz en mole (mol)
- R : Constante des gaz parfaits R = 8,314 $J \cdot mol^{-1} \cdot K^{-1}$
- T : Température absolue du gaz en kelvin (K)

Cette relation est appelée **équation d'état du gaz parfait**.

• On peut aussi utiliser la masse volumique du gaz qui représente le nombre de particules par unité de volume.

• Les gaz réels ont un comportement de gaz parfait à basse pression.

Notes

EXERCICE TYPE CORRIGÉ

Une bouteille de gaz, assimilée à un cylindre de diamètre 30 cm et de hauteur 60 cm, contient, lorsqu'elle est pleine, 13 kg de propane (C_3H_8), répartis en un mélange de 80 % de liquide et 20 % de gaz.

Données : $M_{propane} = 44\ g \cdot mol^{-1}$; R = 8,314 $J \cdot mol^{-1} \cdot K^{-1}$; $V_{cylindre} = \pi \times r^2 \times h$, avec r rayon de la base et h hauteur ; 1 bar = 10^5 Pa.

Notes

1. En considérant que la répartition 80 % / 20 % est une répartition à la fois en volume et en quantité de matière, déterminer n_{gaz}, quantité de matière de propane gazeux et V_{gaz}, volume occupé par le gaz.

2. En considérant le propane comme un gaz parfait, en déduire la pression du gaz à l'intérieur de la bouteille si la température intérieure est celle de la cuisine, soit 20 °C. Est-ce possible ?

3. En réalité, la pression interne est de 7,0 bar. En déduire la température interne. Qu'en pensez-vous ?

4. Dans ces conditions, le propane n'est plus un gaz parfait, et l'équation d'état est : $\left(P + \frac{n^2 \times a}{V^2}\right) \times (V - n \times b) = n \times R \times T$, avec $a = 938{,}5 \times 10^{-6}$ Pa·m⁶·mol⁻² et $b = 9{,}04 \times 10^{-5}$ m³·mol⁻¹. Déterminer la valeur de la température du gaz. Est-ce plus plausible ?

5. Quelle hypothèse initiale est donc fausse ?

Corrigé

1. Le volume de la bouteille est $\pi \times \left(\frac{0{,}30}{2}\right)^2 \times 0{,}60 = 4{,}2 \times 10^{-2}$ m³. Le volume de gaz est donc $V_{propane} = 4{,}2 \times 10^{-2} \times 0{,}20 = 8{,}4 \times 10^{-3}$ m³.
La bouteille contient $m = 13 \times 0{,}20 = 2{,}6$ kg de propane gazeux.
Il y a donc $\boldsymbol{n_{propane}} = \frac{m}{M_{propane}} = \frac{2\,600}{44} = \mathbf{59\ mol}$.

2. Le propane étant considéré comme un gaz parfait, on a :
$P \times V_{propane} = n_{propane} \times R \times T_{cuisine}$.
Ainsi, $P = \frac{n_{propane} \times R \times T_{cuisine}}{V_{propane}} = \frac{59 \times 8{,}314 \times 293}{8{,}4 \times 10^{-3}} = 1{,}7 \times 10^7$ Pa = 170 bar.
Cette pression interne est trop importante !

3. En utilisant la même relation, $\boldsymbol{T_{interne}} = \frac{P \times V_{propane}}{n_{propane} \times R} = \frac{7{,}0 \times 10^5 \times 8{,}4 \times 10^{-3}}{59 \times 8{,}314}$
$= 12$ K = **–261 °C**.
Cette température est trop basse, ce n'est pas possible.

4. En utilisant la relation proposée, on a :

$$T'_{interne} = \frac{\left(P + \frac{n^2_{propane} \times a}{V^2_{propane}}\right) \times (V_{propane} - n_{propane} \times b)}{n_{propane} \times R}$$

$$\boldsymbol{T'_{interne}} = \frac{\left(7{,}0 \times 10^5 + \frac{59^2 \times 938{,}5 \times 10^{-6}}{(8{,}4 \times 10^{-3})^2}\right) \times (8{,}4 \times 10^{-3} - 59 \times 9{,}04 \times 10^{-5})}{59 \times 8{,}314}$$

= 5 K = **–268 °C. C'est encore pire !**

5. L'hypothèse qui n'est pas la bonne est que 20 % des molécules sont gazeuses !

Principe d'un dosage par titrage

Fiche 7

Physique-Chimie

Notes

LE COURS

Principe d'un dosage par titrage

• Lors de la réalisation d'un dosage, on cherche à déterminer précisément la quantité de matière ou la concentration molaire d'une espèce titrée présente en solution.

Un dosage par titrage s'appuie sur une réaction entre le réactif titré (dont la concentration est inconnue) et l'espèce titrante dont on connaît la concentration.

Cette réaction support du dosage doit être :

– **rapide** ;

– **unique** : l'espèce titrante ne doit réagir qu'avec l'espèce titrée ;

– **totale** : le réactif titrant doit être entièrement consommé.

• Lorsque l'espèce titrée et l'espèce titrante sont introduites en proportions stœchiométriques, on parle d'**équivalence**.

Exemple de titrage : titrage colorimétrique

• **Principe**

On réalise une réaction d'oxydoréduction entre la solution qui contient l'espèce chimique A (espèce titrée) et la solution de la burette qui contient l'espèce titrante B.

L'équation support de la réaction du dosage est du type :

$$a\,\text{A (aq)} + b\,\text{B (aq)} \rightarrow \text{produits}$$

(a et b coefficients stœchiométriques)

On observe un changement de couleur à l'équivalence.

• **Relation entre les quantités de réactifs**

Reprenons l'équation chimique précédente comme équation support de titrage :

$$a\,\text{A} + b\,\text{B} \rightarrow \text{produits}$$

Ici, l'équivalence sera repérée par un brusque changement de couleur.

À l'équivalence, le réactif titré et le réactif titrant sont introduits en proportions stœchiométriques et vérifient la relation suivante :

$$\frac{n_A}{a} = \frac{n_{B,\,éq}}{b} \quad \text{ou} \quad n_A = \frac{n_{B,\,éq} \times a}{b}$$

n_A : quantité de réactif titré

$n_{B,\,éq}$: quantité de réactif titrant introduit à l'équivalence

Notes

EXERCICE TYPE CORRIGÉ

On veut déterminer la concentration molaire en ions fer Fe^{2+} contenus dans un produit antimousse. Pour cela, on réalise un dosage d'une solution de ce produit par une solution de permanganate de potassium acidifiée.
L'équation support de ce titrage est :

$$MnO_4^- (aq) + 5\ Fe^{2+} (aq) + 8\ H^+ (aq) \rightarrow Mn^{2+} (aq) + 5\ Fe^{3+} (aq) + 4\ H_2O\ (\ell)$$

Donnée : $M(Fe) = 55{,}8\ g{\cdot}mol^{-1}$.

1. Quel est le réactif titré ? le réactif titrant ?

2. Quelles doivent être les caractéristiques de la réaction support du titrage ?

3. On note $n_0(Fe^{2+})$ et $n_E(MnO_4^-)$ respectivement la quantité initiale d'ions Fe^{2+} (aq) à doser et la quantité d'ions MnO_4^- (aq) versée à l'équivalence.

a. Définir l'équivalence du titrage.

b. En déduire la relation entre $n_0(Fe^{2+})$ et $n_E(MnO_4^-)$.

On prépare une solution S en dissolvant $m = 10{,}0$ g de produit antimousse dans une fiole jaugée de volume $V_0 = 100{,}0$ mL qu'on complète jusqu'au trait de jauge avec de l'eau distillée. On prélève $V_1 = 20{,}0$ mL de cette solution et on dose les ions Fe^{2+} de cette prise d'essai, nommée S_1, par une solution de permanganate de potassium de concentration $C_2 = 2{,}0 \times 10^{-2}\ mol{\cdot}L^{-1}$ préalablement acidifiée. Le volume versé à l'équivalence est $V_{éq} = 22{,}0$ mL.

4. En déduire la quantité de matière d'ions Fe^{2+} dans la solution S.

5. Déterminer alors la concentration des ions Fe^{2+} dans la solution S.

Corrigé

1. Le **réactif titré** est la **solution contenant les ions Fe^{2+}**. Le **réactif titrant** est la **solution de permanganate de potassium**.

2. La réaction support du titrage doit être **rapide, totale et unique**.

3. a. À l'équivalence, le réactif titré et le réactif titrant sont introduits en proportions stœchiométriques.

b. On a donc : $\dfrac{\boldsymbol{n_0(Fe^{2+})}}{\mathbf{5}} = \dfrac{\boldsymbol{n_E(MnO_4^-)}}{\mathbf{1}}$.

4. $n_0(Fe^{2+}) = 5 \times n_E(MnO_4^-) = 5 \times C_2 \times V_{éq}$.
Donc $n_0(Fe^{2+}) = 5 \times 2{,}0 \times 10^{-2} \times 22 \times 10^{-3}$ soit $n_0(Fe^{2+}) = 2{,}2 \times 10^{-3}$ mol.
Le volume de solution mère étant 5 fois plus important, la quantité de matière initiale en ions Fe^{2+} vaut donc : $n(Fe^{2+}) = 5 \times n_0(Fe^{2+}) = 5 \times 2{,}2 \times 10^{-3}$ soit $\boldsymbol{n(Fe^{2+}) = 1{,}1 \times 10^{-2}}$ **mol**.

5. La concentration de la solution initiale vaut :

$$[Fe^{2+}] = \frac{n(Fe^{2+})}{V} = \frac{1{,}1 \times 10^{-2}}{0{,}100} = \mathbf{1{,}1 \times 10^{-1}\ mol{\cdot}L^{-1}}.$$

Titrage suivi par pH-métrie

Fiche 8

Physique-Chimie

Notes

LE COURS

Principe du titrage par pH-métrie

- Un titrage par pH-métrie permet, à l'aide d'un pH-mètre, de suivre l'évolution du pH de la solution titrée lors de l'ajout d'une solution titrante. La réaction support est une réaction acido-basique.
- Le tracé de la courbe obtenue, appelée **courbe de titrage pH-métrique**, relie les variations du pH et le volume de solution titrante versée. Elle est notée $pH = f(V_{\text{solution titrante}})$.

Exploitation de la courbe de titrage

- Avant l'équivalence : le réactif titrant est en défaut. C'est le réactif limitant de l'équation support du titrage. Le pH est imposé par l'espèce titrée.
- À l'équivalence : le réactif titrant et le réactif titré sont introduits dans les proportions stœchiométriques. On observe alors une brusque variation de pH appelé « saut de pH ».
- Le point d'équivalence peut être déterminé par deux méthodes :

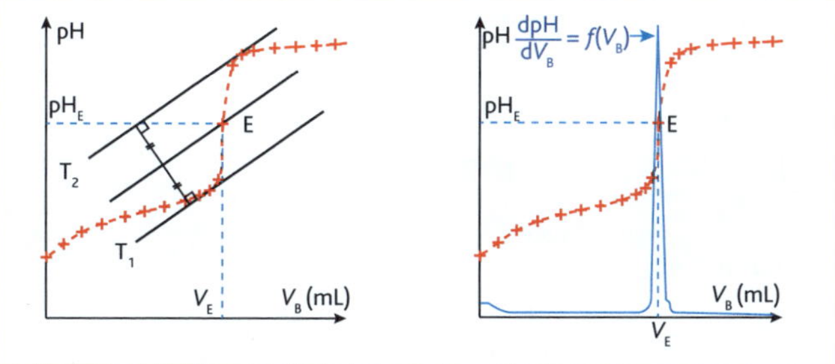

On trace un segment orthogonal à deux tangentes parallèles entre elles, avant et après le point équivalent, et la médiatrice de ce segment. Le point d'intersection entre la courbe et cette médiatrice donne E.

On trace la dérivée du pH en fonction du volume de réactif titrant versé. Cette courbe présente un extremum dont l'abscisse donne le volume équivalent V_E.

À ce moment du titrage, les réactifs (acide et base) ont été introduits dans les proportions stœchiométriques : $\frac{n(AH)}{a} = \frac{n(B)}{b}$ où a et b sont les coefficients stœchiométriques.

Après l'équivalence : le réactif titré est le réactif en défaut.

Notes

EXERCICE TYPE CORRIGÉ

Pour réaliser le titrage de l'ibuprofène contenu dans un comprimé « 400 mg » :
– on sépare le principe actif du médicament et on l'ajoute à 40 mL d'eau distillée ;
– le titrage est effectué à l'aide d'une burette graduée contenant une solution aqueuse d'hydroxyde de sodium (Na^+ (aq) + HO^- (aq)) de concentration molaire apportée C_b = 0,20 mol·L⁻¹. Le titrage est suivi par pH-métrie.

1. Définir l'équivalence d'un titrage.

2. Les courbes tracées suite au titrage pH-métrique sont :

$$pH = f(V_b) \text{ et } \frac{dpH}{dV_b} = g(V_b).$$

Déterminer la valeur du volume équivalent V_E par une méthode de son choix.

On note, à présent, l'ibuprofène R–COOH.

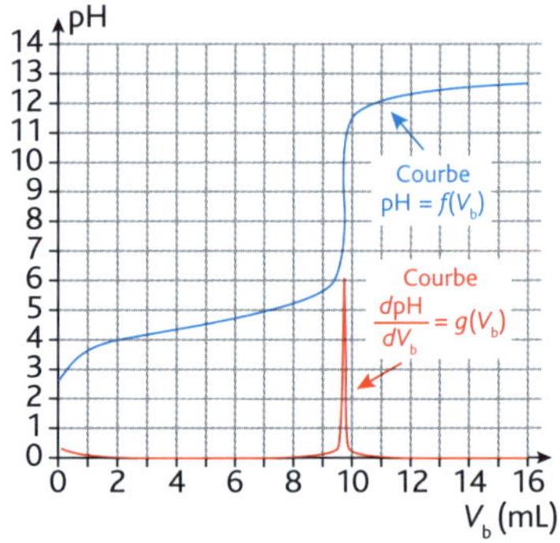

3. Écrire l'équation de la réaction support de titrage.

4. Quelles caractéristiques doit posséder une réaction chimique pour être utilisée lors d'un titrage ?

5. Déterminer la quantité de matière d'ions hydroxyde $n_E(HO^-)$ versée à l'équivalence et en déduire la quantité de matière n_i(ibu) d'ibuprofène titré.

6. Déduire des résultats précédents la masse m d'ibuprofène titré et comparer cette dernière à la valeur attendue.

Donnée : masse molaire de l'ibuprofène : $M(C_{13}H_{18}O_2)$ = 206 g·mol⁻¹.

Corrigé

1. À l'équivalence, le réactif titrant et le réactif titré sont introduits dans les proportions stœchiométriques.

2. La seconde courbe donne **V_E = 9,7 mL.**

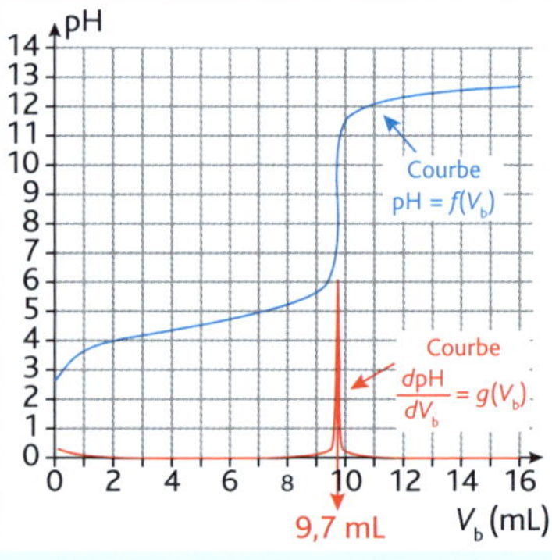

3. R–COOH (aq) + HO^- (aq) → R–COO^- (aq) + H_2O (ℓ).

4. Elle doit être **rapide, totale et unique**.

5. À l'équivalence :

$n_E(HO^-) = C_b \times V_E$ soit

$n_E(HO^-) = 0,20 \times 9,7 \times 10^{-3}$

$= 1,9 \times 10^{-3}$ mol.

D'après l'équation de la réaction support du titrage, **n_i(ibu) = 1,9 × 10⁻³ mol.**

6. On peut maintenant calculer m(ibu), la masse d'ibuprofène titré.

$m = n_i(\text{ibu}) \times M(C_{13}H_{18}O_2)$ soit $\boldsymbol{m}$ = $1,9 \times 10^{-3} \times 206$ **= 0,39 g**.

Ce résultat est conforme à l'indication « ibuprofène 400 mg » (= 0,400 g).

Titrage conductimétrique

Fiche 9

Physique-Chimie

LE COURS

Principe de la conductimétrie

• Un conductimètre permet de mesurer la conductivité σ d'une solution, grandeur physique liée à la concentration des espèces ioniques présentes dans la solution. Elle s'exprime en siemens par mètre ($S{\cdot}m^{-1}$).

• Si la solution contient plusieurs ions, la conductivité est donnée par la formule :

$$\sigma = \sum_{\text{ions}} \lambda_i \times [X_{i(aq)}]$$

$$\begin{cases} \lambda_i = \text{conductivité molaire ionique de l'ion } X_i \text{ (en } S.m^2.mol^{-1}) \\ [X_{i(aq)}] = \text{concentration molaire de l'ion } X_i \text{ (en } mol.m^{-3}) \end{cases}$$

La conductivité molaire ionique λ est une grandeur caractéristique de chaque ion.

Tous les ions, même spectateurs, participent à la conductivité de la solution.

Attention, cette relation n'est valable que pour des solutions diluées de concentration inférieure à 10^{-2} $mol{\cdot}L^{-1}$.

Application au titrage

Lors de l'ajout d'une solution titrante à la solution titrée, la conductance σ évolue. Le titrage conductimétrique consiste à suivre cette évolution. La courbe de titrage obtenue $\sigma = f(V_{\text{solution titrante}})$ donne donc la variation de la conductivité en fonction du volume de solution titrante ajoutée.

Exploitation de la courbe

• **Avant l'équivalence** : la conductivité molaire varie, soit par disparition d'un ion, soit par ajout d'un ion de conductivité molaire ionique plus faible.

• **À l'équivalence** : le réactif titrant et le réactif titré sont introduits en proportions stœchiométriques.

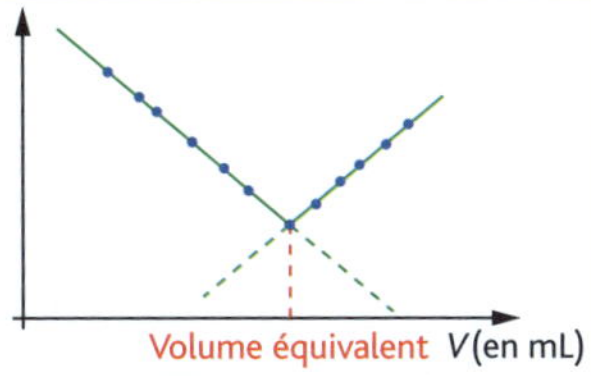

Exemple d'une courbe d'un tirage conductimétrique

• **Après l'équivalence** : les ions apportés par la solution titrante ne réagissent plus et font augmenter la conductivité de la solution.

L'intersection des deux droites (avant et après l'équivalence) donne un point dont l'abscisse correspond au **volume équivalent** V_E.

Notes

Notes

EXERCICE TYPE CORRIGÉ

On désire vérifier par titrage conductimétrique la masse du chlorure de sodium (Na^+ (aq) + $C\ell^-$ (aq)) dissous dans une lotion capillaire de 1 litre.

Pour cela, on prélève 10,0 mL de lotion qu'on verse dans 200 mL d'eau distillée puis on réalise le titrage des ions chlorure par une solution titrante de nitrate d'argent (Ag^+ (aq) + NO_3^- (aq)) de concentration molaire $C = 2{,}00 \times 10^{-2}$ mol·L^{-1}.

L'équation de la réaction support du titrage s'écrit :

$$Ag^+ (aq) + C\ell^- (aq) \rightarrow AgC\ell (s)$$

On mesure la conductivité σ en fonction du volume de solution titrante et on obtient la courbe ci-contre.

Courbe de titrage obtenue

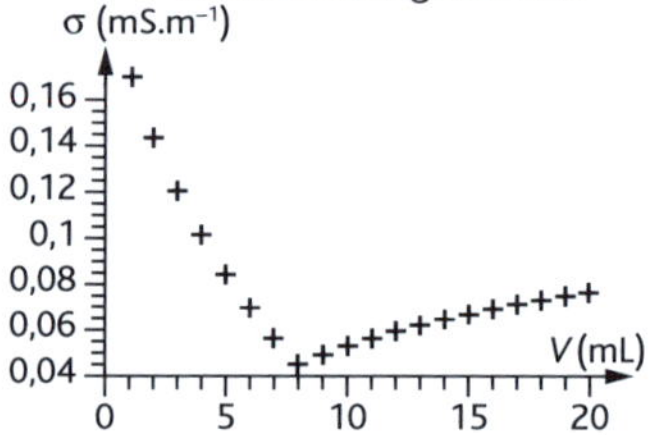

1. Interpréter qualitativement le changement de pente observé sur le graphe $\sigma = f(V)$. (Aide : $\lambda(NO_3^-) < \lambda(C\ell^-)$).
2. Rappeler la définition de l'équivalence d'un titrage.
3. Déterminer le volume équivalent V_E.
4. En déduire la masse de chlorure de sodium dissous ($M(NaC\ell) = 58{,}5$ g.mol^{-1}).

Corrigé

1. • **Avant l'équivalence :** Lorsqu'on verse la solution titrante, on ajoute des ions Ag^+ et des ions nitrate NO_3^-. Les ions argent réagissent immédiatement avec les ions chlorure pour former un précipité de chlorure d'argent $AgC\ell$ solide qui ne participe donc pas à la conductivité de la solution.

La concentration en ions chlorure diminue, mais celle en ions nitrate augmente. Cependant, la conductivité molaire ionique de ces derniers étant plus faible que celle des ions chlorure, la conductivité globale diminue.

• **Après l'équivalence :** Les ions $C\ell^-$ ont été entièrement consommés. L'ajout de solution titrante introduit des ions Ag^+ et NO_3^- qui ne réagissent pas et font augmenter la conductivité globale de la solution.

2. Lorsque le réactif titré et le réactif titrant sont introduits en proportions stœchiométriques, on parle d'équivalence.

3. Graphiquement, on lit $\boldsymbol{V_E = 7{,}8}$ **mL.**

4. À l'équivalence : $n(Ag^+) = n(C\ell^-)$, soit $n(Ag^+) = C \times V_E$.

$n(Ag^+) = 2{,}00 \times 10^{-2} \times 7{,}8 \times 10^{-3} = 1{,}56 \times 10^{-4}$ mol, donc $n(C\ell^-) = 1{,}56 \times 10^{-4}$ mol.

• D'après l'équation de dissolution du chlorure de sodium ($NaC\ell(s) \rightarrow Na^+ (aq) + C\ell^- (aq)$),

$n(C\ell^-) = n(NaC\ell) = 1{,}56 \times 10^{-4}$ mol.

On peut en déduire la masse présente dans l'échantillon :

$\boldsymbol{m(NaC\ell)} = n(NaC\ell) \times M(NaC\ell) = 1{,}56 \times 10^{-4} \times 58{,}5$ **= 9,1 mg.**

Pour la solution de volume 1 L, la masse sera de :

$\boldsymbol{m'(NaC\ell)} = 9{,}1 \times 10^{-3} \times 100$ **= 0,91 g.**

Cinétique chimique

Fiche 10

Physique-Chimie

LE COURS

Suivi cinétique d'une transformation

La cinétique chimique est l'étude du déroulement temporel des réactions chimiques. Pour effectuer un **suivi cinétique**, on peut **mesurer une grandeur physique à l'aide d'un capteur** pour en déduire l'évolution de la formation d'un produit ou la disparition d'un réactif.

Grandeur mesurée	Conditions
Absorbance	Un réactif ou un produit **absorbe dans l'UV-visible.**
Conductivité	La réaction **consomme et/ou produit des ions.**
pH	La réaction **consomme et/ou produit** des ions H_3O^+ ou HO^-.
Volume	La réaction **produit un gaz** recueilli par déplacement d'eau.
Pression	La réaction **produit un gaz** dans un récipient fermé.

Facteurs cinétiques

Un facteur cinétique est un paramètre qui agit sur la rapidité d'évolution d'une réaction chimique.

Facteur cinétique	Effets	Exemples
Température	Généralement, plus la température est élevée et plus une réaction est rapide.	Chauffer pour accélérer une réaction ou refroidir pour la ralentir.
Concentration des réactifs	La réaction est plus rapide si les réactifs sont concentrés.	Plus grande efficacité d'un produit ménager concentré. Dilution brutale pour ralentir une réaction.

Remarque : il existe d'autres facteurs cinétiques : lumière, solvant, état de surface d'un réactif solide...

Catalyse et catalyseur

• **Un catalyseur est une substance qui accélère une transformation chimique**. Au cours de la transformation, **il est consommé puis régénéré** : il n'apparaît donc pas dans l'équation de réaction (on peut indiquer sa présence sur la flèche).

• Un catalyseur est **sélectif** : son action est **spécifique à une réaction donnée.**

Notes

Notes

- La catalyse est **homogène** si les réactifs et le catalyseur sont dans la même phase physique, **hétérogène** dans le cas contraire, **enzymatique** si le catalyseur est une enzyme.
- **Un catalyseur n'est pas un facteur cinétique** car il modifie le mécanisme réactionnel.

EXERCICE TYPE CORRIGÉ

La glucose oxydase (G.O.D.) est un catalyseur de la réaction d'oxydation du glucose en acide gluconique selon l'équation :

$$C_6H_{12}O_6\,(aq) + H_2O\,(l) + O_2\,(aq) \rightarrow C_6H_{12}O_7\,(aq) + H_2O_2\,(aq)$$

glucose — *acide gluconique + eau oxygénée*

Le suivi cinétique est réalisé avec une sonde qui mesure en continu la concentration en dioxygène présent dans l'enceinte du bioréacteur.

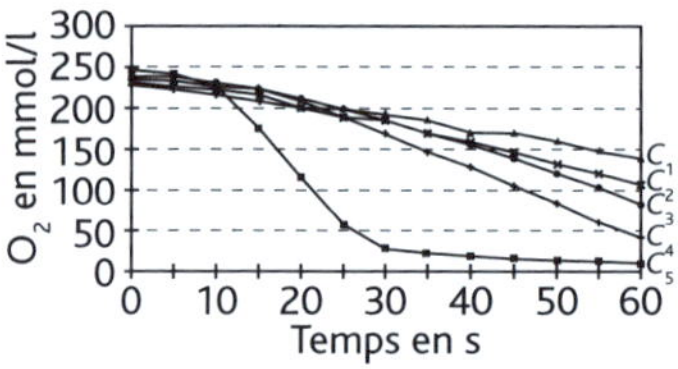

Influence de la concentration C en glucose (exp. 1)

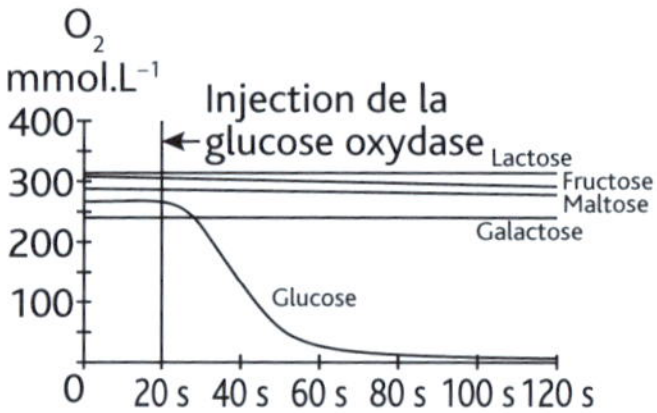

Test de la G.O.D sur différents sucres (exp. 2)

1. Justifier l'allure décroissante des courbes de l'expérience 1.
2. Parmi les différentes concentrations C, laquelle est la plus faible ? Justifier.
3. La température a été maintenue égale pour toutes les expériences. Expliquer.
4. Définir un catalyseur.
5. Quelle propriété des catalyseurs est mise en évidence dans l'expérience 2 ?
6. Reste-t-il de la G.O.D au bout de 2 minutes lors de l'oxydation du glucose ?

Corrigé

1. Le dioxygène dissous O_2 (aq) étant un réactif, il est consommé au fur et à mesure que la réaction se produit : **sa concentration diminue donc**.
2. La concentration des réactifs est un facteur cinétique. La réaction est la plus lente pour la concentration **C_1 : c'est donc la concentration la plus faible**.
3. **La température est un facteur cinétique.** Si l'on veut pouvoir comparer l'influence de la concentration en glucose ou l'effet sur différents sucres, il faut que ce paramètre reste inchangé.
4. Un catalyseur est une substance qui accélère une transformation chimique.
5. L'expérience 2 illustre le **caractère sélectif des catalyseurs** : la G.O.D. accélère la décomposition du glucose mais pas la décomposition des autres sucres.
6. Au bout de 2 minutes, l'oxydation du glucose est terminée, donc **la glucose oxydase** (catalyseur) **a été entièrement régénérée**.

Vitesse d'évolution d'un système chimique

Fiche 11

Physique-Chimie

Notes

LE COURS

Vitesses volumiques de réaction

– Vitesse volumique d'**apparition d'un produit** P : $v_{app}(P) = +\frac{d[P]}{dt}$

– Vitesse volumique de **disparition d'un réactif** R : $v_{dis}(R) = -\frac{d[R]}{dt}$

• Graphiquement, la **vitesse volumique d'apparition** est égale au **coefficient directeur de la tangente** à la courbe [P] = $f(t)$ et la **vitesse volumique de disparition** est égale à **l'opposé du coefficient directeur** de la **tangente** à la courbe [R] = $f(t)$.

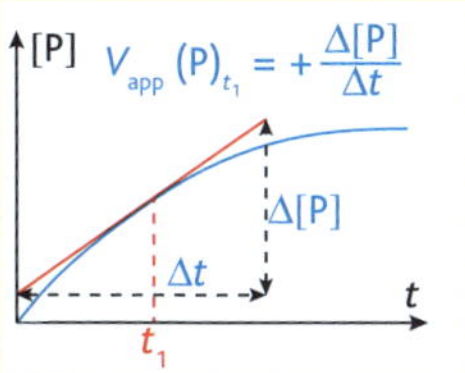

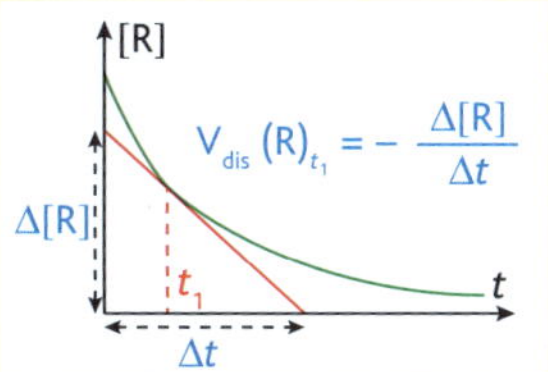

Temps de demi-réaction

• Le temps de demi-réaction $t_{1/2}$ **est la durée nécessaire pour que l'avancement atteigne la moitié de sa valeur finale :** $x(t_{1/2}) = \frac{x_f}{2}$

• **Dans le cas d'une transformation totale ($x_f = x_{max}$)**, le temps de demi-réaction $t_{1/2}$ **est la durée nécessaire pour que la moitié du réactif limitant RL ait été consommée.**

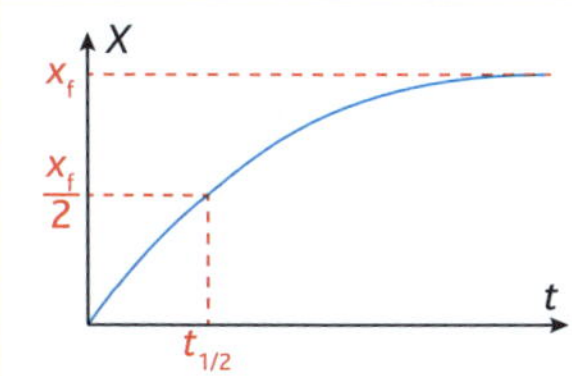

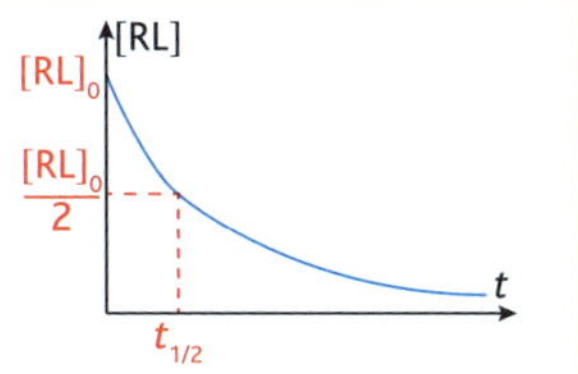

Cas particulier : loi de vitesse d'ordre 1

Si la vitesse de disparition d'un réactif R est proportionnelle à la concentration de ce réactif, on dit que la réaction est d'ordre 1 par rapport au réactif R. On obtient une équation différentielle dont la solution est une exponentielle décroissante :

Notes

$$v_{dis}(R)_t = -\frac{d[R]_t}{dt} = k \times [R]_t \text{ donc } [R]_t = [R]_0 \times \exp(-k \times t).$$

Dans ce cas particulier, le temps de demi-réaction $t_{½}$ est le même quelle que soit la concentration initiale de R.

EXERCICE TYPE CORRIGÉ

On étudie la cinétique de la réaction de décomposition de la chloroglycine (que nous désignons par A). Trois expériences ont été réalisées à 25 °C avec des concentrations initiales différentes.

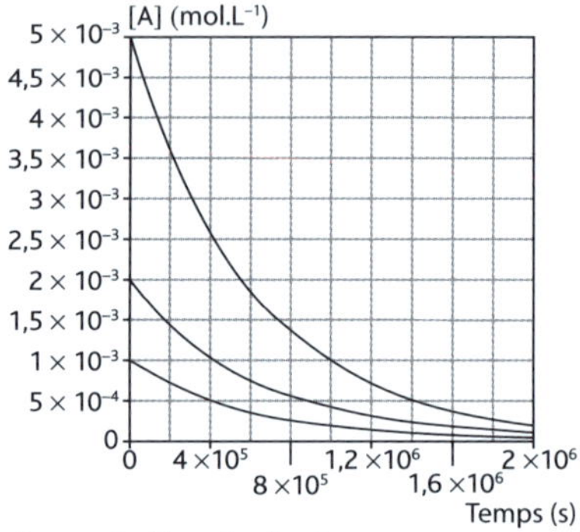

1. Définir le temps de demi-réaction, puis l'estimer pour les trois expériences.

2. Comment évoluerait le temps de demi-réaction à une température plus faible ?

3. Montrer que cette réaction est une réaction d'ordre 1.

4. En déduire l'équation différentielle satisfaite par $[A]_t$ et donner sa solution.

5. Proposer une autre méthode permettant de vérifier que la réaction est d'ordre 1.

6. Déterminer la vitesse de disparition de A à $t = 0$ quand $[A]_0 = 5{,}0 \times 10^{-3}$ mol·L⁻¹.

7. L'université de Weber a obtenu une valeur de k égale à $1{,}65 \times 10^{-6}$ s⁻¹. La valeur trouvée à la question précédente est-elle en accord avec cette valeur ?

Corrigé

1. Voir le cours. La réaction étant totale ($[A]_\infty$ tend vers 0), graphiquement on trouve $\boldsymbol{t_{½} = 4{,}0 \times 10^5}$ **s** pour les trois expériences.

2. La température est un facteur cinétique : **à une température plus faible, la réaction serait plus lente** et $t_{½}$ serait plus élevé.

3. Vu que $t_{½}$ ne dépend pas de $[A]_0$, **la réaction est d'ordre 1.**

4. $v_{dis}(A)_t = -\dfrac{d[A]_t}{dt} = k \times [A]_t$ donc $\boldsymbol{[A]_t = [A]_0 \times \exp(-k \times t)}$.

5. On peut utiliser un tableur pour vérifier que la courbe $[A]_t$ est en accord avec la relation précédente.

6. On trace la tangente à la courbe à $t = 0$ et on détermine son coefficient directeur :

$$\boldsymbol{v_{dis}(A)_0} \approx -\frac{\Delta[A]_t}{\Delta t} = -\frac{(0 - 5{,}0 \times 10^{-3})\,\text{mol·L}^{-1}}{(6{,}0 \times 10^5 - 0)\text{ s}} = \boldsymbol{8{,}3 \times 10^{-9}\,\text{mol·L}^{-1}\text{·s}^{-1}}.$$

7. $\boldsymbol{v_{dis}(A)_0} = k \times [A]_0 = 1{,}65 \times 10^{-6} \times 5{,}0 \times 10^{-3} = \boldsymbol{8{,}3 \times 10^{-9}\,\text{mol·L}^{-1}\text{·s}^{-1}}$.
On retrouve la valeur calculée à la question précédente.

Interprétation microscopique des réactions

Fiche 12

Physique-Chimie

LE COURS

Théorie des collisions et facteurs cinétiques

• Dans la théorie des collisions, les **chocs** incessants entre entités d'un système chimique peuvent être à l'origine de réactions chimiques à condition d'être « **efficaces** » : cela implique que les entités aient une énergie suffisante pour rompre les liaisons existantes et/ou en former de nouvelles, mais également que l'orientation des entités lors du choc soit favorable.

• Plus **les concentrations des réactifs** (facteur cinétique) sont élevées, plus la fréquence des chocs augmente et donc plus la fréquence des chocs efficaces est grande à l'échelle microscopique.

• Plus **la température** d'un système chimique (facteur cinétique) est élevée, plus l'agitation des entités est importante : cela augmente la fréquence des chocs et donc des chocs efficaces. De plus, cela augmente l'énergie cinétique des entités et augmente les probabilités que les chocs soient efficaces.

Acte élémentaire et mécanisme réactionnel

• Une équation de réaction ne rend compte qu'à l'échelle macroscopique de la réaction entre un grand nombre d'entités (les réactifs). Transposée à l'échelle microscopique, il est nécessaire de décomposer cette équation en plusieurs étapes où le nombre d'entités qui se rencontrent est réaliste.

• Un **acte élémentaire** est un processus qui se déroule à l'échelle microscopique en une seule étape, sans formation d'entités intermédiaires.

• Un **mécanisme réactionnel** est l'ensemble des actes élémentaires permettant de rendre compte, à l'échelle microscopique, de la formation à l'échelle macroscopique des produits à partir des réactifs.

• Un **intermédiaire réactionnel** est une entité produite au cours d'un acte élémentaire, puis totalement consommé lors d'un autre.

• **Pour établir l'équation d'une réaction à partir de son mécanisme réactionnel**, il suffit d'identifier et d'éliminer les intermédiaires réactionnels (et éventuellement le catalyseur) pour faire apparaitre les réactifs (à gauche) et les produits (à droite).

Notes

Notes

Catalyseur

- Un **catalyseur** diminue la durée d'une réaction chimique **en modifiant le mécanisme réactionnel** : les étapes du nouveau mécanisme réactionnel sont plus nombreuses, mais plus rapides.
- Le catalyseur est consommé au cours d'une étape du mécanisme réactionnel, puis il est totalement régénéré lors d'une étape ultérieure : il n'est pas globalement consommé par la réaction et n'apparait donc pas dans l'équation de réaction.

EXERCICE TYPE CORRIGÉ

La réaction d'estérification implique de faire réagir un acide carboxylique $R{-}CO_2H$ pur avec un alcool $R'{-}OH$ pur. On rajoute généralement un peu d'acide sulfurique au milieu réactionnel et on chauffe à reflux. Le mécanisme simplifié en quatre étapes de cette réaction est :

Étape 1 : $R{-}CO_2H + H^+ \rightleftharpoons R{-}CO_2H_2^+$
Étape 2 : $R{-}CO_2H_2^+ + R'{-}OH \rightleftharpoons R{-}CO_2H_2{-}OH{-}R'^+$
Étape 3 : $R{-}CO_2H_2{-}OH{-}R'^+ \rightleftharpoons R{-}CO_2H{-}R'^+ + H_2O$
Étape 4 : $R{-}CO_2H{-}R'^+ \rightleftharpoons R{-}CO_2{-}R' + H^+$

1. Expliquer l'intérêt de chauffer le milieu réactionnel à l'échelle microscopique.
2. Expliquer l'intérêt d'utiliser des réactifs purs à l'échelle microscopique.
3. Identifier les intermédiaires réactionnels en expliquant votre démarche.
4. En justifiant, indiquer le rôle joué par H^+ (apporté par l'acide sulfurique) dans cette synthèse. En déduire s'il restera de l'acide sulfurique en fin de synthèse.
5. Écrire l'équation de la réaction correspondant à ce mécanisme réactionnel.

Corrigé

1. On chauffe pour augmenter la température (facteur cinétique) et diminuer la durée de la synthèse. À l'échelle microscopique, on augmente l'agitation des entités : cela augmente la fréquence des chocs et donc des chocs efficaces ; de plus cela augmente l'énergie cinétique des entités et augmente les probabilités que les chocs soient efficaces.
2. Les réactifs étant purs, la fréquence des chocs augmente et donc la fréquence des chocs efficaces est grande à l'échelle microscopique (c'est le facteur cinétique « **concentrations des réactifs** » poussé à l'extrême). La synthèse sera donc plus rapide.
3. Les intermédiaires réactionnels sont formés lors d'une étape puis consommés lors d'une étape ultérieure : ce sont les espèces $R{-}CO_2H_2^+$, $R{-}CO_2H_2{-}OH{-}R'^+$ et $R{-}CO_2H{-}R'^+$.
4. Les ions H^+ sont consommés lors l'étape 1 puis régénérés lors de l'étape 4 : ils jouent ici le rôle de catalyseur (et diminue la durée de la réaction).
Il en restera donc toujours autant en fin de synthèse.
5. En éliminant les intermédiaires réactionnel et le catalyseur :
$R{-}CO_2H(l) + R'{-}OH(l) \rightleftharpoons R{-}CO_2{-}R'(l) + H_2O(l)$

Modélisation des interactions entre entités

Fiche 13

Physique-Chimie

LE COURS

Electronégativité et liaison polarisée

• L'électronégativité est une grandeur relative qui traduit la capacité d'un atome A à attirer vers lui les électrons du doublet d'électrons de la liaison covalente le liant à un atome B.

• Si l'atome A est plus électronégatif que l'atome B, alors la liaison A-B est polarisée : A porte une charge partielle négative δ- et B porte une charge partielle positive δ+.

$$^{\delta-}A - B^{\delta+}$$

Remarque : les liaisons C-H sont considérées comme non polarisées car la différence d'électronégativité est faible.

Sites donneur et accepteur de doublet d'électrons

• Un **site donneur de doublet d'électrons** est un lieu d'une espèce chimique présentant un **excès** de charges négatives :
– un doublet non liant
– une double liaison
– une liaison polarisée (du côté de l'atome le plus électronégatif qui porte une charge négative partielle)

• Un **site accepteur de doublet d'électrons** est un lieu d'une espèce chimique présentant un **déficit** de charges négatives :
– un atome porteur d'une charge positive entière ;
– un atome porteur d'une charge positive partielle : il est donc lié à un atome plus électronégatif par une liaison polarisée.

Formalisme de la flèche courbe

• Lors d'un acte élémentaire d'un mécanisme réactionnel, la formation et/ou la rupture de liaisons sont la conséquence du déplacement d'un ou plusieurs doublets d'électrons. On utilise pour cela le formalisme de la flèche courbe.

• Une **flèche courbe** correspond au **déplacement d'un doublet d'électrons** d'un site donneur de doublet vers un site accepteur de doublet.

• Attention, ne jamais dire « de l'atome le plus électronégatif vers le moins électronégatif » ! La comparaison des électronégativités sert juste à identifier les liaisons polarisées et donc les charges partielles.

Notes

Notes

EXERCICE TYPE CORRIGÉ

Le mécanisme réactionnel modélisant la réaction de synthèse de l'acétate d'éthyle à partir de l'acide acétique et l'éthanol comporte cinq étapes représentées ci-dessous. Par souci de simplification on notera R-OH l'éthanol.

Étape 1
Étape 2
Étape 3
Étape 4
Étape 5

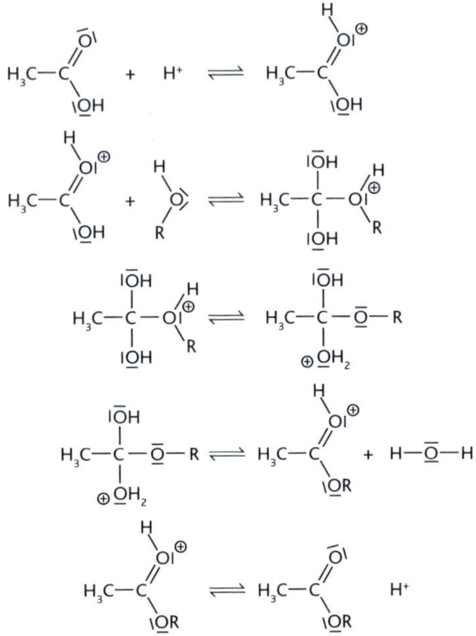

1. Compléter les étapes 1 à 5 avec une ou plusieurs flèches courbes.

2. Justifier le caractère donneur ou accepteur des sites mis en jeu lors des étapes 1 et 2.

Corrigé

1.

Étape 1	Étape 2	Étape 3	Étape 4	Étape 5
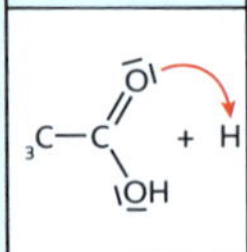	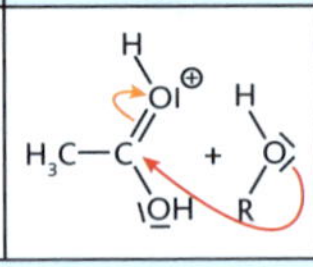	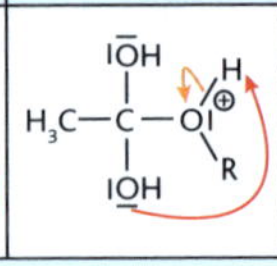	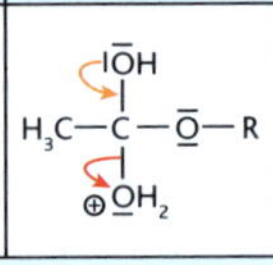	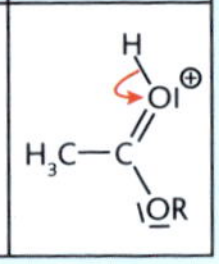

2. **Étape 1** : le site donneur est le doublet non liant de l'atome **O** ; le site accepteur est l'ion $\mathbf{H^+}$ chargé positivement. **Étape 2** : les sites donneurs sont le doublet non liant de l'atome **O** et la double liaison **C=O**. Les sites accepteurs sont l'atome **C** lié à deux atomes **O** plus électronégatifs (il est donc porteur d'une charge partielle positive) et l'atome **O** chargé positivement.

Équilibre chimique

LE COURS

État d'équilibre dynamique

On considère un système comportant initialement $n_i(A)$ moles d'une espèce A et $n_i(B)$ moles d'une espèce B. Ce système se transforme avec formation de deux espèces C et D de quantité respective $n(C)$ et $n(D)$ selon l'équation bilan :

$$a\,A\,(aq) + b\,B\,(aq) = c\,C\,(aq) + d\,D\,(aq)$$

(a, b, c, d coefficients stœchiométriques)

Les transformations dans lesquelles au moins un des réactifs disparaît totalement sont dites totales mais dans de nombreux cas, les réactifs et les produits coexistent dans un état appelé **dynamique**. Lorsque les espèces A et B réagissent pour former les espèces C et D (sens direct), celles-ci réagissent pour reformer les réactifs (sens inverse). Les vitesses des deux réactions sont égales et les quantités de matière ainsi que les paramètres macroscopiques (pH...) restent constants.

Taux d'avancement final d'une transformation

Le taux d'avancement τ se définit comme le quotient de l'avancement final x_f sur l'avancement maximal x_{max} :

$$\tau = \frac{x_f}{x_{max}}$$

L'avancement maximal se calcule grâce au tableau d'avancement

L'avancement final se détermine grâce aux paramètres expérimentaux (mesure de pH, conductimétrie...).

Si $\tau = 1$, la transformation est totale, au moins un des réactifs a entièrement disparu.

Si $\tau < 1$, la transformation est équilibrée.

Notes

EXERCICE TYPE CORRIGÉ

On introduit dans 50,0 mL d'eau pure $5{,}0 \times 10^{-4}$ mole d'acide chlorhydrique $HC\ell$. Il se forme des ions oxonium H_3O^+. Le pH vaut alors 2,0.

1. Écrire l'équation bilan de cette transformation.
2. Déterminer la concentration en ions oxonium dans la solution.
3. En déduire la quantité de matière d'ions oxonium formée.
4. À l'aide d'un tableau d'avancement, justifier du caractère total de cette transformation.
5. Une solution d'acide éthanoïque de concentration 10^{-2} mol.L^{-1} a un pH de 3,3. La réaction est-elle totale ?

Notes

Corrigé

1. $\mathbf{HC\ell\,(aq) + H_2O\,(\ell) \rightleftharpoons H_3O^+\,(aq) + C\ell^-\,(aq)}$

2. Calculons la concentration en ions oxonium donnée par la relation : $[H_3O^+] = 10^{-pH}$. Donc $\mathbf{[H_3O^+] = 1{,}0 \times 10^{-2}\ mol{\cdot}L^{-1}}$.

3. $n(H_3O^+) = [H_3O^+] \times V = 1{,}0 \times 10^{-2} \times 50 \times 10^{-3} = \mathbf{5{,}0 \times 10^{-4}\ mol}$.

4. Construisons le tableau d'avancement :

Équation de la réaction		$HC\ell\,(aq)$	$+ H_2O\,(\ell) \rightleftharpoons$	$H_3O^+\,(aq) +$	$C\ell^-\,(aq)$
État du système	**Avancement (en mol)**	**Quantité de matière (en mol)**			
État initial	$x = 0$	$5{,}0 \times 10^{-4}$	excès	0	0
État intermédiaire	x	$5{,}0 \times 10^{-4} - x$	excès	x	x
État final si transformation totale	x_{max}	$5{,}0 \times 10^{-4} - x_{max}$	excès	x_{max}	x_{max}
État final réel	x_f	$5{,}0 \times 10^{-4} - x_f$	excès	x_f	x_f

- Calculons x_{max} : $5{,}0 \times 10^{-4} - x_{max} = 0$ soit $x_{max} = 5{,}0 \times 10^{-4}$ mol.
- Calculons x_f : $x_f = n(H_3O^+) = 5{,}0 \times 10^{-4}$ mol.
- Calculons le taux d'avancement de la réaction : $\tau = \dfrac{x_f}{x_{max}} = \dfrac{5{,}0 \times 10^{-4}}{5{,}0 \times 10^{-4}} = 1$.

La réaction est donc totale.

5. Dans le cas de la solution d'acide éthanoïque, nous allons calculer τ.

Reprenons le tableau d'avancement :

Équation de la réaction		$CH_3CO_2H\,(aq)$	$+ H_2O\,(\ell) \rightleftharpoons$	$CH_3CO_2^-\,(aq) +$	$H_3O^+\,(aq)$
État du système	**Avancement (en mol)**	**Quantité de matière (en mol)**			
État initial	$x = 0$	$C \times V$	excès	0	0
État intermédiaire	x	$C \times V - x$	excès	x	x
État final si transformation totale	x_{max}	$C \times V - x_{max}$	excès	x_{max}	x_{max}
État final réel	x_f	$C \times V - x_f$	excès	x_f	x_f

Nous en déduisons : $C \times V - x_{max} = 0$ soit $x_{max} = C \times V$, donc :
$x_f = [H_3O^+] \times V = 10^{-pH} \times V$.

Calculons $\boldsymbol{\tau} = \dfrac{10^{-pH} \times V}{C \times V} = \dfrac{10^{-pH}}{C} = \dfrac{10^{-3,3}}{10^{-2}} = \mathbf{0{,}05}$.

Le taux d'avancement est inférieur à 1. La réaction n'est donc pas totale.

Sens d'évolution spontanée d'un système

LE COURS

Quotient de réaction

Soit un système chimique caractérisé par l'équation bilan :

$$a\ \mathrm{A\ (aq)} + b\ \mathrm{B\ (aq)} \rightleftharpoons c\ \mathrm{C\ (aq)} + d\ \mathrm{D\ (aq)}$$

(a, b, c, d coefficients stœchiométriques)

• Cette transformation est caractérisée à chaque instant par le **quotient de réaction Q_r** défini par :

$$\mathbf{Q_r} = \frac{[\mathrm{C}]^c \times [\mathrm{D}]^d}{[\mathrm{A}]^a \times [\mathrm{B}]^b}$$

En solution aqueuse, lorsqu'un des réactifs (ou produits) est l'eau ou un solide, on remplace leur concentration par 1.
Les concentrations s'expriment en $\mathrm{mol \cdot L^{-1}}$ mais Q_r n'a pas d'unité.

• **Lorsque le système est à l'équilibre**, Q_r prend une valeur particulière :

$$Q_{r,\,éq} = \frac{[\mathrm{C}]_{éq}^c \times [\mathrm{D}]_{éq}^d}{[\mathrm{A}]_{éq}^a \times [\mathrm{B}]_{éq}^b} = K$$

Cette valeur est notée K et est appelée **constante d'équilibre**. Elle ne dépend que de la température T.

Évolution d'un système chimique

Spontanément, un système évolue vers son état d'équilibre, c'est-à-dire que Q_r va tendre vers la valeur K.
Trois cas de figure peuvent se présenter :

• $\boldsymbol{Q_r < K}$: la transformation évolue dans le **sens direct**.
• $\boldsymbol{Q_r > K}$: la transformation évolue dans le **sens inverse**.
• $\boldsymbol{Q_r = K}$: la transformation est **à l'équilibre**.

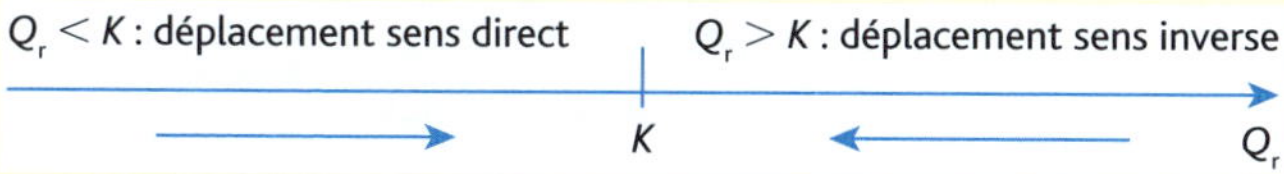

Notes

EXERCICE TYPE CORRIGÉ

Données : $\mathrm{p}K_A$ des couples acide / base :
Acide méthanoïque HCOOH (aq) / ion méthanoate $\mathrm{HCOO^-}$ (aq) : $\mathrm{p}K_{A1} = 3{,}8$.
Acide benzoïque $\mathrm{C_6H_5COOH}$ (aq) / ion benzoate $\mathrm{C_6H_5COO^-}$ (aq) : $\mathrm{p}K_{A2} = 4{,}2$.
On dispose de solutions aqueuses d'acide méthanoïque et d'acide benzoïque de même concentration molaire en soluté apporté $c = 1{,}0 \times 10^{-2}\ \mathrm{mol \cdot L^{-1}}$ et de volume $V = 10$ mL.

Notes

Étude de la réaction de l'acide méthanoïque avec l'eau

1. Écrire l'équation de cette réaction.

2. Exprimer la constante d'équilibre de cette réaction.

Soit la réaction chimique suivante :

$$HCOOH\,(aq) + C_6H_5COO^-\,(aq) \rightleftharpoons HCOO^-\,(aq) + C_6H_5COOH\,(aq)$$

3. Exprimer la constante d'équilibre de cette réaction puis calculer sa valeur.

Corrigé

1. $HCOOH(aq) + H_2O(\ell) \rightleftharpoons HCOO^-(aq) + H_3O^+(aq)$

2. Tous les coefficients stœchiométriques valent 1 et la concentration de l'eau (solvant et réactif) vaut 1.

$$K_{A1} = \frac{[HCOO^-]_{éq} \times [H_3O^+]_{éq}}{[HCOOH]_{éq}}$$

3. La constante d'équilibre K s'écrit elle aussi avec les concentrations atteintes à l'équilibre :

$$K = \frac{[C_6H_5COOH]_{éq} \times [HCOO^-]_{éq}}{[C_6H_5COO^-]_{éq} \times [HCOOH]_{éq}}$$

On fait apparaitre les constantes K_{A1} et K_{A2} :

Avant cela, on exprime K_{A2}, constante d'équilibre de la réaction de dissociation de l'acide benzoïque dans l'eau :

$$C_6H_5COOH\,(aq) + H_2O\,(\ell) \rightleftharpoons C_6H_5COO^-\,(aq) + H_3O^+\,(aq)$$

$$K_{A2} = \frac{[C_6H_5COO^-]_{éq} \times [H_3O^+]_{éq}}{[C_6H_5COOH]_{éq}}.$$

On multiple l'expression de K par $\frac{[H_3O^+]}{[H_3O^+]}$ (ce qui équivaut à multiplier par 1) :

$$K = \frac{[C_6H_5COOH]_{éq} \times [HCOO^-]_{éq}}{[C_6H_5COO^-]_{éq} \times [HCOOH]_{éq}} \times \frac{[H_3O^+]}{[H_3O^+]}$$

$$K = \frac{[C_6H_5COOH]_{éq}}{[C_6H_5COO^-]_{éq} \times [H_3O^+]} \times \frac{[HCOO^-]_{éq} \times [H_3O^+]}{[HCOOH]_{éq}}$$

$$K = \frac{1}{K_{A2}} \times K_{A1}.$$

$$\text{Donc } K = \frac{K_{A1}}{K_{A2}} = \frac{10^{-pK_{A1}}}{10^{-pK_{A2}}} = 10^{(pK_{A2} - pK_{A1})}$$

$$\boldsymbol{K = 10^{4,2-3,8} = 10^{0,4} = 2,5.}$$

Constitution et fonctionnement d'une pile

Fiche 16

Physique-Chimie

LE COURS

Constitution d'une pile (générateur électrochimique) et tension à vide

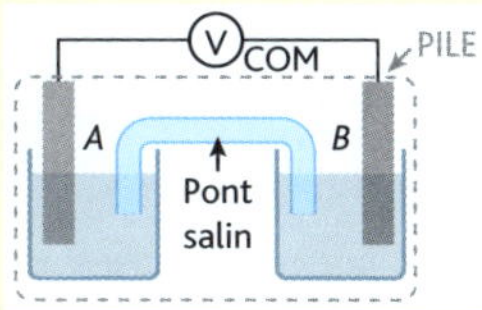

Une pile est constituée de deux compartiments distincts (appelés demi-piles) reliés par un pont salin.

Chaque compartiment contient les deux espèces d'un couple Ox/Red (généralement différent dans chaque demi-pile).

La tension à vide se mesure en branchant un voltmètre entre les deux bornes de la pile lorsque celle-ci ne débite pas de courant. Cette mesure permet de déterminer la polarité de la pile : si $U_{AB} > 0$, A est la borne positive ; si $U_{AB} < 0$, A est la borne négative.

Fonctionnement d'une pile

Lorsqu'une pile débite du courant, il y a un **transfert spontané d'électrons indirect**, via le circuit électrique, depuis la borne négative de la pile vers la borne positive. Ce transfert d'électrons est la conséquence d'une **réaction d'oxydoréduction** entre l'oxydant présent dans une demi-pile et le réducteur présent dans l'autre demi-pile.

Ces deux réactifs sont séparés dans deux compartiments différents pour empêcher tout transfert d'électrons directement entre eux.

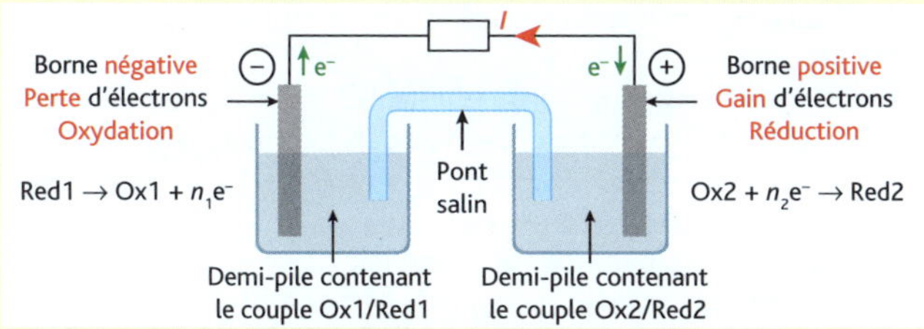

L'équation de fonctionnement impliquant un transfert indirect d'électrons de Red1 vers Ox2 s'écrit de la même manière que le transfert direct.

Rôle du pont salin (ou de la membrane poreuse)

Le pont salin est généralement constitué d'une solution ionique gélifiée.

Son rôle est de :

– **fermer le circuit électrique** (afin d'assurer le passage du courant) ;

– **maintenir la neutralité électrique de chaque demi-pile.**

Notes

Notes

EXERCICE TYPE CORRIGÉ

Lors d'une activité expérimentale, des élèves réalisent le montage suivant :

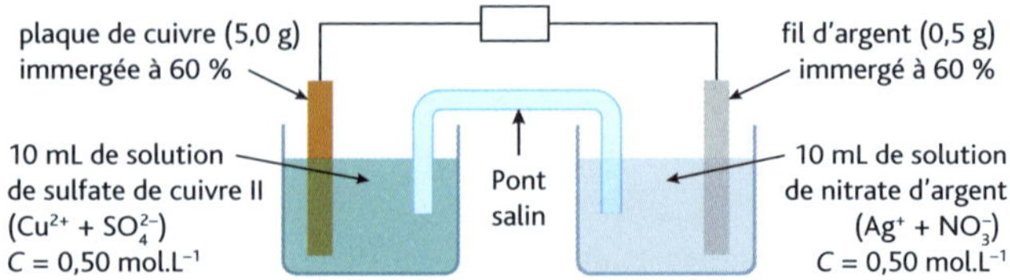

Après une certaine durée de fonctionnement, les élèves notent une intensification de la coloration bleue dans le premier bécher et un dépôt gris métallique se formant sur le fil d'argent.

Données : couples Ox/Red mis en jeu : $Cu^{2+}(aq)/Cu(s)$; $Ag^+(aq)/Ag(s)$.

Les ions Cu^{2+} donnent une coloration bleue en solution.

1. Interpréter les observations des élèves et en déduire les équations des réactions se produisant aux électrodes.
2. En déduire la polarité de la pile.
3. Proposer une autre méthode permettant de déterminer la polarité de la pile.
4. Quel est le rôle du pont salin ?
5. Déterminer l'équation de fonctionnement global de la pile cuivre-argent lorsqu'elle débite.
6. Pourquoi ne pas avoir mis directement les réactifs en présence dans un seul bécher ?

Corrigé

1. L'intensification de la coloration bleue signifie qu'il y a formation d'ions cuivre $Cu^{2+}(aq)$.

La réaction ayant lieu est donc : $Cu(s) \rightarrow Cu^{2+}(aq) + 2\ e^-$ ($\times 1$). C'est une oxydation.

Le dépôt gris métallique ne peut être que de l'argent métallique.

La réaction ayant lieu est donc : $Ag^+(aq) + e^- \rightarrow Ag(s)$ ($\times 2$). C'est une réduction.

2. **L'électrode de cuivre** cède des électrons à travers le circuit extérieur : il s'agit de la **borne négative** de la pile. L'**électrode d'argent** capte des électrons arrivant par le circuit extérieur : il s'agit de la **borne positive** de la pile.

3. On peut également mesurer la tension à vide aux bornes de la pile en débranchant d'abord la résistance pour ne pas que la pile débite. Si elle est positive, la borne COM est reliée à la borne négative de la pile.

4. Le **rôle du pont salin** est de **fermer le circuit électrique** et de maintenir la neutralité électrique de chaque demi-pile.

5. En combinant les deux équations aux électrodes :

$$\mathbf{Cu(s) + 2\,Ag^+(aq) \rightarrow Cu^{2+}(aq) + 2\,Ag(s)}$$

6. Si l'on avait mis directement une tige de cuivre dans une solution contenant des ions argent, la réaction se serait bien produite, mais le transfert d'électrons aurait eu lieu directement entre les réactifs et n'aurait pas généré de courant électrique.

Capacité électrique d'une pile

Fiche 17

Physique-Chimie

LE COURS

Intensité du courant et quantité d'électricité

L'intensité du courant étant un débit de charges électriques : $i = \frac{dq}{dt}$

Si l'intensité du courant fourni par une pile reste constante pendant une durée Δt, on peut écrire :

$$I = \frac{Q}{\Delta t}$$

(A → I ; C → Q ; s → Δt)

où Q est la charge électrique (ou quantité d'électricité) ayant circulé pendant la durée Δt.

Q s'exprime en C (coulomb) mais est souvent exprimée en A·h (ampère-heure) : 1 A·h = 3 600 C.

Quantité d'électricité et quantité d'électrons

Dans le circuit, la quantité d'électricité qui circule est liée aux électrons transférés du réducteur vers l'oxydant :

$$Q = n(e^-) \times F$$

(C → Q ; mol → $n(e^-)$; C.mol^{-1} → F)

où F est la charge d'une mole d'électrons.

Remarque : $F = N_A \times e = 96\,500\ C{\cdot}mol^{-1}$ est appelé constante de Faraday.

Notes

Usure d'une pile et capacité électrique d'une pile

Une pile qui débite est un système hors équilibre qui tend vers l'équilibre. Pour simplifier, on considère qu'**une pile est usée quand le réactif limitant de son équation de fonctionnement est épuisé.**

On définit la **capacité électrique Q_{max} d'une pile** comme la **quantité d'électricité maximale qu'une pile peut fournir.**

La connaissance de la quantité de matière du réactif limitant (RL) et de l'équation à l'électrode où a lieu sa consommation permet de déterminer la quantité maximale d'électrons correspondante et d'en déduire la capacité électrique de la pile.

Exemple : considérons la réaction entre Red 1 et Ox 2 :

Cas n° 1 : le réducteur Red1 est le RL	**Cas n° 2** : l'oxydant Ox 2 est le RL
Red 1 → Ox 1 + $k_1 e^-$	Ox 2 + $k_2 e^-$ → Red 2
donc $n(e^-)_{max} = k_1 \times n(\text{Red 1})_i$	donc $n(e^-)_{max} = k_2 \times n(\text{Ox 2})_i$
$Q_{max} = n(e^-)_{max} \times F$	$Q_{max} = n(e^-)_{max} \times F$
$= k_1 \times n(\text{Red 1})_i \times F$	$= k_2 \times n(\text{Ox 2})_i \times F$

Notes

EXERCICE TYPE CORRIGÉ

Lors d'une activité expérimentale, des élèves ont réalisé le montage suivant :

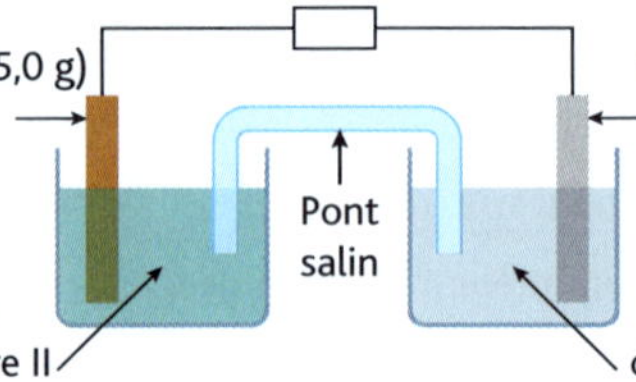

Ils ont établi que les réactions ayant lieu aux électrodes sont : $Cu\,(s) \rightarrow Cu^{2+}(aq) + 2\,e^-$ à l'électrode de cuivre et $Ag^+(aq) + e^- \rightarrow Ag\,(s)$ à l'électrode d'argent. L'équation globale de fonctionnement de la pile étant :

$$Cu\,(s) + 2\,Ag^+(aq) \rightarrow Cu^{2+}(aq) + 2\,Ag\,(s)$$

Données : M(Cu) = 63,5 g·mol^{-1} ; M(Ag) = 107,9 g·mol^{-1} ; F = 96 500 C·mol^{-1} ; 1 A·h = 3 600 C.

1. Définir la capacité électrique d'une pile.
2. Déterminer sa valeur.
3. Estimer la durée de fonctionnement de cette pile si elle fournit une intensité constante de 75 mA.

Corrigé

1. La capacité électrique Q_{max} d'une pile est la quantité d'électricité maximale qu'une pile peut fournir.

2. $Q_{max} = n(e^-)_{max} \times F$. Pour trouver la quantité maximale d'électrons pouvant être transférés, il faut d'abord déterminer le réactif limitant.

$$n(Cu)_i = 0{,}60 \times \frac{m(Cu)_i}{M(Cu)} = 0{,}60 \times \frac{5{,}0}{63{,}5} = 0{,}047 \text{ mol}$$

(seul 60 % de la plaque est immergée)

$n(Ag^+)_i = C \times V = 0{,}50 \times 10 \times 10^{-3} = 5{,}0 \times 10^{-3}$ mol.

En tenant compte des nombres stœchiométriques de l'équation de fonctionnement :

$$\frac{n(Cu)_i}{1} > \frac{n(Ag^+)_i}{2}$$ donc Ag^+ est le réactif limitant.

D'après l'équation de consommation de Ag^+, $Ag^+(aq) + e^- \rightarrow Ag\,(s)$, on peut écrire :

$n(e^-)_{max} = n(Ag^+)_i$ donc $\mathbf{Q_{max}} = 5{,}0 \times 10^{-3} \times 9{,}65 \times 10^4 = \mathbf{4{,}8 \times 10^2\,C}$.

3. $$I = \frac{Q}{\Delta t} \Leftrightarrow \mathbf{\Delta t} = \frac{Q}{I} = \frac{4{,}8 \times 10^2}{75 \times 10^{-3}} = \mathbf{6{,}4 \times 10^3\,s}$$ **(soit 1,8 h).**

Forcer l'évolution d'un système chimique

Fiche 18

Physique-Chimie

LE COURS

Transformation forcée

- Grâce à un apport d'énergie (électrique ou lumineuse), des transformations limitées peuvent se produire jusqu'à épuisement du réactif limitant.
- Contrairement à une transformation spontanée (*voir fiche 15*), le quotient de réaction Q_r s'éloigne de la constante d'équilibre K lors d'une transformation forcée.

Électrolyse

- Un électrolyseur est un récepteur électrique constitué de deux tiges conductrices appelées électrodes plongeant dans une solution conductrice appelée électrolyte. Lors d'une électrolyse, un générateur de courant continu **impose** un transfert d'électrons, **forçant** des réactions électrochimiques à se produire aux électrodes.

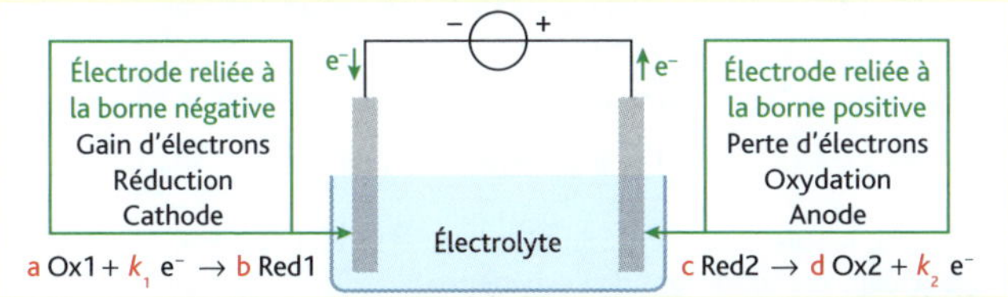

Notes

- Les principales applications de l'électrolyse sont la charge d'un accumulateur (batterie), le dépôt d'un métal à partir d'une solution contenant des ions métalliques (galvanostégie), la purification de métaux (anode soluble contenant le métal à purifier), la synthèse de gaz (dichlore, dihydrogène, etc.)
- Si le générateur fournit une intensité constante I pendant une durée Δt, on peut écrire : $I = \frac{Q}{\Delta t}$ où Q est la quantité d'électricité (en C) mise en jeu.
- La quantité d'électricité Q mise en jeu est liée à la quantité de matière d'électrons ayant circulé (de force) dans le circuit pendant la durée Δt :

$Q = N(e^-) \times e = n(e^-) \times N_A \times e = n(e^-) \times F$

Rappel : constante de Faraday $F = N_A \times e = 96\ 500\ C.mol^{-1}$.

Cathode (Réduction) :	**Anode** (Oxydation) :
$a\ Ox1 + k_1\ e^- \rightarrow b\ Red1$	$c\ Red2 \rightarrow d\ Ox2 + k_2\ e^-$
$\frac{n(e^-)}{k_1} = \frac{n(Ox1)_{cons}}{a} = \frac{n(Red1)_{prod}}{b}$	$\frac{n(e^-)}{k_2} = \frac{n(Red2)_{cons}}{c} = \frac{n(Ox2)_{prod}}{d}$

Notes

EXERCICE TYPE CORRIGÉ

Données :

- Charge élémentaire : $e = 1{,}6 \times 10^{-19}$ C
- Constante d'Avogadro : $N_A = 6{,}02 \times 10^{23}$ mol^{-1}
- Pour les gaz $V_m = 24$ L.mol^{-1}

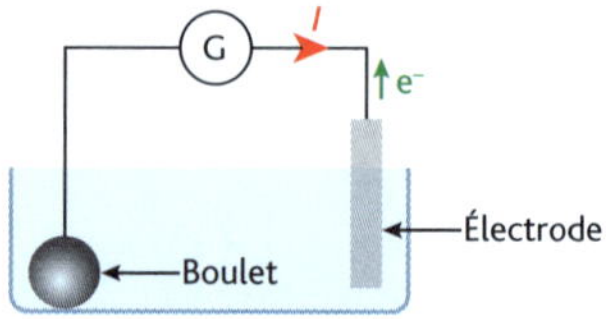

G : générateur de tension continue

Un boulet est retrouvé par un archéologue qui le restaure par électrolyse en solution basique. Ce procédé va produire un gaz dont la pression va éliminer la gangue qui entoure le boulet. Le schéma de principe de l'électrolyse est donné ci-contre.

L'élimination de la gangue se fait sous une intensité I = 1,0 A constante et pendant une durée Δt = 530 h. L'équation de la réaction modélisant l'électrolyse est : $2\ C\ell^- (aq) + 2\ H_2O\ (\ell) \rightarrow C\ell_2\ (g) + H_2\ (g) + 2\ HO^-\ (aq)$.

Les couples d'oxydoréduction sont : $C\ell_2$ (g) / $C\ell^-$ (aq) et H_2O (ℓ) / H_2 (g)

1. Écrire l'équation de la réaction ayant lieu à l'anode et indique à quelle borne du générateur est reliée cette électrode.

À l'autre électrode, on observe un dégagement de dihydrogène. L'équation de la réaction électrochimique associée est :

$$2\ H_2O\ (\ell) + 2\ e^- \rightarrow H_2\ (g) + 2\ HO^-\ (aq)\ (1)$$

2. Établir l'expression littérale de la quantité d'électrons transférés $n(e^-)$ en fonction des grandeurs données.

3. Établir une relation entre la quantité $n(H_2)$ de dihydrogène dégagé et la quantité d'électrons $n(e^-)$ et en déduire que $n(H_2) = \frac{1}{2} \times \frac{I \times \Delta t}{N_A \times e}$.

4. Calculer la valeur de $n(H_2)$. En déduire quel serait le volume de dihydrogène dégagé dans les conditions de l'expérience.

Corrigé

1. Par définition, l'anode est le siège d'une oxydation (perte d'électrons), elle est donc reliée à la borne positive du générateur (qui « aspire » les électrons). Les ions $C\ell^-$ se transforment en $C\ell_2$: $2\ C\ell^-\ (aq) \rightarrow C\ell_2\ (g) + 2\ e^-$

2. $Q = N(e^-) \times e = n(e^-) \times N_A \times e$ et $I = \frac{Q}{\Delta t}$ donc $n(e^-) = \frac{Q}{N_A \times e} = \frac{I \times \Delta t}{N_A \times e}$

3. D'après l'équation (1.) donnée, $\frac{n(e^-)}{2} = \frac{n(H_2)}{1}$ donc $n(H_2) = \frac{1}{2} \times \frac{I \times \Delta t}{N_A \times e}$

4. $n(H_2) = \frac{1}{2} \times \frac{1{,}0 \times 530 \times 3600}{6{,}02 \times 10^{23} \times 1{,}6 \times 10^{-19}} = 9{,}9$ mol

$V(H_2) = n(H_2) \times V$

$V(H_2) = 9{,}9 \times 24 = 2{,}4 \times 10^2$ L .

Constante d'équilibre K_A et produit ionique de l'eau

Fiche 19

Physique-Chimie

Notes

LE COURS

L'eau, solvant ampholyte

• L'eau est une espèce ampholyte, c'est-à-dire qu'elle est **à la fois une espèce acide (dans le couple H_2O / HO^-) et une espèce basique (dans le couple H_3O^+ / H_2O)**. Deux molécules d'eau vont donc pouvoir réagir ensemble selon l'équation :

$$2\ H_2O(\ell) \rightleftharpoons OH^-(aq) + H_3O^+(aq)$$

• Une des molécules d'eau joue ici de rôle de base (selon la définition de Brønsted) tandis que l'autre joue le rôle d'acide. On obtient donc des ions oxonium et hydroxyde. Cette réaction équilibrée s'appelle **autoprotolyse** de l'eau et est caractérisée par une constante de réaction K_e, appelée **produit ionique de l'eau** telle que :

$$K_e = [OH^-] \times [H_3O^+]$$

À 25 °C, K_e =1,0 × 10^{-14}.

On définit le pK_e tel que : $pK_e = -\log K_e$

À 25 °C, pK_e = 14.

Remarque : cette réaction est très limitée ; la concentration de ces ions dans l'eau pure vaut 10^{-7} mol·L^{-1}, d'où une valeur de pH de 7.

Constante d'acidité K_A

• Soit un couple acide base AH / A^-. Mis en solution, l'acide réagit avec l'eau selon l'équation :

$$AH\ (aq) + H_2O\ (\ell) \rightleftharpoons A^-\ (aq) + H_3O^+\ (aq)$$

La constante d'équilibre associée à cette réaction notée K_A est définie par :

$$K_A = \frac{[A^-]_{éq} \times [H_3O^+]_{éq}}{[AH]_{éq}}$$

Cette constante est sans unité et ne dépend que de la température. Les concentrations sont celles lorsque l'équilibre est atteint.

• Pour définir un couple acide-base, on utilise souvent le pK_A :

$$pK_A = -\log K_A \text{ ou } K_A = 10^{-pK_A}$$

Ainsi, plus le pK_A d'un couple est grand, plus l'acide AH est faible.

EXERCICE TYPE CORRIGÉ

Étude de l'équilibre chimique d'une solution d'ammoniac

Données :

• Produit ionique de l'eau : K_e = 1,0 × 10^{-14}.

• pK_A du couple acide / base : NH_4^+ (aq) / NH_3 (aq) : pK_{A1} = 9,2.

Notes

1. Donner l'équation bilan de la réaction liée à la constante K_{A1}.

2. Donner l'expression littérale de la constante d'acidité K_{A1}.

On considère un volume $V = 1{,}0$ L d'une solution S d'ammoniac NH_3 (aq) de concentration $C_S = 1{,}1 \times 10^{-2}$ mol·L^{-1}.

Réaction acido-basique dans S

L'équation bilan de la réaction entre l'ammoniac et l'eau est :

$$NH_3\,(aq) + H_2O\,(\ell) \rightleftharpoons NH_4^+\,(aq) + HO^-\,(aq)$$

3. Donner l'expression littérale de la constante d'équilibre K associée à l'équation de cette réaction.

4. Exprimer K en fonction de K_e et K_{A1}. Calculer K.

Corrigé

1. La réaction liée à K_{A1} correspond à la la réaction entre l'ion ammonium et l'eau :

$$NH_4^+\,(aq) + H_2O\,(\ell) \rightleftharpoons NH_3\,(aq) + H_3O^+\,(aq)$$

2. La constante liée à cette réaction s'écrit :

$$K_{A1} = \frac{[NH_{3\,(aq)}]_{éq} \times [H_3O^+_{(aq)}]_{éq}}{[NH^+_{4\,(aq)}]_{éq}}.$$

3. La constante liée à cette réaction s'écrit :

$$K = \frac{[NH^+_{4\,(aq)}]_{éq} \times [HO^-_{(aq)}]_{éq}}{[NH_{3(aq)}]_{éq}}.$$

4. Pour faire apparaître les constantes K_{A1} et K_e, on va multiplier K par :

$\frac{[H_3O^+_{(aq)}]}{[H_3O^+_{(aq)}]}$, ce qui équivaut à multiplier par 1.

$$K = \frac{[NH^+_{4(aq)}]_{éq} \times [OH^-_{aq}]_{éq} \times [H_3O^+_{(aq)}]}{[NH_{3(aq)}]_{éq} \times [H_3O^+_{(aq)}]}$$

$$= \frac{K_e}{K_{A1}}$$

Application numérique :

$$\boldsymbol{K} = \frac{10^{-pK_e}}{10^{-pK_{A1}}} = 10^{(pK_{A1}-pK_e)}\text{, soit } K = 10^{9,2-14} = \mathbf{1{,}6 \times 10^{-5}}.$$

Force des acides et des bases

Fiche 20

Physique-Chimie

LE COURS

Acide fort, base forte

- Un acide est une espèce chimique susceptible de **céder un ion H^+. Un acide est « fort » s'il réagit totalement avec l'eau** selon l'équation :

$$AH\ (aq) + H_2O\ (\ell) \rightarrow A^-\ (aq) + H_3O^+\ (aq)$$

Le pH d'une solution d'acide fort de concentration C_0 est donné par la relation :

$$pH = -\log\left(\frac{[H_3O^+]}{c^0}\right) = -\log C_0$$

Inversement, on peut déterminer la concentration en ions oxonium si on connaît le pH grâce à la relation : $[H_3O^+] = 10^{-pH}$.

- Une base est une espèce chimique susceptible de **capter un ion H^+. Une base est « forte »** si elle **réagit totalement avec l'eau** selon l'équation :

$$A^-\ (aq) + H_2O\ (\ell) \rightarrow AH\ (aq) + HO^-\ (aq)$$

Le pH d'une solution de base forte de concentration C_0 est donné par la relation : $pH = pK_e + \log C_0$. À 25 °C, $\mathbf{pH = 14 + \log C_0}$.

Acide faible, base faible

- **Définitions**

– **Un acide est dit « faible » s'il réagit partiellement avec l'eau :**

$$AH\ (aq) + H_2O\ (\ell) \rightleftharpoons A^-\ (aq) + H_3O^+\ (aq)$$

– **Une base est dite « faible » si elle réagit partiellement avec l'eau :**

$$B\ (aq) + H_2O\ (\ell) \rightleftharpoons BH^+\ (aq) + HO^-\ (aq)$$

- **Relation entre pH d'une solution et pK_A d'un coupe acide base.**

Soit un couple acide base AH / A^-. Mis en solution, l'acide réagit avec l'eau selon l'équation :

$$AH\ (aq) + H_2O\ (\ell) \rightarrow A^-\ (aq) + H_3O^+\ (aq)$$

La constante d'équilibre associée à cette réaction notée K_A s'écrit :

$$K_A = \frac{[A^-]_{éq} \times [H_3O^+]_{éq}}{[AH]_{éq}}$$

Cette constante est sans unité et ne dépend que de la température. Les concentrations sont celles lorsque l'équilibre est atteint.

On a aussi la relation : $\mathbf{pK_A = -\log K_A}$. On peut donc écrire :

$$pK_A = -\log\frac{[A^-] \times [H_3O^+]}{[AH]}$$

En utilisant les propriétés de la fonction logarithme, on obtient :

$$pH = pK_A + \log\frac{[A^-]}{[AH]}$$

Notes

Notes

EXERCICE TYPE CORRIGÉ

L'éthanamine C_2H_7N est une base faible dans l'eau. Gazeuse à température ambiante, elle est miscible en toutes proportions à l'eau.
On dissout $5{,}0 \times 10^{-2}$ mol d'éthanamine dans un volume $V = 1{,}0$L d'eau pure. Le pH de la solution vaut 12,2.
Donnée : $K_e = 1{,}0 \times 10^{-14}$.

1. À quel couple acide-base appartient l'éthanamine ?
2. Écrire l'équation de la réaction entre l'éthanamine et l'eau.
3. Calculer la concentration $[H_3O^+]$ dans la solution à l'équilibre.
4. En déduire la concentration $[HO^-]$ dans la solution.
5. Définir la constante d'acidité K_A du couple de la question 1. et en déduire la relation entre pH et pK_A.
6. La constante d'acidité K_A vaut $1{,}9 \times 10^{-11}$. En déduire le pK_A.

Corrigé

1. L'éthanamine appartient au couple : $C_2H_8N^+ / C_2H_7N$.
2. L'éthanamine est une base faible, elle réagit avec l'eau selon :

$$C_2H_7N\ (aq) + H_2O\ (\ell) \rightleftharpoons C_2H_8N^+\ (aq) + HO^-\ (aq)$$

3. On utilise la relation $[H_3O^+] = 10^{-pH}$, donc $[H_3O^+] = 10^{-12{,}2}$ soit $\mathbf{[H_3O^+] = 6{,}3 \times 10^{-13}\ mol{\cdot}L^{-1}}$.
4. On utilise le produit ionique de l'eau : $K_e = [H_3O^+] \times [HO^-]$.

$$\mathbf{[HO^-]} = \frac{K_e}{[H_3O^+]} = \frac{1{,}0 \times 10^{-14}}{10^{-12{,}2}} = 1{,}0 \times 10^{-1{,}8} = \mathbf{1{,}6 \times 10^{-2}\ mol{\cdot}L^{-1}}.$$

5. K_A est la constante d'équilibre caractérisant la réaction du couple $C_2H_8N^+ / C_2H_7N$ avec l'eau :

$$C_2H_8N^+\ (aq) + H_2O\ (\ell) \rightleftharpoons C_2H_7N\ (aq) + H_3O^+\ (aq)$$

On a $K_A = \dfrac{[C_2H_7N] \times [H_3O^+]}{[C_2H_8N^+]}$.

Relation entre pH et pK_A : p$K_A = -\log K_A$,

donc p$K_A = -\log \dfrac{[C_2H_7N] \times [H_3O^+]}{[C_2H_8N^+]}$.

p$K_A = -\log [H_3O^+] - \log \dfrac{[C_2H_7N]}{[C_2H_8N^+]}$

soit $\mathbf{pH = pK_A + \log \dfrac{[C_2H_7N]}{[C_2H_8N^+]}}$.

6. $\mathbf{pK_A} = -\log K_A = -\log(1{,}9 \times 10^{-11}) = \mathbf{10{,}7}$.

Diagrammes de prédominance et de distribution d'un couple acide-base

LE COURS

Diagramme de prédominance

La relation vue dans la fiche précédente $\mathbf{pH = p}K_\mathbf{A}\mathbf{ + log}\ \dfrac{[A^-]}{[AH]}$ fait apparaître trois cas de figure :

- $[AH] = [A^-]$ alors $\mathbf{pH = p}K_\mathbf{A}$: les deux espèces sont présentes dans les mêmes quantités.
- $[AH] > [A^-]$ alors $\mathbf{pH < p}K_\mathbf{A}$: l'espèce acide AH prédomine.
- $[AH] < [A^-]$ alors $\mathbf{pH > p}K_\mathbf{A}$: l'espèce basique A^- prédomine.

On résume ces informations sur un diagramme de prédominance.

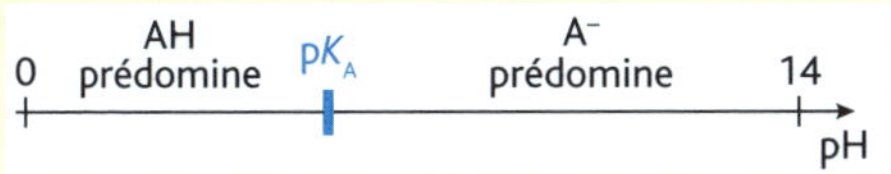

Diagramme de distribution d'espèces acido-basiques en fonction du pH

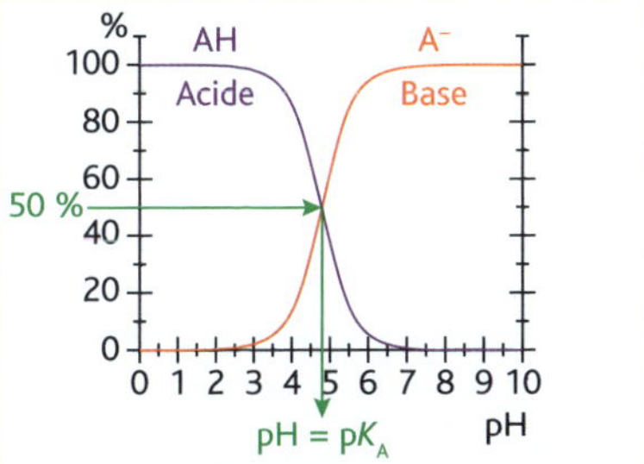

Diagramme de distribution de l'acide éthanoïque en fonction du pH

Un diagramme de distribution d'une espèce acido-basique donne la répartition en pourcentage d'une espèce acide et de sa base conjuguée dans une solution en fonction du pH.

En reprenant l'expression précédente, on observe là aussi trois domaines.

Ce diagramme de distribution nous permet de déterminer facilement le pK_A d'un couple acido-basique

Indicateur coloré : application aux titrage acido-basiques

- Un indicateur coloré acido-basique est un couple acide-base (noté IndH / Ind^-) caractérisé par un pK_A et dont les formes acide et basique ont des teintes différentes.

– Si $pH < pK_A$, la solution prendra la teinte de la forme acide.
– Si $pH > pK_A$, la solution prendra la teinte de la forme basique.

- La zone de pH autour du pK_A de l'indicateur est appelée **zone de virage**. Un indicateur coloré est donc adapté à un titrage si sa zone de virage encadre le pH à l'équivalence de l'espèce titrée.

Notes

Notes

Les acides alpha-aminés

Les acides α-aminés sont des molécules possédant une fonction acide carboxylique (groupe –COOH) leur conférant un caractère acide et une fonction amine (groupe $-NH_2$) qui a un caractère basique.
Chaque acide α-aminé est caractérisé par deux pK_A. Le diagramme de prédominance en solution comporte donc **trois domaines** :

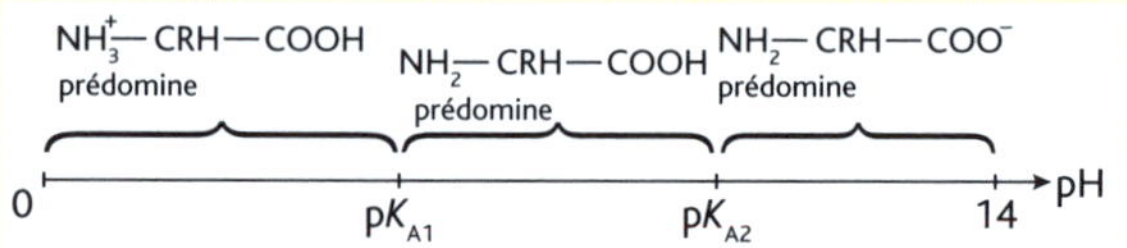

Les solutions tampons

Les solutions tampon sont des solutions dont le pH varie peu lors d'ajout de faibles quantités d'acide, de base ou d'une dilution modérée.

EXERCICE TYPE CORRIGÉ

Soit un volume V = 0,60 L d'une solution aqueuse d'acide lactique de concentration molaire en soluté apporté c = 1,0 mol·L^{-1} dont le pH a comme valeur 1,9.
On notera AH la molécule d'acide lactique
Donnée : K_A à 25 °C du couple acide lactique / ion lactate : $1{,}3 \times 10^{-4}$.

1. Écrire l'équation de la réaction de l'acide lactique avec l'eau.
2. Donner l'expression de la constante d'acidité K_A du couple acide lactique / ion lactate.
3. À partir de l'expression de K_A, calculer le rapport $\dfrac{[A^-]_f}{[AH]_f}$.
4. En déduire l'espèce qui prédomine dans la solution.
5. Construire le diagramme de prédominance de l'espèce considérée.

Corrigé

1. $AH\,(aq) + H_2O\,(\ell) \rightleftharpoons A^-\,(aq) + H_3O^+\,(aq)$
2. Constante d'acidité de l'acide lactique : $K_A = \dfrac{[A^-]_f \times [H_3O^+]_f}{[AH]_f}$
3. $\dfrac{[A^-]_f}{[AH]_f} = \dfrac{K_A}{[H_3O^+]_f}$, donc $\dfrac{[A^-]_f}{[AH]_f} = \dfrac{K_A}{10^{-pH}}$, soit $\dfrac{[A^-]_f}{[AH]_f} = K_A \times 10^{pH}$.

Donc $\mathbf{\dfrac{[A^-]_f}{[AH]_f}} = 1{,}3 \times 10^{-4} \times 10^{1{,}9} = \mathbf{1{,}0 \times 10^{-2}}$.

4. $\dfrac{[A^-]_f}{[AH]_f} < 1$ donc **l'espèce qui prédomine dans la solution est AH (aq)**.
5. Il faut établir le diagramme de prédominance de l'espèce chimique considérée.

Pour cela, il faut calculer le pK_A du couple AH / A$^-$.
$pK_A = -\log K_A = -\log(1{,}3 \times 10^{-4}) = 3{,}9$.

Nomenclature

LE COURS

Familles fonctionnelles

On appelle **groupe fonctionnel** des arrangements particuliers d'atomes. Des molécules différentes possédant un groupe fonctionnel identique auront des propriétés chimiques semblables et seront regroupées dans une même **famille fonctionnelle**.

Noms	Groupes fonctionnels	Familles fonctionnelles
Carboxyle	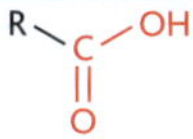	**Acides carboxyliques**
Ester	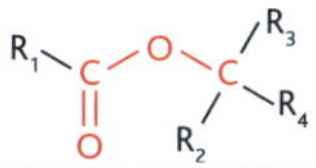	**Esters**
Amide	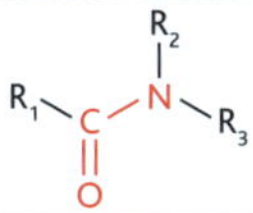	**Amides**
Halogène	— X avec X halogène	**Halogénoalcanes**

R représente une chaîne carbonée comportant uniquement des atomes de carbone et d'hydrogène.

Notes

Nomenclature

Généralement, le nom des molécules est de la forme : **préfixe – squelette – suffixe**, le suffixe étant déterminé par la famille fonctionnelle (avec indication de la position si besoin), le squelette par la chaîne carbonée de l'alcane correspondant et le préfixe par les ramifications de la chaîne carbonée (en précisant leur position).

Familles fonctionnelles	Halogénoalcane	Alcool	Aldéhyde	Cétone	Acide carboxylique	Amine primaire
Suffixe	...ane, avec le nom de l'halogène en préfixe	...ol	...al	...one	Acide ...oïque	...amine

– **Amines secondaires et tertiaires** : la chaîne la plus longue donne le nom de l'amine et on considère la ou les chaînes les plus courtes portées par l'azote comme des substituants, qu'on indique dans les préfixes, précédés de la lettre N.

Notes

– **Esters** : un ester est composé de deux parties distinctes. On nomme la chaîne carbonée attachée au groupement C=O en la terminant par « **oate de** », puis on nomme la chaîne attachée à l'atome O et on la termine par « **yle** ».

– **Amides** : le nom des amides est obtenu à partir du nom de l'acide carboxylique dont ils dérivent, en remplaçant la terminaison « oïque » par « **amide** ». Si l'azote est substitué, on nomme les substituants comme pour les amines secondaires ou tertiaires.

EXERCICE TYPE CORRIGÉ

Nommer la molécule suivante :

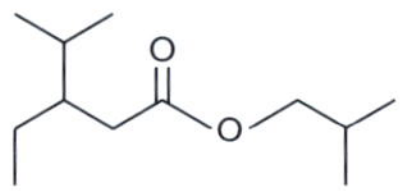

Corrigé

Le groupe fonctionnel porté par cette molécule est le groupe fonctionnel **ester**, cette molécule est donc un **ester** :

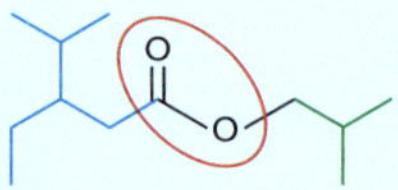

Le nom de cette molécule est donc composé de deux parties, la partie bleue et la partie verte :

– La chaîne carbonée bleue est constituée de 5 atomes de carbone, c'est donc un pentane. Deux atomes d'hydrogène sont substitués par un groupement éthyle (2 C) sur le carbone 3 et un groupement méthyle (1 C) sur le carbone 4 :

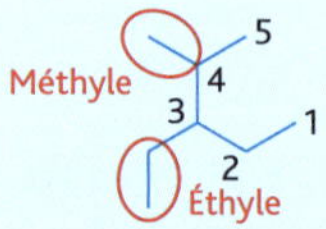

3-éthyl-4-méthylpentane

– La chaîne carbonée verte est constituée de 3 atomes de carbone, c'est donc un propane. Un atome d'hydrogène est substitué par un groupement méthyle (1 C) sur le carbone 2 :

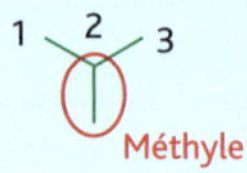

2-méthylpropane

La molécule est donc du **3-éthyl-4-méthylpentanoate de 2-méthylpropanyle.**

Spectroscopie infrarouge

LE COURS

Principe de la spectroscopie IR

La spectroscopie infrarouge va permettre de **déterminer quelles sont les liaisons présentes dans une espèce, identifiant ainsi les groupes fonctionnels**.

Exemple de spectre infrarouge

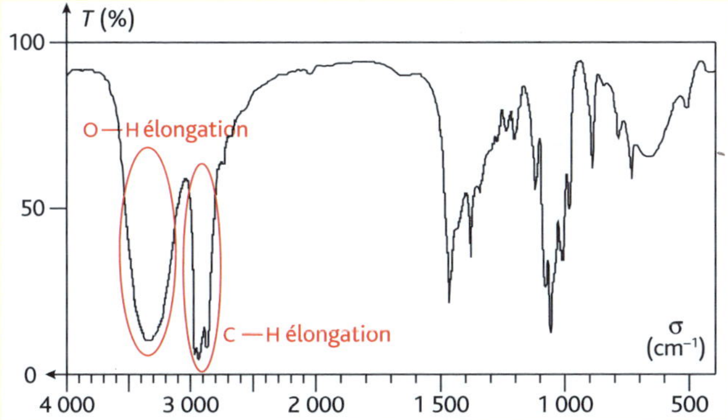

- En abscisse, la grandeur portée est le **nombre d'onde σ**, qui correspond à l'inverse de la longueur d'onde. Le nombre d'onde s'exprime en cm^{-1} car on doit utiliser la longueur d'onde en cm :

$$\sigma(cm^{-1}) = \frac{1}{\lambda(cm)}$$

- En ordonnée, la grandeur portée est la **transmittance *T*** :

$T = 10^{-A}$, avec A l'absorbance.

On l'exprime généralement en pourcentage, en multipliant la relation précédente par 100.

- Chaque bande d'absorption est caractérisée par une **forme** (fine, large, moyenne) qui décrit sa largeur et une **intensité** (intense ou moyenne) qui décrit sa taille. **Les bandes ont toutes été tabulées** (voir tableau ci-après).

Notes

Notes

Caractéristiques des bandes d'absorption de quelques liaisons

Liaisons	C–H élongation Alcane	C–H déformation Alcane	O–H élongation Alcool	O–H élongation Acide	C=O élongation	N–H élongation
Nombres d'onde (cm^{-1})	2 850-3 000	1 450-1 470	3 600	2 500-3 300 (large)	1 670-1 740	3 100-3 500
Intensité	forte	forte	moyenne ou forte	forte	forte	forte

EXERCICE TYPE CORRIGÉ

La molécule de formule brute $C_7H_{14}O_2$ se présente sous la forme d'un liquide transparent incolore, à l'odeur de banane

Le spectre infrarouge de cette molécule est donné ci-contre.

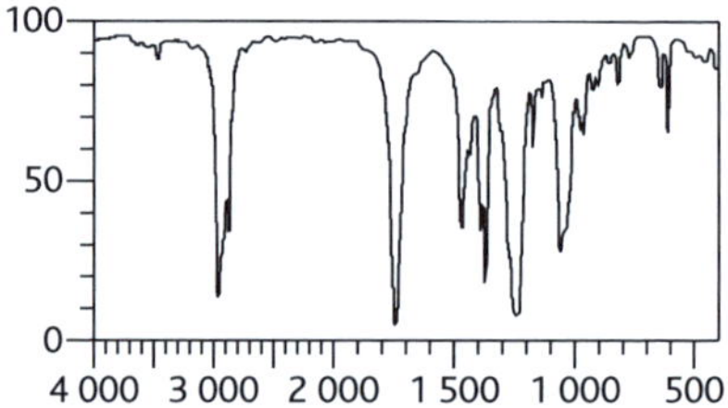

1. Quelle(s) bande(s) d'absorption est (sont) toujours présente(s), quel que soit le spectre infrarouge ?

2. Sachant que cette molécule ne comporte qu'un seul groupe fonctionnel, quelles sont donc les différentes familles fonctionnelles possibles (voir *fiche 22*) ?

3. Identifier le groupe fonctionnel de cette molécule.

Données : voir le tableau de référence ci-dessus dans la partie Cours.

Corrigé

1. Dans toutes les molécules organiques, il y a des liaisons C–H. Ainsi, dans tous les spectres infrarouges, on doit avoir une bande vers 2 900 cm^{-1} (élongation) et une autre vers 1 460 cm^{-1} (déformation). Ces deux bandes sont effectivement présentes.

2. Cette molécule comporte 2 atomes d'oxygène. Les deux seuls groupes fonctionnels avec 2 oxygènes sont les groupes **carboxyle** et **ester**. La molécule recherchée est donc soit un **acide carboxylique**, soit un **ester**.

3. Dans le spectre, on observe une bande fine et intense vers 1 730 cm^{-1}. Cette bande correspond à C=O élongation pour un acide, mais aussi pour un ester. On ne peut donc pas trancher avec cette bande seulement.

Si la molécule est un acide, alors on doit avoir une bande forte et large entre 2 500 et 3 300 cm^{-1} correspondant à O–H élongation. Or cette bande n'est pas présente : **la molécule est donc un ester**.

Montages usuels utilisés en chimie organique

Notes

LE COURS

Techniques de séparation

• **Solide / Liquide** : on réalise une filtration. Il y a deux possibilités, soit une filtration simple avec un entonnoir (encore appelée filtration sous pression atmosphérique), soit on utilise un montage de filtration sous vide ou **filtration sur Büchner**.

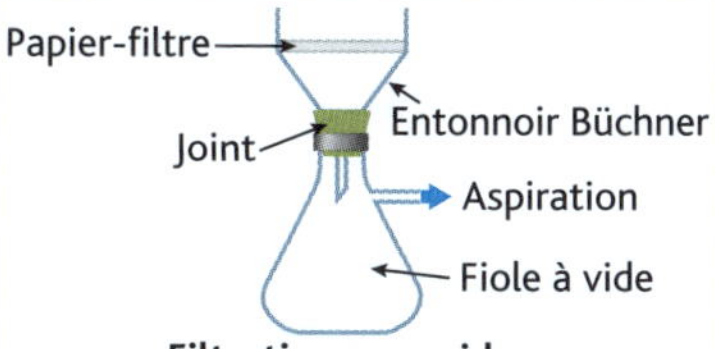

Filtration sous vide

• **Liquides non miscibles** : on utilise une **ampoule à décanter**. Les liquides se placent dans l'ampoule de bas en haut en fonction de leur densité décroissante.

Remarque : cette technique est souvent utilisée lorsqu'on réalise une extraction par solvant.

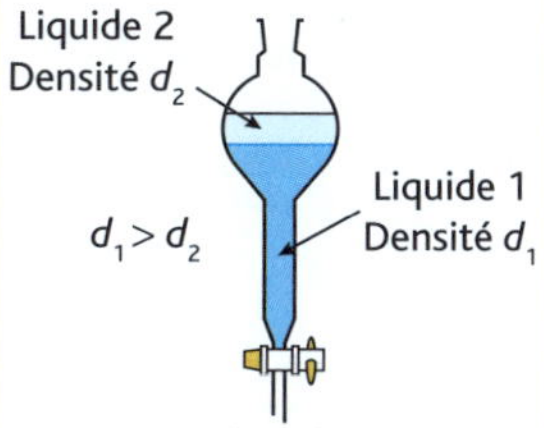

Ampoule à décanter

• **Liquides miscibles :** on réalise une **distillation fractionnée**. Cette technique sera d'autant plus efficace que les températures de vaporisation des liquides sont très différentes les unes des autres.

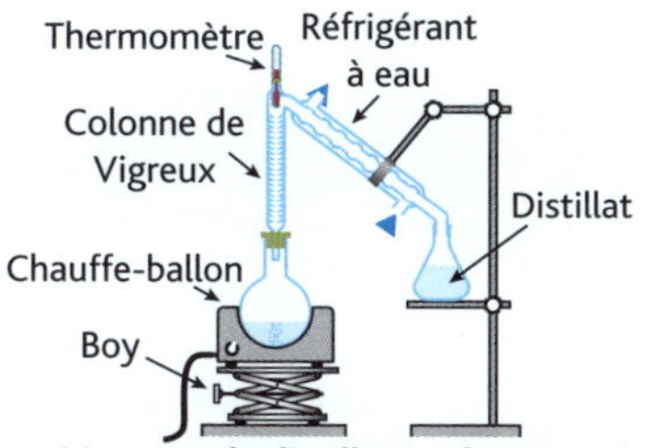

Montage de distillation fractionnée

Techniques de chauffage

On peut utiliser essentiellement deux techniques de chauffage : **chauffage au bain-marie** ou le **chauffage à reflux**. L'avantage du chauffage à reflux, c'est qu'il permet de travailler avec des températures plus élevées (température de vaporisation du composé le plus volatil) sans perte de matière.

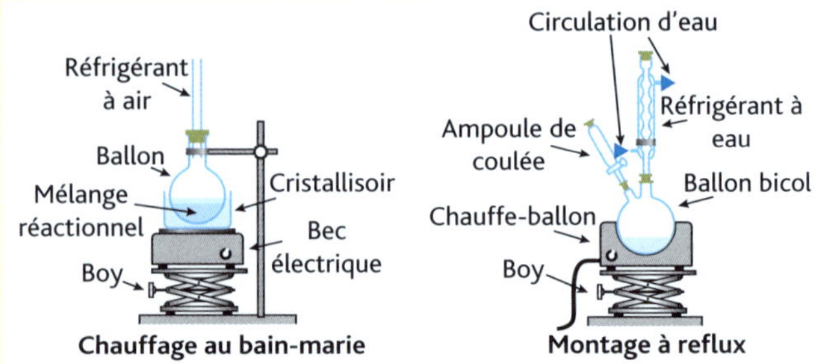

Remarque : on peut ajouter une ampoule de coulée si l'on souhaite ajouter un des réactifs progressivement.

EXERCICE TYPE CORRIGÉ

Légender les deux schémas ci-dessous :

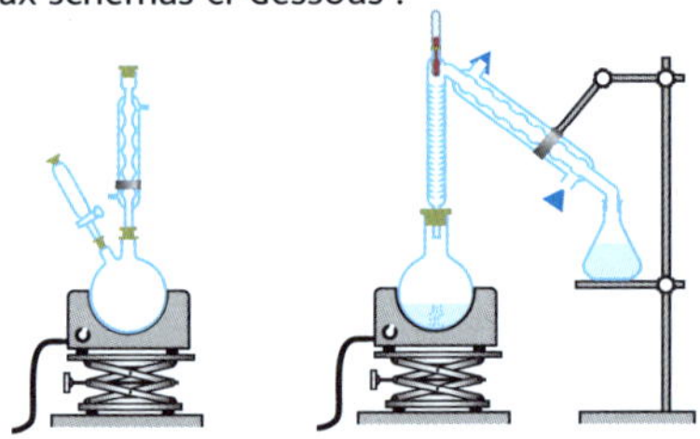

Corrigé

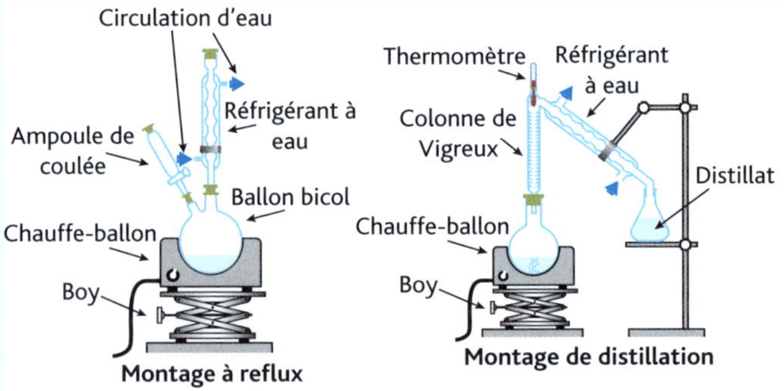

Structure des molécules

LE COURS

• À une même formule brute peuvent correspondre plusieurs formules développées différentes. On parle alors d'**isomérie**. Il existe différents types d'isomérie :

– une **isomérie de position** si la place d'un substituant diffère le long de la chaîne carbonée ;

– une **isomérie de constitution** si les enchaînements d'atomes sont différents.

• Il existe **trois types de chaînes carbonées** :

– les **chaînes linéaires** pour lesquelles les atomes de carbone sont sur une seule chaîne ;

– les **chaînes ramifiées** pour lesquelles des atomes d'hydrogène sont remplacés par des atomes de carbone ;

– les **chaînes cycliques** ;

• Par réactions d'addition successives en très grand nombre de la même molécule, qu'on appelle **monomère**, on obtient un **polymère**. En fonction du monomère, on obtient différents polymères aux propriétés différentes :

Monomères	Polymères	Utilisations
Éthylène $H_2C=CH_2$	Polyéthylène PE $H\!-\!(CH_2-CH_2)_n\!-\!H$	Emballages
Propylène $H_2C=CH(CH_3)$	Polypropylène PP $H\!-\!(CH_2-CH(CH_3))_n\!-\!H$	Plomberie
Chlorure de vinyle $H_2C=CH(Cl)$	Polychlorure de vinyle PVC $H\!-\!(CH_2-CH(Cl))_n\!-\!H$	Tubes, vêtements
Tétrafluoroéthylène $F_2C=CF_2$	Polytétrafluoroéthylène PTFE $H\!-\!(CF_2-CF_2)_n\!-\!H$	Plus connu sous le nom de Téflon®

Notes

Styrène 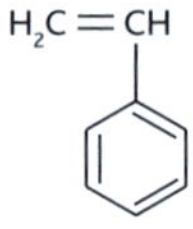	Polystyrène PS 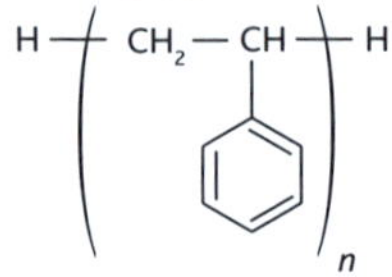	Emballages
Méthacrylate de méthyle 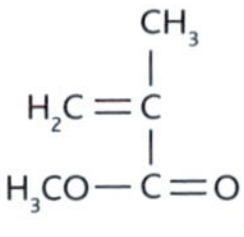	Polyméthacrylate de méthyle PMMA 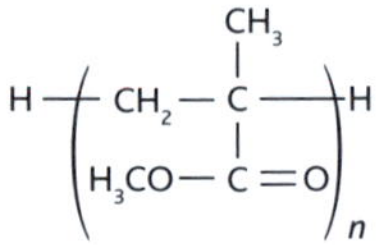	Fabrication du Plexiglas®
Acides aminés 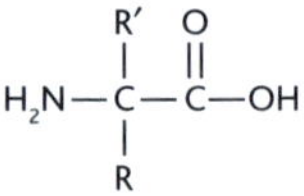	Polyamides 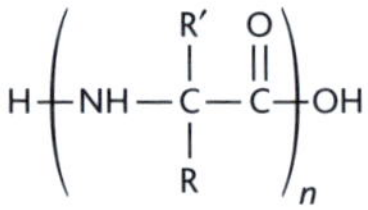	Fibres synthétiques, dont le nylon

Dans la formule du polymère, *n* est appelé **degré de polymérisation**, c'est-à-dire le nombre de fois où le motif se répète dans la macromolécule (*n* très grand).

EXERCICE TYPE CORRIGÉ

Quel monomère donne le polymère suivant 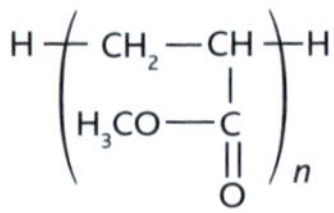 ?

Corrigé

Un polymère s'obtient à partir de l'addition d'une très grande quantité de monomère. Les réactions d'addition nécessitant la présence d'une double liaison, un monomère doit contenir une insaturation. D'après la formule du polymère, les molécules s'additionnent sur les carbones en rouge de la représentation ci-après : 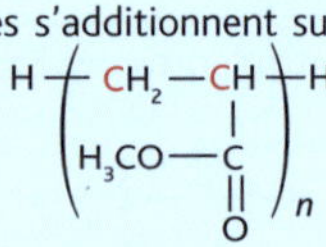 . C'est donc entre ces deux atomes qu'est située la double liaison du monomère. Le monomère est donc le but-3-ène-2-one 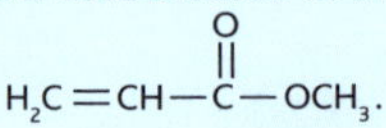.

Optimisation d'une étape de synthèse

Fiche 26

Physique-Chimie

LE COURS

Rendement d'une synthèse

On appelle **rendement *r*** d'une synthèse le rapport entre la quantité de matière de produit effectivement obtenu n_{exp} après purification et la quantité de matière maximale qui pourrait se former n_{max} :

$$r = \frac{n_{exp}}{n_{max}}$$

Il peut aussi être déterminé à partir des masses obtenue m_{exp} et maximale m_{max} :

$$r = \frac{m_{exp}}{m_{max}}$$

Remarque : On peut parfois exprimer le rendement en pourcentage. Pour cela, il suffit de multiplier *r* par 100.

Optimisation d'une synthèse

On peut optimiser une synthèse en travaillant sur deux axes :

– un **axe cinétique** : on peut augmenter (ou diminuer) la vitesse d'une transformation en jouant sur les facteurs cinétiques (voir *fiche 10* – Cinétique chimique) telles que la **concentration initiale des réactifs ou la température**. On peut aussi ajouter un **catalyseur** (voir *fiche 10* – Cinétique chimique) ;

– un **axe quantitatif** : si on introduit un **réactif en excès**, on déplace l'équilibre de la transformation dans le sens de formation des produits, augmentant ainsi le rendement. Dans ce cas, le réactif en excès sera celui qui est le moins cher, ou bien celui qu'on peut le plus facilement récupérer. On peut aussi **éliminer l'un des produits au fur et à mesure de sa formation**, augmentant ainsi le rendement par déplacement d'équilibre.

Notes

EXERCICE TYPE CORRIGÉ

La fluorescéine a été découverte et synthétisée en 1871 par Adolf von Baeyer à partir de résorcine et d'anhydride phtalique. On se propose d'étudier un extrait du protocole de synthèse :

- Broyer 3,30 g de résorcine et 2,00 g d'anhydride phtalique.
- Les introduire dans un ballon de 100 mL et placer l'ensemble dans un bain d'huile thermostaté à 180 °C.
- Ajouter quelques gouttes d'acide sulfurique concentré.

Notes

Données :

- L'équation de la réaction de synthèse est :

$2\,C_6H_6O_2 + C_8H_4O_3 \rightarrow C_{20}H_{12}O_4 + 2\,H_2O$.

- Formules brutes et masses molaires associées :

– Résorcine $C_6H_6O_2$ 110 g·mol^{-1}
– Anhydride phtalique $C_8H_4O_3$ 148 g·mol^{-1}
– Fluorescéine $C_{20}H_{12}O_4$ 332 g·mol^{-1}

1. Montrer que la résorcine est introduite en excès.

2. Pourquoi introduire la résorcine en excès ?

3. Quel est le rôle de l'acide sulfurique ?

4. Une masse de 2,47 g de fluorescéine est obtenue. Quel est le rendement de la synthèse ?

Corrigé

1. La quantité de matière de résorcine est :

$$n_{\text{résorcine}} = \frac{m_{\text{résorcine}}}{M_{\text{résorcine}}} = \frac{3{,}30}{110} = 3{,}00 \times 10^{-2}\ \text{mol.}$$

La quantité de matière d'anhydride phtalique est :

$$n_{\text{anhydride}} = \frac{m_{\text{anhydride}}}{M_{\text{anhydride}}} = \frac{2{,}00}{148} = 1{,}35 \times 10^{-2}\ \text{mol.}$$

Le coefficient stœchiométrique de la résorcine étant de 2, il en faut deux pour une molécule d'anhydride phtalique. Pour consommer tout l'anhydride, il faut donc $2 \times n_{\text{anhydride}} = 2{,}70 \times 10^{-2}$ mol de résorcine. On en a $3{,}00 \times 10^{-2}$ mol : **la résorcine est donc en excès.**

2. Introduire un réactif en excès décale l'équilibre dans le sens de formation des produits. Ainsi, on augmente le rendement.

3. **L'acide sulfurique est un catalyseur** de la transformation, il augmente la vitesse de la réaction.

4. Le réactif limitant de cette transformation est l'anhydride phtalique. Par conséquent, les coefficients stœchiométriques de l'anhydride et de la fluorescéine étant égaux, on a :

$$n_{\text{fluorescéine}} = n_{\text{anhydride}} = 1{,}35 \times 10^{-2}\ \text{mol.}$$

La masse maximale de fluorescéine que l'on peut former est donc :

$$m_{\text{fluorescéine}} = n_{\text{fluorescéine}} \times M_{\text{fluorescéine}} = 1{,}35 \times 10^{-2} \times 332 = 4{,}48\ \text{g.}$$

Le rendement de cette transformation est donc :

$$\boldsymbol{r} = \frac{m_{\text{expérience}}}{m_{\text{fluorescéine}}} = \frac{2{,}47}{4{,}48} = 0{,}551, \text{ soit } \mathbf{55{,}1\ \%}.$$

Stratégie de synthèse multi-étapes (1)

Fiche 27

Physique-Chimie

LE COURS

- Une **synthèse chimique** est le processus d'enchaînement de réactions chimiques permettant d'obtenir un produit souhaité.
- Il existe trois types de chaînes carbonées :
  - les **chaînes linéaires** pour lesquelles les atomes de carbone sont sur une seule chaîne ;
  - les **chaînes ramifiées** pour lesquelles des atomes d'hydrogène sont remplacés par des atomes de carbone ;
  - les **chaînes cycliques**.

Chacune de ces chaînes peut aussi être saturée ou insaturée (présence ou non de double liaison).

- Il existe différents types de réaction, en fonction des réactifs et des produits :
  - une **réaction acide-base** s'il y a un transfert d'ions hydrogène entre les réactifs ;
  - une **réaction d'oxydo-réduction** s'il y a transfert d'électrons entre les réactifs ;
  - une **réaction de substitution** si un atome ou groupe d'atomes (lié à un carbone par une liaison simple) est remplacé par un autre.

Exemple :

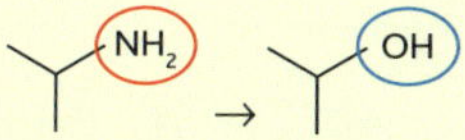

  - une **réaction d'addition** si des atomes ou groupes d'atomes sont ajoutés à une molécule possédant une insaturation.

Exemple :

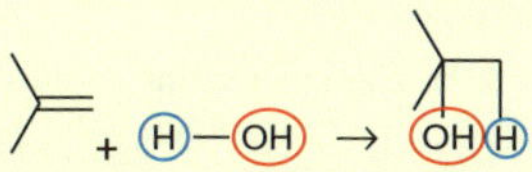

  - une **réaction d'élimination** si des atomes ou groupes d'atomes sont ôtés à une molécule en créant une insaturation ou une cyclisation.

Exemple :

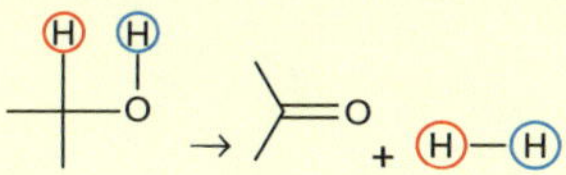

On appelle **insaturation** une double ou une triple liaison.

Notes

Notes

EXERCICE TYPE CORRIGÉ

Indiquer de quel type de transformation il s'agit dans chacun des exemples ci-dessous :

1. $CH_2{=}CH{-}CH_3 + H_2O \rightarrow HO{-}CH_2{-}CH_2{-}CH_3$.
2. $MnO_4^- + 5Fe^{2+} + 8H^+ \rightarrow Mn^{2+} + 5Fe^{3+} + 4H_2O$.
3. $HO{-}CH_2{-}CH_2{-}CH_3 \rightarrow CH_2{=}CH{-}CH_3 + H_2O$.
4. $C_6H_5{-}COOH + NH_3 \rightarrow C_6H_5{-}COO^- + NH_4^+$.
5. $CH_3{-}CH_2{-}OH + I^- \rightarrow CH_3{-}CH_2{-}I + HO^-$.

Corrigé

1. Cette transformation est une **transformation d'addition**. En effet, on a ajouté à chacun des atomes de carbone de la double liaison des fragments de la molécule d'eau :

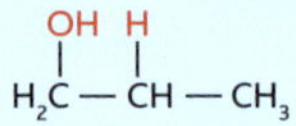

2. Cette transformation est une **transformation d'oxydoréduction**, car, pour passer de Fe^{2+} à Fe^{3+}, l'élément fer doit perdre un électron, il doit s'oxyder.

3. Cette transformation est une **transformation d'élimination**. En effet, on a retiré le groupement OH du premier atome de carbone et un atome d'hydrogène du deuxième atome de carbone et, par conséquent, créé une double liaison entre ces deux atomes de carbone.

4. Cette transformation est une **transformation acide-base**, car, pour passer des réactifs aux produits, il y a un transfert d'ion hydrogène H^+ :

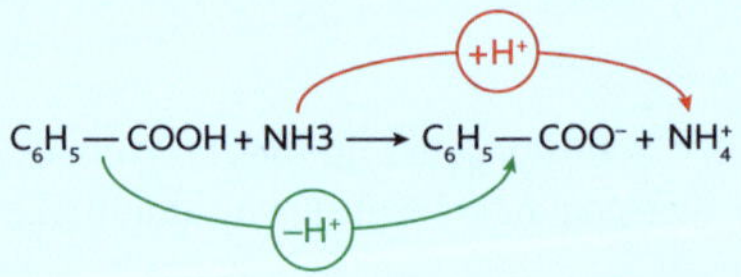

5. Cette transformation est une **transformation de substitution**. En effet, dans cette molécule, on a remplacé un groupement –OH par un groupement –I :

Stratégie de synthèse multi-étapes (2)

Fiche 28

Physique-Chimie

LE COURS

• Il existe différents types de modification des réactifs :

– une **modification de chaîne** : on réalise une modification de chaîne si la transformation utilisée **modifie la chaîne carbonée** de la molécule. On a 3 possibilités de modification :

- ► avec conservation du nombre d'atomes de carbone. C'est alors le type de chaîne qui est modifié.
- ► avec diminution du nombre d'atomes de carbone. On a un raccourcissement de la chaîne.
- ► avec augmentation du nombre d'atomes de carbone. On a alors un allongement de la chaîne carbonée.

– une **modification de groupe caractéristique** : on réalise une modification de groupe caractéristique lorsque la transformation utilisée ajoute, enlève ou remplace un groupe caractéristique sans modifier la chaîne carbonée.

• Au cours des différentes étapes d'une synthèse, on peut avoir besoin de ne modifier qu'une partie de la molécule. Malheureusement, le réactif utilisé peut réagir avec plusieurs fonctions. On doit alors **protéger les fonctions qu'on ne veut pas modifier**. On va ainsi utiliser des réactions réversibles pour protéger les fonctions que l'on souhaite garder, puis faire réagir celles que l'on veut modifier. Une fois la transformation faite, il suffit de déprotéger les fonctions que l'on a bloquées.

• **Synthèses éco-responsables** : afin d'avoir des synthèses plus soucieuses de l'environnement, on recherche de nouvelles voies de synthèse qui vont permettre d'économiser les atomes en limitant le nombre de réactifs, d'utiliser des solvants moins polluants et en plus petite quantité, d'économiser l'énergie nécessaire grâce à l'emploi de biocatalyseurs par exemple. On essaiera le plus possible d'utiliser des agroressources, de valoriser les sous-produits et d'imaginer des voies de recyclage, en s'appuyant tant que faire se peut sur la chimie verte.

Notes

Notes

EXERCICE TYPE CORRIGÉ

Considérons la synthèse de l'aspirine :

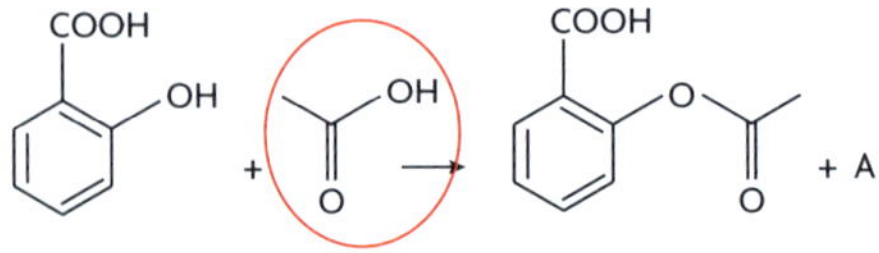

1. Identifier le produit formé A.

2. Identifier les groupes caractéristiques de chaque molécule.

3. Représenter la formule semi-développée de la molécule entourée et la nommer.

4. Cette transformation est-elle une transformation de modification de chaîne ou de groupe fonctionnel ?

5. De quel type de transformation s'agit-il ?

6. Pourquoi introduit-on un des réactifs en excès ?

Corrigé

1. Dans les réactifs, il y a 9 atomes de carbone, 10 atomes d'hydrogène et 5 atomes d'oxygène. Dans les produits, il y a 9 atomes de carbone, 8 atomes d'hydrogène et 4 atomes d'oxygène. Pour équilibrer l'équation, A doit contenir 2 atomes d'hydrogène et un atome d'oxygène. **Le produit formé A** est donc **l'eau H_2O**.

2. 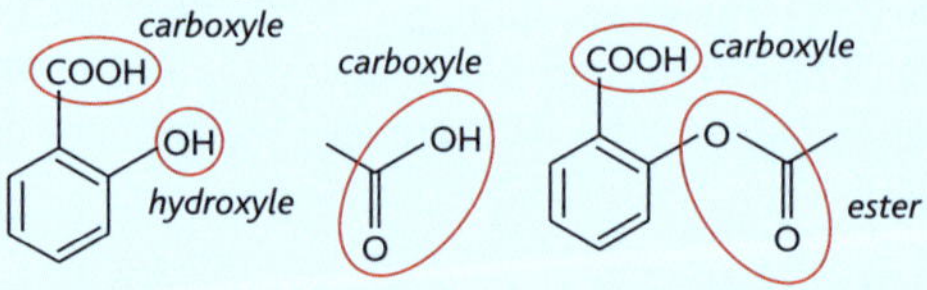

3. La formule semi-développée de la molécule entourée est 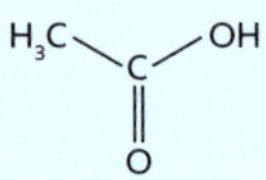 : c'est **l'acide éthanoïque**.

4. Cette transformation allonge la chaîne carbonée : c'est donc une **transformation de modification de chaîne**.

5. On a remplacé un atome d'hydrogène par un groupement $-CO-CH_3$: c'est donc une **transformation de substitution**.

6. Un des réactifs est introduit en excès afin de déplacer l'équilibre et **améliorer le rendement de la transformation**.

Désintégration radioactive

LE COURS

Désintégration radioactive

Radioactivité	Particule émise	Symbole
Alpha (α)	noyau d'hélium	${}^{4}_{2}He$
Bêta moins (β^-)	électron	${}^{0}_{-1}e$
Bêta plus (β^+)	positon	${}^{0}_{+1}e$

• Au cours d'une désintégration radioactive, un noyau **instable** se transforme **spontanément** en un autre noyau plus léger en émettant une particule (et souvent un rayonnement gamma de haute énergie).

• Il existe trois types de radioactivité, caractérisés par la particule émise lors de la désintégration du noyau radioactif :

• Une réaction de désintégration radioactive est modélisée par une équation qui respecte la conservation du nombre de nucléons et la conservation du nombre de charge.

Radioactivité α : ${}^{A}_{Z}X \rightarrow {}^{A-4}_{Z-2}Y + {}^{4}_{2}He \ (+\gamma)$

Radioactivité β^+ : ${}^{A}_{Z}X \rightarrow {}^{A}_{Z-1}Y + {}^{0}_{+1}e \ (+\gamma)$

Radioactivité β^- : ${}^{A}_{Z}X \rightarrow {}^{A}_{Z+1}Y + {}^{0}_{-1}e \ (+\gamma)$

Diagramme (N,Z)

• Des noyaux sont **isotopes** quand ils possèdent le même nombre de protons Z mais un nombre de neutrons N (N = A – Z) différent.

• Dans un diagramme (N,Z), les isotopes d'un élément se trouvent sur la même ligne verticale (Z identique mais N différent).

• Le diagramme (N,Z) permet d'identifier les isotopes stables et les isotopes radioactifs ainsi que le type de radioactivité associé au noyau instable.

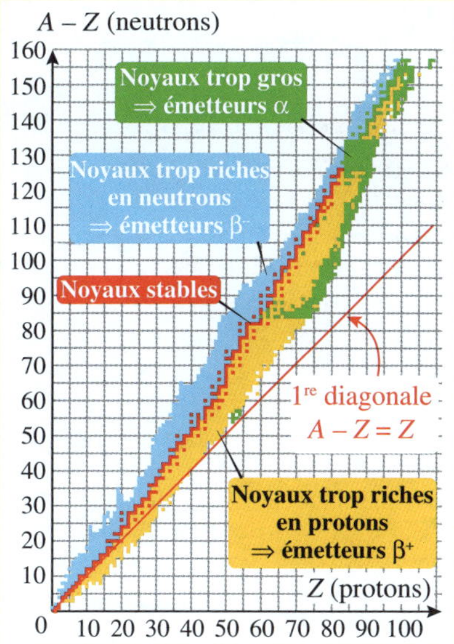

Notes

Médecine et radioprotection

• Les rayonnements gamma sont des rayonnements ionisants : ils peuvent engendrer des lésions, des mutations, et favorisent l'apparition de cancers.

• Les rayonnements gammas des noyaux radioactifs sont utilisés en médecine avec l'**imagerie** (scintigraphie, PET-scan, etc) et le **traitement des tumeurs** (radiothérapie, curiethérapie, etc).

• Le personnel soignant doit s'éloigner de la source de rayonnement, limiter la durée d'exposition et porter une tenue de protection en plomb parfois.

EXERCICE TYPE CORRIGÉ

Le radon est un gaz radioactif issu de la désintégration de l'uranium et du radium présents naturellement dans le sol et les roches. En se désintégrant, il forme des descendants solides, eux-mêmes radioactifs. Ces descendants peuvent se fixer sur les aérosols de l'air et, une fois inhalés, se déposer le long des voies respiratoires en provoquant leur irradiation. C'est la deuxième cause de cancers du poumon en France.

Données : extrait du diagramme (N,Z) :

$^{210}_{86}Rn$	$^{211}_{86}Rn$	$^{212}_{86}Rn$	$^{213}_{86}Rn$	$^{214}_{86}Rn$	$^{215}_{86}Rn$	$^{216}_{86}Rn$	$^{217}_{86}Rn$	$^{218}_{86}Rn$	$^{219}_{86}Rn$	$^{220}_{86}Rn$	$^{221}_{86}Rn$	$^{222}_{86}Rn$
$^{209}_{85}At$	$^{210}_{85}At$	$^{211}_{85}At$	$^{212}_{85}At$	$^{213}_{85}At$	$^{214}_{85}At$	$^{215}_{85}At$	$^{216}_{85}At$	$^{217}_{85}At$	$^{218}_{85}At$	$^{219}_{85}At$	$^{220}_{85}At$	$^{221}_{85}At$
$^{208}_{84}Po$	$^{209}_{84}Po$	$^{210}_{84}Po$	$^{211}_{84}Po$	$^{212}_{84}Po$	$^{213}_{84}Po$	$^{214}_{84}Po$	$^{215}_{84}Po$	$^{216}_{84}Po$	$^{217}_{84}Po$	$^{218}_{84}Po$	$^{219}_{84}Po$	$^{220}_{84}Po$
$^{207}_{83}Bi$	$^{208}_{83}Bi$	$^{209}_{83}Bi$	$^{210}_{83}Bi$	$^{211}_{83}Bi$	$^{212}_{83}Bi$	$^{213}_{83}Bi$	$^{214}_{83}Bi$	$^{215}_{83}Bi$	$^{216}_{83}Bi$	$^{217}_{83}Bi$	$^{218}_{83}Bi$	$^{219}_{83}Bi$
$^{206}_{82}Pb$	$^{207}_{82}Pb$	$^{208}_{82}Pb$	$^{209}_{82}Pb$	$^{210}_{82}Pb$	$^{211}_{82}Pb$	$^{212}_{82}Pb$	$^{213}_{82}Pb$	$^{214}_{82}Pb$	$^{215}_{82}Pb$	$^{216}_{82}Pb$	$^{217}_{82}Pb$	$^{218}_{82}Pb$

1. Déterminer le type de radioactivité permettant de passer du radium $^{226}_{88}Ra$ au radon 222.

2. Écrire les équations des huit réactions nucléaires successives permettant de passer du radon 222 au plomb 206.

3. Proposer une méthode simple pour se protéger des dangers du radon.

Corrigé

1. En utilisant la conservation du nombre de nucléons et la conservation du nombre de charge : $^{226}_{88}Ra \rightarrow {}^{222}_{86}Rn + {}^{4}_{2}He$ donc radioactivité α.

2. En utilisant le diagramme (N,Z) pour déterminer le type de radioactivité:
$^{222}_{86}Rn \rightarrow {}^{218}_{84}Po + {}^{4}_{2}He$ / $^{218}_{84}Po \rightarrow {}^{214}_{82}Pb + {}^{4}_{2}He$ / $^{214}_{82}Pb \rightarrow {}^{214}_{83}Bi + {}^{0}_{-1}e$ /
$^{214}_{83}Bi \rightarrow {}^{214}_{84}Po + {}^{0}_{-1}e$ / $^{214}_{84}Po \rightarrow {}^{210}_{82}Pb + {}^{4}_{2}He$ / $^{210}_{82}Pb \rightarrow {}^{210}_{83}Bi + {}^{0}_{-1}e$ /
$^{210}_{83}Bi \rightarrow {}^{210}_{84}Po + {}^{0}_{-1}e$ / $^{210}_{84}Po \rightarrow {}^{206}_{82}Pb + {}^{4}_{2}He$

3. Il faut évacuer les aérosols en aérant régulièrement les pièces.

Loi de décroissance radioactive

Fiche 30

Physique-Chimie

Notes

LE COURS

Expression de l'évolution temporelle de la population de noyaux radioactifs

• Pendant une durée Δt suffisamment courte, le nombre de désintégrations $(-\Delta N)$ est proportionnel au nombre de noyaux radioactifs N et à la durée Δt : $-\Delta N = \lambda \times N \times \Delta t$ où λ est appelée constante radioactive, caractéristique du type de noyau radioactif liée à sa probabilité individuelle de se désintégrer.

• $\frac{\Delta N}{\Delta t} = -\lambda \times N$, en faisant tendre Δt vers zéro, on obtient :

$$\frac{dN}{dt} = -\lambda \times N$$

• La solution de cette équation différentielle est **la loi de décroissance radioactive :** $N(t) = N_0 \times e^{-\lambda \times t}$ où N_0 est le nombre de noyaux radioactifs à la date t = 0.

Relation entre la demi-vie $t_{1/2}$ et la constante radioactive λ

• **La demi-vie $t_{1/2}$ est la durée nécessaire pour que la moitié des noyaux initialement présents se soit désintégré :** $N(t_{1/2}) = \frac{N_0}{2}$

C'est une caractéristique du type de noyau radioactif étudié.

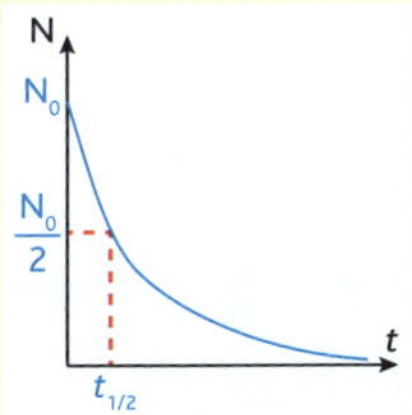

• $N(t_{1/2}) = N_0 \times e^{-\lambda \times t_{1/2}}$ et $N(t_{1/2}) = \frac{N_0}{2}$ donc

$e^{-\lambda \times t_{1/2}} = \frac{1}{2} \Leftrightarrow -\lambda \times t_{1/2} = \ln\frac{1}{2}$

• $\Leftrightarrow \lambda \times t_{1/2} = \ln 2$. On retiendra : $t_{1/2} = \frac{\ln 2}{\lambda} \Leftrightarrow \lambda = \frac{\ln 2}{t_{1/2}}$

Activité d'un échantillon

• L'activité A (en Bq) d'un échantillon correspond au **nombre de désintégrations par unité de temps :** $A = -\frac{dN}{dt}$

• 1 Bq (Becquerel) correspond à 1 désintégration par seconde.

• $N(t) = N_0 \times e^{-\lambda \times t}$ donc $A = -\frac{dN}{dt} = \lambda \times N_0 \times e^{-\lambda \times t}$ donc $A(t) = \lambda \times N(t)$ et $A(t) = A_0 \times e^{-\lambda \times t}$ avec $A_0 = \lambda \times N_0$ activité à l'instant $t = 0$.

Notes

Application de la radioactivité : Datation

- En mesurant l'activité $A(t)$ d'un échantillon contenant des noyaux radioactifs et en la comparant à l'activité A_0 d'un échantillon de référence de même masse, on peut dater l'échantillon.
- $A(t) = A_0 \times e^{-\lambda \times t} \Leftrightarrow e^{-\lambda \times t} = \dfrac{A(t)}{A_0} \Leftrightarrow -\lambda \times t = \ln\left(\dfrac{A(t)}{A_0}\right) \Leftrightarrow t = \dfrac{1}{\lambda} \times \ln\left(\dfrac{A_0}{A(t)}\right)$

EXERCICE TYPE CORRIGÉ

L'activité d'un échantillon contenant 1,00 g de radium est égale à $A_0 = 3{,}70 \times 10^{10}$ Bq.

Données : • masse molaire du radium : $M = 226{,}0$ g.mol^{-1}
• constante d'Avogadro : $N_A = 6{,}02 \times 10^{23}$ mol^{-1}

1. Définir l'activité d'un échantillon et donner la signification de Bq.
2. Rappeler la loi de décroissance radioactive et montrer que $A(t) = \lambda \times N(t)$
3. Déterminer le nombre N_0 de noyaux de radium présents dans l'échantillon.
4. En déduire la valeur de la constante de désintégration λ du radium.
5. Définir la demi-vie $t_{1/2}$ et montrer que $t_{1/2} = \dfrac{\ln 2}{\lambda}$.
6. Montrer que la demi-vie $t_{1/2}$ du radium vaut $1{,}58 \times 10^3$ ans.
7. Déterminer la durée nécessaire pour que l'activité de l'échantillon soit divisée par 100.

Corrigé

1. L'activité A d'un échantillon correspond au nombre de désintégrations par unité de temps. 1 Bq correspond à une désintégration par seconde.

2. $N(t) = N_0 \times e^{-\lambda \times t}$ donc $A = -\dfrac{dN}{dt} = \lambda \times N_0 \times e^{-\lambda \times t}$ donc $A(t) = \lambda \times N(t)$.

3. $n_0 = \dfrac{m_0}{M} \Rightarrow N_0 = n_0 \times N_A = \dfrac{m_0 \times N_A}{M} = \dfrac{1{,}00 \times 6{,}02 \times 10^{23}}{226{,}0} = 2{,}66 \times 10^{21}$

4. $A_0 = \lambda \times N_0 \Leftrightarrow \lambda = \dfrac{A_0}{N_0} = \dfrac{3{,}70 \times 10^{10}}{2{,}66 \times 10^{21}} = 1{,}39 \times 10^{-11}\,\text{s}^{-1}$

5. La demi-vie $t_{1/2}$ est la durée nécessaire pour que la moitié des noyaux initialement présents se soit désintégré : $N(t_{1/2}) = \dfrac{N_0}{2}$

Or $N(t_{1/2}) = N_0 \times e^{-\lambda \times t_{1/2}}$ donc $e^{-\lambda \times t_{1/2}} = \dfrac{1}{2} \Leftrightarrow -\lambda \times t_{1/2} = \ln\dfrac{1}{2} \Leftrightarrow \lambda \times t_{1/2} = \ln 2$.

Finalement : $t_{1/2} = \dfrac{\ln 2}{\lambda}$.

6. $t_{1/2} = \dfrac{\ln 2}{\lambda} = \dfrac{\ln 2}{1{,}39 \times 10^{-11}\,\text{s}^{-1}} = 4{,}98 \times 10^{10}\,\text{s} = 1{,}58 \times 10^3$ ans.

7. $A(t) = A_0 \times e^{-\lambda \times t} \Leftrightarrow e^{-\lambda \times t} = \dfrac{A(t)}{A_0} \Leftrightarrow -\lambda \times t = \ln\left(\dfrac{A(t)}{A_0}\right) \Leftrightarrow t = \dfrac{1}{\lambda} \times \ln\left(\dfrac{A_0}{A(t)}\right)$

Or $\lambda = \dfrac{\ln 2}{t_{1/2}}$ donc $t = \dfrac{t_{1/2}}{\ln 2} \times \ln\left(\dfrac{A_0}{A(t)}\right) = \dfrac{1{,}58 \times 10^3}{\ln 2} \times \ln\left(\dfrac{1}{0{,}01}\right) = 1{,}05 \times 10^4$ ans.

Décrire un mouvement (1)

Fiche 31

Physique-Chimie

Notes

LE COURS

Vecteur position

Considérons un système ponctuel, noté M, en mouvement ou immobile dans un référentiel $(O\ ;\vec{i},\vec{j},\vec{k})$. On définit ainsi, en se servant de l'origine O du référentiel, le **vecteur position** $\overrightarrow{OM}(t)$, que l'on écrit, en fonction de ses coordonnées :

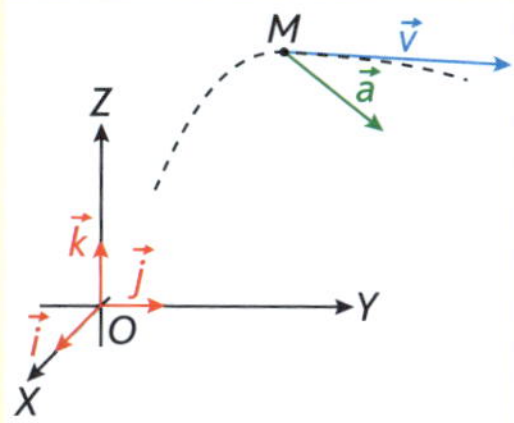

$$\overrightarrow{OM}(t)\begin{pmatrix} x(t) \\ y(t) \\ z(t) \end{pmatrix} \text{ ou encore } \overrightarrow{OM}(t) = x(t)\cdot\vec{i} + y(t)\cdot\vec{j} + z(t)\cdot\vec{k}$$

Vecteur vitesse

• **Le vecteur vitesse instantanée $\vec{v}(t)$ correspond à la dérivée par rapport au temps du vecteur position $\vec{v}(t) = \dfrac{d\overrightarrow{OM}(t)}{dt}$.** Les coordonnées du vecteur vitesse sont :

$$\vec{v}(t)\begin{pmatrix} v_x(t) \\ v_y(t) \\ v_z(t) \end{pmatrix} \text{ ou } \vec{v}(t) = v_x(t)\cdot\vec{i} + v_y(t)\cdot\vec{j} + v_z(t)\cdot\vec{k}$$

ou encore $\vec{v}(t) = \dfrac{dx(t)}{dt}\cdot\vec{i} + \dfrac{dy(t)}{dt}\cdot\vec{j} + \dfrac{dz(t)}{dt}\cdot\vec{k}$, car $v_x(t) = \dfrac{dx(t)}{dt}$, $v_y(t) = \dfrac{dy(t)}{dt}$ et $v_z(t) = \dfrac{dz(t)}{dt}$, avec $\dfrac{dx(t)}{dt}$ représentant la dérivée par rapport au temps de la coordonnée $x(t)$ du vecteur position, $\dfrac{dy(t)}{dt}$ ...

• Le vecteur vitesse est toujours tangent à la trajectoire et dirigé dans le sens du mouvement.

Vecteur accélération

Le vecteur accélération $\vec{a}(t)$ correspond à la dérivée par rapport au temps du vecteur vitesse $\vec{a}(t) = \dfrac{d\vec{v}(t)}{dt} = \dfrac{d^2\overrightarrow{OM}(t)}{dt^2}$, avec $\dfrac{d^2\overrightarrow{OM}(t)}{dt^2}$ dérivée seconde du vecteur position par rapport au temps. Les coordonnées du vecteur accélération sont ainsi :

Notes

$$\vec{a}(t)\begin{pmatrix} a_x(t) \\ a_y(t) \\ a_z(t) \end{pmatrix} \text{ ou } \vec{a}(t) = a_x(t)\cdot\vec{i} + a_y(t)\cdot\vec{j} + a_z(t)\cdot\vec{k}$$

ou encore $\vec{a}(t) = \dfrac{dv_x(t)}{dt}\cdot\vec{i} + \dfrac{dv_y(t)}{dt}\cdot\vec{j} + \dfrac{dv_z(t)}{dt}\cdot\vec{k}$

$= \dfrac{d^2x(t)}{dt^2}\cdot\vec{i} + \dfrac{d^2y(t)}{dt^2}\cdot\vec{j} + \dfrac{d^2z(t)}{dt^2}\cdot\vec{k}$,

avec $\dfrac{dv_x(t)}{dt}$ représentant la dérivée par rapport au temps de la coordonnée $v_x(t)$ du vecteur vitesse et avec $\dfrac{d^2x(t)}{dt^2}$ représentant la dérivée seconde par rapport au temps de la coordonnée $x(t)$ du vecteur position, etc.

EXERCICE TYPE CORRIGÉ

Lors des championnats de France de pétanque, on a enregistré à l'aide d'un smartphone la phase de « pointer ». On a ensuite, grâce à un logiciel de pointage, repéré la position de la boule au cours de son mouvement. L'origine du repère $(O\,;\,\vec{i}, \vec{j})$ utilisé est située au pied du joueur, l'axe horizontal orienté dans le sens du jeu et l'axe vertical orienté vers le haut. La masse de la boule est de 700 g.

Après traitement des pointages, par un logiciel dédié, on obtient les équations paramétriques suivantes :

$$y(t) = -4{,}9 \times t^2 + 6{,}8 \times t + 1{,}4 \quad \text{et} \quad x(t) = 6{,}4 \times t + 0{,}8$$

1. Déterminer les coordonnées du vecteur vitesse.
2. Déterminer les coordonnées du vecteur accélération.

Corrigé

1. Grâce aux équations du mouvement, on sait que les coordonnées du vecteur position sont $\overrightarrow{OM}(t)\begin{pmatrix} 6{,}4 \times t + 0{,}8 \\ -4{,}9 \times t^2 + 6{,}8 \times t + 1{,}4 \end{pmatrix}$. Ainsi, en dérivant par rapport au temps, on obtient le vecteur vitesse de coordonnées :

$v_x(t) = \dfrac{dx(t)}{dt} = \dfrac{d(6{,}4 \times t + 0{,}8)}{dt} = 6{,}4$;

$v_y(t) = \dfrac{dy(t)}{dt} = \dfrac{d(-4{,}9 \times t^2 + 6{,}8 \times t + 1{,}4)}{dt} = -9{,}8 \times t + 6{,}8$.

Les coordonnées du vecteur vitesse sont donc $\vec{v}(t)\begin{pmatrix} \mathbf{6{,}4} \\ \mathbf{-9{,}8 \times t + 6{,}8} \end{pmatrix}$.

2. En dérivant une seconde fois par rapport au temps, on obtient le vecteur accélération. Ainsi,

$a_x(t) = \dfrac{dv_x}{dt} = \dfrac{d(6{,}4)}{dt} = 0$; $a_y(t) = \dfrac{dv_y}{dt} = \dfrac{d(-9{,}8 \times t + 6{,}8)}{dt} = -9{,}8$.

Les coordonnées du vecteur accélération sont donc $\vec{a}\begin{pmatrix} \mathbf{0} \\ \mathbf{-9{,}8} \end{pmatrix}$.

Décrire un mouvement (2)

Fiche 32

Physique-Chimie

LE COURS

Repère de Frenet

Dans le cas de mouvements circulaires, on utilise un repère « tournant », qui se déplace en même temps que le système sur sa trajectoire. Ce repère, dit **repère de Frenet**, est défini par une origine *M* (position du mobile à l'instant *t*) et deux vecteurs unitaires, $\vec{u}_n$ (ou vecteur normal, dirigé vers le centre de la trajectoire) et $\vec{u}_t$ (ou vecteur tangentiel, tangent à la trajectoire, dans le sens du mouvement), et noté $(M\,;\,\vec{u}_t,\,\vec{u}_n)$.

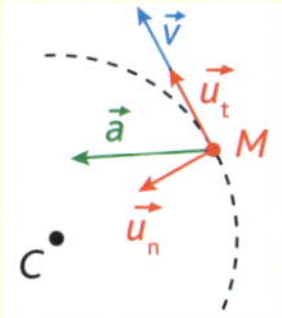

- Le vecteur vitesse étant toujours tangent à la trajectoire, il est dirigé suivant $\vec{u}_t$:

$$\vec{v}(t)\begin{pmatrix} v_t = v \\ v_n = 0 \end{pmatrix} \quad \text{ou} \quad \vec{v}(t) = v \cdot \vec{u}_t$$

- Les coordonnées du vecteur accélération dans ce repère sont :

$$\vec{a}(t)\begin{pmatrix} a_t = \dfrac{dv}{dt} \\ a_n = \dfrac{v^2}{R} \end{pmatrix} \quad \text{ou} \quad \vec{a}(t) = \frac{dv}{dt} \cdot \vec{u}_t + \frac{v^2}{R} \cdot \vec{u}_n\,,$$

avec *R* le rayon de la trajectoire, $\dfrac{dv}{dt}$ la dérivée par rapport au temps de la vitesse et *v* la norme du vecteur vitesse.

Quelques mouvements particuliers

Mouvements	Caractéristiques du vecteur accélération
Rectiligne	Il garde une direction constante, celle de la trajectoire.
Rectiligne uniforme	Il est égal au vecteur nul.
Rectiligne uniformément accéléré	Il est égal à un vecteur constant, dont la direction est celle de la trajectoire. Si c'est un mouvement accéléré, les vecteurs vitesse et accélération sont dans le même sens. Ils sont en sens opposé si le mouvement est ralenti.
Circulaire	Il est dirigé vers l'intérieur de la trajectoire. Si le mouvement est accéléré, l'angle entre les vecteurs vitesse et accélération est inférieur à 90°. L'angle est supérieur à 90° si le mouvement est ralenti.
Circulaire uniforme	Il est dirigé vers le centre de la trajectoire et est normal au vecteur vitesse.

Notes

Notes

EXERCICE TYPE CORRIGÉ

On considère que le mouvement de la Lune autour de la Terre est un mouvement circulaire uniforme centré sur le centre de la Terre. On considérera que la Lune n'est soumise qu'à une force, la force d'interaction gravitationnelle $\vec{F}$ exercée par la Terre.

1. Faire un schéma de la situation, sans souci d'échelle, en représentant la force d'interaction gravitationnelle.

2. Déterminer, de façon littérale, les coordonnées du vecteur vitesse de la Lune.

3. Déterminer, de façon littérale, les coordonnées du vecteur accélération de la Lune.

Données :

- Distance Terre-Lune : D_{TL}.
- Période orbitale de la Lune : T_L.

Corrigé

1. Schéma :

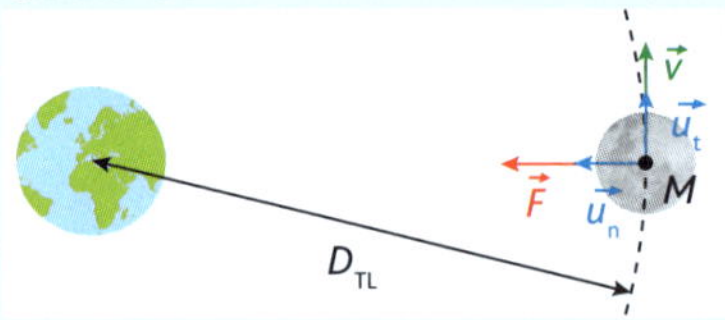

2. La trajectoire de la Lune étant circulaire, on utilisera le repère de Frenet $(M ; \vec{u}_t, \vec{u}_n)$.

Dans ce repère, les coordonnées du vecteur vitesse sont $\vec{v}(t)\begin{pmatrix} v_t = v \\ v_n = 0 \end{pmatrix}$.

Le mouvement étant uniforme, cela signifie que la vitesse est constante et donc que la vitesse instantanée est égale à la vitesse moyenne. Ainsi, $v = \dfrac{d}{\Delta t}$ avec d la distance parcourue et Δt la durée de ce parcours. La Lune parcourt son orbite pendant une durée T_L, ainsi $v = \dfrac{2\pi \times D_{TL}}{T_L}$ et donc $\boldsymbol{\vec{v}(t)}\begin{pmatrix} \dfrac{2\pi \times D_{TL}}{T_L} \\ 0 \end{pmatrix}$.

3. Le mouvement étant circulaire uniforme, les coordonnées du vecteur accélération de la Lune sont $\vec{a}(t)\begin{pmatrix} a_t = 0 \\ a_n = \dfrac{v^2}{R} \end{pmatrix}$ avec R le rayon de la trajectoire, soit D_{TL}. On obtient donc ici :

$$\vec{a}(t)\begin{pmatrix} a_t = 0 \\ a_n = \dfrac{\left(\dfrac{2\pi \times D_{TL}}{T_L}\right)^2}{D_{TL}} \end{pmatrix}, \text{ soit } \boldsymbol{\vec{a}(t)}\begin{pmatrix} \mathbf{0} \\ \dfrac{\mathbf{4\pi^2 \times D_{TL}}}{\mathbf{T_L^{\,2}}} \end{pmatrix}.$$

Deuxième loi de Newton

Fiche 33

Physique-Chimie

LE COURS

Centre de masse et centre d'inertie d'un système

Le centre de masse correspond au point particulier du système où s'applique le poids, alors que le centre d'inertie correspond au point d'application des forces à distance. Dans la plupart des études, le centre de masse et le centre d'inertie du système sont confondus.

Référentiels galiléens

• Un référentiel galiléen est un référentiel dans lequel le principe d'inertie s'applique, à savoir que si aucune force ne s'applique sur un corps, ou si celles-ci se compensent, le mouvement de ce corps est un mouvement rectiligne uniforme.

• Tous les référentiels galiléens sont en mouvement de translation rectiligne les uns par rapport aux autres. Tous les référentiels usuels ne sont pas galiléens dans l'absolu, mais ils peuvent être considérés comme quasiment galiléens pour des durées variant de cinq minutes pour le référentiel terrestre, à une journée pour le référentiel géocentrique.

Deuxième loi de Newton

• La **deuxième loi de Newton, ou principe fondamental de la dynamique**, va permettre de déterminer quel va être le mouvement d'un système si on connaît les forces qui agissent sur lui, ou bien, de prédire quelles sont les forces qui agissent sur un système par la connaissance de son mouvement.

Dans un référentiel galiléen, la somme vectorielle des forces extérieures qui s'appliquent sur un système est égale au produit de la masse du système par le vecteur accélération du centre d'inertie du système :

$$\sum \vec{F}_{ext} = m \times \vec{a}$$

• Ainsi, la première loi de Newton, ou principe d'inertie, est un cas particulier de la deuxième loi de Newton. En effet, si les forces se compensent, alors la somme vectorielle de ces forces est égale au vecteur nul, et donc l'accélération est égale au vecteur nul, le mouvement est un mouvement rectiligne uniforme.

Notes

Notes

EXERCICE TYPE CORRIGÉ

Considérons un skieur de masse $m = 80$ kg, tracté par un remonte-pente, sans frottement, sur une piste inclinée faisant un angle $\alpha = 30°$ par rapport à l'horizontale. On suppose la direction de la force exercée par le remonte-pente parallèle au sol. Dans un repère avec l'axe (Ox) parallèle au sol et orienté vers le sommet de la piste, les coordonnées du vecteur accélération du centre de masse du skieur sont $\vec{a}\begin{pmatrix} 0{,}5 \\ 0 \end{pmatrix}$.

Donnée : On prendra g, l'intensité du champ de pesanteur, égale à 9,8 N·kg^{-1}.

1. Faire un bilan des forces s'exerçant sur le skieur.
2. Représenter le schéma de la situation, sans respect d'échelle.
3. Quelle est l'intensité de la force exercée par le remonte-pente ?

Corrigé

1. Il y a trois forces qui s'exercent sur le skieur, **son poids $\vec{P}$, la réaction du support $\vec{R}$ et la force exercée par le remonte-pente $\vec{F}$.**

2. Schéma :

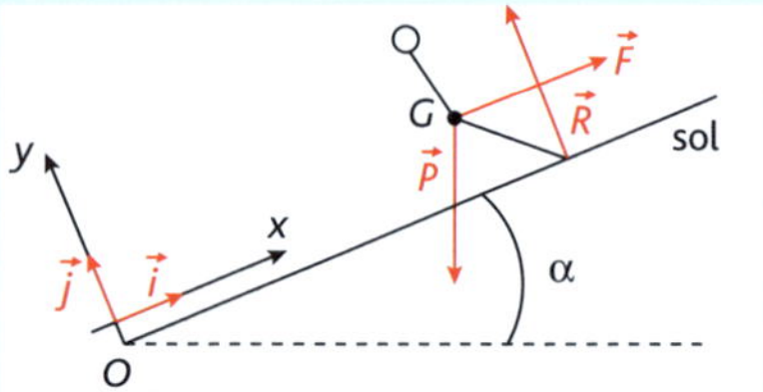

3. *Référentiel d'étude :* référentiel terrestre, supposé galiléen.

Système : skieur de masse $m = 80$ kg.

Bilan des forces : voir question 1.

En utilisant le repère proposé, les coordonnées des différents vecteurs sont :

$\vec{P}\begin{pmatrix} -P \times \sin\alpha \\ -P \times \cos\alpha \end{pmatrix}$, $\vec{F}\begin{pmatrix} F \\ 0 \end{pmatrix}$ et $\vec{R}\begin{pmatrix} 0 \\ R \end{pmatrix}$.

Grâce à la deuxième loi de Newton, ou principe fondamental de la dynamique, on sait que la somme vectorielle des forces extérieures qui s'appliquent au système est égale au produit de la masse du système par le vecteur accélération du centre de masse du système $\boldsymbol{\sum \vec{F}_{ext} = m \times \vec{a}}$.

Ainsi, $\vec{P} + \vec{R} + \vec{F} = m \times \vec{a}$.

En passant aux coordonnées, on a :

$$m \times \vec{a}\begin{pmatrix} a_x \\ a_y \end{pmatrix} = \begin{pmatrix} -P \times \sin\alpha + 0 + F \\ -P \times \cos\alpha + R + 0 \end{pmatrix} = \begin{pmatrix} F - P \times \sin\alpha \\ R - P \times \cos\alpha \end{pmatrix},$$

et par conséquent $80 \times \begin{pmatrix} 0{,}5 \\ 0 \end{pmatrix} = \begin{pmatrix} 40 \\ 0 \end{pmatrix} = \begin{pmatrix} F - P \times \sin\alpha \\ R - P \times \cos\alpha \end{pmatrix}$.

En utilisant les coordonnées suivant l'axe (Ox), on a donc :

$F - P \times \sin\alpha = 40$, soit $\boldsymbol{F = P \times \sin\alpha + 40}$.

D'où $\boldsymbol{F} = 80 \times 9{,}8 \times \sin 30 + 40 = \boldsymbol{4{,}3 \times 10^2}$ **N.**

Mouvement dans un champ de pesanteur uniforme

Fiche 34

Physique-Chimie

Notes

LE COURS

Situation étudiée

Dans le **référentiel terrestre** considéré **galiléen**, on étudie le mouvement d'un système assimilé à un point matériel M de masse m dans le cas d'une **chute libre** avec vitesse initiale.

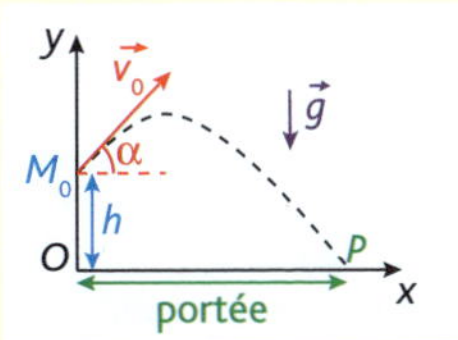

Vecteur champ de pesanteur $\vec{g}\begin{cases} g_x = 0 \\ g_y = -g \end{cases}$

Conditions initiales (C.I.) :

$\overrightarrow{OM_0}\begin{cases} x_0 = 0 \\ y_0 = h \end{cases}$; $\vec{v_0}\begin{cases} v_{0x} = (v_0 \times \cos\alpha) \\ v_{0y} = (v_0 \times \sin\alpha) \end{cases}$

Établissement des équations horaires du mouvement

La **deuxième loi de Newton** ($\sum \vec{F}_{ext} = m \times \vec{a}$) donne ici

$\vec{P} = m \times \vec{g} = m \times \vec{a}$ donc $\vec{a} = \vec{g}$ soit : $\vec{\boldsymbol{a}}\begin{cases} \boldsymbol{a_x = g_x = 0} \\ \boldsymbol{a_y = g_y = -g} \end{cases}$

- $\vec{a}\begin{cases} a_x = 0 \\ a_y = -g \end{cases} \xrightarrow{\vec{a}=\frac{d\vec{v}}{dt}\text{ : on primitive}} \vec{\boldsymbol{v}}\begin{cases} \boldsymbol{v_x} = (\boldsymbol{v_0 \times \cos\alpha}) \\ \boldsymbol{v_y = -g \times t} + (\boldsymbol{v_0 \times \sin\alpha}) \end{cases}$
- $\vec{v}\begin{cases} v_x = (v_0 \times \cos\alpha) \\ v_y = -g \times t + (v_0 \times \sin\alpha) \end{cases} \xrightarrow[\text{on primitive}]{\vec{v}=\frac{d\overrightarrow{OM}}{dt}:} \overrightarrow{OM}\begin{cases} x(t) = (v_0 \times \cos\alpha) \times t + 0 \\ y(t) = -\frac{1}{2}g \times t^2 + (v_0 \times \sin\alpha) \times t + h \end{cases}$

Équation de la trajectoire

D'où : $\begin{cases} t = \dfrac{x}{(v_0 \times \cos\alpha)} \\ y = -\dfrac{1}{2}g \times \dfrac{x^2}{(v_0 \times \cos\alpha)^2} + (v_0 \times \sin\alpha) \times \dfrac{x}{(v_0 \times \cos\alpha)} + h \end{cases}$

L'équation de la trajectoire est une parabole :

$$\boldsymbol{y(x) = -\frac{1}{2}g \times \frac{x^2}{(v_0 \times \cos\alpha)^2} + (\tan\alpha) \times x + h}\text{ .}$$

Portée du lancer et durée de la chute

Le système touche le sol (donc $y = 0$) au point P :

- $y(x_P) = 0 = -\frac{1}{2}g \times \frac{x_P^2}{(v_0 \times \cos\alpha)^2} + (\tan\alpha) \times x_P + h$ à résoudre pour trouver x_P (portée du lancer)

Notes

• $y(t_p) = 0 = -\frac{1}{2}g \times t_p^2 + (v_0 \times \sin\alpha) \times t_p + h$ à résoudre pour trouver t_p (durée de la chute)

EXERCICE TYPE CORRIGÉ

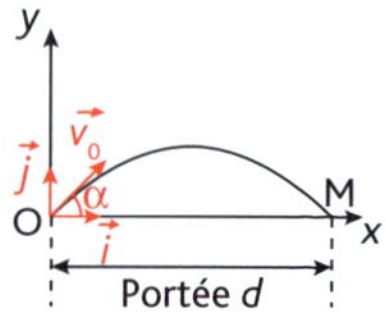

Le mortier d'une galiote pouvait envoyer une bombe de 100 kg à une distance de 3,8 km ; le temps de vol était d'environ 30 s. On souhaite étudier la trajectoire d'une bombe assimilée à un point matériel *G*. Le repère d'étude est $(O ; \vec{i}, \vec{j})$ et l'origine des dates est choisie à l'instant où la bombe part du point *O*.
Le vecteur vitesse initiale $\vec{v_0}$ du point *G* est incliné d'un angle α (appelé angle de tir) par rapport à l'horizontale. Pendant le vol, compte tenu de la masse, de la vitesse et de la forme de la bombe, on fait l'hypothèse que les forces de frottement dans l'air sont négligeables devant le poids.
Donnée : valeur du champ de pesanteur terrestre : $g = 9{,}8 \text{ m·s}^{-2}$; $\alpha = 45°$.

1. Déterminer les coordonnées du vecteur accélération $\vec{a}$.
2. Établir les équations horaires du mouvement.
3. Établir l'équation de la trajectoire.
4. Déterminer l'expression de la portée *d* en fonction des paramètres du tir.
5. En déduire la valeur de la vitesse initiale v_0.
6. Déterminer la durée de vol théorique de la bombe. Le modèle d'étude proposé est-il validé ou invalidé ?

Corrigé

1., 2. et 3. **Voir résultats du cours avec $h = 0$.**

4. $y(d) = 0 = -\frac{1}{2}g \times \frac{d^2}{(v_0 \times \cos\alpha)^2} + (\tan\alpha) \times d$ (avec $d \neq 0$)

$$\Rightarrow -\frac{1}{2}g \times \frac{d}{(v_0 \times \cos\alpha)^2} + (\tan\alpha) = 0 \Leftrightarrow \boldsymbol{d} = \frac{\mathbf{2 \times (\tan\alpha) \times (v_0 \times \cos\alpha)^2}}{\boldsymbol{g}}$$

5. $d = \frac{2 \times (\tan\alpha) \times (v_0 \times \cos\alpha)^2}{g} \Leftrightarrow \boldsymbol{v_0} = \sqrt{\frac{d \times g}{2 \times (\tan\alpha) \times (\cos\alpha)^2}}$

$$= \sqrt{\frac{3{,}8 \times 10^3 \text{m} \times 9{,}8 \text{ m·s}^{-2}}{2 \times (\tan 45°) \times (\cos 45°)^2}} = \mathbf{1{,}9 \times 10^2 \text{ m·s}^{-1}}$$

6. $y(t_M) = 0 = -\frac{1}{2}g \times t_M^2 + (v_0 \times \sin\alpha) \times t_M$ (avec $t_M \neq 0$)

$$\Rightarrow -\frac{1}{2}g \times t_M + (v_0 \times \sin\alpha) = 0 \Leftrightarrow \boldsymbol{t_M} = \frac{\mathbf{2 \times (v_0 \times \sin\alpha)}}{\boldsymbol{g}}$$

$t_M = \frac{2 \times (1{,}9 \times 10^2 \text{m·s}^{-1} \times \sin 45°)}{9{,}8 \text{ m·s}^{-2}} = \mathbf{27 \text{ s}}$. Cette durée est inférieure (de 10 %) aux 30 secondes annoncées : on peut penser que les frottements ne sont pas négligeables devant le poids.

Mouvement dans un champ électrique uniforme

LE COURS

Champ électrique créé par un condensateur plan

Un condensateur plan est constitué de deux plaques conductrices planes, parallèles et séparées d'une distance *d*. Lorsqu'on applique une tension électrique *U* entre les plaques, celles-ci se chargent électriquement et il apparaît entre elles **un champ électrique $\vec{E}$ uniforme** perpendiculaire aux plaques, **dirigé de la plaque chargée positivement vers celle chargée négativement**, et de valeur $E = \dfrac{|U|}{d}$.

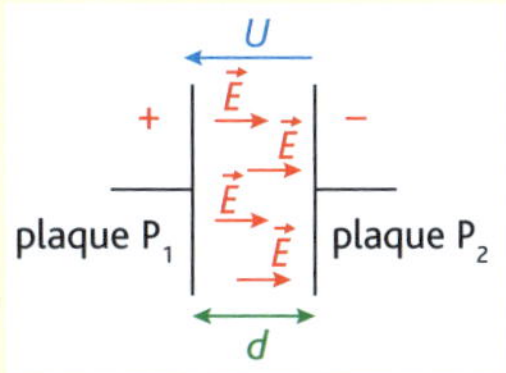

Situation étudiée

Dans le **référentiel terrestre** considéré **galiléen**, on étudie le mouvement d'une particule *M* de masse *m* et de charge *q* arrivant avec une vitesse initiale entre les armatures d'un condensateur plan.

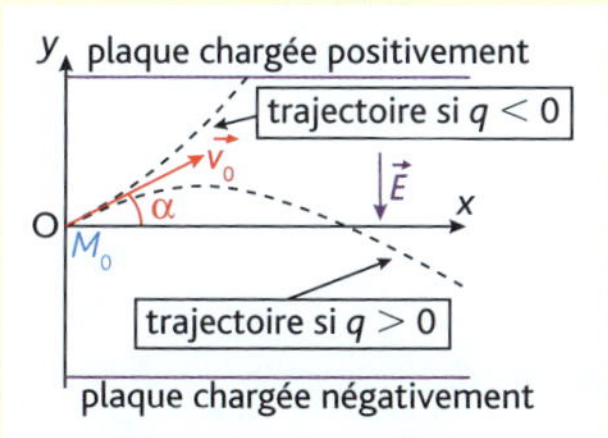

vecteur champ électrique $\vec{E}\begin{cases} E_x = 0 \\ E_y = -E \end{cases}$

Conditions Initiales (C.I.)

$\overrightarrow{OM}\begin{cases} x_0 = 0 \\ y_0 = 0 \end{cases}$ $\quad \vec{v}_0\begin{cases} v_{0x} = (v_0 \times \cos\alpha) \\ v_{0y} = (v_0 \times \sin\alpha) \end{cases}$

Établissement des équations horaires du mouvement

La **2ᵉ loi de Newton** donne ici $\vec{F}_e = q \times \vec{E} = m \times \vec{a}$ donc $\vec{a} = \dfrac{q}{m} \times \vec{E}$ soit :

$$\vec{a}\begin{cases} a_x = \dfrac{q}{m} \times E_x = 0 \\ a_y = \dfrac{q}{m} \times E_y = -\dfrac{q \times E}{m} \end{cases}$$

> *Remarque :* le signe – (en violet) provient du sens de $\vec{E}$; si $\vec{E}$ est orienté « vers le haut », – devient +.

$$\vec{a}\begin{cases} a_x = 0 \\ a_y = -\dfrac{q \times E}{m} \end{cases} \xrightarrow[\text{on primitive}]{\vec{a} = \frac{d\vec{v}}{dt} :} \vec{v}\begin{cases} v_x = (v_0 \times \cos\alpha) \\ v_y = -\dfrac{q \times E}{m} \times t + (v_0 \times \sin\alpha) \end{cases}$$

$$\vec{v}\begin{cases} v_x = (v_0 \times \cos\alpha) \\ v_y = -\dfrac{q \times E}{m} \times t + (v_0 \times \sin\alpha) \end{cases} \xrightarrow[\text{on primitive}]{\vec{v} = : \frac{d\overrightarrow{OM}}{dt}} \overrightarrow{OM}\begin{cases} x(t) = (v_0 \times \cos\alpha) \times t + 0 \\ y(t) = -\dfrac{q \times E}{2m} \times t^2 + (v_0 \times \sin\alpha) \times t + 0 \end{cases}$$

Notes

Notes

Équation de la trajectoire

D'où : $\begin{cases} t = \dfrac{x}{(v_0 \times \cos\alpha)} \\ y = -\dfrac{q \times E}{2m} \times \dfrac{x^2}{(v_0 \times \cos\alpha)^2} + (v_0 \times \sin\alpha) \times \dfrac{x}{(v_0 \times \cos\alpha)} \end{cases}$

L'équation de la trajectoire est une parabole :

$$\boldsymbol{y(x) = -\frac{q \times E}{2m} \times \frac{x^2}{(v_0 \times \cos\alpha)^2} + (\tan\alpha) \times x}$$

EXERCICE TYPE CORRIGÉ

On étudie la trajectoire d'un électron (de masse m_e et de charge $q = -e$) qui arrive au point O à la date $t = 0$ avec un vecteur vitesse horizontal $\vec{v_0}$ parallèle aux plaques P_1 et P_2 entres lesquelles règne un champ électrique $\vec{E}$.

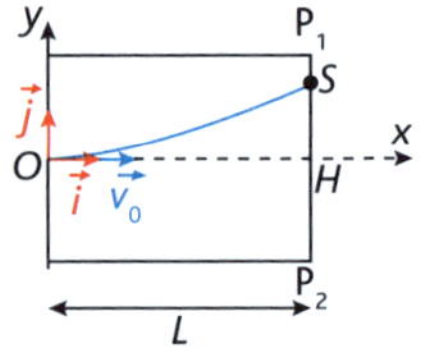

Données : $L = 9{,}0 \times 10^{-2}$ m. $v_0 = 2{,}4 \times 10^7$ m·s^{-1}.
$E = 1{,}6 \times 10^4$ V·m^{-1}.

1. Indiquer la direction et le sens du vecteur $\vec{F_e}$ et du vecteur $\vec{E}$ en un point quelconque de la trajectoire. En déduire quelle est la plaque chargée positivement.
2. Déterminer les coordonnées du vecteur accélération $\vec{a}$.
3. Établir les équations horaires du mouvement.
4. Établir l'équation de la trajectoire.
5. À la sortie de la zone entre les plaques, l'électron a subi une déviation verticale SH. On mesure $SH = y_S = 2{,}0 \times 10^{-2}$ m. Déterminer, la valeur du rapport e/m_e de l'électron.

Corrigé

1. Le champ électrique $\vec{E}$ est perpendiculaire aux deux plaques : sa direction est verticale. Vu que la trajectoire de l'électron est courbée vers la plaque P_1 en raison de la force $\vec{F_e}$, cette force a pour sens vers la plaque P_1. Comme $\vec{F_e} = q \times \vec{E} = -e \times \vec{E}$, la direction de $\vec{F_e}$ est verticale et le sens de $\vec{E}$ est vers la plaque P_2. Comme $\vec{E}$ est **dirigé de la plaque chargée positivement vers la plaque chargée négativement**, P_1 est la plaque chargée positivement.

2. et 3. **Voir Cours.**

$\vec{a}\begin{cases} a_x = \dfrac{-e}{m_e} \times E_x = 0 \\ a_y = \dfrac{-e}{m_e} \times E_y = +\dfrac{e \times E}{m_e} \end{cases}$. Ici, $\alpha = 0$: $\begin{cases} \boldsymbol{x(t) = v_0 \times t} \\ \boldsymbol{y(t) = \dfrac{e \times E}{2m_e} \times t^2} \end{cases}$

4. En appliquant le cours, on trouve : $\boldsymbol{y(x) = \dfrac{e \times E}{2m_e} \times \dfrac{x^2}{v_0^2}}$

5. $y_S(x_S = L) = \dfrac{e \times E}{2m_e} \times \dfrac{L^2}{v_0^2} \Leftrightarrow \dfrac{e}{m_e} = \dfrac{2y_S \times v_0^2}{E \times L^2}$

$= \dfrac{2 \times 2{,}0 \times 10^{-2} \times (2{,}4 \times 10^7)^2}{1{,}6 \times 10^4 \times (9{,}0 \times 10^{-2})^2} = \boldsymbol{1{,}8 \times 10^{11}}$ **C·kg^{-1}**.

Aspects énergétiques d'un mouvement dans un champ uniforme

Fiche **36**

Physique-Chimie

LE COURS

Conservation de l'énergie mécanique

Si un système n'est soumis qu'à des forces conservatives (poids, force électrique,...) **et/ou à des forces dont le travail est nul** (réaction normale d'un support, tension d'un fil,...), **son énergie mécanique se conserve.**

Travail du poids – Travail de la force électrique

- **Travail du poids sur un système de masse *m* pour un déplacement de *A* à *B* :**
$W(\vec{P})_{A\to B} = \vec{P}.\overrightarrow{AB} = m \times g \times \left(z_{(A)} - z_{(B)}\right)$.
- **Travail de la force électrique sur une particule de charge *q* pour un déplacement de *A* à *B* :**
$W(\vec{F_e})_{A\to B} = \vec{F_e}\,.\,\overrightarrow{AB} = q \times U_{AB}$ (attention, q et U_{AB} peuvent être négatives).

Théorème de l'énergie cinétique

La variation d'énergie cinétique d'un système en mouvement d'un point *A* à un point *B* est égale à la somme des travaux des forces qui s'exercent sur le système entre *A* et *B*.

$$\Delta E_{c(A\to B)} = E_{c(B)} - E_{c(A)} = \sum_i W(\vec{F_i})_{A\to B}$$

Notes

Principe de l'accélérateur linéaire de particules chargées

Dans un accélérateur linéaire, un champ électrique permet d'accélérer en ligne droite des particules chargées (électrons, protons, ions).

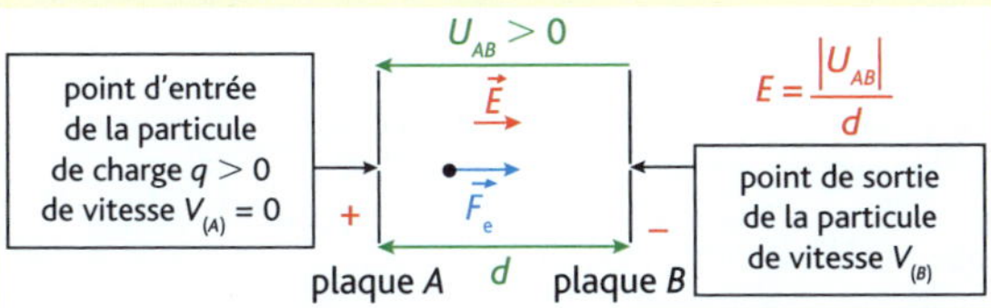

Remarque : Si la particule est chargée négativement ($q < 0$), il faut que $\vec{E}$ soit dans l'autre sens et donc que $U_{AB} < 0$ pour permettre l'accélération.

D'après le théorème de l'énergie cinétique : $E_{c(B)} - E_{c(A)} = W(\vec{F_e})_{A\to B} = q \times U_{AB}$

donc $\frac{1}{2} m \times v_{(B)}^2 = q \times U_{AB}$ donc $v_{(B)} = \sqrt{\frac{2q \times U_{AB}}{m}}$

Notes

EXERCICE TYPE CORRIGÉ

EXERCICE 1 On laisse tomber une boule de pétanque d'une hauteur $h = 1{,}5$ m.
Donnée : Intensité de la pesanteur : $g = 9{,}8$ m·s^{-2}.

1. Par une approche énergétique, déterminer la vitesse de la boule lorsqu'elle touche le sol.
2. Pourquoi cette valeur ne permet pas de déterminer la durée de la chute ?

EXERCICE 2 Dans l'expérience de Davisson-Germer, des électrons émis sans vitesse initiale par un filament passent à travers un accélérateur linéaire où est appliquée une tension électrique de 54 V.
Données : • Masse d'un électron : $m = 9{,}11 \times 10^{-31}$ kg.
• Charge électrique élémentaire : $e = 1{,}60 \times 10^{-19}$ C.

1. Décrire le principe d'un accélérateur linéaire de particules chargées.
2. Représenter sur un schéma la force électrique subie par l'électron dans le dispositif et le champ électrostatique. Justifier ces représentations.
3. Déterminer la valeur de la vitesse d'un électron à la sortie de l'accélérateur linéaire.

Corrigé

1 1. On considère que la boule n'est soumise qu'à son poids (pas de frottements), la **conservation de l'énergie mécanique** entre le point du lâcher A ($v_{(A)} = 0$) et le point d'impact sur le sol B ($z_{(B)} = 0$) donne :

$$m \times g \times z_{(A)} = \frac{1}{2} m \times v_{(B)}^2 \Leftrightarrow v_{(B)} = \sqrt{2gh} = \sqrt{2 \times 9{,}8 \times 1{,}5} = \mathbf{5{,}4\ m{\cdot}s^{-1}}.$$

Remarque : on peut aussi utiliser le théorème de l'énergie cinétique.

2. Cette vitesse n'est pas constante durant la chute, on ne peut donc pas appliquer la relation : $v_{(B)} = \dfrac{h}{\Delta t}$

2 1. Dans un accélérateur linéaire, un champ électrique permet d'accélérer en ligne droite des particules chargées.

2. L'électron étant accéléré en ligne droite entre la plaque A et la plaque B, la force électrique qu'il subit est perpendiculaire aux plaques et orientée de A vers B.

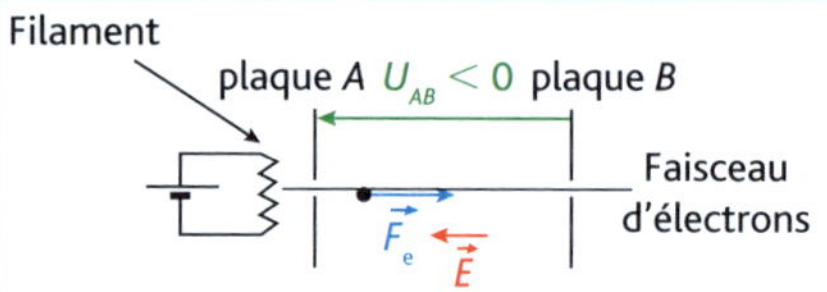

Comme $\vec{F}_e = q \times \vec{E} = -e \times \vec{E}$, $\vec{E}$ à la même direction que $\vec{F}_e$ mais est de sens opposé.

3. En appliquant la relation du cours, on trouve :

$$\mathbf{v_{(B)}} = \sqrt{\frac{2q \times U_{AB}}{m}} = \sqrt{\frac{2 \times (-1{,}60 \times 10^{-19}) \times (-54)}{9{,}11 \times 10^{-31}}} = \mathbf{4{,}4 \times 10^6\ m{\cdot}s^{-1}}.$$

Lois de Kepler

LE COURS

Première loi de Kepler : loi des orbites

Dans le référentiel héliocentrique, la trajectoire des planètes est une ellipse dont le Soleil occupe un des foyers.

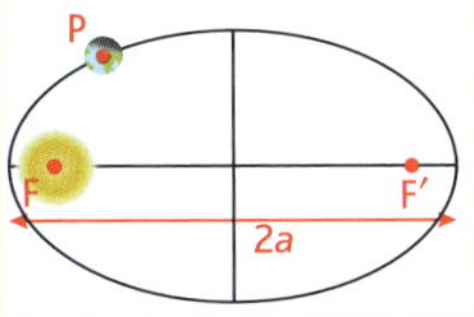

Remarque 1 : aucune compétence mathématique sur les ellipses n'est exigible mais il faut savoir identifier la longueur **2*a*** du grand axe, utile pour la 3e loi de Kepler.

Remarque 2 : un cercle est une ellipse particulière où les deux foyers sont confondus : c'est le centre du cercle ($a = r$).

Deuxième loi de Kepler : loi des aires

Dans le référentiel héliocentrique, le segment reliant une planète au Soleil balaye des aires égales durant des durées égales.

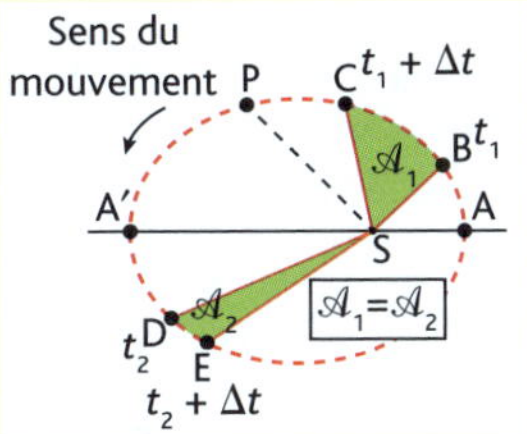

Cet énoncé implique que la vitesse des planètes n'est pas constante (sauf trajectoire circulaire) : elle est **maximale au périhélie**, point le plus proche du Soleil, et **minimale à l'aphélie**, point le plus éloigné du Soleil.

Troisième loi de Kepler : loi des périodes

Pour toutes les planètes du système solaire, le rapport entre le carré de la période de révolution *T* et le cube du demi-grand axe *a* est une constante : $\frac{T^2}{a^3} = \text{constante}$.

Cela implique que $\frac{T^2_{\text{Terre}}}{a^3_{\text{Terre}}} = \frac{T^2_{\text{Mars}}}{a^3_{\text{Mars}}} = \frac{T^2_{\text{Jupiter}}}{a^3_{\text{Jupiter}}}$, etc.

Généralisation des lois de Kepler

Par extension, on peut appliquer les lois de Kepler aux satellites en orbite autour d'une planète dans un référentiel astrocentrique adapté : **géocentrique** pour les satellites de la Terre, **marsocentrique** pour les satellites de Mars, etc.

Notes

Notes

EXERCICE TYPE CORRIGÉ

Avant le survol de Neptune par la sonde *Voyager-2* en 1989, seuls 2 satellites, Triton et Néréide, étaient connus. Triton a une orbite circulaire de rayon $3{,}547 \times 10^5$ km qu'elle parcourt en 5,877 jours tandis que Néréide gravite sur une orbite elliptique fortement excentrique : de 1,375 millions de km au point le plus proche (péricentre) jusqu'à 9,653 millions de km au point le plus éloigné (apocentre).

1. Représenter l'allure de l'orbite de Néréide autour de Neptune en y indiquant Neptune par un point N. Justifier cette trajectoire à l'aide d'une loi de Kepler.
2. À l'aide de la 2e loi de Kepler, comparer les vitesses de Néréide au péricentre P et à l'apocentre A. Compléter le schéma précédent pour illustrer la démonstration.
3. Utiliser la 3e loi de Kepler pour déterminer la période de révolution de Néréide.
4. La 2e loi de Newton permet de montrer que, dans le cas d'une orbite circulaire de rayon r autour de Neptune, $\dfrac{T^2}{r^3} = \dfrac{4\pi^2}{G \times M_N}$ où M_N est la masse de Neptune. Déterminer la masse de Neptune ($G = 6{,}67 \times 10^{-11}$ S.I.).

Corrigé

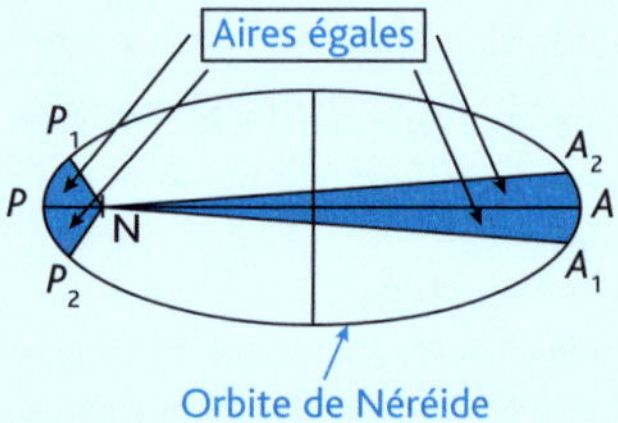

1. D'après la 1re loi de Kepler : dans le référentiel neptunocentrique, la trajectoire d'un satellite de Neptune est une ellipse dont Neptune occupe un des foyers.

2. Dans le référentiel neptunocentrique, le segment reliant un satellite de Neptune à Neptune balaye des aires égales durant des durées égales.

Ainsi, l'arc $\widehat{A_1A_2}$ et l'arc $\widehat{P_1P_2}$ sont parcourus pendant la même durée Δt.

Les vitesses moyennes en P et en A sont : $v_A = \dfrac{\widehat{A_1A_2}}{\Delta t}$ et $v_P = \dfrac{\widehat{P_1P_2}}{\Delta t}$.

Comme $\widehat{A_1A_2} < \widehat{P_1P_2}$, on en déduit que $v_A < v_P$.

3. $\dfrac{\boldsymbol{T^2}}{\boldsymbol{a^3}}$ = **constante**. On peut donc écrire : $\dfrac{T^2_{\text{Néréide}}}{a^3_{\text{Néréide}}} = \dfrac{T^2_{\text{Triton}}}{a^3_{\text{Triton}}}$

$$\Leftrightarrow T_{\text{Néréide}} = \sqrt{\frac{T^2_{\text{Triton}} \times a^3_{\text{Néréide}}}{a^3_{\text{Triton}}}} = T_{\text{Triton}} \times \sqrt{\left(\frac{a_{\text{Néréide}}}{a_{\text{Triton}}}\right)^3}$$

D'après les données, $a_{\text{Triton}} = 3{,}574 \times 10^5$ km (orbite circulaire) et

$$a_{\text{Néréide}} = \frac{1{,}375 \times 10^6 + 9{,}653 \times 10^6}{2} \text{ km} = 5{,}514 \times 10^6 \text{ km}.$$

$$\text{Donc } \boldsymbol{T_{\text{Néréide}}} = 5{,}877 \text{ jours} \times \sqrt{\left(\frac{5{,}514 \times 10^6 \text{km}}{3{,}547 \times 10^5 \text{km}}\right)^3} = \mathbf{360{,}2\ jours}.$$

4. On applique la relation donnée à Triton :

$$\frac{T^2_{\text{Triton}}}{r^3_{\text{Triton}}} = \frac{4\pi^2}{G \times M_N} \qquad M_N = \frac{4\pi^2 \times r^3_{\text{Triton}}}{G \times T^2_{\text{Triton}}}$$

$$\text{Donc } M_N = \frac{4\pi^2 \times (3{,}547 \times 10^5 \times 10^3 \text{m})^3}{6{,}67 \times 10^{-11} \text{SI} \times (5{,}877 \times 24 \times 3600 \text{ s})^2} = \mathbf{1{,}02 \times 10^{26}\ kg}.$$

Mouvement circulaire dans un champ de gravitation (1)

Fiche 38

Physique-Chimie

LE COURS

Force de gravitation et champ de gravitation

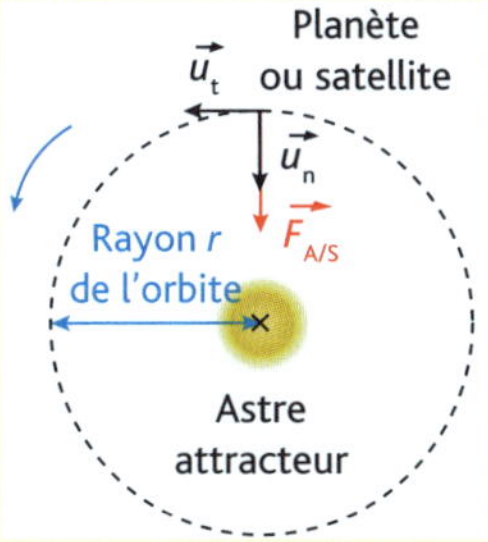

On étudie le mouvement d'une planète ou d'un satellite S de masse m_S dans le cas particulier d'une **orbite circulaire** de rayon r autour d'un astre attracteur A de masse M_A. On travaillera dans le **référentiel astrocentrique** (lié à A) considéré **galiléen**, muni du **repère de Frenet** centré sur S.

Le système S est uniquement soumis à la force d'interaction gravitationnelle exercée par l'astre A : $\overrightarrow{F_{A/S}} = G \times \frac{m_S \times M_A}{r^2} \cdot \overrightarrow{u_n}$

On peut également écrire : $\overrightarrow{F_{A/S}} = m_s \times \vec{\mathcal{G}}$ où $\vec{\mathcal{G}} = G \times \frac{M_A}{r^2} \cdot \overrightarrow{u_n}$ est le vecteur champ de gravitation en S à la distance r de A.

Caractéristiques des vecteurs vitesse et accélération de S

On applique la deuxième loi de Newton au système S : $\sum \overrightarrow{F_{ext}} = m_S \times \vec{a}$.

Donc $G \times \frac{m_S \times M_A}{r^2} \cdot \overrightarrow{u_n} = m_S \times \vec{a} \Leftrightarrow \vec{a} = G \times \frac{M_A}{r^2} \cdot \overrightarrow{u_n}$: le vecteur $\vec{a}$ est donc centripète et de valeur constante.

Dans le repère de Frenet, $\vec{a} = \frac{v^2}{r} \cdot \overrightarrow{u_n} + \frac{dv}{dt} \cdot \overrightarrow{u_t}$

En égalant les deux expressions de $\vec{a}$, on obtient :

– selon $\overrightarrow{u_t}$: $0 = \frac{dv}{dt}$ donc **v = constante** ;

– selon $\overrightarrow{u_n}$: $G \times \frac{M_A}{r^2} = \frac{v^2}{r} \Leftrightarrow v^2 = G \times \frac{M_A}{r} \Leftrightarrow v = \sqrt{G \times \frac{M_A}{r}}$.

L'expression du vecteur vitesse $\vec{v}$ est donc $\vec{v} = \sqrt{G \times \frac{M_A}{r}} \cdot \overrightarrow{u_t}$

Notes

EXERCICE TYPE CORRIGÉ

Mars Global Surveyor (MGS) est une sonde spatiale qui a étudié de 1997 à 2006 l'atmosphère et la surface de la planète Mars en circulant sur une orbite quasi circulaire à 378 km d'altitude.

Données : • Constante de gravitation universelle : $G = 6,67 \times 10^{-11}$ S.I.
• Rayon de Mars : $R_M = 3,4 \times 10^3$ km. • Masse de Mars : $M_M = 6,4 \times 10^{23}$ kg

1. Représenter sans souci d'échelle sur le schéma ci-dessous la force d'interaction gravitationnelle $\overrightarrow{F_{M/S}}$ exercée par Mars sur la sonde MGS de masse m, supposée ponctuelle et notée S.

Notes

Donner son expression dans le repère de Frenet centré sur S (à rajouter sur le schéma).

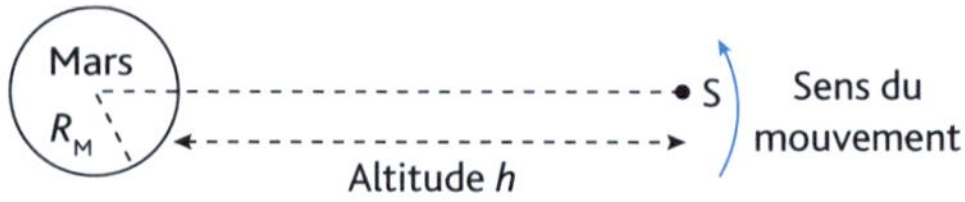

2. Déterminer la valeur du champ de pesanteur à la surface de Mars (on l'assimilera à la valeur du champ de gravitation). Comparer avec la Terre.

3. Déterminer l'expression du vecteur accélération de S et déterminer sa valeur.

4. Déterminer l'expression du vecteur vitesse de S. Commenter, puis calculer sa valeur.

5. Quand MGS est arrivée au voisinage de Mars, sa vitesse était de 5,1 km.s^{-1}. Déterminer l'altitude de son orbite si on avait voulu la placer sur une orbite circulaire sans la freiner. Conclure.

Corrigé

1. $\overrightarrow{F_{M/S}} = G \times \dfrac{m \times M_M}{r^2}.\overrightarrow{u_n}$ avec $r = R_M + h$ pour alléger l'écriture.

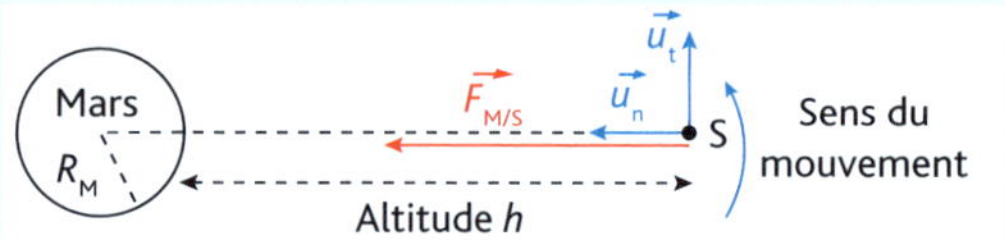

2. $h = 0$ donc $\boldsymbol{g_{MARS}} \approx \mathcal{G} = G \times \dfrac{M_M}{{R_M}^2} = 6{,}61 \times 10^{-11} \times \dfrac{6{,}4 \times 10^{23}\,\text{kg}}{(3{,}4 \times 10^6\,\text{m})^2} = \mathbf{3{,}7\ m.s^{-2}}$

$g_{TERRE} = 9{,}8$ m.s^{-2} : **la pesanteur martienne est 2,6 fois plus faible que la pesanteur terrestre**.

3. Voir Cours : en travaillant dans le référentiel **marsocentrique** considéré galiléen : $\vec{a} = G \times \dfrac{M_M}{r^2}.\overrightarrow{u_n}$

$$\boldsymbol{a} = G \times \frac{M_M}{r^2} = 6{,}67 \times 10^{-11} \times \frac{6{,}4 \times 10^{23}\,\text{kg}}{(3{,}4 \times 10^6\,\text{m} + 378 \times 10^3\,\text{m})^2} = \mathbf{3{,}0\ m.s^{-2}}$$

4. Voir Cours : $\vec{v} = \sqrt{G \times \dfrac{M_M}{r}}.\overrightarrow{u_t}$; cela implique que le mouvement circulaire est aussi **uniforme**.

$$\boldsymbol{v} = \sqrt{G \times \frac{M_M}{r}} = \sqrt{6{,}67 \times 10^{-11} \times \frac{6{,}4 \times 10^{23}\,\text{kg}}{3{,}4 \times 10^6\,\text{m} + 378 \times 10^3\,\text{m}}} = \mathbf{3{,}4 \times 10^3\,m.s^{-1}}$$

5. $v = \sqrt{G \times \dfrac{M_M}{r}} \Leftrightarrow v^2 = G \times \dfrac{M_M}{r} \Leftrightarrow r = G \times \dfrac{M_M}{v^2}$ or $r = R_M + h$ donc

$$\boldsymbol{h} = G \times \frac{M_M}{v^2} - R_M$$

$$= 6{,}61 \times 10^{-11} \times \frac{6{,}4 \times 10^{23}}{(5{,}1 \times 10^3)^2} - 3{,}6 \times 10^6 = \mathbf{-1{,}8 \times 10^6\,m}.$$

Cette altitude est négative : **il est impossible de mettre en orbite circulaire MGS sans diminuer sa vitesse**.

Mouvement circulaire dans un champ de gravitation (2)

Fiche 39

Physique-Chimie

LE COURS

Démonstration de la troisième loi de Kepler dans le cas d'une orbite circulaire

La 2e loi de Newton permet de montrer que, dans le cas d'une orbite circulaire de rayon r, la vitesse d'une planète ou d'un satellite S est constante et son expression est $v = \sqrt{G \times \frac{M_A}{r}}$ (voir fiche précédente).

La vitesse de S étant constante, on peut écrire $v = \frac{d}{\Delta t} = \frac{2\pi \times r}{T}$ pour un tour complet. Ainsi, $\boldsymbol{T = \frac{2\pi \times r}{v}}$

On élève cette expression au carré et on remplace l'expression de v par celle établie plus haut :

$$T^2 = \frac{4\pi^2 \times r^2}{v^2} \Rightarrow T^2 = \frac{4\pi^2 \times r^2}{\frac{G \times M_A}{r}} = \frac{4\pi^2 \times r^3}{G \times M_A}$$

$$\Leftrightarrow \frac{T^2}{r^3} = \frac{4\pi^2}{G \times M_A} = \text{constante.}$$

Ceci constitue la démonstration de la 3e loi de Kepler $\left(\frac{T^2}{a^3} = \text{constante}\right)$ dans le cas d'un mouvement circulaire ($a = r$) et permet de lier la constante à la masse de l'astre attracteur A.

Important : cette constante, déterminée dans le cas particulier d'une orbite circulaire, reste valable pour des orbites elliptiques.

Satellite géostationnaire

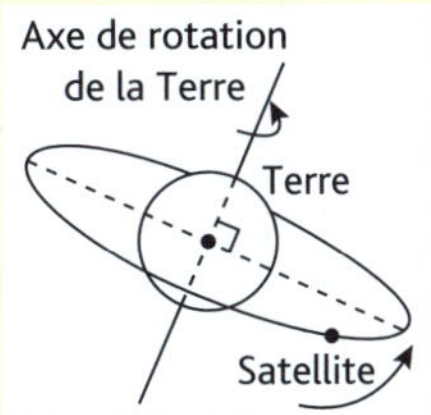

Un satellite géostationnaire est immobile dans le référentiel terrestre. Son orbite est **contenue dans le plan de l'équateur** : c'est un cercle dont le centre est le centre de la Terre et elle est **parcourue dans le même sens que la rotation de la Terre. Sa période de révolution est égale à la période de rotation propre de la Terre : 1 jour sidéral** (23 h 56 min 4 s). Ces conditions imposent une altitude proche de 36 000 km et une vitesse d'environ 3 km.s^{-1}.

Notes

Notes

EXERCICE TYPE CORRIGÉ

Les satellites de la famille Météosat sont géostationnaires. Ils orbitent autour de la Terre à une altitude h avec une vitesse v et en font le tour en une durée T.

Cet exercice a pour but de trouver les valeurs des trois inconnues h, v et T.

Données : • Constante de gravitation universelle : $G = 6{,}67 \times 10^{-11}$ S.I.

- Rayon moyen de la Terre : $R_T = 6{,}4 \times 10^3$ km.
- Masse de la Terre : $M_T = 5{,}97 \times 10^{24}$ kg .
- Durée du jour sidéral : 86 164 s (23 h 56 min 4 s).

1. Qu'est-ce qu'un satellite géostationnaire ? Préciser les contraintes que sa trajectoire impose et en déduire sans calcul la valeur d'une des trois inconnues.

2. Sachant que la vitesse d'un satellite terrestre sur une orbite circulaire de rayon r est $v = \sqrt{G \times \frac{M_A}{r}}$, établir la 3e loi de Kepler dans le cas d'un mouvement circulaire.

3. En déduire les valeurs des deux inconnues restantes.

Corrigé

1. **Voir le Cours ;** on en déduit que $\boldsymbol{T = 86\ 164}$ **s.**

2. **Voir le Cours :** $T = \frac{2\pi \times r}{v}$ et $\frac{\boldsymbol{T^2}}{\boldsymbol{r^3}} = \frac{\boldsymbol{4\pi^2}}{\boldsymbol{G \times M_T}}$ = **constante**.

3. Donc $r^3 = \frac{G \times M_T \times T^2}{4\pi^2}$

$$r = \sqrt[3]{\frac{G \times M_T \times T^2}{4\pi^2}} \text{ or } r = R_T + h \text{ donc}$$

$$h = r - R_T = \sqrt[3]{\frac{G \times M_T \times T^2}{4\pi^2}} - R_T$$

$$h = \sqrt[3]{\frac{6{,}67 \times 10^{-11} \text{ S.I.} \times 5{,}97 \times 10^{24} \text{ kg} \times (86164 \text{ s})^2}{4\pi^2}} - 6{,}4 \times 10^3 \times 10^3 \text{ m}$$

$$= 3{,}57 \times 10^7 \text{ m}$$

$$v = \frac{2\pi \times r}{T} = \frac{2\pi \times (R_T + h)}{T}$$

$$= \frac{2\pi \times (6{,}4 \times 10^6 \text{ m} + 3{,}57 \times 10^7 \text{ m})}{86\ 164}$$

$$= 3{,}07 \times 10^3 \text{ m.s}^{-1}.$$

Conclusion : $\boldsymbol{h = 3{,}57 \times 10^7}$ **m** et $\boldsymbol{v = 3{,}07 \times 10^3}$ **m·s⁻¹** .

Poussée d'Archimède

Fiche 40

Physique-Chimie

Notes

LE COURS

Énoncé du principe d'Archimède

• Tout corps plongé dans un fluide subit de la part de ce fluide une force verticale, dirigée de bas en haut, égale au poids du volume de fluide déplacé.

• La poussée d'Archimède, P_A est donnée par la formule suivante :

$$P_A = \rho_{fluide} \times V_{im} \times g$$

P_A est la poussée d'Archimède (en Newtons, N).

ρ_{fluide} est la masse volumique du fluide (en kg.m^3).

V_{im} est le volume de l'objet immergé (en m^3).

g est l'intensité de pesanteur environ 9,81 N.kg^{-1}.

Interprétation

• La poussée d'Archimède s'explique par la différence de pression exercée par le fluide sur différentes parties de l'objet. La pression est plus grande au fond du fluide qu'à la surface, ce qui crée une force résultante dirigée vers le haut.

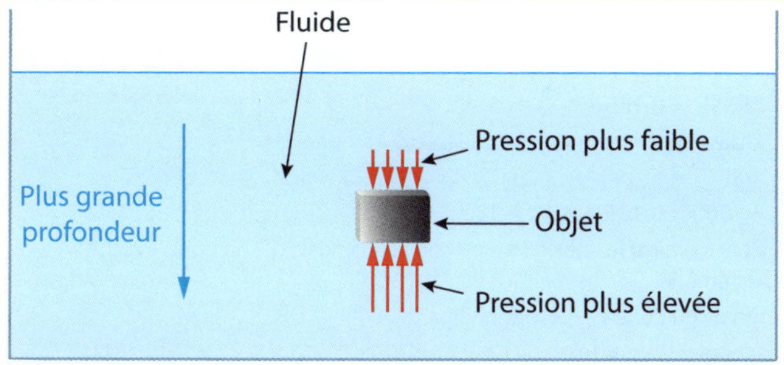

• **Les conséquences sont :**

– lorsque la poussée d'Archimède est supérieure au poids de l'objet, celui-ci remonte ;

– si le poids de l'objet est supérieur à la poussée d'Archimède, l'objet coule ;

– quand la poussée d'Archimède est égale au poids de l'objet, celui-ci reste en équilibre dans le fluide.

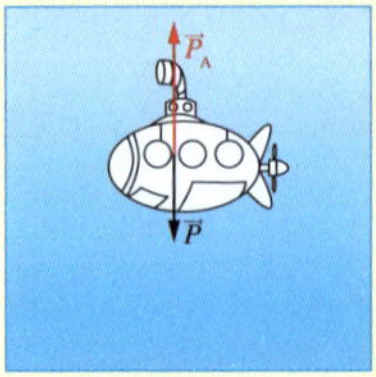

$P_A > P$, l'objet remonte

$P_A < P$, l'objet coule

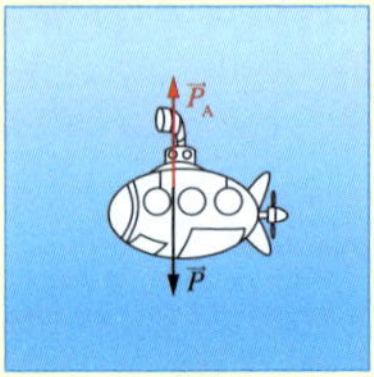

$P_A = P$,
l'objet est en équilibre

EXERCICE TYPE CORRIGÉ

Un cube en bois de de côté c = 0,5 m est immergé dans l'eau. La masse volumique du bois est de 600 $kg.m^3$ et celle de l'eau est de 1000 $kg.m^3$.

1. Calculer le volume du cube.
2. Déterminer la poussée d'Archimède qui s'exerce sur le cube.
3. Le cube flotte-t-il ou coule-t-il ? Justifier la réponse.

Corrigé

1. Le volume V du cube peut être calculé en utilisant la formule du volume pour un cube :

$V = c^3$

$V = (0,5)^3 = 0,125\,m^3$

2. Utilisons la formule de la poussée d'Archimède :

$P_A = \rho_{fluide} \times V_{im} \times g$

$P_A = 1000 \times 0,125 \times 9,81 = 1226,25\,N$

3. Pour savoir si le cube flotte ou coule, on compare son poids avec la poussée d'Archimède.

Le poids du cube P_{cube} est donné par :

$P_{cube} = m_{cube} \times g = (\rho_{bois} \times V) \times g = (600 \times 0,125) \times 9,81 = 735,75\,N$

$P_A > P_{cube}$, le cube flotte.

Écoulement d'un fluide

Fiche 41

Physique-Chimie

LE COURS

Les lignes de courant

- Une ligne de courant représente le **chemin que suivent les particules d'un fluide en mouvement.** En chaque point de cette ligne, la direction et la vitesse du mouvement sont données par le **vecteur vitesse** du fluide.
- Le vecteur vitesse est toujours tangent à la ligne de courant.

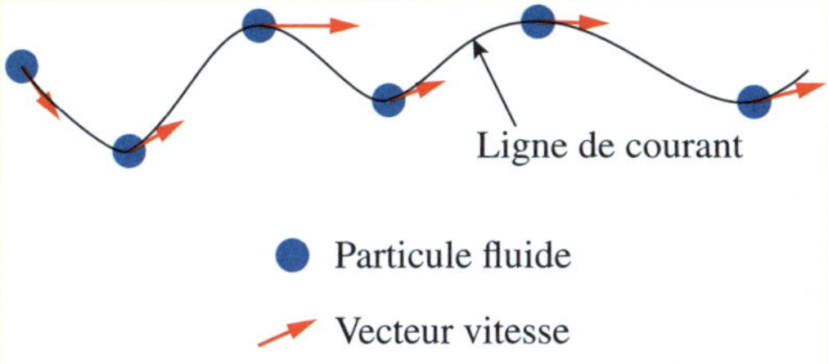

L'écoulement stationnaire

- Un écoulement **stationnaire** (ou permanent) est un type d'écoulement tel que les vitesses du fluide et les autres caractéristiques sont indépendantes du temps. Ainsi, au point *M*, le vecteur vitesse sera toujours identique.
- Dans un écoulement stationnaire, les lignes de courant sont fixes. Le fluide suit toujours les **mêmes trajectoires**.

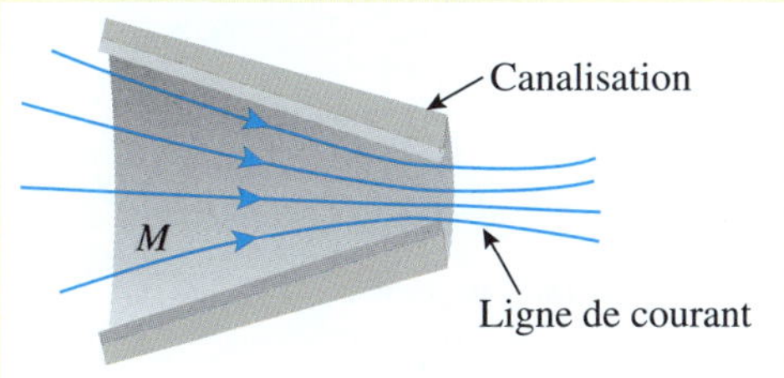

Notes

Le débit volumique

- Le débit volumique mesure le volume de fluide circulant à vitesse v qui traverse une section S par unité de temps. Autrement dit, il indique quel volume de fluide s'écoule à travers une surface donnée (comme une section de tuyau) pendant une période donnée.

Notes

- Le débit volumique D_v est donné par la relation suivante :

$$D_v = S \times v$$

Où :

D_v est le débit volumique en $m^3.s^{-1}$,
S est la surface de la section traversée par le fluide en m^2,
v est la vitesse moyenne du fluide à travers cette section en $m.s^{-1}$.

- Le débit volumique peut aussi s'exprimer en fonction du **volume de fluide écoulé** V pendant un certain temps Δt. Si on connaît le volume total de fluide qui s'écoule pendant une durée donnée, on peut utiliser la formule :

$$D_v = \frac{V}{\Delta t}$$

Où :

D_v est toujours le débit volumique en $m^3.s^{-1}$,
V est le volume de fluide écoulé en m^3,
Δt est le temps pendant lequel le fluide s'écoule en s.

EXERCICE TYPE CORRIGÉ

Soit un tuyau cylindrique de diamètre $d = 0{,}1$ m dans lequel de l'eau s'écoule à vitesse constante $v = 2\ m.s^{-1}$. On effectue des mesures sur le volume d'eau écoulé au cours du temps. On mesure un volume écoulé de 0,471 m^3 en 30 s.

1. Calculer le débit volumique à partir de la surface et de la vitesse.

2. Calculer le débit volumique à partir du volume écoulé et du temps.

Corrigé

1. Le tuyau est un cylindre, donc sa section vaut $S = \pi \times \left(\frac{d}{2}\right)^2$. On calcule alors le débit volumique grâce à la formule : $D_v = S \times v = \pi \times \left(\frac{0{,}1}{2}\right)^2 \times 2 = 1{,}57 \times 10^{-2}\ m^3.s^{-1}$.

2. Le débit volumique D_v est défini comme :

$$D_v = \frac{V}{\Delta t} = \frac{0{,}471}{30} = 1{,}57 \times 10^{-2}\ m^3.s^{-1}.$$

Nous obtenons logiquement le même résultat.

Écoulement dans un fluide parfait

Fiche 42

Physique-Chimie

Notes

LE COURS

Un fluide parfait est un fluide qui s'écoule **sans frottement et sans résistance**. Un fluide incompressible est un fluide dont le **volume ne change pas**, peu importe la pression qu'on lui applique.

Conservation du débit volumique (ou débit constant)

• Dans un fluide parfait, incompressible et en écoulement stationnaire, **le débit volumique est constant** le long d'une conduite. Cela signifie que le débit volumique en un point est égal au débit volumique en un autre point de la conduite, donc :

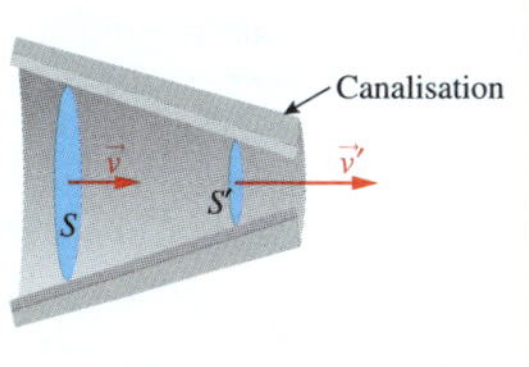

$$S \times v = S' \times v'$$

Où S et S' sont les surfaces des sections traversées en m^2, v et v' les vitesses en $m.s^{-1}$.

• Cette conservation du débit signifie que si une conduite rétrécit, la vitesse du fluide augmente, et si la conduite s'élargit, la vitesse diminue.

Loi de Bernoulli

• Considérons les points M et M' à l'intersection de la ligne de courant centrale et des sections S et S' respectivement. Ces points sont caractérisés par les vitesses $\overrightarrow{v_M}$ et $\overrightarrow{v_{M'}}$, les pressions P et P' et les altitudes z_M et $z_{M'}$.

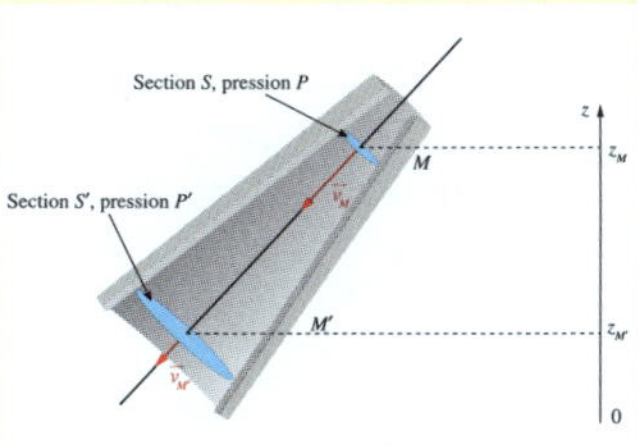

• La loi de Bernoulli indique que le long d'une ligne de courant, la somme de l'énergie de pression, de l'énergie cinétique et de l'énergie potentielle gravitationnelle reste constante. Cela se traduit par la formule :

$$P + \frac{1}{2}\rho v_M^2 + \rho g\, z_M = P' + \frac{1}{2}\rho v_{M'}^2 + \rho g\, z_{M'} = \text{constante}$$

Notes

Où : P est la pression en Pa,
ρ est la masse volumique du fluide en $kg.m^{-3}$,
v est la vitesse du fluide en $m.s^{-1}$,
g est l'interaction gravitationnelle en $m.s^{-2}$,
z est l'altitude par rapport à une référence en m.

Effet Venturi

L'effet Venturi est une conséquence directe de la conservation du débit et de la loi de Bernoulli. Lorsque le fluide passe dans une conduite qui se rétrécit (un **tube de Venturi**), la vitesse du fluide augmente dans la partie la plus étroite, et selon la loi de Bernoulli, la pression diminue dans cette même zone.

EXERCICE TYPE CORRIGÉ

Un fluide parfait (ρ = 1 000 $kg.m^{-3}$) s'écoule dans un tube de Venturi, qui est un tube de section variable. On note S_1 et S_2 les sections transversales du tube aux points 1 et 2 de valeurs respectives 3×10^{-4} m^2 et 1×10^{-4} m^2. Le fluide a une vitesse v_1 au point 1 valant 2 $m.s^{-1}$ et une vitesse v_2 au point 2. La pression au point 1 est P_1 et celle au point 2 est P_2. Le tube est horizontal, donc l'effet de la gravité est négligeable.

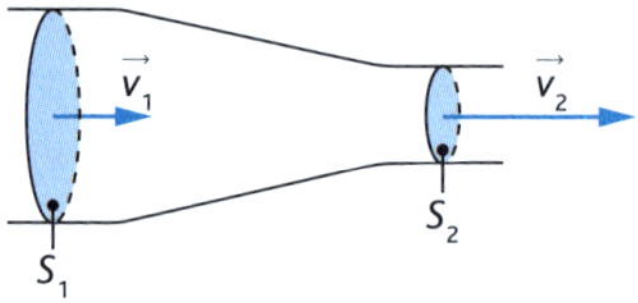

1. Montrer, en utilisant la conservation du débit volumique, que la vitesse du fluide au point 2 est de 6 $m.s^{-1}$.
2. Calculer la différence de pression entre les points 1 et 2. Commenter.
3. Expliquer pourquoi la pression au point 2 est plus faible que celle au point 1. Pourquoi la variation de section du tube affecte-t-elle la pression du fluide ?

Corrigé

1. Le débit volumique D_v est constant tout au long du tube de Venturi :

$$D_v = S_2 \times v_2 = S_1 \times v_1$$

$$v_2 = \frac{S_1 \times v_1}{S_2} = \frac{3 \times 10^{-4} \times 2}{1 \times 10^{-4}} = 6 \text{ m.s}^{-1}$$

2. En utilisant l'équation de Bernoulli, on écrit :

$$\Delta P = P_2 - P_1 = \frac{1}{2} \times \rho \times (v_2^2 - v_1^2) = \frac{1}{2} \times 1\,000 \times (6^2 - 2^2) = 1{,}6 \times 10^4 \text{ Pa}$$

3. La variation de la section du tube de Venturi force le fluide à accélérer dans la partie plus étroite, ce qui provoque une diminution de la pression dans cette zone.

Premier principe de la thermodynamique

Fiche 43

Physique-Chimie

LE COURS

La thermodynamique

La thermodynamique est la partie de la physique qui étudie les échanges d'énergie et de chaleur entre différents corps, appelés **systèmes**. Un système se définit donc comme un **grand nombre de particules microscopiques constituant un ensemble**. Tout ce qui n'est pas le système est appelé « extérieur ».

Ce système peut être ouvert s'il peut échanger de l'énergie et de la matière avec l'extérieur. S'il ne peut échanger que de l'énergie, il est dit « fermé ».

Énergies d'un système

- **Énergie interne**

Un système est donc composé de particules à la fois en mouvement les unes par rapport aux autres et en interaction entre elles. Ces mouvements leur procurent une énergie cinétique microscopique E_c qui se traduit par une agitation thermique, tandis que les interactions créent une énergie potentielle microscopique E_p.

On rassemble toutes ces énergies sous un seul terme : l'énergie interne U.

Ainsi, l'énergie interne U est la **somme des énergies cinétiques et potentielles de toutes les composantes microscopiques** du système :

$$U = E_c + E_p \text{ (en joule)}$$

- **Énergie totale du système**

L'énergie totale d'un système est donc la **somme des énergies intervenant à l'échelle macroscopique** (énergies cinétique E_c et potentielle E_p, regroupées sous le terme d'énergie mécanique E_m) **et microscopique** (regroupées sous le terme d'énergie interne U) :

$$E_{tot} = E_m + U$$

- **Variation d'énergie d'un système**

Une variation d'énergie totale d'un système est donc égale à la somme des variations des énergies microscopiques et macroscopiques :

$$\Delta E_{tot} = \Delta E_m + \Delta U$$

Cependant, **pour un système au repos**, la variation d'énergie mécanique est nulle. La variation d'énergie du système sera donc uniquement due à la variation d'énergie interne :

$$\Delta E_{tot} = \Delta U$$

Notes

Notes

Premier principe de la thermodynamique

• Le premier principe de la thermodynamique stipule que l'énergie interne U d'un système ne peut varier qu'en échangeant avec le milieu extérieur du travail W (en joule) ou de la chaleur Q (en joule) :

$$\Delta U = W + Q$$

Le travail et la chaleur seront **comptés positivement s'ils sont apportés au système** et **négativement si le système les cède au milieu extérieur**.

EXERCICE TYPE CORRIGÉ

Soit une tasse contenant du café. Cette tasse, trop chaude, est laissée dans une salle à température ambiante. La tasse et son contenu refroidissent progressivement.

1. Quel est le système étudié ici ?
2. Donner la définition du premier principe de la thermodynamique.
3. Quelle est l'origine microscopique de la variation d'énergie interne dans le cas présent ?
4. Le travail est reçu par le café, perdu par le café ou nul ?
5. Dans le cas de cette transformation, la quantité de chaleur est reçue par le café, perdue par le café ou nulle ?
6. L'énergie interne augmente, reste constante ou diminue ?

Corrigé

1. Le système étudié est la tasse et le café qu'elle contient.
2. Le premier principe de la thermodynamique stipule que l'énergie interne d'un système ne peut varier que par échange de travail ou de chaleur avec l'extérieur : $\Delta U = W + Q$.
3. C'est la somme des énergies cinétiques microscopiques et des énergies potentielles microscopiques.
4. Il n'y a pas d'échange de travail, ni électrique ni mécanique, avec l'extérieur. **Le travail est donc nul.**
5. Le système refroidit progressivement : la température finale est donc plus basse que la température initiale. **La chaleur est alors perdue par le système.**
6. Le travail échangé par le système avec l'extérieur est nul mais la chaleur échangée, elle, est négative : **son énergie interne diminue donc.**

Variation d'énergie interne d'un système incompressible

Fiche 44

Physique-Chimie

LE COURS

Énergie interne et variation de température

• Pour augmenter la température d'un système incompressible (solide ou liquide incompressible), on doit modifier son énergie interne ΔU en lui apportant une énergie sous forme de chaleur Q.
La quantité d'énergie à fournir est alors fonction :
– de la masse m du système ;
– de la variation de température à effectuer ;
– de la nature du matériau.
Donc :

$$Q = \Delta U = m \times c \times \Delta T = m \times c \times (T_f - T_i)$$

avec :
T_i : température initiale (en °C ou en K) ;
T_f : température finale ;
m : masse de solide ou de liquide (en kg) ;
Q = chaleur à fournir (en J) ;
ΔU = variation d'énergie interne (en J) ;
c : capacité thermique massique (en $J \cdot kg^{-1} \cdot K^{-1}$).

• Si le système subit une élévation de température, la température finale T_f sera supérieure à la température initiale T_i. La différence de température sera alors positive et la chaleur Q sera comptée positivement.

• À l'inverse, si le système subit une baisse de température, T_f sera inférieure à T_i. La différence de température sera négative et la chaleur Q sera comptée négativement.

• Si $\Delta T = 0$, il n'y a pas d'échange de chaleur : le système et le milieu extérieur sont à l'équilibre thermique.

• Cette formule n'est valable que si le corps ne change pas d'état physique.

Capacité thermique massique

Tous les corps n'accumulent pas l'énergie thermique de la même façon car leurs capacités thermiques massiques c sont différentes.
La capacité thermique massique d'un corps dépend de la nature de la matière constituant le système.

Exemples :

État	**Solide**				**Liquide**		
Substance	fer	verre	béton	bois	eau	huile	pétrole
c ($J \cdot kg^{-1} \cdot K^{-1}$)	460	830	880	2 400	4 180	2 000	2 100

Notes

Notes

Il faut ainsi 4 180 J pour augmenter d'un degré la température d'un kilogramme d'eau contre 460 J pour augmenter la température d'un kilogramme de fer dans les mêmes proportions.

EXERCICE TYPE CORRIGÉ

Reprenons la tasse de café de l'exercice de la *fiche 43* : soit une tasse contenant du café. Cette tasse, trop chaude, est laissée dans une salle à température ambiante. La tasse et son contenu refroidissent progressivement. Le volume de café est de 300 mL et sa température initiale 338 K. La température ambiante est de 293 K.

Données :

- ρ(café) = 1,0 $kg.L^{-1}$.
- Capacité thermique massique du café c = 4 200 S.I. (unité du système international).

1. À l'aide d'une analyse dimensionnelle, retrouver l'unité de c.

2. Déterminer la variation d'énergie interne du liquide. Discuter du signe de cette valeur.

On souhaite réchauffer ce café : pour cela, on va utiliser un four à micro-ondes, supposé bien isolé de puissance P = 900 W.

3. Au bout de combien de temps le café aura-t-il atteint une température de 313 K ? (*Rappel :* $\Delta E = P \times \Delta t$.)

Corrigé

1. La relation $Q = m \times c \times \Delta T$ va nous permettre d'exprimer c :

$$\text{kg} \longrightarrow \quad c = \frac{Q \;\longleftarrow \text{J}}{m \times \Delta T \;\longleftarrow \text{K}}$$

c s'exprimera donc en $J{\cdot}kg^{-1}{\cdot}K^{-1}$.

2. Ici, il n'y a pas de travail W : la variation d'énergie interne n'est donc fonction que de la variation de chaleur :

$\Delta U = Q$

$\Delta U = m \times c \times \Delta T = \rho \times V \times c(T_f - T_i)$

$\boldsymbol{\Delta U} = 1{,}0 \times 0{,}300 \times 4\,200 \times (293 - 338) = \mathbf{-5{,}7 \times 10^4\ J}$.

L'énergie interne a ici une valeur négative : c'est cohérent car le système (le café) perd de l'énergie en refroidissant.

3. Pour passer de 293 K à 313 K, le système a besoin de recevoir de l'énergie qui va lui être apportée par le four à micro-ondes :

$\Delta E = \Delta U$

$P \times \Delta t = m \times c \times \Delta T$

$$\Delta t = \frac{m \times c \times \Delta T}{P} = \frac{0{,}30 \times 4200 \times (313 - 293)}{900}$$

$\boldsymbol{\Delta t} = \mathbf{28\ s}$.

Transferts thermiques entre deux systèmes

Fiche 45

Physique-Chimie

LE COURS

On appelle transfert thermique l'**échange de chaleur d'un corps chaud vers un corps froid** jusqu'à l'équilibre thermique, c'est-à-dire jusqu'à obtenir la même température finale pour les deux corps.

Les modes de transferts thermiques

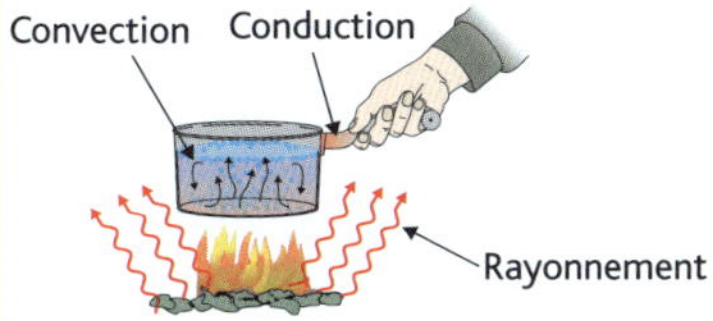

- **La conduction thermique :** dans ce mode de transfert, l'agitation thermique des atomes passe de proche en proche. Ce mode de transfert se fait sans transfert de matière et concerne les solides.
- **La convection :** lorsqu'on chauffe un fluide, on diminue sa densité. Celui-ci va donc monter et, en se mélangeant avec le fluide froid, homogénéiser la température de l'ensemble (courant de convection). Ce mode de transfert se fait avec transport de matière.
- **Le rayonnement :** tout corps à une température T émet un rayonnement électromagnétique pouvant se déplacer dans le vide et susceptible d'être absorbé par un autre corps.

Notes

La conduction thermique et la résistance thermique

- **La conductivité thermique d'un matériau**, notée λ, désigne sa capacité à laisser passer la chaleur. Elle s'exprime en $W \cdot m^{-1} \cdot K^{-1}$.
- **La résistance thermique R_{th} d'une paroi** de surface S décrit sa capacité à s'opposer au passage de la chaleur.

Pour un matériau d'épaisseur e et de conductivité λ, elle est définie par :

$$R_{th} = \frac{e}{\lambda \times S}$$

(R_{th} en $K \cdot W^{-1}$; e en m ; λ en $W \cdot m^{-1} \cdot K^{-1}$; S en m^2)

Remarque : la résistance d'une paroi composée de différentes couches de matériaux est égale à la somme des résistances thermiques de chacune des couches.

Le flux thermique

Soit une paroi rectangulaire constituée de deux surfaces S et d'épaisseur e. Si les deux surfaces sont soumises à des températures T_1 et T_2 différentes, un transfert thermique va se faire spontanément du côté le plus chaud vers le côté le plus froid. On définit alors le flux thermique Φ comme la **quantité de chaleur Q transférée par conduction**

Notes

par unité de temps Δt à travers ce matériau : $\Phi = \frac{Q}{\Delta t}$ avec : Φ (W), Q (J) et Δt (s).

Lorsque le flux est constant (on parle de régime permanent), Φ est proportionnel à la différence de température $T_2 - T_1$: c'est la loi de Fourier.

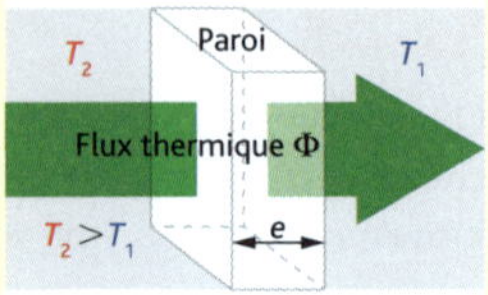

L'énergie est transférée de la pièce chaude vers la pièce froide

$$\Phi = \frac{(T_2 - T_1)}{R_{th}}$$ avec :

Φ : flux thermique à travers la paroi (W)

T_2 et T_1 : températures de part et d'autre de la paroi ($T_2 > T_1$) (K ou °C)

R_{th} : résistance thermique de la paroi ($K \cdot W^{-1}$)

EXERCICE TYPE CORRIGÉ

Un mur de 6,0 m de longueur sur 3,0 m de hauteur est constitué d'une épaisseur de 20 cm de parpaing.

1. Calculer la résistance thermique de ce mur.
2. La température extérieure est de 30 °C et la température intérieure de 16 °C. Calculer le flux thermique à travers ce mur.

Le propriétaire veut isoler ce mur en ajoutant un bardage en bois constitué d'une lame d'air de 3 cm et d'une épaisseur de bois de 2 cm.

3. Calculer la nouvelle résistance thermique R_{th}.
4. Calculer le nouveau flux thermique.
5. L'isolation du mur est-elle efficace ?

Données :

Conductivité thermique en $W \cdot m^{-1} \cdot K^{-1}$: $\lambda_{parpaing} = 0{,}9$; $\lambda_{air} = 0{,}025$; $\lambda_{bois} = 0{,}04$.

Corrigé

1. $R_{th} = \frac{e}{\lambda_{parpaing} \times S}$, donc $\mathbf{R_{th}} = \frac{0{,}20}{0{,}9 \times 18} = \mathbf{1{,}2 \times 10^{-2}\ K \cdot W^{-1}}$.

2. On utilise la loi de Fourier : $\Phi = \frac{(T_2 - T_1)}{R_{th}} = \frac{(30 - 16)}{1{,}2 \times 10^{-2}}$, $\mathbf{\Phi = 1{,}2 \times 10^3\ W}$.

3. La nouvelle résistance est la somme des résistances de chacun des trois matériaux constituant le mur : $\mathbf{R_{th(mur)}} = \mathbf{R_{th(parpaing)}} + \mathbf{R_{th(air)}} + \mathbf{R_{th(bois)}}$

$$R_{th(mur)} = \left(\frac{e}{\lambda_{parpaing}} + \frac{e'}{\lambda_{bois}} + \frac{e''}{\lambda_{air}}\right) \times \frac{1}{S} = \left(\frac{0{,}20}{0{,}9} + \frac{0{,}03}{0{,}025} + \frac{0{,}02}{0{,}04}\right) \times \frac{1}{18}$$

$\mathbf{R_{th(mur)} = 1{,}1 \times 10^{-1}\ K \cdot W^{-1}}$.

4. $\Phi_2 = \frac{(30 - 16)}{1{,}1 \times 10^{-1}}$ soit $\mathbf{\Phi_2 = 1{,}3 \times 10^2\ W}$.

5. On calcule le rapport entre les deux flux, avant et après isolation.

R = $\frac{\Phi}{\Phi_2}$ donc $\mathbf{R = \frac{1{,}2 \times 10^3}{1{,}3 \times 10^2}} \approx$ **9,2. Le flux est neuf fois moins important après isolation du mur : l'isolation est donc efficace.**

Bilan thermique du système Terre-atmosphère

Fiche 46

Physique-Chimie

LE COURS

Faire le bilan radiatif de la Terre consiste à faire la différence entre l'énergie émise par le Soleil et reçue par la planète, et l'énergie renvoyée vers l'espace.

Puissance émise par le Soleil

Pour la calculer, on assimilera la Terre et le Soleil à des corps noirs. Ces corps, à température constante, réémettent toute l'énergie reçue sous forme de rayonnement électromagnétique dont la puissance est donnée par la loi de Stefan-Boltzmann :

$$\mathcal{P} = \sigma \times S \times T^4$$

avec : $\mathcal{P}$ puissance émise par le corps en watt

$\sigma = 5{,}67 \times 10^{-8}\ \text{W}\cdot\text{m}^{-2}\cdot\text{K}^{-4}$, constante de Stefan-Boltzmann

S : surface du corps en m^2, T température du corps en K

La température à la surface du Soleil est de 5 800 K et son rayon est de l'ordre de 7×10^8 m. Pour le Soleil, $\mathcal{P}$ **= 3,95 × 10²⁶ W**.

Puissance reçue par la Terre

- Cette puissance, émise à partir d'une sphère et constante, va se propager sous forme sphérique dans toutes les directions.
- Cherchons la puissance reçue par unité de surface par la Terre située à une distance moyenne $D = 1{,}50 \times 10^{11}$ m du Soleil.

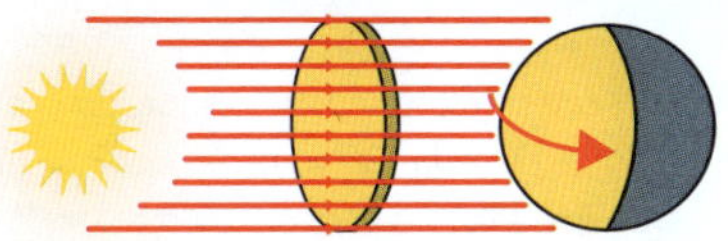

$$\mathcal{P}_s = \frac{\mathcal{P}}{S_{\text{sphère}}} = \frac{\mathcal{P}}{4 \times \pi \times D^2} = \frac{3{,}95 \times 10^{26}}{4 \times \pi \times \left(1{,}5 \times 10^{11}\right)^2} = \mathbf{1\ 397\ W\cdot m^{-2}}$$

La puissance ainsi reçue par la Terre correspond à la puissance traversant un disque de rayon équivalent. Cette puissance va être répartie sur toute la surface terrestre :

$$\mathcal{P} = \mathcal{P}_s \times \frac{S_{\text{disque}}}{S_{\text{sphère}}} = \mathcal{P}_s \times \frac{\pi \times R_T^2}{4 \times \pi \times R_T^2} = \frac{\mathcal{P}_s}{4} = \mathbf{349\ W\cdot m^{-2}}$$

Notes

Notes

L'albédo terrestre et l'effet de serre

• **Albédo terrestre :** on appelle albedo **la fraction du rayonnement solaire reçue par la Terre et réfléchie vers l'espace sans être absorbée**. Sur Terre, l'albédo moyen est d'environ **30 %**.
• **Effet de serre :** la Terre et son atmosphère absorbent l'énergie solaire et réémettent vers l'espace un rayonnement infrarouge. **Une partie de ce rayonnement est piégée par l'atmosphère, ainsi réchauffée.**

EXERCICE TYPE CORRIGÉ

Soit une planète de rayon R, en orbite circulaire de rayon a autour de son étoile. On considère cette planète à l'équilibre thermodynamique et sa température T_p constante. La planète réfléchit une fraction A du rayonnement solaire, et en absorbe une fraction $(1 - A)$, où A est l'albédo. $\mathcal{P}_p$ est la puissance reçue par la planète, $\mathcal{P}_A$ la puissance absorbée et $\mathcal{P}_r$ la puissance réfléchie.

1. Montrer que la puissance reçue par la planète vaut $\mathcal{P}_p = \mathcal{P} \times \dfrac{R^2}{4a^2}$ où $\mathcal{P}$ est la puissance du rayonnement émis par l'étoile.

2. Exprimer $\mathcal{P}_A$ et $\mathcal{P}_r$ en fonction de $\mathcal{P}_p$ et de A.

3. À l'aide de la loi de Stefan-Boltzmann, montrer que la température de la planète peut s'écrire :

$T_p = (1 - A)^{\frac{1}{4}} \times \left(\dfrac{R_e}{2a}\right)^{\frac{1}{2}} \times T_e$ où T_e est la température de l'étoile et R_e son rayon.

Corrigé

1. La puissance émise par l'étoile s'étend sur une surface de $4\pi a^2$.
La puissance reçue par la planète correspond à la puissance traversant un disque de surface πR^2. La fraction de la puissance totale touchant la planète vaut donc $\dfrac{\mathcal{P}_p}{\mathcal{P}} = \dfrac{\pi R^2}{4\pi a^2}$. D'où $\boldsymbol{\mathcal{P}_p = \mathcal{P} \times \dfrac{R^2}{4a^2}}$.

2. La planète est à l'équilibre thermodynamique, donc $\mathcal{P}_p = \mathcal{P}_a + \mathcal{P}_r$.
D'après la définition de l'albédo : $\boldsymbol{\mathcal{P}_r = A \times \mathcal{P}_p}$ et $\boldsymbol{\mathcal{P}_A = (1 - A) \times \mathcal{P}_p}$.

3. • La loi de Stefan-Boltzmann s'écrit : $\mathcal{P}_A = \sigma \times S \times T^4$ soit :
$\mathcal{P}_A = 4 \times \pi \times R^2 \times \sigma \times T_p^4$ (1)
• De plus, $\mathcal{P}_A = (1 - A) \times \mathcal{P}_p = (1 - A) \times \mathcal{P} \times \dfrac{R^2}{4a^2}$ (2)
• La puissance émise par l'étoile peut aussi s'exprimer grâce à la loi de Stefan-Boltzmann : $\mathcal{P} = 4 \times \pi \times R_e^2 \times \sigma \times T_e^4$ (3)
• En combinant les équations (1) et (3), on obtient :
$\mathcal{P}_A = (1 - A) \times \dfrac{R^2}{4a^2} \times 4 \times \pi \times R_e^2 \times \sigma \times T_e^4$ (4)
• Enfin, en combinant les équations (1) et (4), on obtient :
$\boldsymbol{T_p^4 = (1 - A) \times \left(\dfrac{R_e}{2a}\right)^2 \times T_e^4}$ soit $\boldsymbol{T_p = (1 - A)^{\frac{1}{4}} \times \left(\dfrac{R_e}{2a}\right)^{\frac{1}{2}} \times T_e}$.

Loi phénoménologique de Newton

Fiche 47

LE COURS

Modèle de la loi de Newton

Soit un système, solide, en contact avec le milieu extérieur fluide dont la température T_e est supposée constante (thermostat). Ce système a une surface d'échange S avec ce milieu extérieur et on suppose que **les transferts thermiques se font principalement par convection.**

Ces transferts thermiques sont modélisés par la loi phénoménologique de Newton : $\boldsymbol{\Phi = h \times S \times (T_e - T)}$

avec :

Φ : flux thermique convectif en W

h : coefficient d'échange convectif en $W \cdot K^{-1} \cdot m^{-2}$

S : surface d'échange en m^2

T_e : température du thermostat en kelvin

T : température du système en kelvin

Remarque : la température peut aussi s'exprimer en °C car on s'intéresse ici à une différence de température.

Évolution de la température du système au contact du thermostat

Notes

Le système considéré n'échange que de la chaleur Q avec le milieu extérieur.

Pendant une durée Δt, le système et le thermostat échangent donc :

$$Q = \Phi \times \Delta t = h \times S \times (T_e - T) \times \Delta t.$$

D'après le premier principe de la thermodynamique, $\boldsymbol{\Delta U = Q}$.

Cet échange de chaleur peut aussi s'écrire sous la forme : $\boldsymbol{Q = m \times c \times \Delta T}$ où m représente la masse du système (en kg) et c sa capacité thermique massique (en $J \cdot kg^{-1} \cdot K^{-1}$).

On peut alors écrire : $h \times S \times (T_e - T) \times \Delta t = m \times c \times \Delta T$

Si $\Delta t \to 0$, on obtient : $\dfrac{dT}{dt} = -\dfrac{h \times S}{m \times c} \times T + \dfrac{h \times S}{m \times c} \times T_e$

L'équation obtenue est une équation différentielle dont les solutions sont de la forme : $\boldsymbol{T = A \times e^{\frac{-h \times S \times t}{m \times c}} + T_e}$ **où A est une constante.**

Pour déterminer A, on utilise les conditions initiales sur la température : à $t = 0$, $T = T_0$. La solution de l'équation différentielle est donc :

$$T = (T_0 - T_e) \times e^{\frac{-t}{\tau}} + T_e$$

où $\tau = \dfrac{m \times c}{h \times S}$ **est le temps caractéristique** exprimé en seconde.

Notes

EXERCICE TYPE CORRIGÉ

Pour se préparer un thé, on verse dans une tasse munie d'un couvercle, 220 mL d'eau chauffée à une température initiale de 80 °C. La température ambiante est de 20 °C. On suppose que les échanges de chaleur ne se font que par convection.

1. En appliquant le premier principe de la thermodynamique et la loi phénoménologique de Newton, établir l'équation différentielle caractérisant l'évolution de la température du système.

2. Résoudre cette équation.

3. Ce thé sera consommable lorsque sa température aura atteint 60 °C. Au bout de quelle durée cela sera-t-il possible ?

Données :
- Masse volumique de l'eau : $\rho(\text{eau}) = 1{,}0\ \text{g·mL}^{-1}$.
- Masse de la tasse vide : 300 g.
- Surface d'échange : $S = 2{,}8 \times 10^{-2}\ \text{m}^2$.
- Capacité thermique massique du système (tasse + eau) : $c = 2{,}2 \times 10^3\ \text{J·kg}^{-1}\text{·K}^{-1}$.
- $h = 10\ \text{W·m}^{-2}\text{·°C}^{-1}$.

Corrigé

1. Ici, le seul transfert d'énergie entre le système et l'extérieur se fait sous forme de chaleur : $\Delta U = Q$.

Pendant la durée Δt, la chaleur échangée entre le système et l'extérieur s'écrit : $Q = \Phi \times \Delta t = h \times S \times (\theta_e - \theta) \times \Delta t$.

La chaleur échangée s'écrit aussi : $Q = m \times c \times \Delta\theta$.

Pendant une durée très courte (dt), on a une variation dθ.

On obtient alors l'équation différentielle :

$$\frac{\mathbf{d\theta}}{\mathbf{d}t} = -\frac{h \times S}{m \times c} \times \theta + \frac{h \times S}{m \times c} \times \theta_e$$

2. La solution de l'équation différentielle est donc : $\boldsymbol{\theta = (\theta_0 - \theta_e) \times e^{\frac{-t}{\tau}} + \theta_e}$

où $\tau = \dfrac{m \times c}{h \times S}$ et θ_0, la température à $t = 0$.

Calcul de la masse du système : $m = m(\text{eau}) + m(\text{tasse})$ donc :

$m = 220 \times 1 + 300 = 520$ soit $\boldsymbol{m = 0{,}520\ \text{kg}}$.

Calcul de τ : $\boldsymbol{\tau} = \dfrac{0{,}520 \times 2{,}2 \times 10^3}{10 \times 2{,}8 \times 10^{-2}}$ $\mathbf{= 4{,}1 \times 10^3\ s.}$

On obtient : $\boldsymbol{\theta = 60 \times e^{\frac{-1}{4{,}1 \times 10^3} \times t} + 20}$.

3. Estimation de la durée nécessaire pour le refroidissement du système jusqu'à 60 °C :

$e^{\frac{-t}{\tau}} = \dfrac{\theta - \theta_e}{\theta_0 - \theta_e}$ donc $\dfrac{-t}{\tau} = \ln\left(\dfrac{\theta - \theta_e}{\theta_0 - \theta_e}\right)$ d'où $t = -\tau \times \ln\left(\dfrac{\theta - \theta_e}{\theta_0 - \theta_e}\right)$ soit

$t = -4{,}1 \times 10^3 \times \ln\left(\dfrac{60 - 20}{80 - 20}\right)$ soit $\boldsymbol{t = 1{,}6 \times 10^3\ \text{s}}$.

Cela correspond à une durée de 28 min.

Niveau sonore et atténuation

Fiche 48

Physique-Chimie

LE COURS

Qu'est-ce qu'un son ?

Un son est une onde mécanique qui se déplace dans un milieu matériel en transportant de l'énergie.
Cette onde sonore est donc caractérisée par une fréquence (en hertz), une célérité (en $m \cdot s^{-1}$) et une amplitude. Lorsqu'on modifie l'amplitude d'un son, on modifie son niveau sonore, c'est-à-dire son volume.

Caractéristiques liées à l'amplitude d'un son

• **Puissance sonore *P***

Une onde sonore transporte de l'énergie. La puissance sonore, c'est l'**énergie sonore propagée en 1 seconde.**

• **Intensité sonore**

L'éloignement d'une source sonore entraîne une diminution du son perçu : ceci est dû à la répartition de l'énergie sonore sur une surface de plus en plus grande. On parle alors d'intensité sonore qui caractérise la **puissance *P* transportée par unité de surface.**

$$I = \frac{P}{S}$$

I : intensité sonore en watt par mètre carré ($W \cdot m^{-2}$)
P : puissance sonore en watt (W)
S : surface en mètres carrés (m^2)

$I_0 = 1{,}0 \times 10^{-12}\ W \cdot m^{-2}$ correspond au seuil d'audibilité théorique en dessous duquel le son est trop faible pour être entendu.

• **Niveau d'intensité sonore**

L'écart entre l'intensité minimale perçue I_0 et les intensités maximales pouvant être perçues (quelques $W \cdot m^{-2}$) rend cette grandeur difficile à utiliser. On définit donc une nouvelle grandeur, **le niveau sonore *L*** tel que :

$$L = 10 \log \frac{I}{I_0}$$

avec :
L : niveau d'intensité sonore en décibels (dB)
I : intensité sonore en watt par mètre carré ($W \cdot m^{-2}$)
I_0 : seuil d'audibilité = $1{,}0 \times 10^{-12}\ W \cdot m^{-2}$

• Le niveau d'intensité mesuré au sonomètre permet de calculer une **intensité sonore** en utilisant la fonction réciproque du log :

$$I = I_0 \times 10^{\frac{L}{10}}$$

• **Attention,** contrairement aux intensités sonores I, **les niveaux d'intensité sonore ne s'additionnent pas.**

Notes

Notes

Atténuation d'un son

Lorsqu'on s'éloigne d'une source sonore, on entend moins le son qu'elle émet. De même, lorsqu'on place un obstacle entre notre oreille et la source sonore, le son est atténué. On appelle atténuation A la **diminution du niveau sonore passant de L à L'** :

$A = L - L'$ L, L' et A s'expriment en décibels (dB).

EXERCICE TYPE CORRIGÉ

Une source sonore émet dans toutes les directions de l'espace. À une distance D_1 = 10 m de cette source, l'intensité mesurée I_1 vaut $2{,}5 \times 10^{-3}$ W·m^{-2}.

1. Déterminer la puissance P de la source.

2. Calculer le niveau d'intensité sonore L_1 à 10 m de l'émetteur.

3. Calculer le niveau d'intensité sonore L_2 à la distance D_2 = 100 m de la source.

4. Calculer l'atténuation A.

5. Sachant que le niveau de l'intensité sonore ambiant est L_a = 56 dB, calculer la distance D_a à laquelle est située la source.

Données : • Surface d'une sphère : $S = 4 \times \pi \times R^2$.
• $I_0 = 1{,}0 \times 10^{-12}$ W·m^{-2}.

Corrigé

1. On utilise la formule $P = I \times S$. À 10 m de distance, la puissance sonore se répartit sur une sphère de 10 m de rayon. Donc $P = 2{,}5 \times 10^{-3} \times 4 \times \pi \times 10^2$ soit $\mathbf{P = 3{,}1\ W}$.

2. $$L_1 = 10 \times \log\left(\frac{I}{I_0}\right) = 10 \times \log\left(\frac{2{,}5 \times 10^{-3}}{1{,}0 \times 10^{-12}}\right) = 94 \text{ dB}$$

3. $$L_2 = 10 \times \log\left(\frac{I_2}{I_0}\right) = 10 \times \log\left(\frac{P}{S_2 \times I_0}\right)$$
$$= 10 \times \log\left(\frac{S_1 \times I_1}{S_2 \times I_0}\right) = 10 \times \log\left(\frac{D_1^2}{D_2^2} \times \frac{I_1}{I_0}\right)$$
$$\mathbf{L_2} = 10 \times \log\left(\frac{2{,}5 \times 10^{-5}}{1{,}0 \times 10^{-12}}\right) = \mathbf{74\ dB.}$$

4. $\mathbf{A} = L_1 - L_2 = 94 - 74 = \mathbf{20\ dB.}$

5. On calcule tout d'abord l'intensité sonore à cette distance D_a :
$I = I_0 \times 10^{\frac{L}{10}}$ donc $I = 1{,}0 \times 10^{-12} \times 10^{\frac{56}{10}} = 1{,}0 \times 10^{-6{,}4}$ soit $\mathbf{I = 4{,}0 \times 10^{-7}\ W}$.
On utilise maintenant la formule liant intensité sonore, puissance et surface :
$\mathbf{S} = \frac{P}{I}$. Donc $4 \times \pi \times D_a^2 = \frac{P}{I}$.
D'où $$\mathbf{D_a} = \sqrt{\frac{P}{4 \times \pi \times I}} = \sqrt{\frac{3{,}1}{4 \times \pi \times 4{,}0 \times 10^{-7}}} = \mathbf{7{,}9 \times 10^2\ m.}$$

Effet Doppler

LE COURS

■ Si la distance entre une source sonore et un observateur varie, alors la fréquence reçue par l'observateur est différente de celle émise par la source : c'est **l'effet Doppler**. Si la distance diminue, la fréquence reçue augmente, et si la distance augmente, la fréquence reçue diminue.

■ Considérons une source émettant de façon périodique (de période $T = \frac{1}{f_E}$) une onde sonore et se dirigeant à la vitesse v_{source} vers un observateur immobile éloigné d'une distance d. Considérons alors les instants suivants :

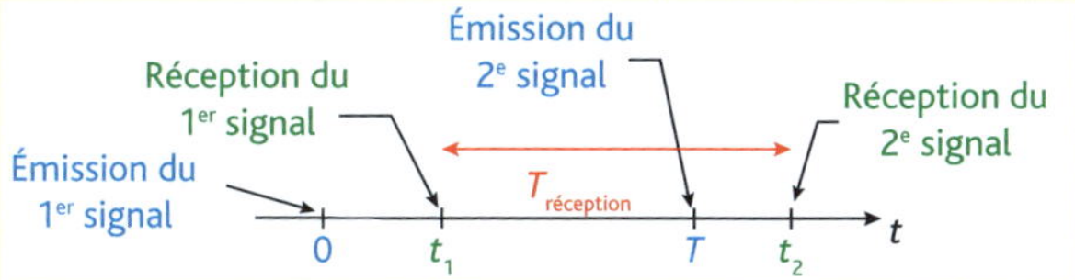

- $t = 0$, émission du premier signal.
- $t = t_1$, réception par l'observateur du premier signal. La distance entre la source et l'observateur au moment de l'émission étant égale à d, et en supposant que l'onde se propage à la célérité c_{onde}, alors $t_1 = \frac{d}{c_{onde}}$.
- $t = T$, émission du second signal.
- $t = t_2$, réception par l'observateur du second signal. La distance parcourue par la source étant égale à $v_{source} \times T$, la distance entre la source et l'observateur au moment de la seconde émission est maintenant égale à $d - v_{source} \times T$, et alors $t_2 = T + \frac{d - v_{source} \times T}{c_{onde}}$.
- Ainsi, la durée entre deux réceptions est égale à

$$t_2 - t_1 = T + \frac{d - v_{source} \times T}{c_{onde}} - \frac{d}{c_{onde}} = T - \frac{v_{source} \times T}{c_{onde}},$$

soit
$$T_{réception} = T \times \left(1 - \frac{v_{source}}{c_{onde}}\right)$$

- On peut aussi déterminer la fréquence reçue $\left(f_{réception} = \frac{1}{T_{réception}}\right)$ et la longueur d'onde de l'onde reçue $\left(\lambda_{réception} = \frac{c_{onde}}{f_{réception}}\right)$ et on a :

$$f_{réception} = f_E \times \left(\frac{c_{onde}}{c_{onde} - v_{source}}\right) \text{ et } \lambda_{réception} = \lambda \times \left(1 - \frac{v_{source}}{c_{onde}}\right).$$

Notes

Notes

En utilisant un raisonnement analogue en considérant cette fois que la distance entre la source sonore et l'observateur augmente, on a alors :

$$T_{\text{réception}} = T \times \left(1 + \frac{v_{\text{source}}}{c_{\text{onde}}}\right),\ f_{\text{réception}} = f_E \times \left(\frac{c_{\text{onde}}}{c_{\text{onde}} + v_{\text{source}}}\right) \text{ et}$$

$$\lambda_{\text{réception}} = \lambda \times \left(1 + \frac{v_{\text{source}}}{c_{\text{onde}}}\right).$$

EXERCICE TYPE CORRIGÉ

Un automobiliste roulant en ligne droite sur une route nationale voit dans son rétroviseur un camion de pompiers se rapprochant de lui, sirène et gyrophare allumés.

1. Le son entendu par le conducteur est-il plus aigu ou plus grave que celui qui est émis par la sirène ?

2. Établir l'expression de la fréquence reçue f_R en fonction de la fréquence émise f_E, de la célérité de l'onde sonore c_{son}, de la vitesse de la voiture v_{voiture} et de celle du camion v_{camion}.

3. En déduire la vitesse du camion.

Données : $c_{\text{son}} = 340\ \text{m}\cdot\text{s}^{-1}$; $v_{\text{voiture}} = 80{,}0\ \text{km}\cdot\text{h}^{-1}$; $f_E = 480$ Hz ; $f_R = 490$ Hz.

Corrigé

1. La source sonore se rapproche, la fréquence perçue est alors plus grande, **le son est donc plus aigu**.

2. Considérons les instants suivants : • $t = 0$, émission du premier signal.

• $t = t_1$, réception par l'observateur du premier signal. La distance entre le camion et la voiture au moment de l'émission étant égale à d, alors $t_1 = \frac{d}{c_{\text{son}}}$. On néglige la distance parcourue par la voiture pendant le trajet de l'onde.

• $t = T$, émission du second signal.

• $t = t_2$, réception par l'observateur du second signal. La distance parcourue par la source étant égale à $v_{\text{camion}} \times T$, la distance parcourue par la voiture égale à $v_{\text{voiture}} \times T$, alors la distance entre le camion et la voiture au moment de la seconde émission est maintenant égale à $d - v_{\text{camion}} \times T + v_{\text{voiture}} \times T$,

et alors $t_2 = T + \frac{d - v_{\text{camion}} \times T + v_{\text{voiture}} \times T}{c_{\text{son}}}$.

Ainsi, la durée entre deux réceptions est égale à :

$$t_2 - t_1 = T + \frac{d - v_{\text{camion}} \times T + v_{\text{voiture}} \times T}{c_{\text{son}}} - \frac{d}{c_{\text{son}}} = T - \frac{v_{\text{camion}} \times T - v_{\text{voiture}} \times T}{c_{\text{son}}},$$

$$T_{\text{réception}} = T \times \left(1 - \frac{v_{\text{camion}} - v_{\text{voiture}}}{c_{\text{son}}}\right),\ f_R = f_E \times \left(\frac{c_{\text{son}}}{c_{\text{son}} - v_{\text{camion}} + v_{\text{voiture}}}\right).$$

3. De la relation précédente, on obtient $v_{\text{camion}} = v_{\text{voiture}} + c_{\text{son}} \times \left(1 - \frac{f_E}{f_R}\right)$.

$$v_{\text{camion}} = \frac{80{,}0}{3{,}6} + 340 \times \left(1 - \frac{480}{490}\right) = 29{,}2\ \text{m}\cdot\text{s}^{-1} = \mathbf{105\ km\cdot h^{-1}}.$$

Le phénomène de diffraction

Fiche 50

Physique-Chimie

LE COURS

Rappels sur la longueur d'onde λ d'une onde périodique

La longueur d'onde λ est la plus petite distance entre deux points du milieu dans le même état vibratoire. C'est également la distance parcourue par l'onde à la célérité *v* durant une période *T* :

$$\lambda = v \times T = \frac{v}{f}$$

Le phénomène de diffraction

Lorsqu'une onde rencontre une ouverture de petite dimension, il y a éparpillement de l'onde sans modification de ses caractéristiques (fréquence, célérité, longueur d'onde) : c'est le phénomène de diffraction. **La diffraction est un phénomène caractéristique des ondes.**

Influence de la longueur d'onde et des dimensions de l'ouverture

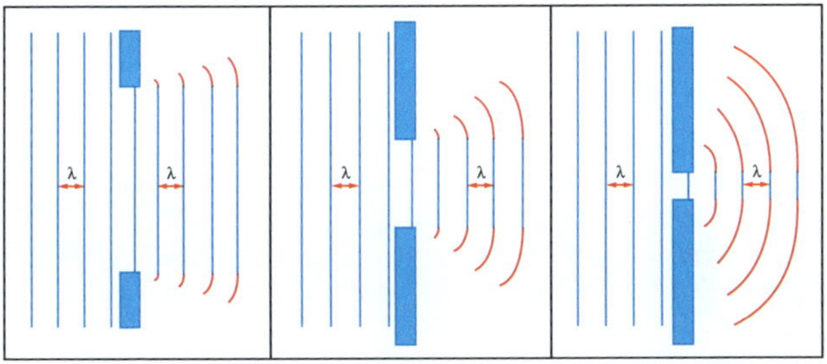

Si $a \geqslant \lambda$, le phénomène de diffraction est peu marqué.	Si $a > \lambda$ mais du même ordre de grandeur, le phénomène de diffraction est marqué.	Si $a \approx \lambda$ ou $a < \lambda$, le phénomène de diffraction est très marqué.

L'importance du phénomène de diffraction est liée au rapport de la longueur d'onde λ aux dimensions « *a* » de l'ouverture (ou de l'obstacle) :
– plus *a* est petite devant λ, et plus la diffraction est marquée ;
– plus λ est grande devant *a*, et plus la diffraction est marquée.
Pour les ondes mécaniques, la diffraction est bien visible dès que *a* et λ sont du même ordre de grandeur.
Pour les ondes lumineuses (voir *fiche 51*), la diffraction est bien visible dès que *a* est au plus 100 fois plus grande que λ

Notes

Notes

EXERCICE TYPE CORRIGÉ

EXERCICE 1 Le long d'une salle de concert, des retardataires constatent que le mur les séparant de la salle est très bien isolé phoniquement car ils n'entendent pas de musique à l'extérieur.

Cependant, quand quelqu'un ouvre la porte (de largeur 1 m environ), ils s'étonnent d'entendre de la musique, bien que le son leur paraisse « sourd ».

Donnée :

Célérité du son dans l'air : $v = 340\ \text{m·s}^{-1}$.

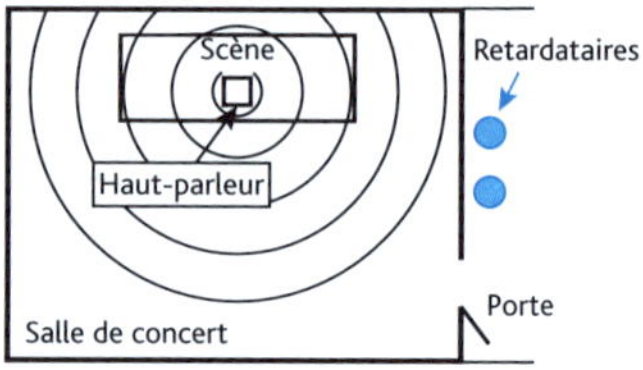

1. Nommer et décrire le phénomène physique qui permet aux retardataires d'entendre la musique.

2. Sachant que les fréquences des sons de la musique s'étendent de 200 Hz à 5,0 kHz, expliquer pourquoi les retardataires entendent un son « sourd ».

EXERCICE 2 Lorsqu'on observe une étoile à travers un télescope, l'image apparaît sous la forme d'une tache, dont la dimension est liée aux défauts que présente l'instrument, tels que la diffraction par l'ouverture de l'instrument.

1. En déduire deux raisons de travailler avec des télescopes avec une grande ouverture.

2. Certains télescopes observent les étoiles dans le domaine de l'infrarouge. Ces télescopes nécessitent-ils des ouvertures plus importantes que les télescopes qui observent dans le domaine du visible ?

Corrigé

1 1. C'est la **diffraction** des ondes sonores à travers la porte ouverte : les ondes sonores s'éparpillent sans modification de leurs caractéristiques (fréquence, célérité, longueur d'onde).

2. Le phénomène de diffraction est d'autant plus marqué que le rapport de la longueur d'onde sur la dimension de l'ouverture est important.

Or $\lambda = v \times T = \dfrac{v}{f}$.

$$\lambda_{\text{GRAVES}} = \frac{340}{200} = 1{,}7\ \text{m} \quad \text{et} \quad \lambda_{\text{AIGUS}} = \frac{340}{5{,}0 \times 10^3} = 6{,}8 \times 10^{-2}\,\text{m} = 6{,}8\ \text{cm}.$$

Ici, l'ouverture mesure 1 m environ (même ordre de grandeur que la longueur d'onde des sons graves, mais bien supérieure à celle des sons aigus).

Les sons graves seront donc beaucoup plus diffractés que les sons aigus : les retardataires entendent un son « sourd » riche en graves et appauvri en aigus.

2 1. Une grande ouverture permet de collecter plus de lumière et donc d'avoir une image plus lumineuse. Plus l'ouverture est grande et moins le phénomène de diffraction est important, donc les étoiles apparaissent comme des taches plus petites (on peut donc distinguer deux étoiles « proches » car leurs taches ne se chevaucheront pas).

2. Les longueurs d'onde de l'infrarouge sont supérieures à celles du visible. Cela implique qu'une même ouverture diffracte davantage les infrarouges. Comme on veut limiter la diffraction, il faut des ouvertures plus grandes.

Diffraction par une lumière monochromatique

Fiche 51

Physique-Chimie

LE COURS

Figures de diffraction en lumière monochromatique

Quand de la lumière monochromatique passe à travers une fente rectangulaire ou un trou circulaire de petite dimension (environ 100 fois la longueur d'onde ou moins), on observe sur un écran une figure de diffraction composée d'une tache centrale lumineuse entourée de taches secondaires, plus petites et peu lumineuses.

La largeur L de la tache centrale se mesure entre les milieux des zones sombres qui l'entourent.

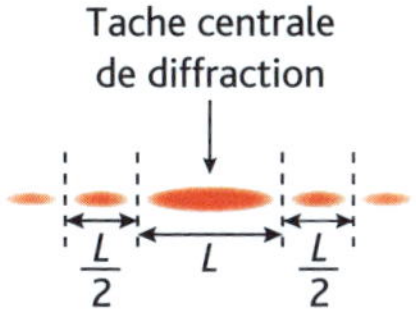

Figure de diffraction par une fente rectangulaire (ou un fil droit)

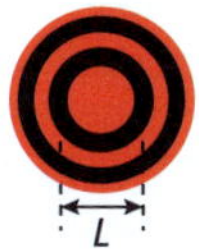

Figure de diffraction par un trou (ou un obstacle) circulaire

Angle caractéristique de diffraction

Le phénomène de diffraction prend naissance au niveau de l'ouverture. On définit l'angle caractéristique de diffraction θ comme l'angle entre le milieu de la tache centrale et le milieu de la 1re zone sombre.

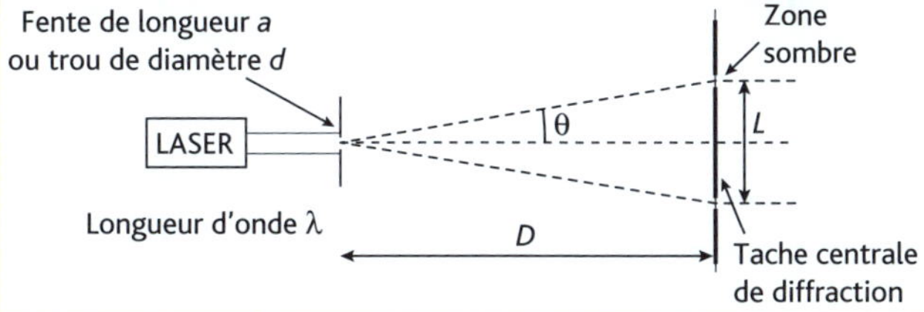

- Dans le cas d'une **fente rectangulaire** de largeur a,

$$\text{rad} \rightarrow \theta = \frac{\lambda \leftarrow \text{m}}{a \leftarrow \text{m}}$$

- Dans le cas d'un **trou circulaire** de diamètre d,

$$\text{rad} \rightarrow \theta = 1{,}22 \times \frac{\lambda \leftarrow \text{m}}{d \leftarrow \text{m}}$$

Notes

Notes

Remarque : on retrouve dans ces relations le fait que « l'influence du phénomène de diffraction est lié au rapport de la longueur d'onde sur la dimension de l'ouverture ».

EXERCICE TYPE CORRIGÉ

On souhaite retrouver expérimentalement la longueur d'onde λ_{BR} de la lumière monochromatique d'un lecteur Blu-Ray à partir de la comparaison avec la tache de diffraction obtenue avec un lecteur DVD. On utilise pour cela le montage de la **figure 1**, *a* étant la largeur (inconnue) de la fente, θ l'angle caractéristique de diffraction. On admettra θ suffisamment petit pour que $\sin\theta \approx \tan\theta \approx \theta$ avec θ en radian.

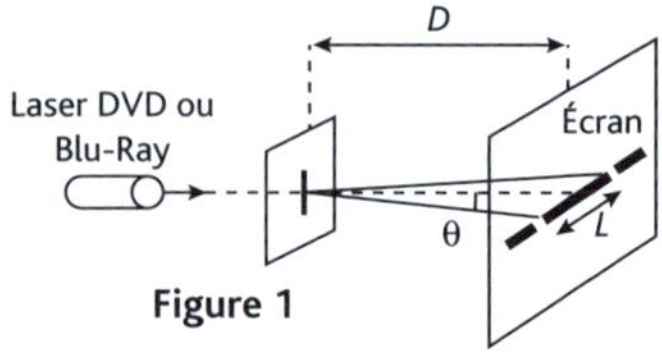

Figure 1

Les valeurs de *a* et de *D* n'étant pas connues, on mesure $L = 6{,}6$ cm pour la figure de diffraction obtenue avec un laser « DVD » de longueur d'onde $\lambda_{DVD} = 635$ nm. On remplace alors le laser « DVD » par le laser utilisé dans le lecteur Blu-Ray de longueur d'onde λ_{BR} dans le vide sans modifier le reste du montage : on obtient une tache de diffraction de largeur $L' = 4{,}2$ cm.

1. Sans calcul, ni relation mathématique, indiquer si $\lambda_{BR} < \lambda_{DVD}$ ou $\lambda_{BR} > \lambda_{DVD}$.
2. Établir la relation entre θ, *L* et *D*.
3. Donner la relation entre θ, λ (DVD ou Blu-Ray) et *a* en indiquant l'unité de chaque grandeur.
4. En déduire la relation donnant λ en fonction de *L*, *D* et *a*.
5. Déterminer λ_{BR}.

Corrigé

1. L'importance du phénomène de diffraction est liée au rapport de la longueur d'onde aux dimensions de l'ouverture ou de l'obstacle ; ainsi, si la largeur de la fente est fixée, la tache centrale de diffraction est plus grande si la longueur d'onde augmente. Ici, $L' < L$, cela implique que $\lambda_{BR} < \lambda_{DVD}$.

2. D'après le schéma, $\tan\theta = \dfrac{L/2}{D} = \dfrac{L}{2D}$. Si θ est « petit » et en radians, $\tan\theta \approx \theta$ donc $\boldsymbol{\theta = \dfrac{L}{2D}}$.

3. $\boldsymbol{\theta = \dfrac{\lambda}{a}}$ avec θ en radians, λ et *a* en mètres.

4. En égalant les deux relations précédentes : $\theta = \dfrac{L}{2D} = \dfrac{\lambda}{a} \Leftrightarrow \boldsymbol{\lambda = \dfrac{L \times a}{2D}}$.

5. $\begin{cases} \lambda_{DVD} = \dfrac{L \times a}{2D} \\ \lambda_{BR} = \dfrac{L' \times a}{2D} \end{cases} \Leftrightarrow \begin{cases} \dfrac{a}{2D} = \dfrac{\lambda_{DVD}}{L} \\ \lambda_{BR} = L' \times \dfrac{\lambda_{DVD}}{L} \end{cases}$

donc : $\boldsymbol{\lambda_{BR}} = 4{,}2 \text{ cm} \times \dfrac{635 \text{ nm}}{6{,}6 \text{ cm}} = \mathbf{4{,}0 \times 10^2\ nm}$.

Le phénomène d'interférences

Fiche 52

Physique-Chimie

LE COURS

Interférences constructives et destructives

• **Principe de superposition** :
Lorsque deux ondes se croisent, elles ne se perturbent pas. À l'endroit où elles se rencontrent, l'amplitude résultante est égale à la somme des deux amplitudes (voir schémas b. et c. ci-contre).

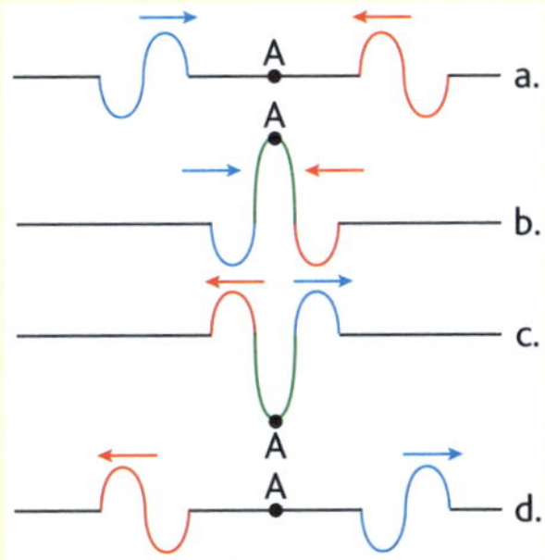

• Si les amplitudes des deux ondes sont de même nature (par exemple dirigées vers le haut), alors l'onde résultante est plus importante. On parle alors d'**interférences constructives**.

En revanche, si les amplitudes sont de nature opposée (l'une vers le haut et l'autre vers le bas par exemple), alors l'amplitude résultante est beaucoup plus faible. On parle alors d'**interférences destructives**.

Interférences de deux ondes lumineuses monochromatiques

• Considérons maintenant deux ondes monochromatiques de longueur d'onde dans le vide λ, de même fréquence et de déphasage nul à l'origine (ce qui signifie que leurs amplitudes sont maximales en même temps), provenant de deux sources ponctuelles différentes S_1 et S_2. Pour savoir quelle est la valeur de l'amplitude résultante en un point M quelconque de l'espace, on doit s'intéresser à la distance supplémentaire parcourue par une onde par rapport à une autre. Cette différence est **la différence de marche δ** : $\delta = S_1M - S_2M$ (elle peut être positive ou négative).

Les interférences sont :

– **constructives si** $\delta = k \times \lambda$, avec k entier ;

– **destructives si** $\delta = \left(k + \frac{1}{2}\right) \times \lambda$, avec k entier.

• Le phénomène d'interférences peut s'observer avec des bulles de savon lorsque, au soleil, on remarque des couleurs surprenantes. De même, certains dispositifs de protection auditive génèrent des ondes sonores qui, en s'additionnant aux ondes sonores du milieu environnant, les annulent.

Notes

Notes

EXERCICE TYPE CORRIGÉ

Considérons deux haut-parleurs, éloignés d'une distance *d*, émettant deux ondes synchrones, de fréquence 4,40 kHz.

1. Déterminer la longueur d'onde des ondes sonores utilisées.

2. Un récepteur est placé 25,0 cm devant le premier haut-parleur. Pour quelle distance *d* entre les deux haut-parleurs le récepteur reçoit-il une onde deux fois plus forte ?

3. Le récepteur est maintenant placé à 30,0 cm devant le haut-parleur. Pour quelle distance *d* entre les deux haut-parleurs le récepteur ne reçoit-il rien ?

Donnée : La célérité des ondes sonores dans l'air est de 340 $m \cdot s^{-1}$.

Corrigé

1. On détermine la longueur d'onde des ondes sonores grâce à la relation : $\lambda = \frac{c}{f}$. L'application numérique donne $\lambda = \frac{340}{4\,400} =$ **7,73 cm.**

2. On dessine le schéma de la situation (voir ci-contre).

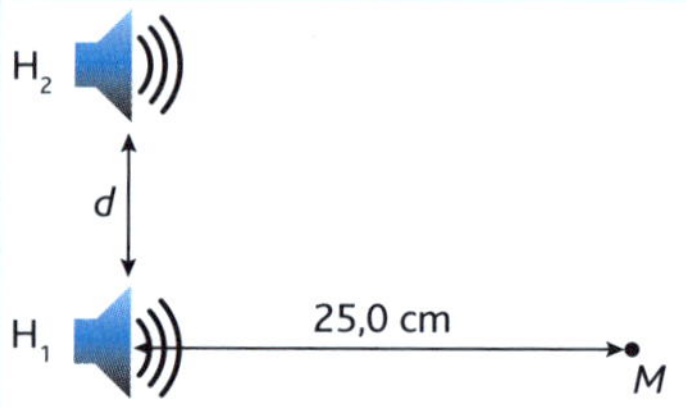

Si, au point *M*, l'amplitude est deux fois plus importante, cela signifie que les ondes émises par les deux haut-parleurs sont en phase en ce point, c'est-à-dire que les interférences sont constructives.

Ainsi, $\delta = H_2M - H_1M$ doit être égal à $k \times \lambda$.

$\delta = \sqrt{d^2 + 25{,}0^2} - 25{,}0 = k \times \lambda$, soit :

$\mathbf{d = \sqrt{(k \times \lambda + 25{,}0)^2 - 25{,}0^2}}$.

L'application numérique donne : $\mathbf{d} = \sqrt{(1 \times 7{,}73 + 25{,}0)^2 - 25{,}0^2} =$ **21,1 cm.**

(On choisit $k = 1$ pour obtenir la première position de *d*.)

3. Si, maintenant au point *M'*, l'amplitude est nulle, cela signifie que les ondes émises par les deux haut-parleurs sont en opposition de phase en ce point, c'est-à-dire que les interférences sont destructives.

Ainsi, $\delta' = H_2M' - H_1M'$ doit être égal à $\left(k + \frac{1}{2}\right) \times \lambda$.

$\delta = \sqrt{d'^2 + 30{,}0^2} - 30{,}0 = \left(k + \frac{1}{2}\right) \times \lambda$, soit $\mathbf{d' = \sqrt{\left(\left(k + \frac{1}{2}\right) \times \lambda + 30{,}0\right)^2 - 30{,}0^2}}$.

L'application numérique donne : $\mathbf{d'} = \sqrt{\left(\frac{1}{2} \times 7{,}73 + 30{,}0\right)^2 - 30{,}0^2} =$ **15,7 cm.**

(On choisit $k = 0$ pour obtenir la première position de *d'*.)

Interférences de deux ondes lumineuses

Fiche 53

Physique-Chimie

Notes

LE COURS

■ **Pour pouvoir interférer, deux ondes doivent être cohérentes**, c'est-à-dire avoir la **même longueur d'onde** (on dit alors qu'elles sont monochromatiques), la **même célérité** (donc la même fréquence) et avoir un **déphasage nul à l'origine**.

■ Il est aisé d'obtenir des sources lumineuses monochromatiques et une célérité identique en utilisant des sources de lumière laser se propageant dans l'air. En revanche, s'assurer un déphasage nul entre les deux sources est plus compliqué. On règle ce problème en utilisant un dispositif appelé **trous d'Young**. À l'aide d'une source unique de lumière laser, on éclaire deux petits trous proches l'un de l'autre. Chacun de ces trous va diffracter l'onde incidente reçue (voir *fiches 50* et *51*) et se comporter comme une nouvelle source de lumière. Ces deux nouvelles sources de lumière vont donc être cohérentes (car il s'agit de la même source à l'origine), et on va pouvoir observer des interférences là où elles se superposent.

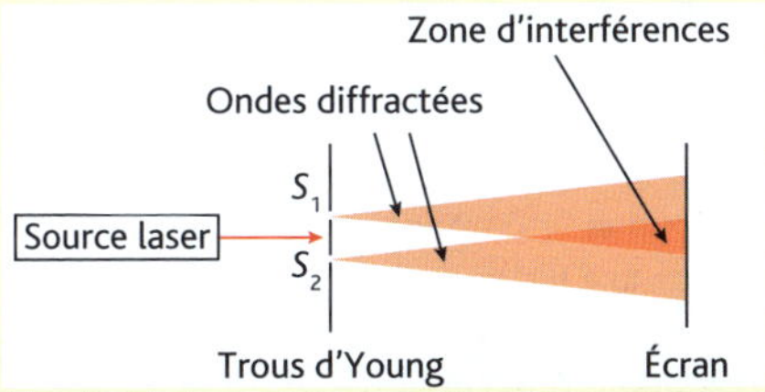

La figure d'interférences est alors comprise à l'intérieur d'une figure de diffraction.

■ On observe sur l'écran une alternance de franges sombres et brillantes :

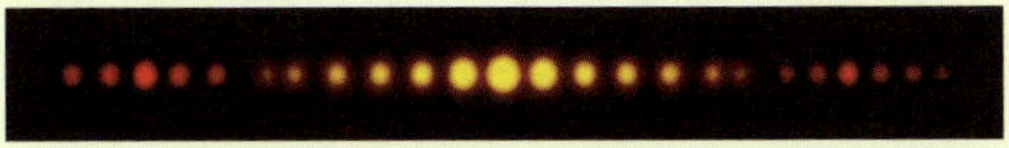

https://phitem.univ-grenoble-alpes.fr/diffraction-interferences

Les franges sont à égales distances les unes des autres et la distance qui les sépare est l'**interfrange**.

■ Considérons le schéma ci-contre, pour lequel $D \gg S_1S_2$ et $D \gg x$.

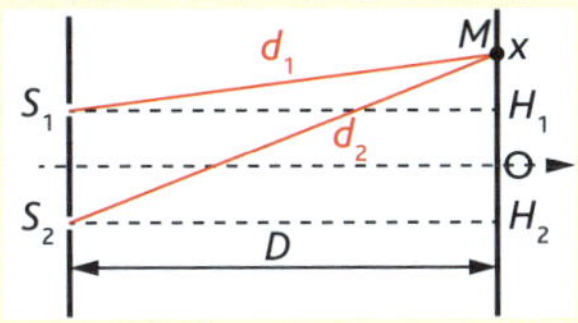

On souhaite déterminer la différence de marche pour le point M. En utilisant le théorème de Pythagore dans les triangles S_2H_2M et S_1H_1M, déterminons d_1 et d_2.

Notes

$d_1^2 = D^2 + \left(x - \frac{S_1S_2}{2}\right)^2$ et $d_2^2 = D^2 + \left(x + \frac{S_1S_2}{2}\right)^2$. Ainsi $\mathbf{d_2^2 - d_1^2 = 2 \times x \times S_1S_2}$.

Par ailleurs, $d_2^2 - d_1^2 = (d_2 - d_1) \times (d_2 + d_1)$. Or $d_2 - d_1 = \delta$ par définition et puisque $D \gg x$, $d_2 \approx d_1 \approx D$ et ainsi, $d_2 + d_1 \approx 2D$.
Ainsi, $\mathbf{d_2^2 - d_1^2 = \delta \times 2D}$.

En égalant les deux expressions, on obtient $2 \times x \times S_1S_2 = \delta \times 2D$, soit $\delta = \frac{x \times S_1S_2}{D}$.

Supposons maintenant que les interférences sont constructives en *M*.
Ainsi, $\delta = k \times \lambda$. On a alors $k \times \lambda = \frac{x \times S_1S_2}{D}$, soit $x = \frac{k \times \lambda \times D}{S_1S_2}$.

La **distance entre deux franges brillantes (l'interfrange)** est donc $i = \frac{(k+1) \times \lambda \times D}{S_1S_2} - \frac{k \times \lambda \times D}{S_1S_2}$, soit :

$$i = \frac{\lambda \times D}{S_1S_2}$$

EXERCICE TYPE CORRIGÉ

On utilise un dispositif de trous d'Young afin de réaliser des interférences sur un écran situé à une distance *D* des trous. La source lumineuse est un laser de longueur d'onde $\lambda = 580$ nm, et la distance entre les deux trous est de $S_1S_2 = 0{,}10$ mm.

On mesure sur l'écran la distance entre 11 franges brillantes consécutives et on obtient une distance $d = 7{,}6$ cm.

1. Pourquoi mesurer la distance entre 11 franges brillantes plutôt qu'entre deux franges consécutives ?
2. Que vaut l'interfrange ?
3. En déduire la distance *D* entre le dispositif et l'écran.

Corrigé

1. Entre 11 franges brillantes, il y a 10 interfranges. Mesurer la distance entre 11 franges brillantes consécutives plutôt qu'entre deux franges consécutives permet de diminuer l'incertitude sur la mesure de l'interfrange. En effet, l'incertitude sur la mesure est la même que l'on mesure 10 interfranges ou une seule et donc, si $10 \times i = x \pm \Delta x$, alors $i = \frac{x}{10} \pm \frac{\Delta x}{10}$...

2. Entre 11 franges brillantes, il y a 10 interfranges. Ainsi, la longueur de 10 interfranges étant de 7,6 cm, la valeur de l'interfrange est de $\boldsymbol{i}$ **= 0,76 cm**.

3. En utilisant la relation $i = \frac{\lambda \times D}{S_1S_2}$, on obtient $\mathbf{D = \frac{i \times S_1S_2}{\lambda}}$. L'application numérique donne :

$$D = \frac{(0{,}76 \times 10^{-2}) \times (0{,}10 \times 10^{-3})}{580 \times 10^{-9}} = \mathbf{1{,}3\ m.}$$

La lunette astronomique

Fiche 54

Physique-Chimie

LE COURS

La lunette astronomique

• Une **lunette astronomique** est un appareil d'optique composé de lentilles et permettant d'augmenter la luminosité et la taille apparente des objets dans le ciel lors de leur observation. Développée à partir de la fin du XVIe siècle, la lunette astronomique est utilisée à partir de 1609 par Galilée pour faire des observations systématiques du ciel. Kepler en développe une version qui n'utilise que des lentilles convergentes.

• **On la modélise** généralement **à l'aide de deux lentilles minces convergentes :** **l'objectif** (c'est la première lentille, celle située en direction de l'objet que l'on regarde) et **l'oculaire** (c'est la seconde lentille, proche de l'endroit où l'on place son œil). Ces deux lentilles sont disposées à chaque extrémité d'un tube fermé.

• La distance focale de l'objectif est grande (de l'ordre de grandeur du mètre) alors que celle de l'oculaire est petite (de l'ordre de grandeur du cm). Le diamètre de l'objectif est lui aussi plus grand que celui de l'oculaire.

Notes

Cas d'une lunette afocale

• Une lunette dite **afocale** est une lunette pour laquelle **l'image d'un objet situé à l'infini se forme à l'infini**. Pour cela, il faut que le foyer image de l'objectif coïncide avec le foyer objet de l'oculaire, soit :

$$F'_{obj} = F_{ocu}$$

Dans ces conditions, l'œil normal (emmétrope) ne fatigue pas lors de l'observation.

• **Marche d'un faisceau lumineux issu d'un point objet situé à l'infini** dans le cas d'une lunette afocale :

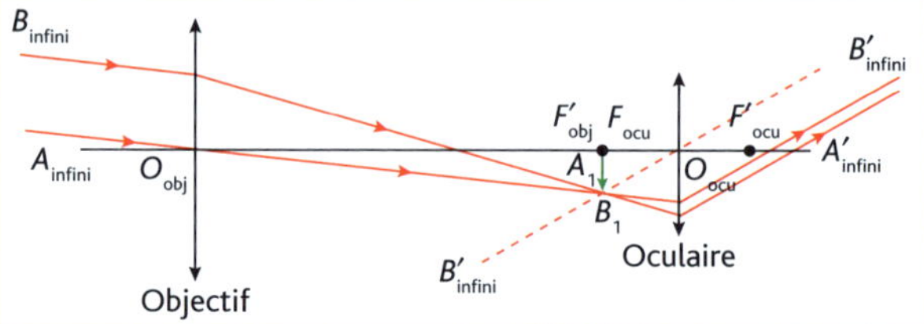

EXERCICE TYPE CORRIGÉ

Une lunette afocale est constituée :
– d'un objectif, lentille mince convergente de distance focale 100 cm ;
– d'un oculaire, lentille mince de distance focale 5 cm.

1. Quelle est la distance entre les deux lentilles ?
2. Faire un schéma à l'échelle 1/10.
3. Tracer la marche d'un faisceau lumineux parallèle à l'axe optique à travers la lunette.

Corrigé

1. La lunette étant afocale, le foyer image de l'objectif et le foyer objet de l'oculaire sont confondus. Ainsi, la distance $\mathbf{O_{obj}O_{ocu}} = O_{obj}F'_{obj} + F_{ocu}O_{ocu} = 100 + 5 = \mathbf{105\ cm}$.
2. Le schéma à l'échelle 1/20 est :

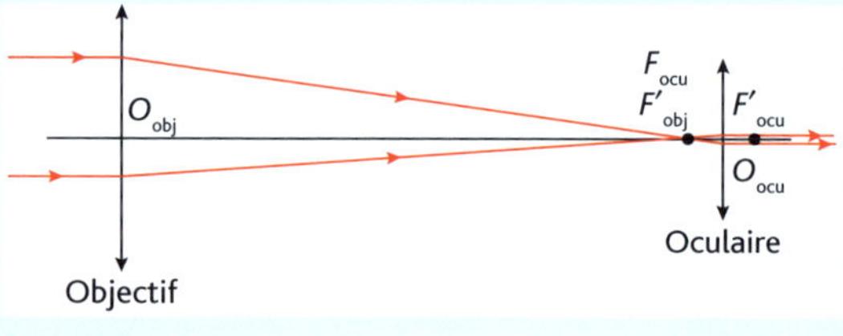

3. Voir schéma ci-dessus.

Caractéristiques d'une lunette astronomique

Fiche 55

Physique-Chimie

Notes

LE COURS

- Lorsque la lunette astronomique est afocale, l'image donnée par celle-ci est virtuelle (on ne peut pas la recueillir sur un écran).
- L'image qui se forme est renversée, ce qui ne pose pas de problème pour des observations de corps célestes. En revanche, pour utiliser une lunette afin d'observer sur Terre, il faut l'équiper d'un système renverseur d'image.
- Le **grossissement** d'une lunette astronomique correspond au rapport du diamètre apparent de l'objet vu à travers la lunette par le diamètre apparent de l'objet réel : $G = \frac{\alpha'}{\alpha}$.

Rappel : le diamètre apparent d'un objet correspond à l'angle sous lequel on l'observe.

- Considérons le schéma suivant d'une lunette astronomique et exprimons le grossissement :

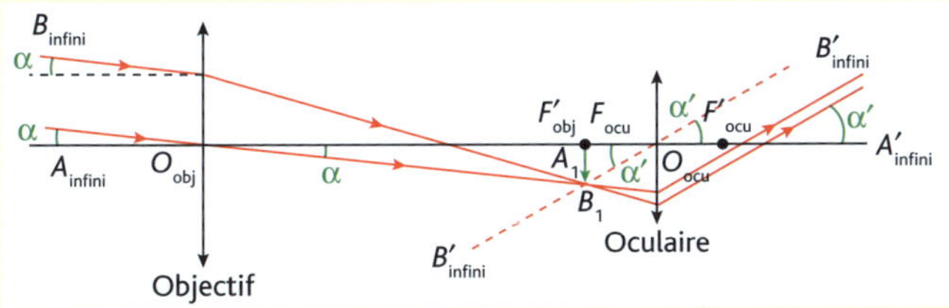

Par définition, $G = \frac{\alpha'}{\alpha}$. Exprimons chacun des angles :

– Dans le triangle rectangle $O_{obj}A_1B_1$ rectangle en A_1, on a $\tan\alpha = \frac{A_1B_1}{O_{obj}A_1} = \frac{A_1B_1}{O_{obj}F'_{obj}}$, car A_1 et F'_{obj} sont confondus.

– De même, dans le triangle rectangle $O_{ocu}A_1B_1$ rectangle en A_1, on a $\tan\alpha' = \frac{A_1B_1}{O_{ocu}A_1} = \frac{A_1B_1}{O_{ocu}F_{ocu}}$, car A_1 et F_{ocu} sont confondus.

Les angles étant généralement petits (en radian !), on peut approximer la tangente de l'angle et l'angle, et ainsi : $\tan\alpha \approx \alpha$ et $\tan\alpha' \approx \alpha'$, et donc $\alpha = \frac{A_1B_1}{O_{obj}F'_{obj}}$ et $\alpha' = \frac{A_1B_1}{O_{ocu}F_{ocu}}$. Le grossissement est par conséquent alors égal à $G = \frac{\alpha'}{\alpha} = \frac{\frac{A_1B_1}{O_{ocu}F_{ocu}}}{\frac{A_1B_1}{O_{obj}F'_{obj}}} = \frac{A_1B_1}{O_{ocu}F_{ocu}} \times \frac{O_{obj}F'_{obj}}{A_1B_1} = \frac{O_{obj}F'_{obj}}{O_{ocu}F_{ocu}}$, soit,

Notes

en utilisant les distances focales : $G = \frac{f'_{obj}}{f'_{ocu}}$, avec f'_{obj} la distance focale de l'objectif et f'_{ocu} la distance focale de l'oculaire.

• Les données caractéristiques fournies par le constructeur d'une lunette astronomique sont **les distances focales de l'objectif** et **de l'oculaire**. Celles-ci permettent de déterminer le grossissement de la lunette lorsqu'elle est afocale.

De plus, le constructeur fournit aussi généralement **le diamètre de l'objectif**, car c'est lui qui limite la quantité de lumière pénétrant dans la lunette. Plus celui-ci est important, plus la lumière va pouvoir pénétrer et meilleure sera l'image.

EXERCICE TYPE CORRIGÉ

La description des éléments livrés lors de l'achat en ligne d'une lunette astronomique comprend, entre autres :

- 1 Lunette Sky-Watcher 70/900
- 1 Monture équatoriale EQ1
- 1 Trépied en aluminium réglable en hauteur (71 cm à 123 cm)
- 1 Tablette porte-accessoires
- 2 Oculaires coulant 31,75 mm : Super 10 mm et Super 25 mm

1. Que signifie l'indication 70/900 de la lunette ?

2. Exprimer en fonction des distances focales de l'oculaire et de l'objectif le grossissement de cette lunette, puis calculer les deux valeurs possibles.

3. Pourra-t-on observer sans souci des phénomènes terrestres ?

Corrigé

1. L'indication 70/900 signifie que le diamètre de l'objectif est de 70 mm et sa distance focale de 900 mm.

2. Par définition, $G = \frac{f'_{obj}}{f'_{ocu}}$. Ainsi, avec les deux oculaires possibles, on a $G_1 = \frac{f'_{obj}}{f'_{ocu1}} = \frac{900}{10} = 90$ et $G_2 = \frac{f'_{obj}}{f'_{ocu2}} = \frac{900}{25} = 36$. Les deux grossissements possibles sont donc × 90 et × 36.

Remarque : les distances étant toutes exprimées en mm, on n'a pas besoin de convertir en mètre avant de calculer.

3. D'après le descriptif de la lunette, celle-ci n'est pas équipée de système redresseur d'image. Ainsi, si on l'utilise pour des observations terrestres, l'image observée sera renversée, ce qui peut être problématique.

La lumière : un flux de photons

Fiche 56

Physique-Chimie

LE COURS

Dualité onde-particule de la lumière

• La lumière est une onde électromagnétique de fréquence f (et de longueur d'onde λ) se propageant à la célérité **c**.

• Elle donne lieu aux principaux phénomènes caractéristiques des ondes : réflexion, réfraction, diffraction, interférences, etc.

• Cependant, pour expliquer certains phénomènes liés à la lumière, il est nécessaire de la considérer comme un flux de particules sans masse : les photons. Chaque photon porte **un quantum d'énergie** lié aux caractéristiques de l'onde associée : $E_{photon} = h \times f = h \times \frac{c}{\lambda}$

Où $h = 6{,}63 \times 10^{-34}$ J.s (constante de Planck)

Effet photoélectrique

• Des expériences montrent qu'au-dessus d'une certaine fréquence seuil f_{seuil}, la lumière est capable d'arracher des électrons à un métal. Le modèle ondulatoire ne permet pas d'expliquer ce phénomène appelé effet photoélectrique.

• **L'effet photoélectrique** est le phénomène d'éjection d'électrons d'un métal sous l'effet de la lumière. Pour un métal donné, cet effet ne se manifeste que pour des photons d'énergie suffisamment élevés.

• Pour que l'effet photoélectrique se produise, l'énergie d'un photon doit être supérieure à une valeur seuil (caractéristique du métal) qui correspond à l'énergie à fournir pour arracher un électron au métal. Cette valeur seuil est appelée travail d'extraction W_{ext}.

• La conservation de l'énergie implique que si l'énergie d'un photon est supérieure au travail d'extraction, l'excédent d'énergie est emporté par l'électron sous forme d'énergie cinétique.

$$E_{photon} = W_{ext} + E_c(e^-) \Leftrightarrow h \times f = h \times f_{seuil} + \frac{1}{2} \times m(e^-) \times v^2(e^-)$$

• Une cellule photoélectrique est dispositif dont une des propriétés électriques est modifiée lors de l'absorption de photons.

Notes

Notes

EXERCICE TYPE CORRIGÉ

On se propose de vérifier les performances d'un panneau photovoltaïque portable de dimensions (24,2 cm × 17,8 cm) et de rendement annoncé de 22,4 % dans des conditions normées d'éclairage.

Par une journée ensoleillée, on réalise l'expérience de charge d'un téléphone mobile. On mesure la tension U aux bornes du téléphone mobile et le courant traversant le circuit : $U = 4{,}8$ V et $I = 0{,}84$ A.

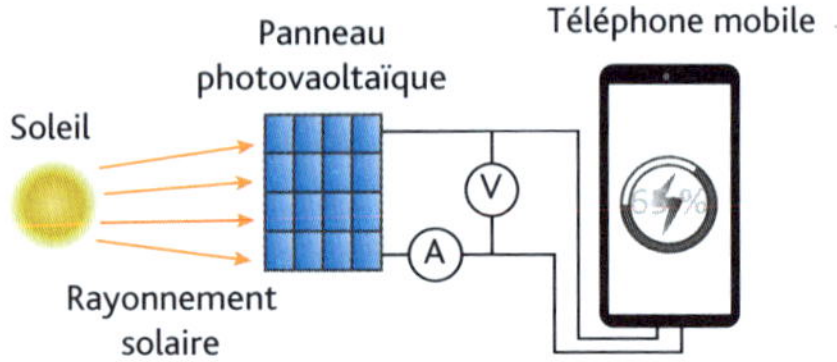

Données :
- constante de Planck : $h = 6{,}631 \times 10^{-34}$ J.s ;
- célérité de la lumière dans le vide : $c = 3{,}0 \times 10^{8}$ m·s^{-1} ;
- travail d'extraction : $W_{ext} = 1{,}12$ eV ; • 1 eV = $1{,}60 \times 10^{-19}$ J ;

1. Définir le travail d'extraction.

2. Calculer la fréquence seuil f_s et la longueur d'onde associée λ_s.

3. Montrer alors que le rayonnement solaire convient pour le fonctionnement de ce panneau photovoltaïque.

4. Durant l'expérience, le flux lumineux Φ mesuré avec un solarimètre est de 570 W·m^{-2}. Déterminer la valeur de $P_{reçue}$, la puissance lumineuse reçue par le panneau.

5. À l'aide des mesures réalisées durant l'expérience, déterminer la valeur de P_{utile}, la puissance utile fournie par le panneau.

6. En déduire le rendement du panneau photovoltaïque. Commenter.

Corrigé

1. Le travail d'extraction est l'énergie minimale que doit posséder un photon pour arracher un électron.

2. $W_{ext} = h \times f_S$ donc $f_S = \dfrac{W_{ext}}{h}$ soit $f_S = \dfrac{1{,}12 \times 1{,}60 \times 10^{-19}}{6{,}63 \times 10^{-34}} = 2{,}70 \times 10^{14}$Hz

Or $\lambda = \dfrac{c}{f}$ donc $\lambda_S = \dfrac{c}{f_S}$ soit $\lambda_S = \dfrac{3{,}0 \times 10^{8}}{2{,}70 \times 10^{14}} = 1{,}1 \times 10^{-6}\,m$

3. Pour que l'effet photoélectrique se produise, il faut que $\lambda < \lambda_S$

$\lambda_S = 1{,}1 \times 10^{-6}\,m = 1{,}1 \times 10^{3}$nm, ce qui est bien supérieur à la longueur d'onde du visible (entre 400 et 800 nm).

4. $P_{reçue} = \Phi \times S$ donc $P_{reçue} = 570 \times (0{,}178 \times 0{,}242) = 24{,}6$ W

5. $P_{utile} = U \times I$ soit $P_{utile} = 4{,}8 \times 0{,}84 = 4{,}0$W

6. $\eta = \dfrac{P_{utile}}{P_{reçue}}$ donc $\eta = \dfrac{4{,}0}{24{,}6} = 0{,}16$ soit 16 % inférieur à 22,4 %.

La surface utile du panneau doit être inférieure à celle du panneau.

Le condensateur

Fiche 57

Physique-Chimie

LE COURS

Intensité du courant électrique

L'intensité du courant électrique en un point d'un circuit est **un débit de charges** :

$$\text{A} \longrightarrow i = \frac{dq \leftarrow \text{C}}{dt \leftarrow \text{s}}$$

Cela signifie qu'une intensité de 1 ampère correspond à un débit de 1 coulomb par seconde.

En régime continu, l'intensité reste constante et cette relation devient

$$I = \frac{\Delta Q}{\Delta t}$$

Le condensateur

Un condensateur est un dipôle électrique constitué de **deux surfaces conductrices placées face à face** (les armatures) et **séparées par un isolant** (le diélectrique).

Lorsqu'un condensateur est soumis à une tension électrique, il y a accumulation de charges par influence électrostatique (comportement **capacitif** du dipôle) : les armatures portent des charges égales en valeur absolue mais de signes opposés.

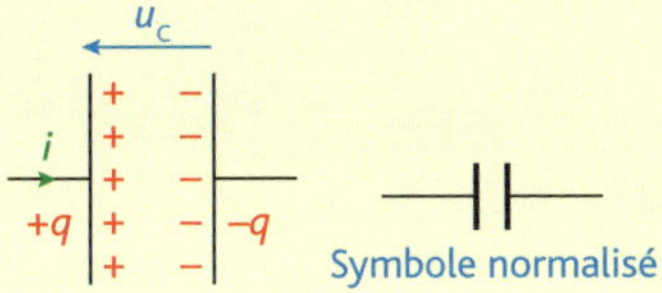

Capacité d'un condensateur

La **capacité** C d'un condensateur correspond à son aptitude à accumuler des charges électriques.

Elle s'exprime en **farad (F)** ; **les capacités des condensateurs usuels vont du pF** (10^{-12} F) **au µF** (10^{-6} F).

La valeur absolue de la charge portée par chaque armature est proportionnelle à la tension u_c entre les armatures et à la capacité C du condensateur :

$$\text{C} \longrightarrow q = C \times u_c \longleftarrow \text{V} \quad (C \text{ en F})$$

Notes

Notes

EXERCICE TYPE CORRIGÉ

Certaines voitures utilisent des supercondensateurs dont le rôle est de récupérer et stocker l'énergie de freinage, puis de la restituer au redémarrage. Il en résulte des accélérations plus puissantes, une augmentation de l'autonomie et une durée de vie accrue pour la batterie. On étudie ici un supercondensateur de capacité $2{,}6 \times 10^3$ F utilisé avec une tension d'alimentation de 2,7 V. Sa durée de décharge complète est de 4,5 s.
Donnée : 1 A·h (ampère-heure) = 3 600 C.

1. Justifier le terme de supercondensateur.

2. Déterminer la quantité d'électricité maximale (ou charge électrique maximale) Q_{max} stockée par le supercondensateur. Comparer cette valeur à celle d'une batterie lithium-métal-polymère (75 Ah).

3. Définir l'intensité du courant électrique et déterminer sa valeur (supposée constante) lors de la décharge du supercondensateur. Commenter son signe.

4. L'expérience montre qu'à $t = 0$, l'intensité vaut –7,8 kA. Conclure.

Corrigé

1. On parle de supercondensateur car sa capacité ($2{,}6 \times 10^3$ F) est largement supérieure aux valeurs des capacités des condensateurs usuels (du pF (10^{-12} F) au µF (10^{-6} F)).

2. $q = C \times u_C$ donc $\mathbf{Q_{max}} = 2{,}6 \times 10^3 \times 2{,}7 = \mathbf{7{,}0 \times 10^3\,C}$.
Pour la batterie $\mathbf{Q'_{max}} = 75$ A·h $= 75 \times 3600$ C $= \mathbf{2{,}7 \times 10^5\,C}$.
La quantité d'électricité maximale stockée par le supercondensateur ne représente que :
$\dfrac{7{,}0 \times 10^3}{2{,}7 \times 10^5} = \mathbf{2{,}6\ \%}$ de celle de la batterie, mais elle permet de récupérer une partie de l'énergie perdue lors de chaque freinage.

3. L'intensité du courant correspond au débit de charges électriques : $i = \dfrac{dq}{dt}$.
Si l'intensité est constante, $I = \dfrac{\Delta Q}{\Delta t} = \dfrac{0 - Q_{max}}{\Delta t} = \dfrac{0 - 7{,}0 \times 10^3}{4{,}5} = -1{,}6 \times 10^3$ A.
Cette valeur est négative car, lors de la décharge, le courant créé par le supercondensateur circule dans le sens contraire à celui choisi par convention lors de la charge.

4. Cela prouve que l'intensité n'est pas constante lors de la décharge : elle est plus élevée au début puis diminue lors de la décharge (voir *fiche 59* pour l'étude de la décharge).

Charge d'un condensateur par une source idéale de tension

Fiche 58

Physique-Chimie

LE COURS

Le modèle du **dipôle *RC*** série consiste en l'association en série d'un condensateur de capacité C et d'un conducteur ohmique de résistance R.

Établissement de l'équation différentielle vérifiée par u_C aux bornes du condensateur

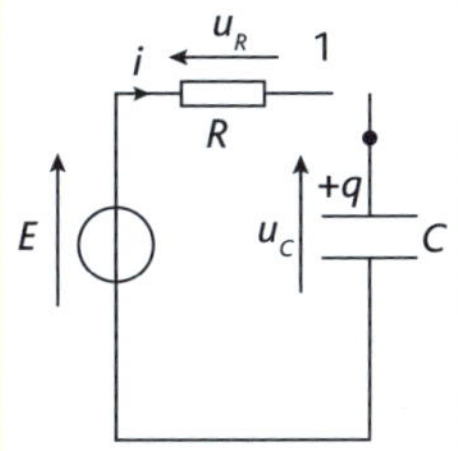

À l'instant $t = 0$, une tension constante E est appliquée aux bornes du dipôle RC série par bascule d'un interrupteur (vers 1).

$$\begin{cases} \text{Loi d'additivité des tensions} : E = u_R + u_C \\ \text{Loi d'Ohm} : u_R = R \times i \end{cases}$$

$\Rightarrow E = R \times i + u_C$. De plus,

$$\begin{cases} i = \dfrac{dq}{dt} \\ q = C \times u_C \end{cases} \Rightarrow i = \frac{d(C \times u_C)}{dt} = C \times \frac{du_C}{dt} \text{ car } C \text{ constante}$$

Donc $E = R \times C \times \dfrac{du_C}{dt} + u_C \Leftrightarrow \dfrac{du_C}{dt} + \dfrac{1}{R \times C} u_C = \dfrac{E}{R \times C}$

Résolution de l'équation différentielle

- La **solution générale** de l'équation différentielle précédente est : $u_C(t) = A \times e^{\alpha \times t} + B$ (où A, B et α sont des constantes à déterminer).
- **Condition initiale** : le condensateur est déchargé donc $u_C(0) = 0 = A \times e^{\alpha \times 0} + B = A + B$ donc $B = -A$.
- **Injectons la solution** $u_C(t) = A \times e^{\alpha \times t} - A$ **dans l'équation différentielle** : $\alpha \times A \times e^{\alpha \times t} + \dfrac{1}{R \times C} \times (A \times e^{\alpha \times t} - A) = \dfrac{E}{R \times C}$

$\Leftrightarrow \left(\alpha + \dfrac{1}{R \times C}\right) \times A \times e^{\alpha \times t} = \dfrac{E + A}{R \times C}$ **quelque soit t.**

Cela impose que les deux termes de l'égalité soient nuls :

$$\begin{cases} \left(\alpha + \dfrac{1}{R \times C}\right) \times A \times e^{\alpha \times t} = 0 \text{ donc } \alpha = -\dfrac{1}{R \times C} \\ \dfrac{E + A}{R \times C} = 0 \text{ donc } A = -E \end{cases}$$

La solution est donc : $u_C(t) = -E \times e^{-\frac{t}{R \times C}} + E = E \times (1 - e^{-\frac{t}{R \times C}})$.

Étude temporelle et constante de temps du dipôle *RC*

La tension u_C augmente progressivement jusqu'à atteindre la tension E imposée par le générateur.

Notes

Notes

La **constante de temps** du circuit *RC* est :

$$\tau = R \times C$$

On peut la déterminer graphiquement par deux méthodes.

La charge est terminée pour $t = 5\tau$ car : $u_C(5\tau) = 0{,}993 \times E \approx E$.

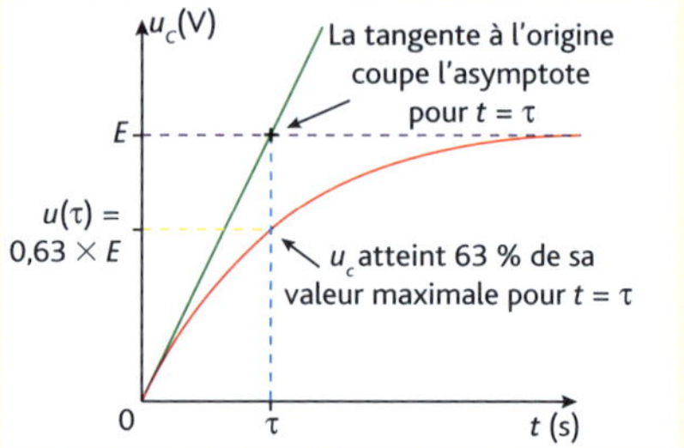

EXERCICE TYPE CORRIGÉ

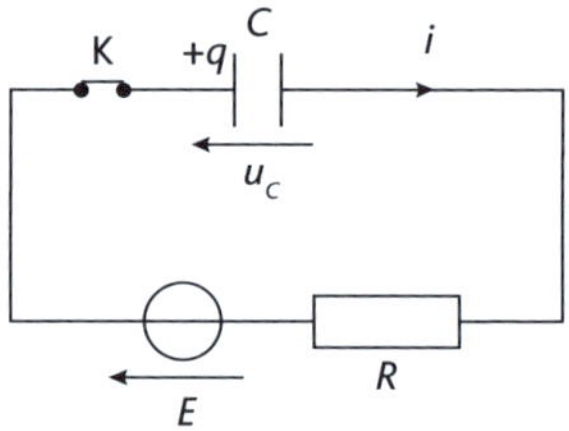

L'accéléromètre qui permet de déclencher le gonflage d'un airbag est constitué d'un condensateur de capacité *C* (dont la valeur varie lors d'un choc) branché aux bornes d'une pile de fém *E* et de résistance interne *R*.

À l'instant $t = 0$, on ferme l'interrupteur K pour mettre sous tension l'accéléromètre. Les courbes représentant les variations de la tension aux bornes du condensateur et de l'intensité du courant en fonction du temps sont données sur la **figure 1**.

Données : $C = 100$ pF ; $E = 5{,}0$ V.

1. Établir l'équation différentielle à laquelle obéit la tension $u_C(t)$ aux bornes du condensateur.
2. En déduire l'expression littérale de $u_C(t)$.
3. Sur la figure 1, identifier la courbe correspondant à $u_C(t)$.
4. Déterminer graphiquement la valeur de la constante de temps du circuit. Peut-on considérer que la charge du condensateur est instantanée devant la durée d'un choc (de l'ordre de 200 ns) ?
5. En déduire la valeur de la résistance *R*.

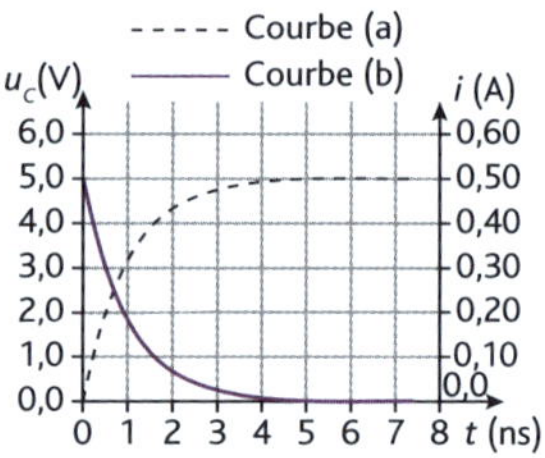

Figure 1

Corrigé

1. $\dfrac{du_C}{dt} + \dfrac{1}{R \times C} u_C = \dfrac{E}{R \times C}$. **2.** $u_C(t) = E \times (1 - e^{-\frac{t}{R \times C}})$.

3. Il s'agit de la courbe (a) car la tension u_C augmente progressivement depuis 0 jusqu'à atteindre la tension *E* imposée par le générateur.

4. $\tau = 1{,}0$ ns. La charge étant terminée au bout de 5τ soit 5,0 ns, on peut la considérer comme instantanée devant la durée d'un choc (200 ns).

5. $\tau = R \times C$ donc $R = \dfrac{\tau}{C} = \dfrac{1{,}0 \times 10^{-9}}{100 \times 10^{-12}} = 10\ \Omega$.

Décharge d'un condensateur dans une résistance

Fiche 59

Physique-Chimie

LE COURS

Établissement de l'équation différentielle vérifiée par u_C aux bornes du condensateur

À l'instant $t = 0$, la bascule d'un interrupteur (1 vers 2) permet à un condensateur préalablement chargé sous une tension E de se décharger dans un conducteur ohmique de résistance R'.

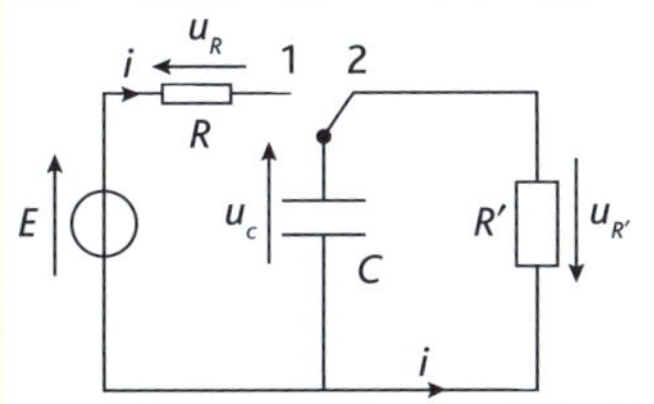

$$\begin{cases} \text{Loi d'additivité des tensions : } 0 = u_{R'} + u_C \\ \text{Loi d'Ohm : } u_{R'} = R' \times i \end{cases} \Rightarrow 0 = R' \times i + u_C.$$ De plus,

$$\begin{cases} i = \dfrac{dq}{dt} \\ q = C \times u_C \end{cases} \Rightarrow i = \frac{d(C \times u_C)}{dt} = C \times \frac{du_C}{dt} \text{ car } C \text{ constante.}$$

Donc $0 = R' \times C \times \dfrac{du_C}{dt} + u_C \Leftrightarrow \mathbf{\dfrac{du_C}{dt} + \dfrac{1}{R' \times C} u_C = 0}$

Résolution de l'équation différentielle

En procédant comme dans la fiche précédente, mais avec $u_C(0) = E$, la solution est donc : $\mathbf{u_C(t) = E \times e^{-\frac{t}{R' \times C}}}$

Étude temporelle et constante de temps du circuit

La tension u_C diminue progressivement de la valeur E jusqu'à la valeur nulle.
La **constante de temps** du circuit $R'C$ est : $\tau = R' \times C$.
On peut la déterminer graphiquement par deux méthodes.
La décharge est terminée pour $t = 5\tau$ car $u_C(5\tau) = E \times e^{-5} \approx 0$.

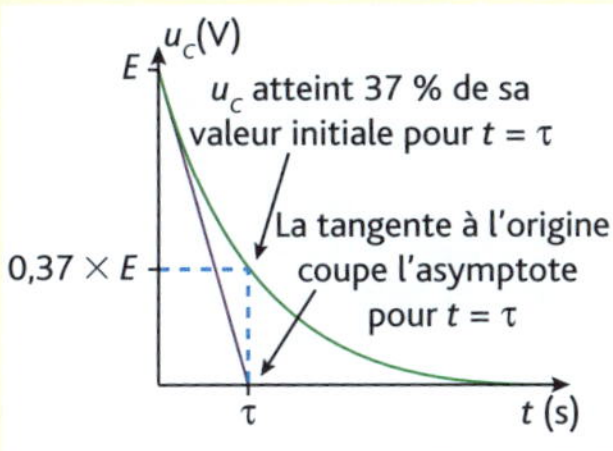

Notes

EXERCICE TYPE CORRIGÉ

Le générateur d'impulsions d'un stimulateur cardiaque peut être modélisé par le circuit ci-après. La valeur de r est très faible, de telle sorte que le condensateur se charge très rapidement lorsque l'interrupteur est en position 1. Lorsque la

Notes

EXERCICE TYPE CORRIGÉ

charge est terminée, l'interrupteur bascule en position 2. Le condensateur se décharge lentement dans la résistance R, de valeur élevée. Quand la tension u_C atteint une valeur donnée (e^{-1} fois sa valeur initiale), le boîtier envoie au cœur une impulsion électrique par l'intermédiaire des sondes.

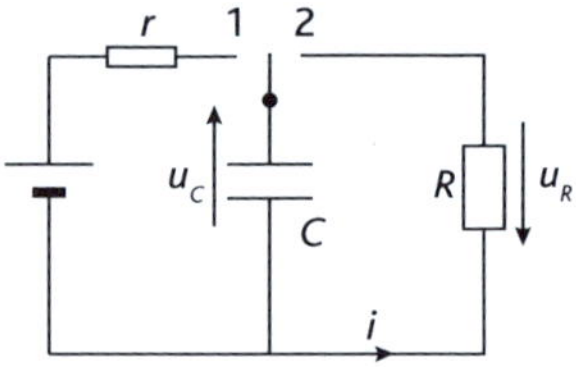

L'interrupteur bascule simultanément en position 1 et la recharge du condensateur se fait quasiment instantanément à travers r. Le processus recommence.

1. On enregistre l'évolution de la tension u_C aux bornes du condensateur lors de la décharge complète dans la résistance R.

1.1. Établir l'équation différentielle à laquelle obéit la tension $u_C(t)$ aux bornes du condensateur.

1.2. En déduire l'expression littérale de $u_C(t)$.

1.3. Déterminer graphiquement la valeur de E et la constante de temps du circuit.

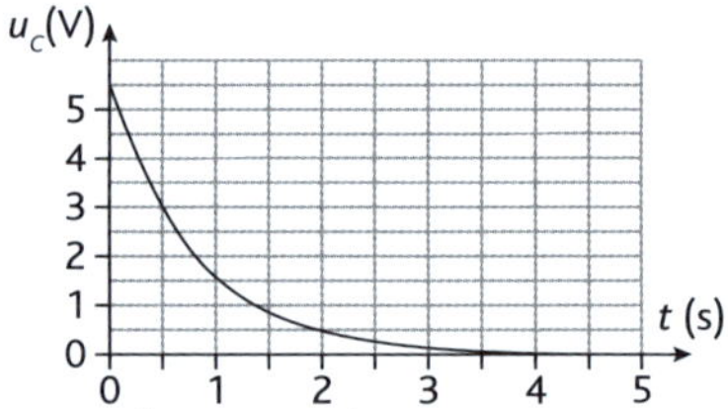

1.4. En déduire la valeur de la résistance R ($C = 0{,}40\ \mu$F).

2.1. Déterminer la date après le début de la décharge du condensateur à laquelle une impulsion électrique est envoyée au cœur.

2.2. Que se passe-t-il après cette date ? Représenter l'allure de l'évolution de u_C au cours du temps lors de la génération des impulsions.

2.3. Déterminer la fréquence des impulsions de tension ainsi générées. Vérifier que le résultat est compatible avec une fréquence cardiaque normale.

Corrigé

1.1. $\dfrac{du_C}{dt} + \dfrac{1}{R \times C} u_C = 0.$ **1.2.** $u_C(t) = E \times e^{-\frac{t}{R \times C}}.$

1.3. $\boldsymbol{E = 5{,}5\ \text{V}}$; $\boldsymbol{\tau = 0{,}80\ \text{s}}$.

1.4. $\tau = R \times C$ donc $\boldsymbol{R} = \dfrac{\tau}{C} = \dfrac{0{,}80}{0{,}40 \times 10^{-6}} = \boldsymbol{2{,}0 \times 10^6\ \Omega}.$

2.1. Une impulsion est envoyée quand $u_C(t) = \boldsymbol{E} \times e^{-1}$ soit quand $\boldsymbol{t = \tau = 0{,}80\ \text{s}}$.

2.2. À cette date, le condensateur se recharge instantanément (car r très faible) puis se décharge « lentement » dans la résistance R à nouveau.

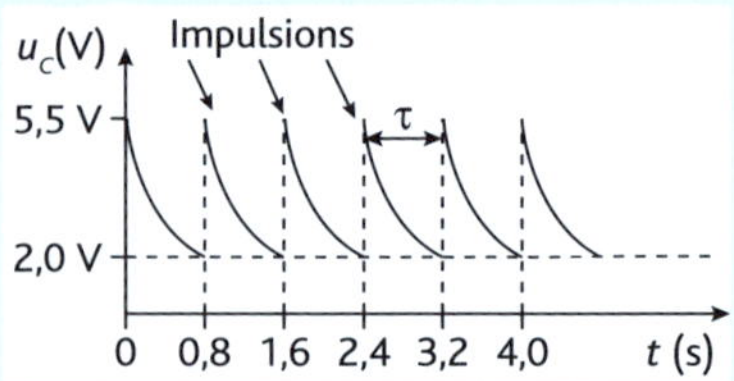

2.3. La période des impulsions est $T = \tau = 0{,}80$ s.

La fréquence des impulsions est :

$\boldsymbol{f} = \dfrac{1}{T} = \boldsymbol{1{,}25\ \text{Hz}}$ **(impulsions pas seconde)** $1{,}25 \times 60 =$ **75 impulsions par minute**, ce qui est compatible avec les valeurs habituelles.

Capteurs capacitifs

Fiche 60

Physique-Chimie

LE COURS

Capteurs capacitifs

La capacité d'un condensateur plan est donnée par la relation : $C = \varepsilon \times \frac{S}{d}$ *(non exigible)* où S est la surface des armatures face à face, d la distance entre les armatures et ε la permittivité de l'isolant entre les armatures.

Dans un capteur capacitif, la capacité C d'un condensateur varie lors de la modification d'un des trois paramètres ε, S ou d, et **l'électronique traduit la variation de C en une information exploitable** (épaisseur, niveau, déplacement, etc.).

Exemples : d varie pour un capteur d'épaisseur ou pour un accéléromètre ; ε varie en fonction du niveau de liquide entre les armatures pour un capteur de niveau, S varie si un petit objet placé entre les plaques (sans les toucher) se déplace.

Remarque : pour les écrans tactiles, une grille conductrice chargée est insérée dans l'écran et constitue la 1re armature, tandis que le doigt de l'utilisateur constitue la 2e armature du condensateur.

Notes

EXERCICE TYPE CORRIGÉ

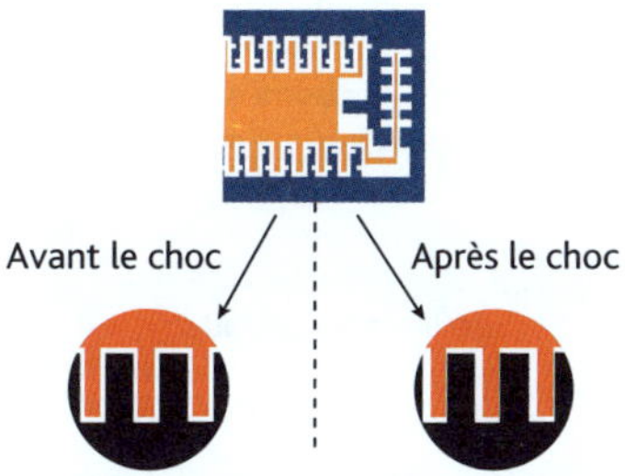

Un des premiers microsystèmes à avoir été développé est l'accéléromètre. Il est entre autres utilisé pour déclencher le gonflage des airbags des véhicules en cas de choc brutal. L'accéléromètre est constitué de deux pièces en forme de peignes complémentaires. L'une est fixe et constitue le cadre, l'autre est mobile à l'intérieur de ce cadre, suspendue par une lamelle flexible, sans contact entre les deux parties. L'ensemble constitue un condensateur. En cas de choc brutal du véhicule, la partie mobile se déplace par inertie dans le sens opposé au mouvement, comme le passager d'un bus qui est debout et se trouve projeté en avant quand le bus freine. Ce changement de distance entre le peigne mobile et le cadre modifie la capacité du condensateur. Dès que le circuit intégré détecte ce changement de capacité, il commande le gonflage de l'airbag, avant même que le conducteur et les passagers du véhicule ne soient projetés en avant.

D'après « À la découverte du nanomonde » (www.nanomicro.recherche.gouv.fr) défis CEA et Internet.

Le rapprochement des deux armatures, provoqué par un choc, entraîne une augmentation de la capacité du condensateur (**figure 1 page suivante**).

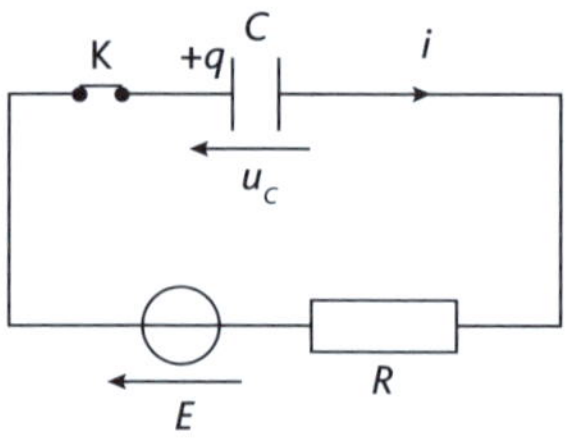

Rapprochement de l'électrode mobile lors d'un choc

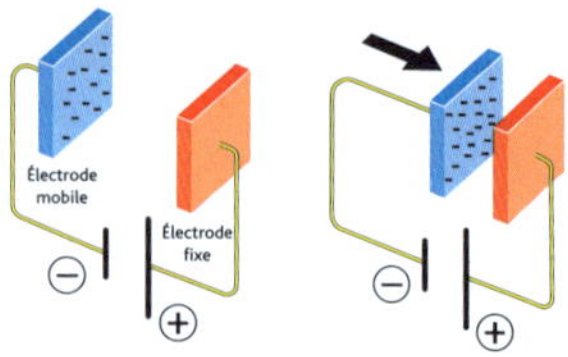

Figure 1

1. Parmi les deux propositions suivantes donnant l'expression de la capacité C en fonction de la distance d entre les armatures du condensateur, choisir en justifiant celle qui peut convenir :

a. $C = k \times d$; b. $C = \frac{k}{d}$.

2. Donner l'expression de la tension aux bornes du condensateur u_C et de la charge q du condensateur avant le choc, en fonction de la tension E aux bornes du générateur.

3. Montrer que le choc a pour effet de faire augmenter la charge q du condensateur.

4. Sur le schéma de la figure 1, indiquer le sens de déplacement des électrons dans le circuit engendré par la variation de charge q du condensateur.

5. En justifiant, choisir parmi ces affirmations celle qui convient.
Le déclenchement du gonflage de l'airbag est commandé par la détection d'une variation :
a. de tension aux bornes du condensateur ;
b. d'intensité du courant dans le circuit ;
c. de tension aux bornes du générateur.

6. Expliquer pourquoi l'accéléromètre constitue un capteur capacitif.

Corrigé

1. Vu que le choc fait augmenter C et que d diminue, seule l'expression $C = \frac{k}{d}$ **peut convenir**, car d est au dénominateur.

2. Avant le choc, la charge du condensateur (quasi instantanée) est terminée donc $u_C = E$ et $q = C \times u_C = C \times E$.

3. Comme la tension E ne varie pas mais que C augmente, la charge $q = C \times E$ augmente lors d'un choc.

4. Vu que la charge q augmente, il y a davantage d'électrons sur l'électrode mobile (et moins sur l'électrode fixe), donc **les électrons circulent de l'électrode fixe vers l'électrode mobile**.

5. L'intensité étant un débit de charges électriques : $i = \frac{dq}{dt}$; le choc entraînant une variation de la charge q, cela entraîne **une variation de l'intensité i** qui **pourra être détectée** (b.).

6. L'accéléromètre constitue un capteur capacitif car un choc entraîne une variation de la capacité d'un condensateur.

Mesures et incertitudes – Méthodes

Fiche 61

Physique-Chimie

LE COURS

Variabilité de la mesure d'une grandeur physique et incertitude-type

• En Sciences, le résultat de la mesure d'une grandeur G est intrinsèquement variable : si on répète une mesure, on trouve souvent une valeur différente.

• La dispersion des mesures dépend principalement de la fiabilité de l'instrument de mesure et de l'expérimentateur (soin et qualité des mesures).

• On note G_{mes} le résultat de la mesure de la grandeur G et on y attribue une incertitude-type $u(G)$ qui traduit une évaluation de la dispersion des mesures correspondant à l'écart-type σ de l'ensemble de la distribution des données issues d'une répétition de la mesure.

Écriture du résultat de la mesure d'une grandeur G

• On écrit le résultat de la mesure d'une grandeur G sous la forme :

$$G = G_{mes} \pm u(G) \quad \text{(exemple : } h = (1{,}84 \pm 0{,}01)\text{ m)}$$

• L'incertitude-type $u(G)$ doit comporter un ou deux chiffres significatifs (CS).

• G_{mes} et $u(G)$ doivent avoir la même précision et être exprimées dans la même unité avec la même puissance de 10.

Exemples :

$h = 1{,}80 \text{ m} \pm 1 \text{ cm}$	**Incorrect** car les unités sont différentes
$h = (1{,}8 \pm 0{,}02)$ m	**Incorrect** car la précision est différente (au dixième pour G_{mes} et au centième pour $u(G)$)
$h = (1{,}804 \pm 0{,}134)$ m	**Incorrect** car $u(G)$ est exprimée avec 3 CS
$h = (1{,}80 \times 10^3 \pm 2 \times 10^1)$ mm	**Incorrect** car les puissances de 10 sont différentes et ne sont pas en dehors de la parenthèse.
$h = (1{,}80 \pm 0{,}01)$ m	**Correct.** $h = (180 \pm 1)$ cm est possible.
$h = (180 \pm 1) \times 10^{-2}$ m	**Correct.** $h = (180 \pm 1)$ cm est possible.

Notes

Notes

Évaluation de l'incertitude-type par une approche statistique (type A)

- Lorsque N mesures sont effectuées avec le même mode opératoire, la valeur à retenir pour la grandeur mesurée G est la valeur moyenne des mesures effectuées, notée $\bar{G}$.
- L'incertitude-type $u(G)$ associée à la moyenne de N mesures est donnée par la relation : $u(G) = \frac{\sigma}{\sqrt{N}}$ où σ est l'écart-type de la série de mesures à trouver à l'aide de la calculatrice.

Évaluation de l'incertitude-type par une approche statistique (type B)

- En absence d'indications précises, lorsque on réalise une mesure unique **directe** de la grandeur G, on peut estimer **en 1re approximation** que l'incertitude-type est égale à la précision de lecture de l'instrument ou à la tolérance indiquée par le fabriquant.
- Attention, si les conditions de mesure ne sont pas optimales, il conviendra de prendre une incertitude-type plus élevée.
- Lorsque on réalise une mesure unique **indirecte** de la grandeur G dont le résultat est obtenu à partir d'autres grandeurs mesurées, une relation mathématique permet de déterminer l'incertitude-type $u(G)$ à partir des incertitudes-type sur les autres grandeurs.

Exemple : mesure d'une vitesse moyenne

$d = (100{,}0 \pm 0{,}1)$ m et $\Delta t = (12{,}5 \pm 0{,}2)$ s

$$v_{exp} = \frac{d}{\Delta t} = \frac{100{,}0}{12{,}5} = 7{,}95 \text{ m.s}^{-1}$$

$$u(v_{exp}) = v_{exp} \times \sqrt{\left(\frac{u(d)^2}{d}\right) + \left(\frac{u(t)^2}{\Delta t}\right)}$$ (relation à ne pas connaître)

$$u(v_{exp}) = 7{,}94 \times \sqrt{\left(\frac{0{,}1}{100{,}0}\right)^2 + \left(\frac{0{,}2}{12{,}5}\right)^2} = 0{,}127 \approx 0{,}2 \text{ m.s}^{-1} \text{ ou } 0{,}13 \text{ m.s}^{-1}$$

Conclusion : $v_{exp} = (7{,}9 \pm 0{,}2)$ m.s^{-1} ou $v_{exp} = (7{,}94 \pm 0{,}13)$ m.s^{-1}

Comparaison à une valeur de référence

- Il faut calculer l'écart-normalisé (« z-score ») $\frac{|G_{ref} - G|}{u(G)}$.
- Si $\frac{|G_{ref} - G|}{u(G)} \leqslant 2$, le résultat de la mesure est en accord avec la valeur de référence (cela ne préjuge en rien de la qualité de la mesure).
- Dans le cas contraire, on peut :

– mettre en doute la valeur de référence ;

– mettre en doute le mode opératoire et chercher les erreurs de manipulation ou les approximations faites dans la démarche.

Mesures et incertitudes – Applications

Fiche 62

Physique-Chimie

EXERCICE TYPE CORRIGÉ

On souhaite vérifier la valeur $C = 400$ F indiquée sur un supercondensateur.
Il est possible de déterminer la valeur de la capacité C d'un supercondensateur à partir de la détermination expérimentale du temps caractéristique du dipôle RC réalisé avec le supercondensateur étudié.
À l'aide d'un microcontrôleur et d'un programme en python, on peut reproduire l'expérience un grand nombre de fois pour affiner la détermination du temps caractéristique $\tau = R \times C$.
Après 10 exécutions successives du programme, on obtient, pour le temps caractéristique τ , la série de valeurs suivantes exprimées en ms.

811,614	818,076	810,301	810,495	818,526
812,067	811,327	813,109	817,838	819,474

1. À l'aide du mode statistique de la calculatrice, déterminer la moyenne $\overline{\tau}$ et l'écart-type σ associés à la série de mesures. Commenter.

2. Écrire de manière appropriée le résultat de la mesure du temps caractéristique avec son incertitude-type.

3. L'incertitude-type sur la valeur de la capacité C du supercondensateur se déduit des mesures de la résistance et du temps caractéristique moyen par la relation : $u(C) = C \times \sqrt{\left(\frac{u(R)}{R}\right)^2 + \left(\frac{u(\overline{\tau})}{\overline{\tau}}\right)^2}$ avec $R = (2{,}0 \pm 0{,}1)\ \Omega$

Déterminer la valeur de la capacité C du supercondensateur ainsi que son incertitude-type.

4. Comparer la valeur de la capacité C mesurée expérimentalement avec la valeur de référence donnée par le constructeur.

Notes

Corrigé

1. La moyenne $\overline{\tau}$ de la série de mesures est $\overline{\tau} = 814{,}2827$ s.
La calculatrice donne 3,7156 pour le calcul de l'écart-type σ .
En comparant, on constate qu'il y a une faible dispersion des valeurs.

2. $u(\tau) = \frac{\sigma}{\sqrt{N}} = \frac{3{,}7156}{\sqrt{10}} = 1{,}175 \text{ s} \approx 2 \text{ s}$ ainsi, $\overline{\tau} = (814 \pm 2)$s

3. $\tau = R \times C \Leftrightarrow C = \frac{\tau}{R} = \frac{814}{2{,}0} = 407$F

$$u(C) = 407\text{F} \times \sqrt{\left(\frac{0{,}1}{2{,}0}\right)^2 + \left(\frac{2}{814}\right)^2} = 20{,}37 \approx 21\text{F}$$

4. Calculons l'écart normalisé : $\frac{|C_{ref} - C|}{u(C)} = \frac{|400 - 407|}{21} = 0{,}33 < 2$

Le résultat de la mesure est en accord avec l'indication du fabricant.

Notes

EXERCICE TYPE CORRIGÉ

Dans le cadre d'un contrôle qualité, un technicien de laboratoire a procédé au titrage d'une prise d'essai $V_A = 10$ mL d'une solution à l'aide d'une pipette jaugée de tolérance 0,02 mL.

La solution titrante utilisée a une concentration en quantité de matière $C_B = 0,1$ mol.L^{-1} avec une incertitude-type de 0,002 mol.L^{-1}.

Le volume versé à l'équivalence est $V_E = 14$ mL avec une incertitude-type de 0,1 mL.

L'exploitation du titrage conduit au résultat $C_{exp} = 0,140$ mol.L^{-1} (résultat non arrondi).

1. Exprimer les grandeurs V_A, C_B et V_E sous la forme $G_{mes} \pm u(G)$ avec un nombre de chiffres significatifs appropriés.

2. On admet que : $u(C_{exp}) = \sqrt{\left(\dfrac{u(V_A)}{V_A}\right)^2 + \left(\dfrac{u(C_B)}{C_B}\right)^2 + \left(\dfrac{u(V_E)}{V_E}\right)^2}$

En déduire l'incertitude-type $u(C_{exp})$.

3. Exprimer le résultat du titrage C_{exp} sous la forme $G_{mes} \pm u(G)$.

4. Expliquer si le résultat du titrage est en accord avec la valeur de 0,15 mol.L^{-1} indiquée par le fabriquant. Conclure.

Corrigé

1. En approximant la tolérance à l'incertitude-type : $V_A = (10,00 \pm 0,02)$mL ; $C_B = (0,100 \pm 0,002)$mol.L^{-1} ; $V_E = (14,0 \pm 0,1)$mL

2. $u(C_{exp}) = 0,140\text{mol.L}^{-1} \times \sqrt{\left(\dfrac{0,02}{10,00}\right)^2 + \left(\dfrac{0,002}{0,100}\right)^2 + \left(\dfrac{0,1}{14,0}\right)^2}$

$= 2,99 \times 10^{-3}\text{mol.L}^{-1} \approx 3 \times 10^{-3}\text{mol.L}^{-1}$

3. $C_{exp} = (0,140 \pm 0,003)$mol.L^{-1} ou $C_{exp} = (140 \pm 3) \times 10^{-3}$ mol.L^{-1}

4. Calculons l'écart normalisé : $\dfrac{|C_{ref} - C_{exp}|}{u(C_{exp})} = \dfrac{|0,15 - 0,140|}{0,003} = 3,3 > 2$

Le résultat du titrage n'est pas en accord avec l'indication du fabricant.

Vu qu'il s'agit d'un contrôle qualité réalisé par un technicien, il est probable qu'il y ait un problème au niveau de la fabrication de la solution.

Classification périodique

Nombre de masse de l'isotope le plus abondant → A
Numéro atomique → Z
Symbole de l'élément → X
Nom
Masse molaire g.mol^{-1} → M

Alcalins (sauf H) – Halogènes – Gaz rares

1	$^{1}_{1}$H Hydrogène 1,0																	$^{4}_{2}$He Hélium 4,0
2	$^{7}_{3}$Li Lithium 6,9	$^{9}_{4}$Be Béryllium 9,0											$^{11}_{5}$B Bore 10,8	$^{12}_{6}$C Carbone 12,0	$^{14}_{7}$N Azote 14,0	$^{16}_{8}$O Oxygène 16,0	$^{19}_{9}$F Fluor 19,0	$^{20}_{10}$Ne Néon 20,2
3	$^{23}_{11}$Na Sodium 23,0	$^{24}_{12}$Mg Magnésium 24,3											$^{27}_{13}$Al Aluminium 27,0	$^{28}_{14}$Si Silicium 28,1	$^{31}_{15}$P Phosphore 31,0	$^{32}_{16}$S Soufre 32,1	$^{35}_{17}$Cl Chlore 35,5	$^{40}_{18}$Ar Argon 39,9
4	$^{39}_{19}$K Potassium 39,1	$^{40}_{20}$Ca Calcium 40,1	$^{45}_{21}$Sc Scandium 45,0	$^{48}_{22}$Ti Titane 47,9	$^{51}_{23}$V Vanadium 50,9	$^{52}_{24}$Cr Chrome 52,0	$^{55}_{25}$Mn Manganèse 54,9	$^{56}_{26}$Fe Fer 55,8	$^{59}_{27}$Co Cobalt 58,9	$^{58}_{28}$Ni Nickel 58,7	$^{63}_{29}$Cu Cuivre 63,5	$^{64}_{30}$Zn Zinc 65,4	$^{69}_{31}$Ga Gallium 69,7	$^{74}_{32}$Ge Germanium 72,6	$^{75}_{33}$As Arsenic 74,9	$^{80}_{34}$Se Sélénium 79,0	$^{79}_{35}$Br Brome 79,9	$^{84}_{36}$Kr Krypton 83,8
5	$^{85}_{37}$Rb Rubidium 85,5	$^{88}_{38}$Sr Strontium 87,6	$^{89}_{39}$Y Yttrium 88,9	$^{90}_{40}$Zr Zirconium 91,2	$^{93}_{41}$Nb Niobium 92,9	$^{98}_{42}$Mo Molybdène 95,9	$^{98}_{43}$Tc Technétium 98	$^{102}_{44}$Ru Ruthénium 101,1	$^{103}_{45}$Rh Rhodium 102,9	$^{106}_{46}$Pd Palladium 106,4	$^{107}_{47}$Ag Argent 107,9	$^{114}_{48}$Cd Cadmium 112,4	$^{115}_{49}$In Indium 114,8	$^{120}_{50}$Sn Etain 118,7	$^{121}_{51}$Sb Antimoine 121,7	$^{130}_{52}$Te Tellure 127,6	$^{127}_{53}$I Iode 126,9	$^{129}_{54}$Xe Xénon 131,3
6	$^{133}_{55}$Cs Césium 132,9	$^{138}_{56}$Ba Baryum 137,3		$^{180}_{72}$Hf Hafnium 178,9	$^{181}_{73}$Ta Tantale 180,9	$^{184}_{74}$W Tungstène 183,9	$^{187}_{75}$Re Rhénium 186,2	$^{192}_{76}$Os Osmium 190,2	$^{193}_{77}$Ir Iridium 192,2	$^{195}_{78}$Pt Platine 195,1	$^{197}_{79}$Au Or 197,0	$^{202}_{80}$Hg Mercure 200,6	$^{205}_{81}$Tl Thallium 204,4	$^{208}_{82}$Pb Plomb 207,2	$^{209}_{83}$Bi Bismuth 209,0	$^{210}_{84}$Po Polonium 209	$^{210}_{85}$At Astate 210	$^{222}_{86}$Rn Radon 222
7	$^{223}_{87}$Fr Francium 223	$^{226}_{88}$Ra Radium 226		$^{261}_{104}$Rf Rutherfordium 261	$^{262}_{105}$Ha Hahnium 262	$_{106}$Sg Seaborgium 266	$_{107}$Ns Nielsbohrium 264	$_{108}$Hs Hassium 269	$_{109}$Mt Meitnerium 268	$_{110}$Uun Ununnilium 269	$_{111}$Uuu Unununium 272	$_{112}$Uub Ununbium 277						

$^{139}_{57}$La Lanthane 138,9	$^{140}_{58}$Ce Cérium 140,1	$^{141}_{59}$Pr Praséodyme 140,9	$^{142}_{60}$Nb Néodyme 144,2	$^{146}_{61}$Pm Prométhium 145	$^{152}_{62}$Sm Samarium 150,4	$^{153}_{63}$Eu Europium 152,0	$^{158}_{64}$Gd Gadolinium 157,2	$^{159}_{65}$Tb Terbium 158,9	$^{164}_{66}$Dy Dysprosium 162,5	$^{165}_{67}$Ho Holmium 164,9	$^{166}_{68}$Er Erbium 167,3	$^{169}_{69}$Tm Thulium 168,9	$^{174}_{70}$Yb Ytterbium 173,0	$^{175}_{71}$Lu Lutétium 175,0
$^{227}_{90}$Ac Actinium 227	$^{232}_{90}$Th Thorium 232,0	$^{231}_{91}$Pa Protactinium 231,0	$^{238}_{92}$U Uranium 238,0	$^{237}_{93}$Np Neptunium 237	$^{244}_{94}$Pu Plutonium 244	$^{243}_{95}$Am Américium 243	$^{247}_{96}$Cm Curium 247	$^{247}_{97}$Bk Berkélium 247	$^{251}_{98}$Cf Californium 251	$^{254}_{99}$Es Einsteinium 252	$^{257}_{100}$Fm Fermium 257	$^{258}_{101}$Md Mendélévium 258	$^{259}_{102}$No Nobélium 259	$^{260}_{103}$Lw Lawrencium 262

Notes

Grandeurs physiques

Dans le système international (SI), il existe 7 unités de base (les 7 premières du tableau, celles sur fond jaune) et toutes les autres unités rattachées au SI peuvent être exprimées à l'aide de ces unités de base.

Grandeur	Symbole des grandeurs	Unité	Symbole des unités	Système international
longueur	*D*, *d*, *L*, *R*, λ…	mètre	m	
masse	*m*	kilogramme	kg	
temps	t, Δt	seconde	s	
température	*T* ou θ	kelvin	K	
intensité	*I* ou *i*	ampère	A	
quantité de matière	*n*	mole	mol	
intensité lumineuse	*I* ou I_v	candela	cd	
activité radioactive)	*A*	becquerel	Bq	s^{-1}
capacité électrique	*C*	farad	F	$kg^{-1}.m^{-2}.s^4.A^2$
champ magnétique	*B*	tesla	T	$kg.s^{-2}.A^{-1}$
charge électrique et quantité d'électricité	*Q* ou *q*	coulomb	C	A.s
conductance électrique	*G*	siemens	S	$kg^{-1}.m^{-2}.s^3.A^2$
force	*F*	newton	N	$kg.m.s^{-2}$
force électromotrice et tension électrique	*E* et *U* ou *u*	volt	V	$kg.m^2.s^{-3}.A^{-1}$
fréquence	*f*, *N* ou ν	hertz	Hz	s^{-1}
inductance	*L*	henry	H	$kg.m^2.s^{-2}.A^{-2}$
pression	*P*	pascal	Pa	$kg.m^{-1}.s^{-2}$
puissance et flux thermique	*P*, Φ	watt	W	$kg.m^2.s^{-3}$
résistance	*R*	ohm	Ω	$kg.m^2.s^{-3}.A^{-2}$
travail, énergie et quantité de chaleur	*W*, *E* et *Q*	joule	J	$kg.m^2.s^{-2}$

pKa de couples acide/base à 25 °c

Couple acide/base	pKa
eau / ion hydroxyde H_2O / HO^-	14,0
ion diméthylammonium / *N*-méthylméthanamine $(CH_3)_2NH_2^+$ / $(CH_3)_2NH_2$	11,0
ion méthylammonium / méthanamine $CH_3NH_3^+$ / CH_3NH_2	10,7
ion hydrogénocarbonate / ion carbonate HCO_3^- / CO_3^{2}	10,3
ion ammonium / ammoniac NH_4^+ / NH_3	9,20
acide hypochloreux / ion hypochlorite $HC\ell O$ / $C\ell O^-$	7,30
dioxyde de carbone / ion hydrogénocarbonate CO_2, H_2O / HCO_3^-	6,35
acide éthanoïque / ion éthanoate CH_3CO_2H / $CH_3CO_2^-$	4,75
ion anilinium / aniline $C_6H_5NH_3^+$ / $C_6H_5NH_2$	4,62
acide benzoïque / ion benzoate $C_6H_5CO_2H$ / $C_6HCO_2^-$	4,20
acide méthanoïque / ion méthanoate HCO_2H / HCO_2^-	3,75
ion hydrogénosulfate / ion sulfate HSO_4^- / SO_4^{2-}	1,90
ion oxonium / eau H_3O^+ / H_2O	0

Conductivités molaires ioniques à 25 °c

Ion	λ ($mS.m^2.mol^{-1}$)
ion sodium Na^+	5,01
ion argent Ag^+	6,19
ion potassium K^+	7,35
ion calcium Ca^{2+}	11,90
ion oxonium H_3O^+	35,0
ion éthanoate $CH_3CO_2^-$	4,09
ion permanganate MnO_4^-	6,10
ion nitrate NO_3^-	7,14
ion chlorure $C\ell^-$	7,63
ion sulfate SO_4^{2-}	16,0
ion hydroxyde HO^-	19,9

Notes

Notes

Couples oxydant-réducteur

Oxydant	Réducteur
Ion peroxodisulfate $S_2O_8^{2-}$	SO_4^{2-} ion sulfate
Peroxyde d'hydrogène H_2O_2	H_2O eau
Ion permanganate MnO_4^-	Mn^{2+} ion manganèse
Ion or Au^{3+}	Au métal or
Dichlore $C\ell_2$	$C\ell^-$ ion chlorure
Ion dichromate $Cr_2O_7^{2-}$	Cr^{3+} ion chrome (III)
Dioxygène O_2	H_2O eau
Ion nitrate NO_3^-	NO_2^- ion nitrite
Ion nitrate NO_3^-	NO monoxyde d'azote
Ion argent Ag^+	Ag métal argent
Ion fer (III) Fe^{3+}	Fe^{2+} ion fer (II)
Dioxygène O_2	H_2O_2 peroxyde d'hydrogène
Diode I_2	I^- ion iodure
Ion cuivre (II) Cu^{2+}	Cu métal cuivre
Ion sulfate SO_4^{2-}	SO_2 dioxyde de soufre
Ion tétrathionate $S_4O_6^{2-}$	$S_2O_3^{2-}$ ion thiosulfate
Ion hydrogène H^+	H_2 dihydrogène
Ion plomb Pb^{2+}	Pb métal plomb
Ion étain Sn^{2+}	Sn métal étain
Ion nickel Ni^{2+}	Ni métal nickel
Ion fer (II) Fe^{2+}	Fe métal fer
Ion zinc Zn^{2+}	Zn métal zinc
Ion aluminium $A\ell^{3+}$	$A\ell$ métal aluminium
Ion Cerium (IV) Ce^{4+}	Ce^{3+} ion cerium (III)
Ion perchlorate $C\ell O_4^-$	$C\ell^-$ ion chlorure
Acide hypochloreux $HC\ell O$	$C\ell_2$ dichlore
Heptoxyde de dichlore $C\ell_2O_7$	$C\ell O_2^-$ ion chlorite
Ion sulfite SO_3^{2-}	$S_2O_4^{2-}$ ion dithionithe

Sciences de la Vie et de la Terre

Notes

Sommaire

La reconstitution de l'histoire géologique de la Terre

L'organisation des plantes à fleurs

La production de matière organique par les plantes

La reproduction des plantes à fleurs

La domestication des plantes

La compréhension des variations climatiques du passé

SVT

Notes

Notes

Le réchauffement climatique

La réalisation d'un mouvement réflexe

La réalisation d'un mouvement volontaire

La contraction musculaire

L'origine de l'énergie nécessaire à la contraction musculaire

Le contrôle des flux de glucose

Le stress aigu

Le stress chronique

Définition de l'épreuve

Épreuve écrite	3 h 30
Épreuve pratique	1 heure
Coefficient	16

L'épreuve comporte **deux parties** : une **partie écrite**, comptant pour 15 points et une **partie pratique** avec évaluation des compétences expérimentales, comptant pour 5 points. La note globale de l'épreuve est donnée sur 20 points.

1 L'épreuve écrite

- L'épreuve est constituée de **deux exercices**.
- **Exercice 1** (noté sur 6 ou 7 points) : le candidat rédige un **texte argumenté** répondant à la question scientifique posée. Le questionnement peut être accompagné d'un ou plusieurs documents. L'exercice permet :
  - de mobiliser des connaissances,
  - les organiser,
  - les exposer avec le vocabulaire scientifique approprié.

Le candidat argumente ses propos à partir d'expériences, d'observations et d'exemples éventuellement issus du ou des documents proposés. Le candidat peut être amené à mobiliser et mettre en relation des connaissances issues de différents chapitres.
- **Exercice 2** (noté sur 8 ou 9 points) : le candidat doit développer un raisonnement scientifique pour **résoudre un problème** posé.

Le questionnement amène le candidat à :
  - choisir une démarche de résolution ;
  - l'exposer ;
  - analyser les documents fournis et établir des liens entre eux ;
  - structurer et rédiger correctement son raisonnement.

2 L'épreuve pratique

- L'évaluation des compétences expérimentales se déroule **au cours du troisième trimestre** pendant la période de l'épreuve écrite de spécialité.
- Le calcul de la note se fait sur 20 points ramenée à une note sur **5 points** pour compléter la note de l'épreuve écrite sur 15.
- Le candidat **tire un sujet au sort**.
- Le candidat doit apporter une réponse à une situation problème en mettant en œuvre un protocole, puis en communiquant et en exploitant ses résultats.
- Selon les sujets, le candidat doit proposer une stratégie en début d'épreuve ou pour la conclusion finale.

3 L'épreuve orale de rattrapage

Durée	20 minutes
Préparation	20 minutes

Le candidat tire au sort un sujet comportant deux questions, portant sur deux thématiques différentes de l'ensemble du programme et doit traiter les deux questions.

Notes

Méthodologie de l'épreuve

1 Méthodologie pour l'épreuve écrite

Exercice 1 : Maîtrise des connaissances

■ Le travail préalable au brouillon

Un travail préalable au brouillon est nécessaire pour cerner le sujet. Il est conseillé :

- de lire attentivement le sujet et de surligner et définir les mots-clés
- de lister et organiser les connaissances en rapport avec le sujet
- d'identifier les limites du sujet pour éviter de rédiger des paragraphes hors-sujet
- de réfléchir au(x) schéma(s) pouvant être réalisé(s)

■ La rédaction de la réponse

La réponse doit être structurée et organisée.

– L'introduction ne doit pas être négligée car elle permet de montrer la logique du raisonnement.

Elle doit comporter :

- une accroche pour amener le sujet et justifier que l'on s'y intéresse : il ne faut pas y passer trop de temps et ne pas hésiter à s'inspirer de l'accroche du sujet
- la définition de termes clés du sujet.
- la problématique à laquelle on va répondre
- l'annonce du plan : cela permet de montrer la logique de la démarche de résolution du problème. La structure de l'énoncé suggère parfois une organisation de la réponse.

– Le développement est structuré en différents paragraphes dont chacun développe un aspect du sujet de manière cohérente et argumentée.

• L'argumentation doit s'appuyer sur des connaissances acquises, des expériences, des observations, des exemples éventuellement issus du ou des documents proposés dans le sujet.

• Des schémas doivent être éventuellement présents selon les indications de l'énoncé.

• Il est vivement conseillé de faire en sorte que le plan soit apparent (numérotation des paragraphes, titres informatifs et éventuellement des sous-titres).

– La conclusion doit comporter :

- un résumé des grandes idées permettant de répondre à la problématique
- éventuellement une ouverture : il faut montrer en quoi la réponse à ce sujet peut amener à d'autres questions (d'ordre scientifique, social, éthique ...) mais il ne faut pas y passer un temps excessif.

■ La phase de relecture

La phase de relecture est une phase importante. Elle permet de corriger les éventuelles erreurs et de s'assurer qu'aucun élément important n'a été omis : il est donc conseillé de relire attentivement le sujet à plusieurs reprises au cours de la rédaction et avant la phase finale de relecture.

Les conseils pour réaliser un schéma en SVT :

Un schéma doit :
- être assez grand : une demi-page voire une page entière. Pour les très grands schémas, on peut même envisager l'intérieur d'une copie double ;
- être en couleurs ; être soigné ; être légendé ;
- posséder une échelle dès que cela est possible (notamment en Sciences de la Terre) ;
- comporter un titre.

Attention, il ne s'agit pas toujours de restituer un schéma complet issu du cours et appris par cœur : il faut bien souvent adapter son schéma au sujet.

Exercice 2 : Pratique du raisonnement scientifique

Le travail préalable au brouillon

Un travail préalable au brouillon est nécessaire pour cerner le sujet.
Il est conseillé :
- de lire attentivement le sujet et de définir les mots-clés.
- d'identifier dans les documents les différents éléments importants pour construire la réponse et de les ordonner.
- de lister les connaissances nécessaires à l'analyse des documents.

La rédaction de la réponse

La réponse doit être structurée et organisée :
– L'introduction ne doit pas être négligée car elle permet de montrer la logique du raisonnement.
Elle doit comporter :
- une présentation brève du sujet et justifier que l'on s'y intéresse
- la problématique à laquelle on va répondre
- l'annonce éventuelle du plan : la structure de l'énoncé suggère parfois une organisation de la réponse.

– Le développement est structuré en différents paragraphes dont chacun développe un aspect du sujet de manière cohérente et argumentée.
L'argumentation doit s'appuyer sur l'analyse correcte des documents dans l'ordre choisi par le candidat.
Il est important de faire des liens entre les documents et entre les documents et les connaissances dans le but de répondre correctement à la question posée.
Il est possible de faire un plan apparent (numérotation des paragraphes, titres informatifs et éventuellement des sous-titres).
– La conclusion doit comporter :
- un résumé des grandes idées permettant de répondre à la problématique
- éventuellement une ouverture : il faut montrer en quoi la réponse à ce sujet peut amener à d'autres questions (d'ordre scientifique, social, éthique …) mais il ne faut pas passer trop de temps sur cela !

La phase de relecture

La phase de relecture est une phase importante. Elle permet de corriger les éventuelles erreurs et de s'assurer qu'aucun élément important n'a été omis : il est conseillé de relire attentivement le sujet à plusieurs reprises au cours de la rédaction et avant la phase finale de relecture.

Notes

Notes

Les conseils pour analyser un document ou une expérience en SVT :

L'analyse d'un document ou d'une expérience doit comporter :
- des observations, c'est-à-dire « ce que j'observe » : valeurs chiffrées, comparaison au témoin... ;
- des apports de connaissances, c'est-à-dire « ce que je sais » : il s'agit d'apporter les connaissances ou éléments nécessaires à la compréhension et à l'interprétation des observations ;
- une conclusion, c'est-à-dire « ce que je déduis » de la mise en relation de mes connaissances avec l'apport du ou des documents pour répondre au problème posé : il est important de bien faire le lien avec le sujet dans la conclusion de l'analyse.

Il ne faut pas chercher à « tout dire » sur un document : contentez-vous d'extraire les informations pertinentes en lien avec le sujet.
Un même document peut être exploité dans différentes parties de la copie, selon le plan choisi et les diverses informations qu'il apporte.

2 Méthodologie pour l'épreuve pratique

Avant l'épreuve pratique

Même s'il y a peu de chance de tomber sur un sujet identique à une séance de l'année, faites une liste des différents TP effectués, en y ajoutant les notions essentielles, les compétences travaillées, le matériel et les logiciels utilisés. Mettez l'accent sur la démarche, la stratégie, la façon de communiquer et d'interpréter les résultats. Demandez-vous toujours pourquoi une expérience a été réalisée, dans quel contexte et dans quel but, à partir de quelle hypothèse pour répondre à quelle question scientifique.

Lors de l'épreuve

– Lorsque le candidat est amené à proposer une stratégie (selon les sujets, en début d'épreuve ou avant la conclusion finale), il la présente à l'oral, en précisant le problème, le principe de la méthode utile pour répondre (expérience, mesure, outils, etc.) et les résultats attendus.
– La mise en œuvre du protocole : le candidat doit réaliser la manipulation en suivant le protocole fourni. Il doit être vigilant aux consignes de sécurité éventuelles.
– La présentation et l'exploitation des résultats : le candidat doit présenter ses résultats dans le sens du problème à traiter. La forme est libre, mais doit être la plus adaptée dans le but de mettre en lumière les informations pertinentes pour répondre au problème posé. Le candidat doit enfin analyser ses résultats pour amorcer une réponse au problème posé.
– La conclusion finale : à l'aide de ses résultats et d'éventuelles ressources complémentaires fournies, le candidat rédige une conclusion finale répondant au problème posé avec un sens critique.

Stabilité et diversité génétiques permises par la mitose

Fiche 1

SVT

Notes

La mitose est une reproduction conforme qui permet de multiplier et renouveler les cellules. Les dommages subis par l'ADN, tout comme les erreurs au cours de sa réplication ou lors des divisions, peuvent être transmis à la descendance de la cellule.

1 Mitose et stabilité génétique des cellules

■ À partir d'une cellule, la succession de mitoses produit un clone, c'est-à-dire un ensemble de cellules, toutes génétiquement identiques.

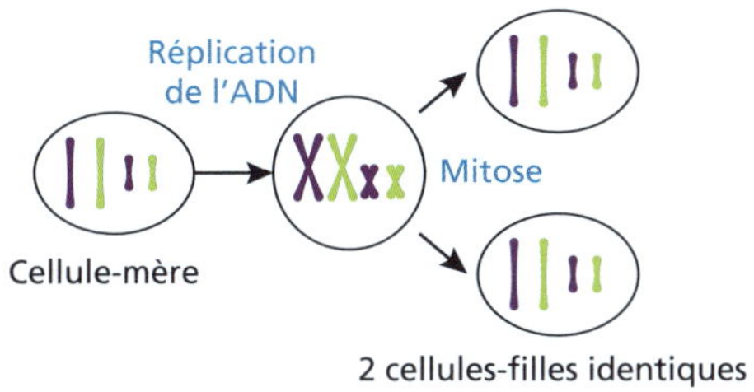

La mitose est une reproduction conforme des cellules.

2 La diversité génétique au sein des clones

■ Avant chaque division cellulaire, des erreurs de réplication peuvent survenir, malgré l'existence de mécanismes de vérification et de réparation de l'ADN. Une cellule dans laquelle apparaît une mutation la transmet ensuite à toute sa descendance par mitoses.

■ Ainsi, toutes les cellules d'un clone sont identiques… aux mutations près ! Celles-ci ne sont pas rares, on peut considérer que chaque division s'accompagne d'au moins une mutation, mais elles ne sont pas toutes suivies de conséquences.

■ Cependant, lorsqu'une cellule subit une mutation dans un gène impliqué dans le contrôle des divisions cellulaires, cette cellule peut être à l'origine d'une tumeur. L'accumulation de ce type de mutations dans les sous-clones successifs peut conduire à l'apparition d'un cancer.

Notes

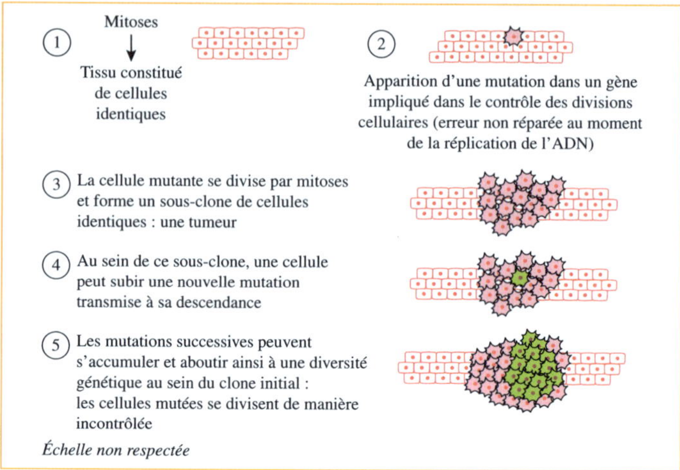

Les mutations expliquent la diversité génétique au sein des clones de cellules.

■ Des cassures des deux brins de l'ADN peuvent entraîner la perte d'un fragment de chromosome et donc de gènes dans une cellule. Ces accidents génétiques sont irréversibles : toutes les cellules du sous-clone seront affectées.

■ Toutes les erreurs affectant l'ADN ne sont pas néfastes. Les mutations (insertion, délétion, substitution) sont des variations de la séquence d'un gène qui peuvent également conduire à l'existence de nouveaux allèles. Les mutations contribuent à la diversité génétique au sein d'une espèce, à condition d'affecter des cellules de la lignée germinale, à l'origine des gamètes.

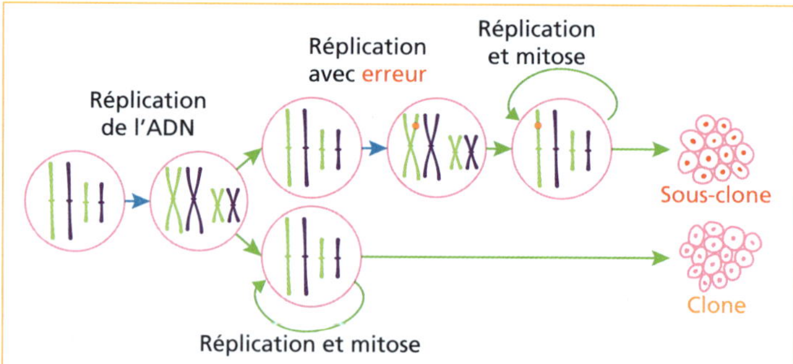

Mitose et diversité clonale.
Une variation génétique est transmissible à la descendance de l'individu si elle affecte une cellule de la lignée germinale.

Stabilité et diversité génétiques permises par la méiose

Fiche 2

SVT

Notes

Au cours de la reproduction sexuée chez les espèces diploïdes, les gamètes haploïdes sont produits grâce à la méiose. Les dommages subis par l'ADN, tout comme les erreurs au cours de sa réplication ou lors des divisions, peuvent ainsi être transmis à la descendance de l'individu.

1 La stabilité du caryotype de génération en génération

■ Chez les espèces diploïdes, la méiose mène à la production des gamètes. Elle conduit à la formation de quatre cellules haploïdes, qui ne contiennent plus que la moitié des chromosomes de la cellule diploïde initiale (un chromosome de chaque paire).

■ La fécondation réunit le génome de deux gamètes haploïdes pour former la première cellule diploïde d'un nouvel individu, appelée zygote.

■ L'alternance entre méiose et fécondation au fil des générations, permet de garantir la stabilité du caryotype, c'est-à-dire le maintien du nombre de chromosomes caractéristique de l'espèce, tout en assurant un brassage génétique.

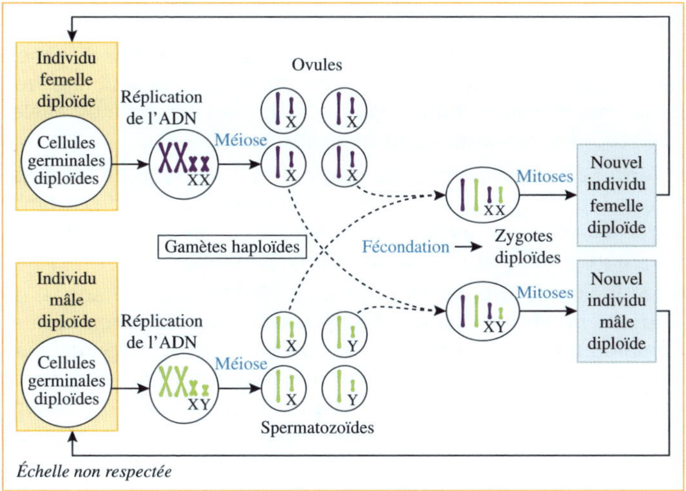

Cycle biologique d'une espèce diploïde.
Deux paires de chromosomes homologues sont représentées, dont la paire de chromosomes sexuels.

Notes

2 La méiose permet de produire une grande diversité de gamètes

■ Pour chaque gène, une cellule diploïde peut posséder :
– deux allèles identiques : elle est alors homozygote pour ce gène;
– deux allèles différents : elle est alors hétérozygote pour ce gène.

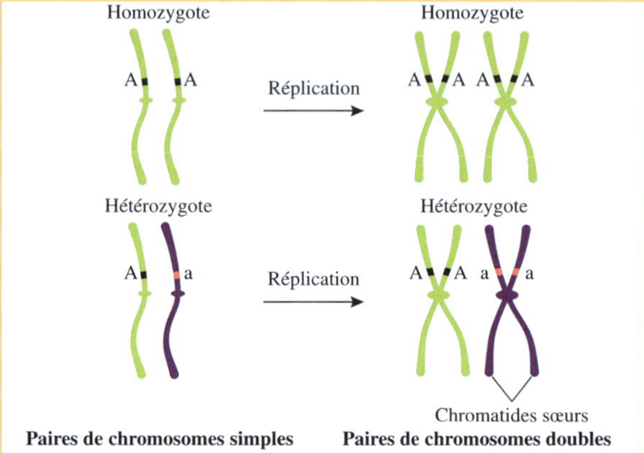

Deux combinaisons alléliques possibles pour un gène situé sur une paire de chromosomes homologues.

■ Les gamètes haploïdes, issus de la méiose, ne possèdent plus qu'un seul allèle pour chaque gène.

■ Le génome d'une espèce comprend un grand nombre de gènes, répartis sur un nombre n de chromosomes. La probabilité que deux chromosomes homologues présentent les mêmes allèles pour tous les gènes qu'ils portent est très faible.

■ Ainsi, le brassage interchromosomique, qui résulte de la migration indépendante et aléatoire des différentes paires de chromosomes au cours de la méiose, permet de former 2^n combinaisons génétiques différentes pour les futurs gamètes.

■ Le brassage intrachromosomique résulte des échanges de portions de chromatides (*crossing-over*) entre les chromosomes homologues d'une même paire au cours de la prophase I de méiose. Le nombre de combinaisons génétiques supplémentaires que ces recombinaisons sont susceptibles de former est d'autant plus élevé que le nombre de gènes à l'état hétérozygote est grand.

■ La fécondation amplifie encore le brassage génétique en réunissant au hasard deux gamètes parmi de très nombreuses possibilités.

Le brassage interchromosomique

Fiche 3

SVT

L'étude de la transmission héréditaire de deux gènes indépendants permet de mettre en évidence le brassage interchromosomique.

1 Une répartition aléatoire des paires de chromosomes

■ Deux gènes indépendants sont portés par deux paires différentes de chromosomes. Ces deux paires se séparent de façon indépendante en anaphase I de méiose. Pour une cellule hétérozygote pour les deux gènes, deux situations sont ainsi possibles, aboutissant à quatre combinaisons d'allèles équiprobables. On parle de brassage interchromosomique.

■ Pour une cellule à *n* paires de chromosomes, la migration indépendante et aléatoire des différentes paires de chromosomes, en anaphase I, permet de former 2^n combinaisons génétiques différentes pour les futurs gamètes formés à l'issue de la méiose.

Notes

Par convention, on écrit les phénotypes entre crochets et les génotypes entre parenthèses.

Si l'on considère deux gènes A *et* B *indépendants (chacun ayant deux allèles, les allèles dominants étant écrits en majuscules), on écrira pour un individu hétérozygote pour les deux gènes :*

Phénotype : [A,B] Génotype : (A//a, B//b)

Dans l'écriture du génotype d'une cellule diploïde, les deux barres représentent les deux chromosomes homologues. Ainsi, on ne mettra qu'une barre pour le génotype d'un gamète haploïde.

Ex :

($\underline{A}$, $\underline{B}$)

Notes

2 Schématiser la méiose pour expliquer le résultat du brassage interchromosomique

Soit une cellule diploïde hétérozygote pour deux gènes indépendants A et B présentant chacun deux allèles (respectivement A et a, B et b).

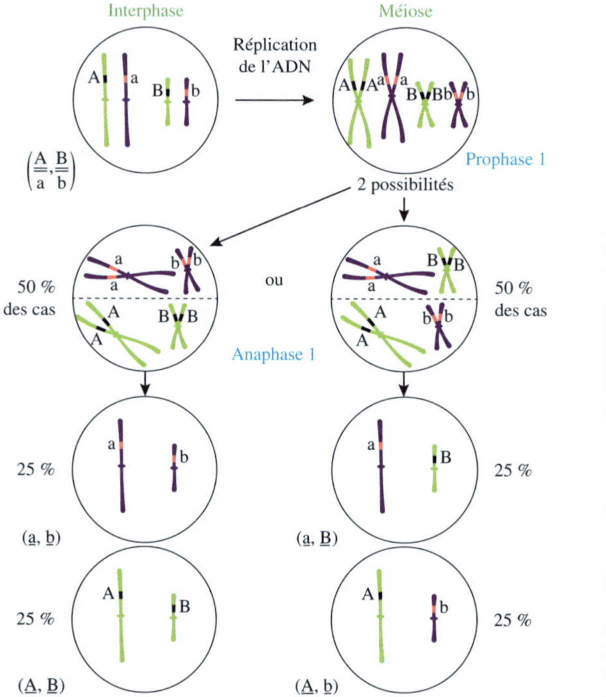

Quatre possibilités équiprobables de combinaisons d'allèles à l'issue de la télophase 2

Échelle non respectée

Déroulement et résultat de la méiose à partir d'une cellule hétérozygote pour deux gènes indépendants.

Le brassage intrachromosomique

Fiche 4

SVT

Notes

L'étude de la transmission héréditaire de deux gènes liés permet de mettre en évidence le brassage intrachromosomique.

1 Des recombinaisons aléatoires

■ Deux gènes liés sont portés par la même paire de chromosomes. La méiose permet également de former quatre combinaisons d'allèles, mais elles ne sont pas équiprobables.

■ Des *crossing-over* peuvent se produire au cours de la prophase I de méiose, lorsque les chromosomes homologues sont appariés et qu'ils peuvent échanger des portions de chromatides. On parle de brassage intrachromosomique.

■ Les gamètes « parentaux » (avec des chromosomes qui portent les mêmes associations d'allèles que l'un des parents) sont plus nombreux, car ils sont produits à la fois au cours des méioses avec et sans *crossing-over* concernant les deux gènes étudiés.

■ Les proportions de gamètes « parentaux » et « recombinés » (avec des chromosomes qui associent des allèles qui ne l'étaient pas chez les parents) dépendent ainsi de la fréquence de *crossing-over* concernant les deux gènes. Le taux de *crossing-over* est variable selon les couples de gènes et leur position respective sur les chromosomes.

Remarque
Si l'on considère deux gènes A et D liés, on écrira par exemple pour un individu hétérozygote pour les deux gènes : phénotype [AD] et génotype (AD//ad). Pour le génotype d'un gamète, on écrira par exemple : (ad).

2 Schématiser la méiose pour expliquer le résultat du brassage intrachromosomique

Soit une cellule diploïde hétérozygote pour deux gènes liés A et D présentant chacun deux allèles (respectivement A et a, D et d).

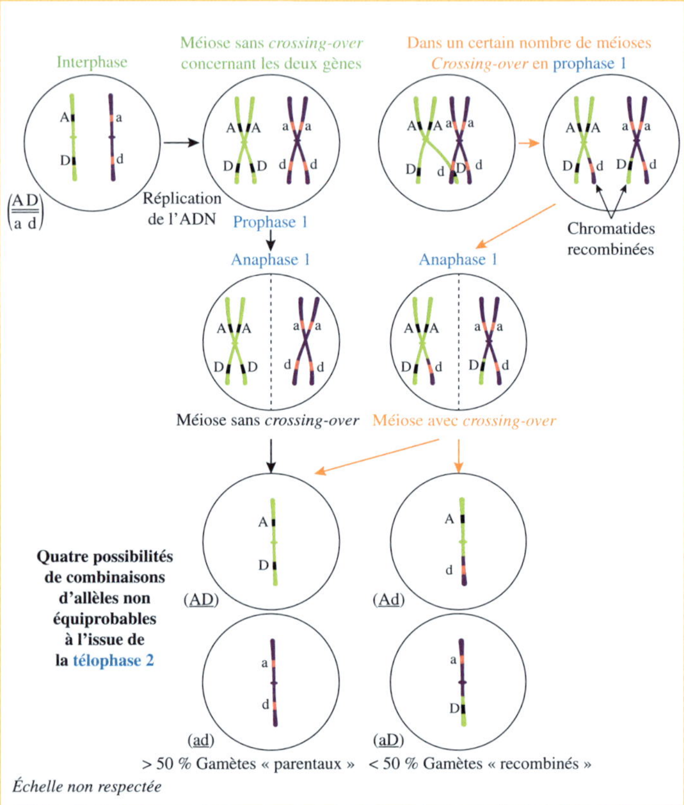

Déroulement et résultat de la méiose à partir d'une cellule hétérozygote pour deux gènes liés.

Principes de base de l'analyse génétique

Notes

La mouche drosophile est une espèce modèle couramment utilisée dans les analyses génétiques.

1 Informations apportées par le croisement de lignées pures

■ Chez une espèce modèle comme la mouche drosophile, le croisement de deux lignées pures, c'est-à-dire homozygotes pour les gènes étudiés, permet d'obtenir une génération « F1 » hétérozygote. L'observation du phénotype de cette génération permet de déterminer les relations de dominance et de récessivité entre les allèles d'un même gène.

On étudie deux caractères chez la drosophile :
- la longueur des ailes : normales ou vestigiales (réduites) ;
- la couleur du corps : clair ou noir.

Dans cette étude, chaque caractère est gouverné par un couple d'allèles. On étudie donc la transmission héréditaire de deux gènes.

Parent 1 (ailes normales et corps clair)

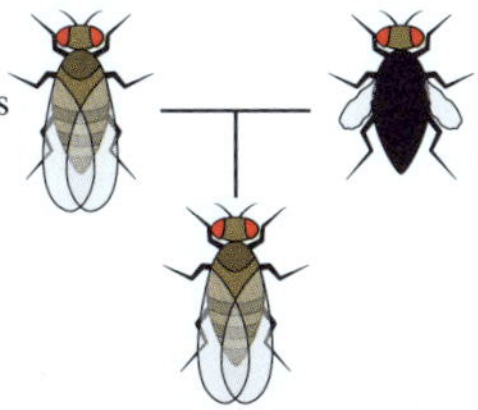

Parent 2 (ailes vestigiales et corps noir)

Génération F1 (ailes normales et corps clair)

Un croisement de lignées pures chez la drosophile.

■ La génération F1, ayant hérité d'un allèle de chacun de ses deux parents pour chaque gène, est homogène : tous les descendants sont hétérozygotes pour les deux gènes considérés.

■ Le phénotype des individus F1 permet de déterminer que :

– l'allèle responsable des ailes normales est dominant, tandis que celui responsable des ailes vestigiales est récessif ;
– l'allèle responsable du corps clair est dominant, tandis que celui responsable du corps noir est récessif.

■ En réalité, chez la drosophile, deux gènes déterminent la couleur du corps : b et eb. Ils sont portés par des chromosomes différents. Une mutation sur l'un de ces gènes au moins entraîne la couleur noire du corps. Les gènes vg et eb sont indépendants, tandis que les gènes vg et b sont liés.

2 Informations apportées par le croisement-test

■ Les croisements-tests sont réalisés entre des individus F1 hétérozygotes et des individus ne portant que les allèles récessifs. Ces croisements permettent de déterminer si deux gènes sont liés ou indépendants. En effet, le phénotype de la descendance d'un croisement-test reflète exactement le génotype des gamètes produits par le parent hétérozygote.

Deux résultats de croisement-test différents

	Cas de 2 gènes indépendants : vg et eb		**Cas de 2 gènes liés : vg et b**	
Phénotypes et génotypes parentaux	F1  Ailes normales et corps clair (vg^+//vg, eb^+//eb)	× Parent 2 (P2) 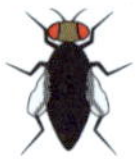 Ailes vestigiales et corps noir (vg//vg, eb//eb)	F1 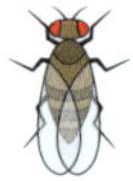 Ailes normales normales et corps clair (vg^+ b^+//vg b)	× Parent 2 (P2)  Ailes vestigiales et corps noir (vg b//vg b)
Type de brassage	Brassage interchromosomique → 4 combinaisons alléliques équiprobables		Brassage intrachromosomique → 4 combinaisons alléliques non équiprobables (selon la fréquence des recombinaisons homologues ou *crossing-over*)	
Échiquier de croisement représentant la fécondation	Gamètes de P2 / Gamètes de F1	100 % (vg/, eb/)	Gamètes de P2 / Gamètes de F1	100 % (vg b/)
	25 % (vg^+/, eb^+/)	25 % (vg^+//vg, eb^+//eb)	> 25 % (vg^+ b^+/)	> 25 % (vg^+ b^+//vg b)
	25 % (vg/, eb/)	25 % (vg//vg, eb//eb)	> 25 % (vg b/)	> 25 % (vg b//vg b)
	25 % (vg^+/, eb/)	25 % (vg^+//vg, eb//eb)	< 25 % (vg^+b/)	< 25 % (vg^+ b//vg b)
	25 % (vg/, eb^+/)	25 % (vg//vg, eb^+//eb)	< 25 % (vg b^+/)	< 25 % (vg b^+//vg b)
Résultat au niveau de la descendance	4 phénotypes équiprobables		4 phénotypes non équiprobables	
	 Ailes normales et corps clair 25 %  Ailes vestigiales et corps noir 25 %	 Ailes normales et corps noir 25 %  Ailes vestigiales et corps clair 25 %	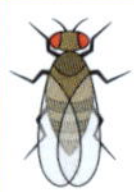 Ailes normales et corps clair  Ailes vestigiales et corps noir > 50 % parentaux	 Ailes normales et corps noir  Ailes vestigiales et corps clair < 50 % recombinés

L'analyse génétique dans l'espèce humaine

Fiche 6

SVT

Notes

Les connaissances en génétique sont appliquées en santé humaine, en particulier dans le cadre de la médecine prédictive.

1 L'étude des arbres généalogiques

■ En génétique humaine, l'étude d'un arbre généalogique permet d'estimer les risques de développer une maladie pour un enfant à naître.

Ex. : L'hémophilie A est due à une anomalie d'un facteur de coagulation du sang, le facteur VIII, expression d'un gène situé sur le chromosome X, et absent du chromosome Y. Cette maladie est dite récessive liée à l'X : elle touche préférentiellement les hommes, car ils n'ont qu'un seul chromosome X.

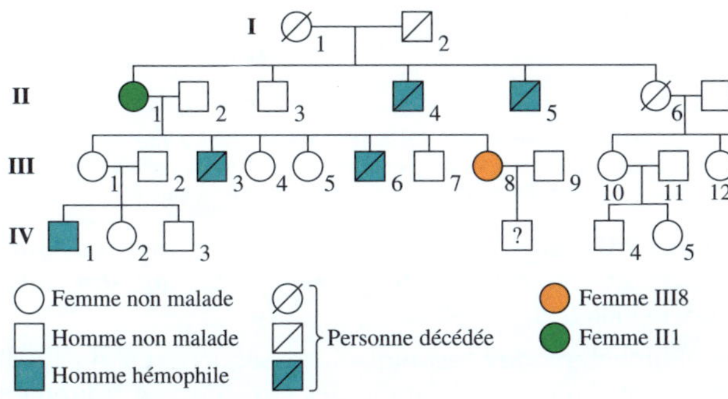

Arbre généalogique d'une famille où s'exprime l'hémophilie A.

Dans cette famille, la femme III8 est enceinte. Deux de ses frères ayant été touchés par l'hémophilie, elle cherche à savoir si son futur enfant est malade. Un caryotype du fœtus a permis de déterminer qu'il s'agissait d'un garçon.

L'individu II1, la mère de la femme III8, était forcément porteuse de la mutation puisqu'elle a eu deux fils malades. Elle a 50 % de risque de l'avoir transmise à sa fille, qui serait alors conductrice de la maladie et aurait elle-même dans ce cas 50 % de risque de la transmettre à son fils. Le fœtus a donc un risque sur quatre d'être atteint.

Notes

2 L'accès direct au génotype

■ Un diagnostic prénatal sûr n'étant pas permis par la seule analyse de l'arbre généalogique, des tests génétiques peuvent être envisagés.

Le gène responsable du facteur VIII présente une grande diversité de mutations ponctuelles. On dispose d'une molécule, appelée sonde, capable de repérer différentes versions du gène en se liant à certaines séquences nucléotidiques spécifiques. Dans cette famille, les allèles 2, 3 et 5 sont présents.

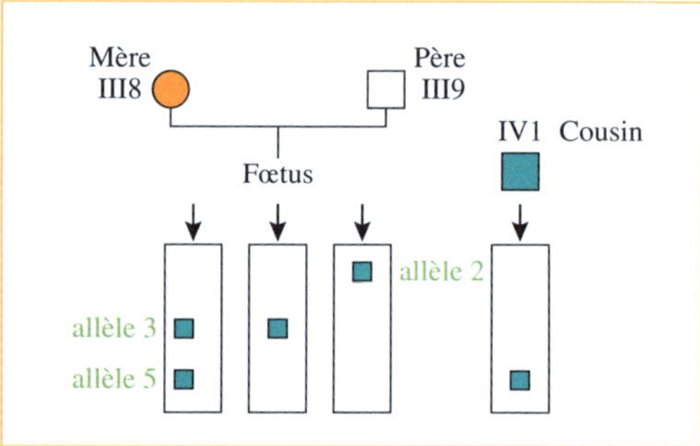

Autoradiogrammes obtenus avec une sonde radioactive
Ils permettent de repérer les différents allèles du gène du facteur VIII, pour les parents III8 et III9, le fœtus et son cousin malade IV1.

L'analyse de l'ADN du chromosome concerné permet d'affirmer que le fœtus est sain, car il porte l'allèle 3, alors que son cousin malade porte l'allèle 5.

■ Le développement des techniques de séquençage de l'ADN donne un accès direct au génotype des individus. Le traitement d'un grand nombre de données, grâce aux progrès de la bioinformatique, permet d'associer des mutations précises à certains phénotypes.

Ex : Dans le cadre de la recherche sur la mucoviscidose, plus de 900 mutations du gène CFTR, en cause dans cette maladie, ont ainsi pu être décrites avec précision et associées à des variations des symptômes des malades. Ces progrès ouvrent la perspective de traitements ciblés selon le génotype du patient.

Crossing over inégal et familles multigéniques

Fiche 7

SVT

Notes

Certaines anomalies de la méiose peuvent contribuer à la diversification des génomes au cours de l'évolution.

1 Origine des duplications géniques

■ Un *crossing-over* inégal lors de la prophase I de méiose peut entraîner une duplication génique, c'est-à-dire le doublement accidentel d'un gène. Si l'une des paires de chromosomes homologues est mal appariée, l'échange de portions de chromatides n'est plus réciproque. Il en résulte la présence en double exemplaire d'une partie de l'information génétique sur l'une des chromatides, et son absence sur l'autre chromatide.

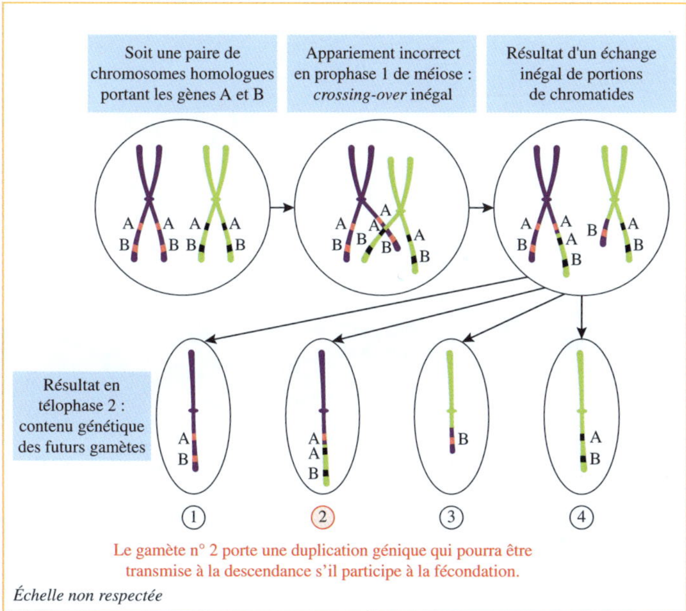

Crossing-over inégal à l'origine d'une duplication génique.

Notes

2 Familles multigéniques et évolution

■ Dans le génome d'une espèce, un ensemble de gènes présentant des séquences ressemblantes forme une famille multigénique.

■ Des *crossing-over* inégaux dans les futurs gamètes pourraient expliquer l'apparition de familles multigéniques au cours de l'évolution. Tous les gènes d'une même famille proviendraient de duplications à partir d'un gène ancestral.

■ Les différentes copies du gène accumulent des mutations au cours du temps, pouvant mener à l'apparition de nouvelles protéines voire de nouvelles fonctions biologiques.

■ La comparaison des séquences des gènes d'une même famille permet de retracer son histoire : le nombre de mutations accumulées est d'autant plus grand que la duplication est ancienne.

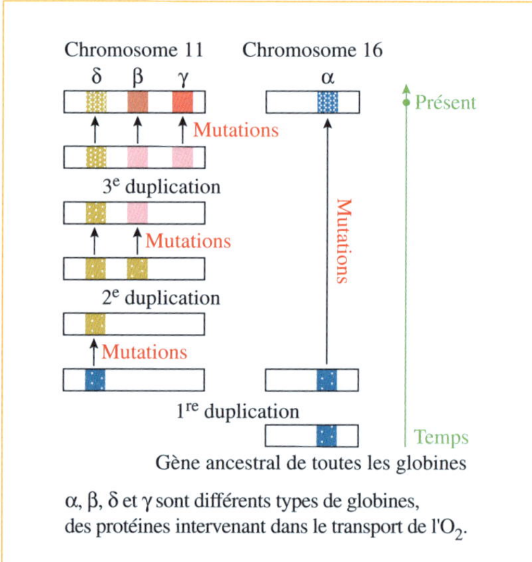

Histoire de la famille multigénique des globines humaines
La première duplication a été suivie d'une transposition sur un autre chromosome.

Les variations du caryotype

Fiche 8

SVT

Le caryotype correspond à l'ensemble des chromosomes des cellules d'un organisme. Le nombre et la structure des chromosomes sont caractéristiques d'une espèce donnée.

1 L'origine des anomalies chromosomiques

■ Dans l'espèce humaine, la plupart des anomalies chromosomiques sont létales et entraînent une interruption de la grossesse. Elles peuvent être liées à des anomalies de la répartition des chromosomes au cours de la méiose.

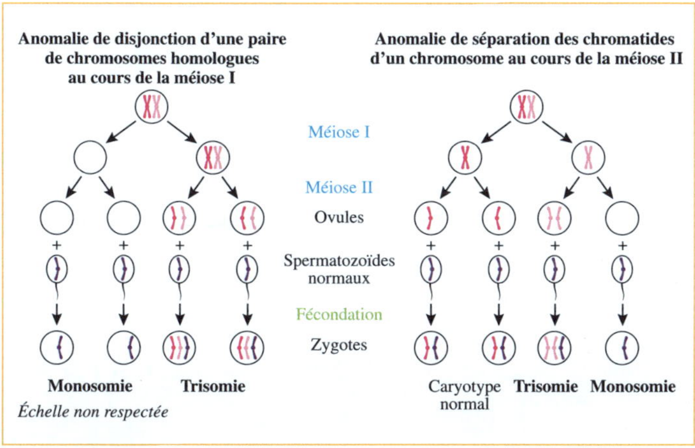

Origines possibles d'une trisomie ou d'une monosomie dans l'espèce humaine : cas d'anomalies au cours de la méiose chez la mère (NB : également possible chez le père).

2 Anomalies chromosomiques et diversification au cours de l'évolution

■ L'apparition et la transmission d'une variation non létale du caryotype, au sein d'une population d'une espèce donnée, peut constituer une barrière à la reproduction et mener à une spéciation, c'est-à-dire à l'apparition d'une nouvelle espèce, sans isolement géographique.

Notes

Notes

■ Chez les végétaux, un doublement accidentel du nombre de chromosomes en raison d'une non-disjonction de ceux-ci au cours de l'une des phases de la méiose, peut conduire à un changement de ploïdie (nombre de lots de chromosomes) et à une spéciation.

■ Ainsi de nombreuses espèces de plantes à fleurs, en particulier des espèces cultivées par l'être humain, sont polyploïdes (le bananier est triploïde car il présente trois lots de chromosomes $3n = 33$, tandis que la pomme de terre est tétraploïde $4n = 48$). Cette variation du caryotype s'accompagne de changements phénotypiques et contribue donc à la diversification du vivant.

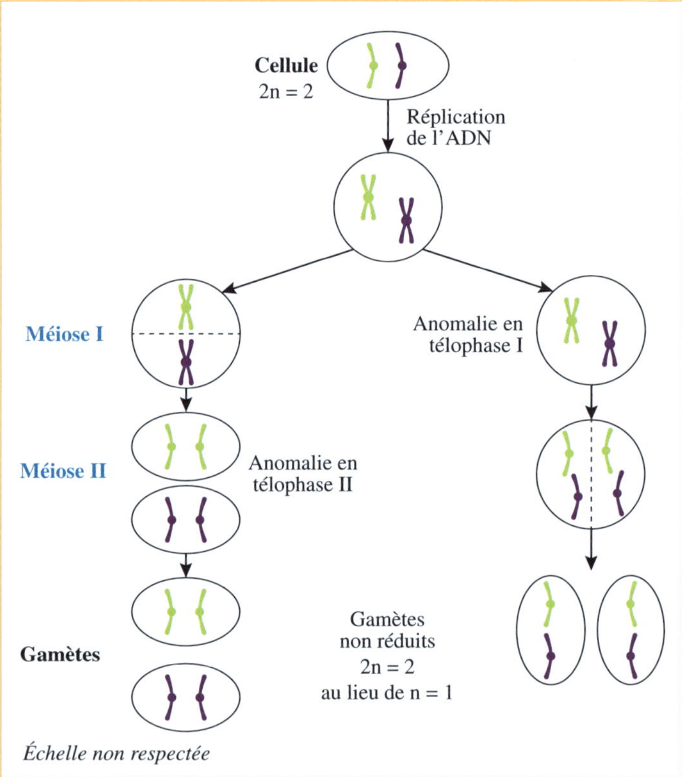

Des erreurs de la méiose à l'origine de la polyploïdisation.

Les mécanismes de transferts horizontaux

Notes

Les transmissions de matériel génétique de génération en génération, au cours de la reproduction, sont qualifiées de transferts verticaux. Par opposition, les échanges de matériel génétique hors de la reproduction sont appelés **transferts horizontaux**.

1 La transformation bactérienne

La **transformation** est le transfert d'ADN étranger à une cellule receveuse. C'est un processus naturel chez les bactéries, qui peut entraîner l'acquisition de nouveaux caractères transmissibles.

Expérience	Interprétation
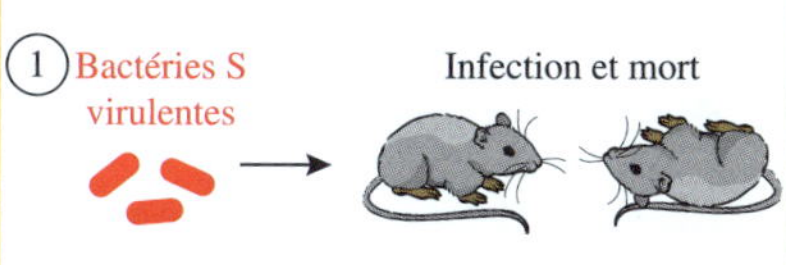	Les bactéries S sont létales pour les souris.
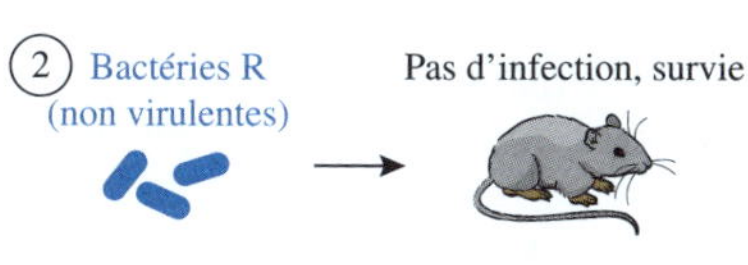	Les bactéries R sont inoffensives pour les souris.
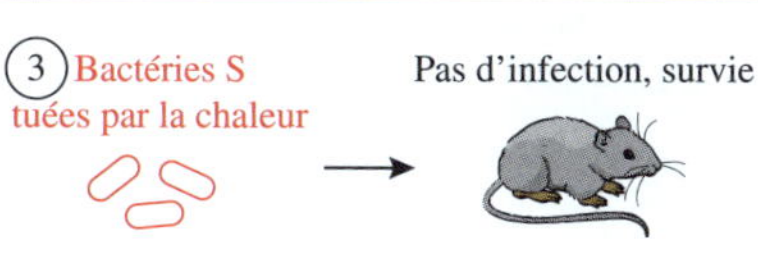	Les bactéries S tuées par la chaleur sont inoffensives pour les souris.
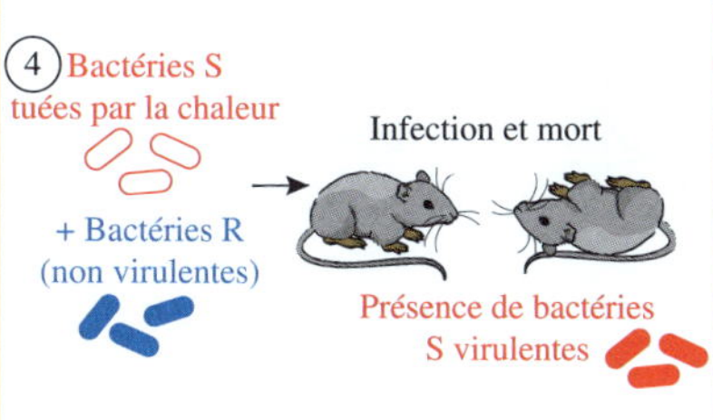	Les bactéries R vivantes ont été « transformées » par un élément provenant des bactéries S tuées. Ainsi les bactéries R sont devenues des bactéries S virulentes.

Échelle non respectée

Expériences de Griffith vers 1928

La transformation bactérienne a été mise en évidence en 1928 par Frederick Griffith. Le "facteur transformant" n'était alors pas identifié. C'est en 1944 qu'Oswald Avery montrera qu'il s'agit d'ADN.

Notes

2 La conjugaison bactérienne

■ La conjugaison est le transfert d'ADN d'une bactérie à une autre par contact direct et formation d'un « pont » cytoplasmique. L'ADN transféré peut être un plasmide, molécule d'ADN circulaire distincte de l'ADN chromosomique. Le plasmide peut comporter, par exemple, des gènes de résistance aux antibiotiques.

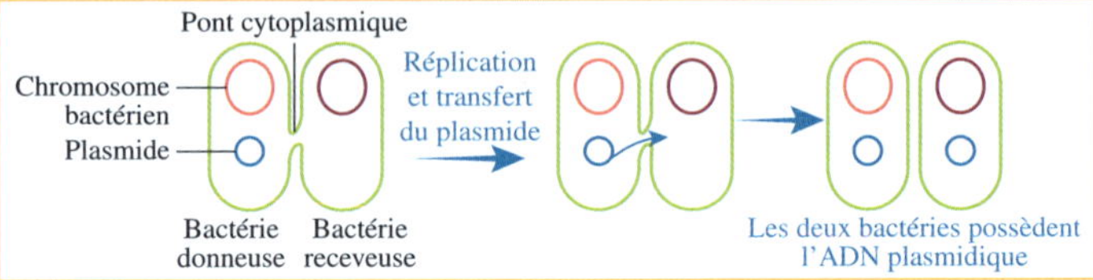

Transfert d'ADN plasmidique entre deux bactéries au cours de la conjugaison.

■ Les bactéries, qui ont fait l'objet de transferts horizontaux de gènes, transmettent ces acquisitions en se divisant. La transmission verticale des caractères héréditaires par l'ADN des plasmides fait partie de l'hérédité cytoplasmique.

3 Applications biotechnologiques de certains transferts horizontaux

■ Certaines bactéries sont capables de transférer de l'ADN plasmidique dans une cellule eucaryote. Cette séquence s'intègre alors dans le génome de la cellule. C'est le cas d'*Agrobacterium tumefaciens*, bactérie pathogène à l'origine de tumeurs chez certains végétaux. Cette propriété est utilisée en biotechnologie pour produire des plantes transgéniques, en incorporant un gène d'intérêt dans le plasmide.

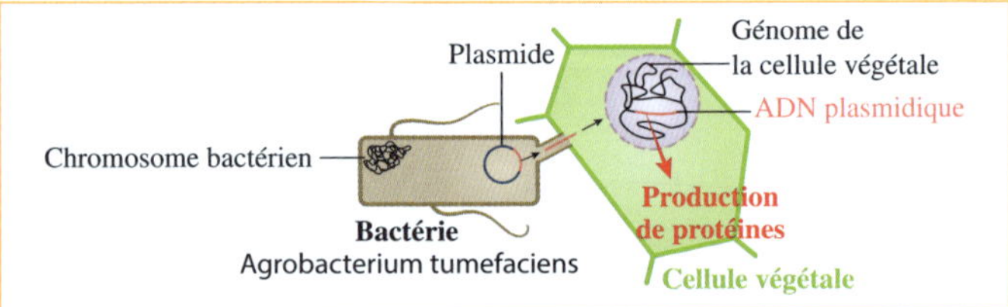

Transfert d'ADN entre la bactérie Agrobacterium tumefaciens et une cellule végétale de plante infectée.

■ Les virus peuvent également jouer le rôle de vecteurs en intégrant leur matériel génétique dans le génome des cellules qu'ils infectent, qu'elles soient Procaryotes ou Eucaryotes. Des virus modifiés peuvent ainsi être utilisés en biotechnologie, dans le cadre de thérapies géniques par exemple.

L'importance évolutive des transferts horizontaux

Fiche 10

SVT

Notes

L'unicité de structure de l'ADN, comme support universel de l'information génétique dans le monde vivant, permet des transferts génétiques entre des organismes d'espèces différentes, qui peuvent même être très éloignées sur l'arbre phylogénétique du vivant. Ces transferts horizontaux contribuent à enrichir les génomes des êtres vivants.

1 Transferts horizontaux et phylogénies

■ Les cellules et organismes, qui ont fait l'objet de transferts horizontaux de gènes, transmettent ces acquisitions au cours de la reproduction. Elles peuvent donc être conservées au cours de l'évolution.

■ Le séquençage complet des génomes d'un grand nombre d'espèces montre que les transferts horizontaux sont très fréquents, aussi bien chez les Procaryotes que chez les Eucaryotes, y compris chez les Animaux. Le mécanisme de transfert n'est pas toujours connu.

■ Ainsi, des espèces phylogénétiquement très éloignées, peuvent présenter des ressemblances, et réciproquement des espèces proches parentes peuvent exprimer des caractères très différents, grâce aux informations contenues dans le matériel génétique transféré de manière horizontale. En raison des transferts horizontaux, les arbres phylogénétiques peuvent être contradictoires selon les gènes considérés.

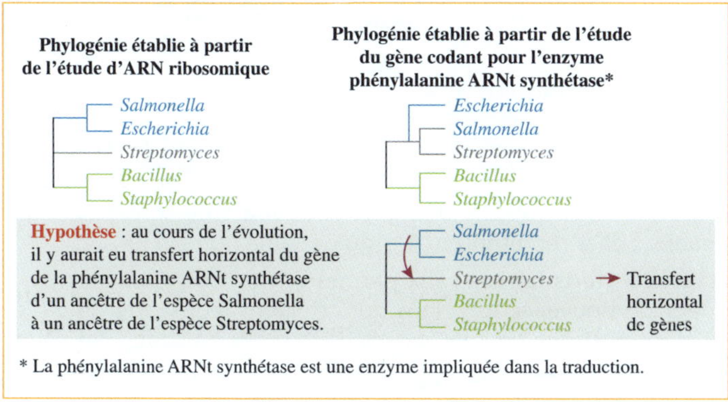

Transferts horizontaux et phylogénies, exemple chez les bactéries.

Notes

2 Transferts horizontaux et diversification au cours de l'évolution

■ Les transferts horizontaux ont des effets très importants sur l'évolution.

Ex : le transfert de gènes entre des **rétrovirus** (virus à ARN) et les ancêtres des Mammifères actuels ont permis l'apparition du placenta au cours de l'évolution. La comparaison entre les séquences de la syncytine humaine, protéine nécessaire à la mise en place du placenta lors du développement embryonnaire, et d'une protéine de l'enveloppe du rétrovirus MPMV montre plus de 80 % d'identité génétique qui ne peuvent pas être dus au hasard.

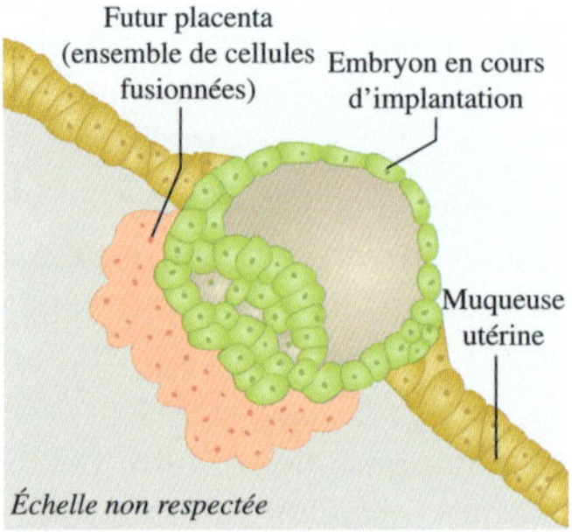

Au cours du développement embryonnaire des Mammifères, le placenta (zone d'échanges avec l'organisme maternel) est obtenu par fusion de cellules, induite par des protéines membranaires appelées syncytines. Or les gènes codants pour ces protéines sont issus de rétrovirus. Ces gènes se sont donc intégrés dans le génome des ancêtres des Mammifères actuels à l'occasion d'une infection virale, ayant touché les cellules germinales (futurs gamètes).

Des transferts horizontaux expliquent l'apparition du placenta chez les Mammifères.

■ Les séquences d'ADN d'origine rétrovirale ne sont pas négligeables : elles représentent 8% du génome humain.

■ Les transferts horizontaux permettent aux êtres vivants d'acquérir de nouvelles fonctions qui affectent leur mode de vie et leurs interactions avec les autres espèces. Ils ont donc des effets très importants sur l'évolution des populations et des écosystèmes.

Transferts horizontaux et santé humaine

Fiche 11

SVT

Certains transferts horizontaux ont des conséquences néfastes sur la santé humaine, mais ils permettent aussi des applications biotechnologiques bénéfiques.

1 La résistance bactérienne aux antibiotiques

■ Les antibiotiques sont des substances ayant pour effet de détruire ou d'empêcher le développement des bactéries, susceptibles de causer des maladies.

■ Or les bactéries peuvent se transmettre des gènes de résistance aux antibiotiques par transfert horizontal. Ces gènes diffusent particulièrement facilement entre différentes espèces bactériennes par conjugaison au sein des microbiotes intestinaux.

■ Les bactéries devenues multirésistantes (c'est-à-dire résistantes à plusieurs types d'antibiotiques) peuvent ainsi se répandre dans l'environnement via les excréments des animaux. L'utilisation, parfois abusive, des antibiotiques en santé humaine ou dans les élevages favorise donc la propagation de bactéries résistantes et constitue un problème majeur de santé publique.

Notes

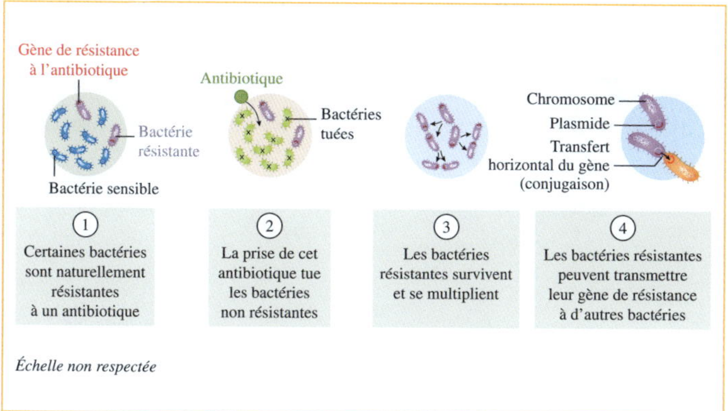

Sélection et propagation d'un gène de résistance par la prise d'un antibiotique.

Notes

2 La production de médicaments par transgénèse

■ La connaissance des mécanismes des transferts horizontaux permet des applications biotechnologiques. La possibilité de découper l'ADN au niveau de sites précis grâce à des enzymes permet de concevoir des plasmides portant un gène d'intérêt.

■ Ainsi la culture de lignées bactériennes transgéniques permet de produire des molécules d'intérêt en grande quantité pour soigner les humains, par exemple des hormones pour traiter le retard de croissance de certains enfants.

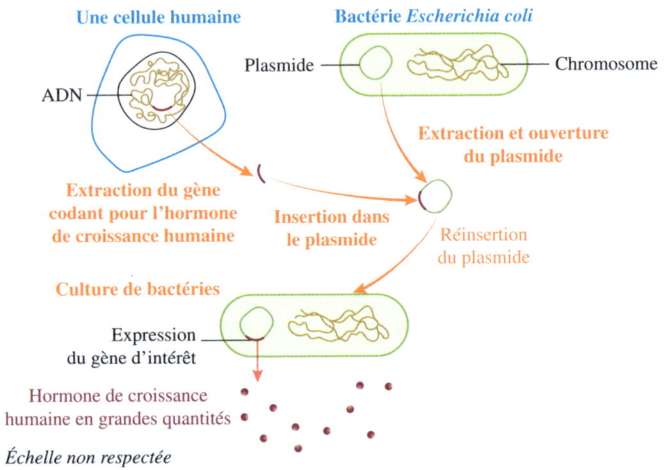

Production d'hormone de croissance humaine par des bactéries transgéniques.

Les endosymbioses

Fiche 12

SVT

Notes

Les cellules des organismes eucaryotes sont caractérisées par la présence d'organites spécialisés tels les mitochondries (siège de la respiration cellulaire) et les chloroplastes (siège de la photosynthèse).

1 L'origine bactérienne de certains organites

■ Différents arguments ont conduit à considérer que les organites énergétiques (mitochondries, chloroplastes) étaient issus d'endosymbioses successives au cours de l'évolution : des bactéries auraient été ingérées par des cellules primitives dans la lignée des eucaryotes et cette association aurait procuré des bénéfices réciproques aux deux organismes.

■ La taille des mitochondries et des chloroplastes est très comparable à celle des bactéries (1 à 10 µm). Ces organites sont limités par une double membrane, dont la partie interne a une composition proche d'une membrane de bactérie. Comme les bactéries, les mitochondries et les chloroplastes se divisent en deux par scissiparité, indépendamment des divisions du noyau de la cellule eucaryote qui les héberge.

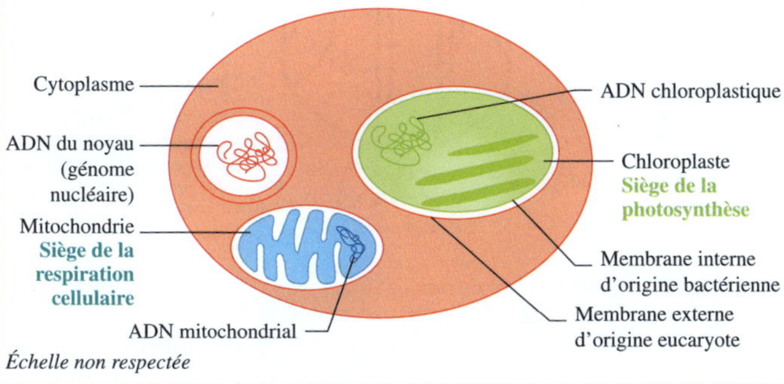

Structure simplifiée d'une cellule eucaryote végétale.

■ Une cellule eucaryote contient de l'ADN dans son noyau, mais également dans ses organites endosymbiotiques. On parle ainsi de génome mitochondrial et de génome chloroplastique. Les mitochondries et les chloroplastes comportent de l'ADN nu, non contenu dans un noyau, sous la forme d'un unique chromosome souvent circulaire, comme chez les bactéries.

■ Par comparaison avec des bactéries libres, les mitochondries et les chloroplastes ont perdu une grande partie de leur matériel génétique (de 95 à 99 %) .En effet, certains gènes sont devenus inutiles et ont pu être perdus. D'autres gènes ont été transférés dans le génome nucléaire au cours de l'évolution. Les protéines des mitochondries et chloroplastes sont donc en grande partie codées par des gènes du noyau, puis importées depuis le cytoplasme.

2 Des arbres aux réseaux phylogénétiques

■ Les mitochondries et les chloroplastes sont proches parents de deux types différents de bactéries. Ainsi, si l'on établit une phylogénie pour une espèce eucaryote végétale donnée, en considérant indépendamment les génomes du noyau, des mitochondries et des chloroplastes de cette espèce, alors elle apparaît trois fois dans l'arbre de parenté.

■ En raison des transferts horizontaux et des endosymbioses, les relations de parenté entre les organismes sont donc mieux représentées sous la forme d'un réseau phylogénétique que par un arbre, pour traduire la complexité de l'histoire évolutive du vivant.

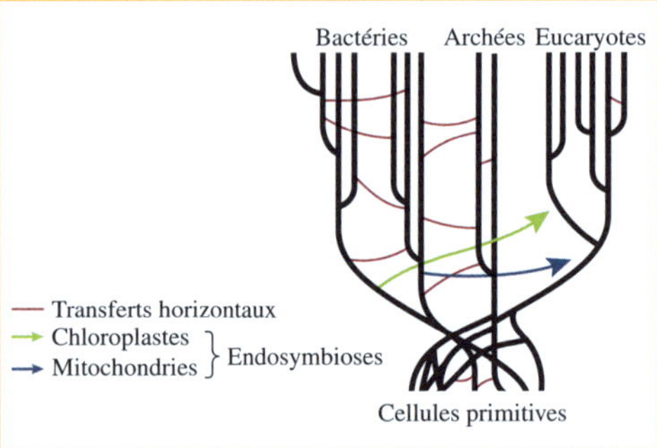

Réseau phylogénétique simplifié du monde vivant, incluant les transferts horizontaux de gènes et les endosymbioses.

> **Remarque**
> Les **Archées** sont des **micro organismes unicellulaires procaryotes**, qui se distinguent des bactéries aux niveaux génétique et métabolique.

■ Les cellules et organismes, qui ont fait l'objet d'endosymbioses, transmettent ces acquisitions au cours de la reproduction. La transmission verticale des caractères héréditaires par l'ADN des organites (mitochondries, chloroplastes) fait partie de l'hérédité cytoplasmique.

■ L'hérédité cytoplasmique comprend donc la transmission verticale d'ADN plasmidique chez les bactéries et celle des organites chez les eucaryotes.

Le modèle de Hardy-Weinberg

La génétique des populations est une science qui tente d'établir des lois expliquant l'évolution de la diversité génétique des espèces.

1 Fréquences alléliques dans les populations

■ On définit une population comme un ensemble d'individus d'une même espèce vivant dans un même milieu. Au cours de l'évolution, la composition génétique des populations d'une espèce change de génération en génération.

■ Les populations naturelles sont composées d'organismes génétiquement différents pour un grand nombre de gènes. Lorsqu'un gène présente différents allèles (en raison de mutations), on parle de polymorphisme.

■ Dans une population, la fréquence allélique correspond, pour un gène et un allèle donné, au nombre d'exemplaires de cet allèle divisé par le nombre total d'allèles dans la population.

Soit une population de 6 individus, dont le génotype est indiqué pour un gène *A* qui présente 3 allèles : *A1*, *A2* et *A3*.

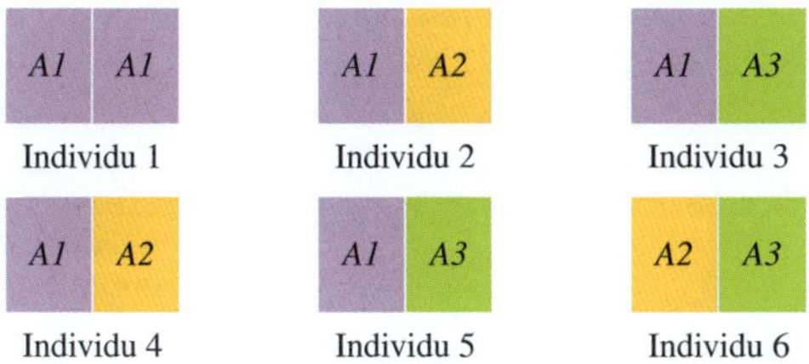

Fréquence de l'allèle $A1 = \frac{6}{12} = \frac{1}{2} = 0{,}5$ soit 50 %

Fréquence de l'allèle $A2 = \frac{3}{12} = \frac{1}{4} = 0{,}25$ soit 25 %

Fréquence de l'allèle $A3 = \frac{3}{12} = \frac{1}{4} = 0{,}25$ soit 25 %

Total des fréquences de l'ensemble des allèles de $A = 1$ soit 100 %

Calcul des fréquences alléliques pour un gène dans une population d'individus diploïdes.

Notes

2 Le modèle théorique de Hardy-Weinberg

■ Dans les populations eucaryotes à reproduction sexuée, le modèle théorique de Hardy-Weinberg prévoit la stabilité des fréquences relatives des allèles d'un gène dans une population d'une génération à l'autre.

■ La loi de Hardy-Weinberg s'applique uniquement dans des conditions bien définies. Ce modèle mathématique ne peut s'appliquer que dans une population de dimension infinie, où les unions des individus et des gamètes se réalisent au hasard, où il n'existe ni migration, ni sélection naturelle vis-à-vis de certains phénotypes et où le taux de mutations est considéré comme nul.

Une population a atteint l'équilibre de Hardy-Weinberg pour un gène donné quand les fréquences des différents génotypes sont telles que $p^2 + 2pq + q^2 = 1$ avec $p + q = 1$.

Modèle théorique pour 1 gène présentant 2 allèles avec :

p = fréquence de l'allèle 1

q = fréquence de l'allèle 2

p^2 = fréquence des homozygotes (1//1)

q^2 = fréquence des homozygotes (2//2)

pq = fréquence des hétérozygotes (1//2)

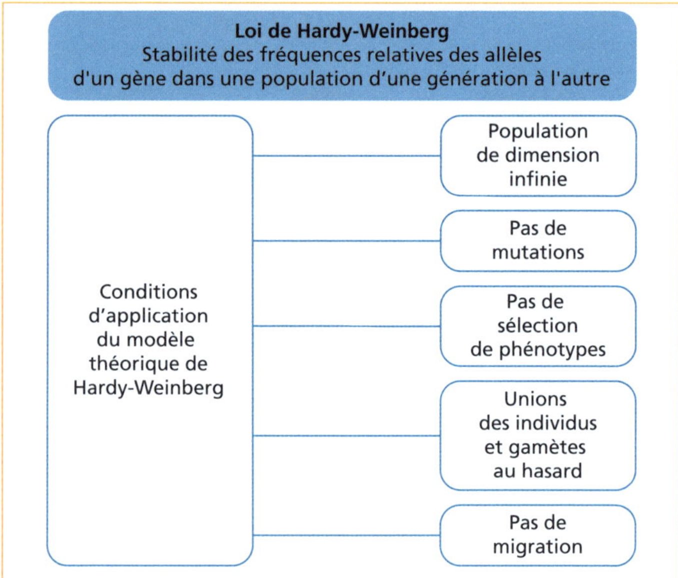

Des forces évolutives éloignent de l'équilibre théorique (partie 1)

Fiche 14

SVT

Notes

Les écarts entre les résultats issus du modèle théorique de Hardy-Weinberg et les observations dans les populations naturelles permettent de mettre en évidence les effets de différentes forces évolutives.

1 Sélection naturelle

■ Les mutations sont des variations de la séquence d'ADN qui peuvent conduire à l'existence de nouveaux allèles.

■ Les variations du phénotype qui découlent de ces mutations peuvent être neutres, favorables ou défavorables. Les individus porteurs des mutations favorables auront plus de chance de survivre et de se reproduire, engendrant ainsi plus de descendants portant les mêmes allèles favorables. La fréquence des allèles favorables augmente donc dans la population au cours des générations : c'est la sélection naturelle.

Ex : Les hiboux à cornes, prédateurs des souris à abajoues de l'Arizona, peuvent plus ou moins bien distinguer leurs proies selon leur couleur (génétiquement déterminée) lorsqu'elles se trouvent sur une roche sombre.

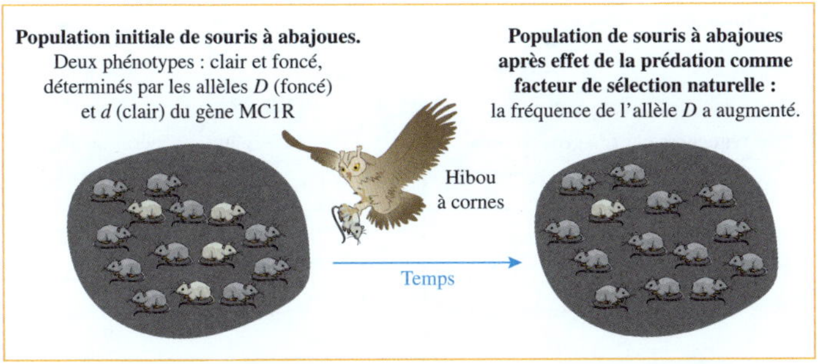

Exemple de sélection naturelle.

■ Le caractère «neutre, favorable ou défavorable» des allèles peut être différent d'une population à l'autre, selon l'évolution des caractéristiques du milieu. Ceci contribue au maintien de la diversité génétique de l'espèce.

■ La sélection naturelle est largement observée dans les populations réelles et permet d'expliquer que l'évolution des fréquences alléliques de certains gènes diffère de l'équilibre de

Notes

Hardy-Weinberg, lorsque l'on étudie les populations sur de nombreuses générations. La sélection naturelle fait partie des forces responsables de l'évolution du monde vivant.

2 Dérive génétique

■ Contrairement à l'une des conditions de la loi de Hardy-Weinberg, une population n'est jamais de dimension infinie. Or, dans les populations de taille finie, les fréquences alléliques peuvent varier aléatoirement au cours des générations : c'est la dérive génétique. Celle-ci est d'autant plus marquée que la population est petite.

Ex : si l'on considère l'évolution des fréquences alléliques pour un gène au sein d'une population fictive dans un modèle mathématique, et que l'on répète la simulation plusieurs fois à partir de la même population initiale, on obtient des populations génétiquement différentes. En particulier, certains allèles sont amenés à disparaître après un certain nombre de générations.

Évolution de la fréquence des allèles au cours du temps

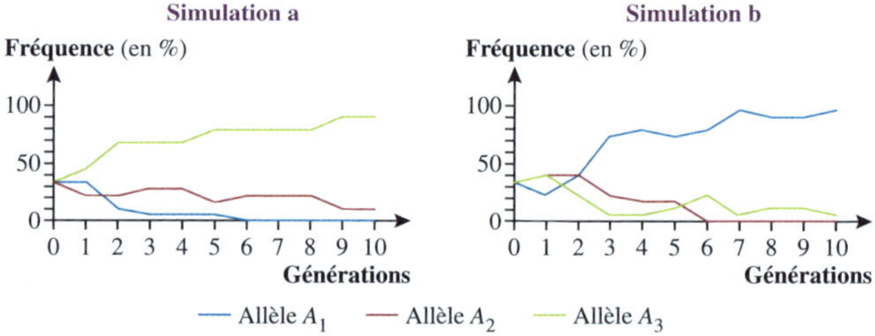

Fréquences pour la génération n° 10 : (Simulation a)

Allèles	Fréquence	Disparu à la génération n°
A_1	0 %	6
A_2	11,1 %	/
A_3	88,9 %	/

Fréquences pour la génération n° 10 : (Simulation b)

Allèles	Fréquence	Disparu à la génération n°
A_1	94,4 %	/
A_2	0 %	6
A_3	5,6 %	/

Deux simulations à partir d'une même population de départ constituée de 9 individus, pour les allèles A1, A2 et A3 du gène A, présentant initialement la même fréquence (33,3 %).

■ La dérive génétique engendre la perte de diversité génétique au sein de chaque population et l'accentuation des différences génétiques entre des populations à faible flux génétique (peu d'échanges génétiques entre populations). Cependant, la diversité génétique de l'espèce n'est pas forcément réduite tant qu'il existe plusieurs populations.

Des forces évolutives éloignent de l'équilibre théorique (partie 2)

Fiche 15

SVT

Notes

D'autres facteurs permettent d'expliquer pourquoi l'évolution des fréquences alléliques dans les populations réelles diffère de l'équilibre prédit par le modèle théorique de Hardy-Weinberg.

1 Migrations

■ Si des individus migrent, l'éloignement géographique a pour conséquence qu'ils ne peuvent plus se reproduire avec les autres individus de leur population d'origine, même s'ils sont toujours compatibles génétiquement.

■ Les individus qui migrent peuvent selon les cas se reproduire :
- uniquement entre eux ;
- avec les individus d'autres populations de la même espèce, auxquelles ils seront susceptibles d'apporter de nouveaux allèles.

■ Les migrations peuvent ainsi contribuer à différencier génétiquement des populations ou au contraire à maintenir les flux génétiques entre ces populations.

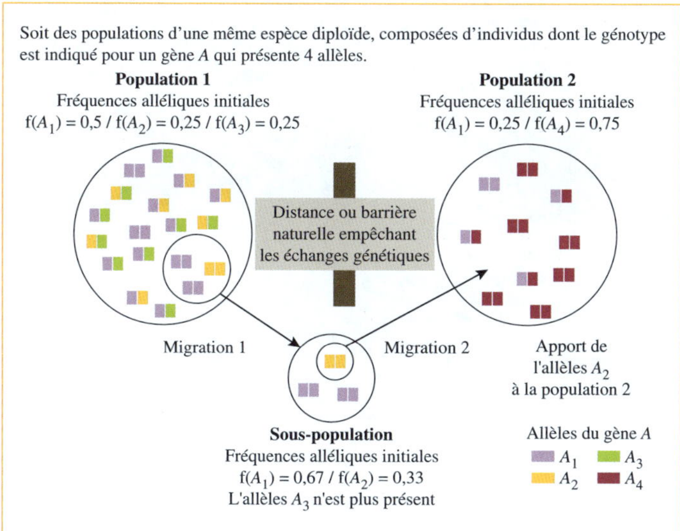

Conséquences des migrations sur l'évolution des fréquences alléliques au sein des populations.

■ Les migrations observées dans les populations réelles déterminent les possibilités de croisements entre certains individus, selon la distance ou l'existence de barrières naturelles (océan, montagnes…). Les migrations influencent donc l'évolution de la diversité allélique dans les différentes populations d'une espèce.

2 Unions non aléatoires

■ La loi de Hardy-Weinberg s'applique dans des populations où les unions se réalisent au hasard. Or, dans une espèce animale, des préférences sexuelles ou des relations hiérarchiques peuvent conditionner les unions.

■ Chez l'être humain, des barrières culturelles (linguistiques, religieuses…) ou sociales peuvent limiter les possibilités de reproduction entre des individus, même s'ils sont géographiquement proches.

Ex. : Chez le rat-taupe (*Heterocephalus glaber*), il existe une hiérarchie au sein des groupes, et seuls les individus dominants se reproduisent. La dominance s'exerce par des comportements agressifs empêchant l'accouplement des autres individus, mais il a également été montré que les processus physiologiques liés à la reproduction étaient inhibés. Les unions ne se réalisent donc pas au hasard au sein de la population.

© Neil Bromhall

Le rat-taupe.

La remise en question de la notion d'espèce

Fiche 16

SVT

Une espèce est un groupe d'individus génétiquement isolés, au sein duquel peut se réaliser la reproduction sexuée.

1 Des ensembles hétérogènes dans des environnements variables

■ Toutes les espèces apparaissent comme des ensembles hétérogènes de populations, évoluant continuellement dans le temps. Les différentes populations forment des sous-groupes au sein desquels les échanges génétiques se réalisent effectivement.

■ L'environnement d'une population se définit par des facteurs abiotiques et biotiques susceptibles de varier au cours du temps. Les facteurs abiotiques sont les facteurs physico-chimiques ayant une influence sur les êtres vivants (température, humidité, salinité…). Les facteurs biotiques sont liés aux relations entre les êtres vivants de la même espèce (coopération, compétition…) ou d'espèces différentes (prédation, compétition, mutualisme, parasitisme…)

Notes

2 Différenciation génétique et spéciation

■ À cause de l'instabilité de l'environnement, une différenciation génétique entre les différentes populations d'une espèce, soumises à la sélection naturelle et à la dérive génétique, se produit obligatoirement au cours du temps.

■ Ainsi, différentes populations d'une même espèce peuvent présenter des allèles différents pour les gènes de l'espèce. Les allèles partagés par les individus au sein de chaque population correspondent à son patrimoine génétique.

■ Grâce au séquençage des génomes, la diversité génétique entre les populations d'une même espèce a également pu être mise en évidence et précisément quantifiée au niveau de séquences non codantes (qui n'aboutissent pas à la production de protéines et, ne déterminant pas le phénotype, ne sont pas soumises à la sélection naturelle).

Notes

■ La différenciation génétique entre les populations d'une même espèce peut conduire à limiter les échanges réguliers de gènes entre elles, par suite de modifications majeures de leur morphologie ou de leur comportement. Ceci peut mener à la spéciation, c'est-à-dire la formation de nouvelles espèces distinctes.

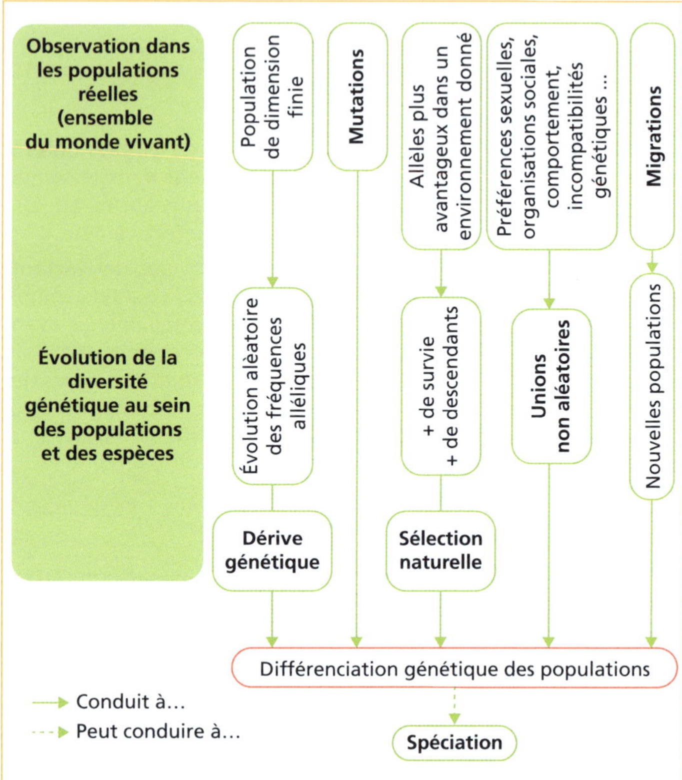

Des associations à bénéfices réciproques

Fiche 17

SVT

■ La diversité phénotypique des êtres vivants ne peut être expliquée uniquement avec la diversité génétique. D'autres mécanismes, non fondés sur l'ADN, interviennent. Il existe donc des mécanismes entraînant une diversification des êtres vivants sans modification de leur génome.

■ Nombreux sont les êtres vivants qui ne vivent pas seuls, mais en association avec d'autres êtres vivants.

Ex. : Près de 90 % des espèces végétales vivent en associations à bénéfices réciproques avec des champignons. Ces associations ne sont pas héréditaires, c'est-à-dire que la transmission de ces associations d'une génération à l'autre n'est pas sous le contrôle des gènes.

■ Certains êtres vivants s'associent durablement et échangent entre eux, de manière réciproque, des molécules nécessaires à leur développement : on parle de **symbiose**. Les membres de cette association sont appelés **symbiotes**.

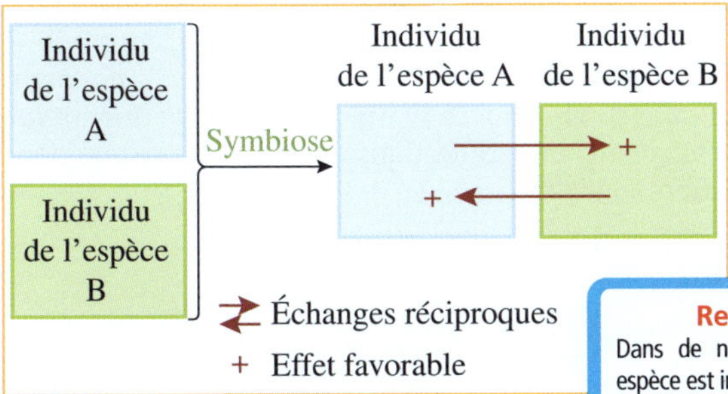

Principe de la symbiose.

Remarque
Dans de nombreux cas, une espèce est incluse dans l'autre.

■ La symbiose entre deux êtres vivants offre la capacité de se développer dans des milieux où ils ne pourraient pas vivre seul. En effet, la symbiose permet de mettre en commun les capacités des deux êtres vivants.

Ex. : Les plantes ont besoin d'azote, mais sont incapables de fixer le diazote atmosphérique (N_2). Les bactéries du genre *Rhizobium* sont, elles, capables de transformer le N_2 en une forme assimilable par les plantes (NH_4^+). Ainsi, l'association entre une légumineuse (exemple du haricot) et une bactérie du genre *Rhizobium* permet à cette plante de disposer d'une ressource importante en azote. En contrepartie, les bactéries sont protégées et reçoivent une partie du glucose produit lors de la photosynthèse.

Notes

Notes

■ La symbiose conduit aussi à des modifications morphologiques des êtres vivants impliqués.

Ex. : Dans la symbiose *Rhizobium*-légumineuse, la légumineuse présente des nodules au niveau de ses racines permettant l'accueil des bactéries *Rhizobium*. Les bactéries *Rhizobium* ont quant à elles une morphologie différente quand elles sont impliquées dans la symbiose ou quand elles sont libres. Par ailleurs, elles n'acquièrent leur capacité à fixer le N_2 atmosphérique que lorsque la symbiose est établie.

■ L'être humain est en symbiose avec de nombreux êtres vivants (champignons, bactéries, acariens) formant le microbiote : il y a au moins 10 fois plus d'êtres vivants dans notre microbiote que de cellules dans notre corps. Ces êtres vivants sont partout (peau, sur muqueuses, intestin) et sont acquis au cours de la vie de l'individu. Les rôles du microbiote sont nombreux : protection des muqueuses contre les pathogènes, maturation du système immunitaire, défense du système digestif contre les bactéries pathogènes, etc. En contrepartie, le microbiote est protégé et hébergé par le corps humain, dans des conditions qui lui sont favorables.

■ La symbiose entre deux êtres vivants conduit ces derniers à présenter de nouveaux caractères. Ces nouveaux caractères ne sont pas définis génétiquement. On utilise la notion de phénotype étendu pour décrire l'ensemble des caractères de l'organisme déterminés génétiquement et de ceux issus du fonctionnement de l'organisme dans son milieu. La symbiose modifie le phénotype étendu des êtres vivants impliqués dans celle-ci et contribue donc à la diversification du vivant.

Des associations à bénéfices unilatéraux

Fiche 18

SVT

Notes

■ Les associations entre êtres vivants ne sont pas toujours des associations à bénéfices réciproques. Dans certaines situations, un organisme (le parasite) s'associe de manière durable à un autre organisme (l'hôte) et puise des ressources dans l'hôte, sans contreparties. On parle ainsi de parasitisme. Dans le cas du parasitisme, les bénéfices sont donc unilatéraux et le parasite a de plus un effet négatif sur l'hôte.

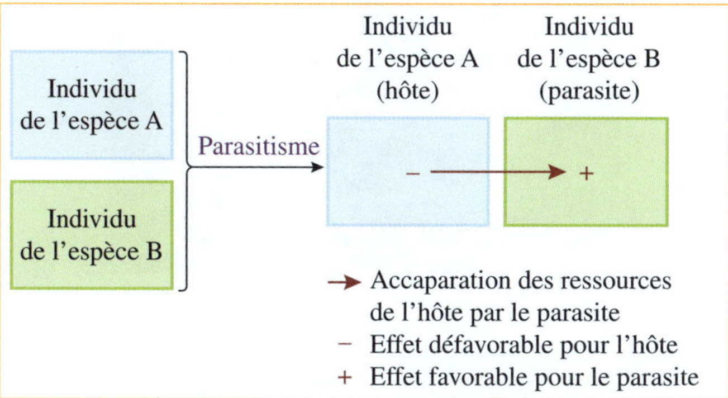

Principe du parasitisme.

■ Le parasitisme conduit à des modifications (métaboliques, morphologiques, comportementales) des êtres vivants impliqués dans cette relation.

Remarque
La plupart du temps, le parasite vit à l'intérieur de l'hôte.

Ex. : La limnée (« escargot d'eau ») peut être parasitée par *Leucochloridium paradoxum* (ver trématode). Le parasite s'installe dans les tentacules oculaires de la limnée et s'agite, ce qui rend la limnée très voyante pour ses prédateurs. De plus, le parasite conduit la limnée à quitter la protection de la végétation pour se percher bien en vue. De ce fait, elle est facilement visible des oiseaux qui la mangent, ce qui permet au parasite de poursuivre son cycle de vie.

Notes

© Michel Loup/Biosphoto

Limnée non parasitée.

© Henri Koskinen/Shutterstock

Limnée parasitée par Leucochloridium paradoxum.

■ Le parasitisme modifie le phénotype étendu du parasite et de l'hôte. Le parasitisme participe donc à la diversification du vivant.

L'utilisation du milieu et la transmission culturelle

Fiche 19

SVT

Notes

1 L'utilisation des composants du milieu

■ Certains animaux utilisent des composants du milieu (feuilles, branches, brindilles, etc.) qui les entoure pour notamment construire leur habitat.

© Bildagentur Zoonar GmbH/Shutterstock

Cigogne construisant un nid.

© Chase Dekker/Shutterstock

Castor construisant un barrage.

■ Cette utilisation des composants du milieu module le phénotype étendu des Animaux et participe ainsi à la diversification du vivant.

Notes

2 La transmission culturelle de comportements

■ D'autre part, au sein d'une même espèce, des comportements différents peuvent être observés dans les différentes populations.

Ex. : Chez le bruant à couronne blanche (oiseau), chaque population produit des chants différents en fonction de la localisation de la population. Ainsi, au sein de cette espèce, le chant est une source de diversité.

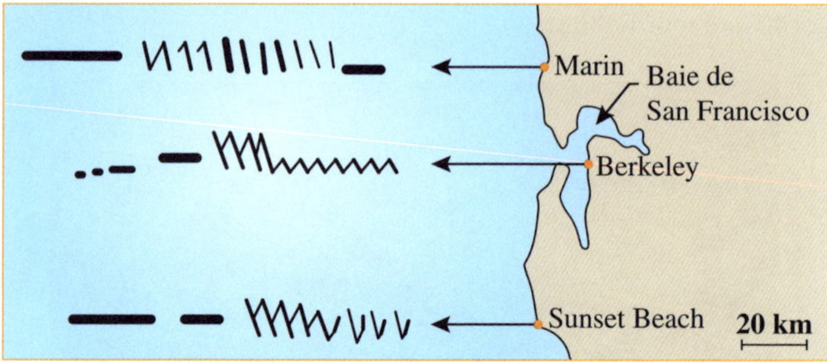

Les différents chants au sein de l'espèce de bruant à couronne blanche.

■ L'utilisation d'outils (exemple des chimpanzés utilisant des brindilles pour récupérer des termites), la culture (notamment dans les sociétés humaines), etc. sont autant de comportements qui présentent eux aussi une diversité au sein des espèces.

■ Les comportements sont transmis entre contemporains et de génération en génération : il y a donc une transmission culturelle des comportements au sein des populations animales.

> **Définition**
> **Culture (sens large) :** ensemble de savoirs et de pratiques partagés et transmis socialement au sein d'un groupe.

■ Les comportements au sein d'une espèce subissent une évolution. De nouveaux comportements peuvent apparaître : ces derniers peuvent être sélectionnés ou non en fonction de l'avantage qu'ils procurent. Ils peuvent aussi être perdus par hasard.

■ La transmission culturelle de comportements participe donc à la diversification du vivant car elle modifie le phénotype étendu des animaux.

La chronologie relative

Fiche 20

SVT

Notes

La chronologie relative ordonne les événements géologiques ou biologiques, les uns par rapport aux autres sans préciser d'âge.

1 Les principes de la chronologie relative

■ La chronologie relative s'appuie sur les relations géométriques entre deux structures géologiques ainsi que sur leur contenu en fossiles. Les principes de la chronologie relative s'appliquent à toutes les échelles : paysage, affleurement, échantillon, lame mince.

■ Les couches géologiques, ou strates, se déposent horizontalement. De deux strates superposées, la strate supérieure est toujours la plus jeune. C'est le principe de superposition.

© Ekaterina Karipova/Shutterstock

Falaises d'Etretat en Normandie.

■ Une strate est de même âge sur toute son étendue : c'est le principe de continuité.

■ Les strates sont plus anciennes que les failles ou les roches qui les recoupent : c'est le principe de recoupement.

© Chris Curtis/Shutterstock

Faille recoupant des strates plus anciennes.

Notes

■ Toute roche ou tout fragment de roche inclus dans une autre roche sont plus anciens : c'est le principe d'inclusion.

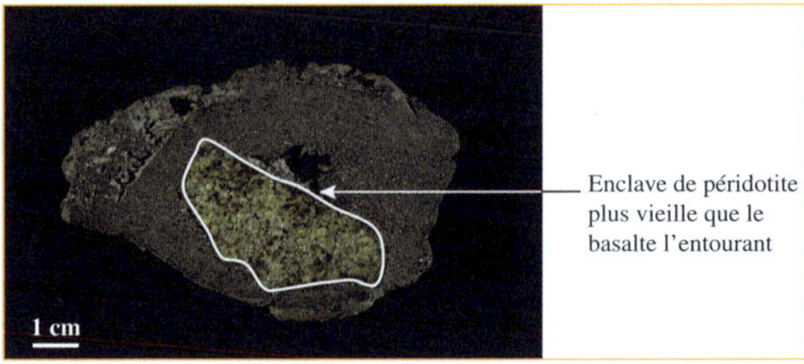

© Monique Berger/Biosphoto

Enclave de péridotite dans un basalte.

■ Deux couches qui ont le même contenu en fossiles (contenu paléontologique) sont de même âge : c'est le principe d'identité paléontologique. Ce principe repose sur l'utilisation d'associations de fossiles stratigraphiques. Les fossiles stratigraphiques ont pour caractéristiques d'être des fossiles ayant évolué rapidement (durée de vie brève de l'espèce, ils caractérisent alors une période précise), présentant une aire de répartition vaste (corrélation temporelle possible entre zones éloignées) et abondants. Ils sont alors utilisés pour caractériser des intervalles de temps. Par exemple, les Ammonites sont de bons fossiles stratigraphiques et sont caractéristiques du Jurassique et du Crétacé.

2 Les limites de la chronologie relative

■ La chronologie relative présente des limites d'utilisation. Là où la tectonique a été importante : l'ordre des strates peut être inversé. Il faut alors avoir recours à des critères de polarité pour définir l'ordre de succession des strates.

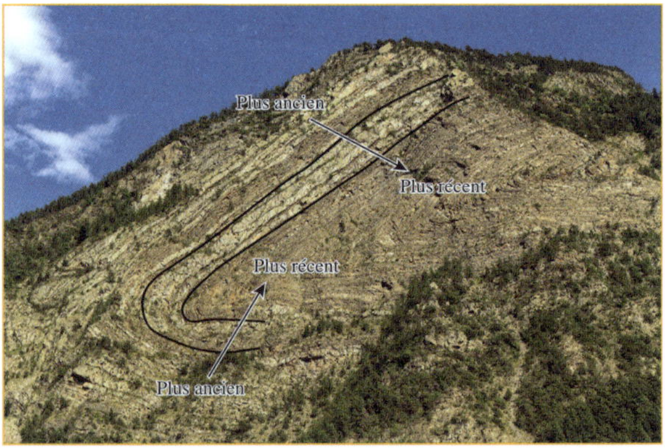

© Jean-Philippe Delabelle/Biosphoto

Pli couché de Saint-Clément dans les Alpes.

La chronologie absolue

Fiche 21

SVT

Notes

La chronologie absolue fournit un âge absolu (années, millions d'années) et mesure la durée de phénomènes géologiques ou biologiques.

1 Le principe de la chronologie absolue

■ La chronologie absolue s'appuie sur la désintégration radioactive, un phénomène continu et irréversible.

■ Certains minéraux des roches contiennent des éléments radioactifs (éléments pères) au moment de leur cristallisation. Ils se désintègrent progressivement en éléments radiogéniques (éléments fils) d'autant plus abondants qu'il s'est écoulé plus de temps depuis la cristallisation de la roche.

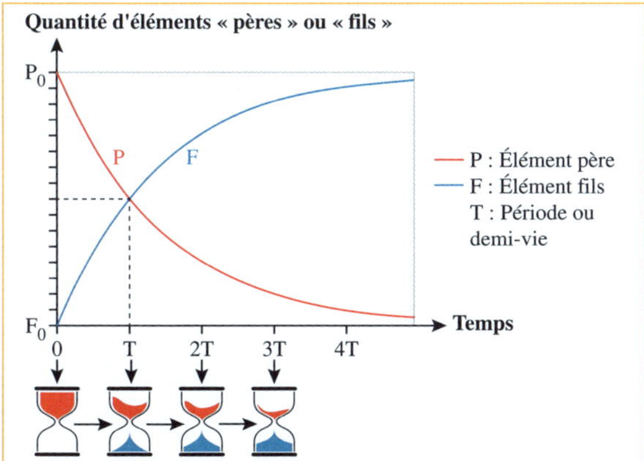

Courbe de désintégration radioactive dans le cas où la quantité initiale d'éléments fils est nulle.

■ La quantification de l'élément père radioactif et de l'élément fils radiogénique permet de déterminer l'âge des minéraux constitutifs d'une roche à l'aide de courbes de référence ou par calcul à partir du coefficient directeur d'une droite isochrone.

■ Les datations sont effectuées sur des roches magmatiques et des roches métamorphiques ou sur des restes d'êtres vivants (os, dent, bois).

■ L'âge obtenu est celui de la fermeture du système considéré (formation du minéral ou de la roche, mort de l'être vivant). Cette

Notes

fermeture correspond à l'arrêt de tout échange entre le système considéré et l'environnement.

2 Les chronomètres utilisés en géologie

■ Différents chronomètres (couple père-fils) sont classiquement utilisés en géologie. Ils se distinguent par la période ou demi-vie de l'élément père. La période ou demi-vie d'un élément radioactif est caractéristique de cet élément et désigne le temps au bout duquel la moitié des noyaux pères initialement présents se sont désintégrés.

■ Le choix du chronomètre dépend de l'âge supposé de l'objet à dater, qui peut être appréhendé par chronologie relative.

Couple		Demi-vie (années)	Domaine de datation
Élément père	Élément fils		
^{14}C	^{14}N	5 730	< 40 000 ans
^{40}K	^{40}Ar	$1,25 \times 10^9$	1 à 4 500 Ma
^{238}U	^{206}Pb	$4,47 \times 10^9$	10 à 4 500 Ma
^{87}Rb	^{87}Sr	$4,88 \times 10^{10}$	10 à 4 500 Ma

Chronomètres utilisés classiquement en géologie.

3 Les limites de la chronologie absolue

■ Comme la chronologie relative, la chronologie absolue présente aussi des limites d'utilisation.

Ex. : Des roches magmatiques peuvent subir du métamorphisme : le système est alors de nouveau ouvert et la date obtenue sera celle de l'épisode métamorphique et non celle de cristallisation de la roche.

La corrélation entre chronologie relative et chronologie absolue

Fiche 22

SVT

■ La corrélation entre chronologie relative et chronologie absolue aboutit à l'échelle internationale des temps géologiques ou échelle stratigraphique.

Ère	Syst.	Série	Âge	Étage
CENZOÏQUE (Tertiaire + Quaternaire)	QUAT.	PLEISTOCENE / HOLOCENE		
	NEOGENE	PLIOCÈNE	2,58	GELASIEN PLACENZIEN
			3,4	ZANCLEEN
		MIOCÈNE	5,3	MESSINIEN
			7,3	TORTONIEN
			11	SERRAVALLIEN
			14,3	LANGHIEN
			15,8	BURDIGALIEN
			20,3	AQUITANIEN
	PALEOGENE	OLIGOCÈNE	23,5	CHATTIEN
			28	RUPÉLIEN
		ÉOCÈNE	33,7	PRIABONIEN
			37	BARTONIEN
			40	LUTÉTIEN
			46	YPRÉSIEN
		PALÉOCÈNE	53	THANÉTIEN
				SELANDIEN
				DANIEN
MESOZOÏQUE (Secondaire)	CRETACE	SUPÉRIEUR	65	MAASTRICHTIEN
			72	CAMPANIEN
			83	SANTONIEN
			87	CONIACIEN
			88	TURONIEN
			92	CÉNOMANIEN
		INFÉRIEUR	96	ALBIEN
			108	APTIEN
			113	BARRÈMIEN
			117	HAUTERIVIEN
			123	VALANGINIEN
			131	BERRIASIEN
	JURASSIQUE	MALM	135	TITHONIEN
			141	KIMMERIDGIEN
			146	OXFORDIEN
		DOGGER	154	CALLOVIEN
			160	BATHONIEN
			164	BAJOCIEN
			170	AALENIEN
		LIAS	175	TOARCIEN
			184	PLIENSBACHIEN
			191	SINEMURIEN
			200	HETTANGIEN
	TRIAS	SUPÉRIEUR	203	RHETIEN
				NORIEN
			220	CARNIEN
		MOYEN	230	LADINIEN
			233	ANISIEN
		INFÉRIEUR	240	OLENEKIEN
				INDUEN
			250	

Ère	Syst.	Série	Âge	Étage
PALEOZOÏQUE (Primaire)	PERMIEN	LOPINGIEN	250	CHANGHSIENGIEN
				WUCHIAPIGIEN
		GUADALUPIEN		CAPITANIEN
				WORDIEN
				ROADIEN
		CISURALIEN		KUNGURIEN
				ARTINSKIEN
				SAKMARIEN
				ASSÉLIEN
	CARBONIFÈRE	PENNSYLVANIEN	295	GZHÉLIEN
				KASIMOVIEN
				MOSCOVIEN
				BASHKIRIEN
		MISSISSIPIEN		SERPUKHOVIEN
			325	VISÉEN
			345	TOURNAISIEN
	DÉVONIEN	SUPÉRIEUR	355	FAMÉNIEN
			370	FRASNIEN
		MOYEN	375	GIVÉTIEN
			380	EIFÉLIEN
		INFÉRIEUR	390	EMSIEN
			400	PRAGUIEN
				LOCHKOVIEN
	SILURIEN	PRIDOLI	410	
		LUDLOW	415	LUDFORDIEN
				GORSTIEN
		WENLOCK	425	HOMÉRIEN
				SHEINWOODIEN
		LLANDOVERY	430	TELYCHIEN
				AERONIEN
				RHUDDANIEN
	ORDOVICIEN	SUPÉRIEUR	435	
		MOYEN	455	DARRIWILIEN
		INFÉRIEUR	465	
				TRÉMADOCIEN
	CAMBRIEN	SUPÉRIEUR	500	
		MOYEN		
		INFÉRIEUR	520	
			540	

ÉON	Âge
PROTÉROZOÏQUE	540
ARCHÉEN	2500

Notes

"Notes"

■ L'apparition ou la disparition de groupes fossiles ont permis d'établir des coupures dans les temps géologiques.

Ex. : La crise biologique durant laquelle les Dinosaures ont disparu (–65 Ma) permet de séparer la période Crétacé de l'ère Cénozoïque.

■ Ces événements permettent de découper les temps géologiques en différents intervalles de temps (ères, périodes, étages).

■ Les méthodes de chronologie absolue permettent de caler temporellement les événements ordonnés par chronologie relative.

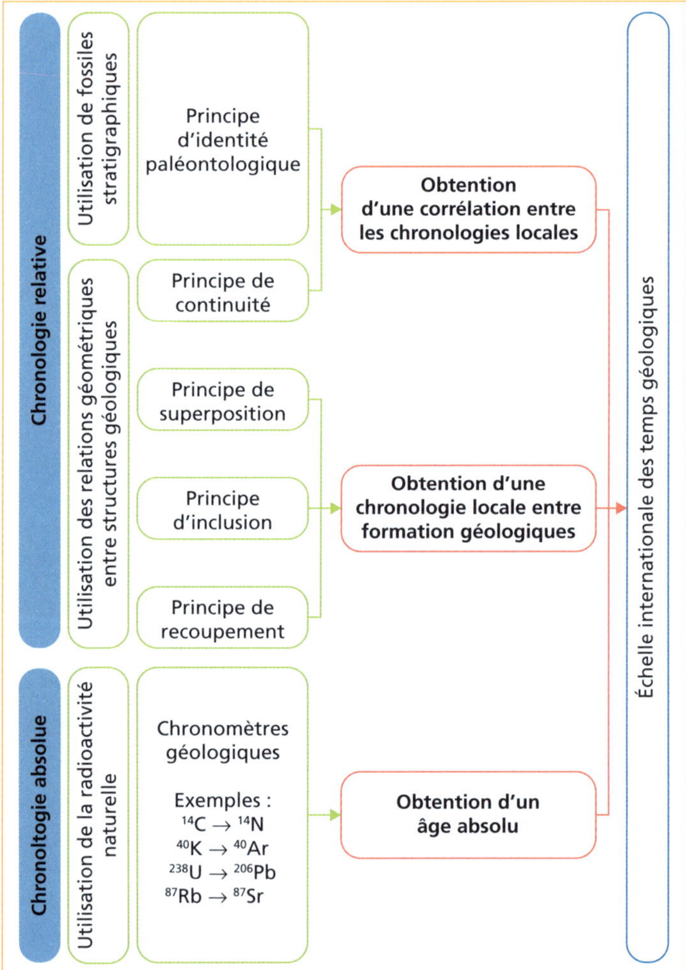

Construction de l'échelle internationale des temps géologiques.

Des continents d'âges variés

Fiche 23

SVT

Notes

■ Les continents associent des terrains d'âges et de nature différents.

Ex. : Dans le Massif des Vosges, des formations sédimentaires cénozoïques (g, q1, q2 et q3) côtoient :
- des formations sédimentaires mésozoïques (t1, t2 et t3),
- des formations sédimentaires paléozoïques (h1, h2...),
- des formations sédimentaires protérozoïques (bk),
- des formations magmatiques paléozoïques (15 et 17).

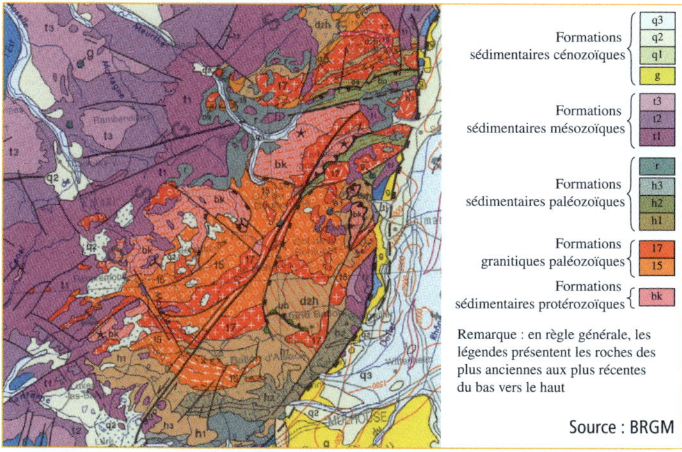

Extrait de la carte géologique de France (1/10⁶) au niveau du Massif des Vosges.

■ Les continents présentent des reliquats d'anciennes chaînes de montagnes, ceintures orogéniques, issues de cycles orogéniques successifs au cours de l'histoire géologique de la Terre.

■ Ces reliquats sont souvent des granites et autres roches apparentées dont la composition minéralogique est caractéristique des collisions (réunion de blocs continentaux) à l'origine des chaînes de montagnes.

Ex. : En France métropolitaine, on peut mettre en évidence l'existence de reliquats de 4 anciennes ceintures orogéniques grâce aux granites.

Voir schéma page suivante.

Notes

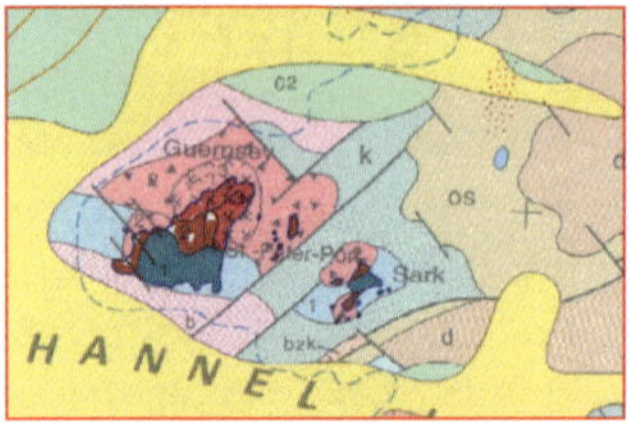

A : Île de Guernesey

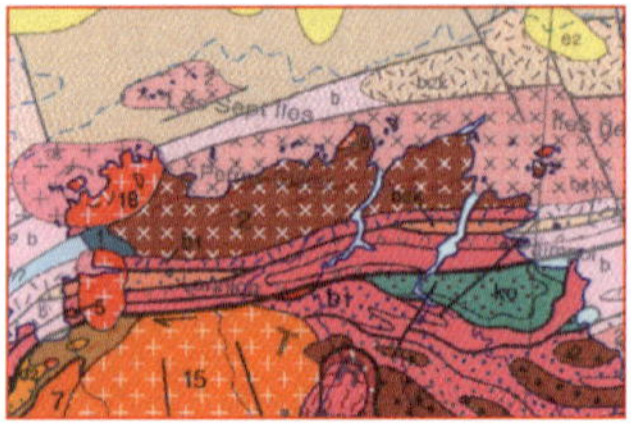

B : Massif armoricain (détail)

C : Massif central (détail)

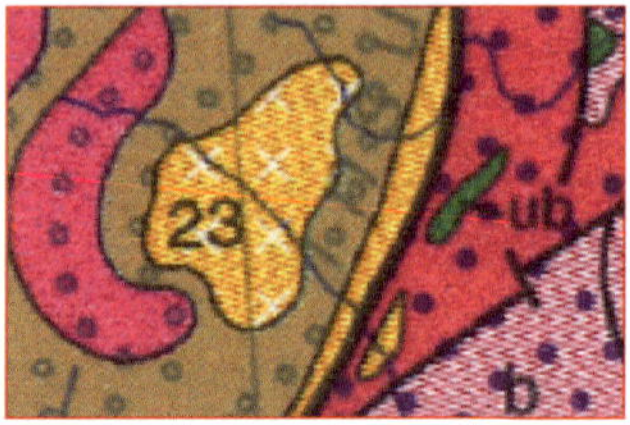

D : Alpes Lépontines

Légende simplifiée des principales formations visibles sur les extraits :

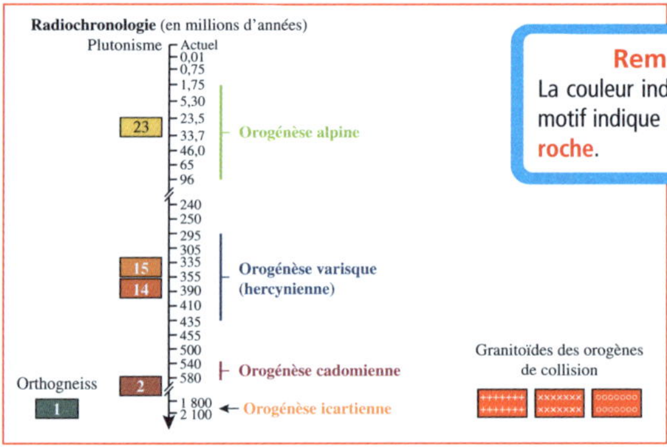

Les reliquats d'anciennes ceintures orogéniques à l'aide de la carte géologique de France (1/10⁶).

Remarque

La couleur indique l'**âge** et le motif indique la **nature de la roche**.

■ Les roches métamorphiques sont aussi des reliquats d'anciennes chaînes de montagnes.

Définition

Granitoïdes : dénomination sur la carte géologique de France des granites au sens large.

Des traces d'océans disparus

■ Il est possible d'observer sur les continents une succession de roches caractéristiques de la lithosphère océanique (péridotites, gabbros et basaltes) : on les nomme ophiolites.

Ex. : Dans les Alpes, on observe au Massif du Chenaillet une succession de péridotites, de gabbros et de basaltes, traces de l'océan alpin disparu.

Remarque
Ophiolites vient du grec ophis signifiant serpent car les roches ont l'aspect de peau de serpent.

Notes

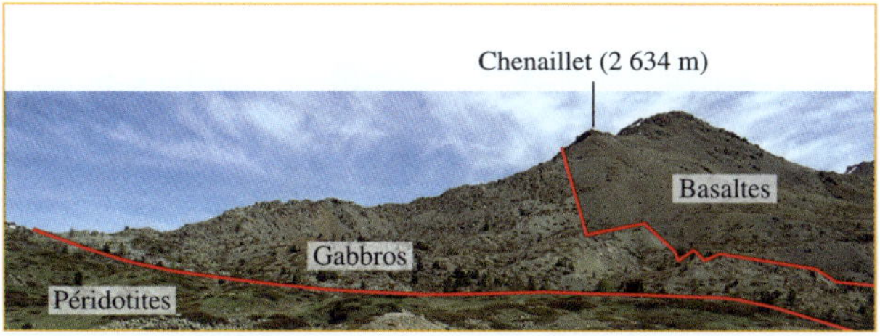

Panorama au niveau du Massif du Chenaillet dans les Alpes.

■ Dans les chaînes de montagnes, les complexes ophiolitiques forment des sutures qui témoignent de la fermeture de domaines océaniques, suivie de la collision de blocs continentaux par convergence de plaques lithosphériques.

Remarque
L'unité mécanique en mouvement lors d'une subduction est bien la lithosphère.

■ La mise en place d'ophiolites résulte d'une exhumation (retour à la surface par mouvements tectoniques) de roches ayant subi le phénomène de subduction puis d'obduction (lithosphère océanique tendant à chevaucher la lithosphère continentale).

Notes

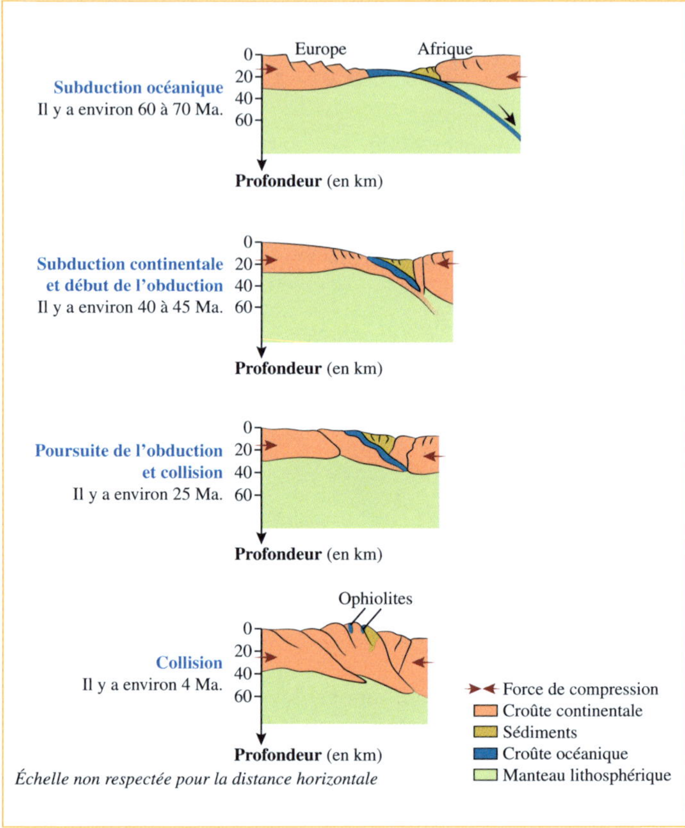

Scénario possible de mise en place d'ophiolites par obduction dans les Alpes.

Des indices d'une fragmentation continentale et d'une ouverture océanique

Fiche 25

SVT

■ Les marges passives bordant un océan portent des marques d'extension : failles normales et blocs basculés. Ils témoignent de la fragmentation initiale du domaine continental ayant précédé à la naissance de l'océan.

Définition
Les marges : zones de transition entre la croûte continentale et la croûte océanique.

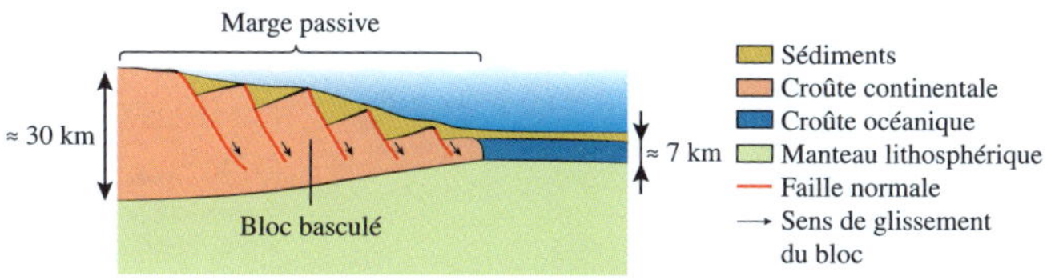

Échelle non respectée pour l'affaissement des blocs, pour la distance horizontale et pour la profondeur de l'océan

Structure d'une marge passive actuelle.

Notes

■ La présence de blocs basculés associés à des failles normales en milieu totalement continental est un indice d'une ancienne marge passive.

Ex. : Dans les Alpes, au niveau de la région du Pelvoux, on observe des blocs basculés en milieu totalement continental, traces de l'ouverture de l'océan Alpin.

■ Les stades initiaux de la fragmentation continentale correspondent aux rifts continentaux.

Ex. : Dans les Afars (Afrique de l'Est), on observe en domaine continental des blocs basculés et des failles normales : il s'agit d'un rift continental.

■ La fragmentation continentale est souvent suivie par la mise en place de nouvelles dorsales. Elles produisent alors de la croûte océanique (accrétion océanique) conduisant à la formation d'un océan (océanisation).

Notes

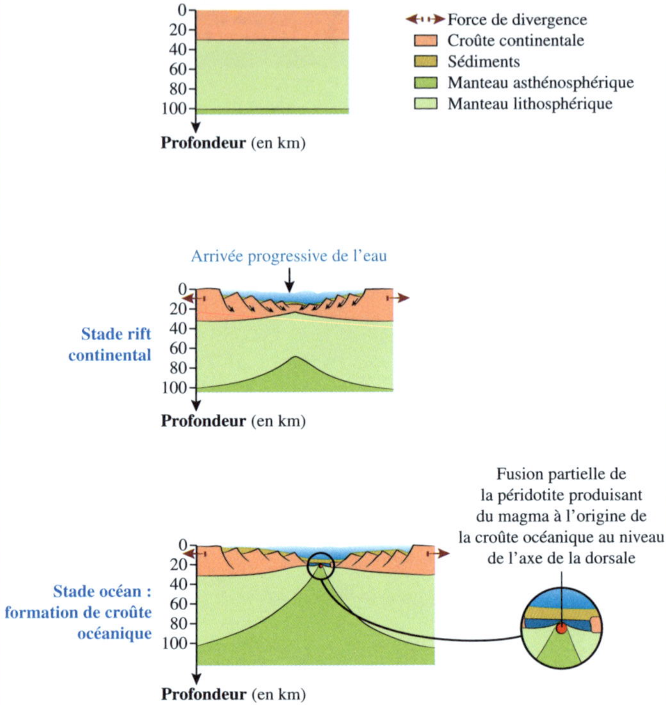

Échelle non respectée pour l'affaissement des blocs, pour la distance horizontale et pour la profondeur de l'océan.

De la fragmentation continentale à l'ouverture d'un océan.

Les reconstitutions paléogéographiques

■ La datation (relative et absolue) des différents indices permet de définir le déroulement d'un cycle orogénique : fragmentation d'un domaine continental, formation d'un océan, subduction/obduction puis collision formant la chaîne de montagnes.

■ Il y a donc des périodes de réunion de blocs continentaux, liées à des collisions orogéniques, et des périodes de fragmentation conduisant à la mise en place de nouvelles dorsales.

■ Au cours des temps géologiques, les cycles orogéniques se succèdent et permettent de déterminer différentes périodes paléogéographiques.

Échelle non respectée pour l'affaissement des blocs et pour la distance horizontale.

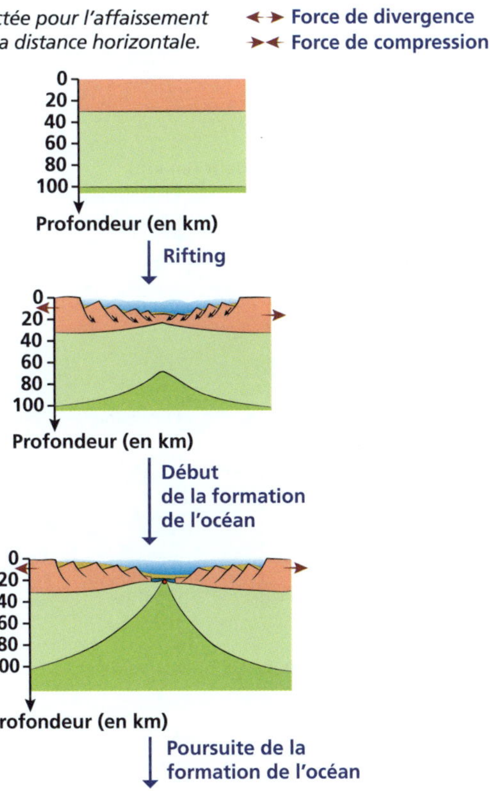

Notes

Notes

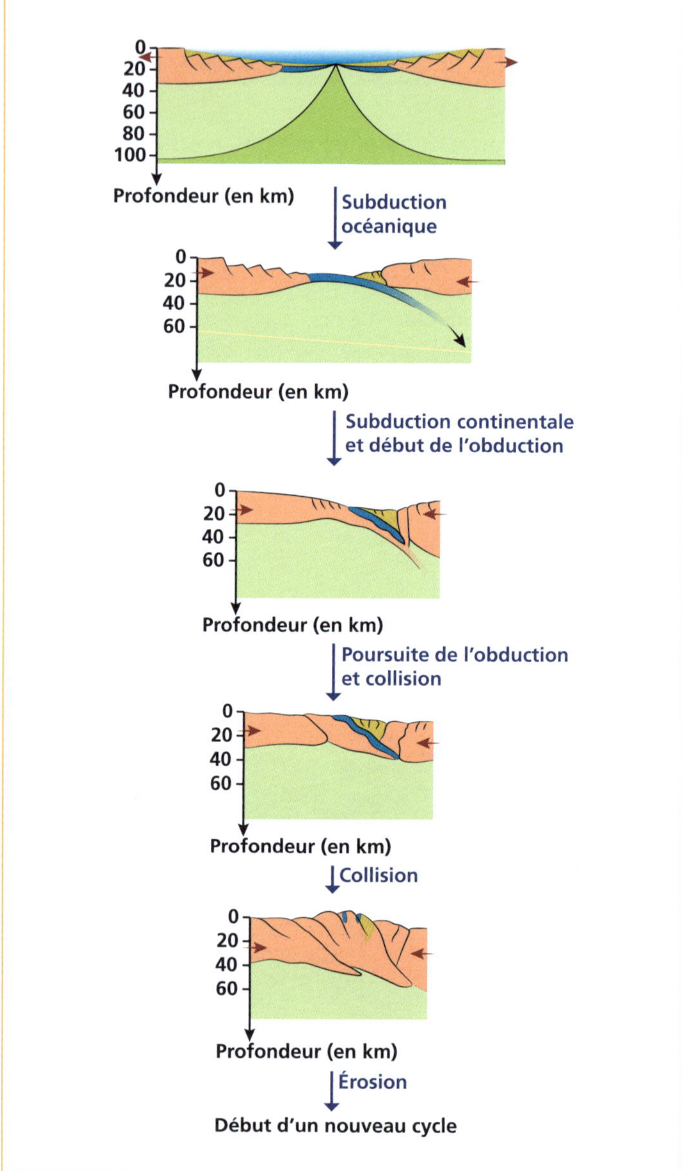

Un cycle orogénique.

Structure et rôle des différents organes d'une plante

Fiche 27

SVT

Les plantes à fleurs, aussi appelées Plantes Angiospermes représentent la plus grande partie des espèces végétales terrestres. Elles sont entre deux milieux très différents : l'un souterrain (le sol) et l'autre aérien (l'atmosphère) et puisent leurs ressources grâce à leurs racines et leurs feuilles. La tige fait le lien entre l'appareil racinaire et l'appareil foliaire.

Notes

1 L'absorption d'éléments nutritifs et l'ancrage de la plante par les racines

■ Les racines permettent l'absorption de l'eau et des ions minéraux du sol ainsi que la fixation de la plante dans le sol. L'absorption est réalisée par de longues cellules, les poils absorbants.

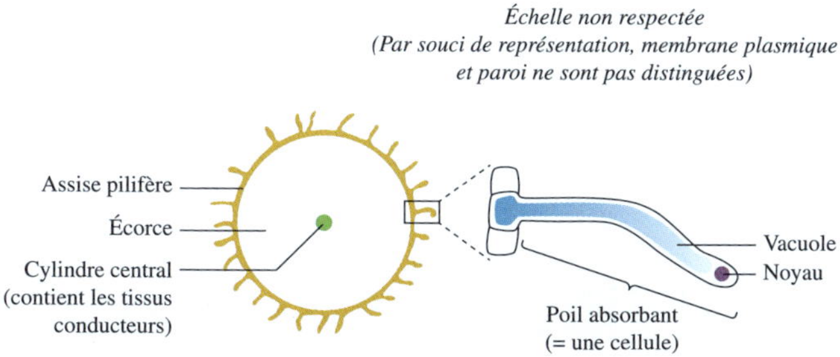

Structure d'une racine en coupe transversale.

2 La production de matière organique par les feuilles

■ Les feuilles sont des organes généralement aplatis, portés latéralement par les tiges. Elles réalisent la photosynthèse : production de matière organique à partir de matière minérale (CO_2) avec la lumière comme source d'énergie.

■ Les feuilles possèdent à la surface de leur épiderme des stomates. Les stomates sont formés par deux cellules stomatiques délimitant un orifice, l'ostiole. Les échanges gazeux (CO_2, O_2, H_2O) entre la plante et l'atmosphère se réalisent par les ostioles. Ils peuvent être fermés ou ouverts selon les conditions du milieu.

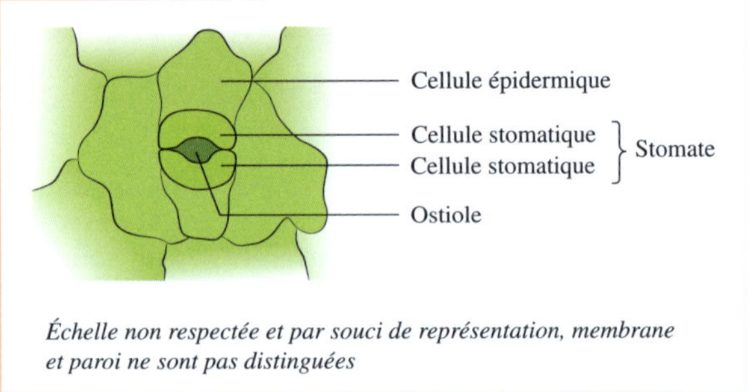

Les stomates au niveau de l'épiderme des feuilles.

3 Le port des feuilles et des organes reproducteurs par la tige

■ Les tiges sont les organes reproducteurs (fleurs et fruits). Elles font le lien entre les racines et les feuilles. Elles présentent une organisation répétitive de phytomères.

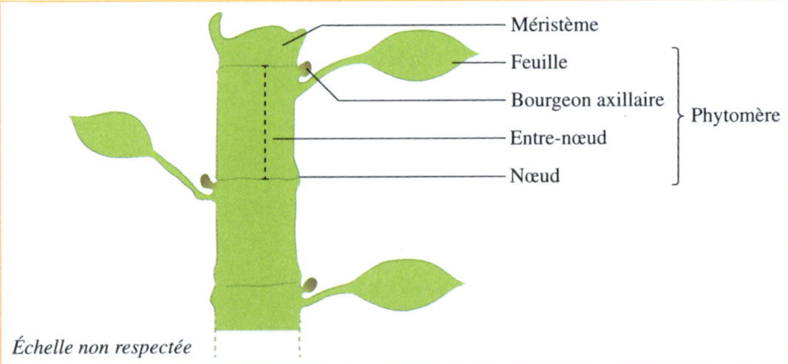

L'organisation répétitive d'une tige.

4 La conduction des sèves par les tissus du xylème et du phloème

■ Des tissus conducteurs canalisent les circulations de matière dans la plante, notamment entre les racines (lieux d'approvisionnement en matière minérale), les feuilles (lieux de synthèse organique) et les lieux de stockage (fruits, graines, tubercules…).

■ Les tissus du xylème transportent la sève brute (eau et ions minéraux) et les tissus du phloème transportent la sève élaborée (eau et sucres principalement).

Le développement d'une plante

Fiche 28

SVT

1 Le rôle des méristèmes

■ Le développement d'une plante associe croissance et différenciation d'organes à partir de méristèmes. Un méristème est un groupe de cellules indifférenciées qui ont la capacité de se diviser un nombre indéfini de fois formant des tissus et des organes.

Remarque
Les méristèmes ne sont présents que chez les végétaux.

Notes

Localisation des méristèmes dans une plante.

2 Les étapes du développement d'une plante

■ Une phase de croissance

La croissance consiste en une multiplication cellulaire par mitoses dans les méristèmes, suivie d'élongation cellulaire.

■ Une phase de différenciation

La différenciation des cellules formées lors de la phase de croissance permet la mise en place des différents organes (tiges, feuilles, racines, fleurs).

Notes

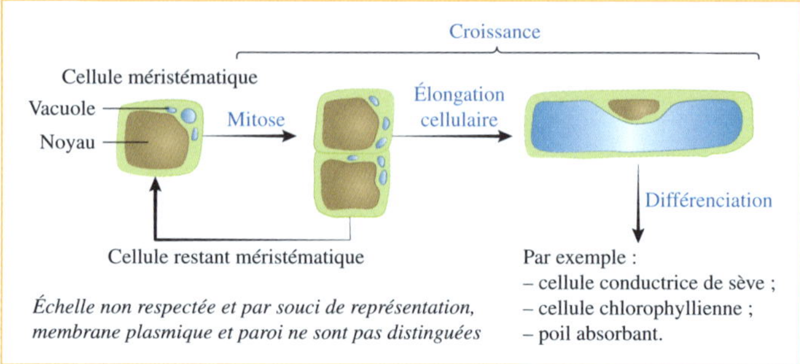

Les étapes du développement d'une plante.

■ L'importance des hormones

Le développement d'une plante est contrôlé par des hormones végétales.

Ex. : L'auxine stimule la croissance de la tige et les cytokinines stimulent la croissance des racines.

■ L'influence des conditions du milieu

Le développement d'une plante est aussi influencé par les conditions du milieu.

Ex. : La lumière influence la croissance des plantes : elles croissent en direction de la lumière (sous l'effet d'une distribution différentielle de l'auxine).

© adastra/Shutterstock

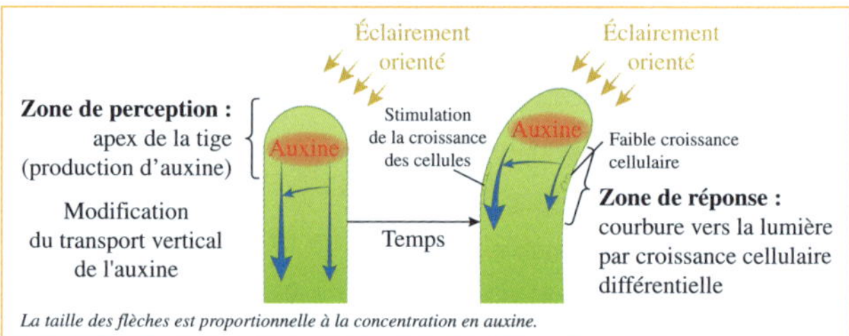

Croissance de plants de tomates en direction de la lumière et schéma d'interprétation.

Les adaptations à la vie fixée

Fiche 29

SVT

Notes

L'organisation des plantes à fleurs traduit des adaptations à la vie fixée sélectionnées au cours de l'évolution.

1 Des défenses contre les herbivores

Les plantes ne peuvent pas fuir les herbivores. Elles présentent des moyens de lutte contre ceux-ci.

Ex. : L'ortie possède à la surface de ses feuilles des poils urticants contenant un liquide urticant. Les herbivores mangeant les feuilles sont alors incommodés et arrêtent de manger la plante.

©Shutterstock/Chrispo

Poils urticants à la surface des feuilles d'ortie.

2 Des moyens de lutte contre les variations des conditions du milieu

Les plantes subissent de plein fouet les variations climatiques, qu'elles soient journalières ou saisonnières. Elles possèdent des moyens de lutte contre les variations des conditions de milieu.

Ex. : Moins de stomates sont ouverts aux heures les plus chaudes de la journée permettant de limiter les pertes en eau.

Variation de l'ouverture des stomates en fonction de l'heure de la journée.

Notes

3 Un prélèvement efficace des ressources

■ La croissance permanente des plantes permet le développement de grandes surfaces d'échanges entre la plante et son environnement (sol et atmosphère). Cela conduit donc à un prélèvement efficace des ressources nécessaires au développement de la plante.

Ex. : Pour un pied de seigle (hauteur comprise entre 1 et 2 m), on a pu évaluer la longueur totale des racines à plusieurs dizaines de kilomètres et leur surface absorbante à 470 m^2. Pour un arbre feuillu de 24 mètres de haut, on a pu évaluer la surface foliaire entre 294 et 470 m^2.

■ Dans la majorité des cas, l'absorption par les racines est facilitée par des symbioses. Ces symbioses font souvent intervenir des champignons : ce sont les mycorhizes. Elles permettent l'exploration de plus grande surface de sol que des racines seules.

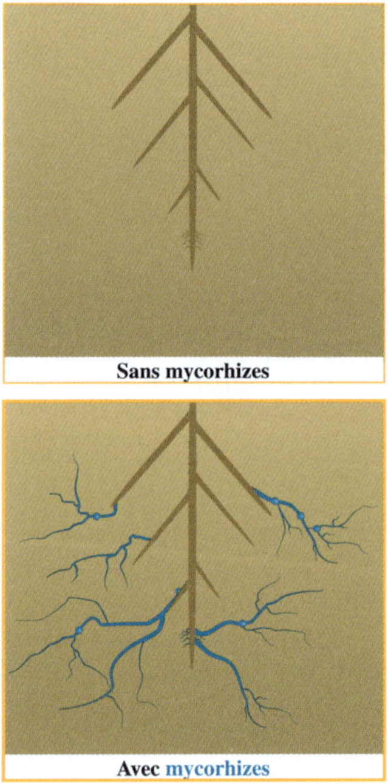

Surface explorée par des racines sans et avec mycorhizes.

La photosynthèse

Fiche 30

SVT

1 Principe général de la photosynthèse

Les plantes sont des organismes autotrophes : elles ont uniquement besoin d'eau, de minéraux et d'énergie lumineuse pour produire leur matière organique. Elles produisent cette matière organique par photosynthèse selon l'équation-bilan simplifiée suivante :

$$6\,CO_2 + 6\,H_2O \xrightarrow{\text{énergie lumineuse}} C_6H_{12}O_6 + 6\,O_2$$

$$\text{dioxyde de carbone + eau} \xrightarrow{\text{énergie lumineuse}} \text{glucose + dioxygène}$$

2 Localisation de la photosynthèse

- Les feuilles de la plante sont les organes spécialisés dans la production de la matière organique par photosynthèse.
- Le tissu photosynthétique de la feuille est appelé parenchyme chlorophyllien. Il est constitué de plusieurs couches de cellules chlorophylliennes, spécialisées dans la photosynthèse.

Notes

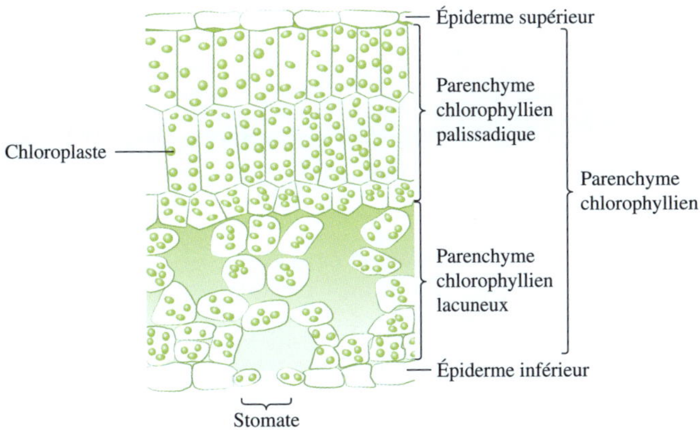

Coupe transversale de feuille.

Notes

■ Chaque cellule chlorophyllienne contient de nombreux chloroplastes. Les chloroplastes sont les organites de la photosynthèse.

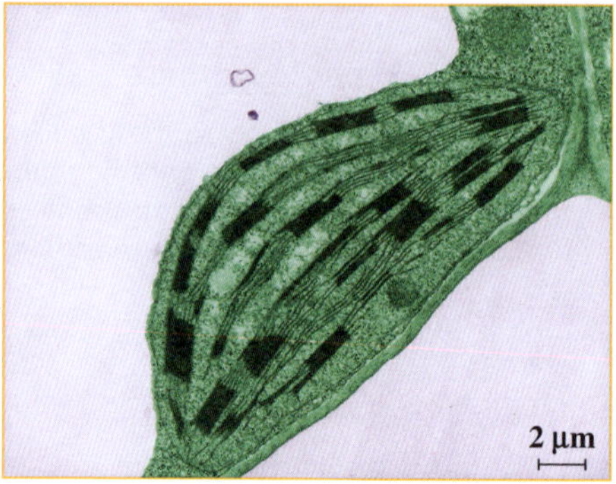

© Dr Jeremy Burgess SPL/Biosphoto

Chloroplaste observé au microscope électronique (fausses couleurs).

■ Le chloroplaste est un organite contenant de nombreux compartiments membranaires : les thylakoïdes. L'espace délimité par les membranes du chloroplaste et dans lequel baignent les thylakoïdes est le stroma.

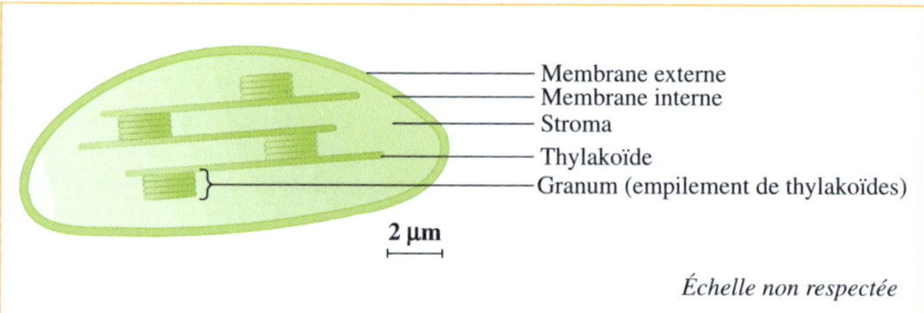

Structure d'un chloroplaste.

Le déroulement de la photosynthèse

Fiche 31

SVT

Notes

La photosynthèse se réalise en deux étapes dépendantes l'une de l'autre : la phase photochimique et la phase chimique.

1 Phase photochimique de la photosynthèse

■ La phase photochimique dépend directement de la lumière. Elle se déroule au niveau de la membrane des thylakoïdes.

■ L'énergie lumineuse est captée par des pigments chlorophylliens (notamment la chlorophylle *a*) présents au sein de la chaîne photosynthétique (groupements de protéines membranaires intervenant dans la photosynthèse), au niveau de la membrane des thylakoïdes.

■ La chlorophylle *a*, excitée par l'énergie lumineuse, perd un électron : celui-ci circule dans la chaine photosynthétique conduisant à la production de composés réduits (NADPH, H^+). Ces composés réduits seront utilisés lors de la phase chimique de la photosynthèse.

Définitions

Une oxydation est une réaction chimique d'oxydation où un ou plusieurs électrons sont libérés par une molécule.

Une molécule à l'**état oxydé** a libéré des électrons.

Une molécule à l'**état réduit** a capturé des électrons.

■ La chlorophylle *a* oxydée retrouve son état initial grâce à la photolyse de l'eau au niveau de la chaîne photosynthétique. La photolyse de l'eau est une réaction d'oxydation : les électrons libérés permettent de régénérer la chlorophylle *a*. Cette oxydation est associée à une libération de dioxygène (O_2).

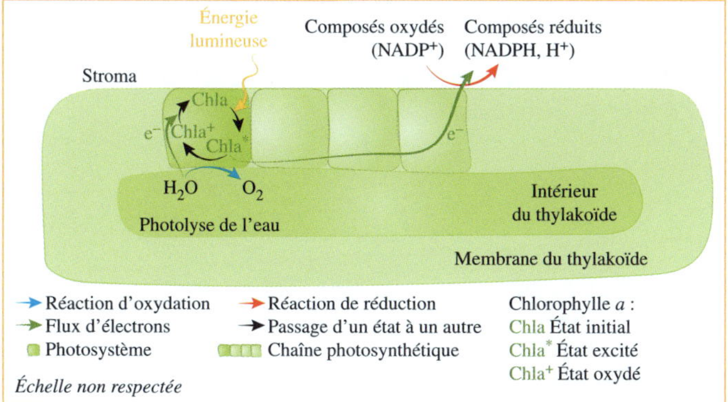

Déroulement de la phase photochimique de la photosynthèse au niveau des thylakoïdes.

Notes

■ Lors de la phase photochimique, il y a donc conversion de l'énergie lumineuse en énergie chimique.

2 Phase chimique de la photosynthèse

■ La phase chimique ne dépend pas directement de la lumière. Elle se déroule au niveau du stroma et correspond à des réactions organisées en un cycle.

Définition
Une réduction est une réaction chimique où un ou plusieurs électrons sont capturés par une molécule.

■ Lors du cycle de Calvin-Benson, l'oxydation des composés réduits (NADPH, H^+) produits lors de la phase photochimique permet la réduction du CO_2 aboutissant à la production de glucose et d'autres sucres solubles (matière organique).

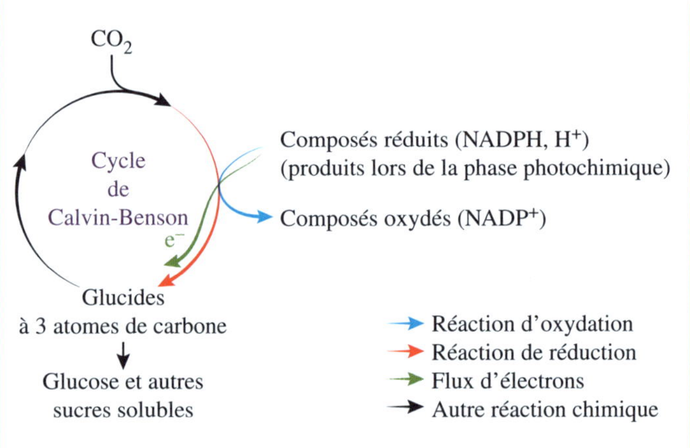

Déroulement de la phase chimique de la photosynthèse au niveau du stroma des chloroplastes.

Le rôle des sucres produits lors de la photosynthèse

Fiche 32

SVT

■ Les sucres produits par la photosynthèse circulent dans toute la plante *via* la sève élaborée.

Ces sucres sont métabolisés dans les différents organes, grâce à des enzymes variées. Les produits de ce métabolisme assurent des fonctions biologiques différentes dont notamment :

– la croissance et le port dressé de la plante ;

– le stockage de réserves ;

– les interactions avec d'autres espèces.

Notes

1 Croissance et port dressé de la plante

■ La croissance et le port dressé de la plante sont permis grâce à la production de cellulose (polymère de glucoses) et de lignine. Ces deux molécules structurent la paroi végétale et la lignine participe à sa rigidification.

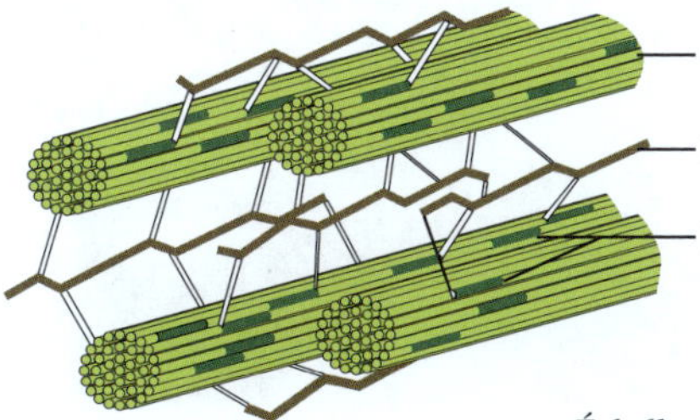

Structure simplifiée de la paroi végétale secondaire.

2 Stockage et réserves

■ Le stockage de réserves dans différents organes est effectué sous différentes formes : glucides (saccharose, amidon,…), protéines, lipides.

■ Le stockage de réserves peut permettre de résister aux conditions défavorables.

Ex. : La pomme de terre (tubercule) est l'organe du plant de pomme de terre qui résiste à l'hiver. Le tubercule stocke de l'amidon. Au printemps, cette réserve est utilisée et permet la croissance du nouveau plant de pomme de terre à partir du tubercule.

Notes

■ Le stockage de réserves joue aussi un rôle dans la reproduction sexuée.

Ex. : Le grain de blé contient des réserves sous forme de protéines. Ces réserves sont nécessaires à la germination de la graine et à la formation du nouveau plant de blé.

3 Interactions avec d'autres espèces

Les produits du métabolisme des sucres photosynthétiques jouent aussi un rôle dans les interactions avec d'autres espèces. Certains interviennent dans des interactions mutualistes tandis que d'autres interviennent dans des interactions compétitives.

Ex. : Les anthocyanes (pigments retrouvés dans les pétales notamment) permettent d'attirer les pollinisateurs (interaction mutualiste) tandis que les tanins permettent la défense contre les herbivores (interaction compétitive).

© Shutterstock/Daniel Prudek

Reproduction sexuée et asexuée

Fiche 33

SVT

Les plantes à fleurs sont appelées Angiospermes : leurs graines sont contenues dans des fruits. Elles ont deux modalités de reproduction : sexuée (impliquant des gamètes mâles et femelles) et asexuée, qui leur permettent de se disséminer dans l'environnement malgré leur fixation au sol par les racines.

1 La reproduction asexuée

Notes

■ Les capacités de reproduction asexuée et de croissance indéfinie des plantes sont exploitées depuis longtemps par les humains pour leurs cultures. Ainsi, la technique du bouturage consiste à obtenir une nouvelle plante à partir d'un fragment d'organe isolé (tige, feuille…).

La technique du bouturage.

■ Certaines plantes, comme le fraisier, émettent des tiges à croissance horizontale, les stolons, capables de s'enraciner pour former un nouveau plant.

La reproduction asexuée du fraisier grâce aux stolons.

■ Ces modes de reproduction asexuée montrent que les cellules végétales sont capables de se dédifférencier puis de se re-différencier ensuite en tous les types cellulaires. Cette propriété est appelée la totipotence.

Notes

2 La reproduction sexuée

■ Chez les Angiospermes, la reproduction sexuée est assurée par la fleur.

■ Les gamètes femelles, ou ovules, sont contenus dans l'ovaire, faisant partie du pistil.

■ Les gamètes mâles sont contenus dans les grains de pollen, produits par les étamines.

Coupe longitudinale dans une fleur.

© Shutterstock/TIF Fotos

Pistil et étamines d'une fleur.

Fécondation croisée et autofécondation

Fiche 34

SVT

Notes

Lors de la pollinisation, les grains de pollen se déposent sur le stigmate de la fleur. Chaque ovule peut ainsi être fécondé par un gamète mâle de la même espèce.

1 L'autofécondation

■ La fécondation des gamètes femelles par les gamètes mâles de la même fleur est appelée autofécondation. Elle est possible dans certains cas : elle permet ainsi la colonisation d'un milieu par reproduction sexuée, même en l'absence d'autres plantes de la même espèce dans l'environnement proche.

■ Chez de rares espèces, l'autofécondation est obligatoire.

Ex : Dans le cas du blé, la fécondation a lieu alors que les fleurs ne sont pas ouvertes.

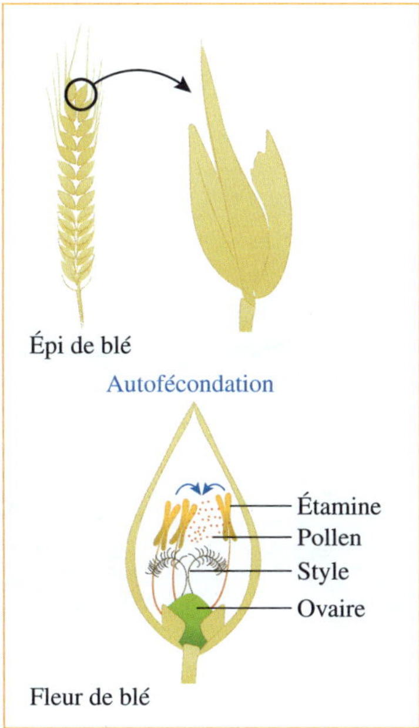

Autofécondation chez le blé.

■ Cependant, l'autofécondation limite les possibilités de brassage génétique.

Notes

2 La fécondation croisée

■ Lorsque les ovules d'une fleur sont fécondés par les gamètes mâles d'une autre fleur de la même espèce, on parle de fécondation croisée.

■ Divers mécanismes d'incompatibilite, favorisant la fécondation croisée entre individus différents, ont été sélectionnés au cours de l'évolution. Ils peuvent être :

– génétiques (pas de fécondation possible si le grain de pollen est génétiquement similaire aux cellules de l'ovaire) ;
– anatomiques (séparation des parties mâles et femelles) ;
– temporels (maturité différée de l'ovaire et des étamines).

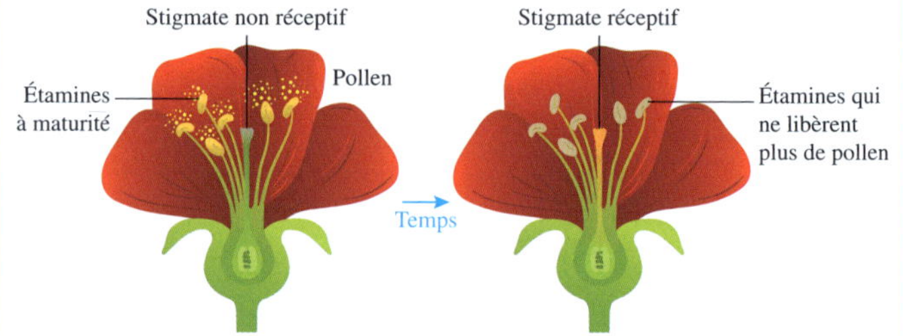

Exemple de mécanisme empêchant l'autofécondation.

■ Certaines fleurs ou plantes sont unisexuées : elles ne portent que des organes mâles ou femelles. L'autofécondation est donc impossible.

■ La fécondation croisée implique la mobilité du pollen et donc son transport par un vecteur.

La fécondation croisée implique le transport du pollen.

La pollinisation

Fiche 35

SVT

Chez certaines espèces, comme les céréales ou certains arbres, le pollen est transporté par le vent, mais pour 90 % des plantes à fleurs, les vecteurs sont des animaux pollinisateurs, principalement des insectes.

■ Les différentes pièces florales peuvent présenter des caractéristiques variées (taille, forme, couleur…) et jouer un rôle important dans la fonction de reproduction.

1 Pollinisation par le vent

■ Les espèces dont le pollen est transporté par le vent, en produisent des quantités massives. Leurs fleurs sont de petite taille et peu colorées, leurs stigmates peuvent être longs et plumeux, ce qui maximise les chances d'intercepter des grains de pollen, qui sont eux de petite taille (en moyenne 30 µm) et légers.

© Leonid Ikan/Shutterstock

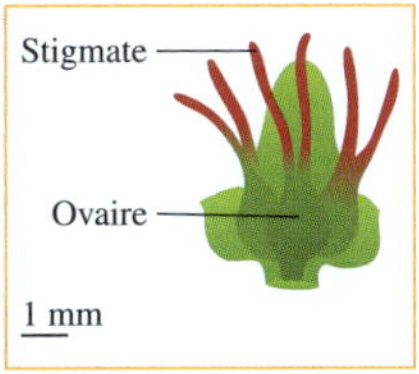

Chatons de bouleau portant les fleurs et dessin d'une écaille de bouleau portant trois fleurs femelles.

2 Pollinisation par des animaux

■ Les espèces dont la pollinisation repose sur une collaboration avec une espèce animale présentent des fleurs aux caractéristiques particulières : grands pétales blancs ou colorés (par des pigments comme les anthocyanes), odeur et nectar sucré qui attirent les pollinisateurs.

■ Lorsque l'animal se nourrit, tout en participant à la reproduction de l'espèce végétale, on peut qualifier l'interaction de mutualiste car les bénéfices sont réciproques.

Ex. : L'organisation de la fleur de sauge favorise la pollinisation par les insectes tout en empêchant l'autofécondation. Le pollen s'accroche à l'insecte, venu se nourrir de nectar, grâce au basculement des étamines. L'insecte dépose ensuite le pollen sur le stigmate d'une autre fleur de la même espèce.

Notes

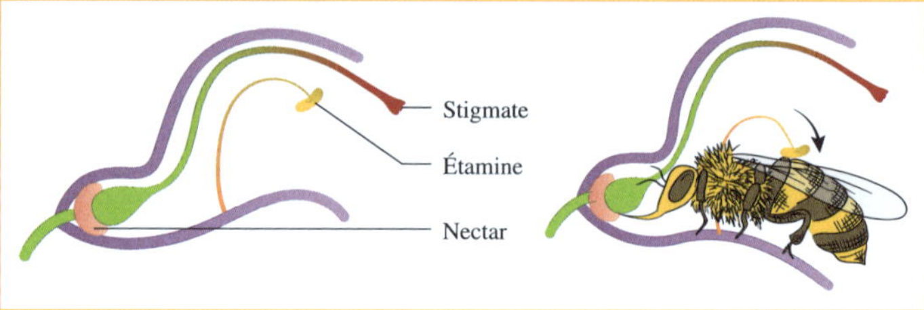

Collaboration entre la fleur de sauge et son pollinisateur.

Ex. : Certaines espèces d'orchidées présentent la forme, les motifs, la texture voire l'odeur caractéristique de la femelle de leur pollinisateur. Le mâle de cette espèce peut alors être leurré et tenter de se reproduire, tout en se couvrant de pollen au passage. Le mâle déposera ensuite ce pollen sur le pistil de la fleur suivante.

© Viktor Loki/Shutterstock

Orchidée du genre Ophrys et abeille pollinisatrice.

■ L'adaptation très spécifique d'une fleur avec son pollinisateur montre que l'évolution des deux espèces s'est faite conjointement : on parle de coévolution.

De la fécondation à la germination

Fiche 36

SVT

Notes

1 De la fleur au fruit

■ Le grain de pollen déposé sur le stigmate émet un tube permettant au gamète mâle d'atteindre l'ovule pour le féconder. À l'issue de la fécondation, chaque ovule se transforme en graine et l'ovaire se transforme en fruit.

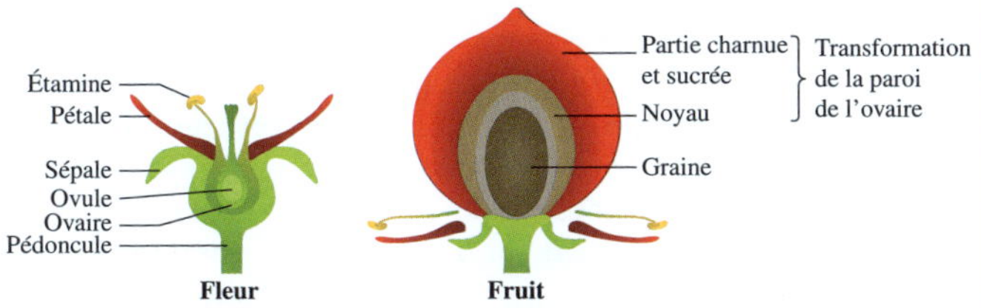

De la fleur au fruit, l'exemple de la cerise.

2 La dispersion des graines

■ Une espèce d'Angiosperme peut étendre sa zone de répartition géographique, et coloniser de nouveaux milieux, à la condition que ses graines soient disséminées à distance du lieu de formation du fruit. Ainsi, les fruits et/ou les graines peuvent être transportés sur de plus ou moins longues distances et de différentes manières :

- transport par des agents physiques (vent, eau) ;
- transport par des animaux disperseurs (interaction mutualiste ou transport passif).

■ Différentes adaptations des fruits et des graines, permettant leur transport, ont été sélectionnées au cours de l'évolution.

A. Dispersion par des agents physiques

Ex. : Chez le pissenlit, dont les petites fleurs sont regroupées en inflorescence, chaque ovaire se transforme en un fruit sec contenant une seule graine, surmonté d'une structure en forme de parapluie, issue de la transformation du stigmate. Cette adaptation favorise la dissémination par le vent.

Notes

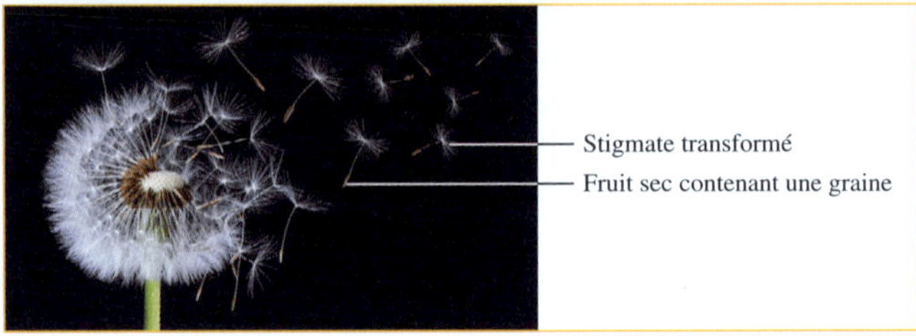

© Bess Hamitii/Shutterstock

Les fruits du pissenlit sont adaptés à la dissémination par le vent.

B. Dispersion par des animaux

■ Certains fruits sont munis de crochets et s'accrochent facilement au pelage des animaux, qui peuvent les transporter involontairement sur de longues distances (Ex : les fruits de la bardane).

■ De nombreux fruits attirent les animaux grâce à des couleurs ou des odeurs. Une fois le fruit avalé, les graines résistent à la digestion et sont évacuées dans les excréments, parfois très loin du lieu de consommation. Certaines graines très dures ont même besoin d'être soumises à la digestion par un animal pour pouvoir germer.

■ Ainsi, l'interdépendance entre certaines plantes à fleurs et certains animaux, pour la dissémination et la germination des graines, montre une coévolution entre espèce végétale et animal disperseur.

3 La graine et son développement

■ Une graine contient l'embryon d'une future plante, qu'elle protège par une enveloppe résistante. Après une certaine durée de vie ralentie, dans un état de déshydratation permettant sa longue conservation, la graine peut entrer en germination si les conditions sont favorables (teneur en eau suffisante, température adéquate). L'embryon se développe alors en utilisant les molécules de réserve préalablement accumulées (amidon, lipides, protéines) grâce à l'action d'enzymes.

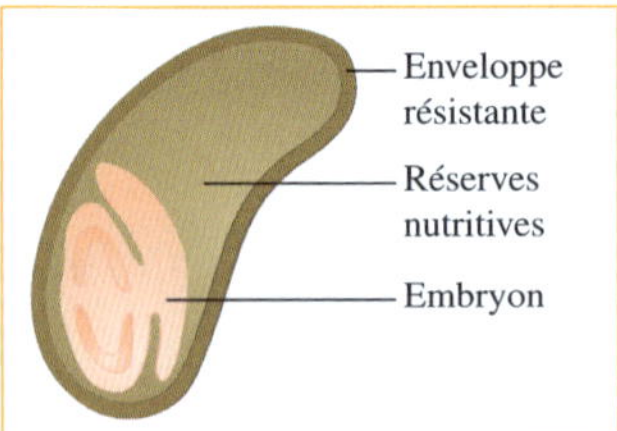

Coupe longitudinale dans un grain de blé.

© Alena Brozova/Shutterstock

Premières étapes de la germination d'une graine de courge.

Des plantes sauvages aux plantes cultivées

Fiche 37

SVT

1 Les caractéristiques des plantes domestiquées

■ Une plante domestiquée est une espèce végétale cultivée dont les caractéristiques sont transformées au cours des interactions avec les êtres humains. Ces transformations affectent souvent le génome.

■ Les plantes domestiquées ont des ancêtres sauvages. L'ancêtre sauvage supposé du maïs est la téosinte. Ils présentent les mêmes caryotypes et sont capables de s'hybrider naturellement, mais un petit nombre de gènes impliqués dans le développement de la plante présente des différences.

	Téosinte (plante sauvage) 	**Maïs** (plante cultivée) 
Organisation de la plante	**Faible expression du gène tb1 → Présence de rameaux latéraux**	**Forte expression du gène tb1 → Plante à tige unique**
Organisation des inflorescences femelles : les épis	Longueur : 5 cm Nombre moyen de grains : 10	Longueur : 30 cm Nombre moyen de grains : 500
Caractéristiques des grains	– **Allèle sauvage du gène tga1 → grains à enveloppe dure.** – Les grains tombent spontanément au sol.	– **Allèle muté du gène tga1 → grains à enveloppe souple.** – Les grains restent attachés aux épis.

Comparaison du maïs et de son ancêtre sauvage, la téosinte.

■ Le maïs consacre l'essentiel de ses ressources à la production de graines, exploitées pour l'alimentation : les caractères utiles aux êtres humains ont été sélectionnés au cours de la domestication.

■ L'être humain a sélectionné des caractéristiques différentes de celles qui étaient favorables aux ancêtres sauvages des plantes domestiquées : on parle de syndrome de domestication. Certaines espèces domestiquées perdent ainsi leur capacité à se reproduire sans l'intervention humaine.

Notes

Notes

■ Les plantes sont utiles aux êtres humains ; mais ces derniers, en protégeant les cultures, en récoltant et en semant les graines, sont également utiles aux plantes. La relation entre les plantes cultivées et les humains peut donc être qualifiée de mutualiste.

2 L'évolution des techniques

■ On parle de sélection artificielle lorsque les humains choisissent de reproduire entre elles les plantes qui présentent les caractéristiques qui les intéressent : taille, couleur, résistance…

■ La technique d'hybridation consiste à croiser deux variétés végétales différentes, mais la sélection variétale prend de nombreuses années avant d'aboutir.

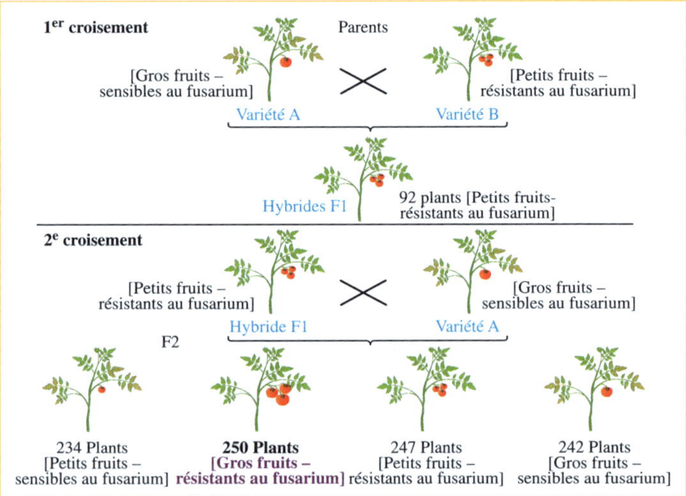

Étapes de création d'une nouvelle variété de tomate aux fruits de grande taille et résistante au Fusarium, *un champignon parasite. Différents croisements permettent ensuite d'obtenir des lignées pures avec les caractéristiques recherchées.*

■ L'utilisation des biotechnologies permet de créer plus rapidement de nouvelles variétés, en agissant directement sur le génome : par transgénèse (obtention d'OGM), ou plus récemment grâce à l'édition génomique (système CRISPR-Cas9 utilisant des « ciseaux moléculaires » pour couper l'ADN).

■ La réussite de la culture de plantes dépend de la qualité des semences, qui doivent être capables de germer pour devenir des plantes aux caractéristiques stables et homogènes.

Conséquences sur la biodiversité végétale

Fiche 38

SVT

Notes

1 Réduction de la biodiversité

■ Au sein d'une espèce, la diversité génétique correspond à la diversité allélique, qui résulte de mutations au cours de l'évolution.

■ Une espèce cultivée présente souvent de nombreuses variétés : c'est une forme de biodiversité qui découle du processus de domestication exercé par les humains depuis 10 000 ans.

■ Cependant, l'étude des génomes des plantes cultivées montre un appauvrissement global : la diversité allélique n'est importante que pour un petit nombre de gènes en lien avec les phénotypes sélectionnés.

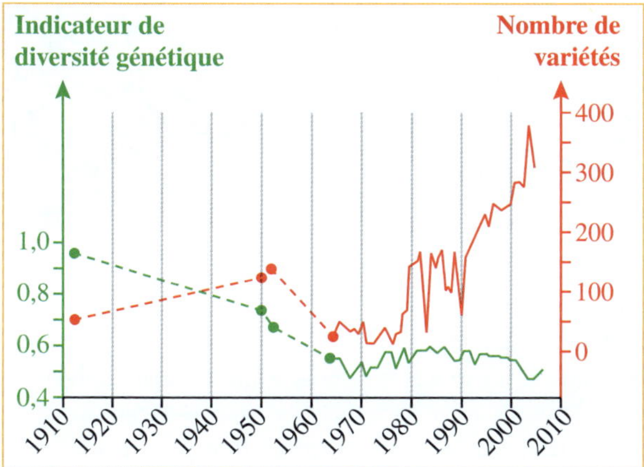

D'après Goffaux et al. (2011)

Évolution de la diversité du blé tendre cultivé en France.

■ La dérive génétique (liée à l'exportation d'un faible échantillon d'une espèce à distance de sa région d'origine) et la diffusion à grande échelle de variétés génétiquement homogènes expliquent la réduction de la diversité.

■ Aujourd'hui, les trois-quarts des aliments proviennent d'à peine douze espèces végétales, sur plus de 250 000 espèces comestibles connues.

■ 75 % de la biodiversité des plantes cultivées s'est perdue au cours du XXe siècle et plus de 90 % des variétés agricoles ont disparu.

Notes

2 Fragilité des espèces cultivées

■ Comme pour les plantes sauvages, la persistance des plantes domestiques dépend de leur capacité à évoluer, or l'homogénéité génétique ne permet pas de faire face aux variations de l'environnement (changement climatique…).

■ La réduction de la diversité contribue donc directement à la fragilité des plantes cultivées. Certaines variétés ont perdu des moyens de défense naturels contre les ravageurs et parasites au cours de la domestication, avec des conséquences à grande échelle.

Larves de Chrysomèle, ravageur du maïs.

Bananier atteint de Fusariose (maladie causée par un champignon).

3 Avenir de l'agriculture

■ La fragilité des espèces cultivées a pour conséquence l'utilisation croissante de pesticides, dont certains sont nocifs.

■ Une solution réside dans l'exploitation des ressources génétiques de variétés anciennes ou des ancêtres sauvages, afin de réintroduire de la diversité dans les espèces modernes.

■ Par exemple, des croisements entre le maïs domestiqué et la téosinte pourraient permettre de restaurer les mécanismes de défense naturels contre les ravageurs des cultures, comme la chrysomèle.

L'évolution des populations humaines

Fiche 39

SVT

La domestication des plantes, menée dans différentes régions du monde, a entraîné des conséquences importantes sur l'évolution culturelle, biologique et génétique des populations humaines.

1 La préparation des aliments

■ Pour remédier aux problèmes de digestibilité ou de toxicité de certaines espèces végétales, les êtres humains ont développé des pratiques de préparations alimentaires, impliquant notamment une domestication microbienne (levures, bactéries). C'est le cas par exemple avec la fermentation du chou pour obtenir la choucroute ou le trempage et la fermentation du manioc pour éviter la production de cyanure toxique.

Notes

Racines de manioc, aliment de base en Afrique.

2 Évolution de la capacité à digérer certaines molécules

■ La composition du microbiote intestinal varie selon les régions du globe et les régimes alimentaires. En particulier, certaines bactéries intestinales produisent des enzymes capables de digérer ou transformer des molécules contenues dans les végétaux. Par exemple, la consommation d'algues a modifié le phénotype étendu de la population japonaise, par l'intégration de bactéries marines dans le microbiote intestinal. Celui-ci présente ainsi une enzyme, la porphyranase, capable de dégrader la paroi d'une algue rouge, utilisée pour préparer les sushis.

Notes

La domestication des espèces végétales a contribué à la sélection de caractères génétiques humains spécifiques. La relation mutualiste entre les plantes cultivées et les êtres humains engendre donc une coévolution. Par exemple, la capacité des humains à digérer l'amidon, contenu notamment dans les céréales, est conditionnée par la quantité d'amylase qu'ils possèdent. Or, la quantité de cette enzyme digestive dépend du nombre de copies du gène présentes dans le génome d'un individu.

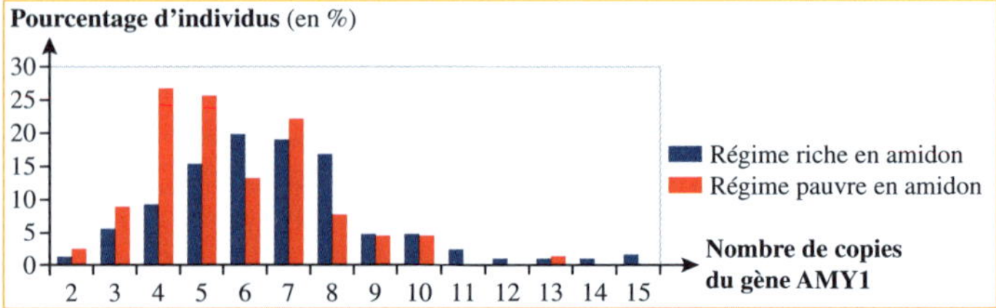

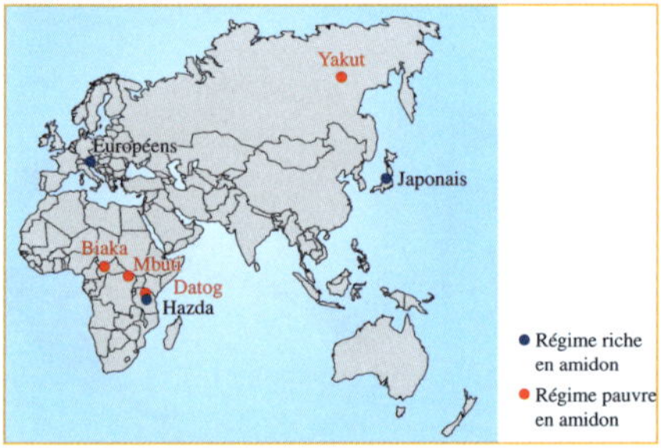

Comparaison du nombre de copies du gène AMY1selon le régime alimentaire plus ou moins riches en amidon, dans deux groupes de populations humaines reparties sur le globe. Les différences sont statistiquement significatives.

Alors que les chimpanzés ne possèdent que deux copies du gène qui code pour l'amylase salivaire (appelé AMY1), le nombre de copies dans les populations humaines est variable (de 2 à 15) et peut être corrélé à leur régime alimentaire.

Au cours de l'évolution des populations humaines et de la domestication des céréales, les régimes alimentaires riches en amidon semblent avoir sélectionné les individus capables de le digérer efficacement. Dans ces populations au régime alimentaire riche en amidon, un nombre plus important de copies du gène AMY1 a pu constituer un avantage sélectif.

L'enregistrement des variations climatiques récentes du Quaternaire (–2,58 Ma à l'actuel)

Fiche 40

SVT

Notes

1 Des indices sédimentaires

■ En France, on peut observer des **moraines** datées du Quaternaire. Elles correspondent au relief formé par des amas de débris rocheux transportés par un glacier et témoignent donc d'un climat froid.

2 Des indices isotopiques

Définition
Deux isotopes d'un élément chimique ne diffèrent que par leur nombre de neutrons.

■ Différents isotopes de l'oxygène existent dont notamment le ^{18}O et le ^{16}O (isotope majoritaire). Ils présentent une différence de comportement en raison de leur différence de masse, en fonction de la température : on parle de fractionnement isotopique.

■ L'analyse des variations du rapport $^{18}O/^{16}O$ caractérisées par le $\delta^{18}O$ dans les carbonates des sédiments océaniques ou dans les glaces renseigne sur les variations de température :

	Dans les glaces	Dans les carbonates des sédiments océaniques
Augmentation de la température	↗ $\delta^{18}O$	↘ $\delta^{18}O$
Diminution de la température	↘ $\delta^{18}O$	↗ $\delta^{18}O$

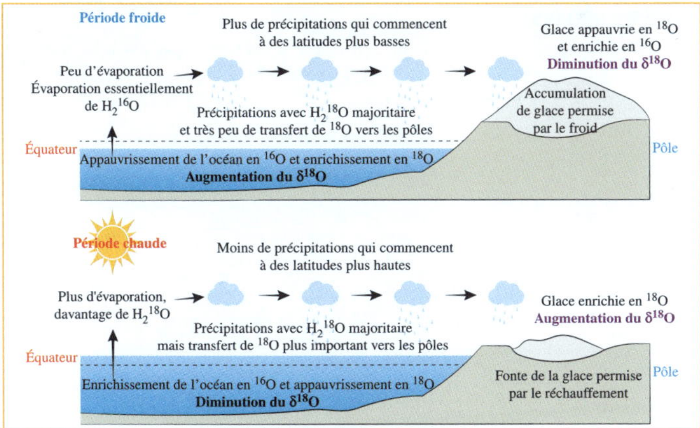

Le fractionnement isotopique de l'oxygène.

Notes

■ Définition :

$$\delta^{18}O = \left[\frac{\left(\frac{^{18}O}{^{16}O}\right)_{\text{échantillon}} - \left(\frac{^{18}O}{^{16}O}\right)_{\text{référence}}}{\left(\frac{^{18}O}{^{16}O}\right)_{\text{référence}}} \right] \times 1\,000$$

> **Remarque**
> L'évaporation du ^{18}O nécessite plus d'énergie (donc plus de chaleur) car il est « plus » lourd que l'^{16}O mais l'^{18}O « tombe » plus facilement lors des précipitations.

3 Les indices biologiques

■ Les végétaux peuplent les milieux continentaux en fonction de leurs exigences climatiques. Lors des périodes de reproduction, ils produisent du pollen (cas des angiospermes et des pins) ou des spores (cas des mousses et des fougères).

■ Pollens et spores peuvent être piégés et conservés dans des tourbières (accumulation de mousses). Il est alors possible de construire des diagrammes polliniques représentant l'abondance des pollens/spores de différentes espèces au cours du temps : on est alors en mesure de déterminer la ou les espèces majoritaires à une période donnée.

■ L'utilisation du principe d'actualisme suppose que les espèces passées ont les mêmes exigences écologiques que des espèces actuelles qui leur sont apparentées.

4 Une alternance de périodes glaciaires et interglaciaires

■ Les différents indices font apparaître une alternance de périodes glaciaires (vaste extension des calottes glaciaires) et interglaciaires (faible extension des calottes glaciaires) durant les derniers 800 000 ans.

Ex. : La période s'étendant entre –120 000 et –11 000 ans est une période glaciaire, c'est-à-dire une période de temps où la baisse des températures conduit à une vaste extension des calottes glaciaires, de –11 000 à aujourd'hui c'est une période interglaciaire.

L'origine des variations climatiques du Quaternaire (–2,58 Ma à l'actuel)

Fiche 41

SVT

Notes

■ La quantité d'énergie solaire reçue par la Terre dépend de 3 paramètres orbitaux nommés paramètres de Milanković :

– l'excentricité : mesure de la différence entre l'ellipse de l'orbite de la Terre et un cercle ;

– l'obliquité : angle entre l'axe de rotation de la Terre et le plan de l'orbite terrestre ;

– la précession des équinoxes : mouvement très lent de rotation de l'axe de la Terre, elle-même en rotation.

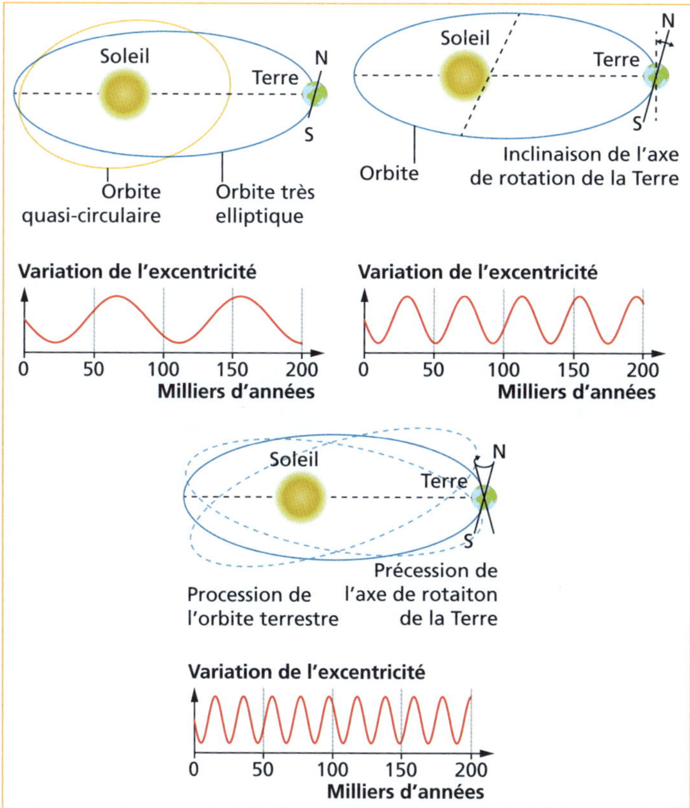

Les paramètres de Milanković.

■ Ces paramètres varient selon des cycles, nommés cycles de Milanković, avec chacun leur propre périodicité.

■ Les variations de température déterminées grâce aux rapports isotopiques montrent des variations cycliques coïncidant avec des variations périodiques des paramètres orbitaux de la Terre.

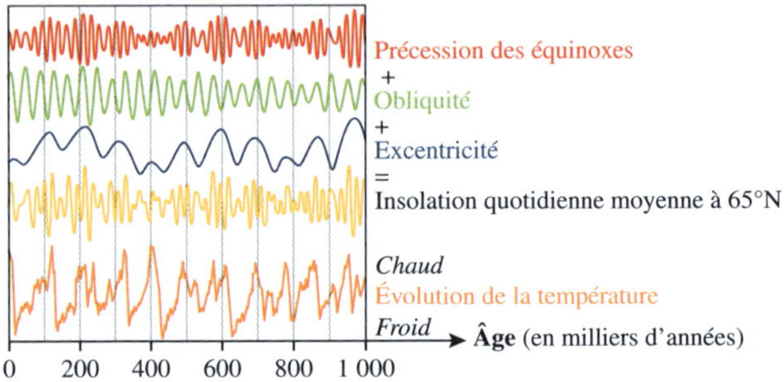

Variation de la température et variations des paramètres orbitaux sur 1 Ma.

■ Ces variations ont ... é la puissance solaire reçue et ont été accompagnées de b... , de rétroactions positives et négatives (variation de l'alb... fonction des surfaces glacées, vari... de solubilité du CO_2 dans les océans ...ction de la température) : la comb... de ces phénomènes est à l'origine ...trées et des sorties de glaciation ob...s notamment au cours du Quatern...

Définition
L'albédo est le pouvoir réfléchissant d'une surface correspondant au rapport entre l'énergie lumineuse réfléchie sur l'énergie lumineuse reçue.

De grandes variations climatiques au cours des temps géologiques

1 Un refroidissement global depuis 30 Ma

■ À l'échelle du Cénozoïque, et depuis 30 millions d'années, les indices isotopiques des sédiments marins montrent une tendance générale à la baisse de la température moyenne du globe.

■ Ce refroidissement s'explique en partie par une baisse de la concentration atmosphérique de CO_2 en relation avec l'altération des matériaux continentaux, notamment à la suite des orogénèses du Cénozoïque (formation des Alpes et de l'Himalaya notamment).

Ex. : L'altération des feldspaths plagioclases (un des minéraux composant le granite) nécessite plus de CO_2 qu'elle n'en produit : le transport et le dépôt des produits de l'altération conduit donc à un stockage de CO_2 sous forme de carbonates dans les océans. Or, le CO_2 est un gaz à effet de serre. Donc cela contribue à diminuer l'effet de serre et donc la température.

■ De plus, la variation de la position des continents par la tectonique des plaques a modifié la circulation océanique favorisant la mise en place du refroidissement.

2 Une période chaude au Crétacé

■ Au Mésozoïque, pendant le Crétacé (–135 à –65 Ma), les indices sédimentaires et paléontologiques montrent une tendance à une hausse de température.

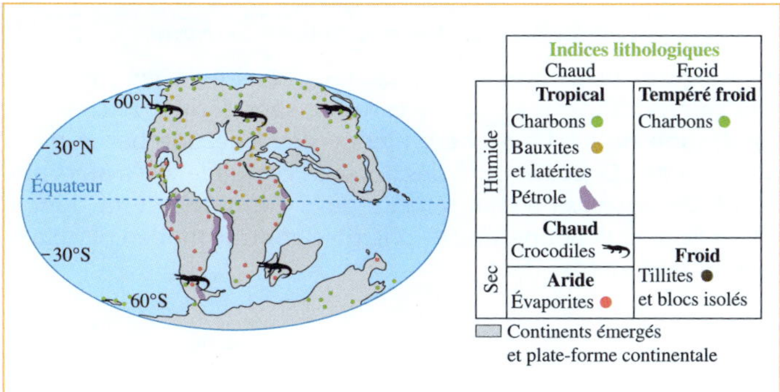

Carte des indices climatiques au Crétacé.

Ex. : On observe des évaporites (roches sédimentaires se formant par évaporation) et des fossiles crocodiliens jusqu'à 60° de latitude Nord (latitude actuelle de Stockholm).

■ Au cours du Crétacé, l'activité des dorsales augmente : il y a alors une forte production de magma au niveau des dorsales entraînant une forte augmentation des émissions de CO_2. La géodynamique terrestre interne semble principalement responsable de cette augmentation de température.

3 Une glaciation au Carbonifère-Permien

■ Au Paléozoïque, des indices paléontologiques et sédimentaires révèlent une importante glaciation au Carbonifère-Permien (aux alentours de – 300 Ma).

Ex. : On observe des tillites jusqu'à environ 30° de latitude Sud (latitude actuelle de Johannesburg, Afrique du Sud). Les tillites sont des roches formées par l'accumulation et la compaction des produits de l'érosion glaciaire des continents, au niveau des moraines.

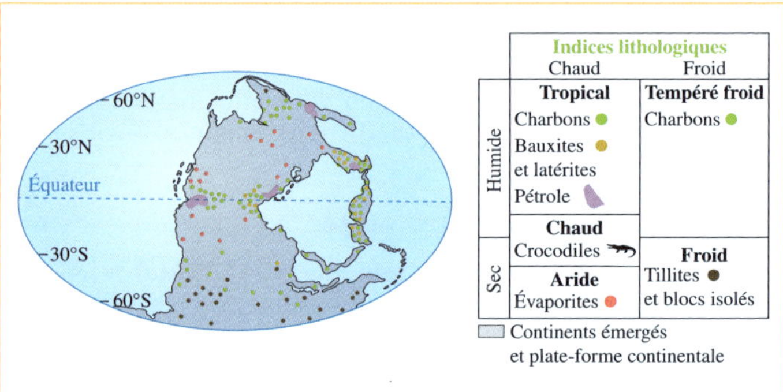

Carte des indices climatiques au Carbonifère - Permien.

■ Au début du Carbonifère, le climat global est chaud et il y a une séquestration massive de carbone sous forme de charbon, l'altération de la chaîne hercynienne entraîne une baisse de la quantité de CO_2 et l'activité des dorsales est faible. Il y a alors une baisse de la concentration en CO_2 dans l'atmosphère et donc à une baisse de la température : une glaciation se met en place à la limite Carbonifère - Permien.

Les conséquences multiples du réchauffement climatique

Fiche 43

SVT

Notes

Le réchauffement climatique (ou changement climatique) désigne l'augmentation de la température moyenne de surface de notre planète à cause des activités humaines. On peut aussi parler de changement climatique, car un réchauffement global peut se traduire par d'autres types de variations climatiques selon les endroits du globe.

1 Des effets sur les milieux de vie

■ Le réchauffement climatique conduit à de nombreuses modifications des milieux de vie sur Terre : inondations plus fréquentes et importantes, sécheresses plus longues et intenses, fonte des glaces, montée du niveau marin, érosion littorale, etc. Par exemple, à Soulac-sur-Mer (Gironde), l'augmentation du niveau marin conduit à une érosion littorale très importante : des habitations, autrefois à des dizaines de mètres du bord de mer, se retrouvent à présent au niveau de la ligne de côte et sont menacées par l'avancée de la mer.

Érosion littorale à Soulac-sur-Mer.

■ Les effets du réchauffement climatique sur les milieux de vie entraînent des conséquences directes et indirectes sur les populations humaines.

2 Des effets directs sur les populations humaines

■ Le réchauffement climatique a des effets directs sur les populations, notamment en ce qui concerne les effectifs des populations, leur état sanitaire, ainsi que leur répartition.

■ La hausse de la température terrestre et l'augmentation de la fréquence des vagues de chaleur entraine une surmortalité dans toutes les populations humaines.

Notes

■ Le changement climatique actuel conduit à une modification des aires de répartition des vecteurs de maladies (par exemple les moustiques dans le cas du paludisme) ainsi que des pathogènes eux-mêmes. Cela contribue donc à la propagation de maladies dans des zones où elles n'étaient autrefois pas présentes.

■ Les conséquences du réchauffement climatique contraignent certaines populations à quitter leur lieu d'habitation. Cela entraîne des mouvements massifs de populations (les "réfugiés climatiques") et donc une modification de la répartition des populations humaines à la surface du globe.

3 Des effets indirects sur les populations humaines

■ Le réchauffement climatique perturbe le fonctionnement des écosystèmes et des agrosystèmes. Il en résulte une atteinte à la biodiversité : elle décroît fortement à cause de l'augmentation des températures. En effet, le caractère trop brutal de ces changements ne laisse pas le temps aux espèces de s'adapter.

■ La biodiversité apporte des bénéfices à l'être humain : ce sont les services écosystémiques. Le réchauffement climatique impacte donc indirectement les populations humaines par la dégradation des écosystèmes dont elles sont dépendantes.

■ L'augmentation de la concentration en CO_2 (par les activités humaines), responsable du réchauffement climatique, favorise la production de biomasse par photosynthèse. Cependant, le fort impact du changement climatique sur les sols et les ressources en eau contribue à réduire la disponibilité en terres agricoles de qualité.

Les actions possibles face au réchauffement climatique

Fiche 44

SVT

■ Aux niveaux individuel et collectif, il est possible d'entreprendre des actions face au réchauffement climatique. Ces actions peuvent être de l'ordre de l'adaptation ou de l'atténuation.

■ Il existe ainsi, dans différents pays, des plans d'action bâtis sur un consensus scientifique, dont l'objectif est de renforcer l'acquisition des connaissances, ainsi que d'évaluer les actions mises en place face au changement climatique. En France, il existe, par exemple, le Plan national d'adaptation au changement climatique (PNACC).

1 Les stratégies d'adaptation

Notes

■ Les stratégies d'adaptation visent à réduire la vulnérabilité face aux effets du changement climatique actuel et à venir. Ces stratégies tentent alors de modérer les dommages ou d'exploiter les potentielles opportunités (ex. : l'augmentation de la production de biomasse) du réchauffement climatique. Par exemple, une des stratégies d'adaptation adoptée dans les zones vulnérables exposées à des cyclones est l'utilisation de semences à cycle court : cela permet de semer et récolter entre deux périodes cycloniques.

2 Les stratégies d'atténuation

■ Les stratégies d'atténuation visent à réduire les émissions de gaz à effet de serre et/ou à accroitre le stockage de ces gaz (notamment le CO_2).

■ Les rapports du GIEC précisent que pour stabiliser la température mondiale, il est nécessaire de cesser efficacement d'émettre du CO_2 dans l'atmosphère. Les secteurs émettant des gaz à effet de serre sont nombreux. La réduction durable de ces émissions implique donc un changement radical d'habitudes, aux niveaux individuel et collectif.

■ Le stockage du CO_2 atmosphérique peut se faire grâce à des moyens technologiques ou biologiques. Les moyens technologiques comprennent, par exemple, la capture directe du CO_2 atmosphérique grâce à des procédés chimiques. Cependant, ces techniques sont en cours de développement et n'ont pas encore fait leurs preuves. Les moyens biologiques comprennent, notamment, la restauration des écosystèmes et la transition vers des pratiques agroécologiques. En effet, les recherches actuelles montrent que ces deux stratégies auraient le plus d'effet sur la séquestration de CO_2.

■ Néanmoins, les différentes méthodes de stockage ne seraient efficaces que si elles étaient effectuées à l'échelle mondiale. De plus, il est difficile de quantifier l'efficacité de ces méthodes. Par conséquent, la réduction du taux atmosphérique de gaz à effet de serre doit prioritairement passer par une forte réduction des émissions.

■ La complémentarité entre les stratégies d'atténuation et d'adaptation, entre les démarches individuelles et collectives, et entre les politiques nationales et internationales permet de faire face au réchauffement climatique.

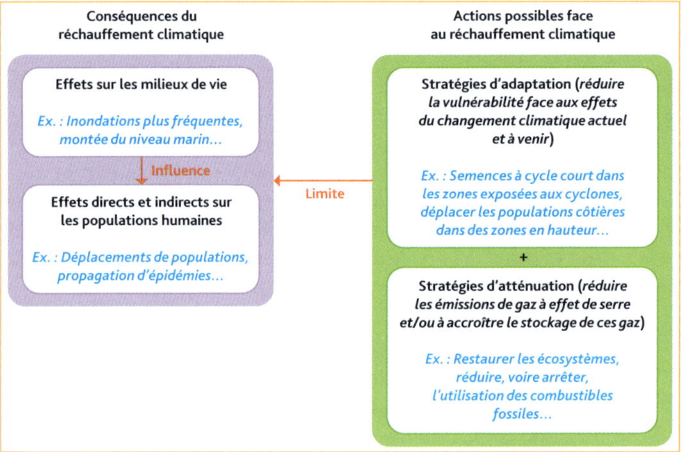

Le réchauffement climatique : des conséquences aux actions.

Les éléments de l'arc-réflexe

Certains comportements sont liés à la réalisation de **mouvements involontaires** en réponse à des stimulations de l'environnement : on les appelle des **réflexes**. Un réflexe est un mouvement involontaire déclenché par un **stimulus**.

1 Le cas du réflexe myotatique

■ Lors d'un examen de santé, le test des **réflexes myotatiques** sert d'outil pour apprécier l'intégrité du système neuromusculaire.

■ Le réflexe myotatique est la contraction d'un muscle en réponse à son propre étirement (provoqué par le choc du marteau).

■ Le circuit nerveux, de la réception du stimulus à la réponse motrice, se nomme **arc-réflexe**. Il met en jeu un récepteur sensoriel, les neurones véhiculant les messages nerveux, un centre nerveux, qui regroupe les corps cellulaires des neurones et un muscle.

Notes

2 Des cellules spécialisées

■ Le **récepteur sensoriel** fait partie d'une structure appelée **fuseau neuromusculaire**. Sensible à l'étirement du muscle, le fuseau neuromusculaire est constitué de cellules musculaires modifiées et de l'extrémité d'un neurone sensitif.

■ Les **neurones** sont des cellules capables de générer des messages nerveux. Les neurones présentent des prolongements cytoplasmiques permettant de recevoir, conduire et transmettre les messages nerveux. Les prolongements cytoplasmiques où se propagent les messages nerveux sont appelés **fibres nerveuses**.

■ L'axone est la fibre nerveuse unique qui s'étend du corps cellulaire à l'arborisation terminale.

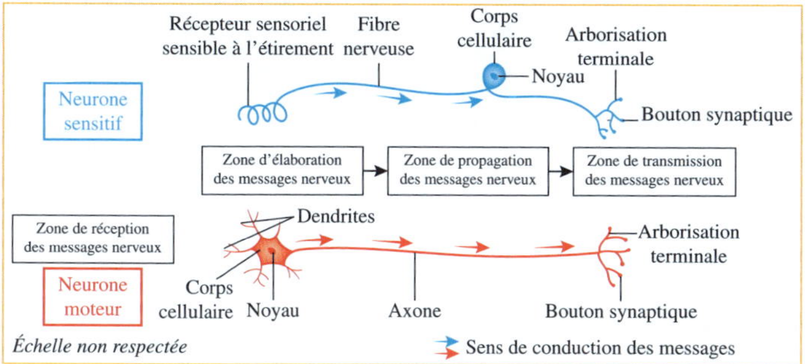

Structure des neurones impliqués dans le réflexe myotatique.

Notes

3 Le centre nerveux

■ Le centre nerveux impliqué dans le réflexe myotatique est la moelle épinière. Le réflexe myotatique est donc un réflexe médullaire (ou réflexe spinal). Le corps cellulaire du neurone sensitif se trouve dans le ganglion rachidien.

4 La transmission des messages nerveux

■ Le message nerveux sensitif est transmis au neurone moteur au niveau d'une synapse neuro-neuronale dans la substance grise de la moelle épinière. La substance grise est la partie de la moelle épinière qui contient les corps cellulaires des neurones.

■ La transmission du message nerveux moteur au muscle s'effectue au niveau de la jonction neuromusculaire, qui correspond à une synapse entre un neurone moteur (ou motoneurone) et une cellule musculaire.

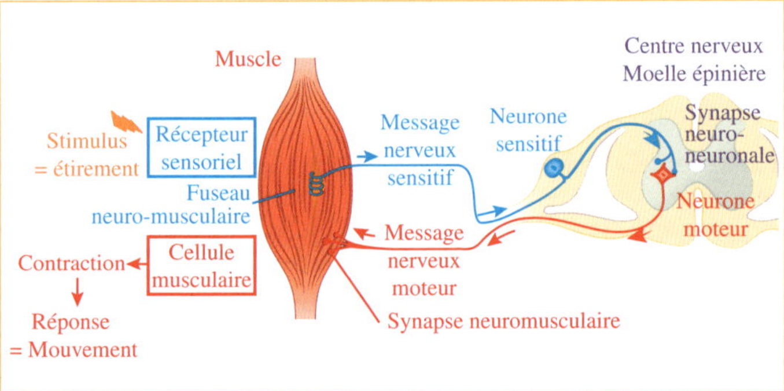

Principe de l'arc-réflexe dans le cas d'un réflexe myotatique.

■ Un arc-réflexe implique donc l'élaboration de messages nerveux, leur propagation et leur transmission entre neurones (relais synaptique), puis entre neurone et cellule musculaire (appelée aussi fibre musculaire).

L'élaboration et la propagation du message nerveux

Fiche 46

SVT

Notes

Les cellules sensorielles, les neurones et les cellules musculaires sont des cellules excitables : si elles sont suffisamment stimulées, elles peuvent générer des messages nerveux sous la forme de potentiels d'action. Ils se propagent le long des fibres nerveuses, regroupées au sein des nerfs, qui relient les différentes parties du corps aux centres nerveux.

1 Des messages nerveux de nature électrique

■ Toute cellule excitable est caractérisée par un potentiel membranaire de repos d'environ –70 mV, qui correspond à la différence de potentiel électrique entre les faces internes (négative) et externe (positive) de la membrane plasmique.

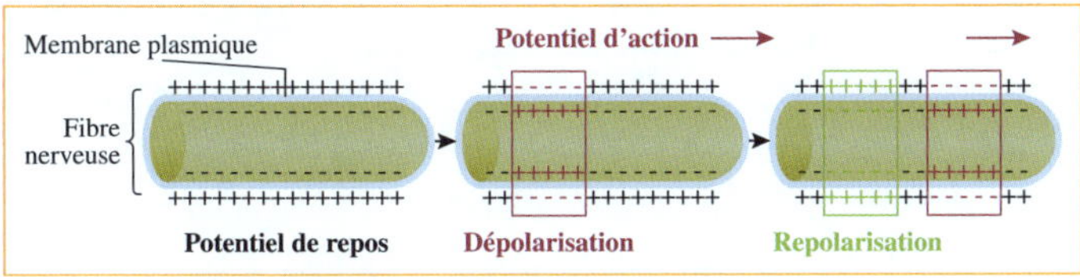

Potentiel de repos et potentiel d'action.

■ Un potentiel d'action est une inversion transitoire de la polarité de la membrane plasmique, c'est-à-dire une dépolarisation, suivie d'un retour au potentiel de repos. Un potentiel d'action est un signal stéréotypé, qui a toujours la même forme et la même amplitude.

■ Le potentiel d'action obéit à la « loi du tout ou rien » : il ne peut être généré que si la stimulation entraîne une dépolarisation membranaire supérieure à une valeur seuil.

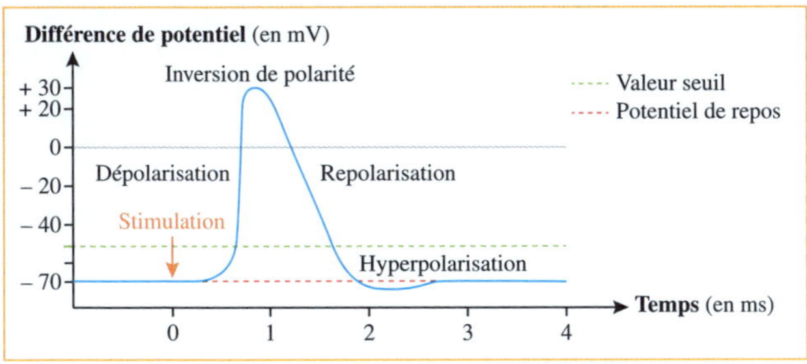

Le potentiel d'action : un signal stéréotypé.

Notes

Au-delà de cette valeur seuil, le potentiel d'action présente toujours la même amplitude, quelle que soit l'intensité de la stimulation.

■ Les potentiels d'action se propagent sans atténuation le long des fibres nerveuses (ils conservent leur amplitude).

2 Un codage en fréquence de potentiels d'action

■ L'intensité des messages nerveux est codée en fréquence de potentiels d'action.

■ Par exemple, un récepteur sensoriel élabore un message nerveux sensitif en générant des potentiels d'action lorsqu'il est soumis à un stimulus. L'intensité de la stimulation est codée en fréquence de potentiels d'action.

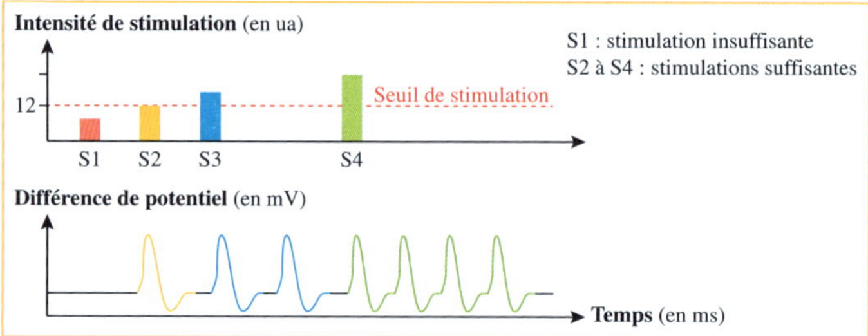

Codage en fréquence de potentiels d'action selon l'intensité du stimulus au niveau d'une fibre nerveuse sensorielle.

La transmission des messages nerveux

Fiche 47

SVT

Notes

Une synapse est une zone de contact entre un neurone et une autre cellule, au niveau de laquelle un message nerveux est transmis.

1 Le relais synaptique dans le centre nerveux

■ Dans le cas du réflexe myotatique, le neurone sensitif transmet le message nerveux au neurone moteur au sein de la moelle épinière : il s'agit d'une synapse neuro-neuronale.

■ La transmission est chimique : l'arrivée du message nerveux au niveau de l'arborisation terminale du neurone sensitif déclenche la libération de neurotransmetteurs. Ces derniers se fixent sur des récepteurs spécifiques situés sur la membrane du neurone moteur, ce qui entraîne la naissance d'un nouveau message nerveux.

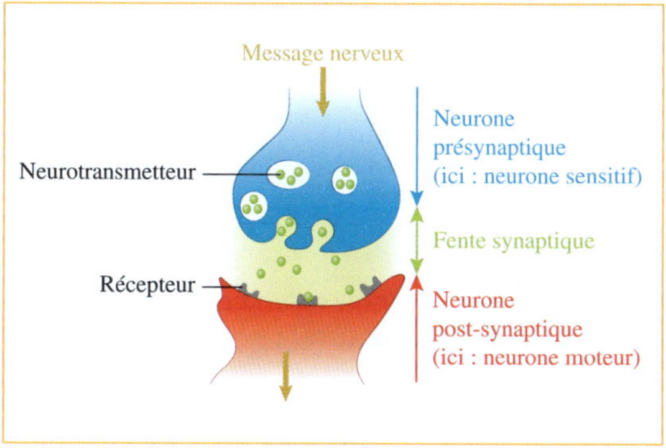

Structure et fonctionnement d'une synapse neuro-neuronale dans le cas du réflexe myotatique.

■ La fréquence des potentiels d'action qui arrivent au niveau de la terminaison synaptique détermine la quantité de neurotransmetteurs libérés : il s'agit d'un codage en concentration de neurotransmetteurs.

Notes

2 La synapse neuromusculaire

■ Le message nerveux moteur, arrivé à l'arborisation terminale du neurone moteur, est transmis aux cellules musculaires au niveau de la jonction neuromusculaire. Le neurotransmetteur libéré est l'acétylcholine.

■ Les molécules d'acétylcholine se fixent sur leurs récepteurs spécifiques, situés sur la membrane de la cellule musculaire. La dépolarisation ainsi créée évolue en un potentiel d'action musculaire, à l'origine de la contraction de la cellule musculaire (*Cf.* Fiche 54).

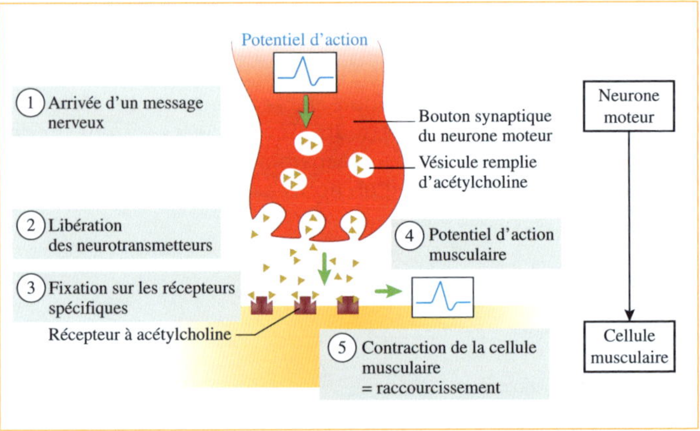

Le fonctionnement de la synapse neuromusculaire.

■ Chaque neurone moteur innerve un ensemble de cellules musculaires formant une unité motrice. La contraction de l'ensemble de ces cellules contribue à la contraction du muscle.

■ Dans le cas du réflexe myotatique achilléen, la contraction du muscle extenseur entraîne l'extension du pied, ce qui constitue la réponse au stimulus initial (étirement du muscle extenseur au niveau du tendon d'Achille).

Les aires cérébrales de la motricité volontaire

Fiche 48

SVT

Notes

■ Le réflexe myotatique aboutit à une contraction automatique des muscles, sans intervention du cerveau. Les muscles peuvent également être contractés volontairement : dans ce cas, la commande nerveuse part du cerveau.

■ Le cerveau est composé d'un ensemble de cellules nerveuses : les neurones. Les cellules gliales forment l'environnement des neurones et assurent leur bon fonctionnement (apport de nutriments et de dioxygène, défense contre les pathogènes).

© Christophe Meade/ Shutterstock

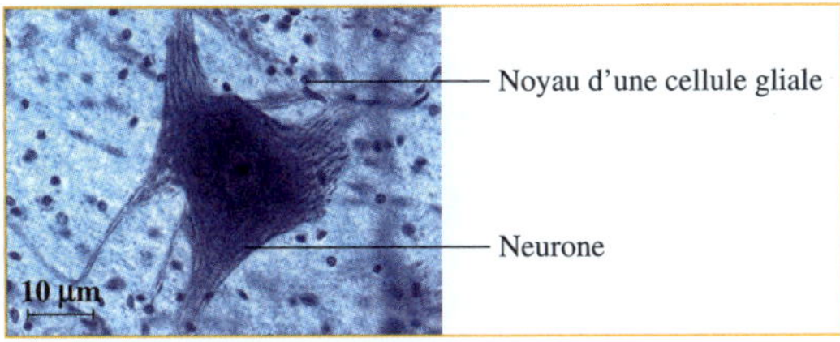

Neurone entouré de cellules gliales.

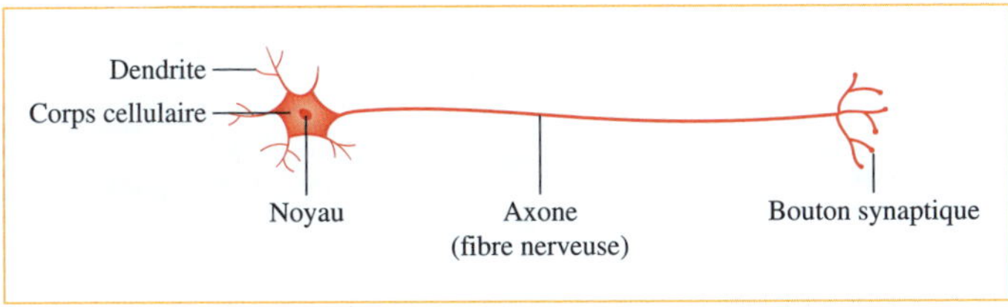

Structure d'un neurone.

■ L'exploration fonctionnelle du cortex cérébral met en évidence sa spécialisation. La commande du mouvement volontaire est permise par l'aire motrice primaire.

■ L'aire motrice primaire collabore avec d'autres aires corticales (aire pré-motrice et aire motrice supplémentaire) formant le cortex moteur. Les aires pré-motrice et motrice supplémentaires permettent la planification et l'organisation du mouvement.

■ L'aire motrice primaire collabore également avec le cortex pariétal : les intentions du mouvement y sont élaborées.

Notes

■ L'aire motrice primaire contrôle la réalisation des mouvements à la suite de l'intégration des messages nerveux provenant du cortex pariétal, de l'aire pré-motrice et de l'aire motrice supplémentaire.

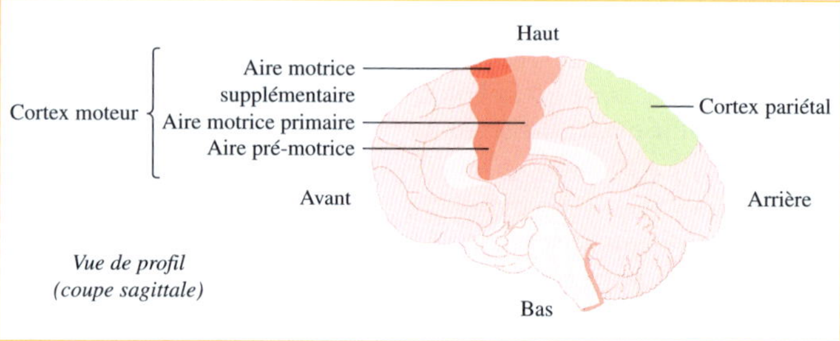

Localisation des zones cérébrales impliquées dans la motricité volontaire.

■ Les muscles de chaque région du corps sont contrôlés par une zone particulière de l'aire motrice primaire : on représente alors cela sous la forme d'un *Homunculus* moteur où une région du corps est associée à une zone de l'aire motrice primaire la contrôlant. Plus la surface est grande dans l'aire motrice primaire, plus la précision des mouvements est importante.

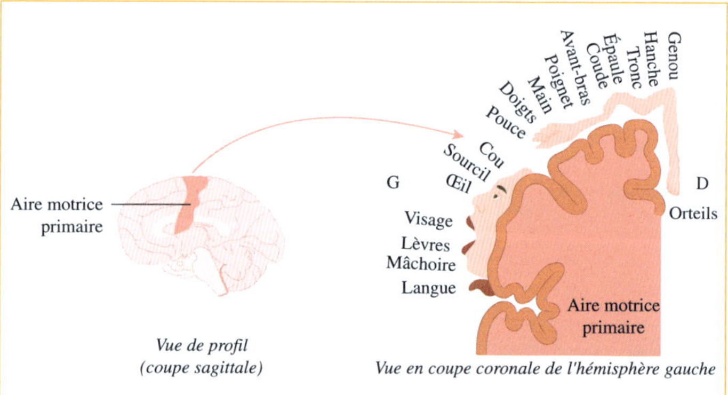

Homunculus moteur.

L'organisation des voies motrices

Fiche 49

SVT

Notes

■ Les neurones de l'aire motrice projettent leurs axones dans la moelle épinière et transmettent ainsi les messages nerveux moteurs. Les terminaisons axoniques de ces neurones établissent des synapses, avec des neurones moteurs (ou motoneurones) de la moelle épinière.

■ À chaque instant, le corps cellulaire d'un neurone moteur est soumis à l'influence de nombreuses synapses. Ces synapses sont mises en place par un neurone de l'aire motrice primaire et des neurones sensoriels. Le neurone moteur intègre tous ces messages nerveux : on parle de sommation.

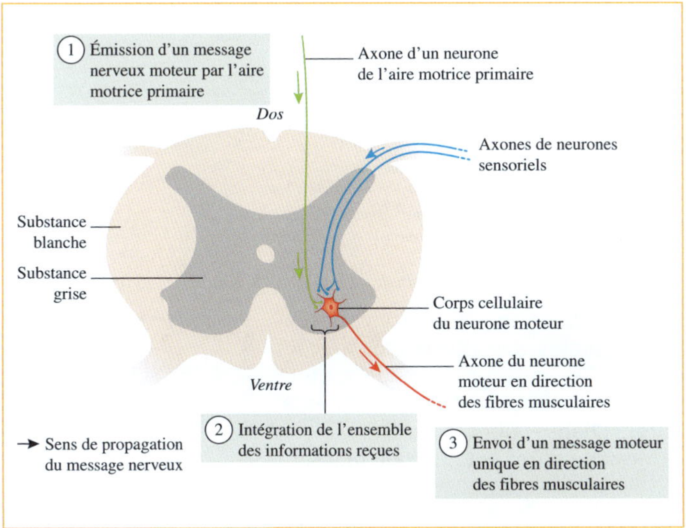

L'intégration des messages nerveux par le neurone moteur.

■ Le neurone moteur effectue une sommation temporelle et spatiale des informations reçues. La sommation temporelle consiste à intégrer les informations nerveuses provenant d'un même neurone à différents instants très rapprochés dans le temps. La sommation spatiale consiste à intégrer les informations nerveuses provenant de différents neurones à un même instant. Les messages nerveux reçus peuvent être stimulateurs ou inhibiteurs.

Notes

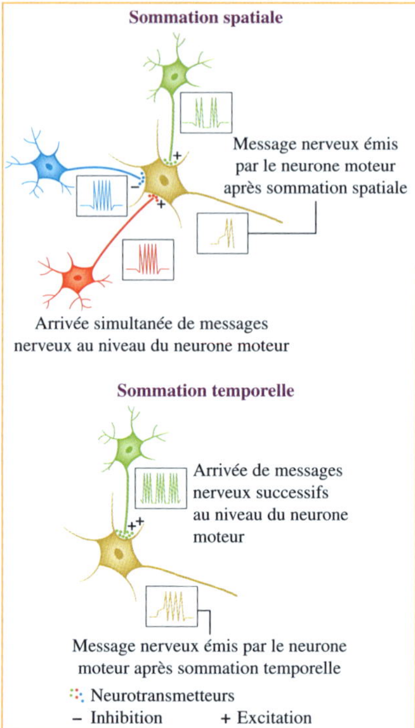

Intégration des informations reçues par le neurone moteur.

■ L'intégration par le neurone moteur de l'ensemble des informations reçues permet l'envoi d'un message moteur unique en direction des fibres musculaires. Chaque fibre musculaire reçoit le message d'un seul neurone moteur.

Remarque

Un muscle est constitué d'un ensemble de cellules nommées fibres musculaires.

La plasticité cérébrale

Fiche 50

SVT

Notes

1 Les apprentissages

■ L'étude des cartes motrices montre des variations entre les individus. Ces différences sont le résultat d'un apprentissage différent.

Ex. : La zone de l'aire motrice primaire affectée aux mouvements des mains occupe plus de surface chez un/une pianiste que chez une personne ne jouant pas au piano. Cette différence anatomique s'explique par une différence d'apprentissage.

■ Le cerveau n'est ainsi pas une structure figée. Il est au contraire capable de modifier son organisation en réponse à une stimulation environnementale : c'est la plasticité cérébrale.

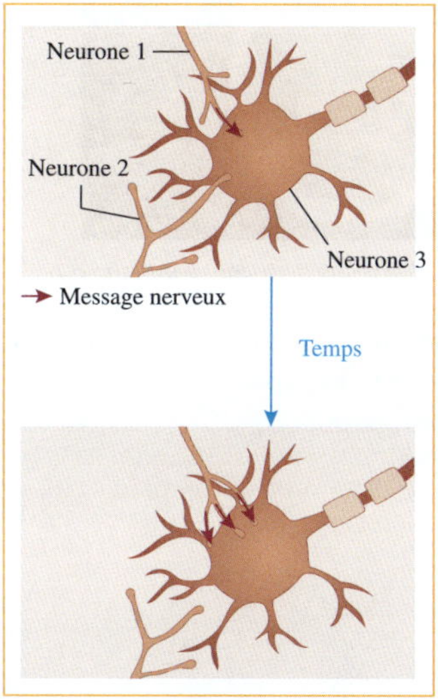

Les connexions synaptiques peuvent changer avec le temps, en fonction de l'activité des synapses. Une activité intense à la synapse du neurone 1 sur le neurone 3 conduit à l'augmentation du nombre de terminaisons synaptiques du neurone 1 ur le neurone 3. L'absence d'activité à la synapse du neurone 2 sur le neurone 3 conduit à une perte de connexions fonctionnelles avec le neurone 3.

La plasticité cérébrale.

Notes

2 La récupération à la suite d'un dysfonctionnement du système nerveux

■ Le système nerveux est un système fragile. Des lésions du système nerveux ou certaines maladies peuvent conduire à des dysfonctionnements du système nerveux. Ces dysfonctionnements modifient le comportement (difficulté voire impossibilité à réaliser certains mouvements) et ont des conséquences sur la santé.

Ex. : Un accident vasculaire cérébral (AVC) peut perturber la réalisation de mouvements. Un AVC correspond soit à l'obstruction, soit à la rupture d'un vaisseau sanguin dans le cerveau conduisant à un arrêt de l'apport de dioxygène pour la zone concernée.

© Shutterstock/Yok–onepiece

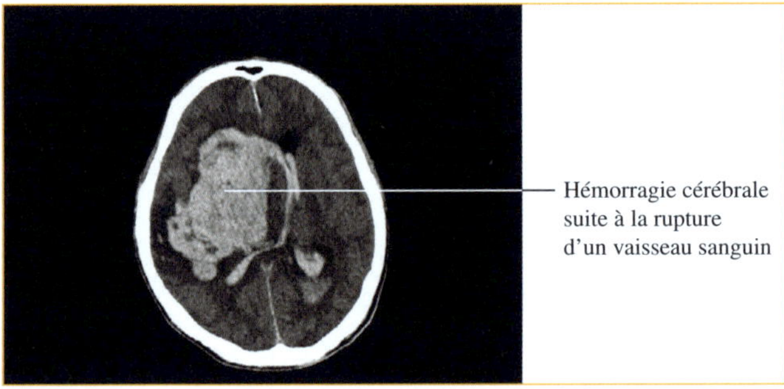

IRM d'une personne ayant fait un AVC.

■ La récupération de la fonction cérébrale après un accident repose aussi sur la plasticité cérébrale.

Ex. : Lors d'un AVC affectant une partie de l'aire motrice primaire, la récupération des fonctions motrices est permise par un remaniement de l'organisation de l'aire motrice primaire. L'aire motrice primaire se réorganise dans les zones non affectées par l'AVC.

Remarque
Un AVC entraîne une destruction irrémédiable de la partie du cerveau concerné par l'accident.

Le cerveau, un organe fragile

Fiche 51

SVT

Notes

1 La transmission des messages nerveux dans le cerveau

■ Les aires corticales communiquent entre elles par des voies neuronales.

Le long d'un neurone, le message nerveux est de nature électrique et se propage sous la forme de potentiels d'action.

La transmission du message nerveux entre les neurones se fait au niveau des synapses par l'intermédiaire de substances chimiques nommées neurotransmetteurs.

■ La fréquence des potentiels d'action qui arrivent au niveau de la terminaison synaptique du neurone pré-synaptique détermine la quantité de neurotransmetteurs libérés dans la fente synaptique : il s'agit d'un codage en concentration de neurotransmetteurs.

■ La fixation des neurotransmetteurs sur des récepteurs spécifiques situés sur la membrane du neurone post-synaptique entraîne la naissance d'un nouveau message nerveux.

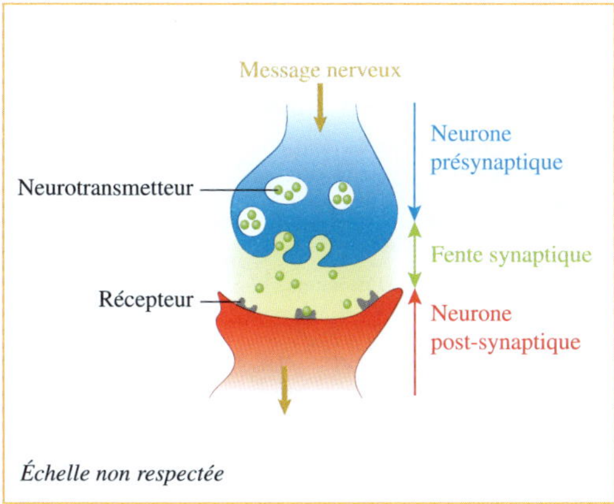

Structure et fonctionnement d'une synapse neuro-neuronale dans le cerveau.

■ La concentration ainsi que le type de neurotransmetteurs module la fréquence des potentiels d'actions du neurone post-synaptique.

Ex. : Le glutamate a un effet stimulateur tandis que le GABA a un effet inhibiteur sur le neurone post-synaptique.

2 Les conséquences de la prise de molécules exogènes

■ La prise de molécules exogènes (alcool, drogues, certains médicaments, ...) peut entraîner la perturbation des messages nerveux dans le cerveau.

■ Toutes les molécules exogènes n'agissent pas de la même façon dans le cerveau :

- L'action de certaines de ces molécules est due à la similitude de leur structure moléculaire avec celle de certains neurotransmetteurs du cerveau auxquels elles se substituent : elles sont capables de se fixer sur les récepteurs du neurone post-synaptique.
- Certaines de ces molécules empêchent la recapture des neurotransmetteurs sécrétés au niveau de la fente synaptique : cela augmente l'effet des neurotransmetteurs.
- D'autres empêchent le fonctionnement normal des récepteurs spécifiques des neurotransmetteurs.

■ Il existe dans le cerveau des neurones faisant partie d'un système nommé « circuit de la récompense » : ce circuit est complexe mais le noyau *accumbens* et l'aire tegmentale ventrale, deux zones du cerveau, jouent un rôle important. L'activation des neurones du circuit de la récompense conduit à une sensation de plaisir. Les molécules exogènes augmentent l'activité générale du circuit de la récompense : cela conduit à un renforcement du comportement (prise de molécules exogènes) et donc à des comportements addictifs. En effet, l'augmentation artificielle d'un neurotransmetteur peut conduire à une diminution de sa production naturelle par le corps.

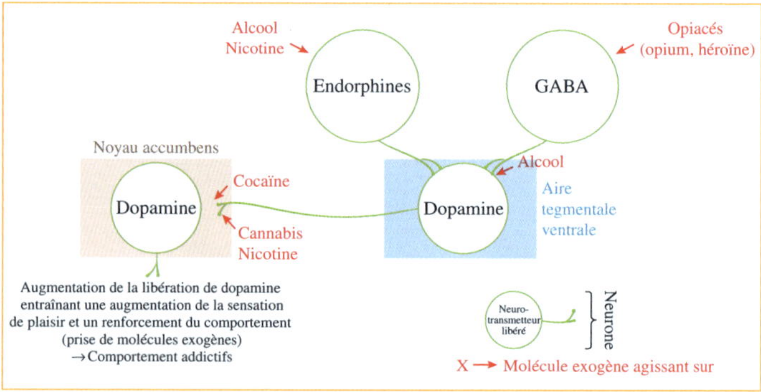

Niveau d'action de quelques molécules exogènes sur le circuit de la récompense.

La contraction à l'échelle du muscle

Fiche 52

SVT

1 L'organisation d'un muscle

■ Les muscles striés squelettiques sont les muscles permettant la mise en mouvement du squelette d'un organisme.

Ils sont reliés aux os par des tendons.

■ Le muscle strié squelettique est formé d'un ensemble de faisceaux musculaires.

Chaque faisceau musculaire est formé d'un ensemble de cellules musculaires striées également nommées fibres musculaires.

Notes

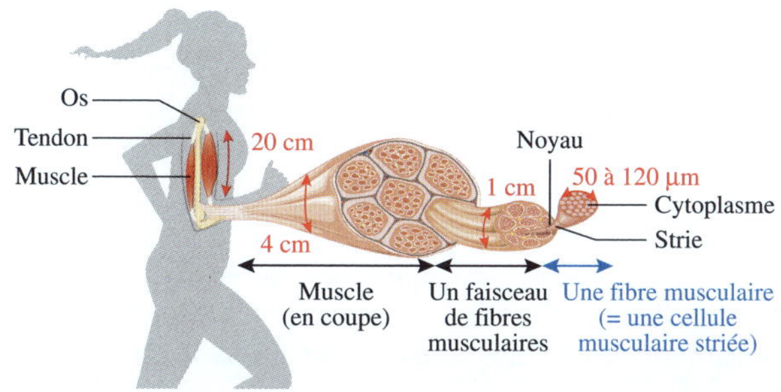

Les différents niveaux d'organisation d'un muscle strié squelettique.

Remarque
Les fibres musculaires ont une longueur pouvant atteindre 30 à 35 cm).

Notes

2 La mise en mouvement des os par la contraction des muscles

■ Lors de sa contraction, le muscle raccourcit et s'épaissit.

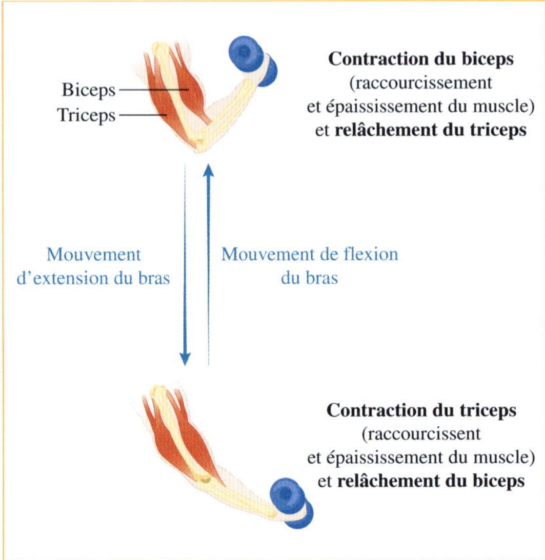

Contraction et relâchement des muscles antagonistes.

■ L'épaississement et le raccourcissement du muscle permettent le mouvement relatif des deux os auxquels il est relié par les tendons.

La cellule musculaire, une cellule spécialisée

Fiche 53

SVT

Notes

1 L'organisation de la cellule musculaire

■ La cellule musculaire est une cellule spécialisée permettant son propre raccourcissement.

■ Les cellules musculaires sont des cellules très allongées présentant une striation verticale à cause de leur cytosquelette.

■ Le cytosquelette est le réseau complexe de filaments protéiques à l'intérieur d'une cellule.

■ Dans le cas des cellules musculaires, le cytosquelette a une organisation particulière : il forme de longues structures striées nommées myofibrilles.

■ Les myofibrilles sont organisées en unités répétitives, les sarcomères. Les sarcomères sont formés par des filaments d'actine et de myosine.

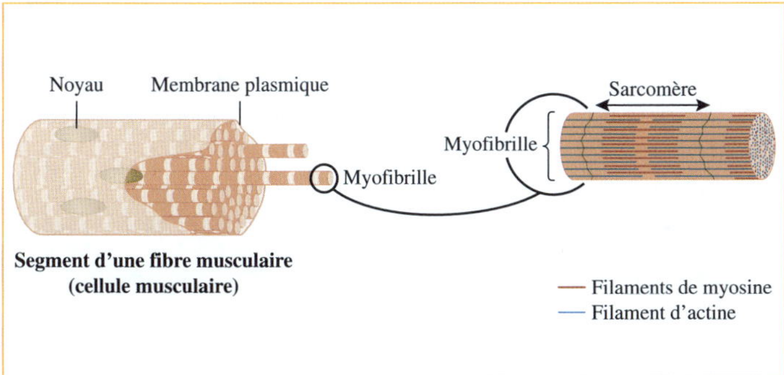

Organisation de la fibre musculaire.

■ Lors de la contraction, il y a un glissement des filaments de myosine par rapport aux filaments d'actine : les sarcomères se raccourcissent. Cela conduit au raccourcissement de la cellule musculaire.

Notes

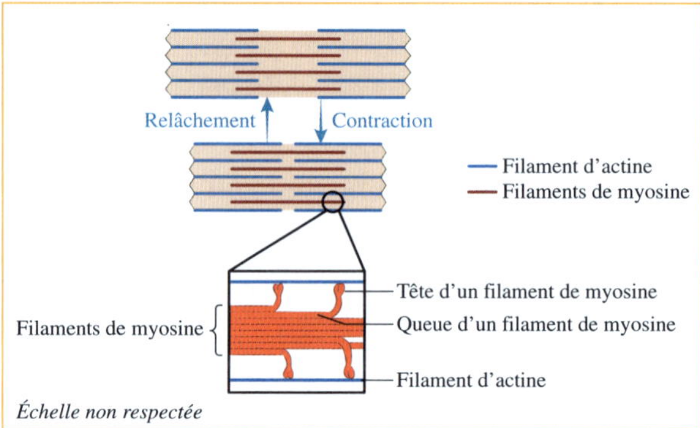

Contraction et relâchement d'un sarcomère au sein d'une myofibrille de fibre musculaire.

2 Les myopathies : des maladies des muscles

■ Des maladies peuvent affecter les muscles : ce sont les myopathies. Elles se caractérisent par une dégénérescence des cellules musculaires.

■ Dans certaines myopathies, la dégénérescence des cellules musculaires est due à un défaut dans les interactions entre les protéines membranaires des cellules et la matrice extra-cellulaire.

Ex. : Dans le cas de la myopathie de Duchenne, une protéine nommée dystrophine n'est pas fonctionnelle. Elle sert au maintien de l'architecture des cellules musculaires et fait le lien entre l'actine de la cellule et la matrice extra-celllulaire : sans elle, les cellules musculaires se désorganisent et finissent par dégénérer.

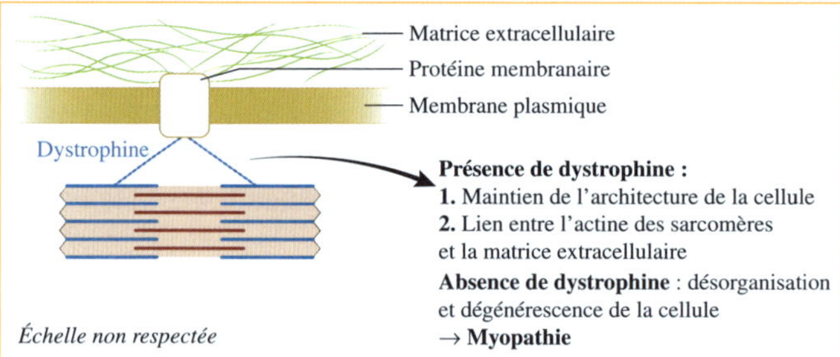

Localisation et rôle de la dystrophine.

Les mécanismes moléculaires de la contraction musculaire

Fiche 54

SVT

1 Le déroulement de la contraction musculaire à l'échelle moléculaire

■ Le mécanisme de la contraction du sarcomère peut être décrit en 5 étapes avec pour point de départ la myosine fixée à l'actine :

- La tête de la myosine est fixée au filament d'actine : le pont d'union actine-myosine est en place.
- De l'ATP se fixe à la tête de myosine : cela entraîne la rupture du pont d'union actine-myosine par détachement de la tête de myosine.
- L'hydrolyse (rupture d'une liaison chimique en présence d'eau) de l'ATP par la tête de myosine fournit l'énergie nécessaire à l'activation de la tête (changement d'orientation). L'ADP et le Pi (phosphate inorganique) issus de l'hydrolyse restent fixés à la tête.
- La tête de myosine activée établit le pont d'union avec l'actine.
- La tête de myosine ainsi fixée pivote provoquant le glissement du filament de myosine sur celui d'actine. Cela entraîne un raccourcissement du sarcomère. Au cours du mouvement, il y a libération de l'ADP et du Pi (retour à l'étape de départ).

Notes

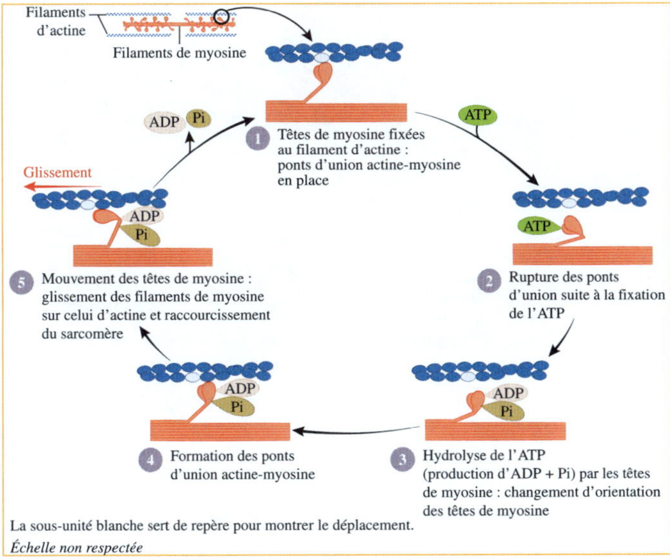

Détail moléculaire du mécanisme de contraction du sarcomère.

Notes

■ La contraction du sarcomère nécessite donc de l'ATP mais aussi des ions calcium Ca^{2+}. Ces ions permettent de rendre accessible les sites de fixation de la myosine sur l'actine.

2 L'origine des ions calcium nécessaires à la contraction musculaire

■ Un message nerveux moteur est transmis au niveau de la jonction neuromusculaire via la libération d'acétylcholine, neurotransmetteur qui se fixe sur la membrane de la cellule musculaire. La dépolarisation ainsi créée évolue en un potentiel d'action musculaire.

■ Le potentiel d'action musculaire se propage le long de la membrane de la cellule musculaire. Par une cascade de réactions, le potentiel d'action musculaire a pour effet l'ouverture de canaux calciques situés au niveau de la membrane d'un organite contenant des ions calcium (Ca^{2+}) : le réticulum sarcoplasmique. Les ions calcium diffusent alors dans le hyaloplasme (la fraction liquide du cytoplasme), ce qui permet la contraction de la cellule musculaire.

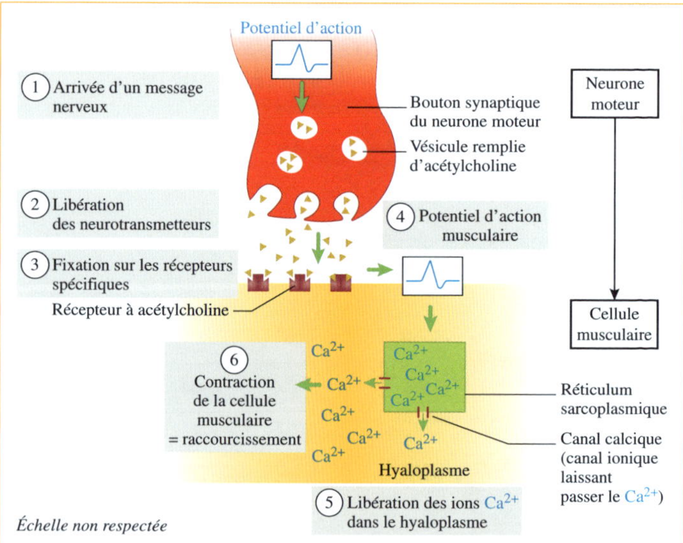

Mécanisme à l'origine de la libération des ions calcium.

La régénération de l'ATP (partie 1)

Fiche 55

SVT

Notes

■ L'énergie nécessaire à la contraction musculaire est apportée sous forme de molécules d'ATP à toutes les cellules. Il n'y a pas de stockage de l'ATP : il existe donc des mécanismes qui permettent la régénération en permanence de l'ATP dans les cellules.

■ L'ATP est produit par les cellules grâce à la dégradation de matière organique (glucides, lipides, protéines). Dans la majorité des cas, l'ATP est produit à partir de la dégradation du glucose.

1 L'oxydation du glucose lors de la glycolyse

■ Dans les cellules, au niveau du cytoplasme (plus précisément dans l'hyaloplasme, fraction liquide du cytoplasme), le glucose est oxydé en pyruvate lors de la glycolyse. Ce mécanisme conduit à la formation de 2 molécules d'ATP et de composés réduits (NADH, H^+) utilisés par la suite. Les composés réduits jouent le rôle de transporteurs d'électrons.

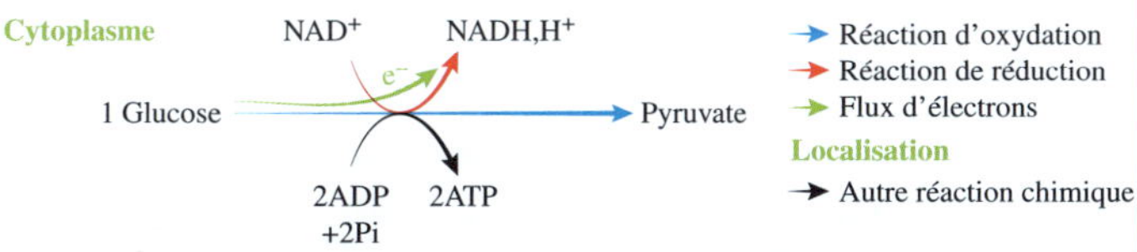

Les coefficients stoechiométriques ne sont précisés que pour le glucose et l'ATP car nécessaires au calcul du rendement de la réaction

Le bilan de la glycolyse.

■ Le pyruvate est à son tour dégradé. Le mécanisme de dégradation dépend du type d'effort (courte ou longue durée).

2 La production anaérobie d'ATP : la fermentation lactique

■ Les cellules musculaires produisent de l'ATP par fermentation lactique lorsque le dioxygène vient à manquer : cette production d'ATP se fait donc sans dioxygène (métabolisme anaérobie). Cela arrive notamment lors des efforts brefs mais intenses : la dégradation du glucose se fait plus rapidement que l'apport du dioxygène aux muscles.

■ La fermentation lactique consiste en une glycolyse à laquelle s'ajoute la réduction du pyruvate en acide lactique. Cette réduction régénère le NAD^+ en transférant les électrons du $NADH, H^+$ au pyruvate. Le NAD^+ peut alors servir de nouveau pour l'oxydation du glucose dans la glycolyse.

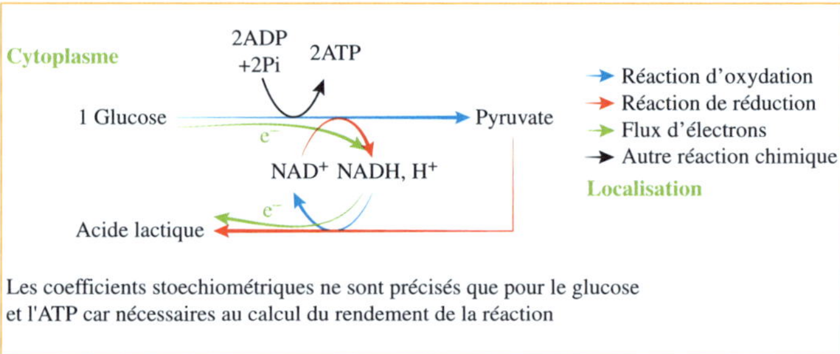

Le bilan de la fermentation lactique.

■ La fermentation lactique conduit à la production de 2 molécules d'ATP à partir d'une molécule de glucose.

La régénération de l'ATP (partie 2)

3 La production aérobie d'ATP : la respiration cellulaire

■ Les cellules musculaires produisent de l'ATP par respiration cellulaire lors d'efforts de longue durée : cette production d'ATP se fait en présence de dioxygène (métabolisme aérobie).

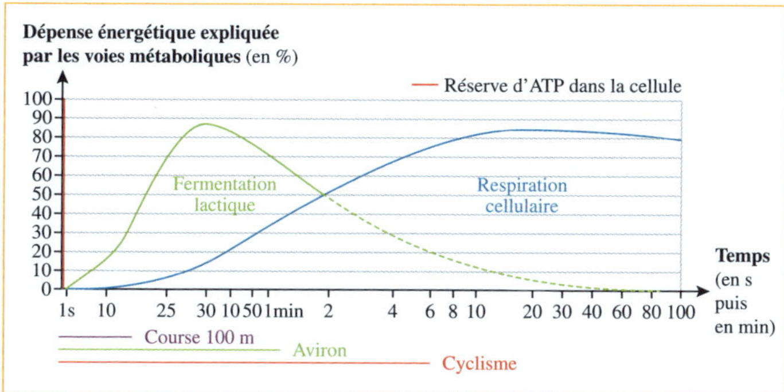

Mode de production d'ATP par la fibre musculaire en fonction de la durée et du type d'effort.

■ La respiration cellulaire (voir schéma page suivante) comprend deux étapes :

- l'utilisation du pyruvate (produit par la glycolyse) lors du cycle de Krebs, dans la matrice mitochondriale. Cela conduit principalement à la formation de CO_2 et de composés réduits (NADH, H^+).
- la réoxydation des composés réduits grâce à la réduction de dioxygène en eau au niveau de la chaîne respiratoire mitochondriale (membrane interne des mitochondries). Cela conduit à la production d'ATP.

■ Le dioxygène étant nécessaire à la production d'ATP par respiration cellulaire, il est nécessaire d'avoir une bonne oxygénation durant l'effort physique, d'autant plus quand celui-ci est un effort prolongé.

■ La glycolyse suivie de la respiration cellulaire conduit à la production d'environ 30 molécules d'ATP à partir d'une molécule de glucose.

■ Le rendement de la respiration cellulaire est donc bien supérieur à celui de la fermentation lactique.

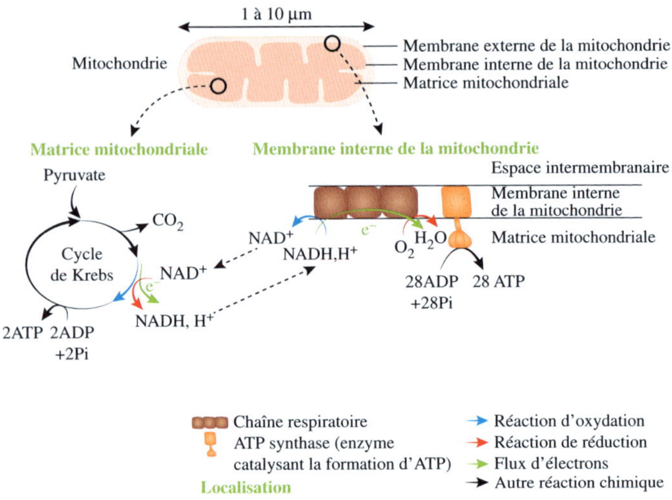

Échelle non respectée
Les coefficients stoechiométriques ne sont précisés que pour l'ATP car nécessaires au calcul du rendement de la réaction.

Localisation et bilan simplifié des étapes de la respiration cellulaire.

L'utilisation de produits dopants et la performance sportive

Certaines substances peuvent être utilisées pour améliorer les performances sportives : ce sont les produits dopants. Ils agissent notamment en améliorant le métabolisme musculaire.

Ex. : L'EPO (ou erythropoïétine) est une hormone naturellement fabriquée par les reins. Elle agit sur la moelle osseuse en stimulant la fabrication des globules rouges. L'augmentation de la quantité de globules rouges dans le sang améliore le transport de dioxygène dans le sang. C'est par cette fonction qu'elle peut favoriser la respiration cellulaire et améliorer les performances. De ce fait, elle est utilisée à des fins dopantes principalement dans les sports d'endurance.

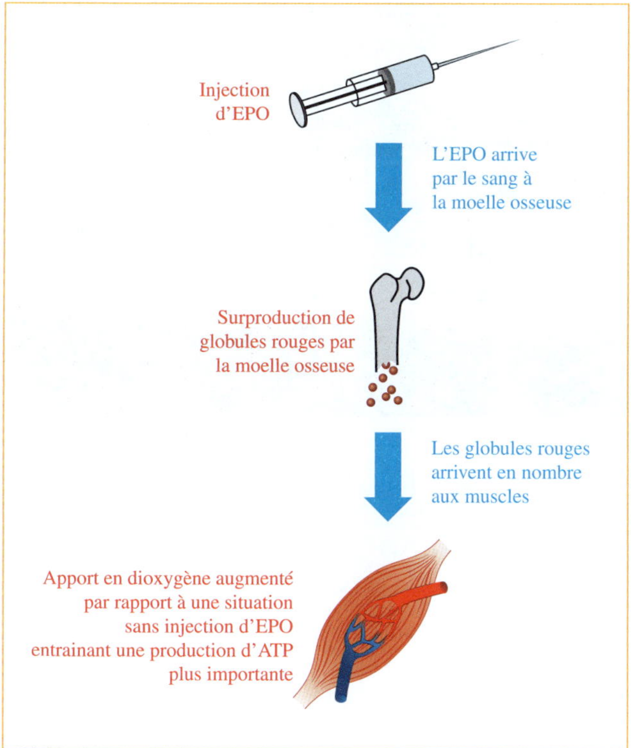

Effet de la prise d'EPO sur l'organisme.

Notes

■ Les produits dopants peuvent avoir des effets, parfois graves, sur la santé.

Ex. : À court terme, l'utilisation d'EPO augmente le risque d'infarctus et d'accidents vasculaires cérébraux (AVC). À long terme, cette hormone entraîne des risques d'hypertension artérielle et favorise le cancer de la moelle osseuse.

Des contrôles anti-dopage sont effectués lors des compétitions sportives.

La glycémie, une valeur réglée

Fiche 58

SVT

Notes

La glycémie est la concentration de glucose dans le sang (exprimée en $g.L^{-1}$).

Le contrôle de la glycémie permet de garantir l'approvisionnement énergétique des cellules, en particulier musculaires, tout en évitant les dommages sur la santé d'un excès de glucose sanguin.

1 Des besoins en glucose variables

■ Les cellules musculaires puisent le glucose dans le sang.

■ Les besoins en glucose des cellules musculaires varient selon que l'organisme est au repos ou fournit un effort et selon l'intensité de l'activité physique réalisée.

2 Des apports en glucose discontinus

■ Le glucose puisé dans le sang par les cellules musculaires provient initialement de la digestion des aliments. Le glucose entre dans le sang au niveau de l'intestin grêle.

■ Les apports directs en glucose se réalisent au moment des repas et varient selon le type d'aliments ingérés. Ils sont particulièrement importants lors de la consommation d'aliments riches en glucides (sucres, pommes de terre, produits céréaliers…).

3 Mise en évidence d'une régulation de la glycémie

■ La glycémie dépend des apports alimentaires (hausse transitoire de la glycémie) et de l'activité physique (baisse transitoire de la glycémie), mais elle est toujours maintenue dans un intervalle relativement étroit autour d'une valeur d'équilibre proche de 1 $g.L^{-1}$.

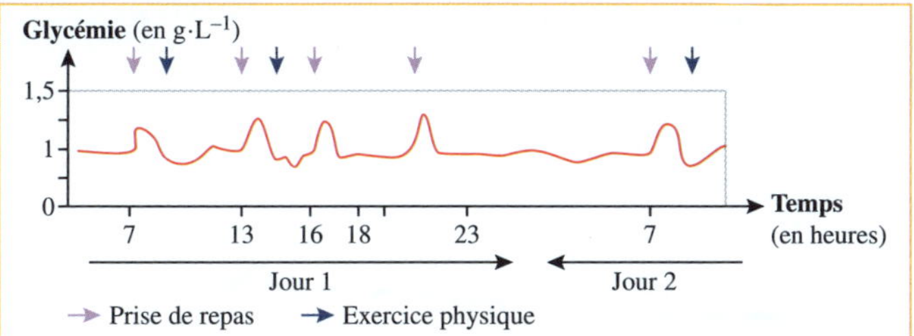

Évolution de la glycémie au cours d'une journée chez une personne.

Notes

■ Une hypoglycémie (< 0,5 g.L^{-1}) est dangereuse pour l'organisme car le fonctionnement du cerveau est menacé par l'insuffisance en glucose. Elle peut mener au coma voire au décès de la personne.

■ Une hyperglycémie (>1,1 g.L^{-1} à jeun et >1,4 g.L^{-1} après un repas) n'a pas de conséquence grave à court terme sauf si elle est très élevée (risque de coma au-dessus de 3 g.L^{-1}). À long terme une hyperglycémie, même légère mais en continu, cause des dommages aux reins, aux yeux, aux nerfs et aux pieds et augmente le risque d'accident cardio-vasculaire.

4 Le stockage du glucose

■ Les réserves de glucose se trouvent sous forme de glycogène dans les cellules musculaires et dans les cellules hépatiques (cellules du foie). Le glycogène est un polymère de glucose (répétition de nombreuses molécules de glucose reliées les unes aux autres).

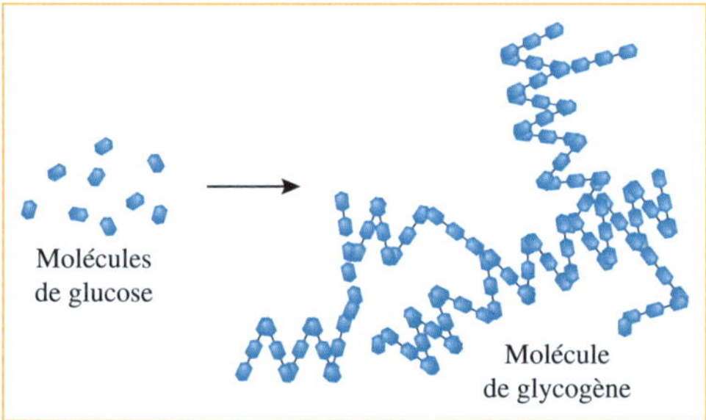

Le glycogène, une forme de stockage du glucose.

Le contrôle hormonal des flux de glucose (partie 1)

Fiche 59

SVT

La glycémie est contrôlée par un système de régulation hormonal impliquant des flux variables entre les sources (intestin et réserves de glucose) et les organes consommateurs de glucose (notamment les muscles).

1 Rôle du pancréas

■ Le pancréas a une fonction endocrine : il possède des structures nommées îlots de Langerhans, qui produisent et libèrent dans le sang des hormones. Les cellules β (bêta) sécrètent l'insuline et les cellules α (alpha) sécrètent le glucagon. Ces deux hormones permettent de réguler la glycémie.

Remarque

Une astuce pour mémoriser facilement !

La **sécrétion d'insuline** par les cellules **bêta** permet de faire **baisser** la glycémie. À l'inverse, la sécrétion de glucagon par les cellules **alpha** permet de faire **augmenter** la glycémie.

Notes

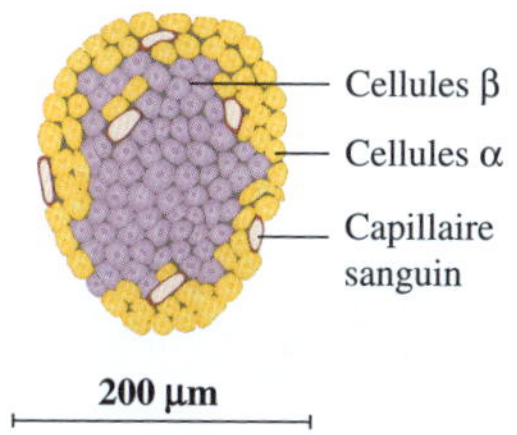

Schéma d'un îlot de Langerhans du pancréas.

2 Tissus cibles des hormones pancréatiques

■ Les hormones peuvent agir sur les cellules qui présentent des récepteurs spécifiques au niveau de leur membrane plasmique : une reconnaissance entre hormone et récepteur est nécessaire.

■ Les cellules hépatiques (du foie) présentent à la fois des récepteurs à insuline et au glucagon. Les cellules musculaires striées squelettiques ne présentent que des récepteurs à insuline.

■ La fixation d'insuline ou de glucagon sur leurs récepteurs spécifiques permet de contrôler la production ou la dégradation de glycogène, afin de stocker du glucose ou de le libérer dans le sang.

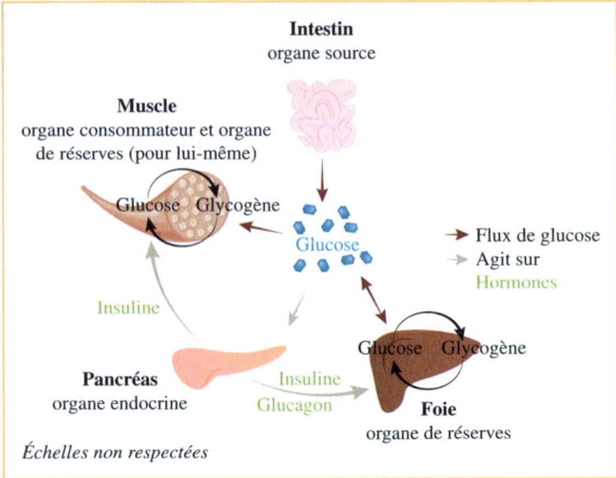

Contrôle des flux de glucose par les hormones pancréatiques.

3 Déclenchement et effets de la sécrétion d'insuline

■ Après un repas riche en glucides, la glycémie augmente par absorption intestinale de glucose.

■ Du glucose entre dans les cellules β du pancréas grâce à des protéines membranaires, ce qui déclenche la libération d'insuline dans le sang.

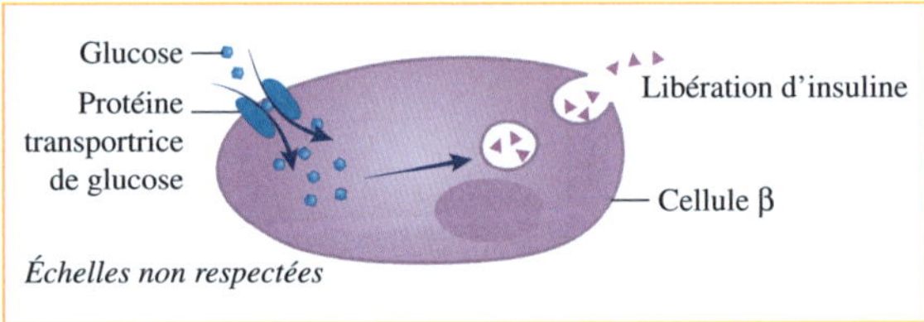

Déclenchement de la sécrétion d'insuline au niveau d'une cellule β du pancréas.

■ En se fixant sur ses récepteurs spécifiques, l'insuline entraîne l'entrée de glucose dans les cellules musculaires, grâce à des protéines membranaires.

Notes

Le contrôle hormonal des flux de glucose (partie 2)

Fiche 60

SVT

Notes

■ La synthèse de glycogène (glycogénogenèse), stimulée par l'insuline dans les cellules musculaires et hépatiques, permet de stocker le glucose.

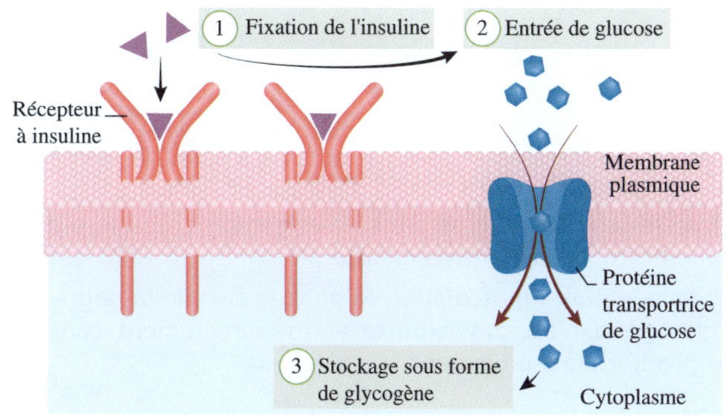

Effet de l'insuline sur une cellule-cible musculaire.

■ L'insuline agit aussi sur le foie en bloquant la production de glucose à partir du glycogène (glycogénolyse).

■ Ainsi, le taux de glucose dans le sang diminue : l'insuline est une hormone hypoglycémiante.

4 Déclenchement et effets de la sécrétion de glucagon

■ Entre les repas ou au cours d'un effort physique, la glycémie diminue car le glucose est consommé par les cellules, en particulier musculaires. Cette hypoglycémie déclenche la libération de glucagon dans le sang par les cellules α du pancréas.

■ Le glucagon se fixe sur ses récepteurs spécifiques au niveau de la membrane plasmique des cellules hépatiques, ce qui provoque la dégradation du glycogène et la sortie du glucose, grâce à des protéines membranaires.

Notes

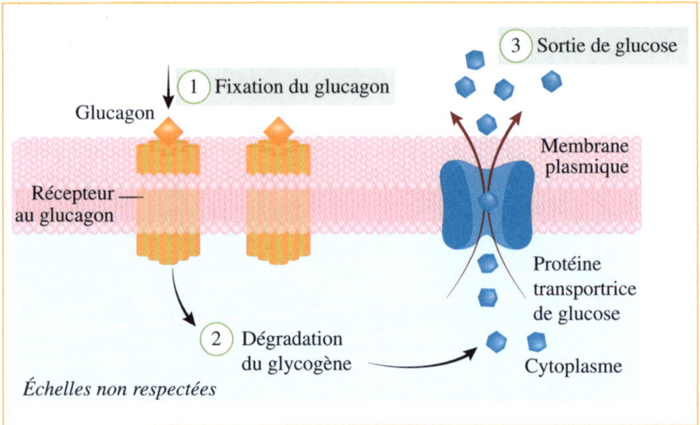

Effet du glucagon sur une cellule hépatique.

■ Ainsi, le taux de glucose dans le sang augmente : le glucagon est une hormone hyperglycémiante.

■ Dans les cellules musculaires, le glucose issu de la dégradation du glycogène n'est pas exporté et est directement consommé pour produire le mouvement.

Les diabètes

Fiche 61

SVT

Notes

■ Les diabètes se caractérisent par une hyperglycémie chronique, c'est-à-dire un taux de glucose sanguin trop élevé de manière continue. Un diagnostic de diabète est posé lorsque la glycémie à jeun est égale ou supérieure à 1.26 $g.L^{-1}$ ou égale ou supérieure à 2 $g.L^{-1}$ à n'importe quel moment de la journée.

■ L'hyperglycémie chronique est dangereuse pour différents organes, surtout à long terme.

■ Il existe deux grands types de dysfonctionnement de la régulation de la glycémie.

1 Un déficit de la sécrétion d'insuline

■ Lorsque le pancréas ne produit pas assez ou plus du tout d'insuline, le glucose sanguin en excès n'entre plus dans les cellules musculaires et n'est plus transformé en glycogène dans les cellules musculaires et hépatiques. Ceci entraîne donc une hyperglycémie chronique.

■ Ce dysfonctionnement peut être pallié par la prise d'insuline: on dit qu'il est insulinodépendant.

■ Dans le cas du diabète de type 1 (6% des cas de diabètes), qui est diagnostiqué chez des personnes jeunes, les cellules β des îlots de Langerhans sont détruites par le système immunitaire: c'est une maladie auto-immune.

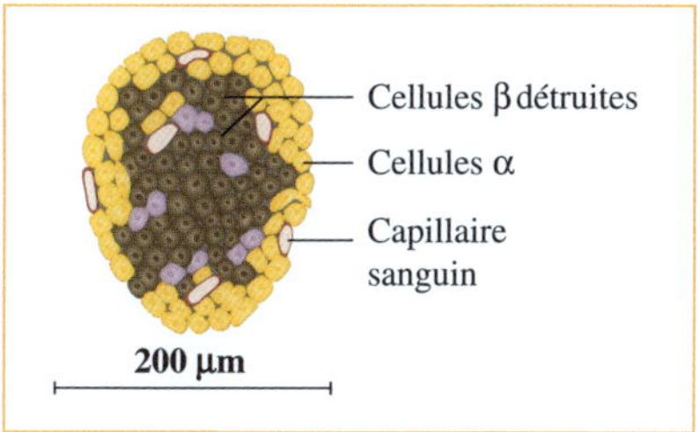

Coupe dans un îlot de Langerhans chez une personne atteinte de diabète de type 1.

Notes

2 Une insulinorésistance des tissus cibles

■ Dans le cas du diabète de type 2 (92% des cas), qui est diagnostiqué en général chez des personnes plus âgées, les cellules du foie et des muscles ne répondent plus à l'insuline : on dit alors que les tissus-cibles sont devenus insulinorésistants.

■ Cette insulinorésistance peut s'expliquer par un déficit en récepteurs à insuline ou la perte de leur fonctionnalité.

■ Ainsi, quelle que soit l'importance de la sécrétion d'insuline, le glucose en excès ne peut plus être stocké dans les cellules hépatiques et musculaires sous forme de glycogène. Le glucose est maintenu à un taux élevé dans le sang. Ce dysfonctionnement est qualifié de non-insulinodépendant.

■ Le surpoids, l'obésité et le manque d'activité physique sont des facteurs qui favorisent le déclenchement du diabète de type 2 chez des personnes souvent génétiquement prédisposées.

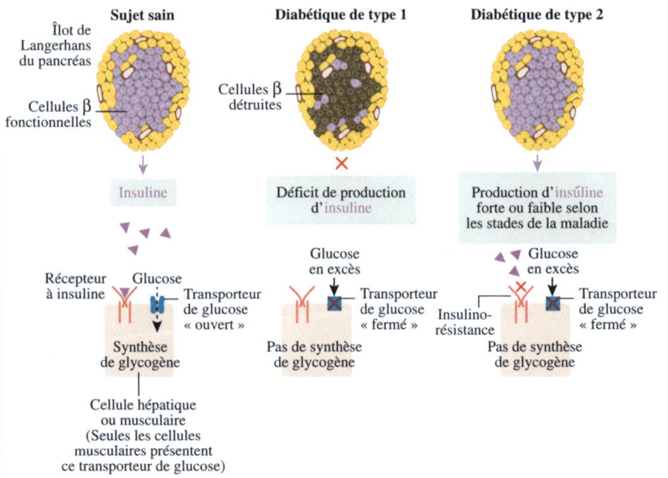

Les différents types de diabètes.

La réponse rapide de l'organisme lors du stress aigu

Fiche 62

SVT

Notes

1 La réponse de l'organisme face aux agents stresseurs

■ Face aux perturbations de son environnement, l'être humain dispose de réponses adaptatives impliquant le système nerveux et lui permettant de produire des comportements appropriés à la situation. Il s'agit d'une réponse normale de l'organisme face aux agents stresseurs : on parle de stress aigu.

> **Remarque**
> Les perturbations peuvent être d'ordre physiologique, mental, social ou émotionnel.

■ La réponse adaptative de l'organisme lors du stress aigu est extrêmement rapide. Elle emprunte deux axes principaux :

- Un axe conduisant à la production d'adrénaline (réponse rapide).
- Un axe conduisant à la production de cortisol (réponse plus lente).

Temporellement, on observera d'abord la production d'adrénaline puis la production de cortisol.

■ Ces différentes voies physiologiques sont coordonnées au sein d'un système complexe. Elles permettent une économie importante de l'énergie (par l'inhibition de certaines fonctions de l'organisme) et augmentent ainsi la disponibilité en substrats énergétiques. Il y a ensuite une redistribution adaptative de ces substrats permettant de faire face à la situation stressante. Autrement dit, ces voies permettent l'adaptabilité de l'organisme face aux agents stresseurs.

Ex. : Dans une situation où la réponse aux agents stresseurs est la fuite, le glucose (source d'énergie) est redistribué majoritairement aux muscles dans le but de permettre la fuite, les autres organes reçoivent alors moins de glucose (les fonctions de ces organes sont alors inhibées).

■ Il existe des variations interindividuelles lors de la réponse au stress aigu.

Notes

2 Le déroulement de la réponse rapide de l'organisme

■ Le système limbique désigne un ensemble de structures du cerveau, dont l'amygdale et l'hippocampe, intervenant dans le comportement et les émotions.

■ Le système limbique est stimulé par les agents stressants. En réponse à cette stimulation, un message nerveux, en partance du système limbique atteint les glandes médullo-surrénales.

■ La stimulation nerveuse des glandes médullo-surrénales conduit à la production d'adrénaline par ces dernières. L'adrénaline est libérée dans le sang.

■ L'adrénaline provoque une augmentation du rythme cardiaque, de la fréquence respiratoire et la libération de glucose dans le sang par le foie. Cela prépare l'organisme à la réponse aux agents stresseurs.

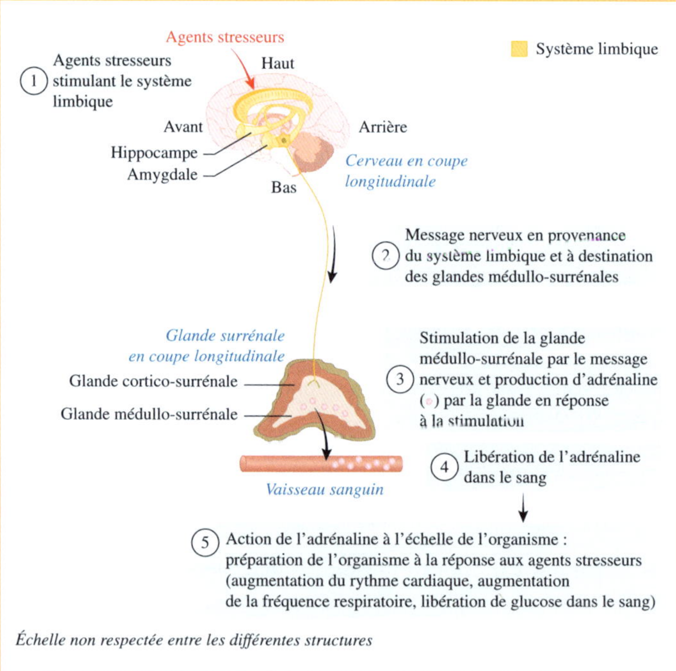

Le déroulement de la réponse rapide de l'organisme lors du stress aigu.

La réponse plus lente de l'organisme lors du stress aigu

Fiche 63

SVT

Notes

■ Dans un second temps, en réponse à la stimulation par les agents stresseurs, l'hypothalamus produit une neuro-hormone, la CRH (*Corticotropin Releasing Hormone*). Cette hormone est libérée au niveau de l'hypophyse.

■ En réponse à la CRH, l'hypophyse produit une hormone, l'ACTH (*Adreno CorticoTrophic Hormone*).

■ L'ACTH agit sur les glandes cortico-surrénales. En réponse à cette stimulation, elles produisent du cortisol.

Ainsi, la libération de cortisol lors du stress aigu fait intervenir l'axe hypothalamo-hypophyso-corticosurrénalien.

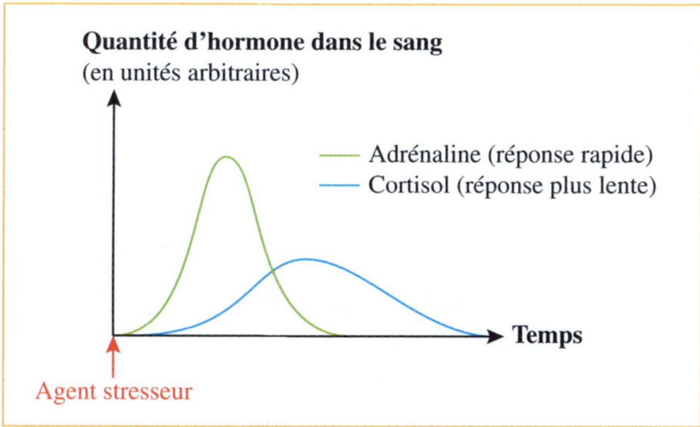

Quantité d'adrénaline et de cortisol dans le sang d'un organisme soumis à un agent stresseur.

■ Le cortisol favorise la mobilisation du glucose (libération de glucose dans le sang par le foie).

De plus, il inhibe certaines fonctions (dont le système immunitaire) : cela permet une économie d'énergie.

■ Le cortisol exerce un rétrocontrôle négatif sur l'hypothalamus : le cortisol inhibe la production de CRH par l'hypothalamus. Ce mécanisme favorise le rétablissement de conditions de fonctionnement durables : on parle de résilience.

Notes

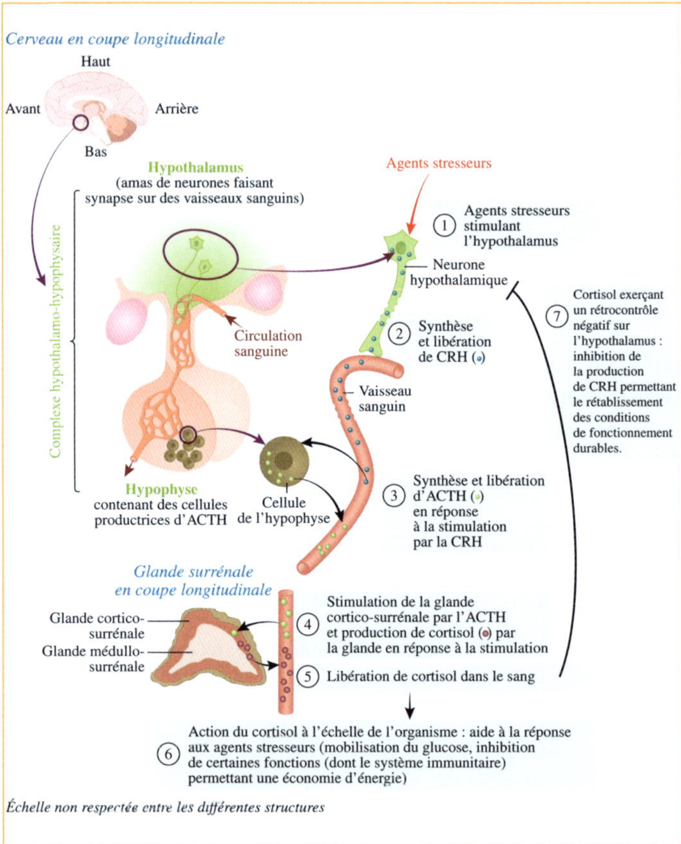

Le déroulement de la réponse plus lente de l'organisme lors du stress aigu.

L'origine et les conséquences du stress chronique

Fiche 64

SVT

Notes

1 L'organisme débordé dans ses capacités d'adaptation

■ Le système complexe de réponse au stress est fragile et ses mécanismes physiologiques peuvent être débordés si l'action des agents stresseurs est trop intense ou si elle se prolonge dans le temps.

■ Dans le cas d'un stress intense ou prolongé, l'organisme ne parvient pas à retrouver des conditions de fonctionnement durables (résilience) : ses mécanismes physiologiques sont ainsi déréglés.

2 Les conséquences sur le cerveau

■ En cas de stress prolongé, le niveau sanguin de cortisol est élevé de façon continue. Certaines structures cérébrales peuvent alors être modifiées à long terme : le système limbique (amygdale, hippocampe) et le cortex préfrontal.

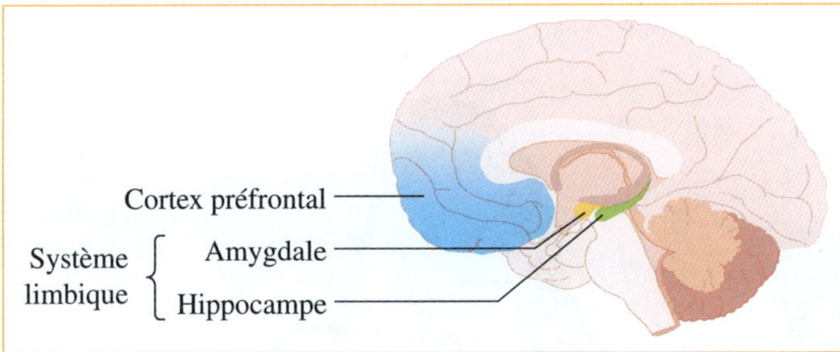

Structures cérébrales affectées par le stress chronique.

■ Par exemple, l'hippocampe présente de nombreux récepteurs au cortisol. Chez l'animal, il a été montré que quelques semaines d'exposition à un stress intense, ou à un niveau élevé constant de cortisol sanguin, contribuaient à la dégénérescence de l'hippocampe. La diminution du nombre de neurones et l'altération du processus de formation des nouvelles synapses compromettent ainsi la plasticité cérébrale.

■ Ces modifications de structure et de fonctionnement de zones cérébrales constituent une forme de plasticité cérébrale dite mal-adaptative : les dérèglements engendrés par le stress chronique se traduisent ainsi par diverses pathologies.

Notes

3 Les conséquences sur l'individu

■ Le système limbique et le cortex préfrontal interviennent dans les processus liés aux émotions, à la mémoire et aux fonctions cognitives (raisonnement, comportement...), qui peuvent donc être affectés par le stress chronique.

■ Ainsi, l'anxiété liée au stress chronique peut s'accompagner de troubles de l'attention et de la mémoire, ainsi que d'une diminution des performances cognitives (capacité à raisonner, s'exprimer et agir).

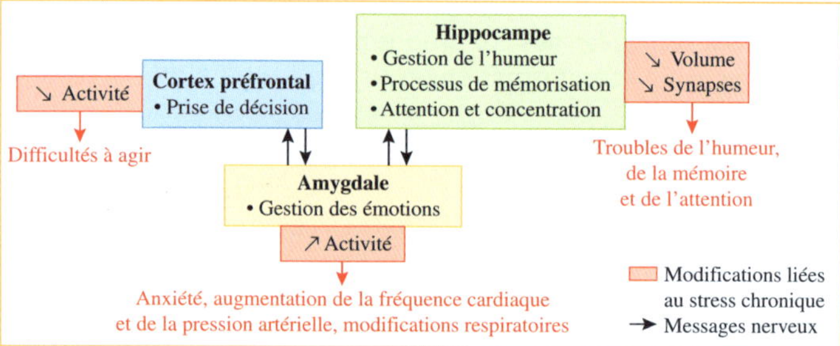

Pathologies liées aux effets du stress chronique sur les structures cérébrales

Le stress chronique a des conséquences néfastes sur les individus.

Les traitements du stress chronique

Fiche 65

SVT

1 La prévention et les remèdes non médicamenteux

■ La solution la plus évidente pour remédier au stress chronique est d'identifier précisément les agents stresseurs afin de les supprimer de l'environnement de l'individu, ou de limiter leur action (durée, intensité), mais cela n'est pas toujours possible.

■ Pour de multiples raisons (facteurs génétiques, histoire personnelle...), chaque individu réagit différemment face aux agents stresseurs. Ainsi, dans une même situation, les mécanismes de réponse au stress d'un individu pourront suffire à la résilience, tandis qu'un autre individu subira des perturbations durables et nuisibles pour sa santé.

■ Certaines pratiques sont susceptibles de limiter les dérèglements et de favoriser la résilience du système : une bonne gestion du sommeil (nombre d'heures suffisant et régularité), des efforts physiques modérés et réguliers, ou des exercices de contrôle de la respiration et de détente musculaire. Au quotidien, ces pratiques ont un effet calmant et permettent une meilleure gestion du stress.

■ L'évaluation de l'efficacité de ces pratiques devrait s'appuyer sur des méthodes scientifiques rigoureuses, bien que cela soit délicat.

Notes

Des exercices permettent la gestion du stress à l'approche des examens.

Notes

2 Traitement médicamenteux et effets secondaires

■ Si ces bonnes pratiques sont insuffisantes à maintenir la santé hors de danger, certains médicaments peuvent être utilisés pour traiter les pathologies associées au stress chronique. L'effet de ces médicaments vise à favoriser la résilience en agissant sur le système nerveux.

■ En cas d'anxiété, des benzodiazépines peuvent être prescrites. Ces molécules sont capables de se fixer sur les récepteurs à GABA (un neurotransmetteur inhibiteur) au niveau de certaines neurones impliqués dans les troubles nerveux liés au stress chronique. Ainsi, les benzodiazépines inhibent ces neurones en favorisant l'entrée d'ions chlorure (Cl^-).

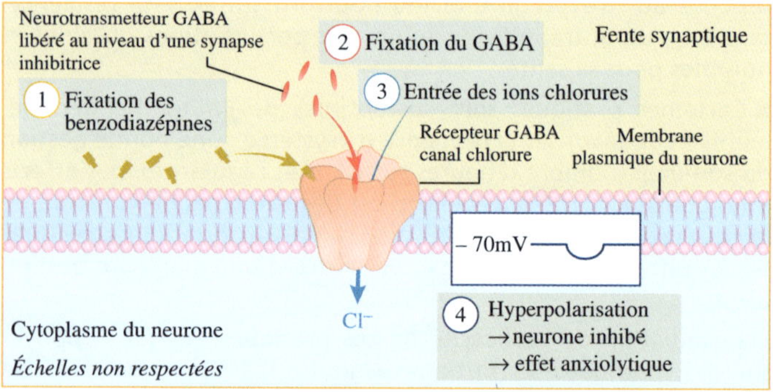

Action des benzodiazépines au niveau d'un neurone impliqué dans les troubles liés au stress chronique.

■ Les benzodiazépines peuvent aider à réduire l'anxiété (effet anxiolytique) et faciliter le sommeil en agissant sur le système limbique. Ces molécules agissent également au niveau des neurones moteurs de la moelle épinière et peuvent donc être utilisées comme relaxant musculaire.

■ Les effets secondaires des benzodiazépines peuvent cependant affecter la vie quotidienne des patients (risque de dépendance, troubles de l'attention, baisse de vigilance excessive). Ainsi, l'obtention de ces médicaments exige une ordonnance médicale et un usage de courte durée est recommandé.

Philosophie

Notes

Sommaire

Définition de l'épreuve

L'épreuve de philosophie au baccalauréat est constituée d'une épreuve écrite et, le cas échéant, d'une épreuve orale de contrôle.

1 L'épreuve écrite obligatoire

Épreuve écrite	**Durée**	4 heures
	Coefficient	8

Trois sujets sont proposés au choix des candidats.

A. Deux sujets de dissertation

Deux de ces énoncés, dits « sujets de dissertation », sont, chacun, constitués par une question simple que le candidat doit traiter.

Déroulement de l'épreuve

Les sujets de dissertation prennent la forme d'une question directe. Les intitulés de sujet appellent une discussion rigoureuse sur une ou plusieurs notions du programme, et celles-ci sont aisément repérables par les candidats. Ces derniers sont invités, par cette question, à en explorer les enjeux et à examiner de façon critique et ordonnée la ou les réponses qu'elle appelle.

- Il ne s'agit pas de reproduire un cours ou de plaquer telle ou telle doctrine philosophique. L'objectif est de **dégager les problèmes que pose la question**.

B. Un sujet d'explication de texte

Le troisième énoncé de sujet est constitué par un texte d'une longueur raisonnable, emprunté à un auteur figurant dans la liste des auteurs du programme, qu'il est demandé au candidat d'expliquer. Il se rapporte à une ou plusieurs notions du programme.

Déroulement de l'épreuve

- Le candidat doit **dégager l'intérêt philosophique du texte en procédant à son étude ordonnée**, c'est-à-dire rendre compte, par sa compréhension précise, du problème dont il est l'expression ou la solution.
- Le candidat n'est pas tenu de connaître la doctrine de l'auteur, ni son œuvre.
- Aucune méthode n'est imposée : il suffit que l'étude du texte n'en soit pas la paraphrase et qu'elle soit ordonnée, c'est-à-dire qu'elle soit l'exercice philosophique de la réflexion méthodique et critique.

Notes

Notes

2 L'épreuve orale

Épreuve orale	**Durée**	20 minutes
	Temps de préparation	20 minutes

L'épreuve orale est une épreuve de contrôle pour les élèves dont la note moyenne est au moins égale à 8 et inférieure à 10. Elle consiste en une explication de texte présentée par le candidat, suivie d'un entretien avec l'examinateur.

Le texte est choisi dans l'œuvre philosophique ayant fait l'objet, au cours de l'année, d'une étude suivie selon les modalités prévues par le programme.

Déroulement de l'épreuve

■ Le candidat présente à l'examinateur une note écrite ou dactylographiée visée par le chef d'établissement du lycée d'origine, dans laquelle est indiquée l'œuvre philosophique (titre, auteur, édition) dont l'étude, obligatoire, a été conduite en classe au cours de l'année. Cette note peut également comporter l'indication des principaux chapitres ou passages étudiés. Elle fait, par ailleurs, mention des questions auxquelles l'étude de l'œuvre ou de certaines parties de l'œuvre a été associée. Le candidat est porteur d'un exemplaire de l'œuvre étudiée, qu'il présente à l'examinateur. Ce dernier y choisit un extrait d'une longueur raisonnable (20 à 25 lignes au maximum).

■ Le candidat dispose de 20 minutes pour en préparer l'explication. Il présente à l'examinateur un exposé d'une durée maximale de 10 minutes. Un entretien avec l'examinateur d'une durée maximale de 10 minutes permet de compléter et de développer l'explication initiale.

■ L'entretien permet au candidat, sur la base de l'explication qu'il a d'abord proposée, de manifester ses connaissances et ses capacités de réflexion, précisément articulées à la lecture et à l'étude de l'œuvre et des thématiques qui lui ont été associées.

■ Pour le cas où un candidat ne présenterait aucune liste, il est recommandé à l'examinateur de lui présenter 2 ou 3 œuvres d'auteurs du programme. Le candidat choisit l'une d'entre elles, dont il lui est demandé d'expliquer un bref extrait.

Conseils pour l'épreuve

1 Gérer son temps à l'écrit

Travailler en temps limité doit avoir fait l'objet d'un apprentissage en cours et chez vous.

Ne pas maîtriser les 4 heures dont vous disposez peut vous conduire à rendre un travail brouillon ou inachevé. Pour ne pas vous laisser surprendre par le temps, posez une montre devant vous.

■ Donnez-vous quelques minutes pour lire attentivement et choisir votre sujet :
– choisir un sujet en rapport avec une notion bien étudiée en cours n'est pas le seul critère, car certains sujets ne recoupent pas de manière immédiate un thème ou une notion spécifique ;
– le sujet que vous devez choisir est celui dont vous voyez le mieux les enjeux et les questions sous-jacentes.

■ Une fois votre décision prise, ne changez plus d'avis :
– gardez votre temps pour l'analyse, la problématique, le plan détaillé et la rédaction ;
– réservez les dix dernières minutes pour vous relire et vous corriger.

2 La présentation

Ces quelques conseils ne sont pas secondaires. Ils peuvent vous éviter d'être mal compris(e) et de perdre bêtement quelques points.

■ Écrivez lisiblement et sans user d'un style télégraphique (abréviations, etc.).

■ Donnez-vous la peine de vous relire et essayez, autant que possible, de corriger vos fautes d'orthographe et de syntaxe.

■ Soignez votre présentation, en prévoyant une marge que vous respecterez tout au long de votre copie.

■ Aérez le plus possible votre texte. Séparez nettement l'introduction, les parties et la conclusion. Faites un paragraphe par sous-partie et allez à la ligne après chacun d'eux.

■ Équilibrez en quantité les parties de votre développement :
– votre introduction ne doit être ni trop succincte ni trop longue ;
– votre conclusion ne doit pas être bâclée ni être un vague résumé de votre devoir.

Notes

■ La structure de votre copie doit faire ressortir la marche de votre raisonnement.

■ Veillez cependant à finir dans les temps. Les feuilles de brouillon ne sont pas acceptées par les correcteurs.

3 L'épreuve orale de contrôle

Cette épreuve étant liée aux résultats obtenus lors de la première session, et compte tenu du peu de temps dont vous disposerez après leur proclamation, il est conseillé de préparer cette épreuve dès la fin des examens.

■ Vous disposerez de 20 minutes pour préparer votre exposé. Vous serez jugé(e) sur vos capacités de réflexion et sur les connaissances acquises.

■ Il est nécessaire, comme pour l'exercice écrit, de respecter certaines exigences de méthode : notamment l'introduction, qui doit énoncer clairement l'idée centrale de l'exposé.

■ Le plan doit être perceptible : il convient de l'annoncer en introduction.

■ Une certaine correction de langage est requise : l'aspect formel de l'exposé entre en ligne de compte, tout autant qu'à l'écrit.

La méthode de la dissertation

1 Analyser le sujet

La première exigence est de lire attentivement le sujet et de ne pas le transformer ou d'en oublier une partie.
Il convient de saisir ce qu'il a de particulier, même lorsqu'il peut, en certaines occasions, ressembler à d'autres sujets déjà rencontrés.

L'analyse du sujet passe par différentes opérations :

- Tout d'abord, il convient de comprendre le **sens général** de la question.
- En d'autres termes, il faut déterminer d'emblée l'objet de la question (ce sur quoi elle porte, son thème) et son sens (ce qui est demandé).
- Dans un second temps, il faut dégager les **différents sens** possibles des termes du sujet, afin d'accéder aux différents aspects de la question, les différentes manières dont on peut la comprendre.
- L'objectif de ce premier travail est atteint lorsque la question initiale a été reformulée sous tous les aspects qu'elle implique.
- Les différents aspects ainsi démêlés doivent suggérer des **références** philosophiques (auteurs et textes) qui pourront vous aider à les traiter.
- Toutefois, il faut éviter de multiplier les questions : une sélection doit s'opérer pour être sûr(e) de ne jamais s'écarter du sujet. Toute la difficulté est donc de faire varier la compréhension de la question sans que cette variation soit une dispersion.

2 Élaborer une problématique

Pour éviter la dispersion, qui risque de transformer la dissertation en un ensemble de propos décousus, il faut chercher à articuler les différents sens de la question.

- À cette fin, il est utile et nécessaire d'interroger le sujet :
– que suppose-t-il de connu ?
– que doit-on admettre pour formuler un tel sujet ?
– quels points de vue peut-on adopter sur le sujet ?
– qui pose la question et d'où vient-elle ?

Notes

Notes

■ Les réponses à cette série d'interrogations peuvent ainsi conduire à rendre **explicite** ce qui n'apparaît pas, au premier abord, dans la formulation du sujet et, par suite, à le rattacher à un ensemble de problèmes étudiés en classe.

■ Ce travail d'interrogation doit permettre également de saisir l'**importance** de la question. On a compris le sujet lorsqu'on en a mesuré la portée, ou encore lorsqu'il apparaît clairement que la réflexion proposée vaut bien quelques heures de peine.

3 Établir un plan

Le plan doit découler des analyses du sujet menées au brouillon. Il ne s'agit donc pas d'adopter, par exemple, des thèses contraires en guise de parties.
L'exigence d'un plan rejoint celle d'un propos cohérent et progressif.

■ D'une part, la dissertation doit présenter une réflexion d'ensemble sur les différents aspects de la question posée. Elle doit donc toujours parler de la même chose mais selon **différents points de vue**. Ainsi, par exemple, les parties de la dissertation peuvent recouper les domaines (politique, moral, épistémologique, etc.) dans lesquels le problème abordé se pose différemment.

■ D'autre part, il s'agit d'adopter une **démarche progressive**. Autrement dit, la dissertation doit présenter des paliers ou des étapes nécessaires à l'élaboration d'une réponse générale à la question. Cette réponse doit donc résulter du parcours suivi et des difficultés surmontées. Elle n'est pas un compromis (la synthèse considérée comme oui et non) mais un **aboutissement**.

■ Tout comme l'introduction doit éclairer le sujet en montrant à quel type de réflexion il invite, la conclusion doit faire état des résultats de la réflexion. Plutôt qu'un résumé, ce doit être un **bilan**.

La méthode de l'explication de texte

1 L'enjeu de l'exercice

■ La nature de l'épreuve incite à éviter les textes les plus fréquemment expliqués en classe et, notamment, les extraits reproduits dans les manuels scolaires.

■ Le texte, emprunté à un auteur figurant dans la liste des auteurs du programme, se rapporte explicitement à une ou plusieurs notions du programme. D'une longueur raisonnable, sa compréhension précise permet au candidat de mettre en évidence le cheminement et les enjeux d'une pensée dont il découvre l'exposé. Le texte est, par conséquent, aussi simple que possible et ne requiert aucune connaissance particulière de la doctrine de l'auteur ou d'une doctrine philosophique déterminée. Il ne comporte pas de termes techniques, ni ne renvoie à des connaissances spécialisées.

2 Le travail préparatoire

■ Vous devez, dans un premier temps, lire attentivement le texte, à deux reprises au moins, et vous demander, après chaque lecture, si vous avez bien compris la **thèse centrale du texte** et si vous êtes capable de la reformuler de manière claire et concise.

■ Tout en relisant à nouveau le texte, distinguez alors clairement ses parties, c'est-à-dire l'**ordre logique** des idées du texte, leur progression, en les reportant sur le brouillon.

■ À chaque fois, vous devez déterminer précisément quel est le lien entre deux passages qui se suivent : lien de cause à effet, conséquence, illustration de l'idée précédente, etc.

■ Vous procédez ensuite au simple **relevé des notions** posant problème, qu'il s'agira de définir lors de l'explication.

■ Après ce premier travail, vous devez répondre à la question suivante, qui est essentielle : pourquoi ce texte a-t-il été écrit ? En d'autres termes, quelle est son idée centrale, celle dont dépendent logiquement toutes les autres idées ?

Notes

3 L'introduction

■ Dans l'introduction, évitez de parler de la vie de l'auteur – ce qui est sans intérêt philosophique.

■ Vous ne devez pas non plus « raconter » les thèses majeures de la pensée de l'auteur : si vous les connaissez bien, vous pourrez vous en servir dans le corps du devoir ; mais il s'agit avant tout de montrer le **caractère unique et irremplaçable** du texte proposé.

■ Formulez donc clairement et précisément, dès l'introduction, la question à laquelle le texte apporte une réponse.

■ Enfin, annoncez le plan du texte.

4 Le corps du devoir

■ Les exigences de l'explication de texte sont les mêmes que celles de la dissertation : de même que la dissertation doit identifier le problème posé par le sujet, l'explication doit **identifier le problème posé par le texte, et s'efforcer d'y répondre**. Ainsi, elle doit dégager la thèse affirmée par l'auteur dans le texte et s'interroger sur le sens de cette thèse.

■ Il est également utile de s'interroger sur le type de texte à expliquer : il peut s'agir d'un texte polémique, critique, ou à caractère plus démonstratif. Quoi qu'il en soit, pour comprendre le sens de la thèse, il faut **s'interroger sur les thèses adverses**, c'est-à-dire celles que l'auteur entend réfuter, ou auxquelles il s'oppose. Enfin, on peut se demander si l'auteur part de l'opinion commune, ou bien si, au contraire, il s'en écarte.

■ L'objectif de l'explication de texte est donc, à la fois, d'**expliquer le propos de l'auteur et de mettre en évidence sa force et son originalité**. Elle doit également **faire apparaître la progression du texte**, et la façon dont l'auteur construit, de manière logique et cohérente, ses arguments.

■ Il faut également **éviter la paraphrase**, c'est-à-dire une simple répétition, le plus souvent approximative, de ce que dit l'auteur, et qui ne permet pas de déterminer si vous avez compris le texte.

■ Vous devez **respecter l'ordre** des idées **et expliciter ces idées**, donner les définitions des notions du texte. Vous pouvez citer la phrase que vous vous apprêtez à expliquer : cela permet de suivre le texte.

L'existence humaine et la culture

Fiche 1

Philosophie

Notes

L'homme n'est pas un animal comme les autres. Certes, il n'est pas le seul être vivant à posséder une intelligence ou même un langage, et il partage avec les animaux la capacité à ressentir des émotions et à souffrir. Mais l'existence humaine se distingue de celles des autres êtres vivants en ce qu'elle a été transformée par la culture et par l'histoire. On peut ainsi définir l'homme comme un être de culture.

1 Nature et culture

A. L'inné* et l'acquis*

L'inné est ce que l'homme possède avant la naissance ; l'acquis est ce qu'il apprend de l'expérience. L'homme naît ainsi avec un certain nombre de caractères héréditaires, qui définissent son identité biologique, mais son comportement apparaît ensuite comme une réaction à son environnement et à son milieu social. Le caractère est donc un mélange d'inné et d'acquis. En un autre sens, l'inné désigne les idées* que l'homme possède avant la naissance, avant toute forme d'apprentissage, et qui sont « *naturellement en nous* » (Descartes), comme les idées du mouvement et des figures, de la douleur, des couleurs et des sons.

B. La culture est une seconde nature

La culture désigne « l'ensemble des activités et productions humaines par lesquelles l'homme transforme la nature ». Si l'homme est un être de culture, il est difficile de trouver en lui ce qui relève encore du naturel, car les phénomènes humains dans leur ensemble relèvent du culturel : si l'apparition de l'homme coïncide avec celle de la culture – en particulier la fabrication d'outils –, comment isoler ce qui, dans l'homme, n'est pas le produit d'un travail ou d'une transformation de la nature ?

2 Nature humaine et condition humaine

A. Le problème de la distinction entre inné et acquis

Il est difficile d'isoler, en l'homme, ce qui relève de l'inné et ce qui relève de l'acquis : l'inné ne se révèle qu'à l'occasion d'une stimulation par le milieu* et l'acquis suppose des capacités ou aptitudes qui rendent possible l'apprentissage des connaissances. En outre, il n'est pas certain que nos idées prétendument innées ne soient pas elles-mêmes le résultat d'un apprentissage : les sens comme l'esprit peuvent s'exercer ou s'aiguiser grâce à l'expérience (Locke).

Notes

Enfin, même les besoins, qui semblent dépendre strictement de la nature, évoluent en fonction des conditions historiques et sociales.

B. Essence* et existence*

Pour savoir ce qu'est l'homme, il faut observer la manière dont il s'est transformé dans l'histoire, et aussi envisager toutes les possibilités qu'il se donne grâce à ses projets. L'homme est perfectible, c'est-à-dire qu'il peut s'améliorer, mais aussi commettre des fautes et des erreurs. Il n'a pas une nature définie, une essence donnée une fois pour toutes, mais une existence qui correspond à une infinité de possibilités : ainsi, pour Sartre, l'homme se définit par ses actes et non par ce qu'il est.

Sartre (1905-1980)
L'existence précède l'essence.

3 La différence entre les hommes vient-elle de leur éducation ?

A. Culture savante, culture populaire

La culture apparaît à la fois comme ce qui unit les hommes et ce qui les distingue : le partage de mœurs et de savoirs communs les rassemble, mais la différence dans l'accès à la culture les sépare. La culture étant un signe de distinction, elle est un enjeu symbolique. Ainsi, le prestige qui entoure les élites culturelles montre le lien qui unit le savoir et la reconnaissance sociale, à tel point que la culture peut apparaître comme un signe d'appartenance à une classe sociale.

B. L'élitisme de la culture

La culture peut contribuer à la reproduction des inégalités sociales, car elle n'est pas un savoir transmis de manière explicite ou méthodique par l'institution mais un ensemble de dispositions et de pratiques, héritées notamment de la famille : « *la pratique culturelle sert à différencier les classes* » (Bourdieu). Mais plutôt que de renoncer à l'idéal humaniste de l'homme cultivé, il apparaît nécessaire d'affirmer l'importance de l'éducation et de la transmission du savoir, selon des modalités qui donnent à chacun la possibilité de former son esprit.

Bourdieu (1930-2002)
La culture est un élément de distinction sociale.

À retenir !

- L'inné est ce que l'homme possède avant la naissance ; l'acquis est ce qu'il apprend de l'expérience.
- Les besoins évoluent en fonction des conditions historiques et sociales.
- L'éducation doit permettre à chacun de former son esprit.

La morale et la politique

Fiche 2

Philosophie

Notes

Le souci du bien, l'amour du devoir, ou encore la capacité à dénoncer l'injustice et à s'émouvoir de la souffrance d'autrui font de l'homme un être moral. Mais, comme il a au moins autant de vices que de vertus, il semble souvent plus désireux d'enfreindre la loi ou de transgresser l'interdit que de les respecter. Ainsi, pour vivre ensemble, les hommes ont besoin d'énoncer et de suivre des règles qui permettent le bon fonctionnement de la communauté et qui définissent le juste et l'injuste, le droit et le tort. Cet espace commun, réglé par des usages, des lois et des valeurs, est le domaine de la politique. Du grec *polis*, qui signifie « Cité », la politique est la science qui s'occupe des affaires publiques et des principes du gouvernement.

1 D'où viennent les distinctions morales ?

A. Existe-t-il un principe inné de justice et de vertu* ?

Toutes les morales ne sont pas identiques, et devenir moral suppose une forme d'apprentissage et d'éducation. Mais on peut observer que les notions de « bien » et de « mal » existent partout et toujours et que nul homme n'ignore cette distinction : toute moralité renvoie à un sentiment* naturel par lequel nous jugeons si une action est bonne ou mauvaise et auquel Rousseau donne le nom de « *conscience* ».

B. La voix de la raison

Kant (1724-1804)
La raison éclaire l'homme sur son devoir.

Le sentiment suffit-il pour autant à définir l'expérience morale ? On admettra aisément qu'il ne suffit pas de se lamenter ou de se mortifier pour faire acte de moralité. C'est la raison plutôt que le sentiment qui peut éclairer l'homme sur son devoir et lui fournir la règle de la moralité. Ainsi, Kant *(Critique de la raison pratique)* réfute l'idée d'un sens moral qui permettrait à l'homme de déterminer la loi morale*.

2 Le domaine de la politique

A. Tout est-il politique ?

On prétend souvent que « tout est politique », suggérant par là que tout est soumis à un calcul d'intérêt et un jeu de pouvoir. Si rien n'échappe au politique, alors toute pratique sincère de la justice est impossible. Cette affirmation faussement lucide et réellement désabusée désigne plutôt une perversion de la politique.

Notes

Elle révèle une incompréhension profonde de la nature du politique, puisqu'elle revient à nier les distinctions et les notions sur lesquelles se fonde la politique, comme le public et le privé, le lien civil, l'institution, la citoyenneté, le bien commun et la liberté.

B. La politique, « *science suprême* »

Parce qu'elle s'interroge sur le sens du bonheur collectif et les moyens d'y parvenir, la politique apparaît comme la discipline, théorique et pratique*, qui intéresse l'homme comme membre d'une communauté. L'homme est par nature un animal politique, selon la célèbre formule d'Aristote : cela signifie que sa nature s'accomplit dans la politique et dans la Cité. La politique traite de ce qui intéresse la communauté dans son ensemble et ne vise pas, en premier lieu, l'enrichissement des individus, mais la paix civile et le bonheur des citoyens. Elle se fonde sur le « *Souverain Bien* ». Pour cette raison, elle est définie par Aristote comme « *la science suprême* ».

Aristote (384-322 av. J.-C.)
La politique est la science suprême.

3 Pourquoi obéit-on ?

A. Autorité et domination

L'une des distinctions essentielles sur lesquelles se fondent la politique et la morale est l'opposition entre autorité et domination. Dominer, c'est exercer sur autrui un pouvoir qui vise à diminuer ses forces et à l'asservir. La domination s'exerce donc au détriment de la liberté. En revanche, l'autorité, si elle suppose une forme d'obéissance, se justifie néanmoins par le fait qu'elle vise le bien de celui qui se trouve assujetti.

B. Mérite et responsabilité

C'est par le péché que l'homme connaît la souffrance ou la déchéance, mais c'est aussi par lui qu'il accède à la possibilité de devenir moral, puisque seul un être libre et perfectible peut prétendre à la moralité. C'est parce qu'il est l'auteur de ses actes que l'homme peut mériter les sanctions positives ou négatives – récompenses ou punitions – qui leur correspondent. La notion de « responsabilité » implique que l'homme, comme être moral et disposant d'un libre arbitre*, soit capable d'assumer les conséquences de ses actes.

À retenir !

- Pour Rousseau, la conscience nous permet de juger naturellement qu'une action est bonne ou mauvaise.
- Selon Kant, la moralité n'est pas un sentiment mais le respect de la loi morale.
- D'après Aristote, l'homme est un animal politique : sa nature s'accomplit dans la Cité.

La connaissance

Notes

Connaître une personne ou un objet, ou encore le sens d'un mot, c'est être capable d'en donner une définition et de répondre à la question « Qu'est-ce que c'est ? », ou bien « Qui est-ce ? », ou encore « Qu'est-ce que cela signifie ? ». Pour connaître un objet, il ne suffit donc pas de le désigner, mais il faut savoir quelles sont ses propriétés ou tout simplement comment s'en servir, c'est-à-dire savoir ce que l'on peut faire avec cet objet. Connaître, ce n'est donc pas seulement définir : c'est aussi observer et décrire.

1 La connaissance comme résultat

A. Penser, réfléchir, connaître

Penser est un acte qui suppose un sujet*, c'est-à-dire un être capable d'organiser ses idées* de manière cohérente et d'exercer son jugement, en distinguant le vrai du faux. De même, la réflexion suppose un effort volontaire par lequel l'esprit cherche en lui ce qu'il ne sait pas encore : la pensée suppose donc un travail de l'esprit. Mais penser ou réfléchir, ce n'est pas encore connaître, puisque je peux me tromper, ou réfléchir sans trouver la solution du problème qui occupe mon esprit.

B. Connaître, c'est découvrir l'essence* ou la nature d'une chose*

La pensée et la réflexion peuvent donc désigner une étape dans un processus dont la connaissance constitue le résultat. Réfléchir, c'est s'interroger. Connaître, c'est trouver. Ainsi, la connaissance est un savoir certain, qui s'oppose à l'ignorance et à la simple croyance ou opinion. Qu'elle soit le résultat d'une observation, d'une enquête ou d'une démonstration, la connaissance est toujours la découverte de la nature ou de l'identité de ce que l'on cherche à définir. La connaissance est le résultat de l'enquête.

2 La connaissance comme processus

A. La méthode

Il peut, néanmoins, sembler réducteur de considérer la connaissance comme ce qui met un terme à la recherche. Le chemin qui conduit au savoir fait partie du processus de connaissance. En effet, il ne peut y avoir connaissance de quelque chose que parce

Descartes (1596-1650)
La méthode est essentielle à la recherche de la vérité.

Notes

qu'il y a un esprit qui connaît, c'est-à-dire qui est capable de raisonner, de déduire* et de discerner. La méthode qui conduit au vrai est un moment essentiel dans la recherche de la vérité : ce n'est pas la même chose de découvrir la solution par hasard ou en trichant, que d'y parvenir par sa propre réflexion et une méthode rigoureuse. On ne peut réduire la connaissance à un résultat.

B. La connaissance comme processus ininterrompu

En réalité, l'expérience nous montre que nous n'en finissons pas d'apprendre et de découvrir de nouvelles propriétés : la connaissance est un processus ininterrompu. Les limites de notre savoir étant toujours provisoires, l'expérience apprend à ne pas considérer les connaissances établies comme des certitudes définitives. D'où l'intérêt de chercher à réaliser toujours de nouvelles expériences, notamment grâce au développement de la technique et à l'invention de nouveaux instruments. La connaissance progresse avec l'invention.

3 Peut-on se connaître soi-même ?

A. Connais-toi toi-même

Cette injonction peut sembler surprenante, car nous n'ignorons pas qui nous sommes : serions-nous étrangers à nous-mêmes ? L'adage socratique signifie surtout qu'il faut apprendre à connaître ses propres limites. Or, une telle entreprise suppose de la patience et du temps, et la conscience qu'il est toujours possible d'en apprendre sur nous-même, puisque notre identité n'est pas donnée de manière immédiate et définitive.

B. Sagesse et ignorance

Il est préférable, pour parvenir à la connaissance, de ne pas prétendre tout savoir : si le philosophe est un sage ou un savant, c'est au sens où il est capable de se tourner vers le savoir et d'être disposé à apprendre. Il n'est pas un connaisseur ni un expert, mais celui qui aime la sagesse et recherche la vérité. Il doit avoir présent à l'esprit cet autre adage de Socrate, qui nous met sur le chemin de la connaissance : tout ce que je sais, c'est que je ne sais rien.

Socrate (470-399 av. J.-C.)
Se connaître soi-même, c'est connaître ses limites.

À retenir !

- La connaissance est un savoir certain, qui s'oppose à la croyance et à l'opinion.
- Selon Descartes, pour parvenir à la connaissance, il faut conduire son esprit avec méthode.
- Le philosophe recherche la vérité car il aime le savoir et la sagesse.

L'art

L'art est-il une mauvaise copie du monde et de ses apparences ou bien l'expression d'une pensée et de ses concepts* ? Que voulons-nous dire lorsque nous disons qu'une œuvre d'art est belle ? Paradoxalement, l'art est, à la fois, la mise en œuvre de règles et de procédés et ce qui semble échapper aux règles, comme le génie.

1 La critique de l'image

A. Le modèle et la copie (Platon)

Un artiste qui peint un lit copie le lit qui a été fabriqué par l'artisan, qui a lui-même imité un modèle abstrait* de lit, celui de l'« idée » de lit. Comme les apparences et la tromperie, l'art tente de copier le monde : c'est pour cette raison qu'il inspire de la méfiance au philosophe.

B. Le délire de l'inspiration

Platon condamne ainsi l'artiste comme un habile imitateur, qui n'a pas sa place dans la Cité. Pourtant, le poète est digne d'admiration, parce que son enthousiasme et son délire sont inspirés par les dieux, qui l'appellent à se tourner vers le Bien.

Platon (427-347 av. J.-C.)
L'œuvre d'art est une illusion.

2 Le goût et les règles de l'art

A. L'esthétique* et l'autonomie de l'art

Le jugement de goût, ou jugement esthétique, est différent du jugement de connaissance, car, lorsqu'on affirme que quelque chose est « beau », on ne peut pas le démontrer scientifiquement. C'est une affirmation fondée sur un sentiment particulier, et pourtant on considère que tout le monde devrait porter le même jugement (« c'est beau ») : ainsi, « *le beau plaît universellement et sans concept* » (Kant, *Critique de la faculté de juger*).

Kant (1724-1804)
Le beau plaît universellement et sans concept.

Notes

B. Le beau et le joli

On peut opposer le beau, qui renvoie à une harmonie, au joli qui, toujours bien fini, est inférieur au beau. Pour Baudelaire, le beau échappe aux règles, il est toujours bizarre *(Curiosités esthétiques)* : une œuvre d'art n'est pas seulement un objet bien fait ; elle doit surprendre, être suggestive.

C. Le beau dans la nature et le beau dans l'art

Selon Kant, les beautés de la nature sont supérieures à celles créées par l'homme. Alors que, pour apprécier les œuvres d'art, une certaine forme de connaissance ou d'apprentissage est utile, les beautés de la nature ne font appel qu'au jugement de goût, qui est désintéressé : il s'agit simplement de les contempler.

3 L'art et l'esprit

A. L'accord du sensible* et du spirituel

Hegel considère, au contraire, que l'œuvre d'art manifeste la supériorité de l'esprit sur la nature, parce que l'art n'a pas pour but de reproduire ce qui existe déjà dans la nature et que la beauté artistique est née de l'esprit. L'œuvre d'art a un aspect matériel, mais elle a également une dimension spirituelle. L'œuvre d'art réunit le sensible et le spirituel : ainsi, les statues grecques reflètent-elles la découverte de la raison par les Grecs.

Hegel (1770-1831)

L'œuvre d'art manifeste la supériorité de l'esprit sur la nature.

B. L'art véritable n'imite pas mais crée une nouvelle réalité

L'art abstrait explore la possibilité de créer une nouvelle réalité, qui n'est pas une imitation de l'espace en trois dimensions, mais la production d'un nouvel espace : l'impressionnisme a ainsi tenté de recréer dans ses œuvres le mouvement. Quant au cubisme (Apollinaire, *Les Peintres cubistes*), il a construit un cadre indépendant, qui semble affranchi de l'espace et du temps.

À retenir !

- L'art qui se borne à imiter le monde est une tromperie, mais il est admirable lorsqu'il est inspiré par le Bien (Platon).
- Selon Kant, le jugement de goût est, à la fois, un sentiment particulier et un jugement universel.
- Pour Hegel, le beau de l'œuvre d'art, parce qu'il est issu de l'esprit humain, est supérieur au beau naturel.

Le bonheur

Fiche 5

Philosophie

Notes

Le bonheur, qui ne doit pas être confondu avec le plaisir, est-il à rechercher pour lui-même ou est-il l'aboutissement d'une vie vertueuse ? Peut-on l'atteindre par la volonté* et la sagesse, ou bien dépend-il de la chance et de la bonne fortune ?

1 Bonheur et vertu*

A. Les plaisirs et les biens

Le bonheur ne dépend pas du nombre de biens que nous possédons, puisque la richesse ou la gloire sont illusoires et souvent sources de malheur. Comme l'enseigne Épicure *(Lettre à Ménécée)*, il faut mettre de l'ordre dans nos désirs, les hiérarchiser, pour ne pas confondre ceux qui nous mènent au bonheur et ceux qui ne mènent qu'au plaisir.

Épicure (341-270 av. J.-C.)

Il faut hiérarchiser nos désirs.

B. Le bonheur résulte de la vertu

Le bonheur est la satisfaction que nous tirons de nous-même. On n'accède à celui-ci qu'en échappant à l'illusion des biens qui n'y contribuent pas. Aristote *(Éthique à Nicomaque)* montre, ainsi, que le bonheur résulte de la vertu, dont la pratique nous permet d'accomplir nos véritables aspirations. En étant vertueux, nous ne manquons plus de rien.

2 Notre destin est-il d'être heureux ?

A. La félicité éternelle

S'il faut atteindre la sagesse pour atteindre le bonheur, notre désir d'être heureux risque, cependant, de rester insatisfait. La religion chrétienne enseigne que le bonheur n'est pas de ce monde car notre désir ne saurait être comblé que dans la communion avec Dieu et la félicité qu'elle procure à ceux dont l'âme sera sauvée (saint Augustin, *La Cité de Dieu*).

Saint Augustin (354-430)

Le vrai bonheur n'est pas de ce monde.

Notes

B. Le devoir s'oppose-t-il au bonheur ?

La morale n'est pas la recherche du bonheur, qui est égoïste. Elle s'impose à nous par des devoirs – un impératif catégorique* auquel nous ne pouvons pas nous soustraire. Néanmoins, le fait d'accomplir notre devoir et d'être vertueux nous rend dignes d'être heureux, d'après Kant, dans la *Critique de la raison pratique*.

3 Le bonheur est-il une illusion ?

A. Une recherche vaine et incertaine

Celui qui considère qu'il faut rechercher le confort matériel ou encore la richesse et les honneurs pour atteindre le bonheur, se condamne nécessairement à l'insatisfaction. Ainsi, pour être un homme véritablement heureux, il ne suffit pas d'aspirer à ces satisfactions dérisoires, car seule la recherche de la vérité ou de la sagesse nous procurera une véritable satisfaction.

B. Le bonheur matériel est illusoire

Alors que le christianisme promettait le bonheur dans une autre vie, les sociétés modernes prétendent offrir un bonheur matériel à la portée de tous, exposé dans les catalogues et les vitrines des magasins. Mais cette mise en scène montre le caractère futile d'un bonheur matériel collectif, puisque s'en trouvent exclus les pauvres et les malchanceux.

C. Le bonheur est fade

Enfin, le désir du bonheur est fade. En recherchant le bonheur, nous refusons de faire de notre vie une mise à l'épreuve qui, seule, nous permet de trouver la vérité. Le désir d'un bonheur sans histoires, à l'abri de tout risque, est une forme de renoncement, un refus d'affronter ce que l'on craint le plus, à savoir la mort et notre propre destin, selon Nietzsche *(Ainsi parlait Zarathoustra)*.

Nietzsche (1844-1900)

Le désir du bonheur est fade et est un refus d'affronter notre destin.

À retenir !

- Pour atteindre le bonheur, il faut comprendre que tous les plaisirs ne se valent pas (Épicure).
- Selon Kant, la morale n'est pas la recherche du bonheur ; seul l'accomplissement du devoir nous rend dignes d'être heureux.
- La recherche du bonheur est fade, selon Nietzsche ; elle constitue un renoncement à notre destin.

La conscience

Fiche 6

Philosophie

Notes

Il faut distinguer plusieurs sens du mot « conscience » : « avoir conscience de quelque chose » signifie « en avoir connaissance », tandis que l'expression « avoir la conscience tranquille » manifeste la dimension morale de la conscience – ma conscience juge que je n'ai rien à me reprocher. La conscience réunit ainsi deux activités essentielles du sujet* : celle qui consiste à connaître le monde et à se connaître soi-même, et celle qui consiste à porter des jugements moraux.

1 La conscience comme sentiment

A. Conscience et perception

Être conscient, c'est d'abord sentir et percevoir. Ainsi, pour être conscient, il faut être en état de veille et même de vigilance : la conscience est une forme d'attention à ce qui est perçu. Imaginons un homme au bord de la mer : il perçoit le bruit des vagues, le soleil au-dessus de l'horizon et peut-être un nuage. S'il n'y avait ni vague, ni soleil, ni horizon, il ne pourrait ni les percevoir ni en avoir conscience. Il n'y a donc pas de conscience sans objet*. Selon Husserl, *« toute conscience est conscience de quelque chose »*.

Husserl (1859-1938)

Toute conscience est conscience de quelque chose.

B. Sentiment d'existence* et *cogito*

Mais l'homme n'a pas seulement conscience d'être là où il est, face à la mer et sous le ciel : indépendamment de tout objet extérieur, s'il fait attention à ce qui se passe dans son esprit, il se rend compte immédiatement qu'il pense et qu'il a une conscience. Cette dernière est donc un rapport immédiat de la pensée à elle-même : c'est ce que l'on nomme le *cogito*, qui signifie en latin « je pense ».

2 La conscience comme connaissance immédiate

A. La conscience, preuve de mon existence

Il suffit d'avoir conscience que je pense pour savoir que j'existe. Cette conscience de moi-même est la preuve de mon existence comme sujet, du moins pendant tout le temps que j'y pense. Dans les *Méditations métaphysiques*, Descartes met en doute l'existence du monde qui l'entoure et même l'existence de son corps.

Notes

Cependant, une vérité résiste au doute : la conscience de douter, qui lui révèle la réalité de sa pensée. L'expérience du doute est paradoxale : douter n'est pas savoir, mais, en ayant conscience de douter, je suis au moins certain que c'est moi qui pense.

Descartes (1596-1650)

Nous pouvons douter de tout, mais pas de la conscience que nous avons de douter.

B. La conscience, juge du bien et du mal

On parle d'avoir mauvaise conscience, d'avoir sa conscience pour soi. Le for intérieur désigne le tribunal de la conscience : l'homme qui manque à sa conscience est celui qui ne respecte pas ce que celle-ci lui dicte de faire. La conscience apparaît comme une instance de jugement du bien et du mal (Rousseau, *Émile*).

3 Les limites de la conscience

A. La veille et le sommeil

La conscience est également liée à l'état du corps. Ainsi, le passage de la veille au sommeil s'accompagne d'une modification de notre état de conscience. Mais le sommeil n'est pas pour autant un état d'inconscience, comme dans les pertes de connaissance, le coma ou la mort, ni une altération de la conscience. Il est plutôt un ralentissement des activités physiologiques et psychiques, qui peut, par ailleurs, s'accompagner de sensations* et d'une activité de l'imagination, comme dans les rêves.

B. Les perceptions non conscientes

Même à l'état de veille, la conscience peut être une connaissance confuse. Ainsi, on peut entendre le bruit de la mer, sans distinguer les petits bruits dont l'assemblage compose le mugissement de la vague. C'est ce que Leibniz appelle les « *petites perceptions* », qui sont trop nombreuses pour être connues distinctement, mais qui nous affectent sans que l'on s'en aperçoive. Ainsi, nous percevons certains bruits sans y faire attention.

Leibniz (1646-1716)

Les *« petites perceptions »* sont des perceptions inconscientes.

À retenir !

- Selon Husserl, il n'y a pas de conscience sans objet : *« toute conscience est conscience de quelque chose »*.
- Selon Descartes, l'expérience de la conscience ne peut pas être mise en doute.
- Pour Leibniz, il existe des *« petites perceptions »* qui sont inconscientes.

Le devoir

Fiche 7

Philosophie

Notes

Le devoir n'est pas un ordre que l'on suit aveuglément et comme mécaniquement, ni une contrainte à laquelle on se plierait par crainte d'un châtiment : il exige la volonté* d'une personne* libre qui n'agit pas par intérêt, mais sans autre motivation que celle d'accomplir son devoir.

1 Devoir, contrainte, intérêt

A. Nul n'est méchant volontairement

Pour Socrate, dans le *Ménon* de Platon, le mal est la conséquence de l'ignorance : ceux qui n'accomplissent pas leur devoir et commettent le mal le font par ignorance, parce qu'ils ne connaissent pas le vrai Bien. Nul n'est méchant volontairement.

Socrate (470-399 av. J.-C.)
Le mal est la conséquence de l'ignorance.

B. Devoir et intérêt

On ne fait pas son devoir parce qu'on espère recevoir une récompense, ni par crainte, sans quoi il ne s'agit pas de devoir mais d'intérêt. On fait son devoir uniquement parce que c'est notre devoir, ce que Kant a nommé « *l'impératif catégorique** ». Le devoir est étranger à l'intérêt.

2 Devoir et liberté

A. Accomplir son devoir

Le devoir est une tâche à accomplir. Lié à la nécessité pour l'homme de triompher de ses désirs, il constitue une victoire sur l'instinct. En obéissant au devoir, l'homme montre qu'il peut s'élever au-dessus de la nature et des mauvaises passions* comme la jalousie ou le désir de vengeance. Le devoir n'est donc ni une simple contrainte sociale ni un obstacle à la liberté.

B. L'autonomie de la volonté

Le devoir suppose une volonté autonome du sujet (la bonne volonté est, pour Kant dans les *Fondements de la métaphysique des mœurs*, celle qui se donne sa propre loi) et non la connaissance d'un principe extérieur à la volonté comme la punition, l'interdit ou la contrainte. Agir moralement, c'est agir librement.

Kant (1724-1804)
Le devoir suppose une volonté libre.

C. La critique du devoir

On peut distinguer la morale, faite d'impératifs et d'interdits (« Tu ne feras pas cela parce que la loi te l'interdit ») et l'éthique (Spinoza, *Éthique*), faite de règles de conduite, de compréhension et de connaissance des principes (« Je ne ferai pas cela parce que ce n'est pas bon pour moi »). D'après Spinoza, c'est la connaissance, et non l'obéissance, qui peut rendre l'homme meilleur.

3 Devoir et intersubjectivité*

A. Le visage d'autrui nous révèle notre devoir

Notre devoir n'est pas déduit de la raison : il nous est révélé par la perception du visage d'autrui, dans une expérience intersubjective (c'est-à-dire « entre sujets* »). D'après Emmanuel Levinas dans *Totalité et Infini*, être confronté à un visage, c'est faire l'expérience de la vulnérabilité d'autrui et de notre responsabilité vis-à-vis de lui.

B. L'éthique de la discussion

La conscience que les hommes ont de leurs devoirs ne prend cependant pas nécessairement la forme d'un ordre indiscutable dicté par notre conscience comme chez Kant, mais peut être élaborée dans le cadre d'un dialogue, grâce à ce que Jürgen Habermas a appelé l'« *éthique de la discussion* » *(De l'éthique de la discussion)*. Suivant cette théorie, c'est en visant l'universalité (et non des intérêts particuliers), dans un dialogue, que les sujets élaborent des principes moraux. Comme chez Kant, le principe moral est indépendant des intérêts particuliers, mais cette fois il est issu d'un dialogue entre plusieurs sujets.

Habermas (né en 1929)

Le devoir n'est pas un ordre, mais peut être défini dans le cadre d'une discussion rationnelle.

C. Nos devoirs vis-à-vis des générations futures

Nous savons maintenant que les ressources de la nature ne sont pas inépuisables. Par conséquent, d'après Hans Jonas, nous avons une responsabilité vis-à-vis des générations futures : nous devons agir pour garantir « *la permanence d'une vie authentiquement humaine sur Terre* » *(Le Principe responsabilité)*.

À retenir !

- Selon Platon, celui qui connaît le bien ne peut commettre le mal.
- D'après Kant, lorsque l'on accomplit son devoir, on le fait indépendamment de toute notion d'intérêt.
- Les principes moraux sont le résultat d'une discussion entre individus rationnels (Habermas).

L'État

Fiche 8

Philosophie

Notes

Par opposition à la communauté politique elle-même (la société, le « corps social »), l'État constitue l'organisation politique et juridique d'un pays.

1 Le politique avant l'État

A. La Cité

La Cité antique désigne une communauté de citoyens où les liens politiques entre les hommes apparaissent comme la réalisation de leur nature : « *L'homme est par nature un animal politique* » (Aristote, *La Politique*). Ce sont les vertus* et une langue communes qui rassemblent les hommes pour leur permettre de bien vivre.

Aristote (384-322 av. J.-C.)
L'homme est un animal politique.

B. L'état de nature*

Les théoriciens de l'État à l'âge classique opposent l'état de société à l'état de nature. À l'état de nature, les désirs de l'homme n'ont pour obstacles que la rareté des objets désirés et les désirs semblables des autres hommes. Cet état est invivable puisque nos désirs entrent en concurrence avec ceux des autres (Thomas Hobbes, *Léviathan*). Il faut donc que l'État vienne borner les désirs de chacun en créant des lois.

2 L'État comme artifice juridique

A. L'État, produit d'un contrat

Hobbes décrit, dans *Léviathan*, la construction de l'État par un contrat : les individus font le calcul qu'ils ont intérêt, pour survivre, à abandonner tous leurs droits naturels au profit d'un État capable de les protéger des menaces de l'état de nature.

Hobbes (1588-1679)
Les individus créent l'État pour assurer leur survie.

B. L'État comme monopole de l'usage légitime de la force

L'État détient toute la puissance que les individus lui ont conférée dans le contrat. Il possède le pouvoir de légiférer, d'administrer, de punir. Il est un tiers qui a pour fonction d'arbitrer tous les conflits qui, à l'état de nature, ne se règlent que par l'exercice

Notes

de la force. Le sociologue Max Weber y voit un groupement d'hommes unis en vue d'établir un monopole de la domination politique *(Le Savant et le Politique)*.

C. L'État comme monopole de la législation

L'État est juge et législateur, puisqu'il est seul dépositaire de la souveraineté : il élabore le droit. La limite de ce monopole est l'« état de droit » : dans ce dernier, le pouvoir de l'État est limité par la loi. Par opposition, la raison d'État voudrait justifier toute décision arbitraire* en disant que l'État, en tant que source de la loi, est au-dessus de la loi.

3 L'État, régulateur de la société civile

A. L'État dépasse les intérêts individuels

La vocation législatrice de l'État est, en fait, une vocation rationnelle* : l'État est une organisation cohérente qui vient, selon Hegel, incarner l'Esprit dans la société des hommes et en est la plus haute réalisation. Ainsi, l'État est la fin et les citoyens, les moyens.

Hegel (1770-1831)
L'État est la plus haute réalisation humaine.

B. L'appareil étatique, instrument de domination d'une classe

Pour Marx et Engels, l'État, tel qu'il existe, est essentiellement un appareil répressif, qui représente et défend avant tout les intérêts d'une classe dominante, tout en s'efforçant de dissimuler ce fait. L'État instaure et maintient un ordre qui repose, en réalité, sur l'opposition entre dominants et dominés.

C. L'État régulateur

Cependant, avec le développement des activités économiques, l'État devient, de plus en plus, leur régulateur et tient le rôle d'arbitre qui favorise l'égalité des chances entre les individus : c'est la conception libérale de l'État qui, selon John Rawls dans *Théorie de la justice*, doit répartir les biens entre les individus de manière équitable.

À retenir !

- Selon Aristote, les hommes, qui sont des animaux politiques, réalisent leur nature en société.
- Selon Hegel, l'État incarne l'Esprit et la raison.
- D'après Max Weber, l'État détient le monopole de l'usage légitime de la force, qui n'est plus du ressort des individus.

L'inconscient

Notes

L'inconscient désigne ce qui échappe à la conscience.

1 Le rôle de l'inconscient dans la vie psychique

A. Les formes de l'inconscient

L'inconscient peut désigner diverses formes de la vie psychique : ainsi, les automatismes et les conduites instinctives ont été considérés par la psychologie et la médecine comme des manifestations de l'inconscient, car il ne semble pas nécessaire d'en avoir conscience pour qu'ils se manifestent. Il en va de même pour certains phénomènes comme le somnambulisme ou l'hypnose.

B. L'inconscient n'est pas un autre moi

Le fait qu'une partie de notre psychisme* soit inconscient ne signifie pas que le sujet* est divisé ou qu'il y a une lutte entre la conscience et l'inconscient : il s'agit plutôt d'un ensemble dont une partie est cachée ou paraît inaccessible à la conscience. Ainsi, l'esprit humain a pu être comparé à un iceberg, dont la plus grande partie se trouve sous la surface. De ce point de vue, même si l'inconscient peut venir perturber la conscience, il n'est pas une force qui rivalise avec elle, mais plutôt l'expression d'une activité non consciente du sujet.

2 L'inconscient freudien et ses critiques

A. Le concept* d'« inconscient » chez Freud

Freud (1856-1939)
Certaines pulsions sont inavouables.

Avec Freud, le terme d'« inconscient » devient le concept clé de la psychanalyse. L'inconscient est une hypothèse nécessaire pour comprendre pourquoi notre conscience ne peut expliquer tel ou tel comportement et pour interpréter les rêves ou les symptômes des névrosés. D'après lui, ces actes sont le produit de refoulements, certaines pulsions* inavouables, condamnées par notre conscience morale, demeurant hors du domaine de la conscience, même si elles se manifestent parfois dans le langage, avec notamment certains lapsus.

Notes

B. L'hypothèse de l'inconscient, manifestation de la *« mauvaise foi »*

Donner à nos actes une motivation inconsciente, voilà qui est bien commode, écrit Sartre : cela nous permet de ne pas prendre la responsabilité de nos actes. Parler de l'inconscient, c'est refuser notre liberté et faire preuve de *« mauvaise foi »* d'abord vis-à-vis de soi-même : la conscience se ment à elle-même lorsqu'elle impute la responsabilité de tel ou tel acte à un « inconscient ».

Sartre (1905-1980)

Parler de l'inconscient, c'est faire preuve de mauvaise foi.

3 L'« inconscient collectif »

A. Légendes, rêves et archétypes

La notion d'« inconscient collectif » a été étudiée par le psychiatre suisse Carl Jung (1875-1961) et est à l'origine de sa rupture avec Freud. L'hypothèse d'un inconscient collectif permet notamment de comprendre le rôle des structures psychiques collectives dans le développement de l'individu. Son existence est liée à la présence, dans chaque inconscient, de ce que Jung nomme des « *archétypes* », c'est-à-dire des images atemporelles, collectives et immuables, qui constituent une sorte de fonds commun à tous les hommes.

B. Inconscient et histoire

La psychanalyse a pu être interprétée comme la recherche des secrets du moi ou de l'intimité profonde. Cependant, comme l'illustre la notion d'« inconscient collectif », elle apparaît aussi et surtout comme une volonté de comprendre les rapports entre l'individu et la collectivité : en montrant, par exemple, le rôle que jouent certaines représentations collectives (le mythe d'Œdipe) dans la constitution de l'identité individuelle.

À retenir !

- Selon Freud, l'inconscient n'est pas un autre moi, mais une partie, souvent cachée, de notre psychisme. Néanmoins, certaines pulsions refoulées se manifestent dans le langage sous la forme de lapsus.
- Pour Sartre, la conscience se ment à elle-même lorsqu'elle impute la responsabilité d'un acte à l'inconscient.
- L'« inconscient collectif » désigne chez Jung des *« archétypes »* ou images communes à tous les hommes.

La justice

Fiche 10

Philosophie

Notes

La justice est, à la fois, une vertu morale, celle de l'homme juste, et une institution qui détermine ce qui est permis ou défendu dans le cadre de la vie en société.

1 La justice comme vertu individuelle et collective

A. La justice comme vertu*

La justice est la vertu de celui qui accorde aux différentes parties de l'âme la place qui doit revenir à chacune, en maintenant entre elles un ordre harmonieux (Platon, *La République*) : la raison doit ainsi commander à la volonté* et aux désirs. *A contrario*, les hommes qui agissent sans réfléchir et uniquement pour satisfaire leurs désirs, comme ceux qui ont condamné à mort Socrate, sont injustes.

Platon (427-347 av. J.-C.)

La justice est la vertu de celui qui soumet sa volonté et ses désirs à la raison.

B. Justice distributive et justice commutative

Au-delà de la vertu individuelle, la justice ou son opposé, l'injustice, se manifestent d'abord dans les rapports entre les hommes vivant en société (Aristote, *Éthique à Nicomaque*, livre V). Ainsi, l'homme juste ou les lois justes veillent à la répartition des biens et des honneurs en fonction des mérites de chacun (justice distributive), mais également à l'équivalence entre choses échangées, par exemple dans le cadre d'un contrat (justice commutative).

2 L'institution de la justice, résultat d'une convention

A. Pour sortir de l'état de nature*, la nécessité de recourir à un tiers qui dicte la loi

En l'absence d'État et de loi, à l'état de nature, chaque homme cherche à prendre l'avantage sur ses semblables, ce qui conduit, selon Hobbes *(Léviathan)*, à un état de guerre de tous contre tous. Tant qu'un souverain n'a pas prescrit à tous les hommes ce qui est juste et ce qui ne l'est pas, leurs désirs n'auront pas de limite. Aussi est-il nécessaire d'instituer le droit et la loi, afin de pouvoir vivre en sécurité.

Notes

B. Grâce à la loi, la justice sort de la sphère privée et réalise l'égalité entre les citoyens

Le « contrat social » tacite passé entre les citoyens fait ainsi passer la justice de la sphère privée à la sphère publique : grâce à la loi, qui ne porte pas sur des situations ou des individus particuliers, mais applique des principes d'organisation générale de la société, chacun sait ce qui est permis ou défendu à tous (Rousseau, *Du Contrat social*). Ainsi, pour la loi, il n'y a pas « deux poids, deux mesures ».

Rousseau (1712-1778)

La loi instaure l'égalité des citoyens.

3 La justice sociale, de l'égalité devant la loi à l'égalité réelle

A. La loi ne prend pas en compte les inégalités

Dans sa critique du droit, Karl Marx *(Le Capital)* affirmait que la loi était injuste car elle ne prenait pas en compte les inégalités réelles entre les individus de différentes classes sociales, et n'instaurait, de ce fait, qu'une égalité abstraite*. Le socialisme permettrait d'établir la vraie égalité, et donc la justice, avant que le communisme ne crée l'abondance.

B. La justice doit garantir l'égalité des droits et corriger les inégalités économiques

Pour John Rawls *(Théorie de la justice)*, le premier principe de justice est bien celui de l'égalité des droits, chaque personne* ayant droit au maximum de libertés (liberté de conscience, liberté d'association, etc.) qui soit compatible avec les libertés d'autrui. Suivant le second principe, les inégalités sociales et économiques doivent être réparties en assurant l'égalité des chances.

Rawls (1921-2002)

Les principes de justice visent à garantir l'égalité des droits et l'égalité des chances.

À retenir !

- Pour Platon, la vertu de justice consiste à assurer l'harmonie entre la raison, la volonté et les désirs.
- Selon Rousseau, tous les citoyens sont égaux devant la loi.
- Selon Rawls, la justice doit non seulement garantir la liberté mais aussi instaurer l'égalité des chances.

Le langage

Fiche 11

Philosophie

Notes

Le langage est un système de signes qui permet de communiquer et d'exprimer ses pensées et ses sentiments. Bien que les deux termes soient proches, on peut distinguer le langage comme capacité à pouvoir communiquer et la langue comme outil permettant de développer cette faculté.

1 Les éléments nécessaires à la formation d'un langage

A. Le langage comme système de signes*

Le langage, en tant qu'instrument de communication, est un système de signes qui constitue un code. On peut ainsi distinguer plusieurs types de langages : gestes, symboles*, mots.

B. Signifiant et signifié

Le signe linguistique a un caractère arbitraire* : il est une invention humaine qui, comme l'a montré le linguiste Ferdinand de Saussure, associe par convention un signifiant (le son, la trace écrite) et un signifié (la représentation mentale associée). De plus, ces signes peuvent s'étendre à de nouvelles significations (ils sont « *mobiles* », comme l'écrit Bergson).

C. Langage et raison

Descartes (1596-1650)
Les bêtes n'ont aucune pensée.

Le langage à proprement parler ne se réduit donc pas à un système clos, un nombre fini de signes, comme peuvent en posséder les animaux. Il suppose la présence de la raison, qui est « *un instrument universel qui peut servir en toutes sortes de rencontres* » (Descartes, *Discours de la méthode*, V). L'homme, seul être capable de parole, peut créer un nombre infini de signes pour s'adapter à un nombre illimité de situations. Ainsi, comme l'écrit Descartes *(Lettre au marquis de Newcastle)*, « *ce qui fait que des bêtes ne parlent point comme nous est qu'elles n'ont aucune pensée, et non point que les organes leur manquent* ».

2 Les pouvoirs du langage

A. Un outil redoutable mais essentiel

Le langage peut être un redoutable instrument de séduction et de domination pour celui qui est habile à parler (Platon, *Gorgias*). Mentir, flatter, persuader : le langage permet de vaincre toutes les résistances et ses pouvoirs sont sans limites. Mais le langage est également essentiel à l'exercice de la philosophie, car la pensée a besoin du *logos**, qui, pour les Grecs, désigne à la fois « le langage » et « la pensée ». Pour Platon, le mot doit exprimer l'idée et le langage doit être soumis à la raison.

B. C'est dans les mots que nous pensons

« L'ineffable », ce qui ne peut être exprimé par la parole, est, en réalité, une pensée confuse. D'après Hegel, il n'y a pas de pensée réelle hors du langage. Si le silence a parfois du sens, ce n'est que parce qu'il met en valeur les paroles auxquelles on pense sans pourtant les prononcer.

Hegel (1770-1831)

C'est dans les mots que nous pensons.

3 Les critiques du langage

A. Une punition divine

D'après la Genèse *(La Bible)*, la diversité des langues a été introduite par Dieu au sein de l'humanité pour la punir de son orgueil. Les hommes voulaient, en effet, construire une tour jusqu'au ciel (Babel). Ce projet était facilité par le fait qu'ils parlaient tous une même langue, mais l'introduction de la diversité des langues par Dieu les a contraints à modérer leur ambition et à se répandre sur toute la Terre.

B. Le langage exprime des généralités

Pour Bergson *(Le Rire)*, le langage est avant tout utilitaire et n'exprime que des généralités. Un mot ne désigne pas un objet singulier, mais une catégorie d'objets : il est une étiquette posée sur la chose. Le langage est donc inapte à traduire la richesse des émotions ainsi que le caractère unique de chaque objet ou de chaque événement. Néanmoins, le langage poétique permet, certainement, de traduire une plus grande variété de nuances que le langage ordinaire, qui sert essentiellement à communiquer de manière rapide et efficace.

À retenir !

- Selon Saussure, le signe linguistique est arbitraire.
- Le *logos* désigne, pour les Grecs, le langage et la pensée.
- Pour Bergson, le langage est inapte à traduire la richesse des émotions.

La liberté

Fiche 12

Philosophie

Notes

La liberté désigne, à la fois, l'absence de contraintes et la capacité de se déterminer soi-même.

1 La liberté de la volonté

A. Libre arbitre* et liberté

Le « libre arbitre » pour Descartes est la capacité de la volonté à se déterminer elle-même, indépendamment de toute contrainte extérieure *(Méditations métaphysiques)*. Dans son degré le plus bas, le libre arbitre s'exprime dans la « *liberté d'indifférence* » (faire un choix arbitraire*, sans le comprendre). Dans son degré supérieur, il désigne une liberté soumise à la connaissance (choisir le vrai) ou à la morale (choisir le bien).

B. Liberté et nécessité* sont compatibles

Cependant, si nous pouvons avoir l'impression que nous sommes libres lorsque nous désirons accomplir une action, ce désir dépend d'une cause (Hobbes, *Léviathan*, XXI). Tout ce qui advient a nécessairement une cause, et c'est une illusion de croire que notre liberté est absolue et non déterminée.

C. La connaissance des causes, condition de la liberté

La croyance que notre volonté est libre est une illusion liée au fait que nous ne connaissons pas les causes qui nous ont déterminés à agir. Il n'y a, pour Spinoza, aucune volonté absolument libre (*Éthique*, I, proposition 32), la vraie liberté ne pouvant être que la connaissance de la nécessité qui nous a poussés à telle ou telle action. La servitude est, en fait, l'état de celui qui se croit libre, hors de toute nécessité : ignorant les causes qui le déterminent, il vit dans l'illusion qu'il a le choix.

Spinoza (1632-1677)
La vraie liberté est la connaissance de la nécessité.

2 Liberté et moralité

A. La volonté libre est l'auteure de la loi qu'elle suit

La volonté n'est pas libre si elle est soumise à nos désirs et à nos envies et ne vise qu'à leur satisfaction. Pour être libre, la volonté doit obéir à des lois qu'elle s'est elle-même données, et non être l'esclave des appétits ou des instincts (Rousseau, *Du Contrat social*).

Notes

B. L'autonomie de la volonté, condition de la moralité

L'autonomie désigne le fait d'obéir à des lois que l'on s'est données à soi-même. Faire quelque chose parce qu'on y est contraint ou parce qu'on y a intérêt n'est pas en soi moral, car notre volonté a été déterminée par autre chose que la morale. Un acte n'est moral que si la volonté a choisi librement de l'accomplir, en vertu de la loi morale* et non en vertu d'un intérêt particulier ou de la crainte d'un châtiment (Kant, *Fondements de la métaphysique des mœurs*).

Kant (1724-1804)
La volonté libre est autonome.

3 La liberté politique

A. La liberté civile

Pour Rousseau, l'homme ne doit pas abandonner une partie de sa liberté en sortant de l'état de nature* : il doit être aussi libre en société qu'avant de s'associer à d'autres hommes. En effet, il ne forme la société que parce que sa volonté est identique à ce qu'il nomme la « *volonté générale* », qui vise l'intérêt de la société. Cette volonté n'est pas la somme de volontés individuelles, mais est une volonté collective unique et identique pour tous, celle du corps social guidé par la raison vers l'intérêt de tous.

Rousseau (1712-1778)
La volonté générale n'est pas la somme des volontés particulières.

B. Liberté des Anciens, liberté des Modernes

Suivant Benjamin Constant *(Discours à l'Athénée)*, il faut distinguer la liberté des Anciens, qui ne consiste que dans la participation du citoyen aux activités de la Cité, de la liberté des Modernes, qui est une liberté d'être indifférent à la chose politique et de se consacrer à sa vie privée et aux échanges économiques : cela ne signifie pas que les Modernes ont abandonné toute liberté politique, mais plutôt que les deux libertés coexistent désormais.

À retenir !

- Selon Spinoza, ce qui définit la liberté n'est pas l'absence de causes, mais la connaissance des causes qui nous déterminent à agir.
- Pour Kant, la morale suppose la liberté de la volonté.
- D'après Rousseau, la volonté générale est une volonté collective qui vise l'intérêt de la société.

La nature

Fiche 13

Philosophie

Notes

La nature désigne, par opposition à la culture ou à la technique, ce qui n'a pas été modifié par l'homme. Est naturel* ce qui est à l'état brut et non domestiqué. Mais, en un sens plus large, la nature désigne aussi le monde et l'univers, ou encore l'ensemble des propriétés qui définissent un être (la nature humaine).

1 Faut-il opposer nature et culture ?

A. La nature est-elle sauvage ?

Merleau-Ponty (1908-1961)

Tout est fabriqué et tout est naturel chez l'homme.

Ce qui est naturel s'oppose à ce qui est artificiel* ou acquis*, factice ou maniéré. Le naturel désigne donc à la fois ce qui n'a pas été transformé par le travail ou l'éducation et ce qui est sincère ou authentique. Le mot *natura*, en latin, est formé à partir du verbe *nascor* (« naître »). Il désigne le fait de la naissance, l'état naturel d'une chose*, mais aussi le monde physique. La nature s'oppose donc à la culture, qui suppose une transformation, un apprentissage. Mais, comme le remarque Merleau-Ponty, ce qui semble naturel chez l'homme est, en réalité, institué : ainsi, il est « *conventionnel de crier dans la colère ou d'embrasser dans l'amour* ».

B. L'état de nature*

Pourtant, on peut distinguer en l'homme ce qui relève des mouvements spontanés*, comme les passions, et ce qui relève de l'institution proprement dit. Pour ce faire, certains philosophes ont imaginé un « état de nature » : celui-ci n'a jamais existé en tant que tel, mais il permet de rendre compte du comportement des hommes en dehors de l'institution, sans discipline et sans instruction. Ainsi, pour Kant *(Traité de pédagogie)*, « *l'état sauvage est l'indépendance envers les lois* ».

2 Les lois de la nature

A. L'objet de la physique

L'idée d'une nature sauvage (celle des instincts et des pulsions*), sans ordre ni discipline, doit pourtant être distinguée de la nature (*physis* en grec) étudiée par le physicien : qu'il s'agisse de la loi

Notes

universelle de la gravitation découverte par Newton, ou du principe thermodynamique de la conservation de l'énergie, la science nous montre que la nature n'est pas un chaos, mais qu'elle est soumise à des lois, même dans ses manifestations les plus spectaculaires (orages, tremblement de terre, raz-de-marée).

B. Un livre écrit en langage mathématique

Pour Galilée, il est possible d'étudier les phénomènes scientifiquement et d'en donner une formulation mathématique. Ainsi, la force d'attraction, phénomène* que chacun peut constater en lançant un objet au sol, peut également être exprimée par la loi d'attraction sous la forme d'une équation mathématique. D'ailleurs, pour Spinoza, qui considère que l'homme est une partie de la nature, il est aussi possible d'étudier ses passions* comme s'il s'agissait de figures géométriques, car les passions ont des propriétés et obéissent à des lois.

Galilée (1564-1642)

La nature est un livre écrit en langage mathématique.

3 Faut-il prendre la nature pour modèle ?

A. Préserver la nature

Le retour à la nature a alimenté bien des rêves de l'homme moderne, en particulier depuis qu'il a pris conscience de l'épuisement des ressources naturelles et de l'impact de la dégradation de l'environnement sur sa santé, ainsi que de l'extinction progressive des espèces animales. Il ne s'agit plus seulement de comprendre la nature ou de la maîtriser, mais également de la préserver.

B. Ressources naturelles et environnement

Le retour à une nature non modifiée par l'homme est certainement impossible. Paradoxalement, la préservation et la création de nouveaux espaces naturels dépendent de l'action humaine, et de sa capacité à faire coexister progrès technique et respect de l'environnement, en favorisant la croissance verte.

À retenir !

- Selon Merleau-Ponty, il est impossible de séparer en l'homme ce qui est naturel et ce qui est acquis.
- Pour Spinoza, l'homme est une partie de la nature.
- Pour Galilée, les mathématiques permettent d'exprimer les lois scientifiques de la nature.

La raison

Fiche 14

Philosophie

Notes

La raison est, avant tout, une faculté de l'esprit, celle de l'être raisonnable, capable de bien juger et de faire preuve de bon sens. Mais elle désigne aussi la capacité de l'être rationnel à suivre des principes et des règles, comme dans la démonstration ou le calcul.

1 Juger et raisonner

A. Le bon sens et la raison

Lorsqu'il écrit que « *le bon sens est la chose du monde la mieux partagée* » *(Discours de la méthode)*, Descartes affirme que la raison est naturellement égale en chaque homme. Bon sens et raison sont, ici, des termes synonymes et correspondent à la « *puissance de bien juger et distinguer le vrai d'avec le faux* ».

B. Qu'est-ce que bien juger ?

Bien juger suppose une capacité naturellement présente en l'esprit de chaque homme, et qui, selon Descartes, nous distingue des animaux. Parce que chaque homme dispose de cette faculté, chacun s'estime en droit d'émettre un jugement. Mais chaque homme, quelles que soient son intelligence ou sa culture, est aussi soumis à l'erreur, car il ne fait pas toujours bon usage de sa raison.

Descartes (1596-1650)
La raison est la puissance de distinguer le vrai du faux.

2 Bien conduire sa raison

A. La méthode

Toute méthode s'acquiert car l'esprit n'est pas naturellement méthodique. Pour éviter les erreurs, il convient non seulement de se prémunir contre certains défauts, comme la précipitation, mais également de diviser la difficulté ou de commencer par le plus simple et, comme l'écrit Descartes, de « *conduire par ordre mes pensées* » *(Discours de la méthode)*.

B. La raison et la science

Faire usage de sa raison, c'est non seulement être raisonnable, c'est-à-dire prudent et attentif, mais également suivre les principes de la raison, qui sont des principes logiques : ni incohérents ni contradictoires. Comme dans une démonstration ou un raisonnement mathématique, les principes de la raison suivent un ordre rigoureux qui doit nous permettre de découvrir la vérité. Ainsi, pour Descartes, les mathématiques sont le modèle de toute science.

C. Raison et parole

C'est parce qu'il est le signe de la raison que, selon Descartes, le langage est le propre de l'homme. Ainsi, lorsqu'un autre homme nous parle, nous savons que ce n'est pas une simple machine car la parole manifeste son intelligence. Le bon usage de la raison passe aussi par un usage correct du langage, en évitant les équivoques ou les contradictions. Apprendre à parler, c'est aussi apprendre à penser.

3 Rationnel et raisonnable

A. La raison n'est-elle qu'un calcul ?

Être rationnel*, c'est suivre un certain nombre de règles pour parvenir à un résultat correct, comme dans un calcul. Mais la raison ne se réduit pas à l'usage mécanique des règles : il ne s'agit pas simplement de calculer comme pourrait le faire une machine. Il faut aussi être capable de s'interroger sur le sens et les fins de nos actions.

B. Raison théorique et raison pratique

La raison théorique ou spéculative cherche à connaître : c'est elle dont on fait usage dans les sciences. La raison pratique se rapporte à la morale, à la politique et au droit. Elle concerne les domaines où l'homme est amené à s'interroger sur la valeur de ses principes et à élaborer lui-même les valeurs qui guident son action. La raison pratique ne concerne donc pas simplement l'application des règles, mais aussi la détermination de ce qui est moral et de ce qui ne l'est pas.

Kant (1724-1804)
Le domaine du rationnel appartient à la science, le domaine du raisonnable relève de la morale.

À retenir !

- Pour Descartes, bon sens et raison sont synonymes.
- Selon Descartes, la méthode consiste à conduire par ordre ses pensées.
- Selon Kant, la raison pratique se rapporte à la morale, à la politique et au droit.

La religion

Fiche 15

Philosophie

Notes

La religion désigne « la relation de l'homme au divin ». Elle se caractérise par des dogmes, des institutions, mais aussi par une foi, un sentiment religieux.

1 Origines, formes et fonctions de la religion

A. Donner une explication du monde

Les théogonies, récits mythiques qui racontent la formation du monde, tentent d'éclairer l'homme sur ses origines et de lui rendre l'univers familier, notamment en créant des divinités anthropomorphiques. Ces récits sont fondateurs d'une communauté et d'une culture.

B. Le sacré

Le sacré est une dimension essentielle de toute religion. Il se caractérise par l'affirmation d'un domaine séparé, opposé au profane, qui fait l'objet d'une vénération et d'un respect absolus. Le domaine du sacré repose sur un ensemble d'interdits ou de « tabous », et il suscite, à la fois, de la crainte et du respect. Comme l'explique Freud dans *Totem et Tabou*, est « tabou » ce qui inspire une terreur sacrée.

C. Foi, croyance et institutions

On peut distinguer, avec Henri Bergson, deux types de religions : la religion dynamique, c'est-à-dire le sentiment religieux (la foi), dont la forme la plus accomplie est le mysticisme, et le culte statique* des dieux primitifs, lié à la morale sociale et à l'habitude, qui a une fonction d'organisation au niveau collectif.

Bergson (1859-1941)
La religion dynamique est un élan d'amour qui transporte l'âme.

2 Religion, raison et aliénation

A. La philosophie, servante de la religion

La philosophie a longtemps été considérée comme la servante de la religion, l'autorité de l'Écriture ayant plus de valeur que celle de la raison. La lumière naturelle* de la raison était alors subordonnée aux lumières surnaturelles de la Révélation et de la foi.

Notes

B. La critique philosophique du dogme religieux

Le siècle des Lumières, en particulier à travers les encyclopédistes, critique la religion comme source d'obscurantisme, mais il s'agit surtout d'une critique du dogme et du fanatisme. Pour Kant, la pratique de la foi et l'existence de la raison sont compatibles (*La Religion dans les limites de la simple raison*).

C. La critique de la religion comme aliénation*

La religion entretient les illusions et les mystifications. En projetant dans l'au-delà la possibilité du bonheur, elle rend impossible l'idée d'un bonheur ici-bas (Feuerbach). La religion console l'homme de sa misère sociale, mais elle entretient son aliénation : « *la religion* [...] *est l'opium du peuple* » (Marx).

3 Qu'est-ce que « *la mort de Dieu* » ?

A. Le sens historique de « *la mort de Dieu* »

Au Moyen Âge, la religion était un lien social et spirituel entre les croyants, unis par la foi, des valeurs communes et un texte (la *Bible* pour les juifs et les chrétiens, le *Coran* pour les musulmans). Avec la dissolution des structures traditionnelles de la société et la montée de l'individualisme, la religion voit son rôle affaibli.

B. Le sens philosophique de « *la mort de Dieu* »

La célèbre formule de Nietzsche désigne non seulement la perte de la croyance en un être transcendant*, mais également l'exigence, pour la libre pensée, de se débarrasser de l'adoration des idoles et de toutes les valeurs qui dévalorisent la vie (ascétisme*, abnégation, croyance dans les arrières-mondes*).

Nietzsche (1844-1900)
Dieu est mort, et c'est nous qui l'avons tué.

C. La philosophie conserve-t-elle des aspects religieux ?

La question qui est alors posée est de savoir si toute croyance en un idéal supérieur ne peut pas elle-même être soupçonnée de religiosité. Aimer la vérité comme le croyant a aimé Dieu, voilà ce à quoi doit renoncer une philosophie authentiquement athée (Nietzsche).

À retenir !

- Bergson distingue la religion dynamique (la foi) et le culte statique (lié à la morale sociale).
- Pour Kant, la foi et la raison sont compatibles.
- Nietzsche est le philosophe de « *la mort de Dieu* ».

La science

Fiche 16

Philosophie

Notes

La science désigne un ensemble de connaissances reposant sur une méthode rigoureuse et pouvant être démontrées ou vérifiées.

1 La science comme connaissance certaine

A. Qu'est-ce que démontrer ?

Démontrer, ce n'est pas simplement convaincre par des arguments, mais c'est chercher à établir la vérité en se fondant sur la seule cohérence du raisonnement. Ainsi, celui qui effectue une démonstration est attentif aux rapports logiques entre les propositions. La capacité de suivre une démonstration semble, tout d'abord, se fonder sur le bon sens et, en particulier, sur le principe selon lequel on ne peut affirmer en même temps une chose et son contraire.

B. Qu'est-ce qu'un raisonnement logique ?

Un raisonnement, en un sens courant, est logique lorsqu'il n'est pas contradictoire. Pour Aristote, le principe de non-contradiction*, selon lequel on ne peut en même temps affirmer et nier une même proposition, est un axiome*, c'est-à-dire une vérité première que l'on ne peut démontrer, mais que tout le monde peut admettre comme une évidence. Ce qui est vrai aujourd'hui pourra être faux demain, mais une chose ne peut être à la fois vraie et fausse.

2 Expérience commune et expérience scientifique

A. L'exigence de la méthode : la rigueur

Dans l'expérience ordinaire, les sens suffisent ; cependant, il ne suffit pas d'entendre respirer pour comprendre le mécanisme de la respiration, de même qu'il ne suffit pas de voir le sang couler pour élaborer une théorie sur la circulation sanguine. Pour cela, il faut ne pas se fier aux premières impressions, mais faire preuve de méthode, c'est-à-dire suivre rigoureusement des règles pour bien conduire sa pensée (Descartes, *Discours de la méthode*).

B. L'exigence de précision

L'expérience scientifique prend la forme de l'expérimentation, c'est-à-dire de l'expérience conduite avec méthode et réalisée à l'aide d'instruments (microscope ou télescope, par exemple). Ces instruments permettent d'observer, de mesurer et de calculer de manière beaucoup plus précise que ne le font l'œil ou l'oreille. De même, le laboratoire permet de réaliser des expériences dans des conditions stables, indépendantes des variations climatiques.

3 L'expérimentation comme méthode

A. La méthode expérimentale

L'expérience ne doit pas précéder la théorie, et l'on doit à Kant *(Critique de la raison pure)* d'avoir pris la mesure de l'apparition de la méthode expérimentale dans la science moderne : elle est un renversement des rôles entre l'expérience sensible et la théorie. La méthode expérimentale modifie notre rapport avec la nature : nous ne sommes pas des « témoins » des phénomènes naturels, ni ne sommes instruits par l'expérience comme un élève par son maître, mais nous sommes des enquêteurs qui obligent la nature à répondre aux questions que nous lui posons.

Kant (1724-1804)
La raison doit forcer la nature à répondre à ses questions.

B. L'art d'expérimenter

Pourtant, comme le rappelle Claude Bernard *(Introduction à la médecine expérimentale)*, en pratique, un chercheur se doit quelquefois de renouer avec le hasard, la rêverie, hors des rigueurs de la raison, et se livrer à ce qu'il appelle des « *expériences pour voir* ». Ces dernières ne s'appuient sur aucune hypothèse ou question préalable : elles laissent le soin à l'expérimentateur de s'interroger après coup sur les résultats. L'observation de l'expérience n'est, cependant, que la première étape d'une méthode, qui doit déboucher, dans une deuxième étape, sur des hypothèses, finalement validées ou non par l'expérimentation dans une troisième étape.

Bernard (1813-1878)
L'expérimentation doit permettre de valider des hypothèses.

À retenir !

- D'après le principe de non-contradiction, on ne peut affirmer en même temps une chose et son contraire (Aristote).
- L'expérimentation permet d'observer, de mesurer et de calculer de manière précise.
- La méthode expérimentale comporte trois étapes : observation, hypothèses, validation (ou non) par l'expérimentation.

La technique

Fiche 17

Philosophie

Notes

La technique désigne l'ensemble des procédés par lesquels l'homme transforme la nature pour répondre à ses besoins. Du grec *tekhnè* (« habileté »), elle comprend tous les procédés mis en œuvre pour la fabrication d'un objet*, dans l'art ou dans l'industrie.

1 Qu'est-ce qu'un objet technique ?

A. Un objet fabriqué par l'homme

Par opposition aux objets naturels, qui n'ont pas subi de transformation, les objets techniques sont fabriqués par l'homme pour répondre à ses besoins. L'objet technique suppose une transformation de la matière première. Cette transformation peut s'entendre en deux sens : soit en façonnant la matière pour lui donner une nouvelle forme (*ex. :* un clou), soit en donnant à l'objet un usage qu'il n'avait pas dans la nature (*ex. :* se servir d'un bâton pour frapper ou pour attraper des cerises en haut d'un arbre).

B. Outil, machine, automate

Les objets techniques sont plus ou moins complexes. On peut distinguer les simples outils, instruments de travail ou ustensiles dont se sert l'artisan, et les machines, qui sont capables de transformer une forme d'énergie pour produire du mouvement (*ex. :* la machine à vapeur). Enfin, les automates sont des machines capables d'exécuter un programme, c'est-à-dire un ensemble d'opérations déterminées qui peuvent imiter les mouvements d'un être vivant et intelligent (*ex. :* une poupée mécanique, une horloge ou un ordinateur).

2 Les caractères de la technique

A. Corps et instruments

Aristote fait de la main l'attribut de l'intelligence, la qualifiant d'« *instrument d'instruments* », dans la mesure où elle est capable de tout saisir et de tout tenir, selon une polyvalence inconnue de l'animal. La main est un préalable à la technique, à la fabrication et à la manipulation d'outils.

Aristote (384-322 av. J.-C.)
Polyvalente, la main est un *« instrument d'instruments »*.

Notes

B. La technique sans instruments

Comme le remarque Marcel Mauss *(Sociologie et Anthropologie)*, il est possible de perfectionner les techniques du corps comme la marche ou la nage, sans l'aide d'aucun outil. Ainsi, l'absence d'instruments n'est pas l'absence de technique.

3 L'homme technique

A. Le machinisme

Apparu au milieu du XIXe siècle, à la fin de la Révolution industrielle, le machinisme désigne l'importance croissante des machines dans la vie des hommes et le monde du travail. La mécanisation est bien un progrès technique, mais elle n'est pas un progrès social : loin de libérer les travailleurs, elle les asservit. Marx dénonce ainsi la « machinerie » industrielle qui a imposé le mode de production capitaliste. Les machines sont la négation historique de la forme du métier, c'est-à-dire du savoir-faire (*tekhnè*, en grec), qui repose sur l'habileté pratique. Le perfectionnement des machines permet d'augmenter la productivité du travail, mais les ouvriers habiles sont remplacés par des ouvriers peu qualifiés ou par des enfants.

Marx (1818-1883)

Le perfectionnement des machines diminue l'habileté technique du travailleur.

B. L'homme dans la technique

Non seulement la technique n'est pas un instrument dans la main de l'homme, mais encore il n'en maîtrise ni le développement ni la puissance car il est parfois dépassé par ses propres inventions. L'« *essence* de la technique* », pour reprendre l'expression de Heidegger *(La question de la technique)*, n'est donc pas d'être au service de l'homme. L'homme technique contraint la nature à se présenter sous sa forme exploitable, mais il ne le fait pas librement car il devient dépendant des objets techniques.

À retenir !

- Contrairement aux objets naturels, les objets techniques sont fabriqués par l'homme et répondent à une ou plusieurs fonctions bien précises.
- Pour Aristote, la main est un préalable à la technique et à la manipulation d'outils.
- Pour Marx, l'essor du machinisme engendre une diminution des compétences techniques du travailleur.

Le temps

Notes

Nous disons parfois que nous ne voyons pas le temps passer, ou qu'il passe plus ou moins vite. C'est certainement parce que le temps n'est pas dans les choses : il est ce qui permet à une conscience de lier entre eux les phénomènes suivant ces rapports que sont la durée, la succession et la simultanéité.

1 Le temps est-il dans les choses ?

A. On ne perçoit le temps qu'à travers ses effets

Kant (1724-1804)

Le temps n'est ni un phénomène ni une réalité en soi.

Le temps est avant tout passage, puisque les moments ne peuvent coexister. En ce sens, le temps n'est pas un mode de l'existence*, mais sa substance même. Pour Kant, la difficulté d'appréhender le temps vient du fait qu'il n'est ni un phénomène* ni une réalité en soi : on ne peut pas avoir une expérience du temps, mais seulement une expérience des événements dans le temps. Ainsi, on ne perçoit le temps qu'à travers ses effets : l'usure, le vieillissement, la maturation. Le temps suppose un ordre irréversible des phénomènes, organisé selon un avant et un après. Je perçois ainsi la succession du jour et de la nuit selon un ordre temporel, mais je n'ai pas l'expérience du temps lui-même.

B. Exister dans le temps

La notion d'« existence humaine » implique un rapport au temps qui se distingue du simple naître-vivre-mourir, lequel marque le processus de génération* et de corruption qui caractérise la vie biologique. Exister dans le temps, c'est se projeter dans l'avenir, se retourner vers le passé, ou encore tenter de vivre dans l'instant, en donnant au présent toute la force créatrice qui permet de se tourner vers l'avenir. C'est ce rapport vécu au temps qui permet à l'homme d'imaginer et de réaliser ses projets.

2 La conscience du temps

A. L'expérience du temps

L'expérience du temps est subjective. Ainsi, la perception que j'ai du temps varie en fonction de mon occupation : à l'inverse de celui qui attend, celui qui joue ne voit pas le temps passer.

Notes

Ce temps vécu par la conscience et lié à la vie intérieure ou affective est ce que Bergson appelle « *la durée* », qu'il distingue du temps mesuré par le chronomètre.

Bergson (1859-1941)

Le temps de l'existence n'est pas le temps objectif mais le temps vécu.

B. Mesurer le temps

Le temps mesuré mathématiquement peut être décomposé et divisé ou fractionné. Le temps ainsi considéré est objectif, au sens où il ne dépend pas de la perception et de l'affectivité de chacun. Les minutes correspondent à un découpage arbitraire* du temps, à la manière dont le mètre permet de mesurer l'espace. Enfin, il y a aussi un découpage social du temps : toute société s'organise à partir d'un temps social ou collectif (calendrier). Ce temps collectif correspond à un besoin à la fois pratique et symbolique, qui scande la vie sociale (fêtes).

3 Faire bon usage du temps

A. Le caractère irréversible du temps

Le caractère unique de l'existence est lié au fait qu'aucun moment ne peut se répéter. Comme le montre Vladimir Jankélévitch, le souvenir aiguise la nostalgie et confirme le caractère irréversible du temps.

B. Le temps donne du prix aux choses

Le caractère unique de chaque événement peut être source de tristesse et d'angoisse. Mais c'est aussi son caractère éphémère qui lui donne toute sa valeur. Aussi, la sagesse consiste-t-elle probablement à savoir vivre au présent plutôt qu'à se retourner – tel Orphée cherchant son Eurydice défunte – vers le passé qui n'est plus. Si le temps est insaisissable et s'il est impossible d'en arrêter le cours, il est, en revanche, possible d'être attentif à ce que chaque instant nous apporte de nouveau et d'imprévisible.

À retenir !

- Pour Kant, on ne peut pas avoir une expérience du temps, mais seulement une expérience des événements dans le temps.
- Bergson distingue le temps et la durée, qui est le temps vécu.
- Toute société s'organise à partir d'un temps social ou collectif.

Le travail

Fiche 19

Philosophie

Notes

Notre faiblesse naturelle nous impose de travailler pour nous nourrir et subvenir à nos besoins : le travail nous libère de la nature, et nous permet même de former une société grâce aux échanges économiques. Cependant, il peut aussi provoquer l'aliénation* des travailleurs, lorsqu'ils sont dépossédés du fruit de leur travail.

1 La nécessité du travail

A. Le travail comme punition et comme souffrance

Dans le chapitre 3 de la Genèse *(La Bible)*, le travail apparaît comme une punition infligée à l'homme déchu du paradis : pour se nourrir, il doit désormais produire son pain. Même si cette étymologie est contestée, on dit souvent que le mot « travail » vient du latin *tripalium*, qui désigne un instrument de torture : le travail est une souffrance pour l'homme.

B. Le dénuement des hommes leur impose le travail

C'est parce que l'homme est le plus faible des animaux qu'il doit travailler. En l'exprimant sous la forme d'un mythe, Platon *(Protagoras)* affirme qu'au moment de la création, la nature a oublié l'homme, oubli qui l'a contraint à travailler pour sa propre conservation. Dans la société grecque classique cependant, seuls les esclaves travaillent, les citoyens se consacrant, quant à eux, à la vie de la Cité.

Platon (427-347 av. J.-C.)
L'homme doit travailler car il a été peu doté par la nature.

2 Le travail, une source de liberté

A. Travailler pour maîtriser le monde

Si le travail est rendu nécessaire par cette faiblesse naturelle de l'homme, il suscite la possibilité d'une maîtrise de la nature. Selon la formule de Descartes, nous pouvons ainsi nous rendre « *comme maîtres et possesseurs de la nature* » *(Discours de la méthode)*. Autrement dit, de signe de notre faiblesse, le travail peut devenir moyen de notre puissance.

Notes

B. Le travail réalise et libère les hommes

Par son travail, l'homme extériorise ce qui est dans son esprit et exprime sa puissance. Ainsi, dans ce que les commentateurs ont nommé la « *dialectique** *du maître et de l'esclave* » *(Phénoménologie de l'esprit)*, Hegel explique que, tandis que le maître se contente de jouir des choses que l'esclave a produites pour lui, ce dernier contemple son propre pouvoir dans le produit de son travail, et acquiert une supériorité sur le maître, qui devient esclave de l'esclave.

Hegel (1770-1831)
L'esclave se libère de son maître par le travail.

3 Le travail, entre aliénation et puissance

A. Technologie et rationalisation du travail

La rationalisation du travail consiste à découper une activité en plusieurs tâches individuelles, sans égard pour ceux qui les exécutent, comme dans le travail à la chaîne. Elle réduit à des formes élémentaires et stéréotypées les manières dont l'homme instrumentalise son corps, et c'est dans ce morcellement et cette automatisation que le travail devient aliénant : l'homme y perd de vue l'objet de son travail et, en fin de compte, est dépossédé de lui-même, de son humanité (Karl Marx, *Manuscrits de 1844*).

B. La valeur sociale du travail

Si le travail peut être aliénant, il a néanmoins une valeur sociale fondamentale, car il permet les échanges économiques (Adam Smith, *La Richesse des nations*). Dans la mesure où il est organisé socialement, il constitue une médiation entre moi et autrui, entre moi et la société, et permet de construire mon identité au sein d'un tissu social complexe. D'après Durkheim *(La Division sociale du travail)*, il manifeste l'union des forces individuelles et la répartition des tâches selon les aptitudes.

Marx (1818-1883)
Le morcellement du travail aliène le travailleur.

À retenir !

- Selon Platon, la nécessité du travail est due à la faiblesse naturelle des hommes.
- Pour Hegel, l'esclave peut se libérer du maître grâce à son travail.
- D'après Marx, la division du travail, qui morcèle le travail, aliène les travailleurs.

La vérité

Notes

La vérité est la qualité qui fait que les choses apparaissent telles qu'elles sont. Elle s'oppose à l'erreur, au mensonge et à l'illusion.

1 Les critères de la vérité

A. Sortir du monde des apparences*

L'homme doit s'efforcer, suivant Platon, de se défaire des opinions, illusions et désirs déréglés qui l'empêchent d'apercevoir la vérité, but ultime de la vie humaine. L'allégorie* de la Caverne *(La République, VII)*, où des prisonniers ne voient du monde extérieur que des ombres sur un mur, révèle qu'il est nécessaire de sortir du monde des apparences, lesquelles nous tiennent éloignés de la vérité.

Platon (427-347 av. J.-C.)
Il faut quitter le monde des apparences pour contempler la vérité.

B. L'idée vraie

L'idée vraie n'est pas seulement une image qui ressemble à la chose : avoir à l'esprit l'idée d'un triangle, ce n'est pas seulement se représenter mentalement un triangle, mais avoir l'idée d'une figure à trois côtés. Avoir une idée vraie du triangle, c'est donc savoir ce qu'est un triangle.

C. L'idée claire et distincte

Pour Descartes, les critères de la vérité *(Discours de la méthode)* sont la clarté (une idée claire est manifeste à un esprit attentif) et la distinction (une idée est distincte quand on ne peut pas la confondre avec une autre idée).

2 Les sources de l'erreur

A. L'erreur est-elle volontaire ?

Pour Platon, l'erreur est une forme d'ignorance : personne ne se trompe volontairement, car la vérité conduit au bonheur et personne ne souhaite son propre malheur. Cependant, en étudiant les mécanismes de l'erreur, Descartes montre que c'est la volonté* qui est à l'origine de l'erreur. Plus exactement, c'est la disproportion entre le pouvoir infini de ma volonté et le pouvoir fini de mon entendement* qui est source de l'erreur. Ainsi, comme il l'écrit

Notes

dans ses *Méditations métaphysiques*, ma volonté « *s'égare fort aisément, et choisit le mal pour le bien, ou le faux pour le vrai. Ce qui fait que je me trompe et que je pèche* ».

Descartes (1596-1650)

Notre volonté est infinie, mais notre entendement est borné.

B. Illusion et erreur de perception

Pour Descartes, le projet d'une connaissance vraie doit commencer par douter des sens, sources d'illusions fréquentes. Les sens en eux-mêmes ne sont pas trompeurs : la perception seule est trompeuse, en ce qu'elle comporte un jugement sur l'objet de la perception. Ainsi, un bâton à moitié immergé dans l'eau a l'air brisé : c'est ce qu'on appelle une « illusion d'optique ». Mais la sensation* est vraie, puisque c'est effectivement ce que nous voyons. L'erreur serait d'affirmer que le bâton est réellement brisé.

3 Faut-il opposer la vérité à l'illusion ?

A. La raison, productrice d'illusions

Le projet de débarrasser la raison humaine de toute illusion est, selon Kant, impossible : la raison est elle-même productrice d'illusions. Notre entendement* est victime d'une illusion lorsqu'il pense pouvoir connaître la chose en elle-même. « *C'est là une illusion qu'il ne nous est pas possible d'éviter, pas plus que nous ne saurions faire que la mer ne nous paraisse plus élevée à l'horizon qu'auprès du rivage* » (*Critique de la raison pure*).

B. Le désir, producteur d'illusions

Dans *L'Avenir d'une illusion*, Freud s'intéresse à la genèse de l'illusion religieuse. La religion répond aux désirs les plus anciens, les plus fondamentaux de l'humanité. Elle apaise les craintes de l'homme face aux questions fondamentales sur la mort et l'origine de l'humanité, notamment. L'illusion n'est donc pas nécessairement fausse ; elle est une croyance qui nous permet de vivre et d'agir.

À retenir !

- L'allégorie de la Caverne de Platon montre qu'il est nécessaire de se défaire des illusions.
- Pour Descartes, les critères de la vérité sont la clarté et la distinction. C'est la volonté qui est à l'origine de l'erreur.
- D'après Freud, l'illusion est une croyance qui nous permet de vivre et d'agir.

Repères philosophiques

Pour vous aider à comprendre et mémoriser les repères philosophiques du programme, nous les avons classés et définis.

Les repères proches mais à distinguer

Concept Idée générale, représentation abstraite.	**Image** Représentation concrète, sensible.	**Métaphore** Image implicite.

Exemple Cas particulier illustrant une idée.	**Preuve** Ce qui établit qu'une chose est vraie.
Expliquer Rendre clair, faire connaître la cause.	**Comprendre** Saisir le sens de quelque chose.
Légal Conforme à la loi.	**Légitime** Conforme à la justice et à l'équité.
Obligation Lien moral envers quelqu'un.	**Contrainte** Acte violent ou règle obligatoire.
Origine Ce qui explique l'apparition d'un fait nouveau.	**Fondement** Élément justifiant un discours ou une croyance.
Persuader Amener quelqu'un à croire ou à vouloir.	**Convaincre** Amener quelqu'un à reconnaître la vérité (d'un fait, d'une proposition).
Ressemblance Rapport entre des objets présentant des traits communs.	**Analogie** Rapport établi par l'esprit entre des objets différents.

Les repères opposés

Absolu Ce qui existe indépendamment de tout rapport à autre chose.	**Relatif** Ce qui a un rapport à autre chose.
Abstrait Considéré indépendamment de ses conditions concrètes d'existence.	**Concret** Qui peut être perçu par les sens ou imaginé.
Analyse Opération intellectuelle séparant les éléments d'un tout.	**Synthèse** Action de rassembler des éléments en un ensemble cohérent.
Contingent Qui peut ou non se produire.	**Nécessaire** Qui ne peut pas ne pas être.
Essentiel Qui est absolument nécessaire.	**Accidentel** Qui est dû au hasard, fortuit.
Impossible Qui ne peut pas se produire.	**Possible** Qui peut se réaliser.
Médiat Qui se fait indirectement.	**Immédiat** Sans intermédiaire.

Philosophie

Notes

Notes

Objectif Qui existe hors de l'esprit ; impartial.	**Subjectif** Qui concerne le sujet ; personnel ou partial.	**Intersubjectif** Qui se produit entre deux individus.

Public Qui concerne le peuple, l'État ou la société dans son ensemble.	**Privé** Qui ne dépend pas de l'État ; personnel ou intime.
Théorie Ensemble organisé de concepts abstraits.	**Pratique** Activité visant des résultats concrets.
Transcendant Qui suppose un ordre de réalité supérieur.	**Immanent** Qui ne provient pas d'un principe extérieur.

Les repères différents mais pas opposés

Croire Penser que quelque chose est vrai.	**Savoir** Connaître le vrai ou le faux.
En acte Ce qui est accompli ou réalisé.	**En puissance** Ce qui existe virtuellement.
En fait Ce qui est arrivé ou existe.	**En droit** Ce qui est légitime.
Formel Modèle abstrait.	**Matériel** Relatif aux données de l'expérience.
Idéal Conçu seulement par l'esprit.	**Réel** Qui existe en fait.
Intuitif Résulte d'une connaissance immédiate.	**Discursif** Qui procède par raisonnements.

Principe Règle générale ou morale.	**Cause** Ce qui fait qu'une chose existe ou se produit.	**Fin** But, terme ; achèvement.

Les repères qui fonctionnent ensemble

Genre Classe générale d'êtres.	**Espèce** Division du genre.		**Individu** Être distinct et indivisible.
Hypothèse Proposition admise pour démontrer.	**Conséquence** Suite qu'une action ou un fait entraîne ; suite logique.		**Conclusion** Jugement qui clôt un raisonnement.
Identité Ce qui est un et reste identique à soi.	**Égalité** Caractère de ce qui est de même quantité ou qualité.		**Différence** Ce qui distingue une chose d'une autre.
Universel S'applique à la totalité des êtres ou des objets.	**Général** S'applique à un ensemble de cas.	**Particulier** Propre à un individu (ou petit groupe).	**Singulier** Qui est unique, seul ou à part.
Vrai Qui est conforme à la réalité, cohérent.	**Probable** Qui peut être ; qui est plutôt vrai que faux.		**Certain** Ce dont on ne peut douter.

Lexique

A

Abstrait : ce qui ne désigne pas un objet particulier.

Acquis : ce qui vient de l'expérience et de l'apprentissage.

Aliénation : asservissement de l'être humain, dû à des contraintes extérieures, et qui conduit à la dépossession de soi.

Allégorie : expression d'une idée par une image, un tableau, un récit.

Apparence : peut désigner la forme ou l'aspect d'une chose, mais aussi l'image trompeuse que l'on en perçoit.

Arbitraire : dépendant du libre choix, de la seule volonté personnelle, ou de la convention.

Arrière-monde : ensemble des mondes fictifs qui dévalorisent le monde tel qu'il est.

Artifice : par opposition à la nature, désigne tout ce qui relève de l'invention, de la technique ou d'un art.

Artificiel : ce qui est produit par le travail de l'homme.

Ascétisme : méthode morale consistant à ne tenir aucun compte du plaisir, ni de la douleur.

Axiome : proposition primitive non démontrable.

C

Catégorique (Impératif) : commandement qui ordonne inconditionnellement et indépendamment de son contenu. Seul l'impératif catégorique est moral, car il n'est pas subordonné à un intérêt.

Chose : désigne tout ce qui est inanimé.

Chose en soi : ce qui subsiste en soi-même sans supposer autre chose et, à ce titre, doit être distingué des phénomènes qui n'existent que relativement à nos représentations.

Concept : idée conçue ou acquise par l'esprit, permettant d'organiser les perceptions et les connaissances.

Corps : objet matériel.

Culte statique : désigne un culte fondé sur l'habitude et l'autorité de l'institution, par opposition à la **religion dynamique** qui repose sur la foi.

D

Dialectique : art de raisonner ou progrès de la pensée par le dépassement des contradictions.

Droit naturel : droit que l'on prétend inscrit dans la nature de l'homme et qui a sa source dans la raison.

Droit positif : droit écrit dans le cadre d'une Cité ou d'un État.

E

Élan vital : dynamique propre à chaque être, sa durée propre, que l'on peut se représenter comme un élan.

Empirique : se dit de ce qui procède uniquement de l'observation de l'expérience.

Empirisme : courant philosophique selon lequel l'expérience est la donnée première et la source de la connaissance. Pour les empiristes, nos idées viennent de l'expérience. S'oppose à **innéisme**.

En-soi : manière d'exister de la chose.

Entendement : faculté de comprendre. Le terme est parfois pris comme synonyme d'« intelligence ».

Essence : désigne l'être ou la nature d'une chose.

Philosophie

Notes

Notes

Esthétique : ce qui a rapport au sentiment du beau et à sa perception ; discipline qui étudie le beau dans les productions de la nature ou de l'art.

Étant : ce qui est, et possède une identité et une existence particulières.

État de nature : fiction ou hypothèse dans laquelle on suppose que les hommes ne sont pas encore entrés dans l'état de société.

Éthique : souvent synonyme de « morale », terme désignant des règles de morales concrètes.

Être transcendant : ce qui est extérieur, supérieur ou éminent.

Eudémonisme : doctrine philosophique qui définit la sagesse comme une recherche du bonheur et le bonheur comme le Souverain Bien.

Existence : fait d'exister, c'est-à-dire d'avoir une réalité et une durée, mais également une valeur.

F – G

Formel : qui concerne la forme, et non la matière ou le contenu, et porte sur les relations entre les éléments plutôt que sur ces éléments eux-mêmes ou sur ce qu'ils désignent.

Génération : action d'engendrer, par opposition à la corruption (ou décomposition).

H – I

Hédonisme : doctrine philosophique qui considère la recherche du plaisir comme le but de l'existence humaine.

Idée : désigne, chez Platon, une forme intelligible, un modèle (s'écrit alors avec une majuscule). Au sens large, toute représentation élaborée par la pensée.

Image : représentation mentale d'origine sensible.

Immanence : s'oppose à **transcendance**. « *Qui existe, agit à l'intérieur d'un être et ne résulte pas d'une action extérieure* » (Dictionnaire Hachette).

Inné : s'oppose à acquis et désigne ce que l'on possède en naissant ou ce qui est inhérent à l'esprit. L'innéisme est un courant de pensée affirmant qu'il existe des idées innées.

Intelligible : qui ne peut être connu que par l'intelligence, par l'entendement, et non par les sens.

Intersubjectivité : ce terme désigne les rapports entre plusieurs sujets, essentiellement la communication avec autrui.

Intime : est intime ce qui est connu par le sujet seul ou ce qui tient à l'essence même d'un être. Le sens intime est synonyme de « conscience ».

L – M

Libre arbitre : capacité de délibérer par sa volonté et de choisir indépendamment de toute contrainte extérieure.

***Logos* :** en grec, désigne le discours, le raisonnement, la connaissance.

Lumière naturelle : désigne, au XVIIe siècle, et principalement chez Descartes, la lumière de l'entendement qui se trouve en chaque homme, quels que soient sa condition et son degré d'instruction.

Matérialisme : doctrine philosophique des matérialistes, selon lesquels il n'existe que des corps matériels.

Métaphysique : partie de la philosophie qui étudie des objets inaccessibles à l'expérience (Dieu, l'âme) ; recherche rationnelle ayant pour objet les premiers principes de la connaissance.

Milieu : espace dans lequel un être vivant se trouve placé ; ensemble des conditions dans lesquelles il vit et se développe.

Morale (loi –) : chez Kant, la morale est liée à l'idée de « loi », car elle suppose une nécessité et une universalité, et non un simple sentiment.

N

Naturel : ce qui n'a pas été modifié par l'homme.

Nécessité : est nécessaire ce qui est l'effet d'un lien logique et se produit donc immanquablement.

Non-contradiction (principe de –) : une chose ne peut être elle-même et son contraire.

Noumène : littéralement, « ce qui est pensé ». Le terme désigne, chez Kant, ce qui ne peut être objet d'expérience.

O – P

Objet : ce qui peut être perçu par les sens ou conçu par l'esprit.

Ontologique : relatif à l'être ou l'essence. L'argument ontologique (Descartes) déduit l'existence de Dieu de son essence.

Panthéisme : doctrine qui identifie Dieu à l'univers, c'est-à-dire à l'ensemble de ce qui existe.

Passion : état affectif intense.

Personne : individu responsable de ses actes et auquel on reconnaît la capacité d'être sujet de droit.

Phénomène : tout ce qui se manifeste à la conscience (du grec *phainesthai*, « apparaître »).

Phénoménologie : étude des phénomènes ou, chez Hegel, étude de la conscience comme « phénomène de l'esprit ».

Positivisme : doctrine considérant qu'il faut s'en remettre uniquement aux faits pour parvenir à des connaissances certaines.

Pour-soi : la conscience étant la manière dont le sujet s'apparaît à lui-même, le **pour-soi** se dit de « la manière d'être ou d'exister de l'être conscient », par opposition à l'**en-soi** qui désigne « la manière d'exister de la chose ».

Pratique : ce qui a trait à l'action (*praxis*, en grec). S'oppose à la **théorie**.

Psychisme : système formé par les représentations et affections de l'esprit. Ce terme est usuel en psychologie, et particulièrement en psychanalyse.

Pulsion : terme freudien qui désigne une poussée faisant tendre l'organisme vers un but qui n'est pas biologiquement déterminé, contrairement à l'instinct.

R

Raisonnable : caractère de ce qui est mesuré et conforme ainsi à la raison, en tant qu'on l'oppose aux passions, désirs illimités des hommes.

Rationalisme : doctrine philosophique selon laquelle tout ce qui existe peut être expliqué par la raison. En un sens plus restreint, désigne les philosophies qui considèrent que la connaissance a sa source dans la raison (par opposition à l'**empirisme**).

Rationnel : ce qui est intelligible, ce qui correspond aux normes logiques de la raison.

Rhéteur : homme de discours, qui sait user des moyens propres au langage pour la persuasion.

Rhétorique : ensemble des règles qui définissent l'art de parler ou l'art du discours.

S

Scepticisme : doctrine philosophique qui met en cause la possibilité, pour l'homme, d'atteindre la certitude et de parvenir à la connaissance de la vérité.

Scolastique : du latin *schola* (« école »), la scolastique désigne la philosophie enseignée au Moyen Âge dans les universités. Elle cherche à concilier l'enseignement d'Aristote et le christianisme. La scolastique est critiquée à partir de la Renaissance, parce qu'elle ne laisse pas assez de place à l'esprit de libre examen et à l'observation de la nature et se contente d'un savoir formel et abstrait.

Sensation : impression ou effet produit par les sens.

Sensibilité : recouvre les conditions de la perception sensible et de l'affectivité. S'oppose à l'**intellect**.

Sensible : capacité d'éprouver des sensations ou des sentiments.

Sentiment : du côté du cœur plutôt que de la raison, tendance affective propre à nous émouvoir, principe d'action ou de croyance.

Signe : élément matériel qui représente ou évoque autre chose que lui-même.

Spontané : ce qui se fait de soi-même, sans avoir été provoqué par une cause extérieure.

Substance : ce qui existe en soi, de manière permanente ; ce dont un corps est fait.

Substrat : partie matérielle de la substance, qui est un composé de matière et de forme (Aristote).

Sujet : désigne l'être humain capable de langage et d'action.

Syllogisme : raisonnement en trois propositions. Des deux premières propositions (prémisses), on en tire une troisième (conclusion). *Exemple :* « Tous les hommes sont mortels ; or, Socrate est un homme ; donc Socrate est mortel. »

Symbole : signe ou objet matériel lié par un rapport de correspondance ou de ressemblance à ce qu'il représente.

T – V

Théorie : ensemble de concepts organisés, qui permet de connaître et d'expliquer un phénomène.

Transcendant : qui fait référence à un ordre extérieur et supérieur à l'homme ou à la nature.

Vertu : disposition ou habitude de bien agir et de se conduire conformément à la raison. S'oppose à **vice**, qui est une disposition contraire.

Volonté : faculté de déterminer librement ses actes.

Grand Oral

Notes

Sommaire

Comprendre l'épreuve

Le déroulement de l'épreuve

1 La place de l'épreuve

■ L'épreuve du Grand Oral a lieu fin juin-début juillet. Elle fait partie des quatre épreuves finales de Terminale avec les épreuves des deux enseignements de spécialité et l'épreuve de Philosophie.

■ Le Grand Oral est rattaché, par le choix des sujets, au programme de Terminale.

	Coefficient
Série générale	**10**, soit l'équivalent du français

2 Les finalités de l'épreuve

L'épreuve donne au candidat l'occasion « de montrer sa capacité à prendre la parole en public de façon claire et convaincante ». Il montrera aussi qu'il est capable de mettre les savoirs acquis au service d'une réflexion construite et argumentée.

3 Les deux questions

■ Durant l'année de Terminale, le candidat formule et prépare deux questions. Ces deux questions, choisies par le candidat avec l'accord de ses professeurs, ne font pas l'objet d'une évaluation. Seule la façon dont le candidat traitera la question retenue le jour J est évaluée.

■ Elles portent sur les deux enseignements de spécialité, soit pris isolément, soit abordés de manière transversale.

■ Ces deux questions sont problématisées, ce qui les différencie d'une question de cours que le candidat se contenterait de réciter. Outre une maîtrise de l'oral, le jury attend une réflexion et une argumentation.

■ Le candidat choisit ses deux questions en fonction de ses centres d'intérêt personnels. Au cours de l'épreuve, il devra expliquer le choix de ses questions (voir ci-après).

■ Le jury choisit une des deux questions. Seul un des membres du jury enseigne la spécialité correspondant au sujet ; le candidat devra donc veiller à ce que l'autre professeur comprenne aussi son exposé.

Notes

4 Le jury

Deux professeurs de disciplines différentes constituent le jury qui évalue le candidat. L'un d'eux au moins représente un des enseignements de spécialité de Terminale choisis par le candidat.

5 Les étapes de l'épreuve

Préparation : 20 min
Exposé : 10 min
Échange sur l'exposé : 10 min

■ Choix de la question par le jury parmi les deux sujets préparés durant l'année par le candidat.

■ Préparation : 20 minutes
Le candidat dispose de vingt minutes pour rassembler ses idées et se remémorer le contenu de son exposé. Des feuilles sont mises à sa disposition durant ces vingt minutes. Le candidat peut préparer un support dont il pourra se servir durant son exposé et qu'il pourra éventuellement montrer au jury. Ce support ne fera pas l'objet d'une évaluation.

■ Première partie de l'épreuve : un exposé de 10 minutes
L'exposé débute par l'explication du choix de la question problématisée par le candidat et se poursuit avec une réponse argumentée et illustrée à cette question. Le candidat se tient debout, sauf aménagement spécifique pour raisons médicales, et montre sa maîtrise de l'expression orale. Il peut utiliser les notes prises pendant le temps de préparation.

■ Seconde partie de l'épreuve : un échange de 10 minutes avec le candidat dans le prolongement de l'exposé
Le jury revient sur l'exposé, demande des précisions, des justifications, aborde éventuellement de nouvelles perspectives. Il vérifie la solidité des connaissances, la capacité à argumenter et l'aisance à l'oral. Le candidat est assis ou debout selon son choix. Il peut utiliser le tableau présent dans la salle d'examen.

Les compétences évaluées

Fiche 2

Le jury valorise la solidité des connaissances du candidat, sa capacité à argumenter et à relier les savoirs, son esprit critique, la précision de son expression, la clarté de son propos, son engagement dans sa parole, sa force de conviction.
Cette épreuve vous donne l'occasion de vous exprimer sur un des sujets que vous avez choisis et de montrer le sérieux de votre travail.

1 Les connaissances et compétences disciplinaires

■ Les deux questions sont rattachées au programme de Terminale de vos enseignements de spécialité. Durant l'exposé, vous serez amenés à mobiliser les connaissances et compétences spécifiques acquises dans une ou plusieurs disciplines.

Attention !
Vous avez passé en mars les écrits de spécialités mais vous devez continuer à réviser ces disciplines pour être à l'aise durant le Grand Oral.

Notes

■ L'entretien prolonge l'exposé et le jury revient sur les notions que vous avez convoquées. Il vérifie que vos connaissances sont solides et que les méthodes pratiquées (démonstrations, conclusions d'expériences….) sont maîtrisées.

■ Il ne s'agit pas simplement ici de restituer (réciter une démonstration ou décrire une expérience) mais d'utiliser vos connaissances. Si vous avez du mal à dépasser le stade de la restitution, le jury pourra vous guider lors de l'entretien. Il évaluera ainsi précisément votre degré d'autonomie, d'adaptation (à votre sujet, à la question d'un professeur) et de réactivité.

2 La capacité à argumenter

■ Vous devez avoir choisi des questions problématisées et le jury vérifiera que vous avez cerné ces questions qui méritent une réflexion approfondie et peuvent parfois faire débat. Où se situe le problème de votre sujet ? Quels domaines sont impliqués ? Quelles réponses apparaissent ?
En soignant votre introduction (présentation de votre question et justification de ce choix ; annonce du plan), vous pourrez montrer que vous dominez les enjeux de la question et que vous avez su dégager les grandes perspectives qui y répondent.

Notes

■ Le jury attend des arguments fondés sur des connaissances et étayés par des exemples pertinents. Vous ne pourrez sans doute pas multiplier les arguments et les exemples durant l'exposé qui ne dure que 10 minutes mais la première partie de l'entretien vous donnera l'occasion de développer certains points.

■ Votre réflexion doit être cohérente et votre démonstration pertinente. Évitez les plans décousus, les listes d'arguments ou d'exemples sans lien. Soyez clair en vous rappelant qu'un des deux professeurs n'enseigne pas la discipline concernée.

■ Le jury appréciera particulièrement votre implication personnelle dans la réflexion.

3 La maîtrise de l'oral durant l'exposé

■ Vous parlez avec ou sans notes, debout face au jury.

■ Vous devrez faire preuve des qualités d'un orateur :
- élocution claire, voix posée, rythme et niveau sonore adaptés ;
- correction de la langue et pertinence du lexique employé, maîtrise de la rhétorique au service de la persuasion ;
- maîtrise de la gestuelle, du regard, des codes de l'examen oral.

Citation

« Il n'y a pas moins d'éloquence dans le ton de la voix, dans les yeux et dans l'air de la personne, que dans le choix des paroles. »

François de La Rochefoucauld

■ Dans le cas de la spécialité « Langues, littératures et cultures étrangères et régionales », l'exposé et le premier entretien, ou une partie de ceux-ci, peuvent se dérouler, si vous le souhaitez, dans la langue étudiée. Assurez-vous d'être compris par les deux professeurs.

4 La maîtrise de l'oral durant l'entretien

■ Vous choisissez de rester debout ou bien vous vous asseyez face au jury.

■ Le jury attend de vous :
- une qualité d'écoute et une attitude respectueuse ;
- une implication personnelle et une spontanéité contrôlée ;
- de la réactivité aux questions ;
- une facilité à développer les réponses en argumentant ;
- la capacité à rebondir sur les questions pour maintenir une position ou la nuancer.

Les modalités de l'entraînement

Fiche 3

Grand Oral

Notes

Le travail et l'entraînement sont, sans aucun doute, les deux clés du Grand Oral.

1 Les différents objectifs de l'entraînement

S'entraîner pour améliorer sa diction

En pratiquant différents exercices d'articulation et en lisant régulièrement à voix haute des textes, notamment des discours, vous améliorerez sensiblement votre diction et gagnerez en fluidité et en assurance.

Citation

« Hâtez-vous lentement, et, [sans perdre courage,
Vingt fois sur le métier [remettez votre ouvrage :
Polissez-le sans cesse et le [repolissez ;
Ajoutez quelquefois, et [souvent effacez. »

Nicolas Boileau

S'entraîner pour prendre confiance en soi

Si l'oral vous inquiète parce que vous êtes naturellement réservé, voire timide, et que vous ne prenez pas spontanément la parole, la meilleure solution est de multiplier les occasions de vous entraîner pour acquérir une bonne maîtrise de l'oral. Pour motiver vos efforts dites-vous :

- le Grand Oral est affecté d'un coefficient 10 (voie générale) ;
- je peux réussir cette épreuve car j'ai choisi deux questions qui m'intéressent et que je domine convenablement ;
- je dois progresser à l'oral car c'est important non seulement pour mes futures études mais aussi pour le métier que j'aimerais exercer et pour ma vie personnelle ;
- il est possible de progresser en étant volontaire et en s'entraînant régulièrement.

S'entraîner pour mettre au point l'exposé

C'est en lisant votre exposé à voix haute que vous verrez s'il est adapté au temps imparti (10 minutes).

En le lisant avec le ton, vous pourrez améliorer le style. Vous remplacerez alors les phrases maladroites par des formules plus percutantes.

C'est en reprenant sans cesse oralement vos exposés, en les lisant ou les récitant que vous parviendrez à les ajuster et les mémoriser de façon à les restituer avec spontanéité.

Notes

■ S'entraîner pour acquérir les bons réflexes

Qu'il s'agisse de l'élocution, de la posture, de la gestuelle, de la présentation de l'exposé ou de la réactivité lors de l'entretien, en vous entraînant, vous découvrirez les attitudes qui sont efficaces et finirez pas les adopter automatiquement.

Attention !
Le Grand Oral n'est pas un exercice d'improvisation !

2 Les différentes façons de s'entraîner

Il est important de diversifier les exercices et de saisir toutes les occasions de pratiquer afin de développer les différentes compétences attendues.

■ Saisissez toutes les occasions de prendre la parole.

- Participez régulièrement en classe et prenez la peine de développer vos réponses de façon claire et précise.
- Exprimez-vous également lors de réunions, à table avec vos proches, sur les sujets qui vous intéressent.
- Efforcez-vous de sortir de votre zone dite « de confort », c'est-à-dire de l'attitude dans laquelle vous vous sentez en sécurité. Vous ne risquez rien à vous manifester davantage !

■ Pratiquez la lecture à voix haute après avoir écouté des discours. Écoutez les orateurs enregistrés sur le site de l'INA (ina.fr) ou bien les scientifiques du Collège de France (college-de-france.fr).

Ressources
Le site brightness.fr/les-meilleurs-discours-des-plus-grands-orateurs réunit des discours (textes ou vidéos) variés qui pourront vous inspirer.

■ Parlez devant votre miroir pour corriger vos gestes et apprivoiser votre image.

■ Enregistrez-vous, filmez-vous à plusieurs reprises pour traquer les tics de langage, les maladresses, les gestes gauches, les postures peu assurées… Comparez les enregistrements et vous verrez que vous avez progressé.

■ Récitez vos exposés sous la douche ou dans le bus, avec ou sans crayon dans la bouche, tout bas ou très fort…

■ Multipliez les occasions de présenter vos exposés. Vous les présenterez à vos professeurs mais demandez aussi à vos proches de vous écouter 10 minutes et de vous donner leur avis.

■ Travaillez régulièrement en groupe et, à tour de rôle, jouez un des professeurs ou le candidat.

Choisir les deux questions

À la différence des autres épreuves du baccalauréat, le Grand Oral vous offre la possibilité de **choisir vous-même vos sujets**. Pour être convaincant et réussir cet oral, il est donc essentiel de saisir cette chance et de choisir des **thèmes qui vous intéressent et vous stimulent**. Soignez la **formulation** de chaque question.

1 Choisir les deux thèmes

- Chacun de vos sujets devra se rattacher à l'une de vos deux spécialités de Terminale ou bien aux deux, de manière transversale.
- Chacun des thèmes que vous choisirez doit éclairer un des enjeux des programmes de Terminale.
- Posez-vous les questions suivantes :

– Quels aspects de chaque spécialité vous intéressent le plus ?
– Quelles parties du programme maîtrisez-vous le mieux ?

Conseil
Recherchez vos thèmes dès le début de l'année et fixez assez tôt (mais avec discernement !) vos sujets. Vous disposerez ainsi de temps pour effectuer les recherches nécessaires, préparer et composer votre exposé et vous entraîner efficacement.

- Vous devrez vous montrer convaincant. Pour éveiller la curiosité de votre jury, votre sujet doit donc commencer par vous intéresser vous-même.

– Quels sont vos centres d'intérêt ?
– Quels sont vos loisirs ? Dans quelle mesure croisent-ils les spécialités que vous avez choisies ?
– À quelles causes, à quels engagements êtes-vous sensible ?

Ex. : Vous suivez la spécialité Mathématiques et vous consacrez une partie de vos loisirs au dessin sur ordinateur. Pourquoi ne pas choisir un sujet qui croise ces deux domaines ?

- Vous pouvez aussi partager vos centres d'intérêt avec vos camarades de façon à effectuer ensuite des recherches en commun. Mais soyez prudents : ce travail en équipe ne doit pas conduire à un exposé partagé car le jury valorise une réflexion personnelle.
- Demandez conseil à vos professeurs, à vos amis, à votre famille. Soumettez-leur vos idées et écoutez leurs propositions.
- Vous pourrez affiner au fil des semaines et en fonction de vos recherches vos problématiques et la formulation de vos questions mais pour éviter tout stress inutile, ne revenez pas sur les thèmes choisis au départ.

Notes

Notes

2 Formuler les deux questions

■ Il existe deux types de questions.

– Vous pouvez proposer une interrogation totale qui vous permettra de bâtir un plan dialectique et d'adopter différents points de vue durant votre exposé.

Ex. : Les recherches sur l'embryon sont-elles l'avenir de la médecine ?

– Vous pouvez aussi choisir un mot interrogatif et proposer une interrogation partielle : *en quoi, dans quelle mesure*…

Rappel

Une interrogation **totale** admet deux réponses possibles (oui/non) alors qu'une interrogation **partielle**, introduite par un mot interrogatif (*pourquoi*, *comment*, *de quelle manière*, *qui*…), peut avoir de nombreuses réponses.

Ex. : Dans quelle mesure devons-nous investir dans la recherche spatiale ?

■ Comme votre plan proposera une réponse à la question que vous aurez posée, réfléchissez à la progression de votre exposé pour formuler de façon pertinente votre question.

■ Pour rédiger vos sujets, inscrivez-les dans une problématique en rapport avec le monde d'aujourd'hui et la place que vous pensez y occuper plus tard.

■ Évitez les questions qui, appelant une démarche trop descriptive, ne vous permettront pas de bâtir une progression dynamique.

Ex. : La question « Comment fonctionne un panneau photovoltaïque ? » ne convient pas. Sur ce thème, préférez : « Quel avenir pour les panneaux photovoltaïques ? ». Cette question vous donnera l'occasion d'expliquer le fonctionnement et les évolutions techniques de ces panneaux tout en les reliant à votre engagement en faveur des énergies renouvelables.

■ Privilégiez les questions larges qui offrent des perspectives que l'entretien pourra approfondir.

■ Écartez les formulations trop ambitieuses ; elles risqueraient de vous mettre en danger lors de l'échange avec le jury.

Réunir les connaissances nécessaires

Fiche 5

Grand Oral

Notes

L'exposé que vous devez présenter ainsi que les réponses aux questions qui vous seront posées nécessitent une connaissance solide du sujet que vous avez choisi. La maîtrise de la langue et l'aisance à l'oral ne seront des atouts qu'à condition que vous dominiez au préalable le thème retenu. Il est donc nécessaire de vous appuyer sur une **documentation sérieuse** avant de bâtir votre plan.

1 La diversité des sources d'information

Pour approfondir votre réflexion, tournez-vous vers des sources d'information variées.

> **Ressources**
>
> Le site podcastfrance.fr propose une classification thématique des podcasts publiés en France.
>
> Le site my-mooc.com/fr/ répertorie les MOOC (Massive Open Online Courses) et vous pourrez y trouver des cours en ligne qui concernent votre sujet.

- Le CDI de votre lycée : interrogez le documentaliste et vos professeurs. Certains établissements sont abonnés à des revues qui peuvent vous intéresser.
- La bibliothèque/médiathèque de votre ville possède aussi des ouvrages susceptibles de concerner votre sujet. Vous pourrez également consulter des revues et les bibliothécaires qui y travaillent sauront vous guider.
- Pour un travail historique, rendez-vous aux archives municipales ou départementales. Certains documents sont accessibles sur Internet en allant sur le site des archives concernées.
- Consultez les bibliographies qui accompagnent les articles, les ouvrages ou les sites que vous découvrez : elles vous proposent d'autres pistes.
- Certaines émissions de radio ou de télévision peuvent vous aider à cerner votre sujet : documentaires, interviews… Le plus souvent elles sont accessibles en différé (podcasts ou replay). Pensez aussi aux MOOC qui sont de véritables cours en ligne. Nombre d'entre eux sont gratuits.
- Si vous avez l'occasion de rencontrer un spécialiste, au sein d'une entreprise ou d'un cabinet d'experts par exemple, demandez-lui de la documentation : brochures, conférences lors d'un colloque,

> **Conseil**
>
> Lors d'un entretien avec un spécialiste, prenez des notes ou demandez à votre interlocuteur s'il accepte d'être enregistré. À l'issue de l'entretien, faites un petit compte rendu dans lequel vous écrirez vos impressions et réactions pour ne pas les oublier.

Notes

comptes rendus d'expérience… Interrogez-le sur son métier : faire référence à cet échange sera apprécié lors de l'entretien notamment s'il vous a aidé à définir votre parcours d'étude.

■ Bien sûr, Internet **(voir fiche 6)** est une source d'information très riche à condition de bien savoir s'en servir. Dans certains cas, vous serez plus efficace en prenant des notes dans un livre, ce dernier étant le fruit d'un travail abouti, vérifié et validé par un éditeur, ce qui n'est pas toujours le cas sur Internet. Renseignez-vous à ce sujet auprès de votre documentaliste.

2 La diversité des types de documents

■ Vous privilégierez les documents spécialisés, éventuellement techniques, en lien direct avec votre sujet : sites officiels, articles et livres, documents professionnels…

■ Rappelez-vous que vous devrez susciter la curiosité de votre auditoire et toucher un jury qui ne sera pas nécessairement sensible au thème que vous avez choisi. Pour cette raison, parcourez un champ culturel large en quête de documents (films, romans, tableaux…) capables d'accrocher l'attention d'un non-spécialiste.

Ex. : Pour un sujet concernant la façon dont les sociétés prennent en charge la vieillesse et la dépendance liée au grand âge, vous pouvez vous intéresser aux romans *Les Gratitudes* de Delphine de Vigan, *La formule préférée du professeur* de Yôko Ogawa, ou encore *Samedi* de Ian McEwan. Pensez aussi à *Gran Torino* (2008), le film de et avec Clint Eastwood. Et pourquoi ne pas évoquer également la célèbre scène dans laquelle Énée (Virgile, *Énéide*) fuit Troie en flammes en portant son père Anchise sur ses épaules ? La fresque *L'Incendie de Borgo* peinte par Raphaël et ses disciples représente ce moment de l'épopée. On y voit Énée portant Anchise et accompagné du jeune Ascagne.

Effectuer des recherches sur Internet

Fiche 6

Grand Oral

Notes

Pour effectuer vos recherches, votre premier réflexe sera sans doute de consulter Internet. Certaines **précautions** s'imposent si vous voulez **être efficace**.

1 Le travail préalable

■ Avant de vous précipiter sur le clavier, examinez votre sujet et préparez votre recherche. Certaines informations ne sont-elles pas accessibles dans les revues ou les ouvrages que le CDI met à votre disposition ? Vous gagnerez du temps en consultant des synthèses déjà effectuées.

■ Vous devez définir les mots-clés que vous allez entrer dans le moteur de recherche. Partez de votre sujet et notez sur une feuille ou un fichier les termes sur lesquels va porter votre enquête. Notez également leurs synonymes car en modifiant la saisie de la recherche, d'autres sites vous seront proposés.

2 L'utilisation du moteur de recherche

Entrez deux ou trois mots-clés en privilégiant les noms. Il est inutile d'entrer les déterminants qui accompagnent les noms.

Pour que tous les mots entrés apparaissent dans les résultats. Plus vous entrerez de mots, plus le moteur filtrera les résultats pour ne vous présenter que les sites proposant tous les termes, et moins vous aurez de résultats.	Écrire **+** ou bien **AND** entre les termes mais le plus souvent, il suffit de laisser un intervalle. **Ex. :** *Balzac Flaubert Zola* : vous accéderez aux sites où le nom des trois auteurs est mentionné.
Pour que l'un ou l'autre des termes apparaisse dans les résultats. Plus vous entrerez de mots séparés par OR, plus le moteur vous présentera de résultats : tous les sites proposant au moins un des termes.	Écrire **OR** entre les deux termes. **Ex. :** *Balzac OR Flaubert OR Zola* : vous accéderez aux sites où figure au moins un de ces auteurs.
Pour réduire votre recherche, il existe plusieurs solutions selon le moteur de recherche utilisé.	Lancer la recherche avec le terme que vous voulez voir apparaître puis dans les paramètres (recherche avancée), indiquez le mot que vous ne voulez pas voir dans les résultats. **Ex. :** *Naturalisme* puis *Zola* supprimé dans la recherche avancée : vous accéderez aux sites qui abordent le naturalisme sans parler de Zola.

Notes

Pour définir une période chronologique.	Placer le signe : entre les deux dates qui délimitent la période. *Ex. : Mode 1900 : 1920*
Pour qu'une citation ou une expression apparaisse intégralement.	La saisir entre guillemets. *Ex. : « Notre maison brûle. »*

3 Les précautions à prendre

■ Évitez les premiers sites répertoriés souvent en tête de la liste pour des raisons publicitaires, ce qui est signalé. Ne vous contentez pas de la première page.

■ Examinez l'adresse du site pour vous assurer de sa fiabilité.

■ Tenez compte de la date des articles publiés : les chiffres donnés et les situations évoquées ne sont peut-être plus d'actualité.

■ Si vous utilisez l'IA, assurez-vous de bien cibler votre demande et vérifiez la réponse en croisant les sources.

Citation

« Quiconque a essayé un jour d'entrer dans Internet sait qu'il ne faudrait pas parler d'"autoroutes" de l'information mais plutôt de labyrinthes. »

Jacques Attali

4 Sauvegarder vos recherches

■ Pour accéder à tout moment aux informations que vous avez rassemblées, pensez à les sauvegarder.

■ Enregistrez le site dans vos « Favoris » ; pour le retrouver aisément, modifiez son nom sur la barre d'enregistrement en choisissant des mots représentatifs du contenu.

■ Vous pouvez imprimer les documents quand ils vous semblent essentiels.

■ Pour plus de sécurité et de simplicité, enregistrez les pages Internet dans un autre format sur votre ordinateur. Cette solution vous permet de disposer des informations hors connexion ou en cas de fermeture du site. Il vous sera surtout possible d'annoter les documents, c'est-à-dire de les surligner ou ajouter en marge des commentaires.

Attention !

Quand vous copiez ou imprimez, pensez à noter l'adresse du site afin de pouvoir vérifier et citer vos sources. Dressez dans un répertoire (carnet ou fichier) la liste et les références des documents que vous réunissez.

Enregistrer la page en PDF.	• Avec un PC, cliquer sur « imprimer » puis, pour « destination », demander « enregistrer au format PDF ». • Avec un Mac, aller dans le menu déroulant « Fichier », puis choisissez « Exporter au format PDF ».
Copier et coller les pages dans un fichier de traitement de texte.	Vous pouvez ensuite modifier la présentation afin de faciliter l'accès aux informations qui vous concernent.

Bien utiliser les sources d'information

Rassembler des documents est une étape indispensable qui mérite toute votre rigueur car la fiabilité de votre travail en dépend. Ne perdez pas de vue que, dans l'intérêt de tous, **l'utilisation des sources obéit à des règles strictes**.

1 La fiabilité des sources

- Certains livres, certains articles et surtout certains sites, ne constituent pas des sources fiables et vous devez être prudent. Par négligence ou malveillance, des données erronées, des faits inexacts apparaissent dans certains documents. Vous devez vous assurer de la fiabilité des informations recueillies.

Wikipédia

Les articles de l'encyclopédie Wikipédia sont très pratiques au début de votre recherche mais pensez à vérifier les informations contenues en consultant les notes et les sites référencés à la fin de la page. Les auteurs sérieux citent leurs sources.

- Lorsque vous effectuez des recherches sur Internet, croisez les sources. Entrez dans votre moteur de recherche l'information relevée sur un site et assurez-vous qu'elle apparaît sur d'autres sites fiables. Lorsqu'il s'agit d'une citation, vérifiez son exactitude en l'entrant entre guillemets et examinez alors en priorité les sites qui affichent des livres (Gallica, Google books).
- Sur Internet, consultez les sites d'organismes officiels, les articles universitaires. Quand les syllabes « ac- », « gouv », « édu », « cndp » figurent dans l'adresse d'un site, il est en général sérieux. Consultez les sites des journaux, revues, chaînes de télévision reconnus.
- Méfiez-vous des blogs et des sites personnels.
- Effectuez des recherches sur l'organisme qui a publié le document. Une industrie – un laboratoire pharmaceutique par exemple – risque de vous proposer une analyse intéressante mais peut-être orientée.

Évaluer la fiabilité d'un site

Utilisez les sites qui vous aideront à détecter les fausses informations. Nous vous suggérons, celui du journal *Le Monde*, le Décodex (www.lemonde.fr/verification/) : en entrant l'adresse d'une page Web, vous pouvez être informé de sa fiabilité.

- Qu'il s'agisse d'un livre, d'un article ou d'un site, prenez en compte la date de publication.
- Interrogez vos professeurs ou des spécialistes.

Notes

2 L'utilisation des documents : le plagiat à proscrire

■ Consulter des documents et s'en nourrir ne veut pas dire les recopier (le « copier-coller »), c'est-à-dire tout simplement les voler. Le plagiat, qui désigne le fait de s'approprier le travail de quelqu'un d'autre, est une infraction punie par la loi.

■ De plus le plagiat, s'il peut vous sembler pratique et discret, est en réalité contre-productif car vous ne pourrez à l'oral défendre une analyse qui n'est pas la vôtre. Cette attitude malhonnête ne manquera pas de vous mettre en difficulté durant l'entretien.

3 La précision des références

■ Lorsque vous vous appuyez sur un article ou sur un ouvrage ou bien lorsque vous proposez une citation, donnez les références avec précision. Vous pouvez vous contenter de donner le nom de l'auteur dans votre exposé pour ne pas l'alourdir. Mais tenez-vous prêt à apporter des précisions lors de l'échange.

■ Quand vous répondrez aux questions que l'on vous pose, donnez des références précises. Votre jury saura apprécier le sérieux de votre travail et votre rigueur intellectuelle.

4 La sélection des informations : l'exposé et l'entretien

L'exposé dure 10 minutes et vous devez être à la fois synthétique (les grandes perspectives qui répondent à la question) et précis (les exemples, les chiffres…). Pour cette raison, distinguez dans les informations que vous avez réunies, d'une part celles qui vont nourrir votre réflexion durant l'exposé et illustrer vos arguments et d'autre part celles qui enrichiront et étaieront vos réponses durant l'entretien.

ENTRAÎNEMENT

Préparez une fiche pour un article qui concerne votre sujet en complétant le tableau.

Titre de la revue, du site…	....
Titre de l'article	....
Auteur : nom et qualifications	....
Date de publication	....
Idée directrice	....
Perspectives utiles pour mon sujet (avec citations ou numéros de lignes)	....

Classer et exploiter les informations

Les documents que vous avez réunis vont nourrir votre analyse et vous permettre de bâtir un plan cohérent. Vous y puiserez des arguments et des exemples. Vous devez d'une part **assimiler les connaissances rassemblées** et vous les approprier afin d'élaborer votre réflexion et d'autre part **citer vos sources** pour garantir vos propos.

1 La classification des documents

■ Lorsque vous trouvez un document intéressant, pensez à le répertorier tout de suite en relevant de façon exacte ses références et en notant en quelques phrases en quoi il éclaire votre analyse. Prévoyez une feuille ou un fichier spécifique sur lequel vous récapitulerez ces documents intéressants : vous gagnerez ainsi beaucoup de temps.

■ En notant précisément les références du document, vous pourrez par la suite le citer dans votre exposé ou en réponse à une question. Pensez, de plus, à indiquer dans le répertoire que vous avez constitué l'endroit où vous pouvez retrouver ce document quand vous en aurez besoin : s'agit-il d'un fichier dans votre ordinateur, d'un article glissé dans une chemise, d'un ouvrage ou d'une revue consultable au CDI ou dans telle autre bibliothèque ?

■ Tenez à jour avec rigueur la liste des documents ou sites consultés sans exclure les pages qui vous sembleraient marginales au départ mais qui pourraient s'avérer éclairantes quand vous aurez avancé dans vos recherches.

■ Qu'il s'agisse de feuilles ou de fichiers, les documents doivent être classés de façon thématique. Prévoyez des dossiers et des sous-dossiers dans votre ordinateur, des chemises cartonnées et des chemises intercalaires pour une classification papier. Tenez à jour un sommaire de vos différents dossiers. Si un document vous semble relever de deux domaines, vous pouvez le dupliquer pour le ranger aux deux endroits.

2 L'utilisation des documents

■ Ne vous contentez pas d'accumuler des articles et des fichiers. Lisez-les attentivement, surligneur (feutre ou souris bien sûr) en main. Cernez l'idée générale du document et la place qu'il va occuper dans votre analyse : dans quelle partie de l'exposé ou

Notes

bien à quel sujet durant l'entretien ? En quoi éclaire-t-il votre problématique ou bien en quoi vous amène-t-il à l'infléchir dans une nouvelle direction ?

■ Vous devez vous approprier les connaissances. Pour cela, elles doivent avoir été bien comprises. Cherchez dans un dictionnaire le sens exact des mots que vous ne connaissez pas ; consultez si besoin un professeur qui pourra vous éclairer. Et si un article continue de vous résister, il est préférable de le laisser de côté et d'aborder des documents plus accessibles.

Attention !

Ne présentez jamais au jury des arguments qui vous échappent en imaginant que vos examinateurs vont les comprendre et penser que vous les dominez aussi. Les dix minutes de l'entretien suffiront à démasquer cette démarche maladroite.

■ Notez sur une page les réflexions que le document vous inspire, la façon dont vous pensez l'utiliser. C'est à partir de vos lectures et de ces annotations que votre réflexion s'élaborera et pourra s'organiser.

■ Soyez précis en annotant : indiquez les numéros des lignes intéressantes et, si vous surlignez avec plusieurs couleurs, pensez à préciser à quoi elles correspondent. En procédant de cette manière au fil de vos lectures, vous gagnerez un temps précieux car il vous sera plus facile ensuite de synthétiser vos recherches et de retrouver les appuis que vous avez repérés.

■ Confrontez des points de vue différents pour affiner ou orienter/réorienter votre propre réflexion.

■ Représentez-vous clairement ce qu'impliquent les informations, les images que vous avez trouvées. Pour toucher votre jury, vous devrez donner relief et vie à votre propos.

Citation

« Il n'y a plus de choses dans l'univers d'Internet, il n'y a plus que des informations et des images. »

Alain Finkielkraut

ENTRAÎNEMENT

À partir de trois documents que vous avez trouvés, dressez une liste, non organisée encore, des idées, arguments ou exemples que vous pensez reprendre dans votre exposé ou durant l'entretien.

Construire un plan cohérent

Si l'élaboration d'un plan clair et efficace est nécessaire, elle n'entrave en rien votre créativité. **Chaque plan doit répondre aux trois exigences développées ci-dessous.**

1 La progression

■ L'exposé doit présenter une progression pour être convaincant.

Ex. : *Les réseaux sociaux sont-ils nocifs ?*

1. Les réseaux sociaux sont incontournables
2. Ils sont sources de dangers
3. Mais facteurs de progrès

■ Chaque partie développe une idée essentielle et comprend des sous-parties incluant les idées secondaires. Ces dernières ne constituent pas un catalogue mais s'enchaînent de façon cohérente.

■ Le plan le plus équilibré comprend trois parties mais la démarche en deux étapes n'est pas interdite.

■ L'ordre des arguments n'est pas laissé au hasard : procédez du plus simple au plus complexe, du plus attendu au plus subtil. Vous pouvez aussi adopter l'ordre nestorien selon lequel les arguments les plus forts sont placés au début et à la fin pour une meilleure efficacité.

Attention !

Votre exposé ne doit pas dépasser 10 minutes : nous vous déconseillons les plans en quatre parties ainsi que la multiplication des sous-parties.

Ordre nestorien

Nestor, roi de Pylos, est un héros de la guerre de Troie qui organisait son armée en présentant en première et dernière ligne ses meilleurs soldats.

Notes

2 La cohérence

■ Veillez à la cohérence du plan : l'enchaînement des parties doit refléter une logique d'ensemble. Les connecteurs logiques, les transitions sont donc essentiels, gages de fluidité et de clarté.

■ À l'oral, vous mettrez en relief cette cohérence par l'insistance sur certains mots ou par des silences bien placés.

Ex. : *La pauvreté dans le monde est-elle une fatalité ?*

1. Une triste réalité
2. Qui n'est pourtant pas une fatalité
3. D'ailleurs, il y a des avancées

Notes

3 Le lien avec la problématique

■ Il convient de déterminer les limites du sujet, et de traquer le hors sujet. Revenez constamment à la problématique présentée dans l'introduction. Posez-vous toujours la question : ce développement concerne-t-il mon sujet ? Si ce n'est pas le cas, écartez-le.

■ Gardez de côté les arguments, les exemples, les perspectives qui ne sont pas directement en lien avec la question que vous avez posée car vous pourrez peut-être les approfondir durant l'entretien si l'occasion vous en est donnée.

Ex. : *Quel est l'intérêt de la transposition filmique d'une pièce de théâtre ?* On n'évoquera pas le cas de la transposition théâtrale d'un film (*Les Damnés*, d'après Visconti) ou seulement en conclusion si l'on souhaite que cette piste soit abordée durant l'entretien.

ENTRAÎNEMENT

→ *Corrigés p. 383*

1 Présentez un plan en soulignant les articulations logiques.

Le handicap, un enjeu de société ?

2 Surlignez les mots de liaison et entraînez-vous à lire à voix haute ce discours en les mettant en relief.

Discours du président de la République Emmanuel Macron, prononcé le 29 mars 2018 au Collège de France.

« Donc, vous l'avez compris, je souhaite que la France soit l'un des leaders de cette intelligence artificielle, je souhaite que l'Europe soit l'un des leaders de cette intelligence artificielle. Nous en avons les moyens et nous allons en créer les conditions, d'abord, parce que je pense que c'est bon pour notre pays, ensuite parce que je pense que ça crée des opportunités, enfin parce que je pense qu'il n'y a aucune chance de prétendre en contrôler les effets ou avoir son mot à dire sur tel ou tel effet pervers si on a raté la bataille du début, c'est-à-dire d'être un acteur de cette aventure. »

3 Retrouvez les connecteurs effacés et lisez les phrases à voix haute pour les mettre en relief.

Balzac : « Les mines d'or ne sont plus au Mexique, … place de la Bourse. »

Confucius : « Tous les hommes pensent que le bonheur se trouve au sommet de la montagne … il réside dans la façon de la gravir. »

Flaubert : « Je crois que le succès auprès des femmes est généralement une marque de médiocrité, et c'est celui-là … que nous envions tous et qui couronne les autres. »

Diversifier les arguments

Fiche 10

Notes

Quel que soit le thème de votre exposé et quelles que soient les spécialités auxquelles il se rattache, vous devrez étayer votre réflexion en présentant différents arguments. N'hésitez pas à recourir à des **stratégies variées**. Vous en retiendrez certaines pour votre exposé et pourrez en utiliser d'autres en réponse aux questions qui vous seront posées.

1 Argumentations directe et indirecte

■ Vous avez étudié en français les deux grandes stratégies argumentatives employées par les écrivains pour défendre leurs idées : l'argumentation directe consiste à exposer sans détour la thèse et les arguments qui la soutiennent tandis que l'argumentation indirecte a recours à une fiction.

■ Pour l'oral de Terminale, vous privilégierez bien entendu l'argumentation directe mais rien ne vous empêche de recourir à un récit pour enrichir votre analyse. Il pourra notamment s'agir d'un exemple illustrant votre propos.

2 Les différents types d'arguments logiques

Pour défendre votre point de vue, pensez à examiner d'autres domaines (économique, culturel, de valeur...) que celui auquel se rattache votre thème d'étude.

Ex. : Ainsi, pour défendre une innovation scientifique dans le domaine environnemental par exemple, ne vous contentez pas d'évoquer la nécessité de protéger notre planète (argument de valeur).

- **Argument économique :** les énergies fossiles devenant rares, il est essentiel de trouver des ressources pérennes qui ne grèveront pas le budget des États ou des particuliers.
- **Argument politique :** les hommes politiques doivent soutenir les innovations dans le domaine des énergies renouvelables car leur électorat y est de plus en plus sensible.
- **Argument d'expérience :** le parc de centrales photovoltaïques de la Colle des Mées dans les Alpes-de-Haute-Provence alimente près de 12 000 foyers. Il ne porte pas atteinte à l'agriculture et le recyclage des panneaux a été prévu dès la conception du site.
- **Argument culturel :** le recours aux énergies renouvelables est très ancien. Une machine à eau est représentée sur un bas-relief du IIIe siècle trouvé en Turquie. Les moulins à eau puis à vent se développent au Moyen Âge.

Notes

3 L'argument d'autorité

Pour convaincre votre auditoire, vous pouvez aussi recourir, en marge de la logique de votre raisonnement, à un argument d'autorité en vous référant à une personnalité qui inspire confiance. Appuyez-vous sur des spécialistes reconnus, citez leurs propos pour soutenir votre démonstration. Mais ne multipliez pas les références et choisissez-les de façon pertinente.

Citation

Molière se moque de ceux qui abusent de l'argument d'autorité en faisant parler Lysidas qui s'en prend à *L'École des femmes*.

« Ceux qui possèdent Aristote et Horace voient d'abord, Madame, que cette comédie pèche contre toutes les règles de l'art. »

Molière, *La Critique de L'École des femmes*, 1663.

4 L'argument *ad hominem*

Pour réfuter la thèse adverse, l'orateur discrédite la personne qui la défend. N'abusez pas de cet argument qui ne concerne pas directement la position que vous voulez défendre et rabaisse le débat.

Ex. : Pour critiquer le traité de Rousseau, *Émile ou De l'Éducation*, Voltaire s'en prend à son auteur en écrivant dans une lettre datée de 1766 que le philosophe a abandonné ses propres enfants « pour s'attacher à l'éducation du seigneur Émile ».

ENTRAÎNEMENT

→ *Corrigés p. 383*

1 Caractérisez les arguments suivants.

A – Comme l'affirme Jean-Jacques Rousseau, l'homme est naturellement bon.

B – Le retour à une vie frugale n'est pas envisageable car il occasionnerait la fermeture de nombreuses entreprises.

C – Le génie de l'homme a su mettre en valeur la beauté de la nature en créant de magnifiques jardins.

2 Sur une ou plusieurs des thèses suivantes, entraînez-vous à présenter deux arguments de nature différente.

Pour/contre l'énergie nucléaire
Pour/contre le port de l'uniforme au lycée
Pour/contre le vote obligatoire

Réussir l'introduction

L'introduction est un moment essentiel du discours. Les premiers mots prononcés ont un **impact décisif sur l'auditoire**. Aussi convient-il de la travailler avec soin, de la lire et de la relire, de la mémoriser.

1 Les trois étapes de l'introduction

L'introduction s'organise en **trois temps** :
- l'exorde ;
- l'énoncé du sujet ;
- l'annonce du plan.

2 L'exorde

■ Au début de la prise de parole, il s'agit de **capter l'attention** de l'auditoire, de marquer les esprits. Plusieurs possibilités s'offrent à vous.

> **Définition**
> Du latin *exordium*, qui signifie « commencement », notamment pour un discours, l'exorde désigne l'entrée en matière.

■ Un **appel à l'auditoire.**

Ex. : « Mes amis, au secours... », Abbé Pierre, *Appel de l'hiver 1954*.

■ Un **exorde *ex abrupto*** : vous commencez par une phrase d'accroche à forte résonance, qui surprend, un coup de tonnerre (effet dont vous n'abuserez pas !).

Ex. : « Quousque tandem abutere, Catilina, patientia nostra ? » (Jusques à quand enfin, Catilina, abuseras-tu de notre patience ?)

Cicéron, première *Catilinaire*, 63 av. J.-C.

> **À savoir**
> La conjuration de Catilina est un complot qui vise la prise de pouvoir de Rome en 63 av. J.-C. Le consul Cicéron dénonce Catilina au Sénat.

■ Une **phrase solennelle** qui prépare l'auditoire.

Ex. : « Il est, dans la vie d'une nation, des moments qui blessent la mémoire, et l'idée que l'on se fait de son pays. »

Discours prononcé par le président de la République Jacques Chirac, le 16 juillet 1995, lors des commémorations de la rafle du Vel'd'Hiv'.

■ Un **rappel narratif** : l'exposé s'ouvre sur un récit qui capte l'attention.

Ex. : « Il était environ onze heures ce vendredi 23 mars 2018, lorsque le lieutenant-colonel Arnaud Beltrame s'est présenté avec ses hommes devant la grande surface de Trèbes dans l'Aude. »

Discours du président de la République Emmanuel Macron en hommage au lieutenant-colonel Arnaud Beltrame, prononcé le 28 mars 2018.

Notes

Notes

3 L'énoncé du sujet

La deuxième étape de l'introduction présente le sujet et la problématique abordée. Vous devez justifier le choix de votre question sans empiéter toutefois sur la seconde partie de l'entretien.

Ex. : « Nous nous interrogerons sur le lien entre tradition et modernité en architecture. Faut-il pour être moderne s'être libéré de la tradition ? Cette question croisant technique et arts nous a paru correspondre à notre projet d'une recherche scientifique humaniste. »

Je ou nous ?

Vous pouvez choisir la première personne du pluriel (*nous* dit « de majesté ») pour donner plus de solennité à votre exposé mais le *je*, plus personnel et intime, convient également.
Lors de l'entretien, vous éviterez le *nous* qui apparaîtrait pompeux et décalé.

4 L'annonce du plan

En dernier lieu, vous indiquez avec clarté les différentes étapes de l'exposé.

Ex. : « J'organiserai mon intervention autour de trois points : d'abord, pourquoi sommes-nous là ? Ensuite, qu'allons-nous faire de l'unité ? Enfin, comment le faire ? »

Discours prononcé par François Mitterrand
au congrès d'Épinay, le 13 juin 1971.

ENTRAÎNEMENT

→ Corrigés p. 383

1 Qualifiez ces exordes en repérant les procédés employés. Lisez-les à voix haute.

Exorde A – « Je ne suis pas, Messieurs, de ceux qui croient qu'on peut supprimer la souffrance en ce monde ; la souffrance est une loi divine ; mais je suis de ceux qui pensent et qui affirment qu'on peut détruire la misère. »

Discours à l'Assemblée nationale législative prononcé par
Victor Hugo, le 9 juillet 1849.

Exorde B – « Je vous ai compris ! »

Discours du général de Gaulle au Forum d'Alger,
prononcé le 4 juin 1958.

2 Mémorisez l'introduction de votre exposé et présentez-la à vos proches.

Réussir la conclusion

La conclusion est bien sûr une étape décisive qui doit **marquer les esprits et entraîner l'adhésion**. Travaillez la rédaction, les effets de style, lisez votre texte à voix haute et mémorisez-le.

1 Les deux étapes de la conclusion

La conclusion, ou **péroraison**, se présente en **deux temps** :
- le rappel de la position défendue : la **synthèse** ;
- l'**ouverture** : une nouvelle problématique qui découle de la prise de position adoptée.

Définition
La péroraison est à l'origine un terme de rhétorique qui désigne la dernière partie d'un discours dans le cadre de l'éloquence religieuse ou judiciaire.

Notes

2 La synthèse

■ Si on considère l'ensemble de l'exposé, on voit que la synthèse des idées exposées fait écho à la présentation du plan dans l'introduction.

Conseil
Commencez votre conclusion par *Ainsi* plutôt que par *En conclusion* ou *Pour conclure* qui sont beaucoup plus lourds.

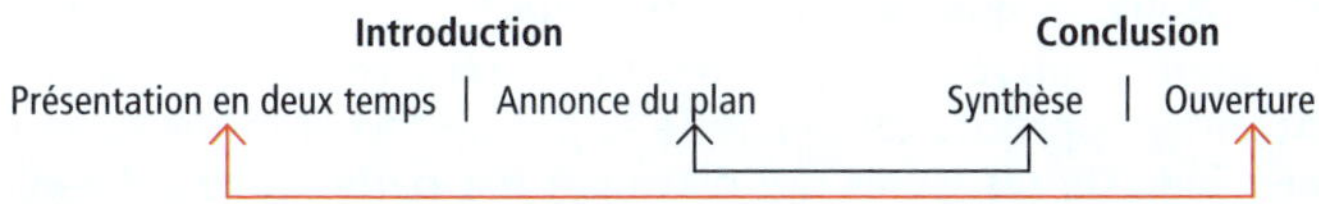

■ Dans la conclusion, vous devez d'abord rappeler brièvement les idées principales de votre exposé et réaffirmer votre opinion. Attention à ne pas réduire cette première étape à un résumé. Il faut plutôt **souligner la logique de la progression**. Une phrase peut suffire à retracer le cheminement intellectuel de la démonstration.

Ex. : « Ainsi la démocratie grecque nous a, malgré ses limites, ouvert la voie ; il nous appartient maintenant d'élargir et de conforter les bases de ce mode de gouvernement. »

3 L'ouverture

■ L'ouverture peut se faire sur des **perspectives d'avenir**, sur un **contexte géographique élargi**, ou bien sous la forme d'une **nouvelle problématique**.

Conseil
Pensez à l'entretien qui va suivre : évoquez une perspective sur laquelle vous aimeriez être interrogé et évitez surtout toute allusion à un domaine que vous maîtrisez mal.

Notes

■ La dernière phrase, ample ou brève, sera particulièrement travaillée. Une question, une citation sont possibles, à condition d'être pertinentes.

■ Vous pouvez donner de l'ampleur à votre ouverture en recourant à une énumération par exemple.

Ex. : « Oui, pères conscrits, c'est votre sort que vous allez décider aujourd'hui ; c'est le sort du peuple romain, de vos femmes et de vos enfants, de vos autels et de vos foyers, des temples sacrés, de la ville, de l'empire, de la liberté, de l'Italie, de la république entière. Prononcez donc avec cette fermeté qui a signalé vos premières délibérations. Vous avez un consul qui ne craindra pas d'exécuter vos arrêts, qui les défendra toute sa vie, et qui en accepte pour toujours la glorieuse responsabilité. »

Cicéron, péroraison de la quatrième *Catilinaire*, 63 av. J.-C.

■ Vous pouvez aussi choisir une formule percutante, créant la surprise, générant l'émotion, emportant la conviction.

Ex. : « Soyez insatiables. Soyez fous. »

Steve Jobs, discours à l'université de Stanford, prononcé devant les étudiants de l'université américaine le 12 juin 2005.

ENTRAÎNEMENT

→ *Corrigés p. 383*

1 Lisez à haute voix la péroraison du discours de Malraux ci-dessous. En quoi est-elle pathétique ?

« Aujourd'hui, Jeunesse, puisses-tu penser à cet homme comme tu aurais approché tes mains de sa pauvre face informe du dernier jour, de ses lèvres qui n'avaient pas parlé. Ce jour-là, elle était le visage de la France. »

André Malraux, discours du transfert des cendres de Jean Moulin au Panthéon, le 19 décembre 1964.

2 À quelle question pourrait répondre la dernière phrase de la conclusion suivante ?

« La beauté sera CONVULSIVE ou ne sera pas. »

André Breton, *Nadja*, 1928.

3 Lisez à haute voix et commentez la péroraison du discours de Napoléon Ier lors de la bataille d'Austerlitz, le 2 décembre 1805.

« Soldats, lorsque tout ce qui est nécessaire pour assurer le bonheur et la prospérité de notre patrie sera accompli, je vous ramènerai en France ; là vous serez l'objet de mes plus tendres sollicitudes. Mon peuple vous reverra avec joie, et il vous suffira de dire : "J'étais à la bataille d'Austerlitz" pour que l'on réponde, "Voilà un brave". »

Mémoriser l'exposé

Fiche 13

Grand Oral

Votre exposé est solidement construit et clairement rédigé. **Entraînez-vous à le présenter à l'oral en travaillant la posture, la gestuelle.** Cet entraînement donnera toute son efficacité à l'étape essentielle de la mémorisation. Il la facilitera et la libérera.

Définition
La mémoire, *memoria*, est le cinquième principe de la rhétorique traditionnelle retenue par Cicéron dans son ouvrage *De oratore*.

1 Que faut-il mémoriser ?

■ Dans le temps de préparation (20 minutes), vous avez rassemblé vos idées et restitué l'architecture de votre exposé. Vous ne pouvez pas disposer de vos notes dans l'épreuve du Grand Oral. La mémorisation préalable de l'ensemble de votre exposé est donc incontournable.

■ Dans un premier temps, vous mémoriserez l'introduction de l'exposé puis le plan et les titres de chaque partie, enfin la conclusion.

À savoir
Ce schéma d'ensemble pourra correspondre au support proposé aux examinateurs.

■ Vous retiendrez ensuite la ligne directrice de chaque partie et les grandes idées qui les nourrissent.

■ Vous vous attacherez enfin au développement détaillé de l'argumentation en tentant de le restituer de manière expressive. Retenez les mots de liaison qui marquent les étapes du raisonnement et facilitent la fluidité du discours. Soyez attentif à la parfaite restitution des citations.

■ En présentant votre exposé, il faut absolument éviter de donner l'impression d'une récitation. Pour se libérer d'un discours oral appris par cœur, il convient de travailler la voix, les attitudes, la mélodie de l'élocution.

2 Comment y parvenir ?

■ Pour mémoriser votre exposé, retenez différents procédés plus simples. L'utilisation combinée de plusieurs de ces méthodes est bien sûr possible et souvent très utile !

À savoir
Pour se remémorer des discours souvent fort longs à prononcer devant le Sénat, les orateurs romains pratiquaient la méthode des *loci memoriae* (lieux de mémoire). Ils créaient le parcours mental d'une maison, déposant dans chaque pièce les images qu'ils voulaient retenir.

Notes

Notes

■ La mémoire visuelle. La répétition reste le principe de base. Il faut lire et relire, réviser plusieurs fois la même fiche.

Vos fiches seront claires et aérées. Les supports visuels doivent être réalisés avec soin. Utilisez les couleurs, les surligneurs. Vous pouvez aussi entourer, encadrer, faire des schémas, autant de moyens mnémotechniques visuels efficaces.

■ La mémoire auditive. Lisez votre texte à voix haute. Vous assimilerez les données en les écoutant et les réécoutant. C'est ainsi que s'entraîne un candidat dans le film *À voix haute* (voir fiche 20). Il est utile de s'enregistrer ou de se filmer afin d'écouter plusieurs fois l'exposé et mieux l'intégrer.

■ La mémoire scripturale. Cette méthode préconise d'écrire plusieurs fois le texte pour l'apprendre, en le scindant, en s'attachant aux passages les plus délicats à retenir.

■ Une approche kinesthésique. Certains ont besoin de marcher pour apprendre, de mettre en scène leur discours.

Hésiode

Avec le poète grec Hésiode (VIIIe siècle av. J.-C.), la mémoire est déifiée : Mnémosyne, fille d'Ouranos (le Ciel) et de Gaïa (la Terre), unie à Zeus donna naissance aux neuf Muses. La mémoire permet l'accès au passé dans une civilisation qui est d'abord orale et qui reste marquée par l'oralité après le passage à l'écriture. C'est du nom « Mnémosyne » que sont dérivés les mots relatifs à la mémoire (*mémoire, mnémotechnique, amnésie*).

ENTRAÎNEMENT

Le meilleur entraînement consiste sans aucun doute à présenter votre exposé devant un public varié (amis, famille). L'exercice vous permettra de consolider la mémorisation et de bénéficier de conseils sur votre prestation.

Préparer un support pour l'exposé

Fiche 14

Grand Oral

Notes

Une fois que le jury vous a indiqué la question que vous allez présenter, vous disposez de **vingt minutes pour préparer votre exposé.** Il est donc indispensable de savoir tirer parti de ce moment et des feuilles de brouillon qui seront mises à votre disposition.
Vous pourrez disposer du support que vous aurez établi durant les vingt minutes ; vous pouvez aussi choisir de remettre un document au jury.

1 Les fonctions du support

■ Préparer un support vous permet d'abord de dominer votre stress en rassemblant vos idées. Pour cette raison, vous devez avoir prévu durant l'année, le contenu et l'organisation de ce document.

■ En notant les éléments clés de votre présentation, vous vous concentrez sur la question retenue et réactivez ce que vous avez mémorisé.

■ À la fin du temps de préparation, vous pourrez consacrer quelques minutes à relire ce que vous avez noté de façon à cerner l'essentiel, qu'il s'agisse du contenu, de la façon de l'exprimer ou de la façon de se tenir.

■ Si vous choisissez de garder le document durant l'exposé, utilisez-le uniquement pour vous rappeler les points à développer au cas où vous perdriez le fil de votre étude.

2 Le contenu du support

■ Si vous décidez de garder la feuille pour vous aider durant l'épreuve, notez-y :
– le plan de votre exposé ;
– les phrases clés ;
– les citations ou les chiffres dont vous avez besoin ;
– la première et la dernière phrase de votre exposé.

Inscrivez en marge, d'une autre couleur, des conseils pratiques : regarder le jury, enlever les mains des poches, soigner la syntaxe...

Conseils

• N'utilisez que le recto des feuilles et numérotez-les. Si votre écriture le permet, l'idéal est de n'utiliser qu'une seule feuille.

• Écrivez lisiblement en utilisant différentes couleurs.

• Ayez bien en main votre support pour ne pas le faire tomber pendant que vous parlerez debout, ce qui vous déstabiliserait. Pour cela, entraînez-vous durant l'année.

Notes

■ Si vous choisissez de remettre un document au jury, notez ce qui peut l'aider à suivre votre exposé :
– le plan de votre exposé ;
– un schéma qui vous semble essentiel ;
– des chiffres...

3 Exemple d'un support que conserve le candidat

QUESTION

« Les Lip » : quel éclairage le conflit Lip nous apporte-t-il aujourd'hui sur l'évolution sociologique du monde du travail ? (Spé SES)

INTRODUCTION

[Exorde] Qui n'a jamais entendu parler des « Lip », ces ouvriers grévistes qui, en 1973, se sont organisés pour continuer à produire les montres qui ont fait la réputation de leur entreprise ?

• Projet de travailler dans les ressources humaines → intérêt pour la question des relations dans l'entreprise → Quel éclairage le conflit Lip nous apporte-t-il aujourd'hui sur l'évolution sociologique du monde du travail ?

• Annonce du plan

1 Le rappel des faits et des circonstances : un conflit emblématique

• *« 480 à dégager »* (Note manuscrite d'un administrateur)

. Chronologie
1867 : Naissance de l'entreprise horlogère Lip à Besançon.
1971 : L'entreprise suisse Ébauches S.A. devient actionnaire majoritaire.
1973 : Début du conflit suite à l'annonce de licenciements.
1974 : Claude Neuschwander devient PDG.
1976 : Fermeture de l'entreprise.
2018 : Renaissance de Lip.

2 Les groupes en présence : une certaine vision du monde du travail

A. **« Les Lip » et leurs soutiens**

« *C'est possible, on fabrique, on vend, on se paye.* »

B. **Claude Neuschwander : une réflexion sur le patronat**

« *J'ai encore en tête comme vous et comme beaucoup, la phrase que j'ai lue sur les murs de mai 68 : "Soyez raisonnable, demandez l'impossible." L'impossible c'était sauver LIP.* »

Claude Neuschwander, *Patron, mais...* Seuil, 1974

C. **Le rôle de la presse**

3 Quelles conséquences aujourd'hui ?

A. **Les acquis sociaux dus aux « Lip »** – AGS
B. **La place de « Lip » dans l'évolution des mouvements sociaux**
C. **La place de « Lip » dans une réflexion sur le monde de l'entreprise**

CONCLUSION

En m'intéressant à ce conflit emblématique, j'ai pu entrer dans le monde de l'entreprise et je reste bien décidé(e) à me rendre utile dans un service de Ressources humaines.

Conseil

Notez la question en haut de la feuille pour rester centré sur le sujet.

Regarder les deux membres du jury

Articuler et éviter les tics de langage

Conseils

• Aérez votre présentation et utilisez des couleurs.

• Notez le plan, les phrases clés, les dates, chiffres ou citations.

Ne pas se balancer d'un pied sur l'autre

Ne pas agiter la feuille

Conseil

Utilisez les marges de votre feuille comme aide-mémoire (en rouge).

AGS : Assurance Garantie des Salaires

Se préparer aux questions du jury

Fiche 15

Notes

Au terme de votre exposé de 10 minutes, un échange est prévu avec le jury. Vous devez donc vous préparer à répondre à des questions vous invitant à **enrichir ou rectifier votre prise de position**.

1 Les différents types de questions

■ **Un approfondissement.** Il s'agit d'une invitation à creuser certaines perspectives : vous n'avez pas suffisamment insisté sur tel ou tel point, ou des lacunes se sont même glissées dans votre exposé. Ces questions, loin de vous dérouter, doivent être perçues comme une chance qui vous est donnée.

Ex. : **1.** Dans l'examen des limites de la démocratie grecque, vous n'avez pas suffisamment développé le statut de la femme. Le professeur vous invitera à une nouvelle présentation de cette mineure juridique et pourra même vous interroger sur le gynécée, le mariage, la femme dans le théâtre d'Aristophane…

2. Vous vous êtes contenté de citer Botero comme contre-exemple de la beauté classique. On attend quelques précisions supplémentaires sur son art, son œuvre de peintre et sculpteur qui dilate les formes.

■ **Un élargissement.** En conclusion, vous n'avez pas choisi d'élargir le sujet. Il peut d'ailleurs être judicieux de ne pas tout dire et de garder quelques idées « en réserve » !

Ex. : En étudiant l'implantation des éoliennes en France, vous n'avez pas abordé la question en Europe. Vous pouvez être interrogé sur ce sujet.

■ **Une rectification.** Un chiffre avancé semble contestable, un rejet trop catégorique. Vous serez invité à nuancer ou rectifier vos propos par une question du type : « Êtes-vous certain que… ? ».

Votre prise de position peut sembler contestable au professeur (ce qui est rare). Il vous demandera alors de changer de cap.

Ex. : **1.** Votre chiffre tient-il compte du sondage réalisé le mois dernier ?

2. L'Inde vous semble-t-elle vraiment sur la bonne voie écologique ?

■ **Des précisions sur votre démarche personnelle :** on souhaite un retour sur vos choix, votre méthodologie, le lien entre les questions retenues et les centres d'intérêt que vous avez pu évoquer.

Ex. : Vous avez choisi un sujet sur le virtuel en lien avec la spécialité « Sciences de l'ingénieur » et vous nous annoncez être inscrit en médecine. Pouvez-vous nous dire s'il y a un lien entre votre sujet et votre projet professionnel ? Expliquez-nous votre démarche.

Notes

2 La préparation de l'entretien durant l'année

■ Vous pouvez anticiper une partie des questions qui vont vous être posées : dressez-en la liste et préparez les réponses.

■ Retenez les références des articles ou sites auxquels vous vous référez durant votre exposé afin de justifier précisément votre analyse si nécessaire.

■ Effectuez des recherches sur les auteurs que vous mentionnez. Cherchez la définition exacte des termes techniques que vous employez. On pourra vous la demander.

■ Assurez-vous de bien maîtriser les notions abordées dans vos programmes de spécialités, notamment celles qui sont en jeu dans votre sujet. Un des membres de votre jury est un professeur de la spécialité concernée et pourra souhaiter vérifier votre bonne connaissance du programme.

■ Lorsque vous collectez des informations pour traiter votre thème, gardez de côté certaines d'entre elles pour l'entretien. Elles vous permettront d'approfondir ou d'illustrer votre propos. L'exposé est bref alors que votre sujet est sans doute vaste : il est bon de disposer d'autres arguments ou exemples pour répondre aux questions.

■ À partir de votre sujet, imaginez les perspectives voisines qui peuvent être abordées.

Ex. : Votre sujet porte sur le fonctionnement de la démocratie en France. Faites des recherches sur les origines de la démocratie en Grèce, sur les régimes européens…

ENTRAÎNEMENT

1 En préparant votre exposé, exercez-vous à répondre à des questions susceptibles de vous être posées. Profitez-en pour enrichir vos connaissances et votre culture générale.

2 Vous pouvez aussi solliciter votre entourage et procéder à plusieurs à un jeu de questions-réponses.

Bien réagir lors de l'entretien

Fiche 16

Grand Oral

La première partie de l'entretien porte sur le contenu de votre exposé tandis que la seconde aborde votre projet d'études en lien avec le sujet que vous avez choisi. Vous préparerez durant l'année les questions que vous pouvez imaginer mais l'entretien reste un **échange spontané** dans lequel seront évaluées **votre capacité d'écoute et votre réactivité**.

1 La correction de la langue

■ Vous devez vous exprimer de façon naturelle mais soignée. Vos phrases seront correctement construites : pour cette raison, privilégiez les phrases courtes. Le lexique sera également maîtrisé. Le registre familier est proscrit.

Attention

Le jury attend de vous une attitude respectueuse. Vous trouverez des conseils pratiques dans la **fiche 24**.

Notes

■ Vous pouvez commencer par reprendre les mots de la question au début de votre réponse, ce qui vous donne le temps d'organiser votre réflexion. Mais évitez les lourdeurs et veillez à vous montrer réactif.

2 L'utilisation des connaissances

■ Durant l'année, vous avez réfléchi aux questions qui peuvent vous être posées. Vous avez fait des recherches sur les auteurs que vous citez, les exemples que vous avancez. Vous avez confronté vos sources et construit une position personnelle argumentée. Vous devez donc être en mesure de répondre à des questions du type de celles données en exemple.

Ex. : **1.** Que savez-vous de Narendra Modi dont vous évoquez les mesures en faveur de l'environnement ?

2. Pourriez-vous nous présenter André Breton que vous citez en conclusion ?

■ Durant l'entretien, développez vos réponses même si les questions vous semblent étroites. Les réponses oui/non sont à proscrire.

■ Ne reprenez pas mot pour mot ce que vous avez dit dans votre présentation mais argumentez en faisant appel à vos connaissances et en vous appuyant sur d'autres exemples que ceux que vous avez déjà mentionnés.

■ Évitez, dans vos réponses, d'aborder des perspectives que vous dominez mal car vous risquez de provoquer des questions qui

Notes

vous mettront dans l'embarras. Sans sortir du cadre de la question que le jury vous a posée, orientez plutôt votre réponse vers des domaines que vous êtes disposé à approfondir.

3 L'attitude à adopter

■ Tout d'abord, il est essentiel de bien écouter votre jury, de ne pas l'interrompre. Soyez disponible, prêt à entrer dans le dialogue, voire à revenir sur certaines de vos positions pour les nuancer. Sachez aussi montrer votre conviction personnelle.

> **Conseil**
> Le baccalauréat n'est pas un concours sélectif mais l'évaluation d'un niveau de connaissances et de compétences. **Le jury ne cherche pas à vous déstabiliser mais à vous aider.**

■ Si vous butez sur la question posée, n'hésitez pas à tenter une reformulation, voire à dire modestement que vous ne pouvez pas répondre. Les professeurs sont bienveillants et leurs questions sont aussi un moyen de vous permettre d'améliorer votre prestation !

Ex. : Je suis désolé mais je n'ai pas bien saisi votre question. Voulez-vous dire que… ? Je vous prie de m'excuser mais le sens du mot que vous avez employé m'échappe.

■ Il peut arriver qu'une question vous déconcerte et que vous ne sachiez pas y répondre. Ne vous affolez pas et optez pour l'honnêteté : il vaut mieux reconnaître que vous ne connaissez pas la réponse plutôt que de vous aventurer et dire des sottises. Vous pouvez toutefois, ensuite, émettre avec prudence différentes hypothèses ou bien aborder une perspective qui vous semble voisine.

Ex. : Je crains de ne pas savoir répondre à cette question concernant cet événement précis mais d'autres faits similaires se sont produits comme par exemple…

■ Si on conteste votre prise de position, soyez ferme mais habile, en prenant en compte les arguments opposés dans un raisonnement concessif : *certes… mais*.

■ Si vous apercevez une erreur dans votre démonstration, n'hésitez pas à l'admettre en empruntant humblement la voie ouverte. Votre interlocuteur appréciera cette démarche d'auto-critique et votre nouvelle capacité d'argumentation.

■ Si la question concerne votre démarche personnelle, optez pour la spontanéité et la sincérité.

Éviter les erreurs de vocabulaire

Fiche 17

Le jury appréciera la qualité de votre réflexion, mais sera aussi sensible à la correction de l'expression : elles sont indissociables. Vous veillerez à un **maniement rigoureux de la langue**, notamment au **choix du vocabulaire**.

Attention

Certains mots (*gageure*, *manichéen*...) ont une prononciation particulière. Utilisez un dictionnaire et entraînez-vous devant un professeur.

	Erreurs à éviter	Vocabulaire à employer
Barbarismes (mots altérés)	**Aé**ropage	**Aréopage** (tribunal antique sur la colline d'Arès à Athènes) : assemblée de savants.
	Aréoport	**Aéroport** (du grec *aeros*, l'air)
	E**x**cetera	**Et cetera, et cætera** (= en outre, en latin)
	Frust**r**e (confondu avec rustre)	**Fruste** (= grossier) « Quand on ne sait pas s'exprimer, quand on ne manie que de vagues approximations... il ne reste que les poings, la violence fruste, stupide, aveugle. » Jacqueline de Romilly
	O**mn**ubilé, o**mn**ibulé	**Obnubilé** (du latin *nubes*, le nuage, couvert de nuages, à la pensée obscurcie) : obsédé. « La connaissance tue l'action, pour agir, il faut être obnubilé par l'illusion. » Nietzsche
Pléonasmes	Au jour **d'aujourd'hui**	**Aujourd'hui**
	Voire même	**Voire** ou **Même**
	Car en effet	**Car** ou **En effet**
	Comme par exemple	**Comme** ou **Par exemple**
	Une **autre** alternative	**Une alternative** : un choix entre deux possibilités distinctes.
	Un **faux** prétexte	**Un prétexte** : une raison qui cache un motif réel.
	Au **grand** maximum	**Au maximum**. Le maximum est déjà la valeur la plus grande.
	S'avérer **vrai**	**S'avérer** : se faire reconnaître pour vrai (du latin *verus*).
	Saisir une opportunité	**Profiter** d'une opportunité. Une opportunité est déjà une occasion à saisir.
	Le tri **sélectif**	**Le tri** des déchets ménagers. Le tri est déjà le résultat d'une sélection.
	Prévenir **d'avance**	**Prévenir :** annoncer à l'avance.
Paronymes	Original – Originel	**Original :** 1/ qui vient directement de l'auteur, ne dérive d'aucun modèle : « *un document original* » ; 2/ excentrique, bizarre : « *une personnalité originale* ». **Originel :** qui remonte aux origines. *« Bien des scientifiques refusent l'idée d'un chaos originel. »*
	Attention – Intention	Attirer l'**attention** (la concentration). / Avoir de bonnes **intentions** (la volonté).

Grand Oral

Notes

Notes

	Erreurs à éviter	Vocabulaire à employer
Paronymes	Acceptation – Acception	**Acceptation** : consentement. / **Acception** : sens d'un mot.
	Luxurieux – Luxuriant	**Luxurieux** : voluptueux. / **Luxuriant** : abondant, « *une forêt tropicale luxuriante* ».
Expressions à la mode	Porter un projet	**Promouvoir, défendre, soutenir** un projet
	Je gère (employé sans complément)	Je maîtrise la situation
	Toutes et tous	**Tous** (inclusif)
	Je reviens vers vous	Harcèlement linguistique et notion de déplacement inappropriée. **Je reprends contact**
	Ça marche	Je suis d'accord
	Que du bonheur !	Hyperbolique. **Un franc succès, un beau moment**
	Pas de souci	Rassurez-vous
	Je suis sous l'eau.	Je suis débordé de travail.
Impropriétés	Se baser sur	Se **fonder** sur
	Un espèce de…	**Une** espèce de…
	Une apogée	**Un** apogée
	Un échappatoire	**Une** échappatoire
	Être bourré de remords	Être **bourrelé** de remords
	Vous n'êtes pas sans **ignorer**	Vous n'êtes pas sans **savoir**
	Loin s'en faut	**Loin de là** ou **Tant s'en faut**
	S'avérer faux	**Se révéler** faux
	Amener un objet	**Apporter** un objet
	Avatar	Incident (avatar signifie « métamorphose »)
Anglicismes	Un salaire conséquent	Une rémunération importante
	Basique	Fondamental, élémentaire Un principe fondamental du droit, un vocabulaire de base.
	Un coach	Un professeur, un entraîneur, un mentor
	Un scoop	Une information unique
	Un staff	Une équipe, une réunion
	Un flyer	Un tract publicitaire
	Une conf-call	Une réunion téléphonique
	Un open space	Un bureau partagé
	Un challenge	Un défi
	En live	En direct
	Un manager	Un directeur
	Un casting	Une audition
	Un best-seller	Un succès en librairie
	Overbooké	Très occupé
	C'est top	C'est parfait
	Réaliser que	Comprendre que
	Faire du business	Faire du commerce
	Il faut me driver	Il faut me guider

Éviter les phrases incorrectes

Fiche 18

Grand Oral

Dès lors que vous prenez la parole, pour présenter votre exposé ou répondre à une question, vous devez veiller à la **correction de vos phrases et à leur enchaînement**. Certes, la spontanéité de l'oral autorise quelques hésitations mais en aucun cas des incorrections. Le jury, outre la pertinence de vos propos, attend une utilisation rigoureuse de la langue.

Attention
Pour la spécialité LLCER, si vous choisissez de vous exprimer dans la langue étudiée, vous éviterez les incorrections et soignerez le lexique et le style comme les candidats s'exprimant en français.

1 Éviter les incorrections les plus courantes

Incorrections à éviter	Phrases correctes et conseils
Absence incorrecte de verbe conjugué (risque lié à une mauvaise utilisation de notes prises en style télégraphique). Les maladies rares : le peu d'intérêt des laboratoires.	Les maladies rares intéressent souvent peu les laboratoires pharmaceutiques. Sauf pour des effets oratoires marqués (*Des malades oubliés ! Une médecine à but lucratif ! L'humain au second plan !*), vous éviterez les phrases non-verbales.
Proposition subordonnée sans proposition principale. Quand soudain l'archiduc est assassiné à Sarajevo.	Une proposition indépendante : Soudain l'archiduc est assassiné à Sarajevo. Une proposition principale et sa subordonnée : Lorsque l'archiduc est assassiné à Sarajevo, rien ne peut plus arrêter le mécanisme des alliances.
Mauvais usage de la syntaxe impliquant le pronom relatif *dont*. Nous allons évoquer Paul-Émile Victor dont vous connaissez certainement **ses** expéditions polaires.	Nous allons évoquer Paul-Émile Victor dont vous connaissez certainement **les** expéditions polaires.
Locution négative incomplète. Si James Finley dépose en 1808 un brevet concernant la construction des ponts suspendus, il **est pas** l'inventeur de cette technique.	Si James Finley dépose en 1808 un brevet concernant la construction des ponts suspendus, il **n'est pas** l'inventeur de cette technique. Attention : *personne… ne, nul… ne, aucun… ne.*
Locution restrictive incomplète. Pierre Soulage peut suggérer la lumière en **peignant qu'**avec du noir.	Pierre Soulage peut suggérer la lumière en **ne peignant qu'**avec du noir.
Interrogation directe incorrecte. Est-ce que cette position extrême n'est-elle pas condamnable ?	Cette position extrême n'est-elle pas condamnable ?

Notes

Notes

Incorrections à éviter	Phrases correctes et conseils
Interrogation indirecte incorrecte. Nous verrons en quoi la lumière bleue **est-elle** un mal technologique du XXIe siècle.	Nous verrons en quoi la lumière bleue **est** un mal technologique du XXIe siècle. Soyez très vigilant quand vous présentez votre problématique ou annoncez le plan que vous allez suivre.
Mauvaise utilisation du groupe participial (participe présent ou passé). Ayant beaucoup progressé depuis les Purgon ou Diafoirus de Molière, les malades du XXIe siècle font confiance à la médecine.	La médecine ayant beaucoup progressé depuis les Purgon et Diafoirus de Molière, les malades du XXIe siècle lui font confiance. Dans la phrase incorrecte « ayant beaucoup progressé » se rapporte au sujet « malades », ce qui n'est pas le sens souhaité.

2 Veiller à la correction et à la clarté des reprises

Pour éviter les répétitions souvent lourdes tout en préservant la correction et la clarté de votre propos, dans l'exposé comme dans vos réponses, vous devez veiller au bon usage des mots de reprise.

Incorrections à éviter	Phrases correctes et conseils
Mauvais accord (en genre notamment) du pronom. Les **personnes** qui habitent dans de très grands ensembles sont souvent seules ; **ils** vivent de manière anonyme.	Les **personnes** qui habitent dans de très grands ensembles sont souvent seules ; **elles** vivent de manière anonyme.
Reprise d'un *nous* par un *on*. **Nous** voulons que la science améliore nos conditions de vie ; **on** pense qu'elle peut tout faire.	**Nous** voulons que la science améliore nos conditions de vie ; **nous** pensons qu'elle peut tout faire. **On** veut que… ; **on** pense qu'elle…
Confusion de sens possible. Gauguin fait le portrait de Van Gogh. **Il** semble triste.	Gauguin fait le portrait de Van Gogh. **Ce dernier** semble triste.

Bien utiliser les figures de style

Fiche 19

Grand Oral

Notes

L'éloquence suppose de maîtriser le sujet traité et la langue employée. Mais, pour capter l'attention de l'auditoire, parler correctement ne suffit pas, il faut savoir **manier avec finesse le lexique, les rythmes, tout ce qui relève de la rhétorique**.

1 Maîtriser la rhétorique pour emporter l'adhésion

■ Choisissez avec soin la tonalité de votre discours et employez les procédés de style adaptés.

- La tonalité polémique convient pour prendre position dans un débat qui suscite des controverses passionnées : utilisez des hyperboles, des formules percutantes, un lexique mélioratif ou péjoratif.
- La tonalité comique peut contribuer à discréditer la thèse adverse en faisant rire ou sourire l'auditoire : utilisez des euphémismes (humour), des antiphrases (ironie), des antithèses, des hyperboles.
- La tonalité pathétique touche l'auditoire, l'amène à éprouver de l'empathie, voire de la compassion pour les personnes que vous évoquez : recourez aux hyperboles, au lexique de la souffrance ou de la misère.

Citation

« Il semble que la logique est l'art de convaincre de quelque vérité ; et l'éloquence un don de l'âme, lequel nous rend maîtres du cœur et de l'esprit des autres ; qui fait que nous leur inspirons ou que nous leur persuadons tout ce qui nous plaît. »

La Bruyère, *Les Caractères*, « Des ouvrages de l'esprit », 1688.

■ Durant le temps de préparation, il vous sera difficile de rédiger des passages de votre exposé en employant des procédés de style. Pour cette raison, pensez à rédiger et mémoriser votre discours durant l'année de façon à n'avoir qu'à noter des phrases-clés sur votre brouillon le jour J.

■ Vos intonations devront mettre en relief les procédés que vous avez employés. Il est nécessaire de vous entraîner plusieurs fois devant un auditoire pour vérifier que le rythme de vos phrases est satisfaisant et pour adapter votre élocution.

Conseil

Pour s'assurer du bon équilibre de ses phrases, le romancier Gustave Flaubert les soumettait à l'épreuve dite du « gueuloir » : il s'agissait de les hurler dans sa maison de Croisset puis de les corriger si besoin. N'hésitez pas à en faire autant pour ajuster votre discours.

Notes

2 Éviter les abus ridicules et trouver une juste mesure

■ Certains procédés, comme l'hyperbole, jouent un rôle dans plusieurs tonalités : ils peuvent être pathétiques si on les utilise avec mesure mais deviennent comiques si on force le trait. Soyez sensible à l'effet produit par le discours que vous avez préparé. N'hésitez pas à demander un avis à vos proches et particulièrement à des adultes.

■ Par ailleurs, vous vous adressez à des professeurs dans le cadre d'un examen et votre ton doit rester mesuré. N'abusez pas des procédés de style et choisissez les passages où ils seront les bienvenus.

■ Le jury n'attend pas non plus de vous une scène de théâtre ou le sketch d'un humoriste. Soyez prudent : ce qui accroche vos amis, notamment sur le mode comique, pourrait déplaire aux professeurs qui vous écoutent.

■ Il va de soi que certaines spécialités et certains sujets se prêtent davantage que d'autres aux effets de rhétorique. Ainsi, le jury pourra apprécier qu'un candidat qui annonce vouloir devenir avocat joue la carte de l'éloquence.

Citation

« Ampoulé
À l'heure où commencent à se gercer les doigts roses de l'aurore, je montai tel un dard rapide dans un autobus à la puissance stature et aux yeux de vache de la ligne S au trajet sinueux. Je remarquai, avec la précision et l'acuité de l'Indien sur le sentier de la guerre, la présence d'un jeune homme dont le col était plus long que celui de la girafe au pied rapide, et dont le chapeau de feutre mou fendu s'ornait d'une tresse, tel le héros d'un exercice de style. »

Raymond Queneau, *Exercices de style*, 1947.

Attention

Un recours brillant aux figures de style et une aisance devant le jury ne pallieront jamais un contenu défaillant.

Prendre confiance en soi

Fiche 20

Grand Oral

Notes

La **confiance en soi** apparaît comme un atout à l'oral. Mais cette évidence mérite d'être examinée, approfondie et nuancée.

1 La place de la confiance dans l'épreuve orale

■ Avoir confiance en soi permet en effet d'aborder l'exposé avec conviction puis de ne pas se laisser dérouter par les questions lors de l'entretien. Au contraire, un manque d'assurance pourrait vous amener à croire que cet oral est insurmontable, ce qui n'est pas le cas.

Citation

« Ce n'est pas parce que les choses sont difficiles que nous n'osons pas, c'est parce que nous n'osons pas qu'elles sont difficiles. »

Sénèque

■ Certains d'entre vous montrent plus d'assurance que d'autres et cela tient au caractère, au mode de vie, au passé de chacun. Mais rappelez-vous que :

- parfois, la confiance dissimule une certaine fragilité. Il est possible, avec de l'entraînement, de maîtriser sa timidité pour adopter une position plus assurée ;
- l'adolescence est une période de changements. La quête d'identité qui la définit explique la fragilité, la baisse de la confiance en soi. Le jury n'attend pas de vous l'aplomb d'un homme politique aguerri ou d'un ténor du barreau ;
- une trop grande assurance est un handicap plus qu'un atout : elle indispose l'auditoire qui risque de trouver l'orateur prétentieux ;
- savoir douter et se remettre en question est aussi une qualité précieuse car elle seule permet de progresser.

■ Faites aussi confiance aux professeurs qui vous écoutent. Ils mesurent la difficulté de l'épreuve et se montreront bienveillants. Ils verront le travail que vous avez fourni et n'attendront pas de vous des prouesses mais sauront apprécier vos efforts et votre investissement. Ils sauront également démasquer ceux qui penseraient pallier des connaissances insuffisantes avec une mise en scène et des mots bien choisis. À l'oral, le travail est toujours récompensé.

À voir

Regardez les films *Le Brio* et *À voix haute* : repérez le peu d'aisance des adolescents au début de leur entraînement et leur assurance à la fin, lors d'un concours d'éloquence beaucoup plus ambitieux que l'Oral de Terminale. Les progrès sont possibles à condition de s'entraîner.

Notes

2 Prendre confiance : mieux se connaître

Pour prendre confiance, il ne suffit pas de se répéter des phrases positives telles que « je vais réussir » ou « je suis sûr de moi et de mes multiples talents ». Il faut d'abord apprendre à se connaître. Pour cela, dressez la liste de vos points faibles et de vos points forts. La vraie confiance en soi suppose que l'on ait mesuré ses limites et que l'on ait adopté des stratégies pour surmonter les difficultés.

3 Prendre confiance : avoir une juste représentation de l'épreuve

Une des causes du manque d'assurance est souvent une mauvaise représentation de l'examen. Cet oral, exigeant mais accessible, est pour vous l'occasion d'avoir une bonne note si vous avez travaillé. Vous aurez le plaisir de parler de ce qui vous intéresse et de montrer de quoi vous êtes capable. C'est en effet vous qui choisissez le sujet ; de plus, vous le préparez à l'avance avec toute l'aide (livres, sites, professeurs…) nécessaire. Quant à l'entretien qui vous inquiète, il vise simplement à éclairer votre réflexion et vos choix.

> **Citation**
> « Une des clés du succès est la confiance en soi. Une des clés de la confiance en soi est la préparation. »
> Arthur Ashe (champion de tennis américain).

4 Prendre confiance : travailler et s'entraîner

Cette épreuve n'est pas une surprise et vous disposez de temps durant l'année pour vous y préparer. Si c'est l'organisation de l'exposé qui pose problème, cherchez le meilleur plan et soumettez vos hésitations à vos professeurs. S'il s'agit de l'oral lui-même, c'est en vous entraînant avec constance que vous parviendrez au résultat souhaité.

ENTRAÎNEMENT

1 **Notez ce qui vous semble difficile dans l'épreuve et, point après point, avec l'aide d'un camarade ou d'un adulte de votre entourage, trouvez une solution pour pallier votre fragilité.**

2 **Notez tout ce qui fait que vous allez réussir cette épreuve orale.**

Maîtriser son stress

Fiche 21

Grand Oral

Qu'on l'appelle « stress » pour l'inscrire dans un champ d'expériences plus large ou « trac » pour se référer plus spécifiquement à ce qu'éprouve un comédien ou un musicien face à son public, **la peur est une donnée incontournable de l'épreuve orale**.

1 Cerner les causes du stress pour mieux le dominer

Notes

■ Rares sont ceux qui n'ont pas peur de parler en public. Plutôt que d'essayer (en vain) de chasser cette peur, il vaut mieux l'accepter comme faisant partie de l'épreuve elle-même ; vous pourrez même tirer profit de son effet stimulant. Pour dominer le stress, vous devez d'abord identifier ce qui vous effraie dans cet oral :

- S'exposer au regard des autres, risquer d'être jugé et craindre de ne pas être apprécié ?
- Ne pas pouvoir se dissimuler dans un écrit, montrer ce que l'on sait et ce que l'on ne sait pas, révéler sa personnalité ?
- Voir ceux qui vont vous noter alors qu'un correcteur que vous ne voyez pas vous inquiète moins ?
- Être seul devant un jury, ce qui n'est pas le cas en général quand vous faites un exposé ?
- Devoir présenter un exposé comme un orateur et non comme un lycéen qui récite une leçon ?
- Devoir être réactif car, à l'oral, on ne peut pas effacer ce que l'on a dit comme à l'écrit ?

■ Pour répondre à ce qui vous angoisse, dites-vous que :

- cet oral est l'occasion de montrer ce que vous êtes capable de faire car vous avez travaillé sur un sujet qui vous tient à cœur ;
- le jury est bienveillant et vous pouvez demander à ce qu'une question soit reformulée si elle ne vous a pas semblé claire ;
- si vous n'aimez pas parler en public, pensez que vos camarades ou vos proches, qui peuvent vous impressionner lorsque vous vous exprimez à voix haute, n'assisteront pas à votre oral. Les élèves réservés, voire muets en classe, sont souvent à l'aise devant un jury car ils voient là l'opportunité de montrer leurs capacités et leurs connaissances sans être, cette fois-ci, confrontés au regard de leurs camarades.

Notes

2 Anticiper

■ En anticipant, c'est-à-dire en vous représentant cette épreuve à l'avance, vous pourrez vous y préparer au mieux et réduire ainsi la part d'imprévu. Vous serez plus à l'aise si cet oral est un chemin balisé. Pour cela, vous devez :

- choisir un thème dont vous parlerez avec plaisir ;
- maîtriser votre sujet et composer votre exposé en amont de façon à ce que le temps de préparation soit un temps de révision ;
- imaginer les questions qui pourront vous être posées et préparer les réponses ;
- vous entraîner durant l'année en classe et chez vous.

Téléphone interdit

Vous avez peut-être pris l'habitude de regarder l'heure sur votre téléphone. Vous ne pourrez pas en disposer durant l'examen et toutes les salles ne sont pas équipées d'une horloge. Il est donc indispensable de penser à apporter une montre pour mesurer votre temps de préparation ainsi que la durée de votre exposé.

■ Une organisation matérielle en vue du jour de l'épreuve **(voir fiche 3)** contribue également à réduire la part de stress. Il est indispensable de :

- réunir à l'avance ce dont vous aurez besoin (convocation, pièce d'identité, stylos, montre…) le jour J ;
- repérer les lieux, établir votre trajet en prévoyant d'arriver tôt pour ne pas risquer un incident qui aggraverait votre stress.

■ Si ces conseils ne parviennent pas à apaiser vos angoisses, il faudra peut-être en parler à votre médecin et envisager des activités (sport, yoga…) ou une thérapie adaptée.

3 Le jour J

■ Pour apprivoiser – et non chasser – votre stress avant l'épreuve, respirez profondément. Adoptez de préférence une respiration abdominale. L'apport d'oxygène favorise la détente et, en fixant votre attention sur le va-et-vient de l'air, vous ne serez pas la proie de pensées anxiogènes.

■ Vous pouvez aussi imaginer des situations amusantes ou des moments heureux : vous prendrez ainsi du recul et relativiserez l'enjeu de l'examen.

■ Une heure avant votre oral, prenez un en-cas, par exemple une barre protéinée.

■ Buvez de l'eau durant votre temps de préparation.

■ Quand vous prenez la parole au début de l'exposé, efforcez-vous de parler lentement pour garder ensuite un rythme tranquille.

Maîtriser les codes d'un examen oral

Fiche 22

Notes

Un examen suppose des codes liés à différents domaines. Face aux deux professeurs qui vous interrogent lors du Grand Oral, vous devez naturellement respecter ces codes.

1 Les codes vestimentaires

- Quelle tenue adopter ? Si la question peut sembler anecdotique, elle a son importance. Avant d'être écouté, vous êtes vu et votre apparence ne doit pas surprendre. La première impression compte beaucoup. Privilégiez une tenue correcte et soignée, des vêtements de couleur sobre dans lesquels vous vous sentez à l'aise.
- Évitez les coiffures excentriques, le maquillage excessif, les effets de mode (jeans troués, tee-shirts imprimés, ongles multicolores…) qui détournent l'attention de l'examinateur et risquent de brouiller le message. Gardez les cheveux attachés, ce qui découvre le visage.
- Optez pour la discrétion !

2 Les codes de politesse

- Vous vous adressez à des professeurs. Un comportement déférent et le respect des codes de politesse sont donc attendus. Si l'éloquence est l'art de bien parler, c'est aussi l'art de se conduire avec courtoisie.
- En entrant dans la salle d'examen, n'oubliez pas, sous le coup de l'émotion, la formule de politesse élémentaire : « *Bonjour Madame, bonjour Monsieur / Bonjour Mesdames / Bonjour Messieurs* ». Le « *Bonjour m'sieurs-dames* » est naturellement à proscrire !
- En sortant de la salle, saluez de la même manière, sobrement, sans ajouter de remarques inutiles ou obséquieuses : « *Au revoir Madame, au revoir Monsieur / Au revoir Mesdames / Au revoir Messieurs* ». Vous répondrez ainsi à la courtoisie que l'on aura certainement manifestée à votre égard.
- Ne commencez votre exposé que quand on vous y aura invité.

> **Citation**
>
> « Avec de la politesse, de l'égalité d'humeur, de la douceur et de la modestie, on réussit infailliblement dans le monde. »
>
> Jean de La Bruyère, *Les Caractères*, « De la société », 1688.

Notes

■ Au cours de l'entretien, vous écouterez attentivement les questions posées, les remarques formulées, en vous gardant d'interrompre l'examinateur, de présenter des moues désapprobatrices. Vous éviterez de laisser transparaître des émotions négatives et ne manifesterez aucun signe d'impatience, aucune mimique laissant supposer un rejet des propos écoutés. La parole et l'argumentation sont les seuls instruments de la réfutation.

3 Les codes de l'échange

■ En entrant, vous adopterez d'emblée une démarche assurée, une attitude avenante suggérant un désir d'ouverture, un accueil de la pensée de l'autre.

■ Au lieu de précipiter la prise de parole, vous prendrez le temps de regarder chacun des examinateurs. Un regard direct et franc instaure d'emblée des liens et invite à l'échange.

> **Citation**
>
> L'orateur romain Cicéron est le premier à évoquer le regard, essentiel à la communication : « Si le visage est le miroir de l'âme, les yeux en sont les interprètes. »
>
> *De Oratore*, III, Ier s. av. J.-C.

■ Maîtrisant votre stress, vous esquisserez un sourire, nouvelle marque d'ouverture. Un visage souriant et expressif est préférable à un visage lisse et neutre. La gamme des sourires est large. Proscrivez le sourire crispé, séducteur, ironique. Restez naturel !

■ Lors de l'exposé et de l'entretien, vous soutiendrez le regard, ne baisserez pas les yeux en regardant le sol. Il s'agit au contraire de prendre en compte l'auditoire, d'aller au-devant de lui avec confiance, avec un regard vif et un visage ouvert.

> **N'oubliez pas !**
>
> Un dernier conseil : restez vous-même !

■ Dominant votre timidité et vous interdisant toute arrogance, ayez confiance en vous, en vos capacités, au cours de l'échange que vous aurez sérieusement préparé.

Adopter la bonne posture

Fiche 23

Grand Oral

Selon Cicéron, après en avoir choisi la matière *(inventio)*, l'avoir organisée (*dispositio*), avoir arrangé les mots pour l'exprimer (*elocutio)* et éventuellement avoir mémorisé le tout (*memoria*), l'orateur doit présenter son discours à l'aide de sa voix et de ses gestes (*actio*).

Maîtriser le langage non verbal, c'est adopter la bonne posture. **Au lieu de vous encombrer, le corps doit être un allié.**

Citation

« L'action (*actio*) est ce qui atteint le plus profondément les cœurs. »

Cicéron, *Brutus*,
Ier siècle av. J.-C.

1 La gestuelle

Notes

■ Évitez les gestes parasites. De même qu'il existe des tics de langage (« *euh* », « *voilà* »), il existe des gestes parasites. Souvent réalisés de manière inconsciente, ils perturbent votre discours et entravent l'attention de ceux qui vous écoutent.

Conseil

Le langage corporel doit être cohérent avec la parole. Les gestes renforcent la puissance des mots.

Ex. : – se balancer de droite à gauche ou d'avant en arrière ;
– jouer avec son stylo, son collier, ses bagues (mieux vaut donc éviter les bijoux ce jour-là !) ;
– toucher ses cheveux, relever une mèche ;
– se tordre les mains, signe de nervosité ;
– tapoter la table.

■ Maîtrisez vos mouvements. Pour ne pas indisposer votre jury avec des gestes exagérés, vous veillerez à :
- restreindre vos mouvements à l'intérieur d'un cercle imaginaire ;
- éviter l'abondance de gestes, les gestes déictiques qui montrent du doigt, les gestes métaphoriques qui accompagnent certaines expressions (« faire table rase du passé »).

■ Les mains informent sur la spontanéité du discours et aident à la transmission d'un message. Vous pouvez souligner l'importance de telle ou telle assertion par quelques gestes. Attention à ne pas en abuser : vous n'êtes ni un acteur ni un avocat recourant aux « effets de manche ».

■ Debout, ne vous présentez pas les mains dans les poches, attitude désinvolte. Assis, ne cachez pas vos mains. Ne les joignez pas. Posez-les plutôt sur la table, écartées ou l'une sur l'autre.

Notes

2 La posture

Première partie de l'oral (10 min)	**Vous êtes debout, face au jury**
Seconde partie de l'épreuve (10 min)	**Vous choisissez entre la position assise et la position debout**

Vous êtes debout

- Veillez à vous tenir droit, la tête haute, les jambes ancrées au sol, gage de stabilité.
- Évitez tout mouvement pendulaire d'un pied sur l'autre, tout déplacement intempestif. Le déplacement doit être significatif et limité.
- Gardez les épaules descendues et ouvertes, les bras plutôt ouverts en signe d'accueil de la discussion.

Vous êtes assis

- La position assise peut aider certains d'entre vous à se concentrer.
- Ne vous asseyez pas sur le bord de la chaise, mais sur sa première moitié. Il convient de s'installer sur le siège sans être avachi, le buste droit, légèrement penché vers votre interlocuteur, prêt à communiquer avec lui.
- Ne croisez pas les jambes, mais tenez-les bien posées au sol.
- Ne ramenez pas les pieds sous la chaise.
- Ne croisez pas les bras, autre attitude de repli.
- Vous pouvez appuyer vos avant-bras sur le bord de la table.
- Maintenez la posture bien droite, évitez de vous recroqueviller au fil de l'entretien !

ENTRAÎNEMENT

1 Travaillez votre posture au quotidien, entre amis, au lycée.

2 Debout, devant un miroir ou devant un ami, racontez le dernier film que vous avez vu. Observez et commentez vos gestes.

3 Consultez en ligne les vidéos suivantes :

– « Décryptez les gestes des politiques », Archive INA (ina.fr) ou YouTube ;
– « Les politiques en gestes », 18/06/2016, Public Sénat ou YouTube.

Acquérir une élocution fluide

Fiche 24

Grand Oral

Notes

Pour intéresser votre jury, **vous devez être immédiatement compréhensible**. Il est donc essentiel de veiller à la **qualité de votre élocution**. Repérez au départ vos défauts puis entraînez-vous régulièrement comme le font les professionnels.

1 Le bon rythme

Conseil

Enregistrez-vous en train de lire un discours puis renouvelez l'opération en vous appliquant à le lire plus lentement. Comparez les deux lectures et tirez-en les conclusions.

■ La tendance actuelle est à l'accélération y compris dans le débit de la parole. Le stress que vous ne pourrez écarter risque aussi de presser le mouvement. Rappelez-vous les récitations de votre jeunesse : on a dû vous dire plus d'une fois d'aller moins vite.

■ S'entraîner à adopter un rythme posé, ni trop rapide ni trop lent, vous aidera à maîtriser votre stress. Vos arguments seront plus audibles et compréhensibles.

2 L'articulation

■ La tendance actuelle à l'accélération se double d'une articulation négligée. Les échanges entre jeunes de votre âge, rapides et peu articulés, sont parfois difficiles à comprendre pour les générations qui vous précèdent. Pour être compris, travaillez l'articulation.

■ Pour améliorer l'articulation, il est nécessaire :
– de parler lentement ;
– de prononcer toutes les syllabes ;
Ex. : On s'dit → On se dit ; les p'tits commerces → les petits commerces.
– de s'entraîner comme les comédiens ont l'habitude de le faire.

3 Les liaisons

Pour bien vous faire comprendre et montrer votre maîtrise du français, n'oubliez pas les liaisons. Faites entendre les consonnes finales des mots quand le mot qui suit commence par une voyelle ou un *h* muet.

Ex. : nous avons entendu, vous avez assuré, ils fleurissent en mai, d'autres auteurs, c'est Ambroise Paré….

Attention au *h*

Certains *h* sont dits muets et on effectue alors la liaison comme si le mot commençait par une voyelle. Au contraire, le *h* aspiré interdit la liaison. Vérifiez dans le dictionnaire.

Ex. : un héroïsme (*h* muet),
un héros (*h* aspiré).

4 Les tics de langage

■ En vous enregistrant, vous repérerez aisément vos tics de langage (*bon, bien, alors, voilà, euh*…) et il suffit souvent d'en avoir conscience pour parvenir à les éliminer.

■ Pour vous en débarrasser, introduisez consciemment des silences dans votre propos. Vous verrez qu'ils remplaceront avantageusement les onomatopées inutiles.

■ Entraînez-vous avec de très courtes présentations pour commencer.

5 Les troubles de l'élocution

Si vous avez des troubles de l'élocution, évoquez cette épreuve orale avec votre orthophoniste, votre médecin ou l'infirmière de votre lycée. Sachez qu'il est possible, à condition de ne pas attendre la dernière minute, de demander, pour raison médicale, une épreuve adaptée à votre handicap.

ENTRAÎNEMENT

1 Lisez plusieurs fois les mots suivants en distinguant nettement les sons-voyelles en rouge. Vous pouvez faire cet exercice en maintenant un crayon entre vos lèvres.

bateau, élève, joufflu, chapeau, bougon, cheveu, velours, autour, menton, dindon, partant, essai, péril, peureux, couleur, coton, mérite, genou, étendre, éteindre, enfreindre.

2 Entraînez-vous à articuler en répétant les virelangues suivants ou d'autres que vous trouverez aisément sur Internet. Un virelangue est une expression ludique qui présente des difficultés de prononciation.

– Papier, panier, piano
– Sachez, mon cher Sasha, que Natasha n'attacha pas son chat !
– Didon, dîna dit-on, du dos dodu d'un dodu dindon.
– Tata, ta tarte tatin tenta Tonton.
– Je veux et j'exige du juge d'exquises excuses.

3 Choisissez un texte et soulignez les liaisons. Lisez-le très rapidement puis très lentement. Lisez-le enfin posément, à un rythme adapté, en articulant et sans oublier les liaisons.

Utiliser sa voix pour retenir l'attention du jury

Fiche 25

Grand Oral

Notes

Au-delà de la simple maîtrise de l'élocution, l'utilisation de la voix est un atout important à l'oral.

1 Le volume sonore

■ Vous ne devez parler ni trop fort ni trop bas. Adaptez votre voix à la taille de la salle et à la distance qui vous sépare du jury. Pour cela, entraînez-vous auparavant dans des pièces de taille variée. Si la salle est vaste, imaginez que vous vous adressez à une personne qui se tiendrait loin de vous et qui vous tournerait le dos.

■ Le volume sonore n'est pas constant. Sans exagérer, faites-le varier pour ne pas lasser votre auditoire. En haussant le ton, vous exprimerez aisément votre colère ou votre indignation si le contenu s'y prête. En le baissant, vous obligerez votre jury à rester attentif et donnerez l'impression de propos intimes, confidentiels.

■ Veillez surtout à adapter le volume sonore à vos arguments et exemples afin de suggérer la place qu'ils occupent dans votre démonstration.

■ Pensez à souligner les figures de style que vous utilisez en haussant ou baissant la voix.

2 Les silences

■ Si le solfège propose des signes pour indiquer les silences, c'est que ceux-ci font intégralement partie de la musique. Il en va de même pour l'éloquence. Les silences sont nécessaires même lorsque l'exposé ne dure que 10 minutes.

■ Marquez un temps d'arrêt pour indiquer les articulations de votre propos : à la fin de l'introduction, avant la conclusion et entre chaque partie.

■ Détachez les formules percutantes pour leur donner du relief.

3 Les variations de rythme

■ Adoptez un rythme posé ; évitez toute précipitation **(voir fiche 24)**.

■ En variant le rythme, notamment lors de l'exposé, vous éviterez la monotonie et maintiendrez éveillée l'attention du jury à condition que les variations

À écouter

Écoutez sur le site de l'INA (ina.fr) le célèbre discours qu'André Malraux, écrivain et ministre de la Culture, a prononcé en hommage au Résistant Jean Moulin.

Notes

soient pertinentes. Détachez les phrases importantes, notamment les formules brèves, percutantes, celles qui concentrent votre pensée ou doivent accrocher le jury.

Ex. : « Il [Jean Moulin] veut donc désigner ce successeur avec l'accord des mouvements, notamment de ceux de la zone Sud. Il rencontrera leurs délégués le 21, à Caluire. Ils l'y attendent, en effet. La Gestapo aussi. »

André Malraux, discours du transfert des cendres de Jean Moulin au Panthéon, Paris, le 19 décembre 1964.

■ Utilisez des procédés spécifiques pour soutenir votre argumentation :

– le rythme binaire donne de la force aux formules ;

Ex. : « *Nous sommes là pour dire que la* ***traite*** *et l'****esclavage*** *furent et sont un crime contre l'humanité.* »

Christiane Taubira, « La traite et l'esclavage sont un crime contre l'humanité », 18 février 1999, Assemblée nationale.

– le rythme ternaire, très prisé des orateurs, donne de l'ampleur à votre phrase.

Ex. : « Elle [la France] a donc pratiqué la traite, ce **commerce**, ce **négoce**, ce **trafic** dont les seuls mobiles sont l'or, l'argent, les épices. »

Christiane Tobira, *id.*

4 La musicalité de la langue

■ L'orateur joue sur la mélodie des phrases, sur les graves et les aigus.

■ Pour varier les intonations, vous pouvez tout simplement choisir des types de phrases différents. Les exclamatives, les interrogations rhétoriques, les injonctions pourront rompre de temps à autre la monotonie de l'exposé informatif.

Ex. : « Littérature, dira-t-on ?
Spéculation intellectuelle ?
Sans aucun doute. Mais ni la littérature ni la spéculation intellectuelle ne sont innocentes ou inoffensives. »

Aimé Césaire, *Contribution sur la négritude*, Miami, 26 février 1987.

ENTRAÎNEMENT

1 Lisez la phrase suivante en adaptant la puissance de votre voix à la taille des caractères.

Pensez à notre futur. Pensez à notre futur. Pensez à notre futur. Pensez à notre futur.

2 Lisez la phrase suivante en variant le ton : imaginez qu'elle est prononcée par un enfant, un homme d'affaires, un médecin.

Je suis avec vous.

Notes

Fiche 9 (p. 350)

1 I Un constat : 10 millions de personnes en France vivent en situation de handicap
II Si le regard sur elles a évolué
III Il reste cependant beaucoup à faire

2 « **Donc**, vous l'avez compris, je souhaite que la France soit l'un des leaders de cette intelligence artificielle, je souhaite que l'Europe soit l'un des leaders de cette intelligence artificielle. Nous en avons les moyens et nous allons en créer les conditions, **d'abord**, **parce que** je pense que c'est bon pour notre pays, **ensuite parce que** je pense que ça créé des opportunités, **enfin parce que** je pense qu'il n'y a aucune chance de prétendre en contrôler les effets ou avoir son mot à dire sur tel ou tel effet pervers **si** on a raté la bataille du début, c'est-à-dire d'être un acteur de cette aventure. »

3 **Balzac :** « Les mines d'or ne sont plus au Mexique**, mais** place de la Bourse. »
Confucius : « Tous les hommes pensent que le bonheur se trouve au sommet de la montagne **alors qu'**il réside dans la façon de la gravir. »
Flaubert : « Je crois que le succès auprès des femmes est généralement une marque de médiocrité, et c'est celui-là **pourtant** que nous envions tous et qui couronne les autres. »

Fiche 10 (p. 352)

1 A – argument d'autorité. B – argument économique. C – argument esthétique.

Fiche 11 (p. 354)

1 A – Une phrase solennelle. Procédé : parallélisme antithétique. B – Un exorde *ex abrupto*. Procédé : une phrase brève et percutante.

Fiche 12 (p. 356)

2 La question initiale pourrait être : « La laideur a-t-elle droit de cité en poésie ? »
La citation conclusive de Breton ouvrirait une perspective sur la beauté surréaliste, liée à l'amour fou.

Crédits photographiques : © Bridgeman : p. 286 (bas) : © Louis Monier/ Bridgeman Images. © D.R. : pp. 286 (haut), 299 (bas), 302. © Photothèque Hachette : pp. 287, 288, 289, 290, 291 (bas), 293 (haut et bas), 294, 295, 296 (haut et bas), 297 (haut et bas), 299 (haut), 304 (haut), 305, 307, 308 (haut et bas), 310, 311, 312, 313, 314, 316 (haut et bas), 317, 318, 319, 320, 322 (bas), 324. © Albert Harlingue/Roger-Viollet : pp. 291 (haut), 292, 300, 303, 306, 321, 322 (haut), 323. © Keystone/Eyedea : p. 301. © Getty Images : p. 304 (bas). © Image Forum : p. 309. © Shutterstock : pp. 72, 115, 298.

Conception graphique

Couverture : Stéphanie Benoit
Intérieur : Mélissa Chalot
Dépliant : Manon Guérin

Réalisation

Couverture : Stéphanie Benoit
Mise en pages : Grafatom
Schémas : STDI/Grafatom

Illustrations (partie Grand Oral) : Julien Flamand
Édition : Morgane Boubault

Achevé d'imprimer en février 2025 en France par Chirat
Dépôt légal : mars 2025 - Edition 01

PAPIER À BASE DE FIBRES CERTIFIÉES

hachette s'engage pour l'environnement en réduisant l'empreinte carbone de ses livres. Celle de cet exemplaire est de : 1,1 kg éq. CO_2
Rendez-vous sur www.hachette-durable.fr